KB150654

이리야, 이리 날아오너라

이리야, 이리 날아오너라

1판 1쇄 찍음 2021년 4월 13일
1판 1쇄 펴냄 2021년 4월 21일

지은이 | 윤이영
펴낸이 | 정 필
펴낸곳 | (주)뿔미디어

기획·편집 | 이영은
표지·디자인 | 우 물

출판 등록 | 2002년 9월 11일 (제1081-1-132호)
주소 | 경기도 부천시 원미구 소향로17, 303(두성프라자)
전화 | 032)651-6513 팩스 | 032)651-6094
E-mail | dahyangs@naver.com
블로그 | http://blog.naver.com/dahyangs
비북스 | http://b-books.co.kr

값 11,000원

ISBN 979-11-6713-035-8 03810

이리야, 이리 날아오너라

윤이땅 장편 소설

DAHYANG ROMANCE STORY

목차

선국仙國 302년.

신선들이 노닐 것 같은 땅이라 하여 선국이라 이름 붙여진 그곳은 비옥한 흙과 자애로운 하늘이 있어 굶는 이가 존재하지 아니하니 가히 신들의 가호를 받는 땅이었다. 바닥을 보이지 않는 풍족은 분명 흉이 아닌 복이었으나 험난한 산맥이 땅을 가로지르고 밤마다 흉포한 짐승들의 울음소리가 창궐하니 백성들은 두려움에 몸을 움츠릴 수밖에 없었다.

그런 백성들을 끌어안고 달래 주어야 할 황제가 존재하기는 했으나 가진 힘이 미약하니 황실은 이름뿐인 지 오래라. 하여 그의 권력을 나누어 가진 이들이 있었으니. 산맥을 따라 나뉜 세 지역. 휘선輝仙과 진선眞仙, 그리고 영선榮仙의 제후가 그들이었다. 황제의 이름으로 공公의 칭호를 받고 충신忠臣이라 불리는 그들이었으나 실상은 호시탐탐 황제의 자리를 노리고 있었으니 허수아비 황제와 배불뚝이 제후들의 역겨운 줄다리기라.

그러나 이 모든 것은 '땅'의 이야기일 뿐이었다. 내일 당장 와해되어도 이상하지 않을 선국이 평화로운 고요를 지키고 있는 이유는 오직, 산맥을 지키는 이리들 때문이니.

선국의 광활한 산에는 짐승들의 혼을 가진 사람들이 살았다. 누군가는 괴물이라 기피하고 또 누군가는 신神이라 칭송하니 진짜 정체는 알 수 없었으나 기실, 두려워한다는 점에선 모두가 일맥상통하였다.

그중 늑대의 피를 가진 이리족은 그 성미가 불같고 잔혹하여 한평생 부드러운 땅만 밟고 선 이들이 언감생심 대적할 수 있는 상대가 아니었다. 그러니 그들이 산을 호령하는 것은 당연지사.

그들이 산을 지키는 한, 선국의 국경은 난공불락의 성역이라.

물론 그들을 길들여 무기로 삼고자 한 이들이 역사에 없었던 것은 아니었다. 그러나 한낱 인간에 불과한 자들이 산짐승인 이리를 길들이는 것은 불가능한 일이었으니. 그들이 충성하는 것은 오직 산과 산의 주인인 산군뿐이라.

허울뿐인 황제와 권력욕에 쩌든 제후들은 그런 산군이 언제고 산에서 내려와 자신들의 목을 물어뜯지 않을까 두려워했지만 그 모든 번뇌는 어리석기 그지없는 것이었다.

이리들의 수호를 받는 선국이여, 영원의 영광을 누리리라.

I. 늑대와 달

칠흑 같은 어둠이 내린 어느 밤. 선국의 산맥들이 심상치 않은 기운을 뿜어냈다. 기실, 밤이면 짐승들이 이빨을 드러내고 울부짖는 소리를 내는 것이 선국 백성들에겐 꽤나 익숙한 것이었으나 평소와는 엄연히 다른 맹렬함이 맴돌았다.

낙엽이 구르는 소리 하나 없이 고요하고 서늘한 산. 밤의 장막으로 산의 면면이 보이지 않는 탓에 산맥 근처에 터를 잡은 백성들은 마른침을 삼키며 앞으로 일어날 일을 가늠하는 것 외엔 할 수 있는 것이 없었다.

이윽고 타오르는 불꽃 하나가 산 중턱에 나타났다. 붉다 못해 푸르게 빛나는 불꽃이 이내 둘이 되고 또 셋이 되어 빠르게 수를 늘려 나간다.

"어머니, 저 불꽃들은 대체……."

어린아이들이 뜻 모를 표정을 지을 때,

"산……, 산군님이……."

의미를 아는 이들은 두려움에 떨며 무릎을 꿇었다. 일 년에 단 한 번이었다. 양수가 겹치는 중양절(重陽節, 음력 9월 9일)의 밤. 산속에서 도깨비불이 번뜩이면 산의 주인이신 산군께서 땅의 주인인 황제를 만나러 강림한다는 전설 같은 이야기.

"산군님이 강림하신다!"

마을의 젊은이들이 있는 힘껏 외쳤다. 살아생전 보기 어려운 광경이 눈앞에서 펼쳐질 예정이었으니 정신을 똑바로 차려야 했다.

기실, 황제가 있는 황궁은 진선 지역에 자리하고 있던 터라 산군님의 강림 또한 진선 땅에서 이루어지는 것이 보통이었다. 그러니, 휘선 땅의 백성들이 두려움에 몸을 떨면서도 자꾸만 고개를 들어 무언가를 보기 위해 힐끔거리는 것이 무리는 아니다.

유달리 조용하던 산이 이해가 되는 시점이었다. 밤이면 밤마다 피 냄새에 눈이 돌아 사냥을 나서던 짐승들도 산의 주인인 산군 앞에선 발톱을 숨기고 순종해야만 했으니. 실로 공포에 떨 일이었다.

푸른색의 불꽃이 산을 빼곡히 수놓았다. 두려움에 말을 잃은 휘선 땅의 백성들 대신 낮게 그르렁거리는 소리가 대지를 채웠다.

계급과 상관없이 모든 백성들이 무릎을 꿇고 오직 산군의 강림만을 기다린 지 두 시진이 되었을 즈음, 꼬리를 아래로 내린 이리들이 모습을 드러냈다. 웬만한 장수보다 큰 덩치의 이리들이 회백색 털과 날카로운 이빨을 자랑하며 느릿하게 땅을 밟았다.

"히익⋯⋯!"

살육의 현장도 아니었건만. 피비린내가 진동하는 이리들의 모습에 심약한 이들은 갈대처럼 고꾸라졌다. 겨우 정신을 붙들고 선 이들이라고 해 봤자 푸른색 안광을 빛내는 이리들과 마주칠까 연신 바닥만 쳐다볼 뿐이었다.

"내 구름떡⋯⋯!"

위태로운 적막이 이어지던 그때. 이제 막 대여섯 살이 되었을까 싶게 어린 소년이 이리들의 행렬로 뛰어들었다. 땅에 떨어진 떡을 소년이 쥐기도 전에 앞선 이리 한 마리가 크게 포효했다. 순식간에 땅을 박찬 맹수는 오른발로 아이의 가슴을 짓누르며 핏방울이 떨어지는 송곳니를 드러냈다.

"어, 어머니⋯⋯!"

소년이 제 어미를 부르며 애원했다. 그 소리가 간절하였음에도 무리 속에 어미가 없었던 것인지 돕는 이는 아무도 없었다. 겁도 없이 순진하여 이

12

리들의 행렬을 방해했으니 소년의 목숨은 바람 앞 등불처럼 사라질 것이
자명했다.

"저리 두면 어쩝니까. 어서⋯⋯!"

뒤늦게 한 여인이 사람들 사이를 뚫고 나타났다. 소년의 어머니라 하기
엔 앳된 모습.

"살려 주세요. 어린아입니다. 제발, 제발 살려 주세요⋯⋯."

보랏빛 너울로 얼굴을 가린 여인은 이리의 앞을 가로막고 빌었다. 사람
말을 알아듣는 것인지 알 수 없는 이리가 거친 콧김을 뿜어냈다. 주변에 선
모든 이리들이 일제히 자세를 낮추고 성난 소리를 내었다. 먹잇감을 바라
보는 짐승의 눈. 당장에라도 소년과 여인의 살점을 뜯고 뼈를 씹어 삼킬 것
같은 모양새였다.

그때 들리는,

"쉬이—"

나지막한 목소리. 청명한 방울 소리와 함께 나타난 산군이었다. 행차를
알리는 시동侍童이 있는 것은 아니었으나 그가 산과 짐승들의 주인이란 것
은 모두가 알아볼 수 있었다.

황제의 가마보다 큰 그의 연(輦, 임금이 타는 가마)은 사방에 방울 달린 장막을
내리고 난간엔 붉은 칠을 해 화려함의 극치를 자랑했다. 말 대신 이리들이 끈
다는 것도 별스러운 요소 중 하나였으나 그 위에 올라탄 사내의 윤곽에 비하
면 가히 현실적인 것이었다. 붉은색의 비단 장막 사이로 희고 고운 손을 뻗는
자태가 어찌나 꿈결 같은지. 봄날에 피어오른 아지랑이를 보는 듯하였다.

"사냥하라 명한 적 없다."

동굴 속 메아리 같은 목소리와 천지를 얼어붙게 할 위엄. 흥분해 그르렁거
리던 열댓의 늑대들이 순식간에 얌전해졌다. 사내의 모습은 기이하고 위압
적인 것이었다. 그가 손을 거둠과 동시에 멈추었던 연이 다시 미끄러졌다.

맹수는 소리 없이 걷는 법을 안다고 했던가. 거대하고 화려한 행렬이 흩
날리는 방울 소리만을 남겨 둔 채 믿을 수 없이 고요하다. 뒤를 지키던 이
리족 사람 몇몇이 짙은 남색 철릭을 휘날리며 따른다.

"사, 산군!"

소란스러운 것은 인간들의 황제였다. 이리들의 암묵적인 보호 아래 가장 낮은 산맥을 겨우 넘어 도착한 황제는 허겁지겁 말에서 내려 산군을 맞이했다. 경어를 사용하진 않았지만 절로 고개를 조아리는 꼴이 졸렬하기 그지없다.

그런 황제를 위해 장막을 들어 주는 수고조차 하지 않은 산군은,

"늦었군."

짧게 한마디를 내뱉는 것이 다였다. 그것이 힐책일까 두려워 사색이 된 황제는 서둘러 연의 옆으로 섰다.

보랏빛 너울로 얼굴을 가린 여인은 소란 속에서 혼절한 소년을 끌어안은 채 다가오는 연을 바라보았다. 연의 주인이 등장한 이후로 얌전해진 이리들은 더 이상 소년과 여인에게 관심을 두지 않았지만 그럼에도 한번 피어오른 두려움은 쉬이 가시지 않는다. 조금 전이야 운이 좋아 화를 면했지만 황제까지 나타난 마당에 무엇이 산군의 심기를 거스를지 모르는 일이었다.

"비키지 못할까!"

아니나 다를까. 산군의 눈치를 살피느라 정신이 없던 황제가 친히 시동 노릇을 하며 목소리를 높였다.

"여봐라, 어서 이것들을 치우지 않고 무엇 하느냐!"

황제의 호통에 창을 든 황군 몇이 움직였다.

품에 안은 아이만이라도 정신을 차리면 좋으련만. 여인은 힘 풀려 주저앉은 몸을 원망하며 가만히 어깨를 떨었다.

"황제."

메아리 같은 목소리가 다시금 들린다.

"어찌……."

"연의 방향을 바꾸면 될 일이다."

기대하지 않은 기적이 닥친다.

"예?"

황제의 멍청한 물음과 함께 붉은 장막이 휘날리고 장막 끝에 달린 방울

이 짤랑이며 연의 방향이 틀어졌다. 여인이 놀라 예가 아님을 알면서도 고개를 들었다.

"……."

장막 사이로 보이는 얼굴이 달처럼 하얗다. 밤하늘의 어둠보다 짙은 눈동자가 스치듯 보이고 찰나와 같은 시간, 눈이 마주친다.

"아……."

여인은 저도 모르게 안도의 한숨을 뱉었다. 금수들의 왕이라 불리는 산군은 극락을 다스리는 신인가, 나락을 지배하는 요괴인가. 인간은 결코 아닐 것이다. 인간이라면 저토록 아름다울 리 없으니.

□ ◆ □

휘선의 제후인 혜원공은 즉시 자신의 궁을 황제의 임시 거처로 꾸몄다. 황제와 산군이 제 궁에 머무르고 있다는 사실만으로도 그의 얼굴엔 미소가 떠날 줄을 몰랐다. 오늘을 계기로 권력의 중심이 바뀔지도 모를 일이었다. 아니, 이미 바뀌고 있는지도 모른다. 산군과 독대하는 것에 겁을 집어먹은 황제가 저의 소매를 쥐고 곁을 지키라, 친히 명했으니.

"산의 주인이신 산군님을 뵈옵니다."

혜원공은 자신의 고명딸을 치장하여 황제와 산군 앞에 먹음직스러운 먹잇감처럼 내놓았다. 그제야 산군은 제 행렬을 가로막았던 겁 없는 여인이 혜원공의 여식이란 사실을 알았다. 쪽빛 비단옷을 입고 은과 호박으로 장식한 이환(珥環, 귀걸이)을 늘어트린 모습이 화용월태(花容月態, 꽃다운 얼굴과 달 같은 자태를 이르는 말로 아름다운 여인을 뜻함)라 해도 부족함이 없었으나 아름다운 딸을 미끼 삼아 황제든 저든 엮고 싶어 하는 혜원공의 저의가 우스워 부러 대꾸하지 않고 어깃장을 놓았다.

"완(莞, 웃다, 미소 짓다)이라 하옵니다."

스스로 이름을 말하는 여인의 얼굴에도 불편한 기색이 역력했다. 웃는다는 뜻의 이름이 가여울 지경이었다.

산군은 술상을 오래 붙들지 않았다. 연신 식은땀을 흘리는 황제는 한심하고 입에 발린 소리나 해 대는 제후는 지루하니 인내할 이유가 없었다. 자리에서 일어난 그가 인형같이 꿇고 앉은 여인을 내려다보았다.

"승냥이 떼에 몰린 꼴이구나."

짓궂게 굴려는 마음은 없었다. 몇 시진 전만 해도 이리들 앞을 나설 만큼 용맹했던 여인이 사내들의 놀음에 장신구처럼 끼워져 있는 자태가 안쓰러웠을 뿐이다.

"그럴 리가요."

여인은 얼굴색 하나 변하지 않고 답했다.

"산군님께선 승냥이가 아니시지 않습니까."

"……."

"소녀, 이리 앞에 있사옵니다."

"……."

그 찰나에 발이 묶인 산군은 휘선 땅에 며칠 더 머물렀다. 이전의 행적과는 꽤나 다른 것이었다. 중양절의 밤을 지새우고 나면 바람처럼 산으로 돌아가던 그가 돌아가기를 꺼려 하며 떠나는 날을 차일피일 미루고 있으니 이례적인 것을 떠나 이상한 일이 분명했다.

덕분에 진선과 영선의 제후는 불안감에 휩싸였다. 무심을 핑계로 중립을 지키던 산군께서 휘선 땅에 힘을 실어 주는 것은 아닌가 하는 마음에서였다.

허나 그것은 반만 맞는 추측이었다.

"완."

산군이 웃지 않는 여인을 부르면,

"랑(狼, 이리, 늑대)."

여인은 대답하며 미소를 지었다. 늑대들의 왕이자 산의 주인인 산군의 휘諱를 부를 수 있는 유일한 여인이었다.

산군은 연인이 된 여인을 데리고 산으로 돌아갔다. 본디 이리족은 외부인과 짝을 짓지 않았다. 다른 짐승의 혼을 가진 수족獸族은 물론이고 혼이 없다 불리는 무혼無魂의 인간들과는 혼례를 올리지 않는단 소리였다. 이리족만이 늑대를 낳을 수 있다는 믿음 때문이었다. 당연히 온 산궁山宮이 뒤집혔고 파도와 같은 반대가 넘실거렸다. 허나 늑대의 반려는 오직 하나라 한번 깃든 마음을 뽑아내기란 불가능한 일이었다.

□　◆　□

"산군님, 그만……!"

완이 바들거리는 몸을 어찌지 못하고 흐느꼈다. 산군이 그런 제 반려의 하얀 등허리를 지그시 눌렀다.

"괜한 교태 부리지 마세요."

낮게 읊조리는 옥성에 다정은 찾아볼 수 없다. 산군은 엎드려 우는 제 반려를 봐줄 생각이 없었다. 거세지는 허리 짓에 여린 몸이 힘겨워하는 걸 모르지는 않았다. 허나, 작정하고 꾸민 듯한 자태에 치민 분노는 산군 자신조차 다스릴 수 없는 것이었다.

"이리 곱게 차려입고 온 것을 보면……."

산군이 달의 긴 머리칼을 휘어잡고 당겼다.

"바라는 바가 있는 것 아닙니까."

"흡……, 흐읍, 아……."

"이왕 베갯머리송사를 할 작정이면 제대로 해야지요."

땀 밴 손으로 제 허벅지를 밀어 내는 게 탐탁지 않다. 힘이 풀린 것인지 땀이 밴 탓인지 연신 미끄러져 제대로 밀지도 못하는 주제에 어찌 벗어나려고.

속으로 비웃은 산군이 떨고 있는 양 손목을 모아 잡았다. 침상 위 흐트러진 매듭을 끌어와 묶으니 바들거리던 손이 금세 전의를 잃는다. 붉은색 계열의 옷을 잘 입지 않는 제 반려가 간만에 두른 진홍빛 비단옷의 허리끈이었다. 곱던 모양은 사라지고 갈기갈기 찢겨 본래 무슨 모양을 갖추고 있었는지 알아보지도 못하게 되었지만 어디든 묶었으니 제 몫은 하고 있는 꼴 아닌가.

다섯 해 전. 산의 주인인 산군은 모두가 반대하던 혼례를 기어이 올려 인간 여인인 완을 반려로 맞았다. 산궁의 안주인이 된 완은 달이라 불렸다. 주로 밤

17

에 활동하는 야행성의 늑대들에게 달은 어머니를 뜻하는 이름이자 하나뿐인 반려를 뜻하는 이름이었다.

산군은 그런 제 달을 자신보다 사랑하고 아꼈다. 야생의 혼을 가진 수족에 비하면 한없이 나약하고 무지한 인간이었지만 품은 애정에 비하면 그것들은 하등의 의미가 없었다. 산 아래에서 나고 자란 여인이 산속 추위를 견디지 못하고 몸을 떨면 호랑이의 가죽을 벗겨 입혔고, 맞지 않는 입맛에 끼니라도 거르면 친히 하산하여 간식거리를 쓸어 올 정도였으니 그 애정이 언젠가 끝이 날 거라 예상하는 자는 결단코 없었다.

허나 예상은 빗나갔고 늑대와 달의 사이는 차가워졌다. 두 해 전, 어느 밤이 시작이었다.

"흐읏……, 훗, 그만, 제발 산군님……!"

산군이 나신 위로 몸을 기울여 목을 물었다. 이를 세워 물었다가 혀를 내어 적시고 다시 힘주어 깨물기를 반복하자 완의 울음이 터진다.

"조용히—"

"흡……."

"조용히 하라 하지 않습니까."

덩달아 오르는 열감에 숨소리가 거칠어진 산군이 으르렁거리며 속삭였다. 붉은 비단 위로 얼굴을 묻은 완이 의지와 상관없이 흐르는 눈물을 어쩌지 못하고 가만히 눈을 감았다.

"손……, 흡, 풀어 주세요……."

두 해 전, 그날 이후 지나치게 조용해진 제 여인은 침상 위에서만 겨우 입을 벌렸다.

"아픕니다……, 아파요."

산군이 듣기 싫다는 듯 매끈한 어깨를 물었다. 붙어 있던 상체를 일으켜 거칠게 몇 번 허리를 쳐올린 산군은 시선을 내려 묶인 손목을 쳐다보았다. 살이 쓸려 붉게 번진 흔적.

"쓸모없긴."

입술을 짓이긴 그가 하는 수 없다는 듯 비단 끈을 풀었다. 그것조차 아픔인지 흐……, 작게 앓은 완이 자유로워진 팔을 세워 납작 엎드린 꼴의 몸을 일으키려 했지만 몇 차례의 정사로 기운을 잃은 몸으론 쉽지 않은 일이었다.

"가만히 계세요."

산군이 완의 둥근 엉덩이 살을 움켜쥐고 옥경을 빼냈다.

"하아……."

희롱하듯 느리게 빠져나가는 지아비의 것에 몸을 떤 순간,

"흣!"

다시금 강하게 밀어 넣는 산군에 완의 발끝이 잔뜩 말려 하얗게 질린다.

"아, 아아, 하……."

움직이는 대로 흔들리는 몸을 보다 불현듯 이 모든 것에 대가가 있음을 깨달은 산군은 낯빛을 어둡게 바꾸고 거친 숨을 내뱉었다. 오늘은 또 무엇을 달라 할지. 또 어떤 욕심을 드러낼지. 지금이야 열을 이기지 못하고 울고 있지만 또 금세 무심한 얼굴로 돌아올 테지. 절로 욕지거리가 나온다.

잠시 움직임을 멈춘 사이로 숨을 고르던 달의 발목을 당기자 바들거리던 몸이 무너진다. 침상 위, 눈물로 젖은 반려를 보고 있자니 허탈한 웃음이 샌다. 그러다 이내 치미는 화. 모로 눕힌 달의 한쪽 다리를 어깨 위로 올리고 사이에 자리를 잡았다.

"하아……."

달은 제 복사뼈를 진득하게 핥는 산군을 보며 두려움 섞인 한숨을 쏟아 냈다. 안 그래도 아귀힘이 좋은 지아비였다. 아프거나 말거나 배려하지 않는 그의 몸짓은 제 몸으로 감당하기 좋은 것이 아니었다.

"랑……."

그래서 가끔, 아주 가끔. 그의 열을 도무지 감당하기 어려울 때 마지막 방책으로 그의 이름을 불렀다. 그리하면 끝나지 않을 것 같던 행위가 멈추고 오지 않을 것 같던 아침이 떠오르곤 했으니.

허나 또 가끔은.

"부르지 말라."

더 큰 진노를 부르기도 했다.

"그대 같은 천박한 이가 입에 올릴 이름이 아니니."

더는 부를 수 없는 이름이라.

□ ◆ □

선국은 난공불락의 땅이라 불렸다. 선국의 국경이 그 누구도 함부로 오를 수 없는 산군의 산으로 이루어져 있는 덕이었다. 휘선과 진선, 영선에 속한 선국의 백성들은 물론이고 진선에서 나고 자란 황제 또한 산군의 허락이 없으면 오를 수 없기는 마찬가지였다. 그 간단한 규칙을 어길 시 벌어지는 일은 과히 참혹하여 구전으로도 전해지지 않으니 산 밑의 사람들은 실수로라도 그런 일이 일어나지 않도록 조심하고 또 조심할 뿐이었다.

산의 것은 오직 산의 것. 그것이 산의 율법이자 산군의 철칙이었다.

하여 한낱 인간에 불과한 완이 산군의 반려가 될 때도 맨몸이었다. 제후의 딸인 만큼 제후궁에서 준비한 혼수가 상당했음에도 불구하고 지닐 수 있는 건 아무것도 없었다. 산군에게 잘 보이고 싶어 안달이 난 황제의 하사품도 마찬가지였다. 그런 완에게도 단 하나 허락된 것이 있었는데 그것은 어린 시절부터 함께한 시종, 혜심이었다.

두 해 전, 어느 밤.

"산군님을 뵈옵니다."

산군이 완의 거처인 비현각秘炫閣으로 들이닥쳤다. 기별도 없이 나타난 지아비에 달은 당황한 듯 보였지만 서둘러 무릎을 꿇고 예를 올리는 모습에 모자람은 없었다. 기실, 며칠째 궁을 비운 지아비라 애틋한 마음도 없지 않았다.

"어, 어찌……."

달이 심상치 않은 표정의 지아비를 보며 말소리를 죽였다. 반나절만 못 봐도 그리웠다 말하는 지아비가 잔뜩 굳은 옥안을 드러내며 거친 숨을 고르고 있으니 절로 눈꼬리가 처졌다.

"제가 또 무엇을 잘못한 것입니까?"

달은 스스로의 부족함이 그의 위엄에 누를 끼쳤을까 염려했다. 그도 그럴 것이 지아비와 혼례를 올리고 벌써 3년이란 시간이 흘렀지만 저는 여전히 반쪽짜리 달이었다. 아무리 노력해도 이리족이 아니란 사실은 변하지 않았고 그런 저를 대신들과 궁인들은 예리한 눈초리로 살피기 바빴으니 사소한 실수라도 하는 날에는 매서운 질타를 받을 수밖에 없었다.

"잘못이라."

산군이 안 그래도 낮은 옥성을 더욱 낮추고 읊조렸다. 지아비의 부드러운 면만 보던 달에게는 사뭇 낯선 반응이었다. 산궁 생활에 적응하기 어려워 투정을 부리거나 주눅 든 모습을 보이면 품 안 가득 끌어안고 괜찮다 달래 주던 지아비가 아니던가. 그런 그가 우뚝 선 채 안광만 빛내고 있으니 마주하기가 두렵다. 자연히 내려간 시선에 가죽신조차 벗지 않은 차림이 보인다.

"어찌 신을 벗지도 않으시고……."

보고 싶었다며 급히 드는 경우는 있어도 정갈하지 못한 모습을 보여 준 적은 없었다. 사냥 후에 피 묻은 옥수를 닦아 드리다 어지럼증을 보인 후로 활이나 칼을 든 모습조차 보여 주지 않던 그였다.

한데 이 서슬 퍼런 눈은 대체 무엇이란 말인가.

"들여라."

산군이 문밖의 무관들을 향해 말했다. 일어나란 명이 없어 여전히 꿇고 있던 달은 거의 끌려오다시피 들어오는 혜심을 보았다. 입에는 재갈을 물리고 양손은 홍사로 포박되어 있으니 영락없는 죄인의 모습이었다.

"무, 무슨 일입니까."

제 시종의 처참한 몰골에 말도 제대로 나오지 않는 달이 산군을 쳐다보았다.

"무슨 일인지 듣고 싶은 건 납니다."

조용히 몸을 낮춘 산군이 떨고 있는 달의 턱을 가만히 쥐었다.

"보세요."

그가 고이 접힌 서신들을 바닥에 쏟아 냈다.

"아……."

완이 적잖게 당황한 기색으로 고개를 돌렸다. 태연을 가장하려는 노력도 보이지 않는 모습에 산군은 조소를 터트렸다.

"고개를 돌리면 쓰나. 제대로 봐야지."

황급히 돌려 버린 고개를 손가락으로 쥐고 되돌리는 모양이 위압적이다.

"사람들이 많아 그렇습니까."

눈을 질끈 감은 완에게 그는 사려 깊은 목소리로 물었다.

"나의 달이 낯을 가리는구나. 모두 물러가라."

궁인들과 무관은 물론이고 묶여 있던 혜심까지 모두 나가자 방 안은 소름 끼치는 적막과 함께 고요해졌다.

"자—"

산군이 다시 입을 열었다.

"이제 볼 수 있겠지요."

"……보지 않아도 됩니다."

"……."

"무엇인지 압니다."

완은 모든 것을 체념한 듯 답했다. 산군님의 눈을 피해 서신을 주고받은 것도 대죄인데 그 안에 적힌 내용은 온몸이 찢겨 죽어도 할 말이 없는 것들이었다.

서신은 제 아비인 혜원공에게 보낸 것이었다. 내용은 다양했다. 산궁에서 일어나는 하루 일과나 산군께서 하시는 말씀 같은 것을 적을 때도 있었고 산의 지리나 산궁의 구조 같은 걸 기록하여 보낼 때도 있었다. 한 걸음 움직이기만 해도 많은 이들의 관심을 받는 저를 대신해 가여운 저의 혜심이 그것들을 전하는 역할을 했었다. 이리들의 눈을 피해 꽤 오래 숨기고 있다 생각했는데 역시 꼬리가 길면 잡히는 법이다.

저는 산의 비밀을 땅으로 옮기는 밀정이었다.

"죄를 인정하는 겁니까."

"……."

한쪽 눈썹을 끌어 올린 그는 답 없는 달을 재촉하지 않고 한동안 침묵을 지켰다.

"부정 같은 건 안 합니까."

차디찬 시선으로 그가 물었다. 달은 감히 그 시선을 받아 낼 엄두도 내지 못하고 그저 고개를 저으며 죄를 인정했다. 그것이 달이 할 수 있는 최선이었고 또 유일한 것이었다. 뜨겁게 들끓던 지아비의 눈이 자신의 부정으로 새파랗게 얼어붙었을 걸 생각하면 고개를 들 자신이 생기지 않았다. 달의 지아비는 달을 한 떨기의 꽃이라 생각하는 사내인데 그 꽃이 간사하기 그지없는 뱀에 불과하다는 걸 뒤늦게나마 깨닫게 되었으니 그 실망이 어쩌나 그득할까.

"변명이라도 해 보세요. 내가 들어줄지도 모르는 일 아닙니까."

산군은 짐짓 다정한 척 목소리를 내었지만 그 안에 서린 분노는 쉬이 숨겨지지 않았다. 지엄한 명을 내릴 때조차 미소를 거두지 못하던 지아비를 그리 만든 게 자기 자신이라 달은 원망을 품지도 못했다. 자신이 종이 위에 써 내렸던 불경스러운 글자들을 그가 읽은 것이라면, 정녕 전부 목도한 것이라면 제아무리 이리의 연정이 지고지순할지라도 서늘하게 식어 버리는 것이 당연하다.

"……송구합니다."

"언제부터였습니까."

"……"

"대답하세요. 언제부터입니까."

산군이 넘실거리는 분노를 겨우 잠재우며 물었다. 달이 처연히 고개를 숙였다. 핏줄이 돋아날 정도로 말아 쥔 지아비의 손을 보니 도저히 입이 떨어지지 않았다.

죽고 싶단 생각이 들었다. 추악하고 간사한 제 마음을 죽이는 것만이 이 수치와 치욕에서 벗어나는 길이었다. 들킨 이상 살아날 방도도 없었다. 그러니 차라리 빨리 죽고 싶었다. 지아비의 마음을 짓밟으면서까지 이루고 싶던 욕망이 간절했던 것은 사실이나 그 순간만큼은 저의 죄가 부끄럽고 끔찍하여 죽고 싶었다.

"……처음부터요."

하여 그에게 저를 용서할 빈틈을 내어 주지 않았다. 저를 안타까이 여기지도 말고, 저를 용서하려 애쓰지도 말고 그저 증오하며 죽여 주길 바랐다.

"처음부터……. 나를 만난 처음부터 다 거짓이었단 말입니까."

힘겹게 대답한 말에 또다시 힘겹게 되묻는 그에 달은 텅 빈 눈으로 고개를 끄덕였다. 상처받은 게 분명한 옥안을 당장이라도 가슴에 끌어와 달래고 싶은데 감히 손을 뻗을 수가 없었다. 저같이 추한 이가 품기엔 눈앞의 사내는 아름답고 고운 이였다.

잔혹하나 강인하고 부귀하나 무정하다던 그를 이용하면 저의 욕심을 채울 수 있을 거라 생각했다. 한 나라의 제후인 제 아버지의 힘으로도 어쩌지 못하는 저의 꿈을 그는 이루어 줄 거라 생각했다. 그 열망을 이루어 주기만 하면 잔혹하고 무정한 그에게 죽어도 괜찮을 거라 생각했다.

"송구합니다……."

울음이 나오려는 걸 간신히 참아 낸 달이 입술을 아프게 물었다. 산을 다스릴 땐 잔혹하고 죄인을 벌할 땐 무정한 그가 저를 대할 땐 세상에서 가장 무르게 변한다는 걸 모르지 않았다. 그런 그의 반려로 사는 3년이 끔찍할 정도로 따스하고 포근했다. 그와 함께한 세월보다 더 오랜 시간 열망했던 꿈을 자주 잊을 정도라 가끔은 두려울 지경이었다.

"……."

산군이 허탈한 표정으로 조아린 달의 머리를 내려 보았다. 온 마음을 다해 사랑한 여인이 실은 저의 일거수일투족을 감시하고 기록하며 빼돌리기까지 했다는 사실을 믿을 수가 없었다. 산의 것이 아닌 것은 산에 들일 수 없다는 산궁 대신들의 말을 들었어야 했는지도 모른다.

한낱 인간 여인이 산의 주인을 홀렸다며 온갖 구설이 일었지만 개의치 않았었다. 제 달이 짓는 미소 하나면 그깟 구설, 천년을 시달려도 괜찮았다.

그렇게 3년을 사랑했는데. 전부를 주어도 아깝지 않았는데. 그런 제 반려가 산의 율법을 어기고 산의 것을 밀고한 첩자라니.

"……."

차라리 울며 빌어 주면 좋겠는데 제 달은 처음 보았던 그날의 시간처럼 불편한 기색만을 드러내며 침묵을 지켰다. 웃지도 울지도 않는 얼굴. 그런 와중에도 처음부터라는 말이 아프게 가슴을 스친다. 처음은 사랑이었다고 말해 주었다면 모른 척 속아 줄 수도 있는데.

"이유가 무엇입니까."

산군이 가라앉은 눈으로 물었다. 사실 이유 같은 건 물을 필요도 없었다. 산의 것을 허락 없이 유출한 자, 죽어 마땅하니 그 이유가 무엇이든 살길은 없었다. 허나 제 달의 아비인 혜원공은 욕심이 많은 자였다. 휘선 땅의 제후로 황제 못지않은 부와 명예를 누리고 살면서도 그 욕심을 멈출 줄 몰랐다. 그러니 제 반려가 하는 수 없이 도왔을 수도 있다. 그냥 그런 것이길 빌었다. 그런 것이라면. 어쩔 수 없었던 거라면. 원치 않는 일이었다, 한마디만 한다면.

"가문의 영광 때문이지요."

"……."

"제 가문이 선국 제일 높은 곳에 위치하길 바랍니다. 제 아버님이 선국의 황제가 되길 바라고 제 오라버니가 그 후계자 자리에 오르길 바랍니다. 그것이 저의 간절한 꿈입니다."

허나 제 달은 제 희망을 부쉈다.

"산군님께선……, 그런 저를 돕기에 가장 좋은 패였고요."

조금이라도 용서하기 위해 온갖 핑계를 만들던 제 바람은 한심하고 무력한 것이었다.

"……그리 좋은 대답이 아닙니다."

절망적인 표정으로 주시하던 산군이 조용히 말했다.

"감당할 수 있는 말을 해야지요."

말속에 서린 냉기가 안 그래도 추운 산속의 궁을 얼릴 듯 가득해지자 달은 소매 속에 숨긴 손을 움켜쥐었다. 낮아진 목소리로 잔뜩 겁을 주던 산군은 그 꼴에 다시 마음이 약해졌다. 눈에 보이는 것은 무엇이든 죽여 없애고 싶었는데 그새 움켜쥔 반려의 손끝이 걱정이었다.

"해서 내게 주었던 마음도 모두 거짓이었단 말을 하는 겁니까."

저를 이용한 것이라도 괜찮다는 생각이 들었다. 그러니 부디 저를 사랑한다 말하던 모든 순간은 진심이었길.

"……송구합니다."

"하……."

그런 말을 듣자고 물은 말이 아니었는데.

산군은 저를 지옥으로 끌고 가는 달의 입술을 바라보다 눈을 감았다. 마음에서 흐르는 피눈물이 눈꺼풀 아래로 드러날까 겁이 났다.

"다시 묻겠습니다."

"……."

"단순히 욕심 때문이라면……, 용서할 수 있습니다."

"산군님……."

"지금이라도 그 천박한 욕심, 버리면 그만입니다."

간단한 문제가 아님을 알면서 간단한 척 달에게, 그리고 스스로에게 가증을 떨었다.

"다시 시작할 수 있습니다. 그러니 한마디만 하세요."

말할 수 없는 이유라 한다면 묻지 않겠다고 다짐했다. 겁이 나 말하지 못하는 거라면 그것 역시 이해하리라 각오했다. 그러니 지아비인 저를 믿고 한마디만. 제발 한마디만.

"……."

"사랑한다고 해."

답을 알려 주었다. 고집스레 입을 다물고 있는 달에게 제 분노를 녹이고 살아날 방도를 친히 일러 주었단 말이다.

"그게 힘들면 잘못했다고 해."

"……."

"그것도 힘들면 그냥……, 다신 안 그러겠다고 해."

산의 주인이라기엔 비참하고도 처절한 구걸이었다. 달은 조금 눈살을 찌푸렸다. 미안하여 지은 표정인지 혹은 한심하여 지은 표정인지는 알 수 없었다. 이내 차분해지는 표정을 보면 후자가 맞을 것이다. 산궁에 온 이후 줄곧 달의 웃는 얼굴만 보았던 산군은 그 텅 빈 표정이 끔찍할 정도로 낯설었다.

"……송구합니다."

송구하긴 대체 뭘.

"욕심을 버릴 수 없습니다."

산군이 괴로운 듯 마른세수를 했다.

"멈출 수도 없어요. 그러니―"

"그만."

"저를……, 용서하려 애쓰지 마세요."

애쓰지 말라 말하는 반려의 얼굴이 와중에도 고왔다. 아무래도 지나친 총애를 한 모양이었다. 이 모든 죄를 지어 놓고 용서하지 말라 말하는 걸 보면 아무래도 그랬다. 저를 죽이지 못할 걸 알고. 저를 어쩌지 못할 걸 알고.

"용서하지 않으면 벌을 받아야 하는데―"

달의 목을 조르듯 움켜쥔 산군이 낮게 으르렁거렸다.

"내가 너를 못 죽일 것 같으냐."

백옥 같은 얼굴로 뱉어 내는 잔혹.

"너의 고운 머리를 잘라 휘선 땅에 효수(梟首, 죄인의 목을 베어 높은 곳에 매달아 놓는 형벌)를 할까."

"……."

"아니면 가죽을 벗겨 이리 밥이 되게 할까."

가는 목을 쥐고 묻는 어투는 가볍기 그지없었다.

"내가 내리는 벌을, 받을 자신은 있습니까."

그게 마지막 하문이었다. 형형한 눈빛을 거두지 않고 웃지도 울지도 않는 달의 목을 쥐고 있던 산군은 무슨 생각인지 그대로 달의 처소를 떠났다. 강하게 붙들렸다 거칠게 놓아진 달은 그제야 참았던 눈물을 터트리며 바닥에 엎드렸다.

"해서 이번에 원하는 것은 무엇입니까."

붉은 장막이 내려진 침상 모서리에 걸터앉은 산군이 물었다. '그날' 이후 늑대와 달이 몸을 섞는 일은 많지 않았다. 인간들의 황제야 후궁이랍시고 계집질을 한다지만 산군에겐 한 명의 반려만 있을 뿐이니 후사를 위해 의무적으로 정해진 합방일까지 피하기는 어려운 일이었다. 가끔씩 의외의 합방이 이루어지는 날이 있긴 했는데 그런 날엔 언제나 그렇듯 원하는 것을 묻고 답하는 과정이 있었다.

"……오라버니께서 전쟁을 하고자 하십니다."

등 돌려 누운 완이 건조해진 목을 겨우 다듬어 말했다. 역시나 곧 죽을 듯 힘겨운 몸을 하고도 원하는 바를 말하는 제 반려에 산군은 헛웃음을 쳤다.

"해서요."

"산길을……, 열어 주세요."

반려의 아비와 오라비는 욕심이 많은 자들이었다. 지금껏 달을 통해 들어준 청만 해도 한두 가지가 아니건만 산길을 열어 달라니. 감히 제 산을 길목으로 잡겠다고. 치미는 짜증에 뻐딱하게 목을 기울인 산군이 아니 된다, 답했다.

"하찮은 인간들 따위가 밟을 산이 아닙니다."

산군이 침의의 매듭을 대충 매고 일어나자 완이 다급히 소매를 붙들었다. 그가 남긴 붉은 흔적들을 차마 다 가리지 못하고 젖은 눈을 깜빡인 완이 제발요, 작게 속삭였다. 순간 얼굴을 굳힌 산군이 피식, 웃음소리를 낸다.

"그들은 압니까."

"……."

"알아야 할 텐데. 그대가 가문을 위해 이리 애쓰는 사실을."

수치를 느끼라, 부러 하는 말이었다.

"더 빌어 보세요."

산군이 완을 감싼 비단을 끌어 내리며 말했다. 정사의 흔적으로 엉망이 된 두 다리를 벌려 당기니 지레 겁먹은 몸이 떨린다.

"원하는 걸 얻기 위해 무엇이든 하는 그대이지 않습니까."

두 해 전 그날, 산군은 달을 죽이지 않기로 결심했다. 하찮은 목숨 따위 살려 두고 그리도 원하는 가문의 영광을 이루어 주리라 마음도 먹었다. 사랑했던 이를 죽일 수 없다는 낭만이 그 이유는 아니었다. 텅 빈 몸을 죽여 그 넋을 저승에 보낸다 한들 부서지고 망가진 제 마음이 나아질 것 같지 않다는 게 이유라면 이유였다.

해서 모든 것을 그대로 두었다. 별다른 벌을 주지도 않았고 혜심이란 시종도 멀쩡히 살려 두었다. 아무것도 변하지 않은 위치에서 저의 경멸과 증오를 받아내란 뜻이었다. 사랑하지 않는 저를 사랑하는 척 속인 달이었으니 앞으로도 내내 그리하라 판을 깔아 주었다. 가문의 영광을 위해서라면 그 어떤 순간에도 멀쩡한 척을 해야 할 테니 그 노력이 꽤나 험난할 것이었다.

실로 제 달은 제가 내린 나름의 벌을 달게 받았다. 수치를 주면 주는 대로, 모욕을 주면 주는 대로 항변하지 않고 덤덤하게 감당했다. 다정했던 눈을 증오로 바꾸어도 원망하지 않았고 부드럽던 손길을 거칠게 바꾸어도 아픈 기색 하나 보이지 않고 버텼다. 그 지독한 노력 덕분에 겉으로는 여전히 사랑받는 반려 그 자체로 보였다.

그럴수록 단둘이 있을 때의 산군은 험해지고 난폭해졌다. 사랑받는 반려라 불리는 제 달의 가면을 벗겨 내고 흉측하기 그지없는 민낯을 비웃다 보면 제 달이 힘겨운 표정을 지을 때가 있었다. 그 순간이 제가 기다리는 유일한 찰나였다. 저로 인해 아파하는 그 표정만이 그을린 제 상처를 위로하니 유치하다 해도 멈출 수 없었다.

기껏 입은 침의를 풀어 바닥으로 내던진 산군이 무어라 말하려는 달의 입술을 물어 씹었다. 오늘과 같이 원하는 것이 있을 땐 합궁 날이 아니어도 달이 저를 찾았다. 눈꼬리를 따라 눈물이 흐르는 중에도 목 뒤로 가는 팔이 감긴다.

가문을 위한, 맹목적인 헌신이었다.

2. 빛을 숨기는 전각

"대공 전하께서 무슨 말씀을 하셨기에 표정이 그러셔요."

혜심이 찻물을 우리다 말고 말했다. 혜원공의 서신을 받은 날이면 늘 우울한 표정을 짓는 제 상전이 오늘은 유독 더한 듯 피로해 보였다.

두 해 전, 내통하던 것을 들킨 이후로 혜심은 당연히 서신을 옮길 수 없게 되었다. 그렇다고 완과 혜원공 사이에서 오가는 서신을 완전히 금하지는 않았다. 오히려 공식적으로 윤허하여 혜심을 대신해 연락책 역할을 할 시동까지 붙여 주시는 애정을 보였다.

산의 것은 오직 산의 것이란 율법을 거스르는 일이긴 했지만 한평생 산 아래서 살았던 반려를 위한 산군의 배려를 대놓고 지탄할 만큼 간 큰 이는 없었다. 실상은 달의 행적을 대놓고 감시하기 위함이었지만 진실을 아는 이는 소수에 불과할 뿐이었다.

"열흘 뒤가 아버님 탄일이라는구나."

"벌써 그리되었습니까?"

손가락으로 날짜를 헤아려 보던 혜심이 눈꼬리를 밑으로 내렸다.

"이번엔 또 무슨 선물을 달라 하십니까?"

탄일을 핑계로 또 무언가를 요구했을 것이 분명했다. 제 딸을 산군님께 시집

보낸 후 황제께 대공의 칭호를 받은 혜원공은 나날이 담대해져 그 야욕이 손에 잡힐 듯 비대해졌다.

"차라리 선물이면 좋으련만."

달이 한숨을 뱉으며 작게 중얼거렸다.

혜원공은 제 딸의 밀정 행위가 발각되었음을 알지 못했다. 혜심이 아닌 이 리족 아이가 서신을 전달하게 된 것에 의문을 갖긴 했지만 그저 보는 눈이 많아 산군께서 배려해 주셨단 딸의 말을 곧이곧대로 믿었다. 애초에 달은 사실을 말할 수도 없었다. 뻔뻔한 속내를 속속들이 알고 싶으니 들통난 것을 드러내지 말고 평소대로 하라는 산군의 엄명 때문이었다.

그 사실을 알 리 없는 혜원공은 이전과 같이 더러운 욕심을 여과 없이 드러내며 서신을 썼고 그 서신을 건네받은 산군은 매일같이 조소하며 그 딸인 달을 능멸했다.

"산군님께 바치는 조세를 줄여 달라 하십니까?"

조심스레 묻는 혜심에게 완이 고개를 저었다.

"지금보다 조세를 줄이면 아예 납부하지 않는 것이나 마찬가지니라."

"허면 사병입니까? 얼마 전 세자 저하께서 전쟁을 치른다 하지 않았습니까."

혜심은 휘선 민씨 가문이 제 주인에게 또 무엇을 요구하는지 알 수 없어 답답하기만 했다. 그게 무엇이든 너무 무리한 것은 아니길 바랐다. 근래 불필요한 전쟁을 거듭하는 혜원공과 그의 아들 때문에 제 주인의 몸이 남아나질 않고 있었다.

"아버님께서—"

달이 서신을 바닥에 내려놓았다.

"나의 하산을 바라는구나."

"……설마요."

혜심이 도리질을 치다 이내 굳은 얼굴로 절대 안 된다, 단언했다.

"산군님께 말도 꺼내지 마세요."

감히 달의 하산을 요구하다니. 며칠 밤의 운우지정(雲雨之情, 남녀 간의 육체적 사랑)으로 끝날 일이 아니었다.

□ ◆ □

"이거라도 좀 드셔요."

혜심이 배꽃 모양으로 만든 유과를 건네며 말했다. 고개를 저으며 싫다는 뜻을 비치니 웃던 낯이 단번에 시무룩해진다.

"이리 먹지 않으시면 몸 상합니다. 쓰러지면 어쩌시려고요."

끼니를 거른 게 고작해야 사흘인데 복숭아 같던 뺨이 볼품없이 푸석해졌다. 그러나 근심으로 온 마음이 얼룩진 달에게 그까짓 살결, 어떻게 되어도 상관없는 일이었다.

"걱정이 되어 그런다."

얼마 전, 곧 저의 탄일이니 하산하여 연회에 참석하란 서신을 보낸 혜원공에게 완은 평소보다 빠른 답신을 보냈다. 산군의 달은 산을 벗어날 수 없으니 그리할 수 없다고.

이미 많은 것을 예외로 두고 있었다. 안 그래도 부족한 자격으로 달이 된 탓에 반쪽짜리 달이라 불리는 저인데 또 다른 예외를 만들어 소란을 일으킬 순 없었다. 사랑받던 예전이나 증오받는 지금이나 산군이신 지아비께서 많은 율법과 시선으로부터 저를 보호하는 만큼 저 또한 납작 엎드리는 시늉 정도는 해야 한단 소리다.

물론 지아비의 유난스러운 보살핌이 산궁 내에서 외부인일 수밖에 없는 저를 더더욱 고립시키고 있는 것도 사실이었지만 그렇다고 해서 그의 배의配意를 불경스럽게 거절할 수도 없는 노릇이었다.

한데 제 아비는 그런 산군님의 호의를 만만히 여기는 것인지 화를 부를 수도 있다 경고하는 제 말을 무겁게 생각하지 않았다.

"산군님께서도 아무 말씀 없지 않으십니까."

"허나 아버님이 산군님께 직접 서신을 보낸 것은 사실이지 않느냐."

완이 지끈거리는 머리를 짚으며 말했다. 서신을 빼돌릴 수 있으면 빼돌렸을 것이다. 허나 서신을 전달하는 일은 혜심이 아닌 오직 율을 통해서만 할 수 있었다. 까막눈이라 글을 읽을 줄은 몰랐지만 베껴 쓰는 것에는 탁월한 재능을 갖고 있어 서신 전달에 가히 완벽한 인재였다. 산군께 충성하는 이리족인 동시에 외부인 출신인 저에게 편견 없는 어린아이이고 서신을 펼쳐도 내용은 알지 못하니 이보다 적합할 수 있을까.

완이 어제 일을 떠올렸다. 어제도 율은 평소와 같이 혜원공에게 받은 서신을 그대로 베껴 산군께 바쳤다. 그 원본을 받아 읽은 제 심정이 어찌나 참혹했던지 온 얼굴이 창백해져 어린 율이 기겁을 하고 의원을 부르러 나갈 정도였다.

'정녕……, 아버님께 받은 서신이 맞느냐.'

도무지 믿고 싶지 않던 달은 어린 시동에게 몇 번이고 다시 물었다. 간절한 바람과 달리 율은 몇 번이고 고개를 끄덕였고 벌써 사본까지 산군께 올린 뒤라 말했다. 아버님의 오만이 하늘을 찌르고 있었다. 수신인에 떡하니 적힌 산군님의 휘諱도 거북하여 제대로 보기 어려운데 그것도 모자라 스스로를 장인이라 칭하고 있으니 이 교만을 어찌할까.

"달님."

문밖 궁인이 말을 올린다.

"월궁에서 사람을 보냈습니다."

달이 올 것이 왔다는 표정을 지었다.

□ ◆ □

"잠시 쉬었다 가시지요."

벌써 세 번째 쉼이었다. 궁인들 볼 염치가 없어진 완이 입술을 물었다. 기실, 월궁은 산궁에 있는 모든 전각 중 가장 높은 곳에 있어 수도 없이 난 계단 회랑回廊을 올라야 했다.

구름조차 허리께에 두를 만큼 높은 석산石山. 그 봉우리 위에 지어진 산궁은 평지 위 제후궁과는 완전히 다른 곳이었다. 하늘 사이 떠 있듯 유유자적한 동시에 화려한 자태. 봉우리와 봉우리를 잇기 위해 지어진 붉은 회랑이 밤이 되어 노란 등을 밝히면 그 운치가 신선들의 놀이터라 해도 아깝지 않을 정도였다. 물론, 그 아름다움이 좋기만 한 것은 아니었다. 잠시라도 현혹되어 정신을 놓으면 아찔한 높이를 감당 못 한 몸이 휘청여 추락할 수도 있으니.

"달님, 괜찮으셔요?"

율이 걱정스러운 눈으로 쳐다보았다. 곱게 자란 몸이라 그런지 오를 때마다 고문을 받듯 힘들어하는 달이었다.

"이제 조금만 더 오르면 됩니다."

대답할 힘도 남지 않은 완이 겨우 고개를 끄덕였다.

"하……, 어찌 이리 높단 말입니까. 올 때마다 저승길을 오르는 것 같아 소인, 죽겠습니다."

마지막 계단을 오른 혜심이 밭은 숨을 뱉으며 말했다. 구태여 동의를 표하진 않았지만 완 또한 같은 생각이었다. 의연한 척 애를 쓰는 이유는 혜심과 저를 뺀 다른 궁인들은 다분히 멀끔하여 조금의 힘든 기색도 보이지 않는 탓이었다. 물론 그들의 몸속엔 맹수의 피가 흐르니 인간에 불과한 저희들과 비교할 수는 없는 노릇이었다.

달이 월궁月宮의 현판을 가만히 바라보았다. 흐드러진 꽃나무와 밝혀진 불꽃들의 향연이 화려하고 붉어 그 자태가 태양과 같거늘, 월궁이라니. 이전이나 지금이나 이해할 수 없는 이름이었다.

"이곳에서부턴 홀로 드셔야 합니다."

침전(寢殿, 왕의 침실)이 아닌 정전(正殿, 왕이 조회를 하며 정사를 처리하는 장소)으로 안내한 궁인들이 문 앞에서 한 걸음 뒤로 물러났다. 산군께서 홀로 들라 명하셨다는 말에 혜심이 걱정스레 쳐다보았다. 괜찮다는 듯 고개를 끄덕여 보인 달이 자꾸만 힘이 풀리려는 다리에 억지로 힘을 주고 걸었다. 월궁을 출입한다 해도 매번 침전이거나 그것도 아니면 누각 정도였던 터라 이상할 정도로 어둡고 지나칠 만큼 고요한 정전의 분위기가 낯설다.

"여깁니다."

위에서 흐르는 목소리를 따라 올려 본 곳에 그가 보였다. 단상 위 넓은 의자에 앉은 그가 웃음이 깃든 입술로 장죽(長竹, 담배를 피우는 긴 담뱃대)을 물고 있었다. 장죽에서 나온 연기가 안개처럼 피어난다. 그 모습이 꼭 구름 속에 선 신의 모습이라 완은 고개를 숙였다.

"가까이 오세요."

"……."

몇 보 앞으로 나아간 완이 바닥에 무릎을 꿇고 손을 포개 머리를 조아렸다.

"감히 기다리시게 하여 송구합니다."

천천히 고개를 저은 산군이 낮은 웃음을 터트렸다.

"송구하다니요. 송구하지 않은 것 압니다."

장난기 섞인 책망에 완이 더욱 고개를 조아렸다. 무엇 때문에 화가 났는지 모르는 것도 아닌지라 의아할 것도 없었다. 오늘은 또 어찌 빌어야 할까, 걱정이 앞선 완이 슬며시 시선을 들었다. 턱을 괴고 웃는 그가 보인다. 산 아래 사내들과 달리 길게 내려오는 이환을 건 그는 웃는 얼굴 속에서도 서늘함을 만들어 낸다.

"그대의 아비가 내게 서신을 보냈던데."

"……예, 산군님."

"시집보낸 여식이 보고 싶어 마음이 아프다더군."

웃음기를 다 빼지 않은 목소리가 길게 늘어진다. 단상에서 내려오는 그의 걸음 소리가 들리기 무섭게 짙푸른 답호 자락이 시야를 가득 채웠다.

"무례하고 뻔뻔한 것이……, 어쩜 그리 닮았을까."

낮디낮은 목소리가 쏟아진다. 칠흑 같은 눈동자와 달빛을 닮은 살결. 지아비가 품은 과도한 미색은 언제나 그렇듯 어렴풋한 피 내음을 품고 있었다. 밤이면 사냥을 나가는 게 일상이요, 낮이면 죄인을 벌하는 것이 일과였으니 그에게 피 내음이 나는 건 당연한 일이었다.

한쪽 무릎을 꿇어 몸을 낮춘 그가 완의 뺨을 감싸 올렸다.

"영락없는 그대의 아비이지 않은가."

"……."

지그시 맞춰 오는 지아비의 시선에 달이 무심하던 낯을 조금 흐트러뜨렸다.

"내가 그대의 하산을 허락하지 않을 걸 그대는 알았을 테지."

"……."

절로 드는 두려움에 몸을 물리려 하니 손에 힘이 실린다.

"하여 아비를 시켜 직접 청을 올리게 했을 테고."

"아닙니다, 저는……."

달이 변명하려 입을 여는 순간, 산군은 듣기 싫다는 듯 눈살을 찌푸렸다. 곧바로 다물리는 입술을 보고 산군이 쯧, 혀를 찼다.

죽일 수 없어 살려 둔 반려라고는 하나 어쨌든 저의 반려였다. 저의 애착과 보호 아래 있어야 하는 존재란 소리다. 애착에서 애정은 자취를 감췄다지만 집착은 남았으니 방임할 생각은 없었다. 저를 이용하고자 접근하였고 끝까지 이용해 보라 일갈한 것도 저였으니 적당한 방자함은 우습게 봐 줄 수도 있었다. 허나 그것이 자유를 의미하지는 않았다.

달의 하산을 바라는 혜원공의 요청은 들어줄 가치가 없는 것이었다. 감히 제 휘를 적은 것이 방종하여 벌을 내릴까 고민하긴 했으나 벌레만도 못한 존재에게 구태여 시간을 쏟고 싶지 않았다.

해서 제 달을 부른 것이다. 용서를 구하는 달의 모습이 보고 싶어서. 반려가 된 지 다섯 해인 제 달이 산의 율법을 모른다는 건 말이 되지 않으니 하산을 바라는 것만으로도 죄라는 걸 알 것이었다. 허나 잔뜩 기죽은 모습을 보고 있자니 그 흔한 호승심도 들지 않는다.

"다녀오세요."

툭하면 달을 불러 빌어 보라 심술부리는 게 저의 일상이었지만 문득 드는 허탈함에 그럴 마음이 사라졌다. 용서를 빈다 해도 그게 무슨 의미가 있을까. 그래 봤자 흉내에 불과한 거짓일진대. 놀란 듯 눈을 동그랗게 만든 달의 얼굴을 무심히 쳐다보았다.

"장인께서 친히 서신까지 쓰는데—"

산군이 완의 턱을 단단히 쥐었다.

"사위로서 거절할 수야 있나."

□ ◆ □

완은 산군께 이틀의 시간을 허락받고 무려 다섯 해 만에 휘선 땅을 밟았다.

"아기씨!"

이전에 완을 모시던 시종들이 몰려와 너도나도 인사를 올리는 통에 약간의 소란이 일었다. 괴물인지 신인지 알 수 없는 존재와 혼례를 올린 뒤 살았는지 죽었는지 알 수 없던 완이 이전보다 화려한 자태로 나타나니 다들 신기한 듯 시선을 떼지 못했다.

"결국 왔구나."

가문의 휘장을 등허리에 새긴 사내가 비딱한 미소를 지은 채 나타났다.

"하도 비싸게 굴기에 못 오는 줄 알았다."

재잘거리던 시종들이 하릴없이 얌전해진다.

"⋯⋯여전하십니다."

주어를 명확히 하지 않은 완이 무심한 얼굴로 인사를 대신했다. 절은커녕 머리를 조아리지도, 고개를 끄덕이지도 않는 제 누이의 뻣뻣함에 기가 찬 민정우가 가소롭다는 듯 웃었다.

"아무리 출가외인이라 해도 그렇지. 인사하는 법도 잊은 것이냐."

"세자 저하를 뵈옵니다."

민정우의 잔혹한 성정을 아는 혜심이 얼른 무릎을 꿇었다.

"달님⋯⋯, 어서요."

안쓰러울 정도로 몸을 떤 혜심이 완을 올려 보았다. 혜원공의 후계이자 완의 오라비인 세자는 평소에도 노비들을 매질로 다스리길 좋아했다. 맷집 좋기로 유명한 노비들도 그의 매질은 견디기 어려워했으니 그 정도가 가히 잔혹했음은 분명한 것이었다.

"일어나거라."

완이 혜심에게 친히 손을 내어 주며 말했다.

"겁주지 마십시오."

"뭐라."

몸종에 불과한 이들과 사사로이 어울리는 걸 예부터 좋아하지 않던 세자의 눈매가 날카롭게 다듬어졌다.

"저는 더 이상 오라버니의 누이가 아니지 않습니까."

"……."

"이 아이도 오라버니의 종이 아닌 산군님의 가산(家産, 한 집안의 재산)입니다."

말을 부러 늘인 완이 뒤로 선 다섯 명의 무관을 쳐다보았다. 보통의 사내보다 큰 신장과 단단한 체격. 그리고 남색의 철릭. 무관이라면 응당 있어야 할 칼이나 활조차 지니고 있지 않았지만 그건 굳이 필요하지 않기 때문이지 예를 지키기 위함은 아니었다.

"또한 인사는……."

산군을 뜻하는 이리의 문양이 가문의 휘장을 그려 놓은 오라비와 마찬가지로 달의 등허리에서 펄럭인다.

"오라버니께서 하셔야지요."

"……."

세자의 눈에 살기 어린 욕망이 들끓는다. 완에게는 익숙한 것이었다. 휘선 땅 제후의 맏아들로 태어난 그는 많은 것을 누리고 살았지만 욕심은 끝이 없어 매번 굶주린 눈을 하고 있기 마련이었다.

그런 그에게 소중한 것을 약탈당하지 아니한 자, 휘선 땅에서 찾기 어려워라.

□ ◆ □

"율아, 이것도 먹어 보거라."

달이 연회 상에 올라온 다과를 밀어 주며 말했다. 본래 하산은 산군께서 지정해 준 무관 다섯과 혜심만을 데리고 하려 했으나 제후궁 구경을 하고 싶다 조르는 아이 탓에 율도 포함하게 되었다. 오라비인 민정우는 덜 자란 시동이 알짱거리는 것이 거슬리는 모양이었지만 낮에 있던 신경전을 의식한 탓인지 구태여 말을 보태지는 않았다.

"대공 전하 드시옵니다."

제후궁 내관의 외침과 함께 인덕전의 문이 열렸다. 초대받은 인사들이 자리에서 일어나자 적색 두루마기를 입은 혜원공이 웃으며 들었다. 사람 좋은 양 모여든 사람들의 축하를 받던 그가 상석과 가장 가까운 자리에 앉은 여식과 눈을 맞췄다. 서신으로야 서로의 안부를 지겹게 물은 둘이지만 마주한 것은 다섯 해 만이었다. 하례객들의 시선이 쏠린다.

"아버님."

달이 자리에서 일어나 미소를 지었다. 이내 무심한 얼굴로 돌아오긴 했으나 예부터 잘 웃지 않는 것으로 유명하던 완이라 하례객들이 조금 술렁였다.

"오랜만이구나, 아가."

마주 웃은 혜원공이 다정히 답했다. 실로 든든한 마음이 들 수밖에 없었다. 좌에는 세자인 맏아들이, 우에는 산군의 반려가 된 여식이 있으니 웃지 않을 이유가 없다.

□ ◆ □

"누님!"

혜원공이 등장한 탓인지 전보다 정숙해진 연회 분위기에 금방 흥미를 잃은 율이 혜심의 옷자락을 잡아끌었다. 못 이기는 척 일어난 혜심이 완에게 잠시 자리를 비우겠다 속삭이니 그리하라는 답이 떨어졌다.

인덕전에서 한참이나 멀어진 둘은 제후궁의 탐스러운 뜨락을 거닐었다. 제후궁에서 나고 자란 혜심은 고작 다섯 해 만에 낯설어진 풍경을 씁쓸하게 쳐다보았다.

"저 누각까지 걸어도 됩니까?"

길도 모르는 주제에 앞서 걷던 율은 멀리 보이는 누각 하나를 가리켰다. 지극히 사치스러운 산궁에 비하면 소박한 편에 속하는 제후궁이었지만 그중에서도 아이가 가리킨 누각은 아름답다 소문난 곳이었다.

"저 누각이 마음에 드는 것이냐?"

"예, 제법 운치가 있네요."

"여름이라 아쉽네. 가을이 되면 단풍나무가 우거져 곱절은 더 예뻤을 텐데."

"달님께서도 좋아하셨겠네요?"

순하게 고개를 끄덕인 아이가 악의 없이 물었다.

"우리 달님께서도 예쁜 나무들을 좋아하시잖아요."

혜심이 대충 수긍하며 누각의 현판을 바라보았다. 아무것도 모르는 율은 그 시선이 어쩐지 어둡다 느꼈다. 사실 아이의 눈에는 달님이나 혜심이나 제후궁에 도착한 이후로 불편하고 어색해 보였다. 다섯 해 만에 식솔들을 만나는 것인데 왜 그런 표정을 하고 있는 것인지 이해할 수 없었지만 쓸데없이 묻지는 않았다. 어린 나이라고는 하나 산군님을 모시는 시동으로 산 세월이 적지 않았다. 묻지 말아야 하는 것과 반드시 물어야 하는 것을 구분할 줄 안다는 소리였다.

"이 누각의 이름이 무엇인지 아느냐?"

혜심이 무거운 정적을 깨고 물었다. 율이 밤톨 같은 머리통을 하늘 높이 꺾어 글자들을 쳐다보았다.

"저 까막눈인 거 아시면서."

작게 투정하듯 심통을 부린 아이가 밉지 않게 흘겨본다. 다정히 미소를 지은 혜심이 현판 위 글자들을 가리켰다.

"그래도 자세히 보거라."

"자세히 본다고 읽을 줄 모르는 글자가 읽혀진답니까?"

안 그래도 통통한 볼에 바람을 넣고 부풀리던 아이가 무언가 깨달은 표정을 지었다.

"혹, 비현각입니까?"

알아차릴 줄 알았다는 듯 혜심이 아이의 뒷머리를 쓰다듬었다.

"그래, 비현각秘㷊閣이다."

"우와, 운명이네요!"

아이가 손뼉을 치며 환하게 웃었다. 산궁 안 달님의 처소도 이 누각의 이름과 같았다. 아이의 시선에선 그것이 꽤나 운명적이라 느껴지는 모양이었다.

"내일 달님과 함께 와요! 낮에는 어떤 모습일지 궁금합니다."

"……안 돼."

"왜요?"

"달님께서 이곳을 싫어하시거든."

퍽 아쉬운 표정을 짓던 아이가 그 이유를 묻듯 커다란 눈망울을 깜빡였다.

그 선한 얼굴에서 익숙한 누군가의 얼굴을 떠올린 혜심은 일른 입술을 짓이겨 물었다.

"네가 달님의 아우님과 닮았다는 말 기억하느냐?"

"기억하지 못할 리가 있습니까. 달님께서 거의 매일 말씀하시는걸요."

지겹다는 듯 고개를 절레절레 흔들면서도 설핏 지은 미소를 지우지 않는 율은 정말이지 달의 아우와 비슷한 용모를 지니고 있었다. 동그란 두상과 다갈색의 머리칼. 그 밤톨 같은 자태.

"한번 뵙고 싶었는데 못 뵈어서 아쉽습니다."

"그래?"

"예, 얼마나 닮았는지 매번 궁금했거든요. 많이…… 편찮으신 겁니까?"

율이 조심스레 물었다. 달님께서 저를 아끼는 이유엔 사가에 계신 아우님과 제가 닮았다는 점이 상당 부분 차지하고 있다는 걸 알았다. 닮았다는 말을 할 때마다 달님의 표정이 애틋해진다는 것을 모른 척하기엔 기저에 담긴 그리움이 너무 뚜렷하고 또한 가득했다.

혜심이 동그란 머리꼭지 위에 손을 올리고 부드럽게 쓸었다. 틀어 올릴 만큼 길지 않은 결 좋은 머리카락이 손가락 사이로 빠져나간다.

"……돌아가셨다."

"예?"

발끝으로 흙바닥을 파던 율이 고개를 들고 물었다.

"살해되셨다."

"……."

"이곳에서."

혜심이 비현각의 현판을 올려 보았다. 빛을 숨긴다는 뜻이 아름답긴 했으나 빛처럼 찬란하던 생명이 바스러져 죽은 곳이기도 하니 마냥 아름답지만은 않았다. 말끔하게 치워졌다 한들 그날 쏟아진 피가 곳곳에 스몄을 걸 생각하면 눈살이 찌푸려진다.

달님께선 그날 이후 이쪽으로는 고개도 돌리지 않았다. 한데 이곳과 똑같은 이름의 처소에서 달이라 불리고 있으니 그 운명이 어찌나 가혹한지.

"혜심아!"

문간에 기대 잠들어 있던 혜심이 방 안으로 뛰어 들어갔다.

"아기씨!"

식은땀을 얼마나 흘렸는지 푹 젖은 몸으로 엉엉 우는 몸을 혜심이 익숙하게 끌어안았다.

"오라버니가······, 오라버니가 날 죽이려 한다!"

완이 뜬눈으로 허공을 바라보며 몸을 덜덜 떨었다.

"아기씨, 정신 차리셔요. 헛것입니다. 다 헛것이어요."

"꿈이라니. 무엇이 꿈이란 말이냐. 네 눈엔 칼을 찬 오라버니가 보이지 않는 것이냐. 아우들의 피를 묻히고 선 오라버니가 보이지 않느냔 말이다!"

눈물을 펑펑 쏟으며 말하는 완의 입을 혜심이 슬픈 표정으로 틀어막았다. 혜심은 제 주인의 환영이 무엇 때문인지 알았다. 무엇 때문인지 알기에 지금 무엇을 해야 하는지도 알았다.

"소리를······."

"흡, 흑······."

"소리를 죽이셔야 합니다."

완의 공포는 드러내면 안 되는 것이었다.

지금으로부터 여덟 해 전, 휘선 제후궁에 피바람이 불었다. 혜원공이 중양절을 맞아 궁을 비운 것이 원인이라면 원인이었다.

중양절이 되면 선국의 제후들은 산을 두르는 강 아래 자리를 잡고 밤새 풍등을 띄웠다. 두터운 종이 갓을 씌운 풍등엔 선국의 부국강병과 황제의 무병장수를 기원하고 산군의 위세를 찬미하는 글귀가 적혔다. 태산에 가로막혀 만나지 못하던 세 제후와 황제의 바람이 하늘에서라도 만나는 날이자 산의 주인인 산군이 땅으로 내려오는 유일한 날이었다.

혜원공의 맏아들 민정우는 그날 밤, 비현각秘炫閣에 다과상을 차리고 아우들을 기다렸다. 형의 계략을 알 리 없는 두 명의 동생들은 매복하고 있던 사병들에게 포위되었고 비명을 지르기도 전에 허무한 죽음을 맞이했다. 얼마나 오래 준비한 것인지 혈육을 베는 민정우의 칼날엔 망설임이 없었다.

"살려 주세요! 살려 주세요, 오라버니!"

완도 예외는 아니었다. 벌써 두 명의 형제들을 죽였지만 여전히 칼을 내려놓을 생각이 없던 오라비가 문지방을 넘어 들어온 것이었다.

"아프지 않을 것이다."

무료한 듯 따분한 표정이 어찌나 섬뜩한지 달조차 구름 뒤로 숨어 방 안이 참참했다.

"오라버니, 제발요."

죽음에 대한 공포와 죽고 싶지 않다는 본능에 잠식된 완은 미친 사람처럼 울부짖었다.

"살려 주세요. 살려 주세요, 제발……."

제후의 딸이라는 지조와 절개 따위는 생각도 나지 않았다. 그저 제 목숨을 틀어쥔 오라비 앞에 비렁뱅이처럼 기어 머리를 조아리는 것만이 할 수 있는 최선이었다. 그럼에도 동요하지 않는 오라비가 칼끝을 겨누자 두려움은 극에 달했다.

"계, 계집이지 않습니까!"

완이 외쳤다.

"소녀는……. 소녀는 계집이지 않습니까."

완은 제 오라비가 왜 이런 끔찍한 일을 벌이는지 짐작하고도 남았다. 몇 달 전, 혜원공의 선포 때문임이 분명했다.

'제후의 자리는 장자 승계를 원칙으로 하지 않는다.'

말뿐인 선포였다. 선극의 질서가 그러했다. 작금의 황제도, 혜원공 본인도, 혜원공의 아비였던 인평공까지 모두 장자 승계를 원칙으로 아버지의 자리를 물려받은 장자들이었다. 보수적인 혜원공이 그 오랜 관습을 무너뜨릴 리 없었다. 그러니 그 말뿐인 선포는 형제간의 적당한 경쟁심을 이끌어내기 위함인 것이 뻔했다.

하지만 혜원공이 간과한 사실이 있었으니. 그의 맏아들인 민정우는 무엇이든 홀로 차지하는 것에 익숙하다는 것이었다. 그런 그에게 경쟁은 의욕을 이끄는 것이 아닌 살욕殺慾만 이끌 뿐이었다.

"저 같은 계집 따위가……, 감히 무엇을 할 수 있겠습니까."

그러니 완은 애원할 기회가 아주 없지는 않은 것이었다. 계집으로 태어난 이상, 장자 승계이든 아니든 물려받을 자리 따위 없었다.

"그래."

민정우는 고개를 끄덕이며 쉬이 수긍했다.

"나도 알지."

한쪽 무릎을 끓고 제 누이의 턱을 쥔 그는 비릿한 웃음을 터트렸다.

"허나 다 보지 않았느냐."

"무, 무엇을……."

"내가 아우들을 죽이는 모습 말이다."

말의 뜻을 깨달은 완이 급히 오라비의 옷자락을 쥐었다.

"아, 아닙니다. 아니에요, 오라버니."

"무엇이 아니더냐."

다정스레 표정을 바꾼 오라비가 물었다. 울부짖던 입술이 뱉을 말을 찾지 못해 망설이는 동안 그는 칼을 쥔 손에 힘을 주었다. 피로 물든 칼날이 들어 올려지는 순간,

"아무것도……."

평생을 후회할,

"아무것도 보지 못하였다, 그리 말하겠습니다."

돌이킬 수 없는 대답.

민정우는 웃으며 제 누이를 쳐다보았다. 애초에 승계 자격이 없는 누이야 있어도 그만 없어도 그만이었다. 남동생만 골라 죽이는 것이 너무 노골

적인 것 같아 함께 죽이려 했을 뿐.

"누이야."

민정우가 바르작거리는 누이의 뒷머리를 부드럽게 쓰다듬었다.

"흐읍……."

"떨지 말거라."

"흑, 흡……."

"네가 나를 이리도 위하는데…… 죽일 수야 있겠느냐."

그 말에 완은 더욱 울음을 터트렸다. 살았다는 안심에서 비롯된 눈물인
지, 두려움에 굴복한 수치심에서 비롯된 눈물인지는 알 수 없었다.

민정우가 칼자루를 지렛대 삼아 자리에서 일어나자 완이 급히 고개를
들었다. 그것이 마음에 들지 않는지 부딪치는 눈이 서늘하다.

"조용히―"

"……."

"죽은 듯 있거라. 아직 막내가 남았으니."

"아, 아……. 흐읍……."

완이 괴로움에 가슴을 쳤다. 이제 겨우 아홉 살을 넘긴 막냇동생마저 죽
이겠단 그를 완은 막지 못했다. 제 방을 떠나 긴 복도를 걷는 오라비의 걸음
소리. 그 걸음이 어디를 향하는지 알면서도 그저 귀를 막았다. 이내 들리는
비명. 그것까지 모른 척했다. 조용히, 죽은 듯. 그렇게 홀로 살아남았다.

그리고 다음 날. 비극은 끝을 모르고 이어졌다.

"아무것도 보지 못했습니다……."

스스로를 기만해야 하는 것이 비극의 첫째요―

"부부인 마님께서……!"

충격에 스스로 목숨을 끊은 어미가 둘째라.

혜원공은 굳은 표정으로 아내와 아들들의 시신을 수습하고 제를 지내며
제후궁에 도적 패가 들었다 발표했다. 한심하기 짝이 없는 소리였다. 황군
도 아니고 고작해야 도적 패 따위가 제후궁을 뚫다니. 혜원공은 모든 것을
모른 척하기로 마음먹은 것이었다.

그날 이후 민정우는 혜원공의 유일한 후계자임을 인정받아 세자가 되었다. 그러니 비극의 내막을 아는 유일한 생존자, 완은 비명이 나와도 소리를 죽여야 한다.

'천지신명이시여.'

허락된 것은,

'소녀의 죄를 용서하지 마시옵고.'

침묵 속에서 비는 간절한 염원뿐이니―

'가문의 파멸을 허하소서.'

그 누구에게도 들키지 않으리라.

□ ◆ □

"가족 간의 시간을 좀 갖고 싶은데……."

혜원공이 달의 뒤를 지키는 무관들을 보며 대놓고 말했다. 연회가 한창인 인덕전 앞뜰에서 기다려도 된다. 아무리 말해도 별채까지 따라 드는 사내들에 세자도 불편한 기색이 역력했다.

"괜찮으니 자리를 비켜 주세요. 오래 걸리지 않을 겁니다."

달이 안으로 들기 전, 조용히 말했다. 혜원공과 세자가 말할 때는 듣는 시늉도 않던 이들이 토 다는 법 없이 물러나자 민정우가 어처구니없다는 표정을 짓는다.

"네 말만 듣는 개로구나."

"제 말만 듣는 이리지요."

닫힌 방문을 보던 완이 태연한 얼굴로 잘못을 바로잡았다. 자존심 상한 얼굴이 흥미로워 더 놀리고 싶긴 했지만 시간을 길게 끌고 싶지 않았다. 아버지의 뜻이 무엇인지 알고 있었다. 하례객들 앞에서 저의 건재함과 부녀간의 친근함을 보였으니 이제는 실리를 취할 때였다.

"산군께서 전쟁에 대한 말씀이 없으시더구나."

"말씀하실 것이 없으니까요. 땅에서 치르는 전쟁은 산군님의 윤허가 필요 없으니 마음껏 원하는 대로 하셔도 상관없습니다."

"그 말이 아님을 알지 않느냐."

언짢은 기색을 숨기지 않고 묻는 아비를 완이 가만히 쳐다보았다. 요즘 들어 제 아비와 오라비는 전쟁을 일으키지 못해 안달이었다. 선국의 국경은 모두 산으로 이루어져 있으니 전쟁을 하려면 산길을 열어야 했다. 그 오만하고 방자한 요청에 산군께서 쏟아 낸 화가 어찌나 불같았는지 제 아비와 오라비는 알까.

"지정한 날짜에 한하여 산길을 연다 하셨습니다."

"그 날짜가 문제임을 모르는 것이냐!"

참지 못한 오라비가 끼어들었다.

"열었다는 게 중요한 겁니다."

답답하다는 듯 말하는 완의 얼굴에 냉정이 서린다.

"누구도 넘지 못한 산을 아버님과 오라버니의 군대에겐 윤허하신 것 아닙니까. 그것만으로도 진선과 영선의 제후에겐 위협이 될 겁니다. 과분한 처사임을 아셔야지요."

"그렇게 전쟁에서 이기면 무엇 하느냐. 도로 산길을 닫으면 그 땅은 누가 다스린단 말이냐!"

민정우가 신경질적으로 물었다.

"산군님께서 하실 겁니다."

혜원공과 세자의 얼굴이 동시에 일그러졌다. 패전국을 다스리는 건 승전국의 고유한 권리였다. 그 권리가 아니라면 구태여 전쟁을 일으킬 필요도 없는 것인데. 그 전승戰勝의 기쁨을 앗아가려고 하다니.

"네가 정녕 제정신인 것이냐."

혜원공보다 더 간절히 전쟁을 원하던 세자가 이죽거렸다. 머리가 큰 이후로 사사건건 아버지와 부딪치는 바람에 저만의 땅을 바란 지 오래였다. 휘선 땅을 오랜 시간 다스려 온 아버지는 제후궁을 포기할 리 없으니 전쟁에서 승리하기만 하면 새 땅의 주인은 저였다. 한데 그걸 산길 여는 것 외에는 아무것도 하지 않을 산군에게 빼앗겨야 하다니.

완이 부글거리는 제 오라비를 안쓰럽다는 듯 바라보았다.

"적당히 엎드릴 줄도 아셔야지요."

"지금 나보고 엎드리라고 하였느냐?"

도무지 참을 수 없다 생각한 민정우가 혜원공을 향해 누이를 엄히 질책하라 간언했다. 어릴 때라면 그 말이 꽤 무서웠을 수도 있었을 테지만 지금의 달은 아무렇지도 않았거니와 외려 어린애의 투정을 보는 듯해 따분하기 그지없었다. 하여 달은 분노로 뒤집힌 오라비의 눈을 무시한 채 아비의 표정을 살폈다. 한 마디 할 법도 한데 찻잔을 기울이는 모양이 그저 평온하다.

"누구보다 가문의 영광을 바라는 이는 저입니다. 아시지 않습니까."

달은 제 아버지와 욕망의 시작점이 같았다. 가문을 선국 가장 높은 곳에 올려 두겠다는 욕망이 서로를 믿지 않는 둘을 한배에 태운 셈이었다. 허나 그 마지막 목적지가 달랐다.

"근래 산군님의 심기가 편치 않으십니다."

"……."

혜원공의 표정이 수치심으로 일그러져 붉은빛을 띠었다.

"당분간은 자중하세요."

타고난 핏줄이 고귀해 황제를 제외하곤 머리 숙여 본 적 없는 그다. 그런 그가 계집이라 박대하던 딸에게 철부지 취급을 받고 있으니 그 상황을 견디기가 쉬운 일은 아닐 것이다. 그러나 선국의 황제가 되기 위해선 딸의 지아비인 산군의 힘이 반드시 필요했다.

완은 아비의 꿈틀거리는 안면 근육을 묘한 시선으로 응시했다. 화가 난 것이 분명한데 그것을 표출하지 않고 인내하는 모습이 낯설다. 이전에 이런 모습을 본 적이 있던가. 이렇게 참을 수 있으면서 어찌 그동안은 호통만 치며 살아오셨는지. 한심하단 생각과 원망스러운 마음이 어지럽게 뒤섞인다.

가장 높은 곳에 오르셨다가 처참하게 추락할 땐 어떤 표정이실까.

아우들이 죽고 어머니마저 싸늘한 주검이 된 중양절의 비극 이후 매일 그날을 기다렸다. 마음이 약해지고 죄의식에 사로잡혀 모든 것을 그만두고 싶을 때마다 아버지와 오라버니의 좌절 섞인 표정을 상상했다. 처음엔 그 상상이 슬픔을 이겨 내는 데에 도움을 주었지만 시간이 지나자 그것도 시들해져 이룰 수 없는 꿈을 꾸는 기분이 들었다. 제 가문을 상대하기엔 저는 너무 혼자였고 가진 힘도 미약했다.

유일한 삶의 의욕이자 이유였던 바람이 시들어질 즈음, 산군님을 만났다. 제후인 아버지보다 높은 곳에 있고 휘선의 개새끼라 불리는 오라비보다 잔혹한 성정을 가진 강한 이. 그게 저의 지아비였다. 산군의 달이 되면 영원히 산에 발이 묶인다는 걸 알았지만 그 정도는 제약이라고 생각하지도 않았다. 짐승들의 피비린내를 견딜 수야 있을까 싶지만 아우들의 피 냄새보다는 연할 테니.

그러니 제 아버지와 저는 한배를 탔지만 동지는, 절대로 아니다.

"산군께선 민간의 황제처럼 천치가 아닙니다. 체통 없이 이것저것 바라기만 하시면 정작 중요할 때 쓰지 못할 수도 있습니다."

"방자하기 그지없구나!"

아버지의 앞이라고 나름 인내심을 발휘하던 오라비가 완의 머리채를 휘어잡았다. 어릴 적부터 익숙했던 일이라 아픔은 크지 않았다. 잡히는 순간, 집채만 한 이리들이 문을 부수고 들어오는 통에 고통을 느낄 새도 없었다. 눈 한 번 깜빡인 사이, 오라비는 바닥에 내던져졌다.

"아, 아버님……!"

오라비가 아가리를 벌린 이리에게 어깨를 짓눌린 채 신음했다. 공포로 가득 찬 눈이 낯설었다. 노비들을 괴롭힐 때면 살기가 등등하여 빛나던 눈이었는데. 하기야. 웬만한 사내의 주먹보다 큰 송곳니를 드러내며 으르렁거리는 이리를 앞에 두고 태연하기엔 그 역시 저와 마찬가지로 온실 속 화초였다.

"완아."

내내 조용하던 혜원공이 그제야 여식의 이름을 다정히 불렀다. 부러 늑장을 부리며 잡혔던 머리를 정리하던 완이 오라비의 어깨를 무정히 바라보았다. 새빨간 선혈이 뚝, 뚝, 떨어지고 있었다. 제 머리채를 쥔 것에 비하면 썩 만족스러운 벌은 아니지만 늑대 밥이 되게 할 순 없으니 어쩔 수 없었다.

완이 못 이기는 척 오라비를 깔고 있던 이리를 향해 손을 뻗었다.

"그만하세요."

엄호하듯 선 네 마리의 이리에게도 일일이 눈을 맞췄다.

"저는 괜찮습니다."

그제야 거친 숨을 뱉던 이리들이 경계 태세를 거두고 뻗은 손끝에 코를 갖다

댔다. 안위를 살피듯 한참을 그렇게 있던 이리들이 다시 밖으로 나가자 구석에서 몸을 떨던 세자가 벌떡 일어났다.

"저, 저 커다란 짐승 새끼들이 대체 어디서 나타난 것이냐! 너를 호위하던 무관들이 변한 것이냐? 산에 사는 족속들은 짐승과 인간 사이에서 난 괴물이라더니 그 말이 사실인 모양이구나!"

"괴물이라니요. 말을 가려 하세요."

"이 망할 년이!"

수치심에 붉어진 낯을 한 민정우가 습관처럼 손을 들었다가 다친 어깨에 비명을 질렀다. 그 모습이 우스워 고개를 저은 달이 씩씩거리는 오라비를 향해 말했다.

"제 앞에서 자꾸 손 올리지 마십시오. 이리들이 제 말을 잘 듣는 편이기는 하나……, 가끔은 통제가 안 되기도 합니다."

"너, 너……!"

"산군님께선 제 몸을 꽤 아끼십니다."

황당하다는 듯 눈살을 찌푸린 민정우가 속니를 씹었다. 완은 그 꼴이 싱겁고 한심해 웃음이 나왔다. 어릴 땐 그가 목소리만 높여도 무서워 숨을 곳을 찾았는데 이제 보니 어린 율의 상대도 되지 못할 것 같다.

"오라버니께서 이 가문의 유일한 후계라는 걸 다행이라 여기십시오. 오라버니를 대신할 다른 이가 있었다면 산군님께 오늘 일을 보고하는 걸 내버려 두었을 테니 말입니다."

"감히 네가 나를 겁박하는 것이냐."

"예, 겁박하는 겁니다."

"……."

"오라버니께서 제 머리채를 잡았단 사실을 산군님께서 아시는 날엔—"

말을 잠시 고른 완이 눈을 감았다.

"늑대 밥이 되는 게 나았을 거라 그리 여기실 겁니다."

완이 자리에서 일어나 산으로 돌아가겠다 말했다. 피로가 쌓이니 집이 그립다.

"완아."

혜원공이 어두운 표정으로 일어났다. 아쉬움이 역력해 보이는 얼굴이긴 하나 그것이 오랜만에 만난 딸과 따뜻한 대화 한번 나누지 못한 것에 대한 종류는 아닐 것이다.

"네 뜻이 변한 것일까 두렵구나."

책망하듯 떨어지는 말에 돌아선 완이 걸음을 멈췄다.

"변한 것 없으니 걱정 마십시오."

완이 아비와 오라비를 번갈아 쏘아보았다.

"아버님을 선국 주인 자리에 앉히는 건, 저의 오랜 꿈입니다."

"……."

서로를 믿지 못하면서도 동시에 함께할 수밖에 없는 공동의 욕망.

"그러기 위해선 산군님의 힘이 필요합니다. 그러니 제발 좀, 자중하세요."

들쑥날쑥하던 세 사람의 호흡이 한 사람의 것처럼 합쳐진다.

"저 망할 년이 변했습니다."

완이 나간 자리에서 씩씩 거친 숨을 뱉던 민정우가 혜원공을 붙들고 언성을 높였다.

"감히 아버님께 자중하라 하지 않습니까! 그년이 진정 뵈는 게 없는 겁니다. 산군을 등에 업고 기세가 등등해졌다 이 말입니다!"

"내버려 두거라."

말은 그렇게 해도 혜원공의 미간 주름이 깊어졌다. 그 역시 제 딸의 태도가 마음에 들지 않은 탓이다. 본래도 아비에게 살가운 딸은 아니었으나 웬만한 일에는 순종하는 걸 택하던 완이었다.

허나 받아들일 수밖에 없다.

"대업을 이루기 위해선 네 누이의 희생이 필요함을 알지 않느냐."

그래 봤자 제물일 뿐이니.

3. 폐월

"해서 무슨 말이 하고 싶은 건가."

월궁의 정전. 산군의 시선이 싸늘하게 가라앉았다. 기세 좋게 반대만을 외치던 신하들이 입을 다물었다.

달의 작은 속삭임으로부터 시작된 것이었다. 휘선 땅 백성들이 때아닌 가뭄으로 몸살을 앓고 있으니 조세 부담을 내려 달라는.

산 아래서의 인연을 모두 끊고 산궁에 든 달이라는 걸 생각하면 무엄한 일이었고 또 월권이었다. 조세를 바치기 어려운 사정이 생기면 그건 해당 지역의 제후나 황제가 말을 올리는 것이 이치에 맞았다. 또한 조세는 단순히 창고를 채우는 데에 의의가 있지 않았다. 조세의 크기는 복종의 농도요, 값어치는 순종의 결심이니 그 크기와 값어치를 쉬이 줄일 수 없다.

"산군님께서 과히 폐월(嬖月, 달을 사랑하다)하시니……."

늙은 신하 하나가 두려움을 무릅쓰고 간했다.

"혜안이 가려지실까 두렵습니다."

정전 안이 고요해졌다. 산군은 재미있다는 듯 웃었다. 제 앞에서도 이리 말하는데 제 반려의 귀에는 어떤 말들이 흘러들까. 폐월이니 혜안이니 지껄이던 신하를 쳐다보았다. 뱉어 놓고 두렵긴 한 모양인지 깊게 머리를 조아리고 있었다.

"우습구나."

한겨울의 밤바람 같은 목소리.

"그깟 조세를 감면한다고 줄어들 위엄이었으면 그대들의 주인으로 서 있지도 않았을 텐데."

신하들이 절로 몸을 떨었다.

인간들의 황제가 갖는 황위와 달리 산군의 자리는 그까짓 혈통 하나로 지킬 수 있는 게 아니었다. 지금의 산군이 아버지로부터, 그 아버지는 또 그의 아버지로부터 자리를 물려받았으니 혈통이라면 혈통이었지만 그건 대대로 강하다는 증명일 뿐이었다. 수풀 속을 기어 다니는 맹수들의 목을 물어 뜯을 만큼의 강인한 위용과 타고난 현신의 기세가 없었다면 산의 주인은 달라졌을 것이다. 짐승들의 세계에서 약자는 우두머리가 될 수 없는 법이니.

"감히 나의 힘을 의심하는 것인가."

산군이 납작 엎드린 머리들을 보며 말했다.

"어찌 그런……, 가당치도 않사옵니다."

화들짝 놀란 신하들이 너도나도 열을 올리며 부정했다. 정전 안에 때아닌 소란이 인다.

"허면 더는 토 달지 말라."

산군이 차갑게 말했다.

"그게 나의 뜻이니."

산군의 뜻을 거스르고자 한다면 목숨을 걸어야 한다.

□　◆　□

"하……."

"그렇게 제후궁에서 하루 정도는 묵고 움직이자 하지 않았습니까."

혜심이 한 치 앞도 보이지 않는 산길을 보며 한숨을 쉬었다. 연회를 파하고 나눈 담소에 무슨 문제가 있었던 것인지 별채를 나오자마자 산궁으로 돌아가겠단 달님을 말릴 수가 없었다.

"구역질이 나 더는 못 있겠는 걸 어쩌겠느냐."

찌푸린 얼굴의 주인을 이해하지 못하는 건 아니었다. 산군의 달이 되기 전부터 살갑지 않던 가족인데 갑자기 애틋해지는 것도 이상했다.

"아쉽지는 않으셔요?"

"무엇이?"

"나고 자란 곳이지 않습니까."

사람을 그리워하진 않더라도 제후궁의 복사나무 숲이나 가신家臣들, 때때로 생선 요리까지 심심치 않게 말하던 달이다.

"글쎄."

완이 고개를 저었다. 나고 자란 곳이라 해서 모두 집이라 칭할 수 있는 건 아니다.

"그건 그렇고. 이 아이는 대체 왜 이러는 것이냐."

다리께에 붙어 떨어질 생각을 않는 율을 보며 완이 물었다. 눈가가 촉촉해져 붙어 있는 아이를 한심하다는 듯 쳐다본 혜심은 신경 쓰지 말라 답했다. 마음 약한 줄은 알고 있었다만 저리 말랑해질 줄은 몰랐다. 괜한 말을 했다는 후회가 든다.

"달님."

횃불을 들고 산길을 밝히던 청민이 더는 안 되겠다며 걸음을 멈췄다. 오라비가 소동을 벌이며 추태를 부릴 때 가장 먼저 문을 부수고 들어와 저를 지키던 무관이다. 큰 신장과 벌어진 어깨를 갖고 있긴 했지만 전체적으로 날렵한 몸선에 가는 얼굴선까지, 가진 선들이 모두 고운 이였다. 하여 간혹 모자란 이들은 그의 무예 실력이 출중하지 못할 것이라 짐작하기도 하였지만 그는 명실공히 산궁 호위관들의 수장이었다. 산군님께선 그를 자신의 방패라 칭하며 그림자처럼 데리고 다녔고 그의 이름조차 친히 지어 하사하실 정도였으니 그 신뢰와 총애의 무게는 가히 대단한 것이었다.

"미안합니다. 늦은 밤이라 힘들지요."

해서 완도 그를 대할 때 하대를 하지 않았다. 청민이 미간을 좁히며 고개를 젓는다.

"힘들어 그런 것이 아닙니다."

이리들은 본디 밤에 깨어나고 밤에 사냥하며 밤에 활동하는 것이 보통이었다. 그런 이들에게 어둠 따위가 방해일 리 없다.

"달님의 존체가 상할까 두렵습니다. 허락하신다면 현신現身을 하겠습니다."

이리의 혼을 드러내겠단 소리였다. 짐승의 혼을 가진 수족들은 평소에도 보통의 사람보다 감각이 예민한 편이었지만 현신을 해 온전한 짐승의 모습을 드러내면 특유의 후각과 시각, 청각을 활용할 수 있었다.

수족들의 현신을 두려워하는 혜심은 말만 들어도 오금이 저리는지 벌써부터 울상을 짓는다. 안쓰럽긴 하지만 달리 방도가 없다.

"그렇게 하세요."

허락을 받은 청민의 눈이 푸르게 빛났다. 벌어진 입 사이로 날카로운 이빨이 자라나기 무섭게 회백색 털이 몸을 뒤덮는다. 지축을 울리는 포효. 그 신호를 따라 나머지 무관들도 사나운 발톱을 드러내고 뜨거운 콧김을 뿜어내며 으르렁거리는 소리를 냈다. 쫑긋 세운 귀와 늘어트린 꼬리, 푸른색의 눈을 가진 다섯 마리의 이리가 달과 혜심, 그리고 율을 감싸듯 선다.

"너는 하지 않아도 된다."

완이 율을 향해 다정히 말했다. 저도 이리족의 사내인 걸 증명하고 싶은 것인지 끙끙거리는 것이 귀엽기는 하나 다섯 마리의 이리만으로도 이미 충분하였다. 게다가 율이 현신을 할 수 있을지 없을지는 아직 모르는 일이었다. 수족 중에서도 현신이 가능한 건 순수한 혼을 가진 소수였다.

가장 큰 덩치의 청민이 완의 발 앞에 자세를 낮췄다. 그의 등을 밟고 오른 완이 자리를 잡자 이리가 사나운 울음소리를 냈다.

"다, 달님……."

혜심은 늑대의 등에 올라 본 적은 물론이고 말도 타 본 적이 없었다. 딸꾹질까지 하며 부르는 걸 보면 두려움을 견디기 어려운 것 같은데 해 줄 수 있는 것이 없으니 완은 난감한 표정을 지었다. 손바닥만 한 병아리도 무서워하는 혜심임을 알기에 마냥 닦달할 수도 없는 노릇이었다.

"누님!"

그때 율이 혜심을 불렀다. 제 몸집과 얼추 비슷한 이리의 등을 탄 채로 팔랑팔랑 손을 흔드는 모양이 꼭 나비와 같다.

"저와 함께 타요."

"아냐, 나는……."

고개를 절레절레 흔들며 얼어붙은 혜심이 움직이지 못하자 율은 부러 장난을 치기 시작했다. 앉은 자리에서 엉덩방아를 콩콩 찧기도 하고 뾰족하게 세워진 귀를 조물조물 만지기도 하는 것이 무섭지 않다는 걸 증명하기 위한 것 같은데 어쩐지 재롱처럼 보인다.

"괜찮다니까요."

싱긋 웃은 율이 망설이는 혜심을 향해 손을 뻗었다. 고사리 같은 손이라도 위안은 위안인지 어딘가 결연한 표정을 지은 혜심이 고개를 끄덕였다. 내어진 손을 잡고 등에 오르자마자 잘하였다 칭찬을 아끼지 않은 아이는 혜심의 팔을 끌어 자신의 허리를 두르도록 만들었다.

"꼭 붙들고 계셔야 합니다. 아셨지요?"

달리는 이리 위에서 균형을 잡는 것이 쉽지 않음을 알고 하는 말이었다. 그러나 겁쟁이 취급이 영 익숙지 않은 혜심은 멋쩍은 표정과 함께 허세를 부리기 시작했다.

"뭐……. 나쁘지 않은 것 같기도 하고……."

그 말에 더 이상 기다릴 이유가 없던 이리들은 발톱을 세우며 달리기 시작했다. 몸을 숙이지 않고는 감당할 수 없는 속도에 비명을 지르기 시작한 혜심은 산궁에 도착할 때까지 지치지 않고 악을 질렀다.

□　◆　□

거의 혼절한 것이나 다름없는 혜심을 율에게 맡긴 완이 지친 몸을 끌고 처소에 들었다. 묘시(卯時, 05시-07시)가 되어서야 도착한 탓에 침상 위로 눕고 싶은 마음이 간절했지만 곧 날이 밝을 것이라 목욕물을 준비하라 일렀다.

"침소에 드시지 않고요?"

피곤한 기색이 역력한 달을 걱정스레 살핀 상궁이 물었다.

"산군님께 문후를 여쭈어야지."

사치스러운 표의를 바닥으로 흘린 달이 답했다.

감은 눈꺼풀 위로 따사로운 햇살이 내리쬐었다. 등을 감싸는 이불과 머리 아래 놓인 베개, 은은하게 퍼진 향로의 향까지 피로해진 몸을 녹이기에 부족함이 없었다. 보다 가뿐해진 몸을 뒤척이며 잠에서 깨어난 완이 눈을 깜빡였다.

언제부터 잠이 들었던 것인지. 천천히 돌아오는 정신에 의문이 든다. 그러고 보니 저의 마지막 기억은……

"일어났습니까."

"으악!"

엎드려 누워 있던 완이 들려오는 옥성에 황급히 몸을 일으켰다.

"어, 어찌……."

"내가 묻고 싶은 말입니다."

실소를 터트리며 답한 지아비가 글씨 쓰던 손을 멈추고 붓을 내려놓았다. 완이 무릎으로 기어 그 앞에 머리를 조아렸다. 산군님의 침상을 허락도 없이 흐트러트린 것도 모자라 납신 것도 모르고 잠에 빠져 있었으니 불경도 이런 불경이 없었다.

"무례를 용서하시옵소서."

그제야 잠들기 전 기억이 새록새록 피어나기 시작했다. 조례 중이라는 지밀 상궁의 말에 기다리겠다 대답한 것이 화근이었다. 볕 드는 침상 아래 방석을 깔고 앉아 자세를 바로 하던 것이 마지막 기억인데 어째서 산군님의 침상 위에서 깨어난 것인지.

"괘념치 마세요."

산군이 그 깍듯한 예를 비웃듯 말했다.

"그대가 불손하게 구는 것이 어디 하루 이틀 일입니까."

"……."

지아비의 옥안을 물끄러미 살피던 달이 대꾸 없이 고개를 숙였다. 남들이 있을 때 빈말이라도 다정한 체하던 그가 둘만 있을 땐 대놓고 경멸과 조소를 드러내니 일관적인 태도와 자세를 유지하기가 쉽지 않았다. 이제는 익숙해질 법도 한 그의 경멸이고 조소이거늘. 매일같이 버겁기만 한 자신이 한심스럽다. 훈풍 같던 지아비의 마음에 의심과 증오의 씨앗을 심은 것은 저였으나 흐드러지게 개화한 미움의 꽃은 그 향기가 너무도 강렬해 숨을 쉬는 것조차 어렵게 만들곤 했다.

"해서 이번엔 무엇을 원하여 이곳까지 온 것입니까."

산군이 둘 사이를 방해하던 탁상을 옆으로 치우며 물었다.

"……"

완이 입술을 달싹일 생각도 않고 초점 없는 눈을 깜빡였다. 무의미한 과거를 회상한 탓인지, 무의미한 가정들을 늘어놓던 탓인지 반쯤 정신을 놓은 탓에 지아비의 물음을 놓친 줄도 몰랐다.

"달."

차게 군은 옥안이 칼날처럼 날아드는 걸 마주하고 나서야 초점이 돌아온 달이 고개를 조아렸다.

"……송구하옵니다."

산군은 괜한 짜증이 일었다.

"제후궁에 마음이라도 두고 왔습니까."

무심할지언정 우둔하게 행동한 적 없는 반려가 넋 나간 사람처럼 굴고 있으니 유례없던 하산을 탓하고 싶었다.

"아닙니다. 오늘은 그저……."

해서 산 아래에 넋이라도 두고 온 것이냐 비아냥거린 것인데 평소처럼 무심히 대꾸할 줄 알았던 달은 또 이상할 정도로 과히 부정하며 손사래를 친다. 제가 모르는 죄라도 지은 것인지. 하기야 종이 위 글자 몇 개로도 온갖 죄악과 욕망을 풀어내던 달과 그 아비. 그 둘이 오랜만에 얼굴을 맞대었는데 죄를 짓지 않는 게 더 이상하지 않은가.

"요구할 것이 있으면 빨리 전하고 가세요."

귀찮다는 듯 고갯짓을 한 그가 어두워진 달의 눈 밑을 희롱하듯 매만졌다.

"그저 문안을 드리러 온 것입니다. 산군님의 은혜로 사가에 다녀왔으니 잘 다녀왔다는 말을 하고 싶어서……."

"나의 은혜라."

달의 말이 다 끝나기도 전에 턱을 움켜쥔 산군이 읊조렸다. 떨리는 목소리에 걸린 설움이 심기를 어지럽히고 있었다.

"이번엔 또 무슨 전략입니까."

차라리 교태를 부릴 것이지. 아니면 예의 그 뻔뻔한 낯짝으로 이래저래 원하는 것이 있다 말할 것이지. 툭 치면 울 것 같은 얼굴로 그저 문후를 여쭈러 왔다 속삭이니 안 그래도 끓고 있던 속이 부대낀다.

"하긴."

낮게 말한 산군이 퍽 다정히 웃으며 완을 밀어 눕혔다. 놀란 듯 바닥을 짚는 반려의 손을 빼앗아 잡은 그가 다른 한 손까지 끌어와 머리 위로 결박했다. 한 손에 다 들어오는 양 손목을 아프게 잡고는 겁먹은 목덜미에 이를 세워 물었다. 다정함이나 배려가 묻지 않은 손길로 표의를 펼치고 붉은색 치마를 허리까지 끌어 올리니 하얀 속곳이 보인다.

"전략 따위가 무슨 소용입니까."

속곳의 매듭을 푼 그가 허벅지 안쪽의 여린 살을 움켜쥐었다.

"그대의 방중술 하나면 무엇이든 들어주는 게 나인 것을."

"산군님, 잠깐만……. 잠시, 흡……!"

완이 고통으로 얼룩진 소리를 뱉으며 고개를 꺾었다. 전희는커녕 입을 맞출 정도의 위함도 없었다. 안으로 들어찬 지아비의 것이 시작부터 분탕질을 하듯 거침이 없다.

"후……."

아래로 몰리는 피와 타오르는 욕구에 잠식된 산군이 쥐고 있던 손목을 놓고 하얀 허벅지를 붙들었다.

"아아, 아흑……."

빨라지는 허리 짓에 쾌락 없이 고통만 느끼던 완이 베갯잇을 움켜쥐었다.

"눈 뜨세요."

질끈 감은 눈이 마음에 들지 않는지 산군이 가는 목을 쥐고 돌려진 고개를 바로 했다.

"웃, 흐웃……."

신음을 뱉으며 겨우 눈을 뜬 달이 무정한 지아비의 시선을 견디지 못하고 다시 눈을 감았다. 버겁기는 해도 이토록 견디기 어렵지는 않았는데 오늘따라 지아비의 밀정 취급이 서럽고 아프다. 사가에서 시달린 하루가 고되긴 했던 모양이라고 스스로 생각했다. 어느 쪽에서도 저를 믿지 않는다. 사가의 아버지와 오라비도 그러하고 지아비인 산군님도 의심의 눈초리를 거두지 않으시니 망망대해에 홀로 뜬 조각배가 된 기분이다.

"눈 감지 말라, 후……, 하지 않습니까."

언짢아진 심기에 추삽질이 거칠어졌다.

"흐웃, 흑……."

버티지 못한 완이 흐느끼며 억지로 눈을 떴다. 속눈썹에 매달린 눈물이 정해진 길 없이 흐른다. 교합 중 눈을 감는 버릇은 어느 날부터인가 불현듯 생긴 것이었다. 평소엔 속이 무너진다 해도 겉으로 멀쩡한 척하는 게 어렵지 않았다. 기실, 어려운 것은 매한가지였으나 이루고자 하는 바를 끊임없이 되뇌다 보면 적당히 무심한 낯빛을 만들 수 있었다.

그러나 살을 섞고 있을 때면 다른 생각을 하기가 어려워 파멸을 원하는 염원조차 먼지가 되어 사라졌다. 해서 하는 수 없이 선택한 방법이 고개를 돌리거나 눈을 감는 것이었다. 저의 지아비도 저와 마음을 나누기 위해 몸을 섞는 것이 아니다 보니 구태여 지적하지 않던 버릇이었다.

한데 하필이면 오늘.

"산군님, 제발……."

무정해진 지아비가 유달리 보고 싶지 않은 오늘.

"아직, 빌지 마세요."

평소보다 무정한 그가 마주하기를 요구한다.

"흡, 훗, 흐으……."

복받치는 서러움에 도리질을 친 완이 더 버티지 못하고 고개를 돌렸다. 아무렇지 않은 척, 식어 버린 그를 마주하기엔 오늘 마음이 평소와 다르다.

"고작 하루를 다녀온 것인데—"

귀에 닿는 찬 소리가.

"무혼無魂의 냄새가 진동을 하는구나."

서릿발같이 느껴지니 온몸이 얼 것 같다. 다녀왔단 말을 하고 싶었을 뿐이다. 무사히 돌아왔단 말을 하고 싶었던 것뿐이다. 지긋지긋한 사가에서 집으로 돌아온 것이 기뻐 많은 것을 착각하고 또 많은 것을 잊었다.

과거 다정하던 지아비의 품을 그리다니. 멍청하기 그지없다.

□ ◆ □

"……."

청민이 무릎을 꿇고 산군께서 말하기를 기다렸다. 산의 주인이자 그의 주인이기도 한 산군은 본래 말이 없는 편이라 사냥을 함께할 때도, 주안상을 사이에 둘 때도 침묵을 지킬 때가 많았다. 허나 입궁하라 명해 놓고 하문하지 않으시는 건 필시 이상한 일이었다. 분명 그 깊은 어심에 문제가 있음이라.

"산군님."

기다림의 시간이 한 시진을 넘기자 청민이 입을 뗐다. 충복 중의 충복이라 불리는 그가 기다리는 것이 어려워 그런 것은 아니었다.

"심기가 불편하십니까."

주군께 필요한 것이 기다림이 아닌 것 같아 무례인 것을 알면서도 먼저 입을 열었다.

"그래 보이느냐."

무심히 장죽을 물고 있던 산군이 청민을 내려 보았다.

"어두운 옥안을 뵈오니 마음이 편치 않습니다. 소신을 쓰시옵소서."

"허면 말하라."

고개를 삐딱하게 기울인 산군이 말했다.

"무슨……."

"달에게 무슨 일이 있었던 것이냐."

흐트러진 모습 보이는 걸 죽기보다 싫어하는 제 반려가 쓰러지듯 잠들어 있던 것도 놀라운 일인데 교합 중 유달리 서러워하며 울던 얼굴 또한 여느 때와 다른 모양이었다. 견디기 어려운 쾌감이나 거친 정사가 버거워 눈물을 흘릴 때가 아주 없었던 것은 아니지만 그런 것과는 다른 흐느낌이었다.

처음엔 동정심이라도 유발해 또 무언가를 요구하려는 모양이라고 생각했다. 그것이 괘씸하여 괜히 더 거친 소리를 내뱉고 괜히 더 냉혹하게 쏘아붙이며 눈 하나 떼지 못하도록 몰아붙였다. 그러다 어딘가 이상하단 생각이 들었을 즈음, 외면했다. 보고 있으면 저도 모르게 손을 뻗어 달래 주고 싶은 마음이 들까 봐. 그렇게 반나절을 괴롭혔는데 그 잔상이 또 반나절이 넘도록 머릿속을 괴롭힌다.

"말하지 않은 것이 있다는 걸 안다."

"······죽여 주시옵소서."

마른 입술을 혀끝으로 축인 청민이 그대로 머리를 조아렸다. 감히 저의 주인을 속이려고 한 것은 아니었으나 일부러 가린 것이 있는 건 맞았으니 엄연한 죄였다.

청민은 달보다 먼저 산군을 알현하여 제후궁에서 있었던 일들을 소상히 보고했다. 혜원공의 언사와 차림은 물론이고 하례객들의 명단과 달이 입에 댄 음식, 만진 물건까지 모두를 빠짐없이 일렀다. 말하지 않은 것이 있다면 단 하나, 별채에서 일어난 소란에 관한 것이었다.

"죽음으로 죗값을 치르겠사옵니다."

휘어질 바에는 꺾이기를 선택하는 신하라 생각했던 청민이 죄를 인정하며 읍소하자 산군은 낮게 실소했다. 대체 저의 달이 무슨 수로 저의 대나무 같은 무관을 구슬렸을까.

그가 별채에서의 일을 보고하지 않은 건 제때 달을 지키지 않았단 문책을 들을까 걱정한 탓이 아니었다. 산군님께 괜한 걱정을 끼치고 싶지 않다던 달님의 청이 꽤나 간절하고 또 애절한 탓이었다.

허나 모르는 것이 없는 저의 주군은 사사로운 생략을 알아차리고 엄히 물으시니 더는 피할 길이 없다. 청민이 어둡게 가라앉은 낯빛을 갈무리하고 잘라낸 어제의 시간을 읊었다. 단 하나의 빠트림도 없어야 할 것이라는 엄포에 사소한 것 하나까지 늘어놓은 그는 별채의 닫힌 문 안에서 달님의 비명이 들렸단 말을 전하며 잠시간 숨을 참았다. 무심한 표정을 지은 채 흔들림 없는 자태를 유지하고는 있으나 수려하게 뻗은 눈썹의 결이 비틀어지는 게 보인다. 별채의 문을 부수고 들어가 보았던 광경을 설명하기에 이르렀을 땐 애써 참는 것이 눈에 보일 정도로 그 화가 드러나고 있었다.

"해서 그자는 어찌 죽었느냐."

산군이 낮게 물었다. 청민이 송구하다. 머리를 조아린다. 그의 주군이 원하는 답은 그가 행한 것과 다른 것임을 잘 알고 있었다.

"어깨에 작은 상처가 나기는 했으나……."

"살아 있단 말이냐."

들끓는 분노를 깊은 바다에 매장하듯 숨겨 낸 그가 고요하게 묻는다. 현신을 드러낸 것도 아니건만 밤하늘을 끌어다 놓은 눈동자에 푸른 안광이 서린다.

달의 오라비가 어떤 자인지는 산군 역시 들은 바가 많았다. 겉으로는 학문과 민생에 관심 많은 제후인 척 위선을 떠는 그 아비와 달리 폭력적이고 저열한 속내를 가감 없이 드러내는 그는 그저 개새끼에 불과한 자라고 했다. 글과 풍류에는 일찍이 관심을 놓고 그저 칼을 휘두르거나 채찍질을 하는 것만이 그의 유흥이자 일과였다고 하니 그 무능함과 잔악함의 정도가 눈에 선하다. 그런 자가 휘선 땅의 후계자라는 것을 생각하면 그 땅이 가진 비애가 태산보다 높음을 이해할 수 있었다. 그럼에도 제 치하에 있는 이가 아닌지라 별다른 신경을 기울이진 않았다. 휘선 땅 역시 저의 땅이 아니었고 그 또한 저의 백성이 아니었다.

한데 감히 제 달에게 손을 대다니.

"살린 이유가 무엇이냐."

감히.

"……달님께서 세자의 안위를 보호하고자 하셨습니다."

의자의 팔걸이를 힘주어 잡은 산군을 두려운 얼굴로 쳐다본 청민이 남은 이야기를 마저 고했다. 친히 손을 뻗어 무사함을 알리시고 물러나 기다릴 것을 명하셨던 일부터 서둘러 산궁으로 돌아오길 바라셨던 것, 불미스러운 일은 전하지 말아 달라 부탁하신 일까지 전부.

"달이 이유는 말해 주었느냐."

모든 이야기를 마치고 내려질 처분을 기다리던 청민이 고개를 들었다.

"전하지 말라 부탁한 이유 말이다."

"……지아비께, 괜한 심려를 끼치고 싶지 않다 하셨습니다."

입술을 짓이겨 문 산군이 단정치 않은 몸짓으로 일어났다. 정제되지 않은 몸짓을 따라 교의에 늘어져 있던 호랑이 가죽이 바닥으로 떨어진다. 장검을 쥐고 단상을 내려오는 걸음에 거침이 없다. 죽음으로 죄를 씻겠다 다짐한 청민이 뒷덜미를 내어 주듯 허리를 숙였다. 예를 다해 모은 손과 그 앞에 선 주인의 발이 단정하다.

"너의 죄는 죽어 마땅하나─"

낮은 옥성과 함께 떨어진 예리한 칼날.

"아직 받들 명이 있으니 그 전에 죽을 수 없다."

"……하명하시옵소서."

"금일부로 너를 비현각의 호위로 명한다. 달의 몸에 작은 생채기 하나라도 생길 시 너의 가죽은 벗겨질 것이고─"

명에 깃든 분노가 시체의 거죽처럼 시리고,

"또한 태워질 것이다."

가라앉은 시선은 쇠붙이를 달아 놓은 듯 무겁다.

"그러니 살고 싶거든─"

"……"

"달을 해치려는 자가 누구든 갈기갈기 찢어라."

"소신, 지엄한 명을 받잡겠사옵니다."

그 분노를 감히 헤아릴 수 없다.

□ ◆ □

밤을 넘어 새벽으로 향하고 있던 시각, 비현각으로 산군께서 납시었다. 불침번을 맡고 있던 궁인들이 꾸벅꾸벅 졸던 것도 잊고 복도 바닥에 꿇어앉았다.

"산군님을……, 뵈옵니다."

쪼르르 몰려 앉은 궁인들이 평소와 같은 예를 올리자 산군이 즉시 미간을 찌푸리며 소리를 낮추라 명했다. 심기가 불편한 듯 보이는 옥안에 궁인들이 눈치를 살피며 괜한 불똥이 튀지 않게 몸을 움츠린다.

"달은 자고 있는 것이냐."

납시었음을 고하라는 말도, 문을 열라는 말도 하지 않은 그가 물었다. 별다른 일이 있지 않는 한 당연히 자고 있을 시간이라 의미 없는 물음이었다.

"예, 한 시진 전에 불이 꺼졌사옵니다."

상궁이 목소리를 낮추고 아뢴다.

"끼니는 모두 챙겼느냐."

"오침을 길게 드시는 바람에 중반은 거르셨으나 늦게 드신 석반은 그릇을 비우셨사옵니다."

"그래……."

중반을 걸렀다는 이유로 질책을 받을까 염려한 궁인들이 몸을 떠는 동안 산군은 무심히 고개를 끄덕였다. 편치 않은 심기에 잠이 오지 않아 거닐던 걸음이 어쩌다 비현각의 침전으로까지 번졌는지 모를 일이다.

"아픈 곳은 없다 하더냐."

"예……?"

"두 번 하문하게 하지 말거라."

얇게 발린 장지문을 우뚝 선 채 바라보던 그가 목소리 하나 높이지 않고 호통을 쳤다. 당황한 상궁이 얼른 고개를 저으며 그런 말씀은 하지 않으셨다 고 했지만 그의 귓가엔 여전히 청민의 말소리가 윙윙 울리고 있었다.

'휘선의 세자가 달님의 머리카락을 움켜쥐고…….'

눈앞을 채우는 환영에 산군이 눈을 질끈 감았다. 저의 달은 그 수모를 당하고 왜 저를 찾아왔을까. 문후를 여쭈기 위함이었단 그 말이 보잘것없는 핑계에 불과하단 건 길게 생각하지 않아도 나오는 답이었다. 달을 아끼고 사랑하던 당시 달을 위해 많은 법도와 율법으로부터 예외라는 걸 만든 저다. 수족에 비해 몸이 약할 수밖에 없는 반려를 위해 사사로이 월궁으로 드는 일을 줄이라 지시했고 문안 인사 또한 생략할 것을 명했다. 공식적인 합궁도 월궁의 지밀이 아닌 비현각의 침전에서 치르도록 분부했었으니 저의 달이 원한다면 비현각 밖으로 나오지 않고 한평생 지낼 수도 있는 일이었다. 그 점을 누구보다 잘 알고 있던 달이다. 저와의 사이가 틀어지고 난 뒤 웬만한 일이 아니고는 모습을 드러내지 않았다. 그게 스스로에게도 편하고 좋았을 것이다.

그런데 왜. 도대체 왜 저를 찾았을까.

원하는 것이 무엇이냐 묻던 저에게 유난히도 당황하던 낯빛이 떠오른다. 제가 온 것을 모를 정도로 잠들어 있던 몸과 깨어나고 나서도 이따금 초점을 잃던 눈.

아팠을까.

"하……"

험악한 오라비에게 붙들린 머리채가 아파서 울었을까. 불쑥불쑥 솟아나는 궁금증과 노기에 어쩔 줄 모르겠다.

낮게 숨을 뱉은 산군이 얼굴을 쓸었다. 이제 와 다정한 지아비인 척하는 것이 다 무슨 소용일까. 제 달이 짐승보다 못한 오라비를 둔 것은 안타까우나 그 오라비와 가문을 위해 최선을 다하고 있는 것도 사실이었다.

무엇보다 지금의 달을 아프게 하는 건 그 누구보다 저였다. 달의 마음을 갖지 못한 주제라 그 마음을 다치게 할 수는 없는 일이었지만 가녀린 몸 위에 온갖 화기를 다 쏟고 있으니 그 오라비와 제가 다를 게 무엇인가.

"돌아갈 것이다."

마음이 헛헛하다.

"왜 드시지 않고……."

늦은 시간이었던 만큼 당연히 몸을 뉘일 것이라 생각하던 상궁이 의아한 표정을 지었다.

"내가 걸음 한 것을 알리지 마라."

산군은 설명 대신 명을 내린 채 상궁으로부터 등을 돌렸다. 허탈해지는 마음을 다스리기가 갈수록 어렵다.

4. 달의 저주

지금으로부터 스물다섯 해 전. 깊은 산속 모든 생명이 자세를 낮추고 다음 산군의 탄생을 기다렸다. 출산의 고통을 시작한 달의 신음이 대지를 채우기 시작하자 산파들의 손이 쉼 없이 바빠진다.

산궁의 무녀巫女들은 순산을 기원하는 제를 올리고 온갖 부적을 달의 몸 곳곳에 붙이는 노력을 기했지만 모두의 간절함에도 불구하고 산모의 진통은 쉬이 끝나지 않았다. 이러다 달의 생사는 물론이고 아이의 무사까지 확신할 수 없는 것 아니냔 안타까움이 이리족 사람들의 입술 위를 오았다.

기실, 산의 주인을 품은 달은 대대로 고된 산고를 겪기 마련이었고 출산 도중 죽는 것도 예삿일이 아니었다. 허나 새벽부터 시작한 진통이 밤이 되어도 그치지 않으니 가히 지옥 같은 시간이라.

그 지옥 같은 시간을 쳐쳐이 쌓고 무너뜨리기를 반복하며 태어난 아이는 나자마자 우렁찬 울음소리를 터트리며 제 어미의 생명을 잡아먹었다. 아비의 피를 뺨에 바르는 의식으로 차기 산군의 핏줄임을 밝힌 아이는 랑狼이란 휘를 받았다.

출산을 돕던 무녀는 낯빛을 어둡게 물들이고 마른침을 삼켰다. 그녀가 산실을 나와 하늘을 바라보니 붉게 물든 달이 까만 산을 비추고 있더라.

"산군님."

무녀는 산군 앞에 무릎을 끓고 진언進言했다. 태어난 아이가 달의 저주를 받았다 말하는 것이 두려웠으나 무녀란 신의 뜻을 전하지 않고는 견딜 수 없는 존재였다.

"날로 강해지실 겁니다."

강보에 싸인 갓난아이를 바라보는 무녀의 눈이 붉게 빛났다.

"또한 날로 아름다워지실 겁니다. 그것이 과해 화를 부를 것이니, 크흡—"

천기를 누설하는 무녀의 눈이 반쯤 뒤집히자 벌어진 입에서 피가 쏟아졌다. 꿇어앉은 자세가 흐트러지고 상체는 바닥을 향해 고꾸라지니 그 모습이 꼭 목 잘린 사슴 같다.

동공이 보이지 않는 눈과 피로 흥건한 입. 고통에 전율하듯 기괴하게 몸을 비튼 무녀는 마지막 힘을 끌어 저주받은 어린 산군, 랑을 가리켰다.

"부디……, 신탁神託을 들으소서."

죽은 반려를 기릴 새도 없이 자식을 품에 안은 선대 산군은 무녀의 말을 기록하라 명했다. 제아무리 산군일지라도 신탁을 무시할 수는 없는 일이었다.

달의 숨통을 끊고 태어난 산의 군왕이여,
또다시 달의 생명을 갉아먹는 자식을 낳았구나.

너희들을 괘씸하게 여긴 핏빛 달이
그대들의 자식을 저주하니
이리들의 씨가 마를 것이다.

저주를 씻을 방법은
오직 붉은 달이 뜨던 밤 태어난 여인의 온기뿐이니.

가죽만 남아 혈족을 멸하고 싶지 않다면
기회를 놓치지 말라.

□ ◆ □

"허면 좌천되신 거예요?"

달을 따라 매화의 가지를 정리하던 율이 청민을 보며 물었다. 낮이나 밤이나 산군님의 곁을 지키던 그가 난데없이 비현각의 호위가 되었으니 율뿐만 아니라 산궁의 많은 이들이 놀라움을 감추지 못했다.

산군께 미움받을 일이라도 한 것인가 속삭이는 자도 있었지만 주군을 섬기는 일 외에는 관심 갖는 일이 없는 청민이 그럴 리 없다 생각하는 사람들의 수가 단연 우세했다. 하여 어떤 이들은 산군께서 달을 위해 아끼던 오른팔을 내어 준 것이라 속삭였다. 산군과 달의 사이가 예전 같지 않음을 모르는 것은 아니나 그것은 애정의 문제일 뿐이었다. 늑대는 제 반려의 안위를 위해 목숨도 바치는 짐승이니, 달을 향한 연정은 사라지고 없다 한들 그 안위를 향한 지엄한 명은 그칠 날이 없다.

"좌천이라니. 그런 말 하면 못써!"

혜심이 해맑은 아이의 팔을 꼬집었다. 보통 땐 걸리적거린다며 하지 않던 뒤꽂이가 새까만 머리카락 사이로 달랑달랑 흔들린다. 아슬아슬하게 매달린 뒤꽂이를 뽑아 다시 꽂아 넣은 혜심은 청민의 등장이 싫지 않았다. 기분 나쁠 정도로 예리하게 구는 궁인들의 태도를 생각하면 좋은 것이었다. 제아무리 저의 아기씨가 달이란 칭호를 받고 모든 이리족의 예를 받는 존재가 되었다지만 수족이 아니란 이유로 따사로운 시선을 받지 못하는 건 이전이나 지금이나 다를 것이 없었다. 산군님의 하해와 같은 총애를 받을 때야 신경 쓰지 않아도 되었지만 요즘엔 은근한 멸시와 의심이 느껴지던 차였다. 이럴 때 산군님께서 청민과 같은 무관을 보내 신경 쓰고 있음을 드러내는 건 좋은 일이었다.

게다가 청민은 호남 중의 호남 아니던가. 혼기 꽉 찬 혜심의 입장으로서 싫을 리 없다.

"율아."

완이 잘라 낸 매화 가지를 아이에게 건네며 말했다.

"하던 말은 계속해야지."

"아!"

율이 손뼉을 치며 고개를 끄덕였다. 청민에게 좌천인지 전근인지 묻기 전, 아이는 월궁의 소식을 전하던 중이었다.

완이 진상품으로 올라온 백자에 홍매화와 백매화 중 무엇을 꽂을지 고민한다. 잘 모르겠다는 혜심과 달리 아이는 망설임 없이 홍매화를 고른다.

"어디서부터 얘기했지요?"

모나지 않은 성격과 사랑스러운 생김새의 율은 발이 넓어 산궁 안에 모르는 궁인이 없었다. 덕분에 달은 비현각에 틀어박혀 바깥출입을 하지 않아도 웬만한 소식은 다 꿰고 있었다.

"대신들이 산군님께 주청을 하였다고, 거기까지 하였다."

"아, 예. 무녀님들께 날을 받는다 하였습니다."

"무녀들에게?"

"예, 살풀이를 해야 한다고 하면서요."

"갑자기 무슨 살풀이를 한단 말이냐?"

완이 의아한 표정을 지었다. 산 아래 황궁이나 제후궁에서도 천문을 읽거나 하늘의 뜻을 받는 무녀들이 있었지만 산궁에서의 무녀들은 그리 도드라지는 역할을 하지 않았다. 정해진 날에 제를 올리는 정도의 구색만 갖출 뿐이었다. 자연의 뜻을 헤아리되 함부로 예측하지 않고, 미리 채비하되 거스르지 않는다는 산의 율법 탓이었다.

"근래 달이 계속 흐리다……, 말이 많았거든요."

종알종알 말을 잇던 율의 말소리가 줄어들었다.

"나 때문인 게로구나."

그럼 그렇지, 생각한 완이 무심하게 매화의 곁가지를 잘라 냈다. 율법이라면 끔찍이 여기는 이리족 사람들이 그것을 반하려 할 땐 대부분 저 때문이었다. 최근 들어 회임에 대한 압박이 심해지고 있었다. 혼례를 올린 지 다섯 해가 넘

70

어가고 있었으니 대신들의 입장이 이해되지 않는 건 아니다.

혜심과 율, 더하여 청민까지 완의 눈치를 살핀다. 완은 개의치 않는다는 듯 부러 미소를 지었다.

"정말 너무한 것 아닙니까?"

아무 말 없어 보이는 상전에 괜히 더 발끈한 혜심이 성을 냈다.

"달님께서 무슨 잘못이 있다고 살풀이를 합니까."

허나 완의 자격 논란은 하루 이틀 나온 이야기가 아니었다. 이리족 여인만이 이리를 품을 수 있다 여기는 탓에 처음 혼례를 공표했을 때부터 온갖 반대 상소가 난무했었다. 이러다 혼인이 무산되는 것 아니냔 소리가 제후궁 전체를 돌 정도였다. 그 모든 반대를 뚫고 백년가약을 맺었지만 그 뒤에도 상황은 크게 달라지지 않았다. 산군님의 비호가 있어 대놓고 맞서거나 거스르는 자들이 있 지는 않았지만 무슨 문제만 생기면 달이 온전치 않아 그런 것이라며 딴죽을 걸 어 대니 걸음 하나에도 신경을 쓸 수밖에 없었다.

"본래 신하들이란 그런 법이다."

완이 별일 아니라는 듯 대꾸했다.

"일이 그릇되면 군왕을 탓하기 마련이지."

덕분에 답답해지는 건 혜심의 몫이다.

"군왕을 탓하긴 뭘 탓합니까. 허구한 날 달님만 탓하는데."

"나를 탓하는 게 산군님을 탓하는 것이다."

"그게 대체 무슨 말입니까."

"부부는 일심동체임을 모르느냐."

완이 백자를 여러 각도로 비틀며 태를 보았다.

"모릅니다. 배운 것 없는 제가 무얼 알겠습니까."

해탈한 것인지 부러 무시하는 것인지 초연하기만 한 상전의 얼굴에 가슴을 친 혜심이 바람이라도 쐬겠다며 자리를 떴다. 쿵쿵거리는 걸음 소리가 비뚤어 진 마음을 대신하여 울린다.

완이 후, 숨을 내쉬며 가위를 내려놓았다.

"율아, 네가 나가 보거라."

"예, 걱정 마셔요."

고개를 끄덕인 율이 갖고 놀던 매화 잎을 훌훌 털어 냈다.

"누님이 달님 걱정을 너무 많이 하여 그런 것입니다. 아시지요?"

"알지."

완이 부러 더 다정한 얼굴을 만들었다. 제가 혜심에게 화났을까 염려하는 아이가 기특했다.

율이 혜심을 따라 나가자 완은 그제야 청민을 바로 보았다. 내내 미안하여 제대로 보지 못한 얼굴을 보니 산군께 하듯 충직히 시선을 내린다.

"나 때문인 것 압니다."

무심하던 낮이 조금 어두워지자 처연한 듯 고요한 자태가 만들어진다.

"산군님께 말을 올리겠습니다. 너무 걱정 마세요."

청민이 흰칠한 눈썹을 조금 구겼다. 별채에서 일어난 일을 묵과해 달라 부탁할 때도 지금과 비슷한 목소리, 비슷한 얼굴이었다. 미안하단 말을 하는 것도 아니고 구차하게 변명을 하는 것도 아니었으나 이상하게 연민을 일으킨다. 나약하나 꺾이지 않고, 의연하나 흔들리는 그 모순적인 자태. 제가 주군께 묵언의 불경을 저지르게 된 이유도 그 나약한 의연함 때문이었다. 그 의연함이 가진 나약함이 보이는 것보다 훨씬 위태로운 것 같아서.

청민이 조각처럼 섰던 몸을 풀고 무릎을 꿇었다.

"죄를 사하고 벌하는 것은 저의 몫도, 달님의 몫도 아닙니다."

"……그렇습니까."

완이 입가에 잔웃음을 걸었다. 산군님의 뜻을 번복케 말라는 에두른 청이었다.

"달님을 지키라 명하셨습니다."

"……."

"소신, 부족하나 최선을 다할 것이니 부디 밀어내지 마시고 곁을 허락해 주십시오."

"허락이라니요."

완이 탁상 위를 손날로 쓸어 냈다. 잔가지와 붉은 잎들이 바닥으로 흐트러졌다. 청민의 무릎 위로도 몇 개의 잎이 내려앉는다.

"저 또한 달이기 전에 산군님의 신하입니다."

"……"

"그대만 괜찮다면 저 또한 산군님의 뜻을 따를 것입니다."

완이 자애로운 미소로 지아비의 충직한 그림자를 내려 보았다. 총애하던 신하를 곁으로 보낸 지아비의 속뜻이 궁금하다. 저에 대한 의심이 극에 달한 것일까. 하여 영민한 심복을 보내 독시하라 명한 것일까. 그런 것이라면 저는, 이 고운 청년을 어찌 대해야 하는 것일까.

□ ◆ □

"말을 돌려 하지 말고 똑바로 하라. 나의 반려를 폐하기라도 하란 말인가."

산군이 언짢은 심기를 가리지 않고 말했다. 비현각에 살이 낀 것 같으니 살풀이를 하자고 하지를 않나, 달의 존체가 온전치 않은 것 같으니 어의들에게 보여야 한다고 하지를 않나. 엉뚱하고 무엄한 소리들이 많았다.

뒤에서야 가타부타 말이 많은 걸 알고 있었지만 지금까진 그저 불평에 그치는 것들뿐이라 과히 단속하지 않았다. 한데 요즘엔 형세가 다르다. 그간 제 눈치를 보느라 말을 아끼던 이들조차 회임이 늦어지는 것을 핑계로 달의 정통성을 훼손하려 안달이 났다.

"폐하란 말이 아니옵니다. 그저 일이 잘못될 것을 예비하여 사전에 방지하자는 것이지요. 산의 종사宗社와 이리가家의 명맥을 유지하기 위함임을 아시지 않사옵니까."

"달의 나이가 아직 방년(芳年, 20세 전후의 젊은 나이)이니라."

산군이 짜증스럽게 일갈했다. 고작 다섯 해였다. 사기史記에 기록된 달들의 회임에 비하면 늦어지는 것이 사실이었으나 이토록 닦달할 일도 아니었다.

"어찌 그걸 모르겠사옵니까. 하오나 무작정 기다리기만 하다 때를 놓치기라도 하면……."

"무슨 때를 놓친단 말인가."

73

산군의 눈이 매섭게 다듬어진다.

"……신탁을 아시지 않사옵니까."

대신이 죽음을 각오한 듯 이마를 바닥에 대고 간했다. 정전 안을 메운 대신들도 그와 같은 생각을 하는지 숨을 삼키고 말을 보태지 않는다.

산군가家에 내려진 신탁은 저주나 다름없었다. 대를 이어 자손을 번식케 하려는 짐승의 본능 앞에 씨가 마를 것이란 말만큼 두려운 것은 없다. 하여 신탁 이후 이리족의 여인들은 수태하지 못할까 걱정하며 제를 올리거나 부적을 몸에 지니는 등 크고 작은 노력을 가리지 않았다.

다행인 것인지 아니면 그 같잖은 요행 덕분인지 이후로도 이리의 후예들은 세상 밖으로 잘만 태어났다. 당시 대신들은 하늘의 저주도 산의 기세를 꺾을 수 없었던 것이라며 의기양양 굴었지만 달이 다섯 해가 넘도록 회임하지 못하자 다음 구절에 주목하기 시작했다.

저주를 씻을 방법은
오직 붉은 달이 뜨던 밤 태어난 여인의 온기뿐이니.

기실 완은 달이 지고 아침이 되어 태어난 여인이라 붉은 달은커녕 달과는 하등 상관없는 시간에 태어난 여인이었다. 산군은 애초에도 신탁을 귀히 여기지 않던 이라 그 사실을 알고도 신경 쓰지 않았다. 혼례를 관장하는 신료들에게도 그 사실을 구태여 숨기지 않았다. 고작 하늘의 신이 장난처럼 내려놓은 신탁을 핑계 삼아 트집을 잡을 시 목숨을 내놓아야 할 것이라 으름장을 놓는 산군에게 신탁을 살피라 아니 된다 막아설 강심장은 산맥 어디에도 존재하지 않았다.

"측실이라도 들이시옵소서."

대신들이 한 몸처럼 한목소리를 냈다.

"……미친 것인가."

산군이 옥안을 굳히고 눈을 번뜩였다.

"그대들의 하늘엔 달이 두 개인 모양이구나."

"작금의 달께선 무혼의 몸이지 않사옵니까. 무혼의 몸이 이리의 혼을 품을 수 없는 건 당연지사……."

쨍그랑. 커다란 소리와 함께 밖을 지키던 호위들이 놀라 안으로 들어섰다. 말을 끝마치지 못한 신하와 거친 숨을 몰아쉬는 산군. 깨어진 벼루의 파편이 정전의 바닥을 구르고 있었다. 차오르는 분노를 이기지 못한 산군이 탁상 위에 있던 벼루를 바닥으로 집어 던진 것이었다.

"무혼이라 하였느냐."

산군이 실소를 터트리며 몸을 일으켰다. 표면적으로는 혼이 없단 뜻이었다. 수족이 아닌 인간들을 의미하는 말이었으나 사실상 비하하는 의미가 명확한 모욕적인 언사였다. 텅 빈 몸이라 가진 것은 탐욕뿐이 없고, 죽어 환생할 수도 없단 뜻이니 모욕이 아니면 무엇인가.

하여 완이 달의 칭호를 받은 뒤부터 '무혼'이란 말은 산궁에서 금기가 되었다. 그것을 모르는 이가 없거늘.

산군이 겁먹은 신하 앞에 친히 무릎을 꿇어 눈을 맞췄다.

"다시 한번 말해 보거라."

"사, 산군님……."

"왜 말하지 않느냐. 방금 전까진 잘도 지껄여 놓고."

채근하는 시선에 살기가 드높다.

"요, 욕되게 하려는 말이 아니옵니다……."

"욕되게 하려는 말이 아니다?"

"……."

달달 떠느라 대답도 제대로 못 하는 신하를 서늘하게 바라본 그가 주위를 지키던 호위 중 하나를 곁으로 불렀다. 냉혹하기 그지없는 산군께서 하려는 일이 무엇인지 예측할 수 없으니 불안만 치솟는다.

산군이 다가온 호위의 허리춤에서 옥패를 뜯어냈다. 백옥으로 만든 납작한 패 위에 새겨진 충忠이란 글자가 어쩐지 사납다.

"물거라."

"어, 어찌……."

"입은 재앙의 문이니라."

벌어진 신하의 입속에 옥패를 처박은 산군이 말했다.

"이자를 끌고 나가 태형笞刑 오십 대에 처하라."

의심할 바 없이 죽으란 명이었다. 이리족의 태형은 끔찍하기로 정평이 나 있었다. 웬만한 장정도 스무 대를 견디지 못하는 경우가 허다한데 오십 대라니.

"사, 산군님······."

"어허."

뒤늦게 빌기라도 하려는 것인지 사색이 된 신하의 입을 산군이 손으로 덮어 막았다.

"죄인은 입을 다물라."

공포에 질린 죄인을 뚫을 듯 응시한 산군이 주변 신하들의 면면을 느릿하게 둘러보았다.

"감히 늑대 앞에서 달의 위신을 해쳤는데 이 정도도 예상하지 않았느냐."

모두에게 하는 말이나 다름없었다. 호위들에게 끌고 가라, 고갯짓한 산군이 미련 없이 돌아섰다. 흑색 두루마기에 수놓인 이리의 이빨이 유난히 날카로운 순간이었다.

"아."

산군이 단상 위로 오르던 걸음을 잠시 멈추고 말했다.

"혹여나 죄인이 형을 수행하다 입에 문 옥패를 떨어트리면 망설이지 말고 효수梟首하라. 달을 모욕한 죄는 태형으로 그칠 수 있으나 나에 대한 충절을 저버리는 자는 죽음뿐이니."

비명도 지르지 말라는 뜻이었다. 잔혹하다 알려지긴 했으나 냉정하고 단호할 뿐 이유 없는 징벌이나 사사로운 이익을 위해 움직이지 않던 그는 가히 성군이라 불려도 과하지 않은 군주였다. 허나 간혹 심기가 어지러워 타고난 살기를 숨기지 않을 때면 아름다운 눈매에 탁한 눈동자가 깃들었다.

독초나 독사처럼 독을 품은 것들은 본래 아름답기 마련이라 홀려 죽고 싶지 않으면 피하는 것만이 상책이다. 그 독을 피하지 못하고 화를 입은 동료를 눈앞에서 본 신하들은 준비한 말의 나머지를 속으로 삼키고 부복俯伏했다. 영락없는 항복의 뜻이었다.

산군이 그제야 개운한 표정을 지어 보였다. 달을 모욕할 수 있는 이는 저뿐이었다. 자격이 되지 않아 저의 반려가 될 수 없다 말하던 과거의 달에게 그따위 것들로부터 지켜 주겠다 약조했다. 늑대가 달과의 약속을 지키는 것은 응당해야 할 일이니 식어 버린 애정과는 관계없는 일이다.

□ ◆ □

산군이 제후궁의 산책로를 걸으며 착잡한 표정을 지었다. 이제 그만 돌아갈 때라고 생각했다. 만 하루면 끝날 거라 예상한 중양절 여정이 기약 없이 길어지고 있었다.

"산군님, 이곳입니다!"

완이 멀리서 해맑은 목소리를 냈다. 제후궁에서 가장 아름다운 복사나무를 보여 준다 하더니 분홍빛으로 물든 꽃들이 즐비한 곳에 홀로 서 있다. 인사를 올린 첫날 보여 주었던 흠 없는 자태는 내숭이었던 것인지 해사하게 웃으며 손을 흔드는 꼴이 무례하고 천진하기 그지없다. 그러나 이상하게 화는 나지 않는다.

"무슨 일이 있으십니까?"

저도 모르게 인상을 찌푸리고 있었는지 가까이 다가온 완이 걱정스레 고개를 기울였다. 여인은 조심성이 없었다. 지금처럼 불쑥불쑥 얼굴을 들이밀기도 하고 손등이나 어깨 따위를 슬쩍슬쩍 만지거나 스치기도 하였다. 처음엔 저를 지키던 호위들이 기겁을 하며 여인을 밀쳐 냈다. 허나 잠시뿐이었다. 시무룩해진 얼굴로 가까이 서면 안 되는 것이냐 묻는 여인에게 산군은 그렇다 대답할 수 없었다.

그가 애꿎은 진주 이환을 만지작거렸다. 곧 산으로 돌아간단 말을 하기가 어려웠다. 등을 내보인 채 앞서 걷던 완이 가는 팔을 뻗어 복사꽃이 탐스럽게 매달린 가지를 꺾었다. 가냘픈 꽃잎에 코를 묻고 눈을 감으니 무엇이 꽃이고 무엇이 여인인지 구분할 수가 없다. 파란 하늘 아래 붉게 물든 여인. 그중에서도 가장 붉은 것은 도톰하게 오른 입술.

산군이 마른세수를 했다. 어디서부터 시작되었는지 모를 죄의식이 빗장뼈를 눌렀다.

"산군님."

작게 미소 지은 완이 소매를 잡아끌었다.

"맡아 보세요. 꽃의 향이 좋습니다."

그리 대단한 말도 아닌데 사무치는 기분이 들었다. 무심결에 가지를 받고 잠자코 있으니 꽃송이 하나를 뜯어 귓등에 걸어 준다. 뻗어 온 팔에 피어난 살 내음과 귓바퀴를 스친 손가락의 온도를 견딜 수가 없다.

"곧 산으로 돌아갈 겁니다."

일단 내지르고 본 산군이 여인의 눈을 피했다. 스스로에게 환멸이 나는 중이었다.

"……언제 다시 오십니까?"

잠시 멈칫한 완이 꿋꿋하게 시선을 맞추며 물었다.

"…….."

매년 중양절이 되면 산궁의 무녀들은 산군이 강림할 땅을 정해 주었다. 지금까지는 황제가 있는 진선 땅으로 내내 강림했었다. 산군으로 즉위한 뒤 휘선 땅을 밟은 것이 이번이 처음일 정도였으니 기약이 없다 말하는 게 맞았다. 한데 입이 떨어지지 않는다.

"오지 않으시는 겁니까?"

대답 없는 저를 재촉하듯 묻는 여인에게 산군은 아무 말도 하지 않았다. 산을 호령하는 이리들의 왕이면 무엇 하나. 몇 번 본 적도 없는 여인에게 마음을 저당 잡혀 말 한마디 제대로 하지 못하는 처지인 것을.

"……기억해 주실 것이지요?"

홀로 의미를 깨친 완이 질문을 바꿨다. 어찌 잊을 수 있겠냐 반문하려던 것도 잠시, 산군은 강림하던 날의 기억을 떠올렸다. 어린아이를 감싸 안고 이리들의 앞을 가로막던 겁 없는 여인. 아직도 그때의 기억을 떠올리면 전율이 일었다.

"그때 그 아이는 잘 있습니까."

"아이요?"

"그대가 이리들로부터 보호하던 아이 말입니다."

"아."

탄식하듯 읊조린 완이 고개를 저었다.

"모릅니다. 그날 처음 본 아이였거든요."

"처음 본 아이를 그리 지킨 겁니까."

산군이 황당하다는 듯 실소를 터트렸다. 맹랑한 구석이 있음을 알고는 있었으나 그 정도로 무모할 줄은 몰랐다. 완이 그 속내를 읽은 듯 민망한 표정을 지어 보였다.

"고작 열 살도 되지 않은 것 같은 아이가 땅에 떨어진 떡을 줍겠다고 행렬에 뛰어들지 뭡니까. 이리들은 으르렁거리고 사람들은 두려워 나서질 않으니 딱 죽은 목숨이었지요."

"해서 그대가 나선 겁니까."

"어린아이를 죽게 둘 순 없지 않습니까."

본인이 죽을 수도 있었다. 그걸 모르지는 않았을 것이다. 어리석은 용기라 해야 할지, 승고한 기상이라 해야 할지 판단을 내리지 못한 산군은 못 말린다는 듯 고개를 저었다.

"늘 그렇지는 않습니다."

완이 변명하듯 손사래를 쳤다.

"어린아이만 보면 좀……, 마음이 약해져서 그럽니다."

"아이를 좋아합니까."

"좋아하지 않습니다."

고개를 저은 완이 꽤 애틋한 표정을 지었다.

"죽은 아우가 생각나 그럽니다."

처연하게 꺾이는 눈꼬리와 낮게 드리워지는 속눈썹.

"……."

차마 대꾸할 말을 찾지 못한 산군이 저도 모르게 미간을 구기고 답답한 숨을 뱉었다. 내내 눌린 듯 불편하던 빗장뼈가 부서진 것처럼 아파 오기 시작했다. 본 적도 없고 이름도 모르는 아이의 죽음을 동정해서 그런 것은 아니었다.

"그럽습니까."

여인이 고개를 끄덕였다. 습해진 눈가를 대충 닦아 내고 웃은 여인은 또 다른 복사나무에 손을 뻗었다. 가녀린 복사꽃의 자태가 가느다란 손끝을 따라 이리저리 휘날린다.

"꽃 같은 아이들이었습니다."

"허면⋯⋯, 꽃이 되었을 겁니다."

"예?"

"꽃으로 다시 태어났을 것이니 울지 마세요."

산군은 여인의 눈물이 아팠다. 타인의 죽음은, 설사 그것이 여인의 혈육일지라도 그는 슬프거나 아프지 않았다. 다만, 그것에 슬퍼하는 여인의 눈물은 호랑이에게 물린 어린 날의 기억보다 아프고 쓰렸다. 꽃 같다는 그 아이들을 얼마나 귀애했던 걸까.

"울지 말라 하지 않습니까."

울지 말라니 더 우는 것 같은 완을 산군은 어쩔 줄 모르는 표정으로 쳐다보았다.

"안 웁니다."

완이 눈물 줄기를 서둘러 닦아 내고 웃었다. 그 모습이 어여쁘고 아련하여 순간, 사라질지도 모른단 생각이 들었다. 잔뜩 힘주어 하얗게 질린 손에 힘을 풀었다. 펴 낸 손바닥에 밴 땀을 바람이 식혀 주길 기다렸다.

산군이 느리게 손을 뻗었다. 조금이라도 힘을 잘못 주면 꽃 같은 여인이 다칠까 두려웠다. 세상에 태어나 무서운 것이라곤 조금도 없었는데 여인의 아픔은 그리도 겁이 난다.

작은 얼굴을 손안에 두고 엄지로 젖은 뺨을 쓸자 여인이 눈꺼풀을 아래로 드리웠다. 긴 속눈썹이 바들바들 떨리는 모양이 애달프다. 복숭아나무 아래 있어서 그런 것인지 복숭아 같던 뺨이 더 불그스름하게 색을 내고 있었다.

산군은 더 이상의 부정을 포기하고 여인의 입술을 감쳐물었다. 마음에 두고 있다 말한 적도, 은애한단 말을 한 적도 없었다. 한데 그 순간만큼은 저와 여인의 마음이 하나인 것 같단 착각이 들었다.

"가지 마세요……."

꽃 같은 얼굴이 보고 싶어 잠시 떼어 낸 사이—

"저도……, 데려가세요."

붉게 물든 완이 애원하듯 청했다. 고개를 끄덕이며 다시 입을 맞췄다. 닿은 입술 사이로 질척이는 마음이 섞였다.

그리할 것이라 다짐했다. 할 수 없다 해도 가능하게 만들 것이라 생각했다. 품 안에 들어온 복사꽃을 놓칠 생각이야 조금도 없었다.

5. 호랑이 사냥

"첨화 나리 드셨사옵니다."

여랑단女狼團의 수장인 첨화가 비현각으로 들었다. 청민이 소속되어 있는 호위대와 마찬가지로 무신들의 집단인 여랑단은 여인들로만 이루어진 독특한 군사 집단이었다. 민간의 여인들과 달리 수족의 여인들은 사냥과 같이 거친 활동을 하기에 주저함이 없었고 또 무관으로 등용되는 것을 영광으로 여기며 사내들과 다를 것 없는 삶을 누렸다.

몸집이 작고 날랜 것을 장점으로 삼아 움직이는 그들은 산군님의 여느 친위대보다 더한 활약을 보여 줄 때가 많았다. 기본적으로 무관 시험을 통과한 이들이라 검이든 활이든 무기란 무기는 전부 다룰 줄 알았지만 주된 것은 단도였다. 가는 손목이나 발목에 단도 하나씩을 묶어 두고 근접전이 벌어지면 지체 없이 뽑아내어 수족 부리듯 휘두르니 온 힘을 다해 막아서지 않으면 웬만한 군관도 당해 내기 어려웠다.

그러니 그들의 수장인 첨화가 비현각을 찾은 것은 뻔한 이유였다.

"달님을 뵈옵니다."

자줏빛 철릭을 입고 공작 깃털을 허리춤에 늘어트린 첨화가 예를 올렸다.

"제가 내어 드린 과제는 다 하셨습니까."

"그대가 일러 준 대로 자세를 잡아 보긴 하였는데……. 쉽지는 않습니다."

달이 말을 흐렸다. 산군님의 신임을 받는 친위대의 일원이자 여랑단의 수장인 첨화가 제아무리 탁월한 무관이라 해도 달 앞에선 한 마리 이리에 불과했지만 완에게 첨화는 스승과도 같은 존재였다.

그녀는 매일 유시(酉時, 17시~19시)가 되면 완에게 무예를 가르쳤다. 칼이라고는 과일을 깎을 때도 쥐어 본 적이 없고, 활이라고는 시위를 당기는 것부터가 어려운 고운 손에 살기를 묻히기 위함이었다.

산궁의 안주인으로서 철통같은 보호 아래 살 수만 있다면 더할 나위가 없겠지만 실상은 그러기가 쉽지 않았다. 산이 품고 있는 위험은 예측하기 어려운 것이었고 난공불락이라 불리는 산맥은 적을 쓰러뜨려야만 지킬 수 있는 명예였으니 산에 사는 생명이라면 능히 스스로를 지킬 수 있어야 했다.

때문에 완이 달이 된 직후, 산군은 첨화를 반려의 스승으로 낙점했다. 신입 무관들을 지도해 본 적은 있어도 아무것도 모르는 이를 가르쳐 본 적 없던 그녀는 난색을 표했지만 충심을 바탕으로 하는 가르침에 부족함은 없었다.

"자세를 잡아 보십시오. 문제가 무엇인지 보겠습니다."

자리에서 일어난 첨화가 궤상 위에 놓인 활을 잡아 건넸다. 수련의 시작임을 알아차린 혜심과 율이 복도가 아닌 뜨락으로 연결된 문을 열었다. 키 큰 복사나무가 빙 두르고 있는 정원이 드러난다. 넓게 펼쳐진 뜨락의 자태가 정갈하게 심어 놓은 꽃들로 아름답기 그지없었으나 완에게는 그곳이 비밀스러운 수련장이었다. 연분홍 복사꽃이 담벼락처럼 둘러쳐진 그곳은 남몰래 수련하고 있음을 들키고 싶어 하지 않는 완에게 가히 완벽한 장소였다.

율과 혜심이 과녁 대신 세워 둔 여러 개의 통나무 앞으로 달려갔다. 색색의 비단을 나누어 묶는 모습이 제법 익숙하고 재빠르다. 낮게 묶은 것과 높게 묶은 것, 짧게 묶은 것과 길게 묶은 것 등으로 차이를 두는 것은 첨화의 지시를 따른 것이었다.

"자, 왼편에 있는 붉은 비단부터 쏠 것입니다. 활을 드시고 바로 보십시오."

명이나 다름없는 스승의 목소리를 따라 완이 활을 쥐었다. 처음엔 어깨와 팔 힘이 부족해 활을 바로 드는 것도 어려웠는데 이제는 시위를 당기는 것까지도 무리가 없다.

"시위를 당기실 때 숨을 내쉬어야 한다는 걸 잊지 마십시오. 가슴에 남은 호흡이 없을 때, 그때가 활을 쏘실 때입니다."

친히 어깨를 매만지며 긴장으로 굳은 자세를 고쳐 준 첨화는 고개를 끄덕였다. 왼쪽 눈을 감고 붉은 비단을 노려보던 완이 가슴뼈가 다 내려앉는 걸 확인하고 나서야 활시위를 놓았다. 바람을 가르는 소리와 함께 날아간 활이 붉은 비단 바로 아래에 꽂힌다. 불발을 알리는 율의 검은 깃발을 확인한 완이 시무룩한 표정을 지었다.

"매번 이리 헛맞으니……."

부족한 실력을 확인할 때마다 매번 낙담하는 것은 어쩔 수 없는 일이었다. 무예라는 것이 하루아침에 늘 수 없다는 걸 알면서도 마음이 조급해졌다. 한평생 산궁에서 산 궁녀들조차 어디서 배운 것인지 각자 잘 다루는 무기 하나씩은 갖고 있었다. 피만 보면 질겁을 하는 저와 달리 웬만한 짐승 사체를 보아도 눈 하나 깜짝하지 않는 담력까지 갖추고 있으니 초라해지는 기분을 느낄 때가 많았다.

"자책하지 마시옵소서."

"……."

"스스로에게 엄격한 것은 무인으로서 갖춰야 할 덕목 중 하나이나 과도한 자책은 소인들이나 하는 짓이옵니다. 무武의 기본은 스스로를 믿는 것이니 나아가는 것에 집중하소서."

긴 죽도를 들고 솟은 어깨를 내려친 첨화가 푸른 비단을 가리켰다.

"활을 쏘실 때 턱을 드는 습관이 있으십니다. 턱을 당기고 다시 쏘아 보시지요."

무심하나 사려 깊은 그녀는 수련 중에 쉴 틈을 많이 주는 편이 아니었다. 웃으며 고개를 끄덕인 완이 다시 다리를 벌려 섰다.

□ ◆ □

황제가 계신 황궁보다 사치스럽다 알려진 산궁엔 온갖 보화가 넘쳤다. 그중 제일은 호랑이로 만든 장식이라 눈이 닿는 곳 어디든 호랑이의 살점을 발견할 수 있었다.

산군께서 앉는 옥좌엔 호랑이 모피가 드리워져 있었고, 무관들은 호랑이 가죽으로 만든 허리띠와 활을 썼다. 신분의 고저와도 상관이 없어서 허드렛일을 하는 궁인들도 비단실 대신 호랑이 수염을 쓸 때가 적지 않게 있을 정도였다. 하여 가끔은 이곳이 산궁이 아닌 거대한 호랑이 굴이 아닐까 싶은 생각도 들었다. 산궁 창고를 가득 메운 호랑이 사체를 생각하면 호랑이 굴이 아주 틀린 말도 아니었다.

호랑이는 홀로 다니길 좋아하는 짐승이었다. 동족이라 하더라도 공격하는 것을 망설이지 않았고 한곳에 정착하길 좋아하지도 않았다. 하여 호랑이는 산군의 산에 살면서도 산군의 휘하에 있지 않은 유일한 생명이었다. 그들의 혼을 가진 호족虎族 역시 마찬가지였다. 난폭하고 거침없어 위험하긴 하였으나 무리를 이루거나 주인을 섬기지 않으니 그저 방랑자고 한량에 불과한 이들이었다.

그러니 산의 주인은 명실공히 이리일 수밖에 없는 것이었다. 무리를 이루어 생활하고 집단으로 사냥하는 걸 즐기는 이리들은 그 안에 엄격한 서열과 역할이 있었다. 그 질서를 어기는 즉시 무리에서 제명당하길 각오해야 하니 피에 굶주린 맹수라 할지라도 우두머리를 두려워하고 규칙을 따를 줄 알았다. 과연 군신의 예를 아는 짐승이었다.

하늘 아래 두 개의 태양은 없다 하나 범과 이리의 사이가 견원지간(犬猿之間, 몹시 좋지 않은 관계)인 것은 아니었다. 무혼의 인간들과 달리 자연 속에 사는 생명은 이치를 아는 법이라 제 것과 제 것이 아닌 것을 구분할 수 있었다.

간섭받는 것도 싫고 구태여 싸움을 일으키고 싶지도 않던 호랑이들은 산군의 영향력이 미치지 않는 북쪽에 터를 잡았다. 애초에 북산北山은 갈대가 나부끼는 숲이라 고도 낮은 땅을 좋아하는 호랑이들에겐 꽤 괜찮은 서식지였다. 험난한 석산과 울창한 나무들을 좋아하는 이리들에겐 그리 끌리는 땅이 아니었으니 누구 하나 불만 없는 영역 싸움이었다.

한데 가끔 성체가 되지 못한 호랑이들이 문제를 일으켰다. 추운 기후를 견디지 못한 탓인지 경계를 넘기 시작하더니 그것도 모자라 인간들을 해치고 가축들을 사냥하며 인간들로 하여금 호환(虎患, 호랑이에게 입는 화)에 떨게 했다.

산의 주인과 율법을 알아보지 못할 만큼 어린 나이니 적당히 내버려 두는 것도 미덕이라면 미덕이었지만 율법을 행함에 있어 자비가 많은 건 옳지 않았다. 하여 산군과 그를 따르는 이리들은 사냥을 하지 않는 기간이라 할지라도 호랑이를 보면 즉시 목숨을 끊어 놓았다.

이리 왕의 치세는 약육강식弱肉强食이나 적자생존適者生存보다 균형과 유지에 더 많은 공을 들이는 것이 불문율이니 그 중심에서 벗어나길 죽음처럼 두려워하라.

□ ◆ □

호수제虎狩祭의 아침이 밝았다. 산군의 산이 일 년 중 가장 쾌활해지는 날이자 죽은 생명의 피비린내가 그 어느 때보다 진동을 하는 날이었다. 오직 산에서만 열리는 연회인 호수제는 이름 자체가 뜻하는 대로 호랑이 사냥이 주목적이었다. 날이 추워지기 시작하면 경계를 넘는 호랑이들을 작정하고 소탕하고자 하는 것이었다.

허나 먹잇감이 사냥꾼 마음대로 나타나는 것은 아닌지라 호랑이들을 마주하지 못할 때도 많았다. 호수제 기간이 되면 산군 휘하의 이리족들이 작정하고 사냥한다는 것을 호랑이들도 알고 있는 탓이었다. 그렇다고 마음껏 사냥하기만을 기다려 온 이들의 축제를 망칠 수는 없어 상징적으로나마 시행될 때가 많았다. 호랑이가 아니더라도 사냥감이라 할 수 있는 짐승이라면 그게 무엇이든 죽일 수 있는 날. 반은 짐승이고 반은 사람이라 본능을 누르고 있던 수족들이 발톱을 드러내는 날. 그게 호수제였다.

"청민."

완이 문밖에서 대기하는 청민을 불렀다.

"부르셨사옵니까."

언제나와 같이 걸음 소리 하나 내지 않은 그가 머리를 조아렸다.

"오늘 제가 탈 말은 준비됐습니까."

"예, 작년에 타던 것과 같은 것입니다."

완이 고개를 끄덕였다. 매년 호수제마다 이리가 아닌 말을 타고 사냥을 했었다. 법도는 물론이고 역대 모든 달의 행보를 따르자면 완 역시 현신한 이리를 타고 사냥하는 것이 맞지만 모두들 무혼의 몸은 불가능하다 말했다.

대뜸 자리에서 일어난 완이 양팔을 벌리고 철릭을 차려입은 자신의 태를 보였다.

"어떻습니까?"

"예?"

"제 철릭 말입니다."

처음 철릭을 입었을 때는 얼마나 어색했는지 모른다. 여인의 몸으로 사내의 옷을 입는다는 게 불편하고 이상하여 매듭 한번을 제대로 묶지 못했었다. 호수제에 사냥꾼으로서 참석해야 한다는 사실을 알았을 때도 마찬가지였다.

여인이란 사내의 품에서 보호받고 사는 것이 최고의 행복이라 배운 것을 생각하면 당황할 수밖에 없는 일이었다. 허나 이젠 흑색의 철릭도, 등에 매단 화살통도 그리 어색하지 않은 걸 보면 시간이 흐르긴 한 모양이었다.

"그대는 이번에도 산군님의 수견(狩犬, 사냥할 때 부리기 위하여 길들인 개)입니까."

완이 청민에게 물었다. 호수제가 되면 현신이 가능한 수족들은 혼을 드러내고 마음껏 짐승의 본능을 뽐냈다. 청민도 예외는 아니었다. 고귀한 혼을 함부로 보일 수 없어 현신하지 않는 산군님의 곁에는 언제나 이리가 되어 달리는 청민이 있었다. 사냥 또한 전장이라 표현하는 둘은 함께하는 순간 잔악의 정도도 둘이요, 가혹함의 정도 또한 둘이니 그 앞에 목숨을 보전할 짐승은 없었다.

허나 그런 청민이 고개를 젓는다.

"소신, 비현각의 호위입니다."

"허면 현신을 하지 않는단 소립니까."

"그러합니다."

"답답하지 않겠습니까. 매 호수제마다 그대의 재능이 빛났던 걸로 압니다."

완이 퍽 아쉬운 얼굴로 말했다.

"그런 말 마시옵소서. 달님을 지키는 일보다 중한 것은 없사옵니다."

"그렇습니까."

"예, 달님."

조금의 아쉬움도 보이지 않는, 흐트러짐 없는 대답이었다.

"나의 수견이 되는 건 어떻습니까."

달이 가볍게 건넨 말에 청민이 눈썹을 일그러트렸다.

"이왕 나를 지키는 것이라면 나의 수견이 되는 게 나쁠 일도 아니지 않습니까."

이번만큼은 말이 아닌 이리를 타고 싶었다. 산군님과 사이가 좋았던 시절에도 이리에 오르는 걸 허락받지 못해 대열의 마지막을 겨우 쫓았었다. 작게 투정을 부리면 제법 어려운 부탁도 쉬이 들어주던 지아비였지만 호수제 때만큼은 완강하게 세워 둔 뜻을 결코 꺾지 않았다. 엄한 표정과 함께 안전하게 있으라는 말만 반복할 뿐이었다. 평소 저를 탐탁지 않게 생각하는 대신들도 하나뿐인 달이 죽기를 바라는 건 아니었던지라 구태여 위험을 감수하라 간청하지 않았다.

해서 호수제가 끝나면 버릇처럼 이리를 타 보겠다 고집을 부렸다. 맹수의 본능을 가진 것도 아니고, 짐승의 체력을 감당하지도 못하는 무혼의 여인이 피 냄새에 흥분한 이리를 어찌 다룰 수 있겠느냐 염려하는 모두의 소리에 괜한 역심이 든 탓이었다. 반드시 해내어 안 될 것이라 단정하는 대신들의 코를 납작하게 만들어 주겠다 말하는 반려에게 차마 안 된다 말하지 못한 지아비는 스스로 헌신을 해 이리 타는 법을 가르쳤다. 쉽지 않은 일이었다. 산책을 하듯 천천히 거닐기만 해도 유연한 등뼈 위에서 중심을 잡기 어려웠고, 속도를 조금이라도 내는 순간엔 온몸을 펄럭이다 바닥에 떨어지기 일쑤였다.

"좋지 않은 생각이십니다."

청민도 같은 생각인 모양이었다. 완이 손톱 끝을 강박적으로 깨물었다. 쉬이 긍정해 줄 것이라 생각하진 않았지만 고민도 없이 거절하는 모습을 보고 있자니 조급한 속이 더욱 뒤틀렸다.

"저번에도 그대의 등을 타고 달리지 않았습니까. 제법 빠르게 달렸지만 나는 다치지 않았습니다. 이번에도 그럴 것이고요."

사가에서 산궁으로 돌아올 때의 이야기였다. 별일 아니었던 것처럼 말하고 있긴 했지만 그때도 고생 아닌 고생을 하긴 했었다. 한번 뛰어오르면 협곡에서 추락하는 것만 같고, 한번 달리기 시작하면 숨이 잘 쉬어지지도 않았으니 뒤집

흰 속을 달래기가 여간 어려운 일이 아니었다. 허나 그것들이 무서워 피한다면 무엇을 할 수 있을까.

"상황이 다릅니다."

"무엇이 다릅니까."

"그땐 그저 달리기만 한 것이나 이번엔 사냥입니다. 사냥 중의 이리는 달님께서 생각하시는 것보다 훨씬 더 난폭하고 사납습니다."

"괜찮습니다."

"달님."

도무지 설득되지 않을 것 같은 청민의 단호함에 완이 머리를 짚었다.

"언제까지 반쪽짜리 달로 산 순 없지 않습니까."

"반쪽짜리 달이라니요. 그 무슨……."

"나는 잘해 내야 합니다."

드러내지 않고 숨기려던 불안을 한숨 속에 섞어 뱉어 낸 완이 다짐하듯 말했다. 호수제만 되면 알 수 없는 긴장과 압박이 완의 온몸을 동여맸다. 잘해야 한다는 강박과 약해 보이면 안 된다는 집착. 빈틈을 보이는 순간, 궁인들의 비웃음소리를 들을 것 같은 기분이었다.

처음엔 경험이 없단 핑계를 댔고 두 번째엔 아직 적응을 못 했단 말을 했지만 세 번째부턴 궁인들과 대신들의 시선이 곱지 않았다. 어느 순간부터는 기대도 하지 않는 듯했다. 무혼의 몸이니 못하는 것이 당연하다 생각하는 모양이었다.

"그대의 달로서 명합니다."

파르르 떨리던 눈꺼풀을 가라앉힌 완이 말했다.

"나를 위한 이리가 되세요."

언제나와 같이 고요한 낯이다.

□ ◆ □

새하얀 옥안 위로 혈색을 드리운 산군이 무장한 차림으로 나타났다. 인두겁을 쓰고 있긴 했으나 그 역시 이리의 혼을 가진 수족이라 곧 펼쳐질 살육의 현장이 기대가 되는 모양이었다. 산과 자연의 균형을 신경 쓰느라 매번 적당히, 라는 틀에 얽매이던 그도 오늘만큼은 고삐를 풀어도 되는 것이었다.

도열한 군사들이 전장의 신이나 다름없는 그를 보자 깃발을 하늘 높이 들었다. 현신하고 기다리던 이리들 역시 낮게 울리는 울음소리를 내었고, 장수들의 어깨 위 앉은 매들도 날카로운 눈을 빛내며 날갯짓을 했다.

돌계단 위를 가벼이 내려오던 산군의 표정이 딱딱하게 굳었다.

"저 꼴이 대체……!"

언제나 가장 마지막 대열에서 말을 타고 있던 제 달이 오늘은 푸른 눈의 이리를 타고 수색대 바로 뒤에 자리를 잡고 있었다. 완이 타고 있는 덩치 큰 이리가 청민임을 모르는 건 아니었다. 달을 지키라고 보내 놓았더니 보다 위험한 곳으로 이끄는 것인지 아님 그저 제 달에게 휘둘리느라 정신이 없는 것인지.

속니를 씹은 그가 보폭을 넓혀 걸었다. 몸의 반을 넘는 길이의 칼을 차고도 거칠 것 없는 그에 군사들이 바람처럼 흩어지며 길을 만들었다.

달의 코앞에서 걸음을 멈춘 그가 화를 누른 얼굴로 청민의 콧등을 쓸었다.

"요즘 내 말을 듣지 않는 게 너의 일인가 보구나."

다정함을 가장한 목소리가 제아무리 부드러운 가면을 쓰고 있어도 현신한 청민의 귀에는 서슬 퍼런 칼날이 낱낱이 느껴졌다. 현신을 한 상태에선 무엇이든 배로 느끼기 마련이니 주인을 향한 두려움도 딱 그만큼 강하게 느껴졌다.

청민이 깨갱, 어울리지 않는 소리를 내며 머리를 조아리자 완이 괜찮다는 듯 회백색 털을 쓰다듬었다.

"산군님을 뵙습니다."

다리를 모아 바닥으로 내려온 완이 무릎을 꿇고 예를 올렸다. 질끈 묶은 긴 머리가 바람결에 휘날리는 것을 바라보던 산군이 미간을 구겼다.

"그대는 오늘 죽고 싶은 모양입니다."

"그럴 리가 있겠사옵니까."

"타던 말은 어디 두었습니까."

"비현각에 있지요."

아무렇지 않은 낮으로 사근사근 대답하는 완과 최선을 다해 화를 참고 있는 산군 사이에 불꽃이 튀었다. 산군이 완의 팔을 붙들고 가까이 붙었다. 귀에 닿는 숨이 뜨겁다.

"내가 지금 그걸 묻는 것 같습니까."

"고정하시옵소서."

화가 난 군은 산군의 어깨 위로 손을 포갠 완이 부드럽게 미소를 지었다. 힐끔거리며 보던 대신들과 장수들이 다정스레 맞닿는 부부의 모습에 민망하다는 듯 고개를 돌렸다.

"산군님께서 저의 안위를 걱정하는 것은 잘 알고 있사오나, 부족한 달이 되고 싶지 않아 이리 무리도 해 보는 것이니 부디 통촉하여 주시옵소서."

대뜸 닿아 온 손을 밀어 내지 않고 시선으로만 좇던 산군이 가증스럽다는 듯 눈살을 찌푸렸다. 사랑스러운 반려인 척 온순한 어투를 쓰는 걸 보니 저보단 제 뒤에 있는 대신들과 궁인들에게 하고 싶은 말이 있었던 모양이다. 그들의 귀야 언제나 열려 있고, 그들의 눈알 또한 언제나 구르고 있는 법이라 말 한마디를 하더라도 신경 써 뱉는 것이 맞기는 하지만 어쩐지 짜증이 솟구쳤다. 제가 화를 내는 건 안중에도 없는 것 같아서.

울컥 올라오는 호흡을 거칠게 뱉어 낸 그가 완의 손을 다정히, 그러나 아프게 쥐었다.

"지금까지는 부족한 달이 되고 싶어 말을 탔습니까."

"아흑……, 노력하는 것이옵니다."

잡힌 손이 아파 어쩔 줄 몰라 하는 달을 한참이나 노려보던 산군이 마음대로 하라며 차갑게 돌아섰다.

"어차피 내 말은 듣지도 않을 것 아닙니까."

원망을 가장한 걱정인지, 걱정을 가장한 원망인지 알 수 없는 말이 출전을 알리는 나팔 소리와 함께 하늘 위로 사라진다.

ㅁ ◆ ㅁ

궁을 나와 사냥터에 도착한 산군이 휘파람을 불자 붙들려 있던 매들이 일제히 날개를 펴고 높이 날았다. 수색대보다 앞에 있던 여랑단이 연기처럼 흩어져 수풀 사이로 몸을 숨긴다. 몸이 가는 그들은 매복에 용이했고 사냥감을 속이는 것에도 능했으니 호수제의 주인공이 될 때가 많았다.

여랑단의 무관들이 자리를 잡았다는 신호로 효시(嚆矢, 전쟁 때 신호로 쓰던 화살의 일종. 공기와 부딪쳐 소리가 난다)를 쏘아 올리자 현신한 이리들이 험준한 땅을 짓밟으며 뛰쳐나갔다. 송곳니를 드러낸 청민도 달릴 준비를 하듯 앞발의 발톱을 세운다. 완이 청민의 갈기를 움켜쥐고 상체를 낮췄다.

'이리는 바람을 타고 달립니다. 바람과 맞서지 마세요.'

지아비의 가르침이었다.

"달님!"

앞서 달리는 수색대를 따라 한참을 달리던 완이 저를 부르는 소리에 뒤를 돌았다. 비교적 어린 이리의 등을 타고 있던 율이었다. 아직 어린아이에 불과한 걸 고려해 참석하지 말라 그리 말했건만. 고집을 부려 산군께 청을 올리더니 기어코 사냥꾼 노릇을 한다.

청민이 주변을 경계하다 조심스레 속도를 낮추고 율과의 거리를 좁혔다.

"하아……."

완이 때를 놓치지 않고 가빠진 숨을 골랐다. 휘선에서 산궁으로 돌아올 때보다 배는 빠른 청민의 위에서 균형을 잡기 위해 온 힘을 쓰느라 벌써 땀범벅이었다. 위험하단 그의 만류를 뒤로하고 고집을 부린 것이니 살살 달려 달라 말할 수도 없는 노릇이었다.

"이것 좀 보셔요!"

율이 작은 토끼 한 마리를 자랑스레 흔들어 보였다. 처음으로 참석하는 호수제에서 실력을 자랑하고 싶은 모양이었다.

"네가 잡은 것이냐."

"예! 제 창으로 잡은 것이어요."

창이라고 하기엔 조금 짧은 작살을 자랑스레 흔든 율이 타고 있던 이리에서 폴짝 뛰어내렸다. 언제 어디서 맹수들이 튀어나올지 모르는 와중에 땅을 밟는 건 자살행위나 마찬가지였다. 기겁한 완이 어서 다시 오르라 잔소리를 했지만 아이는 개의치 않고 달려와 청민의 목을 끌어안았다.

"나리께 감사하다 말하고 싶어 그럽니다. 이 창도 호위관 나리께서 만들어 주신 거란 말이에요."

그제야 창끝에 달린 구슬이 보였다. 청민의 검집에 달려 있던 푸른색 구슬과 같은 것이었다.

"제가 보답으로 토끼 가죽을 벗겨……!"

재잘거리던 입을 급하게 다문 율이 본능처럼 바닥에 엎드리고 귀를 열었다. 사냥감을 알리는 호각 소리가 들린다. 낮게 으르렁거린 청민이 율의 뒷덜미를 물어 멀리 던졌다. 율의 이리가 잽싸게 달려가 자세를 낮추고 아이를 엄호한다.

완이 등 뒤에 매단 활을 꺼내 자세를 잡았다. 사냥감을 몰기 위해 여랑단이 내는 휘파람 소리와 두려움에 떠는 짐승들의 울음소리까지 산을 채우니 어디를 어떻게 경계해야 할지 판단이 서지 않는다.

그 순간.

"달님!"

율의 외침과 함께 덩치 큰 고라니 하나가 뛰어들었다. 육식을 하는 짐승에 비해 위험한 편은 아니었지만 나름의 송곳니도 있고 성격이 순하지 않은 짐승이었다. 그러나 다른 이들에게 한참을 쫓겼던 것인지 거칠게 헐떡이는 숨소리가 생생히 들렸다.

'보이는 순간 공격하지 않으면 때는 늦습니다.'

첨화의 목소리를 떠올리며 화살 한 대를 뽑아 시위를 당겼다. 왼쪽 눈을 감고 떨고 있는 짐승의 모가지에 집중. 숨을 모두 내쉬고 턱을 당긴 다음, 죽은 듯 호흡을 멈춘다. 바람을 가르는 소리와 함께 고라니가 쓰러졌다.

"하……."

긴장이 풀림과 동시에 고라니의 목을 관통한 활을 뽑아 들었다. 솟아오르는 피와 감지 못한 짐승의 눈. 뒤를 따르던 율이 수색대를 부르는 피리를 분다. 사냥 중 연민을 갖는 것은 미련한 짓이다.

"달이 고라니를 잡았다고."

"예, 산군님."

완보다 더 깊숙한 산지에 있던 산군이 수색대가 전한 소식을 듣고 미간을 찌푸렸다. 호수제에서 완이 사냥을 한 것은 처음이었다. 거칠게 달리는 이리들 사이에서 중무장한 무관들의 호위를 받느라 바빴으니 가당치 않은 일이긴 했다.

주기적으로 보고를 올리던 첨화가 완의 활 솜씨가 성장하고 있다 했던 것이 떠오른다.

"달님께서 사냥에는 흥미가 없으신 줄 알았는데……. 제법 이리 흉내를 내시는 모양입니다."

사사건건 완을 못마땅하게 여기던 서산西山 대신 중 하나가 웃으며 말했다. 저 역시 제 반려를 싸고돌기만 하고 싶었던 것은 아니었다. 짐승이야 본디 약한 꼴을 보이면 물어뜯으려 하는 법이라 반려인 완에게도 사냥과 호신을 가르치고 싶었다. 그러나 핏방울 하나만 보아도 두려움에 고개를 돌려 버리는 탓에 적당히 타협을 볼 수밖에 없었다. 그 성정에 철릭을 입고 사냥꾼 흉내를 내는 것만으로도 최선이었다.

산군이 허벅지에 힘을 주어 타고 있던 이리의 방향을 틀었다. 최근 대신들의 시론이 좋지 않았으니 오늘 완의 활약은 필요한 것이었다. 정치인인 혜원공을 아비로 두어서인지 저의 달도 정치판의 흐름을 읽을 줄 알았다. 최근 혜원공의 지나친 욕심과 늦어지는 회임에 위태로워진 자신의 입지를 모르지 않았을 터. 겨우 고라니 하나를 사냥했다고 많은 것이 달라지진 않겠지만 나쁘게 흐르는 기류를 잠시간 멈출 수는 있을 것이다.

그게 저에게도 나쁠 일은 아니건만.

"심기가 불편하십니까."

뒤를 따르던 호위가 조심히 물었다. 비현각의 호위가 된 청민을 대신하는 은호였다.

"불편할 게 무엇이냐."

차게 답한 산군이 활시위를 당겼다.

"기특하여 상이라도 주고 싶거늘."

바람을 가르고 날아간 활이 있는지도 몰랐던 여우의 숨을 끊어 놓는다.

부족한 달이 되기 싫다던 목소리가 떠올랐다. 마음이 갑갑해졌다. 예전엔 울음도 겁도 많은 반려가 걱정스러워 죽음 앞에 의연해지는 법을 깨치길 바랐다. 무흔의 몸이 죽음을 두려워하는 건 당연한 일이었지만 제 달은 하루에도 생사의 갈림길이 몇 번씩 나타나는 산속에서 살아야 했으니 매번 울 수는 없었다. 무엇보다 제가 견디기 어려웠다. 훌쩍이는 소리를 듣기만 해도, 눈매에 맺힌 물방울을 보기만 해도 세상에서 가장 무력한 이가 된 기분이 들었다. 하여 제 달이 단단해지길 바라고 또 바랐었다.

"……."

한데 막상 그 성장을 마주하니 그리 반갑지 않다.

"산군님, 호각입니다."

은호가 읊조리자 산군이 눈매를 매섭게 다듬었다. 적을 알리는 날카로운 소리. 사냥감을 알리는 소리와는 완연히 다른 것이었다.

"달에게 가거라."

산군이 은호에게 명했다. 적을 앞에 두고 다른 생각을 하고 싶지 않았다. 그러니 달에 대한 생각을 하지 않을 수 있도록, 달에 대한 걱정을 하지 않을 수 있도록, 저의 가장 강인한 심복들은 모두 달의 곁을 지켜야 한다.

달이 있는 쪽으로 향하는 은호의 뒷모습을 본 산군이 눈을 감았다. 소리는 죽여도 냄새는 감출 수 없는 법이다. 예민하게 날을 세운 후각에 호랑이 냄새가 걸린다. 곁을 지키던 정예군들이 순식간에 현신을 마치고 대열을 정비했다. 멀리 있던 이리들의 포효도 점점 더 가까이 들린다. 오른손에 든 검을 힘주어 잡고 바람에 실린 소리들이 내어 주는 실마리에 귀를 기울였다. 안 그래도 언짢던 심기를 풀고 싶었으니 차라리 잘되었다.

"……!"

먹이 사슬의 꼭대기를 차지한 포식자가 수풀 사이를 가르고 튀어 올랐다. 스치는 풀잎의 소리가 요란하다.

산군은 아직 성체가 되지 못한 호랑이를 비웃었다. 본디 호랑이는 조용한 포식자거늘. 머리 위로 보이는 짐승의 하얀 배. 칼날을 비틀어 베어 내는 솜씨에 군더더기란 없다.

"범입니까."

완이 이리를 타고 달려온 은호에게 물었다. 그렇단 대답이 떨어지자 청민이 하늘 높이 울음소리를 냈다. 먼 거리에서 들려오는 동료들의 울음을 놓치지 않으려는 그의 귀가 이리저리 쫑긋거린다.

"한데 왜 이곳으로 온 것입니까. 산군님의 곁은 누가 지키고 있습니까. 아니, 산군님께서 계신 곳이 어딥니까. 대답하세요. 어느 방향인지 묻는 겁니다."

완은 은호에게 대답할 틈도 주지 않고 쉼 없이 물었다. 범이 나타났다는데도 움직이지 않는 청민과 대열을 벗어나 저에게 온 은호가 이해되지 않았다.

"가 봐야겠습니다."

"가실 수 없습니다."

은호가 달의 앞을 가로막고 말했다.

"저는 산군님의 명으로 달님을 지키러 온 것입니다. 산군님의 명 없이 자리를 뜰 수 없으니 달님께서도 사사로이 움직이지 마시옵소서."

조금은 방자한 투였으나 은호는 나서려는 달의 고집을 꺾어야만 했다. 월궁의 호위대장이던 청민이 달님의 곁을 지키고 있음에도 산군께서 굳이 저를 보내셨다는 건 그 어떤 위험에서도 달님이 다치지 않기를 원하신단 뜻이었다.

"내가 산군님의 사냥에 방해가 될까 염려하는 것인가."

별안간 안광의 빛을 단호하게 바꾼 완이 쏘아붙였다. 산궁 궁인들 중 대부분이 무혼의 몸인 자신을 마땅치 않게 생각하는 걸 알았다. 그러나 무관들이 품은 반감에 비하면 궁인들은 귀여운 수준에 불과했다. 산군님께서 혼례를 올리신 이후 사냥 횟수를 대폭 줄인 탓이었다. 그저 횟수를 줄인 것만으로도 불만의 소리가 삐져나왔건만 일 년 중 가장 큰 사냥 행사인 호수제에서도 지아비는 사냥보다 저의 안위가 먼저였다. 하여 산궁의 무관들은 제가 저들의 주인을 성가시게 하는 존재라 여겼다.

"산군님의 실력은 달님의 유무와는 상관없는 일입니다."

"그렇다면 내가 가도 상관없는 일 아닙니까."

왜인지 저에게 적대적이기만 한 달님의 눈을 피하지 않고 보던 은호가 낮게 한숨을 쉬었다. 무엇에 심기가 뒤집힌 것인지는 모르나 품고 있는 열이 끓고 있음은 분명해 보였다.

"······산군님께선 달님의 안위를 무엇보다 우선하십니다."

"그 달은 산군님의 안위를 무엇보다 우선합니다."

물러나지 않는 달의 눈을 피한 은호가 곤란한 기색을 숨기지 않았다. 평소 호전적이고 두려움 없는 자들을 좋아하는 편이었지만 상대가 주군의 반려이니 난감할 뿐이다.

"앞장서세요."

완이 명했다.

불행인지 다행인지, 전지에 도착했을 땐 모든 것이 끝난 뒤였다. 회백색 털을 자랑하던 이리들은 붉은 여우처럼 핏물을 뒤집어쓴 채였고, 너저분한 바닥엔 어린 호랑이 하나와 그 어미로 보이는 성체 호랑이 하나가 나란히 쓰러져 있었다. 다 큰 호랑이를 상대로 무사하기란 무리를 이룬 이리들에게도 쉽지 않은 일이었다.

청민이 몸을 낮추기도 전에 완이 미끄러지듯 땅을 밟았다. 피비린내에 질식할 것 같은 기분은 둘째 치고 한눈에 보이지 않는 그에 마음이 급해졌다.

이리 보이지 않을 리가 없는데. 어디 누워 있는 것이 아니라면 이토록 보이지 않을 리가 없는데.

차마 소리 내어 부를 생각도 하지 못한 완이 어느 곳에서도 빛이 나던 옥안을 떠올렸다. 과도하다 일컬어지는 그 흰칠한 미색을 숨긴 곳 어디인가.

겹겹이 둘러싼 호위관들의 무리가 보였다.

"······."

그 안에 지아비가 있음을 직감적으로 알아차린 완이 사람들 사이를 헤집었다.

"산군님."

그제야 그가 보인다.

허망한 듯 힘 빠진 목소리에 산군이 고개를 들었다. 넝마가 된 융복을 정리하고 피 묻은 얼굴과 손을 닦아 내던 중이었다. 청민과 은호의 보호 아래 있어야 할 제 달이 왜 여기 있는지 이해할 수 없다.

"아……."

완이 앓는 소리와 함께 몸을 떨었다. 이상함을 눈치챈 산군이 붙어 있던 호위관들을 물리고 가까이 다가섰다.

"무슨 일입니까."

"다, 다치신 겁니까……?"

기실, 산군의 몰골은 처참했다. 머리 위로 튀어 오른 호랑이의 배를 가르는 바람에 피를 뒤집어쓰기도 했고 방심한 사이 나타난 어미 호랑이에게 어깨를 내어 주기도 했다. 고운 비단 자락 위로 호랑이 발톱이 할퀴고 지나간 자국이 선연하다.

"흡……."

입술을 짓이기며 달 같은 얼굴을 빨갛게 물들이던 완이 기어이 울음을 터트렸다. 다리에 힘이 풀리는 것인지 주저앉으려는 몸을 성한 팔로 받친 산군이 떠는 몸을 틈 없이 끌어안았다.

"무슨 일입니까. 무슨 일인지 말을 해 주어야 내가……."

안긴 채 고개를 젓는 완에 산군은 더 묻지 않고 입을 다물었다. 남들 앞에서 우는 것을 처음 본 탓에 망설임 없이 끌어안기는 하였는데 왜 울고 있는지는 알지 못했다. 헤아리려고 굳이 애를 쓰지 않아도 짐작할 것들은 많았다. 오늘 하루 무리를 많이 한 달이다. 말 대신 이리를 타기도 했고 피를 무서워하면서도 살생을 했다. 그 한 번의 사냥을 위해 단련한 시간도 만만치 않았을 것이다. 그 모든 것 중 무엇이 가장 서러워서 이렇게 우는 걸까. 아니면 그냥 이 모든 것이 서러운 걸까. 어울리지도 않는 이 산에서 사는 것이, 제 곁에서 사는 것이.

"무서워서……, 흡, 흐윽……."

"……."

"무서웠어요, 산군님……."

제 옷깃을 쥐고 몸을 움츠리는 반려에 산군은 몸을 굳혔다. 짐작한 것에 비해 한참이나 어린 투정. 뭉개져 나오는 목소리로 무서웠다 말하는 게 가여울 정도로 애처롭다.

"그리 무서웠습니까."

반려의 자존심이 무너질까 귓가에 입술을 붙인 그가 속삭이듯 물었다. 끄덕이는 머리를 쓰다듬고 등허리를 쓸어 주던 그는 곁에 있던 시동들에게 표의를 달라, 명했다. 푸른 표의를 펼친 산군이 달의 몸을 감싸 가렸다. 강한 척 이리를 타고 사냥까지 한 마당에 우는 꼴을 보이고 싶을 리 없다.

"다 끝났습니다."

"흐읍……, 흑……."

"전부 끝났습니다."

작은 뒷머리를 연신 쓰다듬던 산군이 괴로운 듯 눈을 감았다. 서로 사랑하지 않으면서도 지저분한 미련으로 몸을 섞었던 밤이 선명히 스쳤다. 아무것도 걸치지 않은 살결 위를 움켜쥐고 가는 허리를 끌어안으며 더운 숨을 섞은 침상 위 기억이 셀 수도 없이 많은데, 어째서. 지금 이 순간 울며 안겨 있는 몸이 안타까운 것일까.

"완아."

아무리 달래도 울음소리가 멈추지 않는다는 걸 핑계로 이름을 불러 본다. 실수로라도 부르지 않던 이름이다.

"흐읍……."

"집에 가자."

여인이 울면 여전히, 모든 것이 변한 지금에도 여전히 무력한 이가 된 기분이다.

달을 안은 채 이리에 오른 산군은 그대로 모든 사냥을 종료하고 환궁했다. 궁문을 통과하자마자 조바심 나는 얼굴로 기다리던 혜심은 믿어지지 않는 광경에 눈을 여러 번 깜빡였다.

"어, 어찌……. 달님께서 다치신 겁니까?"

뒤늦게 제 상전이 산군께 안겨 있음을 깨달은 혜심이 손을 뻗으며 물었다. 그런 것이 아니라면 산군께서 이리 중하게 안고 계실 리 없었다.

"비현각에서 기다리거라."

무심히 답한 산군이 월궁으로 방향을 틀었다. 허나 품 안에 안겨 있던 달이 조심히 가슴을 밀어 낸다.

"비현각으로 가겠습니다."

거의 들리지 않을 만큼 작은 목소리였다.

"같이 갈까요."

산군이 안고 있던 팔에 힘을 풀지 않고 물었지만 달은 가만히 고개를 저을 뿐이었다. 그 은근한 거절이 산군에겐 호랑이의 발톱보다 날카롭게 느껴진다.

"혜심아."

완이 멍하니 있던 혜심을 불렀다. 부축을 받으며 내려가기 무섭게 무릎을 꿇고 예를 올린다.

"산군님을 배웅합니다."

"……."

어루만지던 머리꼭지를 내려 보며 산군은 까만 눈 안에 태풍을 만들었다. 두려움에 녹아 품 안으로 흐르던 달은 저도 모르는 사이 굳어 본래의 모습으로 돌아간 모양이었다.

냉소가 지어진다. 잠시였을 뿐인데. 피를 무서워하는 제 달이 의탁할 품이 필요했을 뿐인데. 그것에 흔들려 온 마음이 널뛰기를 했으니 이 얼마나 한심한 일인가.

6. 죽음이 두려운 자

"월궁에서 전갈이 왔습니다."

깊은 밤, 비현각의 나인이 조심스레 속삭였다.

"산군님께서……."

평소와 달리 망설이는 나인을 본 완이 경대鏡臺를 밀어 냈다. 장미 향유를 풀어놓은 욕탕에서 몸을 씻고 부드러운 침의로 갈아입었건만. 왜인지 오늘도 필요가 없을 것 같다.

"살필 장계가 많아 걸음하기 어렵다 하셨사옵니다."

완이 비단 침의 아래 모아 둔 손을 힘주어 잡았다.

"……알겠다."

그리하지 않으면 당황한 속내를 들킬 것 같아 손톱이 여린 살을 아프게 누르는 걸 알면서도 힘을 빼지 않았다. 지아비가 제게 품은 불신과 증오를 생각하면 이 정도 대우는 심한 것도 아니라는 걸 모르지도 않는데 지아비에게 받는 거절이 생각보다 따끔하다.

"무슨 일이라도 있으신 것 아닙니까?"

머리를 빗겨 주던 혜심이 조심스레 빗을 내려놓고 말했다. 두 해 전의 그날 이후, 산군님께선 제 상전을 미워하고 끔찍해하기 했지만 남들 앞에서 면박을 주거나 공식적인 시침일을 피하지는 않으셨다. 한데 호수제 이후로 어심에 큰 변화라도 있으신 건지 정해진 모든 합궁 일을 무르며 마주할 일을 만들지 않고 계셨다.

"일은 무슨."

완이 씁쓸함을 숨기려 아무렇지 않은 척을 했다.

"소박맞을 때가 된 것이지."

허나 그 아무렇지 않은 척 지은 표정의 속내가 밤하늘의 색보다 어두움을 혜심은 알았다.

"달님도 참……."

하여 말을 걸지도, 자리를 뜨지도 못한 채 고운 머리칼만 어루만지며 텅 비었을 마음을 헤아린다.

혜심은 두 해 전 일어난 모든 일의 증인이자 공범이었다. 산군님의 전례 없는 사은이 아니었더라면 무혼의 몸인 제가 산궁에 머물 자격은 사실 없었다. 물론 그 사은 또한 총애하는 반려를 위해 베푼 것이었지만 결국 그 사은을 누린 건 저였으니 산군께 큰 빚을 진 것이나 다름이 없었다. 하여 산궁의 일원이 된 이후로 황제의 백성이란 마음을 버리고 산의 생명이 되겠다 다짐했었다.

그러나 어린 날부터 모신 제 아기씨가 절박한 표정으로 부탁하는 것을 거절할 수도 없었다. 처음엔 그저 서신만 전달하면 된다고 하였는데 자주 전하다 보니 말을 전하는 날도 적지 않았다. 무언가 이상하다는 걸 깨달았을 땐 이미 많은 것이 늦은 뒤였다.

그날도 평소와 다를 바는 없었다. 잔뜩 경계의 촉을 세우고 산을 내려가던 중, 순찰하던 산궁의 시위들을 맞닥뜨렸다. 그 순간 혀를 깨물어야 하나 고민도 했으나 그래도 살길이 있지 않을까 생각하며 버텼다. 미천한 시종으로 태어나 존귀한 웃전들보다 나은 것은 그 끈질긴 생명력뿐이었다. 결과적으로 살기는 하였으나 지금도 그날의 밤을 떠올리면 차라리 죽는 게 낫지 않았을까 생각하고는 했다.

달님께서 쓴 서신을 읽던 산군님의 눈을 잊을 수 없다. 비현각을 수색하여 나온 여러 정황들을 살피던 눈도 잊을 수 없다. 무엇보다도 제 상전을 다그치며 떨던 눈을 잊을 수 없다. 하나 제 아기씨는 역심을 가릴 최소한의 노력도 하지 않고 그저 모든 사실을 순순히 자백했다.

그날 이후 많은 것이 바뀌었지만 나약한 듯 지독한 제 주인은 타들어 가는 속을 내색하지 않았다. 산군님께서도 드러내고 박해하지 않으시니 속은 무너졌을지언정 겉은 멀쩡하게 치장할 수 있었다. 그래도 가끔은 제 아기씨의 텅 빈 눈이 가혹할 정도로 서글퍼 어찌 그리 슬프게 사시느냐 울며 물은 적이 있었다. 이미 산군님의 여인이 되었으니 가문일랑 잊어버리고 사랑받으며 사시라 말한 적도 있었다.

'나 때문에 죽은 아우들이다. 그 아우들을 내가 어찌 잊을 수 있단 말이냐.'

그러나 아끼던 혈육이 또 다른 혈육으로부터 죽임을 당한 아기씨의 비극을 감히 가늠할 수는 없었다.

'반드시, 나의 가문을 가장 높은 곳에 올려 둘 것이다.'

아기씨는 가문의 부흥과 영광을 원한다고 했다. 부군이신 혜원공 전하가 선국의 황제가 되길 바란다 하셨고 오라비인 세자 저하가 그 후계가 되길 바란다 하셨다. 그렇게 찬란한 꽃길을 만들어 놓고 향취에 질식할 순간을 기다리겠다 말하는 입술이 어찌나 처연한지. 산군님과의 혼례는 오직 그것을 이루기 위함이라 말하던 얼굴은 또 어찌나 외로워 보였는지.

"근래 산군님께서 별말씀은 없으셨습니까?"

혜심이 무심하게 가라앉은 달의 얼굴을 보며 물었다. 잠시 생각하듯 허공을 본 눈이 애처롭게 휘어진다.

"안부도 묻지 않는 사이인 걸 알지 않느냐."

"……신경을 좀 쓰셔야 할 것 같습니다."

무슨 말이냐는 듯 고개를 기울인 완에 혜심이 무색한 듯 고개를 숙였다.

"산궁 대신들의 눈초리가 매섭습니다."

혹여나 문밖의 나인들이 들을까 속삭이는 목소리에 완이 피로한 듯 눈을 감았다.

"언제는 매섭지 않았더냐."

"달님, 그래도……."

"늘상 있는 일이니 신경 쓰지 말거라."

"그래도 조심하셔야 합니다. 산궁에 사람이 늘고 있지 않습니까. 서쪽 산의 대신들까지 몰려와 조례에 참석하고 있단 말입니다. 달님의 폐위를 논하기 위해서란 소리가 있어요."

혜심이 끙, 앓는 소리를 내며 고개를 숙였다. 예전과 같이 산군님과 제 주인의 금슬이 좋으면 세상천지 모든 산의 대신들이 몰려와도 무섭지 않을 것이지만 상황은 바뀌었고 제 주인은 혼자였다. 기댈 곳 하나 없이 위태로운 달에게 영원이란 게 있을까.

"할 테면 하라지."

그럼에도 무심한 제 주인은 대체 무슨 생각인지 하릴없이 태연하다.

"산군님은 의심하지 않으십니까?"

무례를 각오한 혜심이 주인의 상박에 가까이 붙어 물었다.

"산군님과 부부의 정을 나눈 지도 벌써 다섯 해이지 않습니까. 수태하지 못하시는 걸……, 의심하진 않으셔요?"

완이 글쎄, 말을 늘이며 침상 아래 숨겨 둔 함 하나를 꺼냈다. 정교한 옻칠로 사치스러움이 극에 달한 함은 귀중품을 담아도 아깝다 여겨질 만큼 아름다웠다. 그 안에 무엇이 들었는지 아는 혜심이 기겁을 하고 닫힌 방문을 살폈다.

"달님, 이걸 왜 꺼내십니까. 다시 넣으셔요!"

작은 함 안에 든 것은 누구도 보아선 안 되는 것이었다. 그걸 저의 주인이 모를 리 없는데 무심히 여는 손길에 망설임 같은 건 없다.

"괜찮다."

"이, 이것들이 왜……."

"나의 불임은—"

완이 고운 눈썹을 찡그렸다.

"산군님께서도 원하는 것이니라."

작은 함을 가득 채운 피임환을 진주알 대하듯 어루만진 완이 말했다. 그것이 무엇을 의미하는지 알 수 없는 혜심은 그저 하얗게 질릴 뿐이었다.

□ ◆ □

오시(午時, 11시-13시)부터 시작된 산군의 혼례를 경하하기 위한 붉은 비단이 온 선국의 땅을 수놓았다. 산에 오를 수 없는 백성들이나 초대받지 않은 황제나 산궁의 혼례를 볼 수 없는 것은 마찬가지였음에도 불구하고 모두들 자발적으로 잔치를 열며 호들갑을 떨고 있는 중이었다. 백성들은 휘선 제후의 여식이 산군님의 반려가 되는 날이니 산짐승들의 포효가 적어질 것이란 기대를 품었고, 황제는 산군의 힘을 빌릴 수 있는 기회가 코앞으로 다가왔다는 흑심을 품었다.

정작 산궁 안에서 혼례 절차를 밟고 있는 완과 혜심은 민간과 다른 예법에 지쳐 가고 있었다.

붉은 혼례복을 입은 완이 머리 위에 개두(蓋頭, 신부의 머리를 덮을 때 사용하는 홍색 천) 대신 작약과 금매화로 장식된 화관을 썼다. 혜심은 황제께서 하사한 비단을 써 보지도 못한다며 구시렁거리긴 했지만 완은 개의치 않았다. 황제께서 홍화로 염색한 비단에 금사로 수놓은 모란, 끝에 달린 복숭앗빛 진주까지 심혈을 기울여 개두를 만들어 주신 것을 알았지만 지아비가 될 산군이 얼굴을 보며 혼례를 올리고 싶다 하였다.

하여 비단을 거두고 화관을 쓴 완은 해사한 낯을 그대로 드러내고 있었지만 정작 그 말을 했던 산군은 율법에 따라 얼굴을 가렸다. 민간의 신랑과 달리 그는 금량관金梁冠 대신 늑대 가면을 썼는데 가면의 생김새가 워낙에 정교하여 조금 무섭기도 하였다. 짐승에게 시집을 간다며 이죽거리던 오라비의 얼굴이 스치기도 하였지만,

"나의 달."

저를 부르는 지아비의 목소리는 맞잡은 손의 온기만큼이나 상냥하니 두

105

려운 마음일랑 무시하기 충분했다.

겹겹이 입은 의복의 무게가 상당해 걸음을 내딛기가 쉽지 않았다. 흑색 예복을 입은 이리족 대신들의 시선을 받으며 월궁 계단을 오르는 것도 쉬운 일은 아니었다. 그중 가장 힘들었던 것은 모든 절차의 끝이자 초야 전 의례인 목욕재계였다. 따뜻한 물에 온갖 향료를 부어 몸을 풀 것이라 예상했던 것과 달리 겨울날의 강물보다 차가운 물에서 몸을 씻어야 했다. 과거의 부정을 지우는 의식이라 말하는 교육 상궁을 앞에 두고 차마 불평을 하지는 못했지만 파래진 입술과 기운 빠진 몸의 떨림은 숨길 수 없었다.

겨우 시간을 채우고 욕탕에서 나왔을 땐 당장에라도 모포나 담자에 뛰어들고 싶을 지경이었다. 궁인들이 건네는 건 살갗이 비칠 정도로 얇은 침의였다는 게 아쉬운 일이었지만—

"아기씨, 괜찮으세요?"

곁에서 단장을 돕던 혜심이 걱정스레 물었다. 떨어진 체온에 덜덜 떨던 완이 이내 나인들에게 자리를 비켜 달라 말했다. 의아한 표정으로 나인들이 물러나는 걸 바라본 혜심이 둘만 남은 걸 확인하자마자 자세를 편히 바꾸는 완을 보며 깔깔 웃음을 터트렸다.

"아무리 그래도 아직 어색하시지요?"

혜심이 긴장으로 굳어 있는 완의 어깨와 팔다리를 주무르며 속삭였다. 산궁 궁인들, 특히 완의 처소인 비현각의 궁인들은 제법 공손하고 정도를 아는 이들이었지만 이리족 특유의 무정한 분위기는 무혼의 두 여인에게 낯선 것이었다.

혜심이 나인들이 놓고 간 빗을 들고 긴 머리카락을 조심조심 빗겼다. 태어난 이래 잘라 본 적 없는 곱고 부드러운 것. 완의 머리카락이 아름다울 수 있는 이유의 팔 할은 혜심의 솜씨라 해도 과언이 아니었다. 술 많은 머리카락을 익숙한 듯 풍성하게 틀어 올린 혜심이 한가득 늘어진 비녀들을 살폈다.

"무엇으로 하실래요?"

"흠, 머리가 아프니 하나만 꽂자."

낮 시간 내내 화관을 쓰고 있던 완은 더 이상의 무게를 원치 않았다. 금 비녀도 싫고 홍옥 뒤꽂이도 싫다. 붉은 침의를 입었으니…….

"이것으로 하자."

물총새의 깃털로 만든 접취를 골라잡았다. 눈부시게 화려하지는 않으나 마냥 소박하지도 않은 것이 푸르게 화사하다.

초야 단장을 끝낸 완이 방을 나서자 연꽃 모양의 붉은 등을 든 궁인들이 월궁의 침전으로 이끌었다.

"후……."

가빠지는 숨을 티 나지 않게 고르며 걸었다. 걸음 하나에도 긴장이 일어 자꾸만 식은땀이 흐르니 목욕재계가 다 무슨 소용인가 싶다.

초야를 치르는 여인이 겁을 먹는 것은 당연한 일이라 말하던 교육 상궁 의 말이 떠올랐다. 산군님을 모시기 위한 절차와 예가 한두 가지가 아니었 던 것 같은데 기억나는 것은 아무것도 없다.

"드시지요."

드르륵, 침전의 문을 연 상궁이 머리를 조아리고 말했다. 고맙단 인사 대 신 짧은 눈길을 던진 완이 한 걸음 안으로 내딛자 문이 닫힌다. 선 채로 기 다리던 산군이 인기척에 등을 돌리자 없던 불안이 인다.

"산군님을 뵈옵니다."

그와 눈도 맞추지 않고 무작정 예를 올렸다.

"……."

내리깐 시선에 그의 침의 자락이 보이나 머리 위로 들려오는 말은 없다. 안 그래도 긴장하여 잡생각이 많아진 완은 자신이 무엇을 잘못한 것인가 싶어 쉬이 고개를 들지 못했다. 그가 윤허하기 전에는 고개를 들어서도, 몸 을 일으켜서도 안 된다 말하던 상궁의 말이 떠올랐다.

물론 그는 저의 무례를 좋아했다. 제후궁에서도, 이곳 산궁에서도 예에 어긋나는 행동을 하며 그를 대할 때면 그는 어김없이 미소를 지으며 어여 쁘다 말해 주었다. 그때마다 비현각 상궁들은 기겁을 하며 예를 가르치려 했지만 저의 지아비는 달이 될 여인에게 불필요한 예를 강요하지 말라 명하며 고개를 저었다. 그러니 저의 방자함은 그의 탓이다. 저를 방패 삼고 싶거든 언제든 그리하라 말하는 지아비를 곁에 두고 어찌 성숙해질 수 있느냔 말이다.

허나 그런 저도 오늘만큼은 조금 다른 마음이 들었다. 온갖 대신들의 목숨과도 같은 충절을 받는 지아비의 위엄에 누를 끼치고 싶지도 않았고 그의 곁에 어울리는 모습이고 싶기도 했다. 온전히 그의 여인이 되는 날이니 가장 고운 모습으로 함께하고 싶은 마음. 하여 무릎 위에 모아 놓은 손도 마음에 들 때까지 여러 번 고쳐 잡았다.

"완아."

부드러운 목소리가 들린다.

"……."

천자라 불리는 황제도 발아래 두는 그는 제게 하대하는 걸 좋아하지 않았다. 황공하니 부디 말을 편히 하라 청해도 언제나 경어를 쓰시니 가끔은 그의 모든 것이 저의 것인 것 같다는 건방진 착각도 들었다.

허나 그보다 좋은 것은 그가 '완아.' 하고 부르는 것이었다. 제후의 딸이라는 신분 탓에 가족 외에는 불릴 일이 많지 않던 이름이었다. 사실 제 이름을 좋아하지도 않았다. 사내로 태어난 오라버니나 아우들은 야망과 기세가 담은 이름으로 지어 놓고 계집인 제게는 '미소'라는 하잘것없는 뜻을 준 것이 불만이었다.

그럼에도 그가 부를 땐 다른 의미를 덧붙이기라도 한 것처럼 새 이름을 받은 기분이 들었다. 웃지 않고 있을 때마다 나타나 이름을 부르던 그에게 미소 짓지 않을 방법은 없었다. '이름처럼 웃어 보라.' 말하며 웃는 그가 저보다 해사하고 고와서 웃음이 헤퍼졌다. 그런 그가 편해지고 또 그의 사랑조차 당연하게 느껴질 즈음 체통도 없이 웃음을 터트릴 때가 많아졌다. 가끔은 저 스스로도 너무 큰 소리를 낸 것 아닌가 싶을 때가 있었지만 그는 언제나 '곱구나.' 읊조리며 안아 주었다. 그 앞에서 얼굴을 붉히지 않을 방법도 없었다. 그것이 꼭 사랑한다 말하는 것 같은데 어찌 얼굴색을 바로 하고 그 아름다운 눈을 쳐다볼까.

"나의 달."

시선에 그의 발끝이 보였다. 무릎을 꿇어 자세를 낮춘 그가 숙인 고개를 감싸 들어 눈을 맞춘다.

"어찌 자꾸 눈을 피합니까."

속상한 듯 쳐다보는 그에게 아니라고 말을 해야 하는데 또 피해 버리고만 완은 스스로도 당황하여 몸을 떨었다. 평소보다 열뜬 시선의 그가 낯설고 어색한 탓인데 그것을 어찌 말해야 할지 도무지 모르겠다.

"어디 아픈 겁니까."

눈썹을 아래로 내린 채 묻는 얼굴에 걱정이 이만저만이 아니다. 그러지 말아야지 다짐한 마음과 달리 고개는 또 돌아간다. 당황한 표정의 그가 다급히 시선을 좇았다.

"무서운 겁니까."

"예……?"

"그대가 무섭다 하면 기다릴 것입니다. 억지로 하지 않아도 되니……."

"아닙니다. 그런 것이 아니라……."

그가 무슨 생각을 하는지 알아차린 즉시 고개를 저었다. 고문과도 같았던 목욕재계로 몸이 떨리는 것도 맞았고 고통이 따른다던 초야가 두려운 것도 맞았지만 지아비와의 첫날밤을 미루고 싶진 않았다.

"그냥……, 안아 주세요."

"……."

"종일 긴장하여 그럽니다. 그러니……."

품을 빌려주세요, 속삭임과 동시에 그가 몸을 끌어안았다. 단단한 어깨 위에 얼굴을 올리고 눈을 감으니 한겨울에 모닥불을 마주한 듯 온몸에 온기가 돈다.

"산군님."

"예."

산군이 제게 기댄 반려의 등을 달래듯 토닥이며 답했다.

"내내 이리 기대고 싶었습니다."

투정을 부리듯 웅얼거리는 소리에 미소가 피어난다.

"그랬습니까."

"산군님께서 무심히 보시는 것 같아서요."

"그럴 리가 있습니까."

"그러셨습니다."

조용히 답한 완이 저와 같은 향이 배어 나오는 가슴팍에 파고들 듯 얼굴을 물었다. 그의 얼굴이 보이는 것도 아닌데 그가 웃고 있음이 느껴졌다. 평소와 달리 긴장했던 하루가 자존심도 없이 녹는다.

"월궁 계단을 오를 때도, 대신들 앞에서 술잔을 나눠 마실 때도 웃지 않으시니 저만 좋은가 싶고……."

"서운했습니까."

"……조금이요."

소리 내어 웃은 산군이 품 안에 안긴 달을 끌어내어 입을 맞췄다. 찬물에 몸을 담갔다더니 푹 젖은 혀가 능시(물이 얼어 굳은 것, 얼음)처럼 차다. 탐할 때마다 달큰하게 넘어오던 따뜻한 숨이 그리워 얼어붙은 살덩이를 녹이려 애쓰니 또 금세 녹아 단물이 돈다.

집요해지는 움직임에 숨을 헐떡이던 완이 어깨를 밀어 내자 산군이 뒷머리를 붙들고 당겼다.

"으응……, 잠시만……."

아껴 주고 있음을 온몸으로 드러내던 이전의 입맞춤과 조금 다른, 어쩐지 거친 구석이 느껴지는 몸짓에 놀란 달이 눈가에 물기를 매달았다.

"이러고 싶은 걸 참느라……."

"하……."

"웃을 수가 있어야지."

아프지 않게 완의 입술을 깨문 그가 귓가로 입술을 옮겨 짓궂은 말을 쏟아 냈다.

빨갛게 물든 반려의 얼굴을 살피듯 바라본 그가 작은 손을 가벼이 쥐었다. 참는 것이 어려워 욕심을 드러냈더니 부드럽지 않은 곳에 앉혀 두고 있음을 깨달았다. 놀라지 않게 눈을 맞추고 허리를 끌어안은 그가 슬쩍 힘을 주어 몸을 일으킨다.

"으앗, 산군님, 아니······."

갑작스레 몸이 둥실 뜬 달이 버둥거렸다.

"가만히 계세요."

짐짓 엄한 표정을 지은 그가 침상까지 걸어 두툼한 이불 위로 달을 뉘였다. 긴장한 것이 빤한 얼굴이 어쩔 줄을 몰라 한다.

"산군님······."

숨을 많이 섞은 목소리로 저를 부르는 반려에 머리가 핑핑 돌았다. 대답해 주어야지, 부드럽게 대해야지 다짐했던 것들이 무색하게 솟구치는 욕망에 작은 몸을 당겨 안아 입술을 삼켰다. 놀라 도망치는 혀를 노골적으로 옭아매고 긴장한 몸의 힘을 빼려 이곳저곳을 어루만지던 그는 제 달이 더는 버티지 못할 것 같을 즈음 얼굴을 떼어 냈다.

조금 멍한 눈에 살짝 벌어진 입술이 방금 전 탐했다는 걸 잊을 만큼 음심을 자극한다.

"후······."

무섭다고 말하면 모든 것을 그만둘 작정이었다. 당장에라도 집어삼키고 싶은 욕구가 온몸을 지배하고 있긴 했지만 제 달이 준비되지 않았다 말한다면 기다릴 수 있었다.

허나 제 달은 그걸 원하지 않는 것 같다.

"······."

바들거리는 주제에 제 목에 팔을 둘러 당기는 것을 보면.

"그대를 어쩌면 좋을까."

매번 제 생각과 달리 움직이는 반려가 사랑스럽다.

작은 이환 하나 걸치지 않은 귓불을 사랑 녹이듯 굴리니 더운 숨소리가 터져 나온다. 속살이 비치는 침의의 매듭 끝을 잡아당기자 단내가 퍼지며 틈새가 벌어진다. 사이로 손을 밀어 넣어 부드러운 살덩이를 움켜쥐니 으응,

앓는 소리가 난다.

"하아……."

산군이 답답한 듯 미간을 구겼다. 마음 같아선 이를 세워 첫눈 같은 살결 위에 흔적을 새기고 싶었다. 손에 힘을 주어 이리저리 잡아 쥐면 어떨까. 손바닥에 감겨 오는 살갗의 부드러움이 비틀어 쥐고 싶을 만큼 사무친다. 한데 제 반려가 아픈 것은 또 싫어서.

푸른 힘줄이 돋아난 손을 털어 낸 그가 아슬아슬 걸쳐진 침의를 벗겨 냈다. 완전하게 무방비해진 저의 달. 열이 올라 하얗던 피부가 붉게 물들어 있다.

"추워요, 산군님……."

팔을 모아 가슴을 가리는 달의 몸 위로 미끄러지듯 올라탄 그가 상반신을 겹친 채 손을 내려 허벅지를 쓸었다. 동그란 엉덩이를 쥐었다가 무릎 아래에 손을 넣어 세워 놓기도 한 그는 온몸으로 열을 전했다.

"어찌 이리 예민한 겁니까."

어쩔 줄 몰라 하며 자꾸만 다리를 모으려는 달의 목을 아프지 않게 깨문 산군이 희롱 섞인 물음을 던졌다.

"흐읏……!"

화들짝 놀란 몸을 달래듯 목에 얼굴을 묻은 그가 따뜻한 입김을 불어 넣었다. 아아, 더운 숨을 뱉으며 도리질을 치는 얼굴을 어루만진 그가 어여쁘다, 속삭인다. 아래로 내려간 그가 동그랗게 솟은 가슴을 과육처럼 베어 물고 집중하려는 모양으로 눈을 감았다. 어렴풋이 나는 단내에 애가 탄 산군이 입안에서 딱딱해진 돌기를 물고 빤다.

"훗, 잠시만……, 하앗!"

아래로 깔린 몸이 발작하듯 놀라 들썩였다.

"으응, 그만……, 산군님……."

달이 침상을 어지럽히며 애원하자 아쉬운 티를 다 숨기지 못한 그가 다시금 입을 맞췄다. 엉킨 혀를 풀 생각도 없이 반려의 머리를 쓰다듬던 손이 점취 비녀를 뽑아내 아무렇게나 던져 놓았다. 입술을 떼고 내려 보니 긴 머리카락을 풀어 헤친 하얀 달이 붉은 침상 위에 떠 있다.

"곱구나."

산군이 벅찬 마음을 숨기지 못하고 말했다. 한 것도 없이 지쳐 버린 몸도, 번들거리는 입술도 어디 하나 곱지 않은 곳이 없다.

산군이 허벅지를 주무르던 손을 안쪽으로 옮겨 이미 잔뜩 젖은 옥문을 어루만졌다. 제 것은 이미 한참 전부터 달아올라 있었으니 준비할 것도 없다.

"견디기 어려우면—"

말해야 한다, 읊조린 그가 제 것의 머리를 들이밀었다.

"아웃!"

달의 고개가 뒤로 넘어가며 신음이 터지자 산군도 미간을 구기며 탄성을 뱉었다. 아무리 처음이라지만 틈 없이 좁은 공간을 비집기가 쉽지 않다.

탁해진 눈으로 상체를 일으킨 그가 달의 뺨을 부드러이 감쌌다. 밀어 넣는 족족 달라붙는 달의 속살이 아찔하다.

"하……."

느껴지는 내벽의 협곡에 집중한 그가 미간에 깊은 주름을 만들고 고의적으로 천천히 허리를 움직였다. 순간의 느낌도 놓치고 싶지 않았다.

"아아, 하아……."

밀려 올라가는 몸을 끌어 내리고 이마와 코끝, 뺨과 입술까지 보이는 모든 곳에 입을 맞췄다.

"후……."

"훗, 흐으, 서방님……."

"……."

정염에 휩싸여 탁한 눈을 빛내던 산군이 일순간 움직임을 멈추고 굳은 얼굴을 했다. 불러 보라 말한 적도 없는 호칭이 감격스러워 말도 나오지 않는다.

"……싫으셔요?"

걱정스러운 얼굴로 묻는 반려의 손을 잡아끈 그가 손가락 하나하나에 진득하니 입을 맞췄다.

"다시 불러 보세요."

작고 고운 손.

"……서방님."

손만큼이나 작고 고운 몸. 이 나약한 몸을 지키기 위해 해야 할 것들이 한두 가지가 아닐 것 같다는 생각이 든다. 험하고 거친 산. 산만큼이나 험하고 거친 이리들의 세계. 그 역사 속에 새로이 이름을 새긴 제 달은 그 어떤 달보다 작고 나약하였다, 기록될 것이다.

"아앗!"

엉덩이를 세게 움켜쥔 그가 허리 짓을 빠르게 바꾼다.

"흐읏, 흐윽, 하아……."

아무렴 상관없다. 세상 가장 나약한 달을 지키기 위해 제가 세상 가장 강한 이리가 되면 되는 것이니.

"하, 아아, 아……."

달이 터져 나오는 신음을 숨기려 입술을 물고 버렸지만 잇새로 소리가 샜다. 짧게 끊어지는 교성이 좋아 입꼬리를 끌어 올린 그가 깨물린 입술을 삼켰다. 쏟아지던 소리가 모두 지아비의 입속으로 사라진다. 질척이는 젖은 소리와 살 부딪치는 소리만 남는다.

완이 지아비의 등을 꼭 끌어안았다. 지아비의 품에 갇혀 무엇 하나 마음대로 할 수 없는 상황이었지만 두렵다는 기분 대신 안전하단 생각이 먼저 들었다. 위세 좋은 아버지를 두고도 매일을 살얼음판 걷는 삶을 살았던 완은 두려운 것이 조금도 없는 지금의 기분이 생소하고도 소중했다.

분명 아픈데, 제 지아비가 밀어붙이는 힘이 벅차고 힘겨워 고통이 따르고 있는데 왜인지 행복하다.

"흐으……."

진득하던 입맞춤이 끝나자 완은 저를 내려 보는 짙은 눈을 힘없이 쳐다보았다. 애정이 깃든 눈이지만 다정하지만은 않은 까만 눈이 좋다.

"왜 우는 겁니까."

가라앉은 목소리로 물은 그가 뺨 위로 흐른 눈물을 혀끝으로 닦아 내며 물었다.

"오래오래……, 산군님과 함께할 수는 없는 거겠지요?"

"……그게 무슨 말입니까."

열기에 들끓던 눈을 본래의 차가운 것으로 되돌린 그가 인상을 썼다.

"달이 된 여인들은 모두……, 아이를 낳다 죽지 않습니까."

완이 그의 뒷머리를 만지작거리며 고운 옥안을 들여다보았다. 산군의 반려는 명이 짧다는 건 모두가 아는 사실이었다. 산 아래서 평생을 살기는 했으나 산군의 반려는 산 제물이나 다름없다는 말을 듣지 못했을 만큼 우물 안 개구리는 아니었다.

"두렵습니까."

무서우냐 묻던 것과 똑같은 모양새로 다정하고 부드러운 투를 조금도 바꾸지 않은 그가 물었다. 완이 눈가에 물기를 머금은 채 고개를 끄덕인다.

"죽고 싶지 않아요."

"……."

저를 낳자마자 죽어 버린 어머니를 떠올린 산군은 인상을 찌푸렸다. 이리족의 달에게 내려진 운명은 가혹한 것이었다. 산의 주인을 품는 영광을 누리기는 했으나 아이를 낳는 즉시 죽어 버리기 일쑤이니 그 운명이 채워지고 또 비워지는 달과 다를 바 없었다. 무녀들은 그들의 혼이 달에서 태어난 것이라 달로 돌아가는 것뿐이라 말했지만 죽음은 미화해 봤자 죽음이었다.

본 적도 없는 어미의 얼굴과 사랑하는 여인의 붉어진 낯빛. 그것들이 어렴풋 겹치는 기분이 들자 산군은 괴로운 듯 낮게 숨을 뱉었다.

"아무것도 두려워하지 마세요."

초승달처럼 가녀린 반려를 틈 없이 끌어안은 그가 속삭였다. 혼을 가진 존재는 언제고 다시 태어날 수 있다 믿는 수족들은 죽음을 두려워하지 않았다. 그러나 제 달은 무혼의 몸을 가진 여인이니 죽음이 두려운 것은 당연했다.

"내가 그대 곁에 있겠습니다."

"서방님……."

"늑대는 달을 해치지 않으니—"

다짐하듯 속삭인 그가 이리들이 그러하듯 코끝으로 반려의 코를 간질였다.

"겁먹지 마세요."

"하앗!"

그가 멈추었던 허리를 다시 움직였다.

"으흣, 흣, 아……!"

분홍빛으로 물든 뺨을 잘근잘근 씹다 상체를 일으킨 그가 방울방울 떨어지는 눈물을 손가락으로 가볍게 쓸어 냈다.

"아파, 아……, 흐읏, 서방님, 아파요……."

고통과 함께 밀려드는 쾌감에 비명 같은 교음을 내지른 완이 지아비에게 매달려 절정을 맞이했다. 가파르던 찰나가 지난 뒤에도 간헐적으로 몸을 떨며 정신을 못 차리는 달을 두고 산군은 뻣뻣해진 목을 풀었다. 반려의 몸 안에 씨를 뿌리고 싶다는 욕망이 간절하게 타오른다. 그러나 저 역시 제 달의 죽음이 두렵긴 매한가지였다.

달의 애액으로 반질거리는 제 것을 스스로 빼낸 그가 손으로 파정을 유도했다. 반쯤 감긴 눈으로 후회를 느끼는 달의 하얀 배 위로 씨가 뿌려진다. 아쉽지 않은 것은 아니나 그 태가 아름답지 않은 것은 아니니 산군은 그것에 만족하기로 다짐했다.

"서방님……."

"달."

그 이후로 줄곧, 완은 그가 내린 탕약을 마셨다. 산군의 지시 아래 만들어진 그것이 피임약이란 건 얼마 지나지 않아 알게 된 사실이었다.

아무것도 두려워하지 말라 말한 그날 이후, 그는 단 한 번도 제 안에 파정한 적이 없다.

7. 아해

율을 따라 산궁 밖으로 나온 혜심이 진달래 핀 들판 앞에 쪼그리고 앉았다. 달님의 서신을 옮기던 전적이 있어 예전보다 산궁 출입이 더 어려워진 처지였지만 율이나 다른 궁인들과 동행할 땐 크게 제약이 없었다. 겉으로는 죄를 드러내지도 않고 벌을 내리지도 않겠다 결정한 산군님 뜻의 연장선이었다.

"이곳은 벌써 봄이구나."

"땅보다 산의 계절이 더 빠르니까요."

율이 진달래 옆에 핀 개나리를 가리키며 웃는다.

사실 혜심은 산궁에서 산 지 벌써 다섯 해가 지났지만 여전히 이 산이 가진 신비하고 기묘한 힘을 제대로 이해하지 못했다. 산군님의 산궁이 있는 석산을 중심으로 호랑이들이 있는 북쪽 산만을 겨우 알고 있을 뿐이었다. 가끔가다 동쪽 산에 사는 대신들이 왔다거나 서쪽 산에 신수神樹가 있다거나 하는 소리를 듣긴 했지만 자세한 건 알지 못했다.

그러다 보니 이렇듯 계절이 빠르게 찾아오거나 두 계절이 겹쳐 나타나거나 하는 이상 현상을 목격할 때면 이곳이 진정 신들의 놀이터가 아닌지 궁금증이 들기도 했다.

"율아, 오늘은 화전을 해 먹을까?"

품 안에 끼고 온 단도를 꺼낸 혜심이 진달래를 꺾으며 물었다. 개나리 덤불 속에서 놀던 율이 상기된 얼굴로 튀어나왔다. 원체 쫀득한 식감을 좋아하는 아이가 찹쌀가루로 만든 화전을 반기는 건 당연한 일이었다. 그중에서도 율은 혜심이 만든 걸 좋아해 계절마다 다른 꽃을 올려 부쳐 달라 조르기 일쑤였다. 산궁에서도 화전은 흔하게 먹는 음식이라 들었는데 어찌 혜심이 만든 것만 좋아 어쩔 줄 모르는 것인지 달님께서도 가끔은 의아해할 정도였다.

"어찌 이리 칼을 잘 쓰셔요?"

율이 혜심의 곁에 찰싹 붙어 물었다. 옅은 보라색인지 짙은 분홍색인지 가늠할 수 없는 진달래의 자태가 우수수 바구니 속으로 떨어진다. 기실, 혜심은 간이 콩알만 한 사람이었다. 짐승이라면 개나 토끼 같은 작은 것들도 두려워했고 높은 곳이나 물이 깊게 고인 계곡에도 가까이 가지 못했다. 이리족의 습성을 닮기 위해 활쏘기와 검술을 연습하는 달님과 달리 혜심은 아무것도 하지 않기를 선택하며 겁쟁이의 삶을 존중해 달라 울부짖는 것이 전부였다. 그런 혜심이 단도만큼은 자유자재로 다룰 줄 아는 게 율은 언제나 신기했다.

"네가 보기에도 내가 칼을 잘 다루는 것처럼 보이는 것이냐?"

뿌듯한 표정을 지은 혜심이 보다 현란한 손길로 진달래의 잔가지를 정리한다. 칭찬에 후한 율이 때를 놓치지 않고 고개를 끄덕였다. 개나리를 쥐고 있던 손이 손뼉까지 치자 혜심은 우쭐한 표정으로 어깨를 으쓱였다.

"아주 어릴 때부터 배워 그런다."

"어릴 때부터요?"

"응, 난 제후궁에서 태어났거든."

부모가 궁인이었던 터라 태어나는 순간부터 궁인의 신분을 가진 혜심은 자질구레한 잡기가 많았다. 궁인이라 불리기는 했지만 황궁의 궁인도 아니었고 혜원공과 그의 아들인 세자는 온화한 주인도 아니었기에 살아남으려면 억지로 익혀야 했다.

가축보다도 못한 목숨, 조금이라도 연장하려면 쓸모가 있어야 했다.

"내가 이것으로 무엇까지 할 수 있는지 아느냐?"

혜심이 자기 손과 그 크기가 똑같은 단도를 흔들어 보이며 물었다.

"무엇까지 할 수 있습니까?"

율이 호기심 넘치는 눈을 깜빡이며 숨을 죽였다. 아이의 기대를 저버리지 않기 위해 잔뜩 목소리를 낮춘 혜심이 속삭인다.

"잠겨 있는 모든 걸쇠를 풀 수 있지."

"모든 걸쇠를요?"

"응, 모든 걸쇠."

고개를 끄덕이는 혜심과 단도를 번갈아 쳐다본 율이 동그란 눈을 가늘게 바꾸어 떴다.

"거짓말 마십시오. 어찌 이 조그만 칼로 닫힌 걸쇠를 모두 연단 말입니까?"

"못 믿겠으면 달님께 여쭈어 보거라. 달님께서 제후궁 아기씨였을 적에 내가 열어 드린 문이 몇 개였는지 말이다."

바구니를 가득 채운 진달래를 눈대중으로 훑은 혜심이 미련 없이 일어나 흙 묻은 치맛자락을 털었다. 아이가 바구니를 빼앗아 든다. 그 밤톨 같은 머리통을 쓸어 낸 혜심이 단도를 칼집에 넣어 가슴 속에 품었다. 지난날의 추억이 파편처럼 머릿속을 스치고 지나간다. 몰래 외출하고 돌아오는 달님을 위해 온갖 걸쇠를 다 열어야 했던 새벽. 아무래도 율은 믿지 않는 모양이었지만.

□　◆　□

"정말 저 먼저 먹습니까?"

율이 고인 침을 꿀꺽 삼키며 완에게 물었다.

"그럼, 당연하지."

곱게 부쳐진 화전을 동그란 입술 앞에 내민 완이 고개를 끄덕이며 웃었다. 한창 자랄 때여서 그런 것인지 먹을 것을 보면 눈부터 빛내고 보는 아이가 어여쁘기 그지없다. 망설이던 것이 무색하게 한 입 크게 베어 문 아이는 동그란 뺨을 평소보다 더 동그랗게 부풀리고 웃는다.

"맛있느냐?"

"예!"

끄덕이는 모양새가 세차다.

"혜심이 오기 전에 많이 먹거라."

풀독이 올라 손목을 빨갛게 물들인 혜심은 연고를 바르러 나가고 자리에 없었다. 기실, 혜심이 자리에 있었다면 제아무리 율이라도 꿀밤과 잔소리를 피할 수 없었을 것이다. 비현각의 식재가 부족한 것도 아니고 아이가 먹는 걸 아까워하는 혜심도 아니었지만 요즘 들어 입맛이 없는 완을 걱정하는 마음이 큰 탓에 조금 예민하게 굴고 있는 중이었다. 음식 앞에서 솔직한 아이가 예뻐 이것저것 내어 주던 걸 못마땅하게 여긴 모양이었다. 제아무리 식성 좋은 율이라도 분별없이 탐하는 것도 아니건만 꼭 음식을 축내기라도 한 것처럼 혼을 내니 민망해지는 건 완의 몫이었다.

그럼에도 넉살 좋은 아이는 누님이 말만 거칠다며 편을 들었다. 종알거리는 아이의 머리 위로 햇살이 비춘다. 아직 충분히 길지 않아 묶지 않은 다갈색 머리칼이 반짝였다. 밤송이 같은 모양이 유난히 탐스러워 저도 모르게 손을 뻗은 완이 차마 손대지 못하고 잠시 머뭇거렸다.

"율아."

"예?"

"한번 만져 봐도 될까?"

머리 위에 멈추어진 손을 힐끗 바라본 율이 뜻 모를 표정을 지었다.

"제 머리를요?"

"응."

"왜요?"

"음, 그냥."

괜히 울음이 나올 것 같아 억지로 웃었더니 시무룩해지는 건 율이었다.

"보고 싶으셔요?"

"뭐가?"

"누님이 말해 주셨어요. 달님의 아우님이 돌아가셨다고……."

말을 끝맺지 못하는 아이의 그늘진 뺨을 장난스레 두드렸다. 저도 모르는 사이에 혜심과 아이가 많이도 가까워진 모양이었다. 하긴, 무뚝뚝하기로 유명한 월궁의 궁인들조차 웃게 만드는 아이가 혜심이라고 무너뜨리지 못할까. 제아무리 경계심 많고 이리족을 믿지 않는 혜심이라도 어쩔 수 없었을 것이다. 율은 햇살같이 사랑스러운 아해(兒孩, 어린아이)였으니.

처음 율이 비현각의 궁인이 되었을 때 혜심은 아이를 대놓고 박대했었다. 산군께서 아이를 비현각의 시동으로 지정한 이유도 좋지 않은 것이었을뿐더러 그 맘때의 아이만 보면 마음이 약해지는 저를 염려한 탓이었다. 혜심에게는 미안하지만 그 예상은 보기 좋게 적중했고 저는 아이의 모든 몸짓을 사랑스럽게 생각했다. 아버님께 쓴 서신을 베껴 내는 모양도, 그것들을 들고 월궁으로 향하는 걸음도, 간식만 보면 반짝이는 눈빛까지 예쁘지 않은 곳이 없었다.

"만지셔요."

율이 통통한 입술을 삐쭉 내밀며 말했다. 고개를 숙여 머리통을 내어 주는 얼굴이 저보다 더 슬퍼 보였다.

"마음껏 만지시고 수심을 떨치셔요."

어른스럽게 위로하는 말에도 완이 쉽사리 손을 내리지 못하고 망설였다. 진귀한 산호를 만질 때도 이리 망설인 적은 없었는데 어쩐지 바라면 안 될 것을 바라는 기분이 든다.

"아이, 참."

머뭇거리는 달이 답답했는지 율이 제 머리를 콩, 밀어 올렸다. 이러지도 저러지도 못하던 손바닥에 밤톨 같은 머리통이 닿는다. 그제야 아, 탄식을 뱉은 완이 아이의 머리를 조심스레 쓸었다. 손가락 사이를 빠져나가는 매끄러운 머리카락이 비단보다 고운 결을 자랑한다.

제 아우도 이랬던 것 같은데. 저의 귀한 아우도, 제가 지키지 못한 아우도 이토록 사랑스러웠던 것 같은데.

"……우십니까?"

한참을 어루만지던 손길이 멈추고 흐느끼는 소리가 들리자 율이 고개를 들었다.

"슬퍼서 우는 것이 아니니 걱정할 것 없다."

걱정스러운 얼굴조차 닮은 것 같단 생각에 얼른 고개를 저었다. 그럼에도 걱정이 짙은지 굳은 얼굴이 풀어지지 않는다.

"괜찮대도."

"……."

이쯤이면 무어라 말을 할 법도 한데.

"……율아?"

"아……."

빨갛게 달아올랐다가 다시 하얗게 질리는 얼굴이 심상치 않다.

"율아, 어찌……. 어디 아프기라도 한 것이냐?"

묻는 말에 대답은 않고 그저 토끼 같은 이빨로 제 입술을 물고 있던 율은,

"우욱!"

구역질과 함께 검붉은 피를 토했다.

"유, 율아!"

낙엽처럼 스러지는 율을 받아 안은 완이 비명처럼 소리를 질렀다.

"밖에……, 밖에 누구 없느냐!"

방문을 지키던 궁인들이 쏟아져 들어온다.

"율아! 정신 좀 차려 보거라, 율아……!"

의식을 잃을까 겁을 집어먹은 달이 계속해서 말을 붙여 보았지만 돌아오는 답은 없고 뒤집히는 아이의 몸만 바들바들 떨린다. 극심한 고통을 이기지 못한 아이의 눈이 하얗게 넘어간다.

"어찌 그리 서 있는 것이냐. 어떻게 좀 해 보거라!"

달이 멀뚱히 선 궁인들을 원망하듯 소리쳤다. 숨 쉬기가 어려운지 들썩이는 아이의 가슴을 어설픈 자세로 누르자 우욱 쏟아진 핏물이 얼굴로 튀었다.

"소인에게 주시옵소서."

평소 율을 아끼고 어여삐 여기던 상궁이 무릎을 꿇고 손을 뻗는다.

"되었다. 나는 괜찮으니 의원……, 의원부터 불러다오."

정신없이 말하는 와중에도 아이는 계속 피를 토했다. 더하여 거칠게 발작까지 하니 아이가 입고 있던 연분홍 옷은 물론이고 제가 입고 있던 하얀 표의까지 붉게 물든다.

"아이부터 주십시오."

"방도라도 있는 것이냐."

고집스레 말하는 상궁에 완이 미간을 찌푸리며 물었다.

"몸부림이 거세질 겁니다. 달님의 옥체가 상하시면 아니 되니 소인에게 주시옵소서. 소인이 붙들고 있겠사옵니다."

"……뭐라."

빌듯 바닥에 엎드린 상궁의 말은 침착하다 못해 차가웠다. 피를 토하며 몸을 뒤트는 아이를 보았으면서. 조금 전까지만 해도 눈을 빛내던 아이가 고통에 신음하는 걸 들었으면서 어떻게 저리 태연할 수 있을까.

"지금 나의 옥체라고 하였느냐."

"달님의 존체가 상하시면 소인의 죄가 가볍지 않사옵니다."

그 태연하고 자약한 태도에 역겨움을 느낀 달이 거친 숨을 몰아쉬었다. 자신의 고통이 아니면 아무래도 상관없다는 그 태도가 신물이 나도록 익숙했다.

"어서 아이를 주시옵소서."

"손대지 말거라."

"의복이 상하고 있질 않사옵니까."

"손대지 말라 하지 않느냐!"

완이 상궁의 손을 거칠게 뿌리쳤다. 말도 안 되는 이유였다. 의복이 상하는 게 꽃같이 사랑스러운 아이의 안위보다 중할 리 없는데 어찌 그런 하찮은 이유를 대는 것인지 이해할 수가 없다.

"나가서 의원을 부르거라."

거친 호흡을 억지로 고르느라 눈에 핏발이 선 완이 목소리를 낮게 낮추었다.

"……."

"내 말이 들리지 않는 것이냐!"

머리가 뜨거워졌다. 상궁의 말처럼 아이의 몸부림이 거세지고 있었다. 고통의 세기가 강해지고 있는 게 분명했다.

"항명을 하고 싶은 것이냐."

움직이지 않는 상궁을 한시라도 빨리 움직이게 할 방법을 궁리한 완이 날카롭게 물었다.

"항명이라니요. 어찌 그런……."

"그게 아니라면 명을 따라 의원을 부르거라. 내가 보는 여기 이곳으로 불러야 할 것이다."

초조해지는 마음을 다스리지 못한 달이 명했다. 아이를 끌어안은 손등엔 예리하게 돋아난 핏줄이 존재감을 드러내고 있었다. 어떤 일이 있어도 아이를 내어 주지 않겠단 의지의 표현이었다.

"하오나……."

달이 된 이후 가진 힘을 드러낸 적 없던 주인의 호통에 놀란 상궁이 멈칫하는 사이 문밖에서 소란이 일었다.

"무슨 일이냐."

아뢰는 말도 없이 문을 연 산군이 소란의 주인이었다.

"……산군님을 뵈옵니다."

당황한 낯빛을 한 궁인들이 재빨리 무릎을 꿇고 예를 올렸다. 상궁이 고개를 돌려 달에게 예를 올리시라, 간했다. 그러나 발버둥 치는 율을 끌어안은 채 이러지도 저러지도 못하는 모양으로 굳은 달은 무릎을 꿇지도, 머리를 조아리지도 못했다.

"달님, 어서 예를……."

나지막한 한숨과 함께 말을 올리던 상궁은,

"되었다."

서릿발 같은 산군의 옥성에 재빨리 몸을 낮췄다.

"매번 주인을 이리 모시느냐."

성큼성큼 넓은 보폭으로 무리 지은 궁인들을 가른 그가 물었다. 당황한 궁인들이 서로 눈치를 보는 사이 매서운 눈을 한 산군이 모두 나갈 것을 명했다.

뒤늦게 청민과 혜심이 뛰어 들어왔다. 자리를 비운 사이 무슨 난리가 일어난 것인지 추측하기도 어려운 상황에 혜심은 까치발을 들며 제 주인의 안위를 살폈다. 청민은 지체할 것 없이 무릎을 꿇었다. 난장판이 된 내실의 광경이 무엇으로 비롯되었든 자리를 비운 그는 직무를 태만히 한 죄를 피할 수 없었다. 그

124

제야 혜심도 곁에서 머리를 조아렸다.

"죄는 나중에 물을 것이니 지금은 자리를 비켜라."

산군의 눈이 서늘하다.

산군은 방을 비워 내고 나서야 제대로 보이는 제 달과 시선을 마주했다. 고집스레 굳어 있던 얼굴이 눈을 마주치는 즉시 촉촉하게 젖어 드니 마음이 어지럽다.

"이리 주세요."

달라는 말에 입을 비틀어 물고 도리질을 친다. 제 달은 곧 죽어도 한 번에 말을 듣는 법이 없다.

"산군님, 아이가⋯⋯. 제발 의원을, 흡⋯⋯."

"의원을 부른다고 낫는 병이 아닙니다."

"그래도⋯⋯, 이렇게 둘 순 없지 않습니까. 이러다, 흐읍, 죽으면 어쩌니까⋯⋯."

"죽게 두지 않을 테니 걱정 마세요."

기어이 완의 손등을 할퀴어 가며 신음하는 율을 억지로 빼앗은 산군이 말했다. 뒤집어지는 아이의 상체를 끌어안듯 결박하고 꺾이는 뒷목을 바로 세운 모양새가 한두 번 해 본 솜씨가 아니었다.

"나가 계세요. 그대가 보기에 좋지 않습니다."

새파랗게 질린 안색과 울컥울컥 토하는 선혈이 끔찍한 광경이기는 했다.

"⋯⋯싫습니다."

완이 여러 번 고개를 저으며 답했다. 새빨간 피가 무섭지 않은 것은 아니었다. 피의 비린내가 역겹지 않은 것도 아니었다. 그러나 아이의 입술 위로 구르는 피거품은 맨손으로 닦아 낼 수 있었다. 고통을 줄여 줄 수 있는 일이라면 그게 무엇이든 해 볼 텐데 그걸 모르는 것만이 지금 이 순간 느끼고 있는 유일한 불편함이었다.

"곁에 있게 해 주십시오. 저는 괜찮습니다."

아이의 몸 위로 이불을 감싸 두르고 경련하는 머리를 단단히 받쳐 올렸다.

미약하더라도 아이를 달래는 데 도움이 되어 드리겠다는 증명이었다. 지아비가 하는 수 없다는 듯 고개를 끄덕인다.

"율아."

그가 아이를 부른다.

"내 말이 들리느냐."

"으윽……, 흑—"

"견뎌야 한다. 정신을 잃지 말거라."

돌아오지 않는 답에도 제법 끈질기고 다정한 목소리로 말을 거는 그였다. 아이의 벌어진 입에서 뼈끼리 부딪히는 기괴한 소리가 흘러나왔다. 버둥거리는 몸을 단단하게 고정하고 있긴 했지만 뒤집혀진 눈에 동공은 자취를 감추고 있으니 귀가 열려 있는지도 알 수가 없었다.

"곧 끝날 것이다."

그런데도 그는 계속해서 말을 걸고,

"으그……, 크윽……."

"고통은 잠시뿐이니라."

등을 토닥이며,

"크으……."

"금방 끝날 것이야."

아이를 달랬다. 매사 무정한 낯을 하고 있는 그를 생각하면 각별한 노력이라는 걸 부정할 수 없는 모습이었다. 그러나 하얗게 질린 아이 얼굴은 이내 시체처럼 푸르게 변하기 시작했고 그 모습에 겁을 집어먹은 완은 아아, 앓는 비명을 지르며 울음을 터트렸다.

"안 돼, 아, 안 돼……."

또 잃을 순 없었다. 저의 죽은 아우들처럼 이 아이도 이렇게 허무하게, 제 앞에서 죽는 꼴을 볼 수는 없었다. 제후궁의 아름다운 전각, 비현각 위에 흐드러지듯 쓰러져 있던 아우들의 주검이 떠올랐다. 고운 비단은 칼날에 찢겨 너덜거리고 뽀얗던 살결은 검게 변해 있던 그 참혹한 몰골을 또 여기, 비현각에서 볼수는 없었다.

"하악……!"

아이가 고통스러운 숨을 크게 들이켜더니 내내 다물지 못하던 입을 꾹 다물었다. 버둥거리던 몸도 보이지 않는 밧줄에 묶인 듯 얌전해졌고 뒤집혔던 눈마저 고이 감겼다. 끝난 것인가 싶어 안심을 하려던 때,

"으흑!"

닫힌 입술 사이로 피가 쏟아져 나왔다. 어떻게든 참으려 애쓰는 것인지 도로 삼키려는 모양새에 산군이 뱉어 내라 종용하기 시작했다. 거짓으로 겁을 주기도 하고 호통을 치기도 했지만 아이는 무슨 고집인지 입술을 꼭 깨물고 흐르는 핏물을 자꾸만 목 뒤로 넘겼다. 보다 못한 완이 머리를 받치던 두 손 중 하나를 풀어내 아이 입 앞으로 가져갔다.

"뭐 하는 겁니까. 안 됩니다. 하지 마세요."

기겁한 산군이 아니 된다 말했지만 완의 머릿속은 오직 아이의 무사뿐이었다. 열어 주지 않는 입술을 열기 위해 볼을 누르고 벌어진 입 틈 사이로 손가락을 집어넣자 기다렸다는 듯 씹어 오는 이가 날카롭다.

"으읏……."

완이 짓눌린 신음을 뱉었다. 짐승에게 물린 것처럼 살점이 뜯기는 기분이 들었다. 그 고통을 오롯이 느낄 새도 없이 손가락 하나를 더 집어넣어 틈을 벌렸다. 깨물어 오는 치아를 모른 척, 입천장을 긁고 바짝 마른 혀를 꾹 눌렀다. 그제야 탁한 신음과 함께 아이 턱에서 힘이 빠진다. 울컥이며 나오는 핏덩이들.

"흐……."

아이가 전율하듯 떨리는 몸을 어쩌지 못하고 산군의 옷자락을 움켜쥐었다.

"으으, 산군님……."

주군을 부르는 아이의 눈엔 사라졌던 초점이 돌아와 있었다. 놀란 표정을 지은 채 달의 상처 난 손가락에 머물고 있던 시선이 아이에게 마지못해 옮겨졌다.

"그래, 내 말이 들리느냐."

"산군님, 흑……, 너무, 너무……. 아픕니다……."

율이 산군의 품에서 엉엉 울며 고통을 호소했다. 안타까움에 얼굴을 구긴 완

127

이 어쩌질 못하고 산군의 곁에 바짝 붙었다. 겨우 뜬 눈으로 울부짖는 아이의 눈엔 헤아릴 수 없는 믿음과 충심이 가득 차 있었다.

"괜찮다, 율아."

그런 주군의 말이 약도 없는 고통에 도움이 되는 것인지.

"흐으……."

"괜찮아."

흐느낌과 타이르는 소리가 점차 잦아든다. 이윽고 신음 하나 없이 잠든 율. 아이를 조심히 내려놓은 산군이 피곤한 듯 미간을 찌푸렸다. 있는 힘껏 발버둥 치는 몸을 내도록 끌어안고 있느라 땀으로 흥건해진 그의 옷이 무겁다.

"이제 괜찮은 겁니까."

완이 조심스레 묻자 그가 글쎄요, 좋지 않은 소리를 냈다.

"아마 몇 번 더 반복할 겁니다."

"예……? 반복하다니요. 대체 무슨 병이기에 아이를 이리 지독하게 괴롭힌 단 말입니까. 지병입니까?"

사경을 헤맨다 말해도 모자라지 않아 보이는 고통을 몇 번이나 더 반복해야 한단 소리에 완은 걱정을 넘어 분노를 느꼈다. 안 될 말이었다. 지병이라면 당 장에 고쳐야 했다. 산궁 안 의원들에게 방도가 없다면 산 아래 의원들이라도 불러들여야 했다.

"이리가 될 준비를 하는 것입니다."

산군이 치맛자락을 움켜쥐고 바들거리는 완을 가만히 응시했다.

"근육과 뼈의 모양이 커질 것이고 입안에선 송곳니가 자랄 겁니다."

"허면 아이가……."

"예, 현신을 할 몸인가 봅니다."

산군이 차게 굳은 얼굴로 완과 시선을 맞췄다. 어렴풋이나마 방도가 없다는 걸 깨달은 듯 보였다.

"모두……, 이런 고통 속에서 이리가 되는 겁니까."

완의 물음에 착잡한 심경을 다 감추지 못한 산군이 나지막한 한숨을 뱉었다.

"죽는 경우도 있습니다."

"……."

"허나 견딘다면, 그렇게 이리가 됩니다."

현신을 하기 위해 몸을 뒤트는 모습은 수족으로 태어난 사람이라면 한 번 이상 반드시 목격할 수밖에 없는 광경이었다. 수족의 절반 정도가 현신을 할 수 있는 몸으로 태어난다. 그들은 율이 겪은 것과 같은 고통의 기간을 견뎌야만 자유자재로 현신을 다스릴 수 있게 되는데 그 고통의 기간이 지나면 남들보다 빠른 속도로 신체적 성장을 하게 되는 탓에 '성장통'이라 일컬었다. 그리고 그 성장통은 대개 스무 살이 되기 직전쯤 급작스럽게 발병한다. 정상적이지 않은 속도로 자라나는 근육과 뼈를 감당하지 못한 몸이 비명처럼 지르는 고통이었다. 허나 그 고통을 멈출 수 있는 방법은 하늘 아래 존재하지 않았다. 인간과 짐승의 몸 모두를 누리는 복의 대가라고 하기엔 조금 잔인한 것이었지만 피할 수 없는 것이었으니 그저 견딜 수밖에 없었다.

하여 그중 절반은 견디지 못하고 죽음에 이르렀다. 수족의 절반이 현신을 할 수 있는 몸으로 태어난다 해도 실재하는 혼현자 수가 소수인 건 다 그 때문이었다. 해서 그 모든 걸 버텨 내고 살아 냈다는 것만으로도 혼현자들은 그 기상과 자질을 인정해 주었다.

그러나 율처럼 너무 이른 나이에 성장통을 겪게 되면 죽을 확률이 걷잡을 수 없이 치솟았다. 아마 비현각의 상궁과 궁인들이 달의 외침에도 동요하지 않았던 것은 다 그런 이유 때문이었을 것이다. 곧 죽을 것을 알고, 또 방법이 없다는 걸 알아서.

"버티겠지요……?"

완이 아이의 잠든 모습에서 눈을 떼지 못한 채 물었다. 원하는 답이 정해져 있음을 알기에 더더욱 답은 하지 않았다. 부질없는 희망을 주어 더 큰 좌절을 겪게 하고 싶지는 않았다.

"산군님께서 오셔서 다행입니다. 저 혼자서는……, 아이를 지키지 못했을 거예요."

땀방울 맺힌 율의 이마를 조심히 닦아 낸 완이 말했다. 여전히 극심한 공포를 드리우고 파리해진 안색을 하고 있는 완의 얼굴이 산군은 마음에 들지 않았다. 흐르던 피가 굳어 피딱지가 이리저리 붙은 제 손가락은 보이지도 않는 것인지 치료하려는 낌새도 보이지 않는다. 산군이 그 가는 손가락을 낚아채듯 쥐었다.

차갑게 가라앉은 눈을 보고 나서야 제 손이 다친 걸 깨달은 완은 황급히 손을 거두었다. 하지 말라 말리는 지아비의 말에도 고집을 부려 이 사달을 만들었으니 할 말이 없다.

"이 아이를 아끼는 모양입니다."

"……예?"

"그대를 감시하라 붙인 시동인 걸 모르지 않으면서……. 마음도 넓습니다."

"……."

산군이 후, 깊은 숨을 뱉어 냈다. 나무라는 저의 일갈에도 대꾸하지 않는 달이 답답했다. 원망으로 짙어지는 가슴께를 움켜쥐고 빤히 보는 얼굴을 피해 고개를 돌렸다. 쏟아지는 일을 처리하다 문득 그리워진 무엇을 찾고 찾다 도착한 곳이 비현각이었다. 저도 모르게 도착한 곳이 비현각이라는 게 한심스러워 망설이는 사이, 침전에서 소란이 들렸다. 발걸음 소리를 낮추자 들리는 실랑이와 흥분한 달의 목소리가 문을 열게 만들었다.

그리고 깨달았다. 무엇을 그리워하고 있는지도 모른 채 걷던 제가 찾고 있던 건 호수제 이후 의도적으로 피하고 있던 완이라는 것을.

"하……."

산군이 대놓고 한숨을 뱉자 완이 염려 짙은 얼굴을 들었다. 달걀이 하얀 얼굴에 복사꽃을 올려 둔 두 뺨. 베어 물면 과육이 흐를 것 같은 그 뺨이 앞서 흘린 눈물로 듬뿍 젖어 있었다. 분명 제 것인데. 저를 이용하기 위해 다가온 꽃에 불과하더라도 결국 제가 꺾은 꽃인데. 어째서 곁에 두고 아낄 수 없는 걸까.

"의원을 부를 테니 손부터 치료하세요."

스스로가 한심해 짜증이 솟구친 산군이 자리에서 일어났다. 충격을 받은 듯 멈추어 있던 완이 뒤늦게 몸을 일으켰다.

"산군님……!"

배웅하는 예나 올릴 것이라 생각한 완이 불현듯 앞을 가로막고 무릎을 꿇었다. 또 무슨 이야기를 해 속을 뒤집으려고 하는 것인가 싶어 산군은 눈을 깊게 감았다.

"아이가 산군님의 사람임을 모르는 것이 아니옵니다."

완은 아이를 향한 자신의 총애가 지아비의 심기를 불편하게 만들었다고 생각했다. 자세한 내막을 들은 것은 아니었으나 율이 산궁에서 시동으로 살게 된 이유를 대강은 알고 있었다. 엄동설한 산속에서 모포라고 부르기도 어려운 것에 싸여 있던 갓난아이를 사냥 중에 발견한 산군께서 거두셨다고 했다.

"사사로운 환심을 사 회유를 하려는 것도 아니옵니다."

율이란 이름도 밤톨 같다 하여 산군께서 하사한 것이라 했으니 아이는 산군님의 은덕을 받는 아이임이 분명했다. 그런 아이가 저와 가까워지는 것도, 제가 애정을 쏟는 것도 지아비의 입장에선 불쾌할 수도 있는 일이었다.

"그저……, 죽은 제 아우가 떠올라 마음이 쓰여 그런 것입니다."

불손한 이유로 아이를 아끼는 게 아니라는 걸 증명하려다 과한 솔직함을 내보였다 후회할 즈음.

"그래서요."

데워지기는커녕 더욱이 얼어붙은 목소리가 들린다.

"아이가 내 사람인 걸 알면 그리 생각하지 마세요."

"저, 저는……."

"내가 그대 가문을 질색하는 걸 알지 않습니까."

"……."

완이 차오르는 눈물과 수치심을 어쩌지 못하고 고개를 조아렸다. 무릎 위로 모아 놓은 손등에 후두둑, 눈물이 쏟아졌다.

"책임지지 못할 행동은 하지 마세요. 아이가 일찍 철들어 어른스럽기는 하나 아직 어리고 순진하여 그대의 다정이 진심이라 착각할 수도 있습니다."

"산군님, 저는 그런 것이 아니라……."

"아니면 무엇입니까."

"……."

"아이에게 쏟는 마음이 진심이란 걸 말하고 싶은 겁니까."

산군이 무심한 낯에 경멸 어린 눈을 빛냈다. 제가 쏟는 모욕을 황망한 듯 받아 내는 꼴이 견디기 어려울 정도로 마음을 미어지게 했다. 추악한 마음을 가졌으면 그 자태도 추악할 것이지 쓸데없이 고운 자태를 가져 보는 저를 괴롭게 한다.

"나의 마음을 움직일 때도 죽은 아우를 말하더니……. 이 작은 아이에게도 죽은 아우를 들먹이며 마음을 나누는 척 연극을 하는 겁니까."

부러 모난 소리를 던졌다. 조금이라도 방심하면 견고하게 쌓아 둔 증오의 벽이 모래처럼 무너질 것 같았다.

"솔직히 말해 보세요."

이미 모든 것을 이용당해 주고 있는데 마음까지 내어 주며 비웃음을 사고 싶지 않다.

"어차피 이 아이도 그대에게 필요하니 다정을 나누어 주는 것 아닙니까."

무너진 마음이 온 얼굴에 드러나 있는 것도, 비참한 듯 비워 낸 눈빛이 애달픈 것도 다 저를 흔들려는 수작 같았다. 언제나 그랬다. 이러지 말고 그냥 영악하게 굴었으면 좋겠다. 어차피 사랑할 수도, 아껴 줄 수도 없는 사이이니 철저하게 나빴으면 좋겠다. 그래야 제가 편히 미워할 수 있으니.

8. 달구경

은호가 이른 아침부터 수련관을 찾았다. 산군을 지키는 무관으로서 자주 수련관을 찾아 훈련하는 건 당연한 의무이자 책임이었지만 근래 더 자주 들러 신경 쓰고 있는 건 사실이었다. 산궁 호위대의 수장이던 청민이 비현각의 호위가 되는 바람에 가만히 있던 그가 그 자리를 대행하게 된 탓이었다.

은호는 타고난 무관답게 승부욕이 많은 편이긴 했지만 자리 욕심이나 지휘하고 통솔하는 일에는 전혀 관심이 없었다. 때문에 갑작스레 얻게 된 수장 호칭은 그에게 썩 달갑지 않은 것이었다. 그럼에도 산군님의 지척을 지키는 일등 무관이 되었으니 수련을 보다 많이, 보다 치열하게 할 필요가 있었다.

"……."

비어 있을 줄 알았던 수련관 안에서 작은 소리가 들린다. 닫힌 문틈 사이로 은호가 눈을 가져다 대었다. 아침 햇살을 받으며 바람을 가르는 화려한 칼춤이 눈앞에 펼쳐진다. 관리하는 시동들에 의해 매일같이 정리되는 수련관이었으나 칼날이 만드는 바람결에 하얀 먼지들이 부유한다. 와중에도 검을 쥔 사내는 걸음 소리 하나 내지 않고 고르게 안정된 호흡을 뱉고 있으니 실로 대단한 통제력이었다.

"자네일 줄 알았지."

부러 큰 소리를 내며 문을 연 은호가 철릭 차림의 청민을 보았다. 집중하고 있던 청민이 은호를 확인하고 몸에 서려 있던 살기를 거두었다.

"아침 훈련을 게을리하지 말라 할 때는 그리 말을 안 듣더니 이젠 스스로 나와 훈련을 하는 건가."

쥐고 있던 검을 거치대에 올려 둔 청민이 저 대신 붉은 옥패를 찬 은호에게 미소를 지었다. 호위관들을 이끄는 수장만이 찰 수 있는 붉은 옥패 앞면엔 산군님을 향한 충忠이, 뒷면엔 승리를 뜻하는 승勝이 새겨져 있다.

"웃음이 나오는가."

은호가 못마땅한 얼굴로 뒷짐을 지었다. 애초에 그는 마음이나 생각을 숨기는 법 따위 알지 못했다. 태어나기를 호랑이들이 들끓는 북산北山에서 태어났고 자라기를 호족들 틈에서 거칠게 자랐다. 수족이기는 하나 동지애라곤 없는 호족들과 섞여 자란 탓에 우정이니 믿음이니 모두 헛소리라 생각하고 살았던 그다. 그런 그를 무리 속에 사는 이리로 만든 것이 청민이었다.

"이른 아침부터 친애하는 벗을 만났는데 웃지 않을 이유가 무엇인가."

은호의 걱정을 알아 부러 능청을 떤 청민이 마른 천으로 땀에 젖은 얼굴을 닦아 냈다. 그 태평한 모습에 아까보다 더 비딱한 얼굴을 한 은호가 후, 숨을 뱉었다.

"그리 심각한 얼굴 하지 말게."

어깨를 툭 치며 분위기를 풀어 보려는 청민의 노력에도 은호는 표정을 풀지 않았다.

"언제까지 비현각에 있을 생각인가."

"낸들 아는가. 산군님께서 명을 바꾸시지 않는 한 비현각에 있겠지."

월궁으로 돌아오기 위한 노력을 하지 않겠단 소리로 들렸다.

"벌받는 주제에 이것저것 가릴 수는 없는 것 아닌가."

청민이 멋쩍은 듯 웃었다. 은호가 답답한 얼굴로 팔짱을 꼈다.

"안 그래도 소식 들었네. 또 벌을 받았다면서."

"벌써 자네 귀에까지 들어간 거 보면 산궁에 있는 모든 이가 알겠군."

소년처럼 웃은 청민이 화살통과 활을 챙겨 수련관을 나섰다. 뒤따라 걷는 은호를 의식하지 않는 듯 활시위를 당긴 청민이 고개를 조금 갸웃했다. 소의 힘줄로 만든 시위가 원하는 만큼 탄력적이지 않은 모양이었다. 화살 하나를 꺼내 절피에 꽂은 청민이 텅 빈 하늘로 시위를 당긴다. 숨을 참아 내는 찰나의 순간과 바람을 가르는 소리. 바닥으로 꿩 한 마리가 떨어졌다.

가만히 지켜보던 은호가 청민을 대신해 죽은 꿩을 살폈다. 극소량의 피만 흘린 꿩의 사체는 군더더기 없는 실력을 보증하고 있었다.

"자네가 달님 곁을 지키는 게 맞는 일인지 모르겠네."

"맞는 일이든 아니든 산군님께서 그러라 하셨으니 해야지."

"그리 명을 잘 받드는 사람이 왜 비현각을 비운 것인가."

날카롭게 눈을 빛낸 은호가 추궁하듯 물었다. 달님과 함께 휘선 땅을 다녀온 후 비현각의 호위가 된 청민은 최근 의무를 소홀히 했다는 죄로 또 벌을 받고 있었다. 벌이라고 해 봐야 녹봉을 줄인 정도였으나 앞뒤 꽉 막힌 청민이 달님을 지키지 않고 자리를 비웠다는 게 믿겨지지 않았다. 월궁을 지킬 땐 교대자가 나타날 때까지 지정된 자리를 벗어나지 않던 그다.

"정인과 밀회라도 하는 겐가?"

은근하게 물어보려던 속마음과 달리 비아냥 섞인 목소리가 나간다.

"정인?"

"산궁 안에 소문이 파다하네. 자네가 비현각의 궁인과 연정을 나누고 있다고."

그것도 달님께서 사가에서 데려온 무혼의 궁인.

"……."

억지로 심각한 표정을 지어 보이던 청민이 이내 웃음을 터트렸다. 날렵한 눈꼬리가 깃털처럼 휘어지더니 물기까지 머금으며 웃는다. 진지하게 염려하던 은호만 바보가 된 기분이 든다.

"그거 때문에 그리 화가 난 것이었나?"

청민은 은호에게 다정히 웃어 보였다. 어쩐지 과하게 화를 낸다 싶었다. 율법과 명에 집착하는 성정 탓에 매사 뻣뻣한 저를 유연하지 못하다 지탄하던 은호였다. 산군님의 지엄한 명을 어기고 달님의 청을 들어드린 일이나 지켰어야 했던 자리를 이탈해 벌을 받는 것 정도에 화를 낼 위인이 아니란 소리다.

"내가 자네에게 말도 없이 정인을 두었을까 봐?"

정곡을 찌른 청민에 은호가 그런 거 아니라며 부정을 했다. 그래 놓고 그럼 아닌 것이냐 묻는 얼굴에 기대감이 덕지덕지 붙어 있다.

"아닐세."

"정말 아닌가?"

"그렇다니까. 정인이 생기면 자네에게 가장 먼저 얘기할 테니 걱정 말게."

"……"

그 대답이 꽤 만족스러웠는지 은호는 짧게 고개를 끄덕였다. 은색의 호랑이라는 이름에 걸맞게 하는 행동과 말이 거친 은호였지만 그 속이 품은 마음은 열다섯 소년이나 다름없다는 걸 청민은 알았다.

"그럼 대체 왜 그런 것인가?"

"글쎄."

말끝을 길게 늘인 청민이 과녁을 앞에 두고 섰다.

"아직은 확실치 않아서……. 내 의심이 사실로 밝혀지면 그때 말해 주겠네."

시위를 당기고 한쪽 눈을 감은 모습이 사냥감을 앞에 둔 이리처럼 조용하다.

"비현각에 의심스러운 자라도 있는 겐가?"

심각해진 은호의 물음과 동시에 청민이 쏜 화살이 과녁에 꽂혔다.

□　◆　□

"진선의 제후가 죽었으니 그 자리를 달라?"

산군이 궤상 위에 엎드린 완의 허리를 바짝 당기며 이죽거렸다.

"아흡……!"

깊게 들어온 옥경에 신음을 참지 못한 달이 찌푸린 얼굴을 딱딱한 나무 상판에 묻었다. 호수제 이후로 공식적인 시침일마저 거르던 산군과의 합궁은 언제나 그렇듯, 제 아비의 욕심 때문이었다.

진선의 제후인 성원공이 예고도 없이 운명하여 생긴 불씨였다. 연치(年齒,

나이를 높여 이르는 말)가 어린 데다 앓고 있던 지병도 없던 그의 죽음은 영원한 이별에 대한 슬픔보다 그 누가 그의 것을 차지할 것인가에 대한 분란을 더 많이 일으켰으니 참으로 덧없는 삶이었다.

기실, 그의 후사가 빈약하지 않았다면 여러 문제가 자연히 해결되었을 것이다. 낳는 족족 돌을 넘기지 못한 그의 아이들 중 살아남은 유일한 딸은 이제 막 갓난아이 티를 벗은 차였고 그의 어미는 산후열로 죽은 지 해를 넘기고 있었으니 비옥한 진선 땅은 현재 주인이 없었다.

"힘을 제대로 주어야지."

힘이 풀려 주저앉으려는 허벅지를 틀어 쥔 그가 무릎 아래로 손을 넣어 궤상 위에 얹었다. 한쪽 다리를 들어 올려 골반이 벌어지자 들어차는 옥경의 깊이가 달라진다.

"흐읏……."

"명색이 이리들의 왕인 내가……."

"흐읍, 아, 아아……."

"후……. 하찮은 인간들 정치에, 말을 더해야 하다니."

혜원공은 진선 땅의 주권을 원했다. 이미 휘선의 제후로 부와 명예를 거머쥐고 있으면서도 언젠가 선국 전체를 집어삼키고 싶단 그의 야망이 그것에 만족하지 못했다.

산군의 입장에선 딱히 어려운 일은 아니었다. 운 한번 띄우는 걸로도 지레 겁을 먹는 황제가 거절하지 못할 것이 분명했다.

사실 선국의 황제는 완이 산군의 반려가 된 이후로 혜원공에게 상당한 힘을 실어 주고 있었다. 이전에는 황제가 나고 자란 진선이 휘선보다 중심이 되는 실정이었으나 요즘엔 휘선이 누가 뭐래도 선국의 도읍이라 일컬어질 정도였으니 이는 과도한 힘의 편중이었다.

물론 이 같은 정세 변화에 진선의 제후와 진선 출신 대신들은 적지 않은 반발을 했다. 산군의 화를 입을까 두려워 대놓고 불만을 표하지는 않았지만 급성장하는 휘선의 영향력을 누르기 위해 갖은 노력을 아끼지 않았다. 영선의 제후와 신료들도 마찬가지였다. 그러니 작금의 상황에서 혜원공에게 더한 권한을 주는 건 황제 입장에서 달갑지 않은 것이었다. 산군의 장인이 된 혜원공과의 사이도 중요하지만 진선과 영선이라는 두 지역과 척을 질 수는 없는 노릇이니.

산군도 내키지 않는 것은 마찬가지였다. 허수아비에 불과한 황제와 이름뿐인 황실을 휘두르려 했다면 진즉에 휘둘렀을 것이다. 그러나 들끓는 생명력으로 매일같이 험해지는 산세에 비하면 인간들의 땅은 지루하고 어리석기 그지없었다. 또한 산 아래 정치에는 사사로이 관여하지 않는 것이 산의 율법이었다. 그 율법을 깨고 황실을 겁박해 혜원공을 진선의 제후로 만든다면 서산西山이고 동산東山이고 나이 지긋한 대신들이 몰려와 체통을 지키라, 읍소를 하며 귀찮게 할 것이 분명했다.

산군이 느릿하게 목을 꺾었다.

"하늘 아래─"

"흐읏, 산군님……."

"하……, 그대 같은 효녀가 또 있을까."

엉덩이를 움켜쥔 억센 힘에 극도로 긴장한 완이 턱을 덜덜 떨며 울었다. 흐느끼는 소리에 눈살을 찌푸린 그가 손에 실린 힘을 푸는 듯했지만 행위를 멈추지는 않았다. 호수제 당일 벌였던 실수를 반복하고 싶지 않았다. 서럽게 우는 얼굴에 온 마음이 흔들려 미워하던 것도 잊고 달래느라 바빴던 그날, 그는 고뇌에 빠져 허우적거리다 괴로운 사실 하나를 깨달았다. 제가 달에게 품은 마음은 결코 사라지지 않는 것임을.

늑대가 단 하나의 반려만을 맞이하는 건 거부할 수 없는 운명이자 자연의 섭리였다. 제아무리 기를 써도 한번 발을 들인 굴레에서 벗어나진 못할 것이다. 순정이라면 순정이고 미련이라면 미련인 그 애정과 증오를 영원히 비워 내지 못할 터.

하여 무녀들이 정해 올리는 시침일을 피했다. 미운 줄만 알았는데 은애하는 마음이 남아 있음을 깨닫자 아무것도 하고 싶지 않았다.

마음을 부정당해 놓고 그 마음을 버리지도 못한 한심한 사내인 걸 들킬까 겁이 났다. 몸이 닿을 때마다 저를 속인 반려에게 화가 나면서도 또 모든 걸 용서하고 사랑하고 싶어질까 두려웠다.

한데 제 반려는 저의 무시나 외면은 아무것도 아닌 양, 그 잘난 가문으로부터 받은 서신을 들고 찾아왔다. 이미 사본을 읽어 내용은 알고 있었지만 내내 모른 척하고 있던 것이었다.

"훗, 흐아, 아……!"

찾아오지 않았으면 했다. 목적을 달성하기 위해 몸 정도는 기꺼이 바칠 거란 그 태도로 찾아오지 않았으면 했다. 그때마다 무너져 내리는 저를, 모욕하지 않기를 바랐다.

"걱정, 마세요."

산군이 입술을 짓이기며 말했다. 제 달은 저에게만 잔혹하다. 간절히 빌어도 제 바람은, 그저 모욕하지 말아 주길 바라는 제 마음 하나를 들어주지 않는다.

"그대가 이리 열과, 성을 다하니……."

후, 숨을 뱉은 산군이 달의 뒤통수를 지그시 눌렀다.

"으응, 훗, 하아……."

그 고운 낯을 마주하면 천치나 다름없는 제 마음이 또다시 약해질 것이다.

"지아비로서 돕지 않을 이유가 없지."

옥경을 빼낸 산군이 바닥에 파정했다. 녹아내리듯 바닥으로 흐르는 달의 몸을 모른 척, 벗어 던진 두루마기를 집어 어깨에 걸쳤다. 울먹이는 소리에 마음이 아프긴 했지만 어차피 제 달은 저의 손길 따위 원하지 않을 것이니 밖에서 대기하고 있던 궁인들을 들였다.

우리가 마음을 나누던 시절. 아니, 우리가 그런 줄 알았던 시절에 제가 좋아하던 의복과 제가 좋아하던 비녀, 제가 좋아하던 향갑까지 몸에 걸고 찾아온 달이 밉다.

□ ◆ □

선국의 황제가 아닌 밤중에 소란을 떨었다. 산의 정상에서부터 늘어져 있던 봉화가 바다로 향하는 땅에 이르기까지 푸른 불꽃을 피우며 존재감을 드러내고 있었다.

국경 지역에서 시작한 전쟁 신호라면 불꽃의 색이 빨간색이었을 터. 푸른색의 도깨비불을 피울 수 있는 자, 오직 산의 주인뿐이니 봉화의 푸름은 산군의 뜻이라. 산의 왕좌에 앉은 산군이 인간들의 옥좌를 차지한 황제를 부르고 있음이었다.

"사, 산궁으로 어찌 가라는 말이냐."

하릴없이 주색이나 즐기는 것이 하루의 전부인 황제가 갑작스러운 상황에 몸을 벌벌 떨며 곁에 선 내관에게 말했다. 진선 땅에서 나고 자란 황제는 일 년에 한 번, 겨우 넘을까 말까 한 산맥을 오르는 것이 두려웠다.

허나 선국의 역사 이래 단 한 번도 없었던 산군의 소환이니 그는 움직여야만 한다. 겉으로는 산도, 산군도 모두 황제의 재산이자 백성이라 칭하였지만 그것을 믿는 이는 하늘 아래 누구도 없었다.

산군은, 명을 듣는 이가 아니니.

"짐더러 산을……, 허기진 짐승들이 들끓는 산을 오르란 소리냐!"

황제는 풀어 헤쳐진 의복 자락을 쥐어뜯으며 소리를 질렀다. 불거진 눈에는 두려움이 가득했다. 늙은 내관들이 어쩌지 못하고 망설이는 동안 부리나케 입궁하여 알현을 청한 혜원공이 단호히 간했다.

"오르셔야 합니다, 폐하."

성원공의 장례를 치르기 위해 진선 땅에 머물던 그는 속으로 회심의 미소를 짓고 있었다.

"공은 짐이 죽길 바라는가!"

"그럴 리가 있겠사옵니까, 폐하."

"그리한데 어찌……!"

"폐하의 옥체가 상할 일은 없을 것이옵니다. 심려 마시옵소서."

"그걸 어찌 장담한단 말이냐."

나약하기 그지없는 황제가 부끄러움도 없이 물었다. 혜원공은 제 군주의 한심스러운 얼굴을 부드러운 낯빛으로 쳐다보았다. 황제 같지도 않은 황제를 지척에서 모시며 탐탁지 않은 속내를 숨기는 데에는 이골이 난 그였다. 황제의 의복 매듭을 손수 정리한 그가 정중히 머리를 조아린다.

"산군께서 허락하신 산행이지 않습니까."

황제의 입술이 꺾인 자존심을 숨기려 단단히 다물렸다. 천자라 불리면 무엇하랴. 금수들의 왕인 산군의 허락이 아니면 산등성 하나도 넘지 못하는 처지인 것을.

국법으로 지정된 사항은 아니었으나 선국의 산은 일반 백성들은 물론이고 황제 역시 오를 수 없는 금기의 땅이었다. 멋모르는 이들이 가끔 산의 율법을 무시하고 오르는 일이 생기면 산 아래 사람들은 혀를 차며 장례를 준비하기 일쑤였다. 운이 좋아 산짐승들의 먹이가 되면 장사를 치를 시신도 남지 않겠지만 보통은 이리족 시위들에게 붙잡혀 본보기가 되었다. 그렇게 버려진 시체들은 넝마와 다를 것이 없어 사람이었던 시절을 상상하기 어려울 정도였으니 그 누가 산을 오를 수 있을까.

선국의 바닷길이 여느 타국에 비해 활발한 것도 그런 이유에서였다.

"두렵다……."

"폐하."

"두렵단 말이다!"

황제가 흐느꼈다. 하늘의 아들인 황제에게도 허락을 내리는 그 이름, 산군이라.

□ ◆ □

황제는 수행할 내관 하나를 곁에 붙이지 못하고 산군이 보낸 가마에 올랐다. 이리들의 벼락같은 울음소리와 바람 같은 속도에 질려 토악질이 올라올 즈음, 그는 산궁에 도착할 수 있었다.

그가 놀라움을 금치 못하고 입을 벌렸다. 때마다 제후들이 산군에게 바치는 조세가 어마어마하다는 걸 모르지 않았다. 황실에서도 '하사품'이란 이름으로 귀한 보화들을 자주 보냈으니 민간의 소문처럼 야만의 삶을 살 것이라 생각하진 않았다. 이따금 강림을 할 때마다 보던 산군의 차림이나 이리족 무관들의 고운 얼굴색만 보아도 그들이 호의호식하고 있음을 알 수 있었다. 그러나 황궁보단 못할 것이라 지레짐작했었다. 험지나 마찬가지인 산에 제아무리 훌륭한 궁을 지어 봤자 기름진 땅 위에 솟은 황궁보다 대단하기는 어려울 것이라 생각하며 말이다. 허나 실제로 본 산궁은 천신들이 살 법한 운치와 자태를 뽐내고 있으니 기가 막힐 뿐이었다.

월궁의 사치스러운 회랑에 기죽은 얼굴을 하던 황제가 느린 걸음으로 정전에 들었다.

"황제."

황제가 고개를 들다 산군과 눈을 마주치고 드러나게 놀라 어깨를 떨었다. 어쩌다 한번 겨우 알현하는 꼴이니 익숙하지 않은 것은 어쩔 수 없었지만 실로 그의 외양은 죽어서도 놀라울 것 같단 생각이 든다.

산의 주인이라 불리는 그는 절색이란 말이 아깝지 않은 사내였다. 밤하늘보다 짙은 흑색의 머리칼과 겨울날의 눈처럼 하얀 살결은 황궁의 그 어느 후궁보다 고혹적이었다. 걸을 때마다 풍기는 묘한 사향 냄새는 꿈을 꾸듯 위험한 매혹을 풍겼고 낮은 목소리에는 위압과 기품이 실려 있으니 이리가 아닌 야호(野狐, 갯과에 속한 야행성 포유동물, 여우)라 해도 이상하지 않았다. 거기에 크고 단단한 골격과 살벌한 기운이 더해졌으니 그는 대체 사람인가, 요물인가.

산군이 그런 황제를 비웃으며 술잔을 비웠다. 고개를 조아리지 않는 것은 물론이고 폐하라 칭하지도 않으니 대놓고 업신여기는 작태였다.

"그대는 내게 선국을 지켜 주어 고맙다고 말하지."

"예⋯⋯?"

"매 중양절마다 그리 말하지 않나."

그의 말대로 황제는 매 중양절마다 산군의 공과 덕을 치하하는 역할을 도맡았다. 적인지 아군인지 알 수 없는 그를 찬양하는 일은 기실 찜찜한 것이었으나 그런 식으로라도 우호적인 관계를 유지해야만 하는 황제의 입장에선 어쩔 수 없는 일이었다.

"황제는 그런 나를 위해 어디까지 할 수 있을까."

산군이 황제를 시험대 위에 올렸다. 느릿한 음성에 침을 삼킨 황제가 비 오듯 흐르는 땀을 연신 닦아 낸다.

"혹, 제게…… 바라는 것이 있습니까."

기어 들어가는 음성에 피식 웃어 보인 산군이 수려한 눈썹을 치켜올렸다.

"있으니 부른 것이겠지."

"무, 무엇입니까. 말을 편히……, 편히 하세요."

존대인지 하대인지 알 수 없는 말을 웅얼거린 황제가 제게 꽂힌 산군의 시선을 어떻게든 피하기 위해 고개를 숙였다.

"진선의 제후가 죽었다지."

"예? 아, 예……."

"그 자리에 혜원공을 앉히면 어떨까 싶은데."

황제가 적잖이 당황한 얼굴을 했다. 하늘 높은 줄 모르고 치솟는 위세에도 황실 정치에는 간섭하지 않던 산군이 대놓고 영향력을 미치려 하고 있었다.

"제후 자리가 오래 비어 좋을 것이 없지 않은가."

"하, 하오나……, 혜원공은 휘선 땅을 다스리기에도 여념이 없을 것입니다. 주변 소국들과 전쟁을 치르는 중이기도 하고 말이지요……."

"해서."

"고, 공의 나이가 적지 않으니 두 지역을 맡기엔 힘이 들 것입니다. 진선의 백성들도 혜원공보다 진선 땅에 온전히 집중할 수 있는 인재를 원할 터이니……."

황제는 조용히, 그러나 섬뜩한 눈으로 술잔을 머금는 산군의 심기를 거스르지 않기 위해 말을 고르고 골랐다. 일국의 황제란 사람이 취하기에 하찮은 모습인 걸 모르진 않았지만 자존심 따위를 지키자고 목숨을 내놓을 순 없었다.

"우습구나."

독한 술을 단숨에 들이켠 산군이 서슬 퍼런 옥성과 함께 미간을 찌푸렸다.

"선국의 제후들은 백성을 위해 존재한 적이 없는 것으로 아는데."

"……."

"그저 금덩이와 권력에 환장을 하는 개돼지가 아니었나."

황제가 말로 맞은 것 같은 느낌에 손을 떨었다. 부드럽게 휘두른 채찍에 살갗이 찢겨 나간 기분이었다.

"……."

화려한 용 자수를 구깃구깃 쥐어 잡은 황제가 고개를 푹 숙였다. 돌아가신 선황께도 이 같은 꾸지람은 들은 적이 없었다. 용포에 수놓인 용은 발톱을 드러내고 여의주를 물고 있는데 앞에 앉은 이리 하나를 감당하기가 너무도 어렵다. 사실, 제후 자리야 누구에게 주어도 그만이었다. 제가 하는 일이라곤 제후들의 요청을 요령껏 수락하고 거절하는 정도에 불과하니 그 대상이 누구냐는 중요하지 않았다. 한데 이렇게 한 명의 제후가 힘을 키우는 건 조금 곤란한 일이었다. 세 명의 제후와 한 명의 황제가 나눠 가지던 권력의 균형이 깨지면 가장 먼저 위험해지는 건 황제인 자신일 테니.

"하오나 휘선과 진선 사이엔 태산이 자리하고 있지 않습니까……."

황제가 마지막 힘을 끌어 산맥을 핑계 삼았다. 아무래도 혜원공에게 실어 준 힘이 과했던 모양이다. 산군의 장인이 된 그를 제 편으로 만들면 황권이 강화될 것이라 생각했는데…….

"황제."

"……."

"그 산의 주인이 누구인지 잊은 것인가."

오판이다. 산군의 뜻이 완강하니 더 이상의 핑계는 무용지물이다.

□ ◆ □

월궁의 지밀을 지키는 궁인들이 서로서로 시선을 주고받았다. 달께서 납시었다, 아뢴 지가 한참인데 산군께선 답이 없으시니 의중을 파악하는 것이 쉽지 않다. 감청색 보료에 앉은 산군의 심기가 과히 고요하다.

"돌아가시라 전할까요."

보다 못한 상궁이 머리를 조아리며 물었다. 존체가 피로하시어 마주하고 싶지 않은 것이라면 그리 말하면 되는 것이었다. 한데 그는 답하기가 싫은 것인지, 혹 달을 세워 두는 것이 좋은 것인지 아무런 답을 하지 않는다.

"……."

피로한 듯 관자놀이를 짚고 눈을 감은 그는 미동 하나 없이 고요하기만 했다. 흡사 잠든 것은 아닌지 의문이 들 정도였지만 장침 위에 올려 둔 손가락이 규칙적으로 까딱거리는 것을 보면 그런 것은 아니었다.

"산군님, 달님께서……."

상궁이 또 한 번 입을 열었다. 기다림이 길어지면 길어질수록, 해가 지고 어둠이 드리울수록 문밖에 비친 달의 그림자가 선명해졌다.

"입 열지 말라."

허나 산군은 들어오란 말도, 물러가란 말도 하지 않는다. 감고 있던 눈을 뜬 그가 뻐근한 눈꺼풀을 힘주어 눌렀다. 무혼의 황제를 산궁으로 불러 섭정 아닌 섭정을 한 것이 바로 어제였는데 아침이 밝자마자 온 산의 대신들이 몰려와 이런 법은 없다며 정전 안을 소란으로 채웠다. 그중에는 혜원공을 파면하라 간하는 이들도 있었다. 명색이 달의 아비라 체면을 차려 주는 것까지는 어쩔 수 없으나 무혼의 몸에 불과한 그가 부원군(임금의 장인 혹은 정일품 공신에게 주던 작호) 노릇에 재미를 붙였으니 더는 묵과할 수 없다는 입장이었다.

"하……."

시간이 무참히 흐른다. 어두워진 방 안을 밝히기 위해 초를 든 내관들이 안절부절 문밖의 그림자를 쳐다보았다.

"시각이 얼마나 되었느냐."

상궁이 즉각 해시(亥時, 21시~23시)라 답했다. 무심히 가라앉은 눈에 때아닌 심술이 깃든다.

"들이거라."

주어가 없어도 달을 지칭하는 것임을 안 상궁이 반색을 하며 답했다. 드르륵, 열린 문 사이로 옅은 옥색의 비단옷을 입은 달이 보인다.

"산군님을 뵈옵니다."

거의 두 시진에 가까운 시간을 선 채로 기다린 것을 생각하면 놀랍도록 안연한 안색이다.

산군은 무의미한 호기심이 들었다. 정전의 소식을 듣고 찾아온 것일까, 아니면 제가 명을 번복할까 걱정이 되어 온 것일까. 알 수 없는 심중을 헤아리려 머리를 굴리다 이내 낮은 한숨을 쉬었다.

"원하는 것은 다 들어준 것으로 아는데."

"압니다."

가벼이 답하는 달의 머리꼭지를 내려 보던 산군이 미간을 찌푸렸다.

"대신들의 반발이 염려되어 찾아온 것이라면 돌아가세요. 한번 내린 명을 번복할 생각은 없으니."

"……그것 또한 압니다."

같은 답을 반복한 달이 들고 온 함을 산군의 앞으로 내밀었다.

"감읍하단 말을 올리러 온 것입니다."

"감읍?"

"어찌 아니 감읍하겠습니까."

"……그럴 테지. 그대는 그 누구보다 나의 덕을 보고 있으니."

이죽거린 산군이 손바닥으로 머리를 지탱하며 비스듬히 누웠다.

"대신들에게 시달리셨다 들었습니다."

"예, 종일 그대의 아비를 파면하라 말이 많았습니다."

역시 대신들 소식을 듣고 찾아온 것이라 생각한 산군은 부러 말을 꼬았다.

감읍도 하고, 송구도 하여 그저 면목이 없어진 완은 머리를 조아리고 숨을 죽였다. 무리한 청이라는 걸 알았지만 진선의 제후가 급작스럽게 죽은 것은 분명한 기회였다. 반란을 일으켜 황궁을 무너뜨려야 할 훗날을 생각하면 지체할 시간이 없었다. 선국을 구성하는 세 개의 지역 중 두 개를 아버님께서 차지하면 나머지 하나야 힘 하나 들이지 않고 굴복시킬 수 있을 것이다.

"……송구하옵니다."

그런 계산과 탐욕 속에서 이루어진 청이었으나 송구한 것은 송구한 것이었다. 지금껏 제가 무언가를 청할 때마다 지아비는 저를 욕보이는 것으로 그 대가를 받았다. 온갖 독한 말이 살갗을 베고 지나가는 것 같은 밤이 이어질 때면 때때로 죽고 싶을 만큼 힘겹기도 했지만 그가 감수해야 할 것들을 생각하면 아무것도 아닌 것이 되었다. 저는 오직 그의 침상 위에서만 흐트러질 뿐이다.

"그대가 왜요."

산군이 무심히 묻다 조소를 터트렸다.

"그대 같은 악처를 들인 내 탓인 걸 어쩌겠습니까."

"……."

"자책할 필요 없단 소립니다."

뉘였던 몸을 일으킨 그가 달이 가져온 함을 앞으로 당겼다. 함의 윗면을 성의 없는 손길로 어루만진 그가 이제는 뇌물까지 바치는 것이냐, 장난스레 물었다. 답 없는 달을 무정하게 보던 그가 함을 열었다. 내내 비웃음을 걸고 있던 산군의 얼굴에 당황이 서린다.

"이게 뭡니까."

"마침, 달이 고와서요."

미소를 머금은 완이 말했다.

"달구경에 단것이 빠지면 됩니까."

함 안에는 설탕 옷을 입힌 반질한 유과(乳菓, 우유를 넣어서 만든 과자)가 가득이었다. 은은하게 퍼지는 달큰한 냄새가 과자로부터 흘러나온 것인지 아님, 제 기분을 맞추려 찾아온 달에게서 나는 것인지 모르겠다.

산군은 불현듯 뻐근해지는 가슴 위로 손을 올렸다. 구역질 나는 청을 들어줄 때마다 제 달이 내어 준 건 침상 위에서의 마지못한 정염이 전부였다. 미운 짓을 해도 가진 태가 추해지는 것은 아닌지라 안기 어렵지는 않았다. 오히려 이렇게 증오하는 이를 이만큼이나 안을 수 있다는 게 놀라울 때도 있었다. 나눌 마음은 없고 가진 욕망만 넘쳐흐르는 밤을 지새우다 보면 모든 것을 환하게 비추는 아침이 그리도 혐오스러울 수 없었다.

지아비에게 바라는 것은 오직 영광뿐인 여인과 부인에게 원하는 것은 오직 단내 나는 몸이 전부인 사내. 정말이지 끔찍하지 않은가.

"나를 놀리려는 겁니까."

그런데 그것이 더 낫다는 생각이 든다. 미워 죽겠는 속을 지닌 주제에 사랑했던 그날의 모습과 비슷한 자태를 보이지 않았으면 좋겠다. 차라리 머리가 아프고 싶다. 결단을 내려 달라 청하던 대신들의 입을 막을 때도 이렇게까지 짜증스럽진 않았다. 끝을 모르는 욕심과 마르지 않는 증오가 가끔은 견딜 수 없을 정도였지만 그래도 지금 이것보다는 나았다.

휘영청 밝은 달 아래서 미소 짓는 반려를 보는 것보단 어두운 침전에서 훌쩍이는 달에게 미운 소리나 해 대는 게 낫다는 말이다.

"이번 일이 무척이나 마음에 들었나 봅니다."

"들지 않을 리 없지요."

완이 유과 하나를 집어 입으로 가져갔다. 베어 무는 사이 더욱 진해지는 단내와 입술 위 묻은 과자의 부스러기가 뻔뻔하고 어여쁘다. 조각낸 과자를 씹으며 웃자 완의 뺨 위로 동그란 윤곽이 잡힌다. 그 모습을 신기하게 보던 산군이 달의 턱을 가볍게 쥐었다.

"기쁩니까."

문득 궁금해졌다. 매번 가문의 영광을 위해 산다던 제 달은, 그래서 기쁜가.

"……."

근래 들어 가장 편안해 보이는 제 달의 표정은, 정녕 기뻐 짓는 표정인가.

"……."

지아비의 쏟아지는 시선을 저항할 바 없이 받던 완이 서둘러 시선을 밑으로 두었다. 기쁘냐 묻는 그의 질문이 어쩐지 너무 서글픈 듯 느껴져 제가 다 눈물이 날 것 같았다.

"기쁩니다."

정말이지 큰 산 하나를 넘은 것 같은 기분이기는 했다. 산군께서 알겠다, 말하기는 했어도 분별없이 결정할 일은 아닌 터라 시일이 꽤 걸릴 줄 알았다. 또한 황제라는 변수도 있었다. 한데 모든 것이 기우라는 듯, 단 하루 만에 제 아비는 휘선과 진선을 다스리는 두 땅의 제후가 되었다.

"아버님께서 보다 많은 것을 손에 쥐셨으니……, 기쁘기 그지없지요."

나지막이 속삭였다. 그에게 하는 말이었지만 동시에 스스로에게 하는 말이기도 했다. 마음이 흔들릴 때마다 아버지와 오라버니의 얼굴을 떠올렸다. 모든 것을 포기하고 싶을 때마다, 다 내려놓고 쉬고 싶을 때마다 아우들이 죽던 밤을 떠올렸다.

완이 지아비의 손을 밀어 내고 창을 가린 장막을 걷기 위해 자리에서 일어났다. 짙은 남색의 얇은 비단이 바람결에 흔들린다. 완의 등 뒤로 산군의 시선이 따라붙었다. 엮어 놓은 줄을 당길 때마다 들어차는 차가운 밤바람이, 하얀 달의 자태가 절경이다.

"허나 아직 멀었습니다."

희미하게 웃은 완이 중얼거렸다.

"제 아버님이 선국의 황제가 되고 오라버니께서 황태자 자리에 오르는 그날이, 빨리 오면 좋겠습니다."

그래야 추락할 때의 고통이 끔찍하지 않겠습니까. 그래야 저의 죄책감도 끝이 날 것이고, 그래야 저 또한 죽을 수 있겠지요.

차마 입 밖으로 내뱉지 못할 진심을 삼킨 완이 하늘에 뜬 달을 쳐다보았다. 기적 하나 내지 않고 다가온 산군이 반려의 어깨 위로 표의를 둘렀다. 늑대의 얼굴을 새긴 흑색 비단이 가는 몸을 다 가린다.

"허면 그런 표정 마세요."

산군은 등 돌려 눈을 맞추려는 달의 어깨를 단단히 잡았다.

"한낱 유과를 먹을 때보다 지금이 더 슬퍼 보입니다."

어깨를 쥔 손에 힘이 들어간다. 왜인지 슬퍼 보이는 얼굴을 구태여 마주하고 싶지 않았다. 어딘가 공허하고 또 어딘가 쓸쓸해 보이는 그 눈과 코와 입술을 마주하면 저는 또 멍청이가 되어 다 해 주고 싶은 기분이 들 것이었다.

9. 기청제

끔찍한 폭우가 연일 계속되었다. 자비 없이 쏟아지는 빗줄기는 땅을 부술 듯 거세지고 번뜩이는 벼락은 사람의 목숨도 끊을 정도이니 백성들은 하늘이 노한 것이라며 떠들어 댔다.

길어야 열흘일 것이라 생각한 기현상이 서른 날을 넘어가자 어민들이 첫째로 주저앉았다. 거칠어진 바다를 쉽게 보고 나갔다간 물귀신이 된다는 걸 누구보다 잘 아는 그들이었다. 결국 고기잡이배와 무역선들이 항구에 박혀 파도가 잠잠해지길 기다리는 동안 어민들과 무역상들의 발이 자연히 묶였다. 그들에게 물건을 받아 파는 장사치들의 생계가 장담할 수 없는 지경으로 몰락하는 건 당연한 수순이었다.

태평하게 사태가 끝나기만을 기다리던 황궁에서도 뒤늦게 대비책을 세우기 시작했지만 그것은 정말이지 시작에 불과할 뿐이었다.

비의 공포는 바다에서 해안으로, 해안에서 뭍으로 그 크기를 불려 나갔다. 강가 근처에 터를 잡은 백성들은 집 안으로 들어찬 흙탕물에게 식량과 가산을 잃어 수재민이 되어야 했고 논이나 밭을 일구는 이들은 범람하는 하천을 건디지 못하고 애써 가꾼 작물들을 포기해야 했다.

높다란 산이라고 해서 괜찮은 것은 아니었다. 산궁이 자리한 깊은 산속이나

지대가 높은 서산西山과 남산南山은 단단한 토양과 암석이 버티고 있어 피해가 크지 않았지만 비교적 지형이 낮은 북산北山과 동산東山의 일부 지역은 계속해서 일어나는 산사태에 많은 생명이 목숨을 잃는 사례가 늘고 있었다. 한자리에서 몇백 년을 뿌리 내린 나무들도 쓰러질 정도의 수력이었으니 작은 짐승들은 묽어진 흙에 파묻혀 죽어 갔다. 그러니 제아무리 힘 있는 맹수라 할지라도 배곯는 것을 피할 수는 없었다.

□ ◆ □

비현각에는 백옥지白玉池란 이름의 연못이 있었다. 여름이면 연꽃이 만발하고 겨울엔 얼어붙은 수면 위로 달이 비쳐 운치가 좋은 그곳은 완이 특히나 아끼고 좋아하는 장소였다. 최근엔 검은 먹구름이 하늘을 가려 썩 좋지 않은 모습이었지만 완은 매일같이 백옥지에 지어진 누각에 앉아 빗소리를 들었다.

"동쪽 산의 이리족들이 피신을 왔다고요."

그렇다 대답하는 청민에게 완이 고개를 끄덕였다.

"산군님께선 뭐라 하십니까."

"……."

"그대에게 물은 내가 잘못입니다."

완이 웃으며 턱을 괴었다.

산군님에 대한 것만 물으면 그것이 제아무리 사소한 것이라도 청민은 입을 다물었다. 산궁 최고의 마당발인 율의 존재를 모르는 것도 아니면서, 심지어 그 아이가 정전에서 일어나는 일은 물론이고 산군님의 소소한 일상 역시 이야기할 때가 있다는 걸 알면서도 그는 스스로 누설하는 법이 없었다.

"달님, 제게 말씀하셔요. 호위관 나리는 하루에 열 마디도 안 하시는 분입니다."

향로 앞에서 부채질을 하느라 애쓰던 율이 거들었다. 비 때문에 습해진 공기가 향을 옮기지도 못하건만 제가 향을 좋아한단 이유 하나로 아이는 열심이었다.

어린 율은 불과 이틀 전에도 이리가 되기 위한 '준비'를 했다. 곁에 아무도 없던 저번과 달리 혜심과 청민이 있었지만 마음으로 함께할 뿐, 도울 수 있는

151

것이 없으니 달라지는 것도 없었다. 극심한 통증에 아이는 몸이 부서져라 구르고 뒤틀고 또 토혈을 했다. 산군님께서 했던 모습을 따라 하며 아이의 정신을 붙들기 위해 온갖 노력을 다했지만 저번보다 괴로운 것인지 아이는 아프단 소리 한 번도 쉬이 내뱉지 못했다. 그러다 일순간 모든 발작을 멈추고 쓰러지듯 잠이 드는 걸 보았을 땐 이번에도 죽지 않고 견뎌 준 것이 기특하여 눈물이 흘렀다. 언제까지 그 고통을 감내해야 하는지는 아는 사람이 없었다. 그저 견디는 것만이 끝을 향해 가는 유일한 방법이라.

아이는 처음 본인이 혼현자라는 사실을 알았을 때 뛸 듯이 기뻐하며 자랑스러워했다. 같은 혼현자인 청민은 그 마음을 이해하는 듯했지만 무혼의 몸인 완과 혜심은 어리둥절한 표정을 지을 수밖에 없었다. 운이 나쁘면 죽을 수도 있다는데, 죽을 만큼의 고통이 몇 번이나 더 반복될 것이라는데 도통 무엇이 기쁜 것인지.

"언제쯤 이 비가 멈출까요."

향로를 포기한 율이 종종걸음으로 다가와 곁을 차지하고 앉았다. 그러게, 다정히 답하며 부드러운 머리카락을 쓸자 이제는 익숙한지 가만히 웃기만 한다. 아이가 누각 지붕 밖으로 팔을 내밀었다.

"이러다 기청제(祈晴祭, 비가 멈추기를 기원하는 제사)를 올리는 것 아닌가 싶습니다."

중얼거리던 작은 몸이 금세 젖은 꼴로 변했다. 율이 멀리서 슈룹(우산)을 쓴 혜심을 발견하고 손을 흔들었다. 젖지 않으려고 녹사의(綠蓑衣, 짚이나 띠 따위를 엮어 만든 옛 우비의 일종)까지 걸친 꼴이 꼭 작은 움집 같다.

"비 오는 날, 이게 무슨 고생인지 모르겠습니다."

괜한 투정과 함께 누각 계단을 오른 혜심이 고소한 냄새를 풍기는 바구니를 내려놓았다. 비가 오니 화전이 먹고 싶다는 아이를 위해 장미화전을 부쳐 온 것이었다.

"봄이 지나 진달래가 없어 장미를 대신 올렸으니 아쉬워 말거라."

율의 화색 어린 뺨을 꼬집은 혜심이 말했다. 좀 전까지만 해도 제가 달님을 모시는 건지, 아이를 모시는 건지 모르겠다며 투덜거린 혜심은 아이에 대한 연민이 깊었다. 아파하는 걸 보았다고 갑자기 잘해 주는 것도 이상한 것 같아 괜히 귀찮은 티를 내긴 했지만 죽다 살아난 아이가 기특하고 대견해 해 줄 수 있는 건 다 해 주고 싶었다.

"달님은 이런 날씨에도 백옥지에서 노는 게 좋으셔요?"

애틋한 시선으로 율을 보던 혜심이 완에게 가는 눈을 흘겼다.

"나름 운치가 있지 않느냐."

"운치도 적당해야 운치죠. 이러다 온 세상이 물에 잠기고도 남겠어요."

"안 그래도 율이 기청제 얘기를 한 참이었다."

"기청제요? 산궁에서도 기청제를 지낸답니까?"

신기한 듯 눈을 동그랗게 뜬 혜심이 종이에 화전 두 장을 올려 청민에게 건넸다.

"누님도 참. 산에는 뭐, 비도 오지 않는 줄 아셨습니까?"

"아니, 그런 말이 아니라……."

"하긴, 누님은 저희가 진흙 위에 누워 짚을 덮고 잘 줄 알았지요?"

"이게 진짜!"

청민 앞에서 바보 취급 받은 것이 부끄러운 혜심이 살벌한 표정을 지었다. 아귀힘 좋은 혜심의 꿀밤이 어찌나 아픈지 잘 아는 율은 냉큼 일어나 뛰기 시작했다. 갑자기 시작된 꼬리잡기가 빗소리를 뚫고 웃음소리를 만들어 낸다.

둘의 모습을 흐뭇하게 바라보던 완이 청민을 올려 보았다.

"아이가 나날이 자라고 있습니다. 현신을 위한 성장통을 겪으면 덩치가 빨리 자란다던데……, 내일이면 어른이 되어 나타날까 무섭습니다."

"아이가 자라는 게 싫으십니까."

"저 동그란 눈매에 매서운 살기가 서리고 저 작은 어깨에 날카로운 검과 무거운 활이 걸린다 생각하면 아쉬워 그럽니다."

완의 말대로 율은 첫 성장통 이후로 눈에 띄게 자라고 있었다. 단순히 키만 크는 것이 아니라 고사리 같던 손이 길어지기도 했고 해맑던 목소리에 무게가 실리는 듯 바뀌기도 했다. 그런 모습이 신기하고 자랑스러울 때도 있었지만 어쩐지 너무 빨리 자라는 것만 같아 아쉬울 때가 많았다.

"훌륭하게 자랄 겁니다."

그 쓸쓸함을 눈치챈 청민이 달리느라 정신없는 아이를 보며 말했다. 완이 고개를 끄덕였다. 어떻게 자라든 그저 지금처럼 선하고 천진하면 좋겠다.

"그대는 기청제를 본 적 있습니까?"

율에게서 시선을 뗀 완이 물었다.

"나는 본 적이 없어서요."

선국의 자연은 온화한 편이라 기우제든 기청제든 올릴 일이 많지 않았다. 제를 올린다 해도 제후궁이 아닌 황궁에서 올리는 경우가 다반사니 실제로 눈에 담을 일은 없었다.

"저도 듣기만 했을 뿐입니다. 비가 이토록 많이 오는 경우는……, 흔치 않으니까요."

조용히 답한 청민이 검은 하늘을 원망스레 쳐다보았다.

"산궁에서의 기청제는 산군님께서 주관하시겠지요?"

머릿속으로 제례복을 입은 지아비를 그려 낸 완이 설핏 미소를 지었다. 정사를 살피거나 사냥을 할 때, 심지어 잠이 들 때조차 화려한 색감의 비단옷을 입는 그인지라 염색하지 않은 무명을 걸치면 어떤 느낌일까 궁금증이 일었다.

청민이 고개를 젓는다.

"기청제는 산군님께서 관장하지 않으십니다."

"허면 무녀들입니까?"

"무녀들은 신의 말을 듣는 이들입니다. 노한 신을 달래기에는 부족한 재기才器이지요."

"무슨 말인지 잘 모르겠습니다."

완이 미간을 찌푸리며 말하자 청민은 새삼 깨달은 모양으로 미소를 지었다.

이리족은커녕 여느 수족도 아닌 무혼의 몸으로 나고 자란 달님은 자연의 섭리 따위를 세세히 알지 못했다. 예전에는 달님께서 왜 이리족의 풍습과 예법을 익히지 않는지, 왜 그 정도 노력도 하지 않는지 의아하고 서운할 때가 있었다. 이리족에게 달이란 단순히 산군님의 반려만을 의미하는 것이 아니었다. 밤하늘의 달이 어둠 속 유일한 빛인 것처럼 늑대들에게 달은 순정을 바친 복종의 대상이자 다정한 어머니이고 선량한 이정표 그 자체였다.

154

물론 저희들의 달님께서 무지한 것은 산군님의 탓이 컸다. 깐깐한 대신들이 달님께 율법을 가르쳐야 한다며 스승을 들이라 간한 적이 한두 번이 아니었다. 그러나 그때마다 산군께서 있는 그대로 완벽한 달에게 무엇도 더하지 말라 명하시니 그 누가 더한 말을 올릴까.

"비가 거칠게 내리는 건 하늘의 신이 노했단 뜻입니다."

"예, 거기까진 알겠습니다."

"분노는 말이 아닌 현상입니다. 말을 듣는 것 외에는 할 수 있는 게 없는 무녀들이 노한 신에게 제를 올린다 한들 들을 수 있는 건 없단 소리지요."

그제야 느릿하게 고개를 끄덕인 완이 하늘의 신은 무엇이냐 물었다.

"용입니다."

"아, 용."

모든 궁금증을 해결한 완이 개운한 얼굴을 했다.

"한데 왜 산군님께서 주관할 수 없다는 겁니까? 용이 하늘의 신이라면 산군님께선 산의 신이시지 않습니까."

"그래서 할 수 없는 겁니다."

청민이 부드러이 미소를 지었다.

"산의 신이 하늘의 신에게 무릎 꿇을 수는 없는 일이니까요."

"아……."

생각지도 못한 이유에 길게 탄식한 완이 고개를 끄덕였다.

"허면 대체 누가……."

턱을 괸 채 떨어지는 빗방울을 보며 생각에 잠기던 완이 문득 말소리를 죽였다. 무녀는 힘이 부족하여 할 수 없고, 산군님께선 위엄을 내려놓을 수 없어 안 되는 것이라면. 설마.

"예, 달님께서 하셔야 합니다."

□ ◆ □

"달님, 빗줄기가 거셉니다."

혜심이 달의 앞을 가로막고 전전긍긍 발을 굴렀다.

"백옥지도 물이 넘쳐 흙탕물밖엔 보이지 않고 누각이나 산책로도 다 젖어서 걷기 힘든데 자꾸 어딜 나가신다는 거예요."

"오늘따라 왜 이리 유난인 것이야. 어제도 잘만 다녀온 것을 알면서."

완이 고운 미간에 주름을 잡고 핀잔을 주었다. 비현각 밖을 나가겠단 것도 아니고 비현각 안에 있는 백옥지나 뒤뜰 정도만 다녀오겠다는데 걱정이 유난이었다. 물론 한낮에도 밤인 듯 먹구름을 드리운 하늘을 보면 걱정하는 것이 이상한 일은 아니었지만 볕을 보지 못한 탓인지 종일 우울하고 갑갑하여 나가지 않고는 견딜 수가 없었다.

"비 맞는 것이 싫어 이러는 것이면 너는 가지 않아도 좋다."

달래듯 다정히 말한 완이 곁에서 눈알만 굴리던 율의 등을 두드렸다.

"율아, 너는 나가고 싶지?"

평소라면 벌떡 일어나 얼른 나가자고 보챌 아이가 혜심의 눈치를 살피는 것인지 쉽사리 대답하지 않는다.

"허면 청민 그대는……."

재빨리 표적을 옮기는 완에게 혀를 내두른 혜심이 한숨을 푹푹 내쉬었다.

"나가기 싫어 이러는 것이 아닙니다. 어찌 소인 마음을 이리도 몰라주셔요."

"……."

꽤나 필사적으로 애원하는 목소리에 이상함을 눈치챈 완이 눈살을 찌푸렸다. 좀 전까진 걱정이라 쳐도 방금 것은 절박하다 못해 물기가 가득하다.

"……나가지 말아야 할 이유라도 있는 것이냐."

"이, 이유는 무슨 이유입니까. 소인이야 그저 달님 걱정에 이러는 것이지요……."

애써 아닌 척을 한다고 하는 것 같은데 혜심의 공감 능력은 한심하다 못해 하찮은 수준이었다.

"무엇을 숨기는 것이냐 묻는 것이다."

노려보며 언성을 낮추니 놀람을 숨기지 못한 혜심이 어깨를 들썩이며 딸꾹질까지 했다. 의심이 확신으로 변하는 순간이다.

"다, 달님……."

보다 못한 율이 완의 소매를 쥐었다. 툭 치면 울 듯 커다란 눈이 달을 올려다 본다.

타고나길 날 선 성정이 아닌 완도 가끔씩은 화를 낼 때가 있었고 까탈을 부 릴 때도 있었다. 본디 조용하던 사람이 한번 열을 내면 배로 무서워지는 법이 라 평소 완의 친구이자 엄마 노릇을 하는 혜심도 그때만큼은 완의 비위 맞추기 를 어려워했다.

율은 그 유별난 상황에서조차 완의 마음을 물렁하게 만드는 유일한 사람이 었다. 그걸 제일 잘 아는 사람은 완 자신이었고 그다음은 혜심, 또 그다음은 아 이 본인이었다. 하여 지금과 같이 완의 심기가 불편해지는 순간이 오면 율은 서슴지 않고 나서 수습하기를 망설이지 않았다.

"……."

역시나 완의 구겨졌던 옥안이 억지로 펴지기 시작한다.

"청민."

완이 말없이 서 있던 청민을 불렀다. 언제나 그렇듯 속을 알 수 없는 청민이 묵묵히 고개를 숙였다. 혜심은 다 끝났다는 심정으로 질끈 눈을 감았다. 옳고 그름의 판단 없이 오직 주인의 명에만 복종하는 그가 선의의 거짓말 따위를 알 리가 없다.

"이 아이들이 숨기는 게 무엇입니까."

혜심과 율을 번갈아 쳐다본 완이 물었다. 어울리지 않게 뜸을 들이나 싶던 청민이 한쪽 무릎을 꿇고 순종하는 모양새를 취한다.

"……산군님께서 금족령을 내리셨습니다."

군더더기 없는 답변과 동시에 아, 앓는 소리가 혜심의 입에서 쏟아진다.

"금족령이라니요."

완이 믿을 수 없다는 듯 물었다.

"두 시진 전에 내려진 명입니다. 하여, 달님께선 명이 거두어질 때까지 이곳 내실 밖을 나가실 수 없습니다."

"……그럴 리가."

"……."

"정녕……, 내실 밖 출입을 금하는 게 맞습니까. 비현각 출입을 금하는 것이 아니고요."

"예, 그리 명하셨습니다."

하, 한숨을 쉰 달이 절망적인 기색으로 웃음을 터트렸다. 말이 웃음이지 우는 것과 다름없는 모양에 율과 혜심은 죄인처럼 고개를 숙였다.

이럴까 봐 숨긴 것이었다. 금족령 자체가 죄인에게 내려지는 형벌과 다를 바가 없는 것이니 완이 충격을 받는 것도 당연했다. 심지어 비현각도 아니고 침전인 내실 밖 출입을 금하는 명은 가히 극형이나 다름없었다.

평소 완의 행동반경은 비현각 밖으로 펼쳐지지 않았다. 제법 부지런을 떠는 성격이라 아침저녁으로 산보를 나가긴 했지만 그래 봤자 비현각 안에 있는 백옥지와 자귀나무가 심어진 정원 정도가 고작이었다.

"무슨 일 때문인지는 모릅니까."

"……."

"혹, 제 아버님께서 산군님께……."

넋을 놓고 말하던 완이 스스로 무슨 말을 하고 있는지 뒤늦게 깨닫고 입술을 짓이겨 물었다. 어떤 상황에서도 잃지 않으려 발악했던 평정심이 도무지 잡히질 않는다.

"정녕……, 이유도 모르는 겁니까."

완이 푹 젖어 가라앉은 목소리를 억지로 다듬으며 물었다.

처음 산군께 밀정 노릇을 들켰을 때도 이토록 억압된 적은 없었다. 비현각 나인들을 월궁 출신의 사람들로 바꾸어 주시는 눈을 늘리는 정도의 일이 있긴 했지만 그뿐이었다. 바뀐 궁인들은 전에 있던 사람들과 마찬가지로 적당히 공손했고 또 적당히 무심했다. 서신을 베껴 산군께 바치는 율도 종엔 까막눈이라 저의 위선을 알지 못했다.

한데 제 처소 안조차 마음대로 돌아다니지 못하는 금족령은 명백한 모욕이고 치욕이었다.

"달님……."

혜심이 달에게서 쏟아지는 옥루에 재빨리 일어났다. 어둡고 쓸쓸한 밤이 오면 닫힌 침전의 문틈 사이로 간혹 흐느끼는 소리가 들리는 경우가 있었지만 남들 앞에서 우는 일은 잘 없던 주인이다.

완이 젖은 얼굴을 가리기 위해 등을 돌렸다. 아무런 언질도 없이 받은 벌에 제가 무슨 잘못을 한 것일까 헤아렸다. 그러다 제가 저지른 잘못이 너무 많다는 걸 깨닫는다. 지은 죄를 나열하면 온 산을 둘러도 모자랄 텐데 억울하고 서러운 마음이 드는 걸 보면 참으로 뻔뻔하기 그지없다.

"……."

눈을 감은 완이 언제 받아도 이상하지 않을 모욕이라 스스로를 달랬다. 이미 오래전에 받았어야 할 치욕이고 이보다 더한 굴욕을 맛보아도 달게 받아야 하는 것이 저라는 걸 끊임없이 되뇌었다.

ㅁ ◆ ㅁ

"끼니를 거른다고."

비현각 상궁에게서 완의 일과를 보고받던 산군이 수려한 눈썹을 일그러트렸다. 금족령을 내린 당일이야 분한 마음에 치기를 부리는 것이라 이해한다 해도 사흘 연속 이리 나오는 건 거슬리는 일이었다.

"시위라도 하는 것인가."

차갑게 가라앉은 옥성.

낮게 허리를 숙이고 있던 비현각의 상궁이 급히 몸을 웅크렸다. 그의 질책을 예상하지 못한 것은 아니었다. 금족령을 명하기는 하나 받들어 모심에 부족함이 없어야 할 것이라 강조하던 그였다.

"원체 고집이 강하시어……."

상궁이 변명하듯 말을 늘어놓자 산군이 읽고 있던 장계를 거칠게 내려놓았다. 기실, 비현각 궁인들의 성의가 미흡한 것은 아니었다. 오래도록 지속된 장마에 식재료를 구하는 것이 쉽지 않음에도 평소 완이 좋아하던 생선 요리와 온갖 진미를 함께 진상할 정도였다. 그러나 화려한 상차림에도 입맛이 없다 답하는 상전은 고집이 황소 못지않았다. 제발 드시라 간청하면 무엇 하나. 고개를 돌린 채 입을 다무는 자태를 꺾기에는 어림도 없는 것을.

"그래도……."

꾸어다 놓은 보릿자루처럼 앉아 있던 율이 입을 열었다.

"유과는 조금 드시옵니다."

그 말에 더욱이 불편해진 심기를 어쩌지 못한 산군이 관자놀이를 짚고 후, 더운 숨을 뱉었다.

"먹고 싶은 것이 있다 하면 가리지 말고 내어 주되 먹기 싫다 고집을 부리면 억지로 먹이지 말거라."

뒤집어진 산군의 심기를 어렵지 않게 알아차린 상궁과 율이 깊게 머리를 조아렸다.

□　◆　□

혼례를 올린 지 1년. 산과는 도무지 어울리지 않을 것 같던 완도 산궁 생활에 제법 익숙해질 무렵이었다.

첩첩산중에 지어진 산궁은 모자람을 찾기 어려운 곳이었다. 황궁에서 보내오는 비단과 보화는 물론이고 휘선과 진선, 영선에서 조세로 바치는 특산품도 어마어마했다. 그것들의 가짓수만 따져도 수백이니 휘선 땅에서만 지낸 완은 산궁에서 처음 본 것들도 많을 지경이었다.

특히나 산궁 궁인들의 음식 솜씨는 가히 일품이라 불만 따위 없었다. 산이라는 특성상 고기와 나물이 풍족할 수밖에 없으니 매 수라마다 진미를 맛보는 건 당연한 일기도 했다. 허나 산궁에서도 보기 힘든 것이 존재했으니. 그것은 바로 바다에서 잡아 올린 생선 요리였다.

"이게 다 무엇입니까?"

제후궁에서 살던 시절 고기보다 좋아하던 생선 요리에 완의 얼굴이 붉게 물들었다.

"그대가 좋아한다는 것들로 준비했는데 마음에 듭니까."

산군이 반려의 뺨을 간지럽히듯 쓸었다. 요 며칠 제후궁의 음식이 그립다 말하는 반려 때문에 고민이 많던 그였다.

"이걸 어찌 구하셨습니까?"

구하는 게 쉽진 않았으나 살구처럼 솟은 두 뺨을 보고 있자니 무엇도 아깝지 않다는 생각이 든다.

"그대가 원한다면 구해야지요."

"꼭 구해 달란 말이 아니었는데……."

"압니다."

좀 전까지 웃던 낯이 순식간에 시무룩해지는 걸 본 산군이 냉큼 말을 끊었다. 최근 들어 제 달의 마음이 편치 않음을 알고 있었다. 영악한 휘선의 제후가 아리따운 딸을 앞세워 산군을 미혹하게 했다는 소리부터 반쪽짜리 달이 이리족의 맥을 끊어 놓을 거란 말까지 종류는 다양했다. 다분히 악의적이고 다분히 한 사람만을 향한 소문이었다. 발도 없는 말이 어쩌나 빠른지.

저야 그 소문들의 근원지가 본래 반려자로 내정되어 있던 여인의 가문 대신들이라는 걸 알았지만 제 달은 그런 자질구레한 것들을 알 필요 없었다. 가치 없는 것에 마음 상하는 걸 보고 싶지도 않았고 괜히 기죽어 천진한 성정을 잃지 않았으면 했다. 해서 비현각의 궁인들에게는 특별히 입조심을 시켰는데 잘 되지 않은 모양이다. 저의 달은 그 모든 소문을 알고 있는 모양이니.

"내가 좋아 한 일입니다."

위로하고자 한 말이 아니었다. 제 달은 말할 뿐, 행하는 건 저였다.

"고생하여 구했는데 이리 시무룩하면 내 마음이 아픕니다."

젓가락으로 생선 살을 발라내 탐스러운 입술 앞으로 친히 대령했다. 붉은 입술이 불퉁해져 나온 모양도 어여쁜 건 매한가지였으나 어서 빨리 빈틈을 내보이고 제가 내민 생선 살을 물었으면 좋겠다. 맛있는 걸 먹을 때마다 말려 올라가는 입술 끝이나 입가에 난 볼우물이 보고 싶다.

"……면목이 없어 그러지요."

"어째서요."

모르겠다는 표정을 지은 산군이 장난스레 고개를 기울였다. 금으로 만든 이환도 비스듬히 낮아진다.

그 다정한 시선에 완이 입술을 말아 물고 버렸다. 근래 자신의 투정이 과함을 알고 있었다. 그의 앞에만 서면 이상하게 그리되었다. 참을성은 줄고 투정은 늘었으니 사가의 아버지가 보시면 아이같이 군다, 경을 칠 일이었다.

"스읍—"

지아비가 짐짓 엄한 표정을 지었다. 물고 있던 붉은 입술에 길고 하얀 손가락이 닿는다. 힘을 주지 않은 손끝은 잇새에 물린 입술을 가볍게 풀어냈다.

"물지 마세요."

엄한 표정 안에 서린 따스함.

"나는—"

피가 비친 입술 위를 문지르는 손.

"그대가 아픈 게 싫습니다."

완이 절로 고개를 숙였다. 그 말이 왜 이리 슬플까. 참았던 숨을 뱉자 울음이 터졌다. 갑작스레 우는 제가 성가실 법도 한데 묻는 것도 없이 품을 내어 주는 지아비가 달다.

"서방님, 흡……."

그의 앞에만 서면 이상하게 이리된다.

"무슨 말이든 하세요."

"흑, 흐읍……."

참을성은 줄고,

"다 들어 줄 것이니."

투정은 걷잡을 수 없이 커진다.

□ ◆ □

"달님, 이것 좀 보셔요."

겹겹으로 세워진 장지문을 하나하나 닫은 혜심이 품 안 가득 주워 온 자귀꽃을 바닥에 펼쳤다. 금족령 이후 모든 것에 의욕을 잃은 제 상전의 기분을 조금이나마 달래기 위함이었다.

"……."

완이 연분홍색 꽃을 무심히 내려 보았다. 비에 젖어 물기를 머금고 있긴 했지만 공작 깃털 같은 자태의 자귀꽃은 언제나 그렇듯 어여뻤다.

기실, 자귀나무는 복사나무와 함께 비현각의 상징이기도 했다. 비현각에 심어진 자귀나무들이 다른 전각에 있는 것들과 달리 빼어나게 자라는 탓이기도 했고 그 수가 유달리 많은 탓이기도 했다.

무엇보다 금슬 좋은 부부를 뜻하는 나무였다. 한낮에는 부채처럼 잎을 펼치고 있다가 밤이 되면 포개진 모습이 껴안고 자는 부부 같다 하여 그리 불렸다. 산군께서도 그 속설을 아시는지 사이좋던 어느 날, '꼭 우리 같지 않습니까.' 하고 남몰래 속삭인 적도 있었다. 하여 돌이킬 수 없이 사이가 멀어진 뒤에는 자귀나무 역시 멀리하려 했으나 멀리할 수 없었다. 온통 거짓으로 점철된 시간이었다 해도 괜스레 온몸이 추워지는 어느 날, 따뜻했던 지아비와의 순간을 추억하고 싶을 때가 있으니.

그런 속사정까지 알 리 없는 혜심은 자귀꽃을 보고도 웃지 않는 상전에 풀죽은 얼굴을 했다. 버려졌다 생각하시는 걸까. 산군님의 싸늘한 옥안을 보아도, 비수 같은 옥성을 들어도 동요하지 않던 저의 주인이 이번 금족령에는 유독 정신을 차리지 못한다.

"바깥은 어떠하냐."

며칠째 같은 질문이었다.

"여전히 비가 내리고, 또 여전히 어둡습니다. 아, 시끄럽기도 하고요."

"시끄럽다니?"

"산궁 안팎으로 객客이 늘었거든요."

"객?"

완의 물음에 혜심이 크게 고개를 끄덕였다. 오랜만에 이런저런 질문을 쏟아내는 주인에 기분이 좋았다.

"안으로는 온갖 산에서 달려온 대신들이 매일같이 바글거리고, 밖으로는 물

163

난리를 피해 숨어든 짐승에 수족에 아주 야단이거든요."

"그래?"

"상황이 어찌나 심각한지 피신한 무리에 호족들도 보인답니다."

"호족? 그들은 북산北山의 경계를 넘으면 안 될 텐데 어찌……."

완의 머릿속에는 지난 호수제의 기억이 여전히 선명했다. 지아비의 발아래 피 칠갑을 한 채 죽어 있던 호랑이 두 마리. 단독 생활을 고수한다던 그들이 산궁 밖 짐승 무리에 섞여도 되는 것인지 미심쩍은 마음이 든다.

"저도 그런 줄만 알았는데 절대적인 건 아닌 모양입니다. 제가 좀 위험한 처사 아니냐 했더니 율이 그 어린것이 뭐라 한지 아십니까?"

혜심이 대뜸 허리 위에 손을 올리더니 냉큼 배를 내밀었다.

"비록 질서를 익히지 못하는 이들이라고는 하나 그들 또한 산의 자식이니 산군님의 보호를 받는 것이 마땅합니다."

어색하게나마 따라 하고 있는 목소리의 상냥함은 율의 것이 분명했다. 어쩐지 그 말을 할 당시의 아이 모습이 눈앞에 선 듯 선명해졌다.

"대견하지 않습니까? 가끔 보면 그 작은 몸에 신령님 한 분이 들어앉아 있는 건 아닌가 싶다니까요."

"신령님은 무슨. 그 아이 혼이 맑아 그런 게지."

미소 지은 완이 말했다. 혜심보다 작았던 아이는 혜심을 넘고 또 저도 넘은 지 오래였다. 자라는 속도가 콩나물이 크는 것보다 빠른 지경이었다. 그럼에도 혜심은 아이를 꿋꿋하게 작은 밤톨 취급을 했다.

"아무튼 그 호족들도 끽 하면 죽을 판이라 그런지 그런대로 얌전하게 굴고 있답니다. 하기야 지금 같은 때에 산군님의 심기를 건드려서 좋을 게 없지요. 안 그래도 기청제 때문에 정신이 없으신데……."

"기청제?"

"예?"

"방금 기청제라고 말하지 않았느냐."

"소인이 언제……. 잘못 들으셨어요. 그런 말 한 적 없습니다."

분명 말한 것을 들었는데 혜심은 아니라며 뻔뻔하게 손사래를 쳤다. 끈질기

게 물으면 실토할 걸 알았지만 그럴 기력도 없는 터라 그저 고개를 돌렸다. 먹은 것이 없으니 입씨름할 힘도 아깝다.

□　◆　□

"율아."

"예, 달님."

"오늘도 산군님께선 아무 말씀 없었니."

"예……."

율이 시무룩한 얼굴로 답했다. 먹는 것 없이 겨우 버티는 것 같은 달의 옥체가 손톱달과 같이 가늘어지고 있으니 하루빨리 금족령이 철회되길 바랐다. 그러나 산군께서 계신 월궁에선 아무런 소식도 없으니 애꿎은 마음만 탄다.

차라리 모든 것을 사실대로 털어놓으면 저리 애달프지는 않으실 것 같은데 빈틈없는 산군님께서 아무것도 말하지 말라, 금언령을 내리셨으니 함부로 입을 열 수도 없다.

"오늘 밤, 비현각을 나가게 해 다오."

방금 전까지만 해도 주인의 마음을 걱정하던 소년이 귀신을 만난 듯 얼굴색을 창백하게 바꾸었다.

"그게 무슨 소리십니까."

"나가 봐야 할 것 같다."

"안 됩니다, 달님. 절대 안 돼요."

이미 금족령을 받은 완에 대한 궁인들의 시론이 좋지 않았다. 숨만 쉬어도 오해를 받는 와중에 명을 어기는 것은 자살행위나 마찬가지였다. 그러나,

"산군님께 가고 싶어 그런다."

생각지도 못했던 말에 율이 당황스러운 낯빛을 드러냈다.

"달님……."

"직접 들을 것이다."

파리해진 안색의 완이 약해진 기력만큼이나 작아진 목소리로 속삭였다. 완

은 눈만 감아도 저의 폐위를 주청하는 대신들의 모습이 선명하게 떠올랐다. 그 앞에 고민하는 지아비의 얼굴도 꽤나 선연히 그려졌다. 며칠 전 혜심이 대신들의 이야기를 꺼냈을 때까지만 해도 아무렇지 않았었다. 그런 일이 한두 번도 아니었고 그때마다 흔들림 없이 저를 지키던 지아비의 성정을 믿어 의심치 않았다. 속으로는 비틀어져 부서진 관계라 할지라도 겉으로 만큼은 저를 저버린 적 없던 지아비의 성정을.

한데 이제는 그것에 기댈 수가 없다. 여드레가 넘도록 끝나지 않는 이 금족령이 기만덩어리에 불과한 저를 더 이상 참지 않겠다 다짐한 지아비의 결의일까 두려웠다.

하여 직접 듣고 싶다. 더는 무엇도 들어주지 않을 것이라, 또 더는 무엇도 참아 주지 않을 것이라 말하시면 오히려 속이 시원해질지 모를 일이다.

"네가 날 내보내지 않으면 나는 송장이 되어 나갈 것이다."

"송장이라뇨, 달님. 어찌 그런 흉측한 말씀을 하십니까."

"선택은 네 몫이다. 나를 살리고 싶거든……, 내보내 다오."

완은 더 이상의 거절은 듣지 않겠단 뜻으로 눈을 감았다.

그 모습을 전전긍긍하며 보던 율이 닫힌 문 너머를 바라보았다. 밤톨 같은 머리통을 열심히 굴려 본다. 지금까지 오고 간 대화는, 또한 지금부터 오고 갈 대화는 절대 새어 나가선 안 된다. 이윽고 결심한 듯 고개를 끄덕인 율이 목소리를 낮추고 속삭였다.

"밤은 아니 됩니다. 들켰다간 뼈도 못 추릴 것이어요."

생각하기도 싫은지 아이는 재빨리 고개를 저었다.

"새벽을 틈타 아주 잠깐, 찰나의 시간을 벌어 보겠습니다."

□ ◆ □

해가 뜨기 전, 인시(寅時, 03시~05시), 흑색의 너울로 얼굴을 가린 달이 율이 일러 준 때에 맞춰 방을 나왔다. 교대를 하기 전, 업무 일지를 주고받는 틈이 있을 거라 하더니 정말이지 복도엔 아무도 없었다. 비어 있는 서너 개의 방을 지나 회랑을 걸은 완이 뒤뜰로 나오자 비현각의 측문을 지키고 선 시위들이 보였다. 푸른 횃불을 든 그들의 교대에는 이렇다 할 틈이 없었지만 여느 궁인들에게나 귀여움을 받는 율이 잠이 오지 않는다는 핑계로 이래저래 말을 거는 게 보인다.

"시위님은 어느 성좌(星座, 별자리)를 제일 좋아하셔요?"

세찬 빗줄기와 검은 먹구름 탓에 보이지도 않는 하늘을 구태여 가리킨 아이가 천진하게 묻는다. 시위들의 시선이 작은 손가락을 따라 일제히 하늘을 향한다. 미리 정해 둔 암호였다.

□　◆　□

"달님."

"으악!"

측문을 빠져나와 멀리 월궁을 보던 완이 저를 부르는 낮은 목소리에 비명을 질렀다.

"소리를 낮추시옵소서."

입술 위로 검지를 올려 말하는 이의 정체는 청민을 대신하여 산군님의 곁을 지키는 은호였다.

"그, 그대가 여기 왜……."

완이 허둥지둥 말을 늘이며 변명을 떠올렸다. 이대로 그에게 잡히면 산군님께 가기도 전 비현각으로 돌아가게 될 게 뻔했다. 무슨 말을 해야 그럴싸할까 고민하던 찰나, 은호의 뒤에서 몸을 가리고 있던 율이 폴짝 나타났다.

"달님! 접니다!"

씨익 웃은 율이 은호를 올려다보았다. 굳은 표정이긴 해도 어쩔 수 없다는 듯 한숨을 쉬는 걸 보면…….

"혹, 나를 도우러 온 것입니까."

"예."

쥐고 있던 칼을 율에게 건넨 은호가 고개를 숙였다.

"소인이 월궁까지 모시겠습니다."

청민의 제자이자 오랜 친우라더니 말하는 모양이나 태가 무뚝뚝한 그를 떠올리게 했다. 허나 완은 꺼림칙한 속내를 숨기지 않고 눈을 가늘게 떴다. 율을 제외한 다른 이에게 도움을 청해야 한다면 말 몇 번 섞어 본 적 없는 은호보단 청민에게 하는 것이 나았다. 비현각의 호위가 되어 저를 모시는 청민도 마음의 절반 이상은 산군께 내어놓고 사는 걸 빤히 아는데 산군님의 측근 호위인 은호가 저를 왜 돕겠다 나선 것인지 이해가 되지 않는다.

"무슨 속셈입니까."

완이 물었다.

"말하지 않으면 나는 그대를 믿을 수 없습니다."

단호하게 군은 옥안에 율이 마저 설명하려는 듯 끼어들었지만 은호가 고개를 저었다.

"여기서 월궁까지 지나야 하는 회랑이 몇 개인지 아십니까."

"그야……."

"총 열세 개의 회랑입니다. 운이 좋아 월궁까지 간다 해도 산군님께서 계신 침전까지는 가실 수 없을 겁니다. 곳곳을 지키는 시위와 월궁의 수문장, 지밀의 상궁들을 모두 피하실 수 있겠습니까."

엉성하기 짝이 없는 작전이긴 했다. 비현각이야 제가 주인인 저의 처소였으니 어떻게든 해 본다 해도 월궁까지 가는 길은 멀고도 험한 게 사실이었다.

"또한."

은호가 다시 입을 열었다.

"소인은 산군님을 위해 달님을 돕는 것입니다."

"그게 무슨 말입니까."

"금언령이 있어 소인은 직접 말하지 못합니다. 달님께서 직접 가시어 상황을 보시지요."

"……."

미간을 찌푸린 완이 하는 수 없이 고개를 주억거렸다. 그의 도움 없이 월궁까지 가는 것에 무리가 있다는 걸 부정할 수 없기도 했고 제가 아닌 산군님을 돕기 위함이라는 그의 말이 어쩐지 저를 돕는단 소리보다 믿음직했다.

은호의 눈이 현신을 위해 푸르게 빛났다. 월궁까지 가장 쉽고 빠르게 갈 수 있는 방법이었다. 젖은 바닥에 상체를 낮춘 등에 올라탄 완이 함께 오르려는 율을 부드럽게 밀어 냈다.

"너는 비현각으로 가 혜심을 맡아라. 내가 나온 것을 알면 난리를 칠 터이니."

"달님, 그래도……."

"걱정 말거라."

"……알겠습니다. 대신 몸조심하셔야 합니다. 아셨지요?"

그래, 답하는 완을 보며 율이 한 걸음 뒤로 물러났다. 땅을 박차고 달리는 은호와 그 위에서 능숙하게 중심을 잡는 달의 위로 장대비가 쏟아진다.

□ ◆ □

은호는 율이 일러 준 길을 달렸다. 빙빙 둘러 가야 하는 길이라 시간이 배로 걸렸지만 조용히 갈 수 있을 것이라 장담하던 아이의 허세대로 별다른 장애물을 만나진 않았다.

묘시(卯時, 05시-07시)를 알리는 타종 소리와 함께 월궁의 현판이 보인다. 위에 올라탄 달께서 납작 엎드리는 게 느껴졌다.

"아직 조례를 하기엔 이른 시간인데……."

완이 혼잣말처럼 속삭였다. 마치 조례를 하듯 온갖 대신들이 무리를 이루고 모여 있었다. 한데 안으로 들지는 않고 앞뜰에 열을 맞춰 앉은 것이 이상했다. 최근 폭우로 인해 멀리 있던 대신들까지 산궁으로 모여든단 소리를 듣긴 했지만 이렇게나 많은 수일 거라 생각하진 않았는데. 언뜻 보면 혼례를 올리던 그때보다 더 많은 것 같기도 했다.

"통촉하여 주시옵소서."

그때, 열을 맞춘 대신들의 목소리가 하나 되어 울렸다.

"……."

완이 들켜선 안 된단 걸 잊고 상체를 세웠다. 매일같이 두려움에 떨며 상상하던 모습이 눈앞에 있었다. 저를 폐하라 주청하는 것이 분명하다. 그게 아니라면 산군님의 치세 앞에 저리 애원할 일은 없다. 독단적인 면이 과할 때가 있기는 하여도 산을 사랑하는 마음 앞에 부족한 것 없던 주군이니 그가 대신들과 맞설 일이라곤 오직 저 하나다.

"기청제를 올려야 합니다."

다시 한번 대신들의 읍소가 이어진다.

"……."

빠르게 파악되지 않는 상황 속에 다시 한번,

"기청제를 윤허하여 주시옵소서."

간청이 박힌다.

그제야 그들이 주청하는 게 폐위가 아닌 기청제라는 걸 알았다. 완이 다 젖은 몸으로 하늘을 올려 보았다. 침전을 나오지 못하는 처지라고는 하나 창밖을 보지 못하는 것은 아닌지라 이 끔찍한 비가 지겹게도 그치지 않고 있음을 모르지 않았다. 이러다 기청제를 올리는 것 아니냐 말하던 율이 떠오르고, 기청제는 달이 주관하는 것이라 말하던 청민이 떠오른다. 아니라고 부정하기는 했지만 혜심도 기청제 얘기를 꺼냈었고 산군님의 측근인 은호 역시 산군님을 위해 저를 돕는다 말했다. 갑작스러운 금족령과 평소와 달리 말을 아끼던 아이들, 그 모든 이야기의 허점이 비로소 맞추어진다.

"내리겠습니다."

완의 말에 은호가 얌전히 상체를 숙였다. 땅을 밟은 달이 쓰고 있던 우모雨帽를 바닥에 버리듯 떨군다. 조금이나마 젖지 않으려 입었던 유삼油衫, 비와 눈에 젖지 않기 위해 종이나 포목을 기름에 흠씬 배게 하여 지은 옷)도 벗어 바닥에 던졌다. 거친 빗물이 얼굴을 적시고 유삼 아래 입고 있던 고운 비단옷도 빗물과 함께 무거워졌지만 어쩐지 자꾸만 피어오르는 미소를 떨칠 수가 없다.

"그대는 산군님께 가세요."

완은 여직 현신한 채로 기다리는 은호에게 말했다.

"나는 대신들에게 가겠습니다."

월궁의 침전, 산군의 지밀이 쑥대밭이 되었다. 서른 날을 넘기고 거기서 또 열흘을 넘기고 있는 폭우 때문이 아니었다. 월궁 앞뜰에 엎드려 기청제를 올려 달라 주청하는 대신들의 목소리 때문도 아니었다.

"하……."

산군이 거칠어진 얼굴을 쓸었다. 나름 잘 버티고 있었다. 완의 귀를 막으려 금족령으로 발을 묶었고 그 측근들에겐 입을 다물라, 금언령을 내렸다. 산 아래 황궁에선 나름의 방식으로 기청제를 올렸단 소식이 들렸고, 세 개의 제후궁에선 혼기 꽉 찬 궁녀들을 출궁시키며 노기 띤 하늘을 달래려 애쓰고 있다고 했다.

그럼에도 상황은 나아질 기미가 보이지 않았고 그럴수록 대신들의 압박은 거세졌다. 저라고 편한 것은 아니었다. 저라고 이 미친 것 같은 빗줄기를 멈추고 싶지 않았을까. 산의 주인으로서, 산의 군주로서, 또 산의 아버지로서 제 산을 부수려는 하늘 신의 폭력을 멈추고 싶지 않았을까.

그 모든 죄의식을 안고 무책임한 산군이 되려 한 건 다 이유가 있었는데.

"대체……."

떨리는 옥성을 눌러 잡은 산군이 젖은 몸 위로 마른 모피를 두른 완을 노려보았다.

"대체 무슨 생각으로 나선 겁니까."

"……해야 할 일을 하고자 할 뿐입니다."

얄량한 대답이었다. 산군이 돌연 미친 것처럼 웃음을 터트렸다.

산군은 완이 비현각에 갇혀 있는 동안 똑같이 스스로를 월궁에 가두고 문을 굳게 걸어 잠갔다. 의무나 다름없는 조례를 거르며 대신들의 힘이 빠지기를 기다렸다. 산의 주인이 택한 방법이라고 하기엔 치졸하기 그지없었으나 달리 방도가 없으니 하는 수 없었다.

오늘 아침도 마찬가지였다. 지겹도록 똑같은 하소연을 지겹도록 똑같이 들으며 버티고 있었다. 한데 어느 순간 대신들의 말소리가 바뀌었다. 통촉해 달란 말이 황송하단 말로.

등골이 서늘해지는 기분도 잠시, 지밀을 지키고 섰던 궁인의 목소리가 들렸다. 이곳에 있어선 안 될 저의 달이 저를 만나러 왔다고.

"비로 인해 산이 기울고 있습니다."

"해서요."

"모두가 원하고 있지 않습니까."

차분하고 의연한 목소리에 더욱 화가 받친 산군이 하, 거친 숨을 뱉었다. 쌓여 있던 장계는 이미 바닥을 나뒹굴고 있었다. 완이 몸에 두른 모피의 매듭 끝을 매만지다 이내 무릎을 굽히고 앉았다. 흐트러진 장계 하나를 들어 적힌 글자를 읽는다. 부디, 달님의 기청제를 윤허해 달라는 청이다. 일어나 걸음을 조금 옮긴 완이 또 다른 장계를 들어 올렸다. 토씨 하나 다르지 않고 같은 내용이 적혀 있다.

"산군님."

"아무 말도 하지 마세요."

산군이 떨리는 어깨를 크게 들썩이며 손을 들었다.

"그대가 뭘 알겠습니까."

"산군님, 저는……."

"기청제가 끝날 때까지 그대는 먹지도 마시지도 못할 겁니다. 잠드는 것 또한 할 수 없을 겁니다. 한데 그 기청제가 언제 끝나는지 압니까."

산군이 크게 숨을 들이켰다.

"비가 멈춰야……, 이 지긋지긋한 비가 멈춰야 끝난단 말입니다!"

고작 제 하나 올리는 게 뭐라고 뜸을 들인 게 아니었다. 제를 올리는 방식이 잔혹하여, 그 잔혹을 무흔의 몸인 제 달이 견딜 수 있을 것 같지가 않아 끝끝내 어깃장을 놓은 것이었다. 그런 제 마음을 알 리 없는 제 달은,

"……압니다."

언제나와 같이 겁이 없고 어리석다.

"기청제를 올리다 죽으면 어쩔 겁니까."

"……."

"그 잘난 그대 가문은 어쩌고 이리 미련한 선택을 하느냔 말입니다."

넘실거리는 분노 사이에 섞인 걱정과 염려를 읽은 완은 조심스러운 걸음으로 지아비와의 거리를 좁혔다.

"산군님께는 악처이나…… 그래도 소첩, 산의 어미이지 않습니까. 어렵다 하여 피하고 싶지 않습니다. 좋은 어미이고 싶어요."

"그따위 빈말 같은 거 하지 마세요."

한껏 비웃은 산군이 완의 얄팍한 턱을 움켜쥐었다.

"무너지는 입지를 지키기 위함이라 말하란 말입니다."

"……."

"그대가 날 생각했다면……."

"산군님……."

"악처인 그대를 지키겠단 아집 하나로 버티던 날 생각했다면……, 이럴 순 없지 않습니까."

끝내 상처받은 눈을 드러내 버린 산군은 손에 힘을 빼고 등을 돌렸다.

□ ◆ □

달의 선포와 산군의 암묵적인 승인 아래 기청제는 빠르게 준비되었다. 눈을 깜빡이는 순간에도 상황이 급변하니 길일을 잡는 사치는 부리지 않기로 했다. 무녀들이 다급히 길시를 잡아 제를 올릴 수 있도록 하겠다 말을 올렸다. 금일 자시(子時, 23시-01시)에 시작하는 것으로 정해지자 울며 채비를 돕던 혜심이 난감한 표정을 짓는다.

"금일 자시면……, 몸을 정갈토록 하는 절차도 다 하지 못할 시간입니다."

"사태가 위중하여 그런 것이니 괘념치 말거라."

무녀들은 절차에 우선순위를 매겨 혜심에게 전달했다. 그중 상위에 있는 몇 가지만 이행하기로 한 완은 까칠해진 목구멍으로 음식 넣기에 집중했다. 먹고 싶지 않아도 고집부릴 때가 아니었다. 언제 끝날지 모를 제사이니 아사(餓死, 굶어 죽음)를 방지해야 한다.

"달님, 산군님께서 납시었사옵니다."

완이 쥐고 있던 숟가락을 내려놓았다. 다시는 보지 않을 것처럼 돌아서시더니 결국 또 져 주는 지아비다. 뫼시란 말을 하기도 전에 문을 열어젖힌 그가 성큼성큼 들어온다. 일어나 예를 취하려니 그가 초조한 낯빛으로 고개를 저었다.

"물러나라."

차게 식은 목소리에 다급히 일어난 혜심이 문밖으로 사라지자 산군은 완의 맞은편에 앉았다. 무어라 말을 하는 것도 아니고 그렇다고 다정한 시선을 던지는 것도 아닌 그는 그냥 그렇게 쭉 보고 있을 작정인 듯했다. 그러다 짜증스레 한숨을 내쉬곤 숟가락을 들어 손에 쥐여 주었다.

"……."

손에 스친 뜨거운 체온에 완이 몸을 움츠렸다. 사이가 멀어진 뒤에도 살을 섞는 날이 많았던 터라 이까짓 따뜻함에 데일 줄은 몰랐다. 마지막일 수도 있단 생각 때문인가. 불현듯 씁쓸하고 또 어쩐지 애틋해진 완이 버석한 미소를 지었다.

김이 모락모락 나는 밥을 크게 한 술 떴다. 그대로 먹지 않고 버티니 그가 미간을 찌푸린다.

"며칠 끼니를 걸렀더니……, 젓가락을 쥘 힘이 없습니다."

"……."

속 보이는 교태를 나무랄 법도 한데 그는 아무런 말도 하지 않고 젓가락을 들었다. 크게 뜬 밥 위로 두꺼운 두께의 고기반찬이 오른다. 참으려 해도 비식 새어 버리는 미소에 황급히 고개를 숙였다.

"괜찮습니다."

지아비의 염려를 멈추고 싶다.

"잘, 끝내겠습니다."

"……드세요."

완은 제 말에 답하지 않고 그저 먹으라는 지아비를 물끄러미 쳐다보았다. 고운 미간에 선 굵은 주름을 새겨 놓은 걸 보면 심중에 불이 난 것은 분명한데 친히 모습을 드러내고 언성조차 높이고 있질 않으니 그는 제 걱정에 바쁨이라.

숟가락을 내려놓은 완이 상을 옆으로 밀어 냈다. 굳은 듯 가만히 있던 그가 마찬가지로 굳은 눈을 했다. 평소라면 예전의 따스함과 달라진 눈을 바로 보기가 버거워 피했을 것이다. 허나 이제는 그것조차 무심이라 여겨지지 않으니 두렵지 않았다.

"……."

매일같이 그립던 품으로 몸을 기댔다. 마주 안아 주진 않지만 밀어내지 않는 그의 마음이 벅차도록 좋아 눈을 감았다.

월궁 앞뜰에 모여 앉은 대신들이 원하는 게 기청제라는 걸 알았을 때 제가 느낀 안심과 기쁨은 폐위 논의가 아니란 사실에서 오는 단순한 것이 아니었다. 제가 달이 된 이후로 저의 지아비는 매번 대신들과 맞설 수밖에 없었다. 저의 태생이 문제일 때도 있었고 그저 존재가 문제일 때도 있었다. 그게 항상 죄스러웠다. 그를 이용하기 위해 그의 곁을 차지한 것이었지만 악처인 저에게 그가 내어 준 곁은 지나칠 정도로 따뜻하고 안락했다.

분명 복수를 위해 선택한 사람이었는데. 오직 그를 이용할 생각밖에 없었는데. 에두르는 법 없이 닿아 오는 그의 애정에 온몸과 마음이 휘청일 때마다 그렇게 생각하기로 마음먹었는데. 복수만 생각하고 달리는 와중에도, 복수가 끝나면 장렬히 죽음을 선택하겠다 다짐하는 와중에도 그런 그가 망가지지 않았으면 좋겠다고 생각했다.

애초에 저라는 인간이 신과 같은 그를 무너뜨릴 수 있을 거라 생각지도 않았지만 모든 것을 내어 줄 작정으로 다가오는 그가 언제고 무너질까 두려웠다. 해서 그의 입에서 나왔던 악처라는 말이 사무쳤다. 제 자신이 악처라는 건 스스로 잘 알고 있었지만 지아비의 입으로 직접 듣는 기분은 다른 것이었다.

그런 제가 기청제를 올릴 수 있는 자격이 있다는 건 행운이었다. 그를 위해, 그리고 그의 산을 위해. 스스로를 다잡느라 애썼지만 결국, 저는 그와 그의 산 앞에서 달이고 싶은 모양이었다.

"곧 제가 시작됩니다."

그의 가슴에 얼굴을 묻고 말했다.

"한 번만 안아 주세요."

간절하게 숨을 들이마시며 품으로 파고드니 단단한 팔이 등과 허리를 끌어

안는다. 되었다. 그가 저를 버리지 않았으니 되었다. 매번 저를 증오한다 말하면서 뒤에선 저를 지키느라 바쁜 지아비다.

"걱정 마십시오."

그러니—

"빗방울 하나에도 다치지 않겠습니다."

저 또한 저를 지켜야 한다.

"……반드시."

그가 잠긴 목소리로 말했다.

"반드시 그리해야 할 것이다."

산의 주인인 그가 내린 명이니 저는 따라야 한다.

"예, 꼭 그리하겠습니다."

□　◆　□

흰색의 제례복을 입고 나타난 달은 비현각 앞뜰에 마련된 푸른색 제단 위로 아무것도 신지 않은 발을 내디뎠다. 빗물로 젖은 제단에 좌선을 하고 앉은 자태가 고요하고 비장하다.

기청제를 하는 동안 하늘 아래 드러날 수 있는 것은 제사장인 달 하나뿐이라 산궁의 대신들과 궁인들은 지붕 아래 몸을 숨기고 소리를 죽였다. 산군은 제를 올리는 달의 뒷모습이 가장 잘 보이는 별채에 자리를 만들었다.

제 달이 겪는 괴로움을 나눌 수 없다는 걸 알면서도 몸을 편히 하기가 싫은 것인지 산군은 달과 같이 먹지도 자지도 않고 버텼다. 빗줄기가 거세지면 거세질수록, 밤바람이 차가워지면 차가워질수록 괴로움에 속이 뒤집히니 무언가를 씹을 수도 없었다. 그나마 울상을 한 율이 다가와 유과를 건네면 그거나 조금 삼킬 수 있을 정도였다.

그렇게 이틀이 흘렀다. 비는 여전히 멈추지 않고 그럴 기미도 보이지 않았다. 흐트러짐 없이 앉아 손을 모은 완의 얼굴엔 핏기가 사라져 시체라 해도 이상하지 않은 모습이 되었다. 지그시 감은 눈은 지독할 정도로 평온해 보이긴 했으나 모은 손이 위태로이 떨리는 걸 보지 못한 이가 없었다.

그렇게 하루가 또 흘러 사흘날 밤이 넘어가자 산군은 자리를 박차고 일어났다. 이대로 두면 제 달이 죽고 말 것이었다. 사흘 밤낮을 굶는 것도 모자라 잠까지 자지 못하고 차가운 빗줄기를 온몸으로 맞고 있으니 이는 짐승의 혼을 가진 수족도 견디지 못할 일이다.

"아니 되옵니다."

다른 이들의 출입을 막기 위해 각 전각의 문을 지키고 있던 무녀들이 무릎을 꿇었다.

"감히 누구의 앞을 막는 것이냐."

"아직 기청제가 끝나지 않았사옵니다."

목숨을 걸고 사정하는 무녀들의 얼굴엔 사뭇 비장함이 맴돌았다. 신력이 깃든 곳이라면 찾아가 제단을 펼치고 제를 올리는 게 일이던 무녀들이었다. 빗속에서 온통 젖은 채 비는 것 외에는 아무것도 할 수 없는 달의 마음을 가장 잘 이해하고 있는 이들이기도 했다.

"달님께서 산을 지키기 위해 목숨을 걸고 계십니다. 그런 달님의 노력을 수포로 만들지 마시옵소서."

산군이 뻐근해진 눈동자 위로 완의 처연한 뒷모습을 담았다. 그 위에 드리운 검은 하늘을 노려보는 시선에 살기가 서린다.

"하루의 시간을 더 줄 것이다."

빌어먹을 하늘의 주인이 누구인지는 알 수 없으나—

"내일 밤까지 이 비가 멈추지 않는다면……."

만약 저의 달을 데려간다면—

"기청제를 멈출 것이다."

산의 분노가 어떤 것인지 똑똑히 알게 될 것이다.

□　◆　□

산군이 기다리겠다 약조한 시간까지 한 시진만을 남겼을 때, 완은 저물어 가는 몸을 가누지 못하고 잠시 합장한 손을 풀었다. 위태로이 정갈하던 몸이 무너지는 순간, 율이 울음을 터트리고 산군의 몸이 앞으로 튀어 나갔지만 산군은 또 한 번 무녀들에게 발을 붙들렸다. 완이 힘겹게 자세를 바로 했다.

"제발……."

산군이 안타까움에 떨리는 손을 움켜쥐었다. 끝내 윤허하지 말았어야 했다. 제아무리 달이 원하는 일이라 할지라도 끝끝내 막았어야 했다. 일이 이 지경이 될 것을 알았는데. 망할 빗줄기가 달의 숨을 깎아 낼 걸 알았는데. 그 모든 걸 알면서도 제 달의 무모함이 미워 마음대로 하라 했으니 그 무심의 죄를 어찌할까.

"제발, 완아……."

한 시진만.

"아아……."

단 한 시진만 더 버텨다오. 내가 다 잘못했으니 부디 버텨서 살아다오. 살아서 저를 기만하든 우롱하든 그 무엇이든 좋으니 그저 살아만 다오.

지엄한 산의 주인이 반려의 스러짐을 견디지 못하고 흐느끼자 멀리 회랑에서 지켜보던 모든 대신들과 궁인들이 다 함께 무릎을 꿇었다.

"사, 산군님……!"

모두가 머리를 조아리던 그때, 홀로 달을 보며 울음을 터트리던 율이 목소리를 높였다.

"비가……, 비가 멈추었습니다!"

지겨운 폭우의 끝이었다.

모두가 기쁨의 탄성을 내지르며 환호하는 사이, 산군은 제단 위 제 달이 있는 곳으로 달렸다. 더 이상 버틸 여력이 없었던 것인지, 소명을 다했다 생각한 것인지 바닥으로 쓰러지는 몸을 재빨리 받쳐 품에 안았다.

아, 차갑게 식은 나의 달.

10. 숨겨 놓은 마음

산군이 복도 위로 물에 젖은 발자국을 남겼다. 빗물에 절여진 것이나 다름없는 완을 끌어안고 걷느라 의복을 정제할 정신이 남아 있지 않은 탓이었다.

"제발……."

입술을 짓씹긴 그가 품 안에서 떨고 있는 몸을 애처로운 눈으로 살폈다. 파래진 입술과 빨갛게 물든 손끝이 제 반려가 나흘간 느낀 추위와 초조함을 있는 그대로 드러냈다. 모두의 기대와 의심을 어깨 위에 올리고 합장을 하던 마음이 어떠했을까. 돕는 이 하나 없이, 함께하는 이 하나 없이 견뎌야 했던 속이 불에 탄 듯 아팠을 텐데. 칼에 베인 듯 아팠을 텐데. 이 작고 가녀린 몸으로 그 모든 걸 견뎌 냈다는 게 기적이다.

산군이 침상 위에 완을 뉘이고 젖은 제례복의 매듭을 풀었다. 하얗다 못해 파랗게 식어 버린 살갗이 드러나자 곁을 지키던 혜심이 재빨리 침상의 발을 내린다. 그것에 맞춰 궁인들 역시 창문을 닫고 방 안의 등불을 줄이며 내실 안 시야를 어둡게 만들었다. 등 돌린 채 지척을 지키던 무관들을 몇 걸음 멀리 물러나도록 조치하는 것도 잊지 않았다.

젖은 몸을 닦아 내려 쥐고 있던 마른 천을 펼친 산군이 순간 가슴이 에는 듯한 통증에 미간을 찌푸렸다. 내려 보고 있는 것이 죽어 가는 달인지 혹은 가시

덤불인지 알 수가 없다.

"옥체가 불편해 보이십니다. 달님의 존체는 소신들에게 맡기시옵소서. 저희들이 하겠사옵니다."

궁인들이 당장에 무릎을 꿇고 간청했지만 그는 달의 새 의복을 가져오라 명할 뿐이었다. 문밖에서 우는 소리를 하고 있는 율에게는 탄을 피우고 혹시 모르는 상황을 대비해 욕탕에 물을 채우라 말했다. 저의 달은 빗물이 만든 겨울 속에 있었지만 세상은 여름이니 뜨거운 것들을 준비하려면 시간이 필요했다.

가슴께를 움켜쥐던 손을 떼어 낸 산군이 일그러진 표정을 갈무리하고 나신이 된 반려의 몸을 묵묵히 닦아 냈다. 그러다 문득 무언가를 깨달은 표정과 함께 몸짓을 멈추고 표의를 벗었다. 표의 아래 입고 있던 답호는 물론이고 주렁주렁 달려 있던 장신구들까지 모두 바닥으로 떨구어 낸 그는 부드러운 내의만을 입은 채 완을 끌어안았다. 얇은 비단을 넘어 전해지는 차가운 체온에 눈살이 찌푸려진다.

옷을 벗은 반려를 앞에 두고 탁한 욕망을 드러내지 않은 것은 이번이 처음이다. 그저 벌어진 입술 사이로 흐르는 뜨거운 호흡이 멈추지 않기만을 바랐다. 미약하게 뛰는 심장의 고동이라도 듣기 위해 가슴 위로 귀를 대는 몸짓은 조금 처절하고 아주 많이 간절한 것이었다. 불규칙하게 뛰는 소리가 당장에라도 멈추지는 않을까 두려워하면서도, 제 달이 죽지 않았다는 증거라 생각하며 기울인 귀를 떼지 못했다.

"어의들은 대체 언제 오는 것이냐."

마른 몸 위로 새 의복을 입힌 산군은 부른 지 한참이 지났음에도 소식이 없는 의원들에게 화가 머리끝까지 치솟았다. 두터운 이불과 불 지핀 탄들이 완의 주변을 지키고 있긴 했지만 그 정도로는 나아지지 않을 것이 분명했다.

"산군님, 어의들이 도착했사옵니다."

때마침 도착한 의원들이 종종걸음으로 내실에 들었다. 서슬 퍼런 눈으로 의원들의 모가지를 노려보던 산군은 화를 내는 시간도 아까워 당장 진맥부터 하라는 명을 내렸다. 추상과도 같은 명을 거역할 힘 없는 의원들은 부산스러운 몸짓으로 진맥을 위한 도구들을 펼쳤지만 끝내 완의 몸에는 손을 대지 못했다.

기실, 기청제가 시작된 이후로 내내 대기하고 있던 그들이었다. 이 모든 상황을 준비하고 있었단 소리다. 그러나 곧 죽을 것 같은 모습의 달을 확인하고 나자 쉽사리 용기가 나지 않는다. 좋지 않은 상태를 함부로 고했다가 산군님의 칼에 목이 베일 수도 있는 노릇이었다.

그 한심한 작태를 인내할 정신이 없던 산군은 꿇어앉은 어의의 멱살을 붙들고 친히 침상 앞까지 끌고 갔다. 할 수 있는 모든 것을 다 하라 명하는 산군의 옥성은 섬뜩하기 그지없는 것이었다.

덜덜 떨리는 손을 어쩌지 못하고 열 오른 완을 진맥하던 의원이 제법 혈맥이 좋은 달의 상태에 반색했다.

"다행히 크게 위험한 징후는 보이지 않사옵니다. 찬 곳에 오래 계신 탓에 맥이 잘 잡히지는 않으나 기력을 보하는 탕약을 드시면 금방 회복하실 터이니 심려 마시옵소서."

"하⋯⋯."

그제야 방 안을 사납게 돌아다니던 산군이 억누른 숨을 뱉으며 자리에 앉았다.

□　◆　□

"달님!"

완의 이마 위로 물수건을 갈고 있던 율이 희미하게 떠진 눈을 보며 소리쳤다. 빗속에서 나흘을 버티다 또다시 나흘을 쓰러져 있던 달이다.

"정신이 드십니까?"

주인을 따라 같이 피부가 거칠어진 율이 조심스레 물었다.

"⋯⋯."

눈꺼풀은 살랑살랑 깜빡이는 것에 비해 다물어진 입술은 움직일 줄을 모른다. 괜찮다는 말이 아니더라도, 그저 짧은 대답이라도 해 주었다면 좋았을 것을. 아무리 기다려도 나오지 않는 말에 아이는 시무룩한 표정을 지었다.

완은 아무 소리도 듣고 있지 못했다. 나흘간 빗물에 잠겨 있던 귀가 여전히 마르지 못한 것인지 먹먹한 느낌만 들었다. 그나마 다행인 것은 입과 귀 대신

눈이 멀쩡했다는 것이다. 걱정스러운 표정으로 연신 고개를 갸웃거리는 아이가 보였고 그 뒤로 쏟아지는 햇살도 보였다. 아무래도 비가 그친 모양이었다.

쓰러지기 전, 마지막 기억이 흐릿하고 뿌옇게 되살아났다. 무엇도 느끼고 있지 않았다. 시간이 어떻게 흐르는지도 느껴지지 않았다. 감각은 멀어진 지 오래였고 춥고 배고프단 생각도 하지 않은 지 오래였다. 그저 해내야 한단 생각 하나로, 한 번쯤은 부족하지 않은 반려이자 달이 되어야 한단 생각 하나로 버틸 뿐이었다. 이윽고 한계에 부딪히고 있단 생각이 들 즈음에는 정신이 점멸하듯 아득해졌다. 아마 그때 제 몸도 쓰러진 것 같은데 그게 현실인지 꿈인지 잘 모르겠다. 견디기 어려운 한기가 파도처럼 밀려든 순간, 갑작스레 닥쳐온 훈풍이 몸을 감싸 안는 기분이었다.

"산군님을 뵈옵니다."

두터운 솜뭉치로 막아 놓은 것 같던 귓가에 작은 소리들이 들리기 시작할 때였다. 눈앞에 있던 아이가 사라지더니 예를 올리는 소리가 들린다. 제가 깨어났다 말하는 종알거림과 함께 지아비의 고운 옥안이 나타난다.

"완아."

훈풍을 자아내는 목소리.

"아……."

입술 떼어 내기가 이토록 어려운 일이었나. 옛날 다정했던 어느 날처럼 불러 주는 모습에 서둘러 대답하고 싶은 마음이 굴뚝같은데 온몸이 오라에 묶인 듯 움직이지 않는다.

"애쓰지 말거라."

그가 고개를 저으며 뺨을 감쌌다.

"아무것도 하지 않아도 돼."

분명 웃고 있는 얼굴인데, 어째서 울고 있는가.

□ ◆ □

산군의 달이 의식을 되찾았다는 소식이 산궁을 넘어 산 아래 황궁까지 전해졌다. 황실 소속 무녀들도 어쩌지 못한 비를 산군의 달께서 나흘 밤낮을 빌어 멈추었으니 그 숭고함과 희생에 민심은 절로 요동쳤다. 산군의 강림이 있는 중양절도 아니었건만, 선국의 백성들은 이리의 붉은 휘장을 대문 앞에 걸고 산군과 달의 치세를 칭송하기 바빴다.

"산군치하부국강병山君治下富國强兵이라."

한여름의 낮보다 붉고 뜨거운 백성들의 충심을 황제는 곱지 않은 눈으로 흘겨보았다. 가만히 있어도 견제할 수밖에 없는 존재였거늘. 이리 민심까지 키우니 두렵지 않을 수가 없다. 지금까지는 그나마 산 아래 정치에 관심이 없고 욕심도 없어 보여 안심했던 것인데 이제는 무엇도 짐작할 수가 없다. 허나 만백성이 경외하는 산의 주인을 대놓고 질투하기엔 황제가 가진 힘은 보잘것없으니 싫어도 좋은 척 가증을 떨 수밖에 없다.

"산궁으로 보화를 보내라."

깊게 허리를 숙이는 내관을 노려보던 황제가 붓을 들었다. 붉은색 비단 위에 스며드는 검은 먹물이 유려하게 글자를 만든다.

산군치하부국강병山君治下富國强兵

명색이 나라의 주인이란 황제가 주인도 아닌 이에게 부국강병을 빌다니 우습기 그지없다.

"이 비단을 옥함에 넣어 산군께 보내는 수레에 포함하라."

이 치욕을 씻을 날, 있을까.

이루지 못할 꿈을 꾸는 황제의 밤은 무겁다.

□ ◆ □

산군은 비현각을 떠나지 않고 친히 완의 간병을 맡았다. 의원들은 물론이고 월궁 궁인들까지 달려와 옥체를 보존하시라 애원했지만 반려의 기력 회복에만 정신이 팔린 그에겐 소귀에 경 읽기나 다름이 없었다.

"나의 달이 온전히 나아 이전의 활력을 되찾을 때까지 지아비로서 곁을 지킬 것이니 당분간은 장계를 올리고 사사로운 알현을 금하라. 정전에서의 조례도 멈출 것이고 문후는 받지 않을 것이니 중차대하지 않은 일로 시간을 뺏을 시, 극형으로 다스릴 것이다."

간병하는 시간을 방해하는 즉시 목숨을 끊을 것이란 겁박이었다. 지엄한 산군께서 희대의 엄처시하(嚴妻侍下, 아내에게 쥐여사는 남편의 처지, 혹은 그러한 남편을 놀림조로 이르는 말)란 소리가 돌았다. 반려를 위해 지극정성을 다하는 건 늑대의 본능이나 다름없는 것이라 딱히 지탄을 하고자 도는 말은 아니었다. 오히려 늑대와 달의 사이가 예전 같지 않단 소문을 규탄하고자 하는 목적이었다.

하늘 아래 모든 생명을 위해 목숨을 건 완의 기청제는 실로 많은 이들의 마음을 녹였다. 은애하는 마음을 다 버리지도 않았으면서 미워하기 위해 애쓰던 지아비의 마음을 녹였고, 평소 반쪽짜리 달이라 손가락질하며 탐탁지 않게 여기던 대신들의 마음도 녹였다. 그런 완이 고행이나 다름없는 기청제의 여파로 몸져누웠다고 하니 모두들 안타까이 여기는 건 당연했다. 그럼에도 비현각을 지키는 산군의 모습은 유난이란 말을 자아낼 정도였으니 민망한 웃음이 나오는 건 어쩔 수 없다.

정작 모든 소문의 중심인 산군은 바깥에서 도는 소리에 신경 쓸 겨를이 없었다. 겨우 정신을 차리기는 했지만 말 한마디 못 하는 완이 애를 태우는 탓이었다.

자는 동안 무슨 일이 날까 두려워 침상을 떠나지 못하고 쪽잠에 들면 어김없이 악몽을 꾸었다. 쓰러진 완을 끌어안고 앞뜰에서 내실까지 달리던 몇 걸음. 걸어도 걸어도 줄어들지 않는 복도와 힘없이 꺾이던 목, 푹 젖은 옷자락이 꿈인지 기억인지 모르게 끊임없이 반복되었다.

그렇게 무력하고 한심한 저를 견디다 보면 끝나지 않을 것 같던 꿈에서 깨어났다. 깨어나면 어김없이 잠든 완의 뺨을 쓸었다. 손바닥에 닿는 따뜻한 온기와 편안한 표정을 확인하고 또 확인해도 안심이 되지 않아 숨을 쉬는 코끝에 손가락을 대어 살아 있음을 확인하기도 했다. 그런 밤이 벌써 며칠째인지 모른다.

혜심과 율이 오랜만에 백옥지를 찾았다. 겨우 몸을 일으켜 앉기 시작한 완이 연꽃차가 먹고 싶다 하여 두 말 할 것 없이 백옥지를 떠올린 둘이었다.

"찻잎으로 쓸 것들이 있을지 모르겠다."

혜심이 침울한 표정으로 중얼거렸다. 원래의 백옥지라면 희고 붉은 연꽃으로 가득해야 했지만 거센 빗줄기로 꺾이고 망가진 것들이 반이었다.

"저기 보세요. 연못 중앙엔 아직 버티고 있는 것들이 꽤 있습니다."

율이 부러 밝은 목소리로 말했다. 쾌청한 하늘을 지붕 삼아 걸은 것이 좋아서인지 막막한 상황에도 희망이 꽃피는 기분이 들었다.

"그나저나 너는 대체 얼마나 더 클 셈이냐?"

"그러게나 말입니다. 수방 상궁님께 새 옷을 받은 게 바로 어제인데 벌써 발목이 드러나니 이걸 어쩌면 좋습니까."

중얼거린 율이 도포의 밑자락을 들어 올려 드러난 발목을 보여 주었다. 시동들이 입는 옷은 맞지 않아 도포나 철릭을 입기 시작한 아이는 겉으로만 청년이었지 하는 짓은 아이와 다름이 없었다.

"채신머리 없이 도포를 들추면 어쩌자는 것이야."

"불편해서 그러지요."

사실 사내의 몸으로 산궁에 기거할 수 있는 자격을 가진 이는 오직 어린 시동과 무관뿐이라 율은 애매한 위치에 있었다. 무관의 관복을 입기엔 무관이 아니었고 시동의 옷을 입기엔 어린아이가 아니었으니 수방 궁인들이 따로 만들어 준 도포나 철릭을 입을 수밖에 없었던 것이다.

"편한 건 이것보다 철릭이 더 편하긴 한데……."

"그런데?"

"그렇게 입고 있으면 다른 궁의 궁인들이 저보고 나리라고 부르더라고요."

"너를?"

"예, 호위관으로 보이나 봅니다."

율은 아무렇지 않은 듯했지만 혜심은 제법 놀란 표정을 지었다. 쑥쑥 자라고 있다는 걸 알면서도 어쩐지 제 눈에는 계속 아이나 다름없는 율이 누군가에게는 훤칠한 호위관으로 보이는 모양이었다.

혜심이 불현듯 떠오른 청민을 율과 나란히 비교했다. 산궁 안에 기거하는 무관 중 혼현자가 제법 있다고는 들었지만 혜심이 아는 혼현자는 청민과 은호, 산군님이 전부였다. 그중 율의 훗날과 가장 흡사할 것이라 생각되는 사람은 아무래도 청민이었다. 산군님이야 워낙에 단단한 골격과 근질을 갖고 계셨고 은호 또한 그런 편에 속했다. 그에 반해 무관들의 수장이라는 청민은 수양버들과 같은 날렵한 몸 선을 가져 호리호리한 율과 비슷하게 느껴졌다. 물론 마냥 웃는 것 외에는 할 줄 아는 것 없는 율이 칼을 차고 다닐 것이라 생각하면 영 아니었지만 말이다.

"이러다 청민 님보다 크는 것 아닌지 모르겠습니다."

율이 장난스러운 표정을 지으며 너스레를 떨었다.

"키만 크면 무엇 하느냐. 도포 하나도 제대로 입지를 못하는 것을."

"치……."

종알거리는 아이가 귀엽기는 했는데 왜인지 쉽게 인정해 주고 싶지 않아 뱉어 낸 심술에 아이는 잠시 기가 죽었다. 어른이 되어 가는 기분에 한껏 도취된 아이임을 아는데 괜히 어깃장을 놓은 것 같아 마음이 불편해진다.

"삐친 것이야?"

목소리를 다정스레 바꾸어 물었다.

"삐치긴요. 제가 무슨 애도 아니고……."

발끝으로 흙바닥을 파던 율이 말끝을 흐렸다. 한번 토라지면 꽤 오래도록 마음을 풀지 않는 아이임을 알아 조급해진 혜심은 화전이라도 구워 주겠다 해야 하는지 고민했다. 그사이, 아이는 금세 해맑은 표정을 지어 보인다.

"갑자기 어찌 웃는 것이냐?"

어딘가 불안해진 혜심이 물었다. 대답을 하는 대신 대뜸 바위를 집어 든 아이가 어서 칭찬하라는 표정으로 쳐다본다. 예전엔 빨랫감 바구니 드는 것도 잘 못하더니 키가 자라면서 힘도 세지는 것인지 이제는 커다란 바위를 번쩍번쩍

들고 있다.

"도대체 왜 일부러 힘을 빼는 것이야. 그러다 다치면 어쩌려고."

"이 정도는 가벼워서 하나도 안 힘듭니다."

"이러니 자라지 않았다고 하는 것이다. 대체 철은 언제 들 것이냐?"

"정말……."

통통한 입술을 쭉 내밀고 있던 아이가 쿵, 소리를 내며 들고 있던 바위를 내려놓았다.

"너무합니다."

나지막한 소리로 원망을 뱉은 율이 앞서 걷기 시작했다. 혜심이 머리를 긁적이며 뒤를 따랐다. 본의 아니게 키가 큰 것도, 힘이 세진 것도 인정하지 않는 누이가 돼 버린 기분이다.

터덜터덜 걷던 율이 연못 가장자리 앞에 멈추어 섰다. 속 좁은 누이라고 욕을 먹어도 할 말이 없던 혜심은 문득 뒤를 돌아보는 아이에 말을 더듬었다.

"왜, 왜 그러느냐?"

불퉁한 얼굴을 한 율이 저벅저벅 다가왔다. 지척으로 마주하니 얼굴 위로 그림자가 드리운다. 훌쩍 큰 키가 여실히 느껴지는 순간.

"칼 주십시오."

"응?"

"칼이요. 누님이 쓰는 단도 말입니다."

곱지 않은 말투로 칼을 달라는 아이에게 무엇 때문이냐 묻지도 못한 혜심은 홀린 듯 제 앞섶을 뒤졌다. 손을 펼친 채 기다리는 아이의 시선이 제 앞섶 위로 오른 게 느껴진다. 평소에는 척척 나오던 칼이 더운 날씨에 젖은 손끝을 피해 이리저리 도망이다.

"아니, 이게 왜……."

"천천히 하세요. 손 다칩니다."

심통을 내던 와중에도 착한 심성을 버리지 못한 아이는 부드러운 목소리를 냈다.

"됐다……, 어?"

여름이라 그런지 화끈거리는 낮을 어찌할 바 모르던 혜심이 뒤늦게 잡힌 칼을 강한 힘으로 꺼냈다. 미끄러지듯 날아가는 단도를 긴 팔로 낚아챈 율이 미련 없이 등을 돌렸다. 수련으로 가득한 연못. 아무래도 직접 꽃을 꺾으려는 심산이다.

"내가 하게 두어라. 응?"

재빨리 다가가 말했지만,

"누님은 그냥 계세요. 제가 하겠습니다."

율은 의젓한 등을 내보이며 도포의 매듭을 풀었다. 여름이라 얇은 비단으로 지은 남색 도포가 하릴없이 바닥으로 떨어진다.

"아니, 너 지금……!"

"채신머리 없어도 좀 봐주세요. 이 고운 비단을 진흙으로 더럽힐 순 없지 않습니까."

제아무리 흰색의 내의를 입고 있다고 해도 어딘가 기분이 이상해진 혜심은 냉큼 등을 돌렸다. 그런 혜심이 웃긴 모양인지 한참을 소리 내어 웃은 율이 바짓단을 걷어 올렸다.

"그러니까 내가 한다는 것 아니냐……. 네가 하는 것보단 내가 하는 게 더 빨리 끝날 것이다."

놀란 마음에 자신 없는 목소리로 말하긴 했지만 맞는 말이었다. 칼 쓰는 일뿐 아니라 찻잎으로 쓰기 좋은 꽃을 골라내는 일도 율보다는 혜심이 더 잘하는 것들이었다.

"누님이 저보다 잘하는 거 압니다."

"근데?"

"누님 풀독 있잖아요."

연못 안으로 발을 담근 율이 혜심에게 소리쳤다. 진달래를 꺾겠다고 수풀을 뒤지다 오른 풀독이 제법 독하기는 했었다. 달님께서 어의를 불러 주신 덕에 귀한 약재로 만든 연고를 바르고는 있었지만 여태 자국이 남아 고생 중이었다. 붉은 흉터들이 보기 싫어 소매를 걷은 적도 없었는데 사려 깊은 아이는 죄 알고 있던 모양이다.

"……크긴 컸네."

제대로 묶지 않아 벌어진 앞섶을 움켜쥔 혜심이 중얼거렸다.

"그렇지요?"

"으악!"

연못에 들어가 있는 줄 알았던 율이 어느새 등 뒤에서 소리를 내고 있으니 혜심은 귀신을 본 듯 비명을 질렀다. 덩달아 놀란 율이 혜심의 어깨를 단단히 붙들었다.

"뭐, 뭐야?"

"도포 좀 들고 있어 달라 말하려고 왔습니다. 옷감이 얇아서 그런지 여름 바람에도 자꾸 날아가는 듯해서요."

율이 남색의 잘 개킨 도포를 혜심에게 건네며 말했다.

"아무튼, 저 컸지요?"

"어휴……."

이 와중에도 그것을 묻는 아이가 유치해 혜심은 고개를 끄덕였다. 썩 만족 스러운 답은 아니었지만 듣고 싶던 말을 들은 셈 치려는 아이의 눈은 반짝이고 있었다. 그것이 귀여워 혜심이 손을 뻗어 아이의 머리카락을 부드럽게 쓸었다. 요즘 들어 머리카락 만지는 걸 싫어하던 아이였는데 웬일인지 얌전하다.

"누님."

"응?"

"약조 하나만 해 주세요."

쓰다듬는 손길에 장난기가 묻어 이리저리 짓궂어지는 걸 알면서도 가만히 있던 아이가 말했다.

"무슨 약조?"

"제 성장통이 끝나면, 누님이 제일 먼저 제 등을 타십시오."

아, 탄식을 뱉은 혜심이 율의 현신을 떠올려 보았다. 불규칙적으로 아이를 괴롭히는 성장통도 전부 그 현신 때문에 생긴 것이니 당연한 일임에도 어쩐지 생각해 본 적이 없었다. 애초에 아이가 언제 끝날지 모를 그 성장통을 전부 견 뎌 낼 것이란 보장도 없었다.

"네 등을 내가 왜?"

아이가 견디지 못할 수도 있단 생각을 하니 괜히 헛헛하고 짜증이 난다. 피할 길 없는 통증이라는 건 알지만 그래도 이렇게 신나 하는 모습을 보니 마음이 꼬였다. 해서 괜히 관심 없는 척, 떨떠름한 얼굴이 만들어진다.

"누님이 아무리 겁이 많아도 저를 무서워하진 않을 것 아닙니까."

"뭐?"

"제가 산속에 예쁘고 신기한 곳을 많이 압니다. 무혼……, 아니, 여인의 몸으로는 가기 힘든 곳들이니 제 등을 타고 같이 가요."

"……."

"네?"

해사하게 웃는 아이의 얼굴에 혜심은 심통을 부리던 것도 잊고 취한 사람처럼 고개를 끄덕였다.

"약조했습니다?"

고작 고개 한번 끄덕인 걸로 함박웃음을 지은 율은 지겨울 만큼 거듭 확인을 하고 나서야 연못으로 발을 담갔다.

"물러나 계세요! 고운 것들로만 꺾어 가겠습니다."

그 천진하고도 듬직한 등을 보는 혜심의 낯이 붉게 물들었다. 여름의 열기가 작년보다 강한 것인지 낯 뜨거운 기분을 견딜 수가 없다.

□ ◆ □

너무 길지 않은 대화는 무리 없이 주고받을 정도가 된 완은 제법 딱딱한 음식을 씹어 넘기는 정도까지 회복세를 보였다.

"일어나지 마세요."

그러나 그 곁을 내도록 지키던 산군은 완이 움직이는 걸 극도로 불안해하며 대부분의 행동을 자제시켰다. 종일 누워 있는 것이 불편해 몸을 세우려 하면 늘 어깨를 누르며 일어나지 말라 말하니 군소리 없이 따르던 완도 조금씩 불만이 쌓여 갔다.

"언제까지 비현각에 계시려 하십니까."

"내가 있는 게 싫은 겁니까."

"……율과 혜심이 있으니 이러실 필요 없습니다. 비가 멈추었으니 밀린 정무를 보셔야지요."

"정무는 이곳에서도 잘 보고 있습니다. 그대의 병수발은 내가 하고 싶어 하는 일이니 불편해하지 마세요."

"……."

완이 불편한 기색을 숨기지 못하고 시선을 피했다. 탕약이 오면 친히 먹여 주질 않나, 이마 위로 손을 덮어 가며 체온을 확인하질 않나, 하나부터 열까지 손수 챙기는 그의 손길이 좋으면서도 어색해 자꾸만 낯을 가리게 되었다.

"제가 불편하여 그럽니다."

기실, 완의 입장에선 적응되지 않는 것들이 많았다. 어떻게든 성공시키겠다 다짐하고 시작한 기청제였긴 했지만 거짓말처럼 갠 하늘을 보고 있자면 여전히 꿈을 꾸고 있는 기분이 들었다. 궁인들과 의원들의 눈빛이 달라진 것도 마찬가지였다. 공손하기는 하나 눈길 한 자락에는 의심을 심어 두던 그들이 이상할 정도로 충직한 눈빛을 보내왔다. 청민과 율이 저의 지아비를 볼 때 만들던 눈빛과 그리 다르지 않은 모습이었다.

물론 그중 제일은 지아비의 태도였다. 그가 저의 안위를 무척이나 걱정했음을 잊은 것은 아니었다. 시종일관 거칠게 대하다가도 천성이 다정하여 마지막의 마지막 순간에는 모질지 못하던 그다.

"수고를……, 무릅쓰지 마세요."

속삭이듯 작은 목소리로 말했다. 그가 다정한 것이 무서웠다. 오랜만에 마주한 그의 온기가 좋으면서도 그것에 녹아 가는 제 마음이 두려웠다. 그에게 들키지 않았던 그때처럼 모든 것을 그만두고 싶어지면 어쩌나. 모든 것을 멈추고 싶어지면 어쩌나.

죽음을 각오할 때까지만 해도 그에게 한 번쯤은 좋은 반려이고 싶었던 것 같은데 살아남고 나니 또다시 아우들의 비명 소리가 들린다.

"편치 않더라도……."

지아비가 가을날의 낙엽 같은 목소리를 냈다.

"그냥 있으세요."

변덕스러운 저에게 원망하는 구절 하나, 짙은 한숨 하나 내비치질 않는다. 그저 눈을 피하며 고개를 돌려 버리는 것으로 서운함을 대신하려는 모양이다. 고운 미간이 구겨진 것을 보니 마음이 쓰리다.

지아비가 독한 말을 퍼붓던 나날을 떠올렸다. 서슬 퍼런 눈을 빛내며 노려보던 나날도 떠올렸다. 그때까지만 해도 그가 저에 대한 애정을 모두 버린 줄 알았다. 저 또한 그를 버린 줄 알았다. 그의 사랑을 받는 게 좋으면서도 그의 사랑을 받기엔 제 자신이 너무 하찮고 악독해서 그가 저를 버리고 저 또한 그를 버리는 것이 최선이라 생각했다.

그러나 이제는 안다. 저의 지아비는 저를 미워하나 저를 버린 적 없고, 저를 원망하나 사랑하지 않은 적 없다는 걸.

완이 팔을 뻗었다. 무얼 달라는 것이라 생각한 그가 손을 마주 잡고 원하는 것을 말하라 했다. 그것이 아니라 말하니 또 미간을 구긴다. 답답해진 완이 잡히지 않은 손을 들어 그의 미간을 짚었다. 완이 슬픈 표정을 짓는다.

"찡그리지 마세요."

"……."

"비도 그치지 않았습니까."

"하……."

그제야 참고 있던 한숨을 내쉰 그가 달을 끌어안았다. 저를 사랑하지 않는 마음이라도 다 괜찮으니 그저 살아만 달라고 빌었던 것이 무색하게 욕심이 인다. 사랑해 주면 좋겠다. 제 달이 저를 사랑해 주면 좋겠다.

□ ◆ □

"산군님, 은호입니다."

은호가 비현각 침전 앞에서 알현을 청했다. 달이 묵는 침전으로 칼 찬 무관이 들다니 언감생심, 말도 안 되는 일이었으나 그의 주인인 산군이 그곳에 있으니 하는 수 없었다.

"침상을 가려라."

침상 아래 탁상을 펼치고 장계를 읽던 산군이 무심히 말했다. 곁에 앉아 산군님의 먹을 갈던 율이 일어나 침상 끝에 달린 발을 내리고 휘장을 친다.

장침을 모로 베고 서책 읽기에 집중하던 완이 고개를 절레절레 흔들었다. 보고를 받을 때만이라도 침전이 아닌 다른 방을 쓰면 그만일 텐데 유난스러운 지아비는 한 발자국도 움직이질 않으시니 은호와 같은 관인들이 비현각을 드나들 수밖에 없었다.

"산군님을 뵈옵니다."

정찰을 다녀온 것인지 갑의를 입은 은호가 들었다. 한쪽 무릎을 꿇고 칼을 내려놓은 그가 머리를 조아리자 산군이 일어나라 손짓한다.

"북산北山의 땅이 이전 모습을 되찾아 호족들이 원래 자리로 돌아갔사옵니다."

"산궁 근처의 서식지와 남쪽의 산은 어떠하냐."

"다행히 다 큰 짐승들의 피해는 크지 않사옵니다. 수족들의 마을도 제법 재건이 수월하게 진행되고 있사옵니다."

읽던 장계를 내려놓은 산군이 한숨을 쉬었다.

"……어린 짐승들은 다 죽었단 소리구나."

산의 주인이라 추앙을 받으면서도 하늘에서 내리는 비 하나를 어찌지 못했다는 게 못내 마음을 무겁게 했다. 수많은 생명이 들에 핀 꽃처럼 꺾이는 동안 저는 제 달 하나 지키겠단 생각으로 미쳐 있었다. 그날의 시간으로 다시 돌아간다 해도 같은 마음과 같은 결정을 반복하겠지만 미안함이 드는 건 어쩔 수 없었다.

"산궁 병력을 파견해 무너진 터를 복구하고……, 이리들을 풀어라."

이리들의 사냥을 제한하던 그가 이리를 풀라 결정한 이유는 무너진 산의 균형을 바로 세우기 위함이었다. 고삐 풀린 이리들이 산을 호령하기 시작하면 노루 같은 초식 동물들의 반은 목숨을 잃을 것이지만 나머지 반은 살기 위해 평야로 도망칠 것이다. 살벌한 약육강식의 세계가 도래한단 소리다.

그러나―

"적당히 사냥을 마치면 죽은 땅을 살펴 씨앗을 뿌려라."

초식 동물이 사라지고 난 빈자리엔 씨앗이 자라기 마련이다. 자라나는 풀잎과 새싹들을 먹이 삼는 초식 동물의 수를 줄여 산의 생명력을 되살리는 방법이었다.

"분부 받잡겠사옵니다."

은호가 머리를 조아려 대답했다.

"더 할 말이 있는 것이냐."

산군이 내려 보던 시선을 비딱하게 바꾸고 물었다. 허락한 알현이기는 하나 엄연히 달의 침전이라 느긋함을 보여서는 안 되거늘 보고를 마쳐 놓고 일어나지 않는 은호의 몸짓이 심기를 불편하게 한다.

"영선 땅의 제후가 달님의 은덕을 칭송하며 예복을 보내왔사옵니다. 제후궁의 수방 장인들이 열흘 밤낮을 새워 은사로 수를 놓았다고 하니……."

"은호야."

속사포처럼 말을 뱉던 은호가 저를 부르는 차가운 옥성에 입을 다물었다.

"언제부터 그들이 마음대로 물건을 보내온 것이냐."

"……황제가 보화를 진상했다는 소식에 제후들이 눈치를 보는 모양입니다."

"내가 보내라고 말한 적도 없거늘. 그깟 보화와 예복 따위로 무엇을 할 수 있다 생각하는 것인지……."

짜증스레 장계를 내려놓은 산군이 은호의 퇴청을 명했다.

□ ◆ □

오수에서 깨어난 완이 등 돌린 채 문 앞을 지키는 은호를 빤히 쳐다보았다. 청민이 아닌 그가 저를 지키고 있다는 게 이상하다. 생각해 보면 청민도 저의 호위관이 된 지 얼마 되지 않았지만 은호에 비하면 익숙한 사람이었다. 언제부터 은호가 저를 지켰던가. 아니, 언제부터 산군님의 용서를 받았던가. 은호는 금족령을 어기고 월궁으로 들려 했던 저를 도운 이였다. 애초에 저를 위한 것은 아니었지만 결론적으로 산군님의 명에 반한 것은 사실이었으니 목숨을 부지

하기가 쉬운 일은 아니었을 텐데.

"호위관."

"예. 소신, 여기 있사옵니다."

즉각 뒤를 돌아본 은호가 시선을 바닥에 고정하고 무릎을 꿇었다. 문을 바라보며 부동자세로 있을 땐 바위와 같더니 이제는 조금 살아 있는 사람 같다.

"산군님은 어디 가셨습니까."

"직접 확인하실 것이 있어 월궁으로 드셨사옵니다. 달님께서 석반을 드시기 전까지는 돌아오겠다 하셨사옵니다."

깨어 있을 땐 한시도 떨어지지 않으려고 하시던 지아비를 떠올린 완이 저도 모르게 미소를 지었다. 이러다 또 폐월한다는 소리를 들으시겠다 잔소리를 할 때도 태연한 척하시더니 쌓이는 정무를 더 이상 모른 척하기는 어려우셨던 모양이다.

"그대는 왜 여기 있는 겁니까."

"……소신이 불편하시옵니까."

"편하지는 않지요."

"……."

완이 더 깊숙이 고개 숙인 은호의 머리꼭지를 보았다. 청민과는 많은 것이 다른 사내라더니 제가 보기엔 우직하고 뻣뻣한 게 아주 똑같다.

"농입니다."

침상에서 완전히 몸을 일으킨 완이 침의 위로 연두색 표의를 둘렀다. 제가 의대를 제대로 갖추지 않는 한 이 뻣뻣한 무관은 바닥에 박아 놓은 고개를 들 수 없을 테니 이렇게라도 편의를 봐주어야 한다.

"고개를 드세요."

"……."

은호가 내려놓았던 시선을 들었다. 길게 풀어놓은 머리카락이나 아무것도 신지 않은 맨발이 쳐다보기 송구한 자태였으나 성치 않은 몸으로 의복을 정제한 성의를 거절하기 어려웠다.

"고맙다는 말을 하고 싶어서 그럽니다. 그대가 아니었으면 꼼짝없이 비현각에 갇혀 바깥의 상황을 몰랐을 겁니다. 나를 위한 것이 아니라고는 했으나 그 래도…… 고맙습니다. 내가, 그대에게 은혜를 입었어요."

"그런 말씀 마시옵소서. 소신은 산군님의 근심을 덜어 드리고자 했을 뿐이 옵니다."

겸손을 떨고자 하는 게 아니라 사실이 그랬다. 길어지는 폭우에 대신들은 읍 소를 멈추지 않았고 산궁 밖 짐승들과 수족들의 안위도 불투명해지고 있었다. 평소라면 감히 말을 올리지 못했을 무혼의 황제마저 결단을 내려 달라 여러 번 상소를 올릴 정도였으니 산군님께서 받는 압박은 실로 어마어마했을 것이다.

유서 깊은 이리족 가문의 장남으로 태어난 청민은 산군님의 명을 따르는 것 이 충이고, 예라 생각했지만 저는 아니었다. 산의 탕아로 태어나 산군님의 자식 으로 자란 저는 명보다 산군님이 우선이었다. 제아무리 달님께서 산군님의 반 려라 해도, 산군님께서 달님을 지키라 명하신다 해도 산군님의 존체보다 우선 일 순 없단 소리다. 그래서 그랬다. 대단한 사명감이라기보다는 대단한 이기심 으로 행한 것이었다.

달님께서 바깥의 상황을 모두 인지하기를, 산군님의 고민을 모두 이해하기 를, 그리고 온 세상의 짐승들을 굽어 살펴 주시기를 희망하며.

"알겠습니다."

고집스러운 대답에 완은 더 덧붙이지 않고 웃었다. 고맙단 말을 전하고자 했 던 게 목적이니 가타부타 말이 길어질 필요는 없었다.

"한데 청민은 어디 갔습니까. 청민이 받던 벌을 그대가 받는 겁니까."

청민도 저의 부탁을 거절하지 못한 탓에 비현각 호위가 되었으니 은호도 그 런 것인가 싶었다.

"그러고 보니……. 아이들도 보이지 않네요."

곁을 살필 여유가 없었던 것이 이렇게 티가 난다.

"청민은 따로 하던 일이 있어 마무리하기 위해 자리를 비웠사옵니다. 산군 님의 허락 아래 저와 잠시 자리를 바꾼 것뿐이오니 너무 심려치 마시옵소서."

"허면 그대는 벌을 받지 않은 것입니까."

"석 달 치 녹봉이 반으로 줄긴 했사오나 명을 어긴 것에 비하면 가벼운 벌이지요."

완이 고개를 끄덕이며 자리에서 일어났다. 틈틈이 걷는 연습을 하여야 한다고 의원이 말했었다. 아직 오래 걷거나 서 있는 것은 힘에 부치는 느낌이었지만 많은 것이 예전과 같은 수준으로 돌아오고 있었다. 몸 안에 얼음을 박고 선 것 같던 오한도 말끔히 사라졌고 이따금 쏟아지던 식은땀도 이제는 흘리지 않았다.

"이럴 때 혜심이 곁에 있어야 하는데……"

다섯 걸음 만에 종아리가 떨리는 것을 느낀 완은 미간을 찌푸리며 침상의 기둥을 붙들었다.

"혜심을 불러 줄 수 있습니까?"

"……송구하오나, 현재 궁에 없는 것으로 알고 있사옵니다."

"없다니요?"

"산딸기를 따러 나간다고 했는데……, 늦어지는 모양입니다."

"율과 함께 나갔습니까?"

"예, 달님께서 좋아하는 간식이라며 커다란 바구니를 들고 나갔사옵니다."

완이 하는 수 없단 얼굴로 알겠다 대답했다. 부드러운 것들만 먹을 수 있다 보니 혜심과 율이 근래 유난을 떨고 있었다. 그걸 믿고 이래저래 먹고 싶은 것들을 읊었던 기억이 스치자 조금 부끄러워진다. 아이들의 고생을 조금이라도 줄이려면 말을 아끼는 수밖에 없는 것 같다.

□ ◆ □

기쁜 마음으로 산딸기와 붉게 물든 아이들의 손끝을 기다리던 완이 술시(戌時, 19시-21시)가 넘어가자 다시 은호를 불렀다. 산딸기를 따러 갔다 해도 지금 시간 이면 산궁의 수문장이 궁문을 닫을 시간이었다. 제후궁에서 태어나 산궁까지, 궁에서 산 세월만 평생이라 해도 이상하지 않을 혜심이 그 정도도 모르고 움직일 리 없었다.

"괜찮을 것이옵니다."

은호가 무심히 답했다. 혜심과는 말 한번 섞어 본 적 없는 사이라는 걸 알지만 율과는 제법 친분이 있을 텐데 태평하기만 한 태도가 못내 서운하여 서러운 마음이 든다.

"괜찮다니요. 이 시간까지 밖을 돌아다닌 적 없는 아이들입니다."

"달님, 우선 앉으십시오."

은호가 벌떡 일어나 앉지 못하는 몸을 불안하게 쳐다보았다.

"필히 무슨 일이 일어난 것입니다. 수색대라도 내보내 주세요. 아직 산이 뒤숭숭하니 짐승들에게 화를 입었을지 모르는 일 아닙니까."

열어 놓은 창밖은 이미 해가 떨어져 깊은 밤처럼 보였다. 차라리 길을 잃은 것이면 좋으련만, 만약 산짐승을 만난 것이라면……. 생각도 하고 싶지 않았다. 이제는 제법 사내 티가 나는 율이라고 해도 어두운 산속에서 안전하다는 보장이 없었다. 혜심 또한 억척스러운 겉모습과 달리 개나 토끼 같은 작은 짐승만 보아도 화들짝 놀라는 새가슴 중에 새가슴이니 마음이 놓일 리 없다.

은호가 고개를 작게 저었다.

"아뢰옵기 송구하오나, 산궁의 병력을 지휘할 수 있는 이는 오직 산군님뿐이옵니다. 소신이 호위대장이라 하여도 사사로운 일에 수색대를 동원하는 일은 반역과 다르지 않으니 부디 통촉하여 주시옵소서."

"사사로운 일이라니요. 그대도 율이, 그 아이를 알지 않습니까. 산군님께는 제가……."

완이 가빠지는 숨을 뱉으며 말했다. 많이 나아졌다고는 하나 조금만 무리를 하면 가빠지는 호흡이 또 말썽이었다.

"달."

산군님께서 납시었다는 궁인의 말이 미처 다 끝나기도 전에 내실의 문이 열리고 산군이 들었다.

"산군님……."

"무슨 일입니까. 어서 앉으세요."

걱정스러운 얼굴의 그가 은호의 예를 받지도 않고 완의 허리를 단단히 감았다.

"산군님, 소첩 드릴 청이……."

"무엇이든 우선 앉아서 얘기하세요. 벌써 이리 땀을 흘리지 않습니까."

산군이 완의 젖은 이마를 다정스레 만져 주며 말했다. 아닌 척 애를 쓰고 있긴 하지만 머리를 짚고 눈살을 찌푸리는 걸 보면 현기증이 도는 모양이었다.

"의자를 준비하지 않고 무엇 하느냐."

산군이 복도에 섰던 궁인들을 쳐다보았다. 완을 쳐다볼 때와 확연히 다른 서늘함에 겁먹은 궁인들이 재빨리 들어와 교의를 준비하고 그 위에 도톰한 방석을 깔았다. 바들거리는 등을 조심조심 쓸어 주던 그는 방석 위 자수를 손수 쓸어 본 뒤에야 완을 앉혔다. 눈치 좋은 궁인 하나가 고운 천에 물을 적셔 바친다.

"석반은 잘 들었습니까."

천을 건네받은 산군이 여느 때와 같이 물으며 이마와 뺨, 드러난 목을 부드러이 닦아 주며 물었다. 식은땀으로 젖은 몸이 얇은 내의를 적시고 있었다.

"나는 월궁에서 들었습니다. 요 며칠 그대와 함께 수라를 들었더니 홀로 먹는 것이 영 즐겁지 않던데…… 그대는 괜찮았습니까."

"……."

답하지 않는 완을 나무라지 않고 웃은 산군이 흘러내린 머리카락을 귀 뒤에 꽂아 준다.

"같이 먹고 싶어 애를 쓰긴 했는데 일이 너무 많지 뭡니까."

용서하세요, 덧붙이는 목소리는 여느 때와 같이 여유롭고 부드럽다. 왜인지 그 말소리가 마음을 더 조급하게 만든다 생각한 완은 지아비의 손가락을 조심스레 쥐었다.

"소첩, 청이 있사옵니다."

"말씀하세요."

"수색대를……, 다만 열 명의 병력이어도 괜찮습니다. 산을 수색할 병력을 내어 주세요."

"연유는요."

지아비가 평온한 표정으로 되물었다. 얼굴부터 굳히고 볼 것이라 짐작했던 것과는 조금 다르다.

"율과 혜심이 돌아오지 않고 있습니다. 은호의 말로는 산딸기를 따러 나갔다고 하는데 이 시각까지 돌아오고 있지 않으니……, 분명 무슨 일이 생긴 것입니다."

"흠……."

모두 산에서 나고 산에서 자란 이들이라 그런가. 은호도 그렇고 산군님도 그렇고 별다른 걱정을 하지 않는다.

"산군님, 제발……."

"은호가 거짓말을 했나 봅니다."

"예……?"

"율이는 성장통을 겪고 있습니다. 이 비현각 안에 있어요."

곧 울 것처럼 애원하던 완이 당황 서린 얼굴로 산군을 쳐다보았다. 고운 옥 안에 인자한 미소를 띤 지아비는 부드러운 손길로 제 머리카락을 매만지기 바빴다. 지아비가 괜찮다 말하면 괜찮지 않은 상황에서도 안심이 들기 마련이었는데 오늘은 이상하게 묘한 긴장감이 느껴진다.

"왜 내게 거짓말을……."

멀찍이 선 은호를 쳐다보았다. 그러나 눈을 마주치지 않기로 작정한 모양인지 고개를 깊게 숙이고 있다.

"허면 혜심은요?"

"……."

"어, 어찌 대답하지 않으십니까……."

완이 떨리는 목소리를 어쩌지 못하고 웃고 있는 지아비의 옷자락을 움켜쥐었다.

"글쎄요. 산을 내려갔을지도 모르지요."

"그게 무슨……."

혜심이 저와 함께 산궁으로 온 뒤 하산한 경우는 딱 두 가지였다. 최근에는 아버님의 탄일 때문이었고 다른 하나는…….

"무, 무엇을 의심하는 것입니까."

저와 아버님 사이의 서신을 몰래 전할 때였다.

산군이 하얗게 질린 제 반려의 뺨을 부드럽게 감싸 쥐었다.

"나는 그대를 의심하지 않습니다."

"……."

"그대가 빗속에서 죽어 갈 때 내가 무슨 생각을 한지 압니까."

"산군님……."

"그대가 살아만 준다면 모든 것을 다 받아들이겠다 다짐했습니다. 그대가 나를 사랑하지 않아도, 감언이설로 나를 속일지라도 말입니다."

산군은 제 말을 다 이해하지 못하는 것 같은 완을 어여쁘단 듯 쳐다보았다.

"한데 그건 그대에게만 해당되는 말입니다."

그대로 얼굴을 굳힌 그가 문밖을 지키던 이들에게 들라, 명하자 무관 몇몇이 포대 하나를 들쳐 업고 들어왔다. 쌀가마니보다 조금 못한 크기의 포대. 포대의 입구는 붉은 오라로 묶여 있었지만 지아비의 눈짓 한 번에 은호가 칼을 들어 매듭을 끊어 낸다.

"보세요."

그가 여전히 다정한 투로 말했다. 애초에 저에게 보일 요량으로 들인 듯 그는 포대에 눈길을 두지 않았다. 과거의 어느 날에도 이런 비슷한 순간이 있었다. 께름칙한 기시감. 쉽사리 돌아가지 않는 고개에 멍청히 지아비만을 보았다. 무슨 연유로 이리 겁을 주는 것인지는 알 수 없으나 부디 멈추어 줬으면 좋겠는 심정이었다. 허나 어서 보지 않고 무엇 하느냐 무언의 재촉이 끊어질 줄을 모른다.

"……!"

하는 수 없이 눈을 가늘게 만들고 열린 포대를 살피던 완이 비명과 함께 눈을 질끈 감았다. 동그랗고 까만 것이 분명, 사람의 머리라. 작은 몸집을 보며 어린 사내인가, 혹은 여인인가 가늠할 즘 포박된 양 손목 사이로 익숙한 얼굴이 보인다.

"알아보겠습니까."

"혜, 혜심이 네가 왜……."

당황에 짓눌려 목소리가 작아진다.

"산의 경계를 넘어 쓰러져 있던 걸 이리들이 데려왔습니다."

"왜, 왜……. 그럴 리가 없는데……."

중얼거리던 완이 가만히 눈 감은 혜심을 빤히 쳐다보았다. 분명 실수일 것이다. 산군님의 허락 없이 경계를 넘으면 어찌 되는지 미약하게나마 경험해 본 아이가 일부러 그런 짓을 했을 리 없다. 겁도 많은 아이가 대체 왜…….

애끓는 마음을 다스리지 못한 완이 무릎으로 기어 상처 난 얼굴에 손을 대었다. 옅지만 분명하게 느껴지는 숨과 미온하지만 몸을 데우고 있는 체온에 탄식이 쏟아졌다.

"운이 좋은 계집입니다."

안심할 새도 없이 산군이 다가왔다. 더러운 것이 묻었다는 듯 저의 손바닥을 털어 낸 그는 다정한 손길로 어깨를 감쌌다.

"본래 허락 없이 산을 넘는 이는 그 자리에서 죽습니다."

"주, 죽다니요. 아닙니다…….."

여러 번 고개를 저으며 부정한 완이 지아비에게 기대고 있던 몸가짐을 정리하고 무릎을 꿇었다.

"아이가 아직 산길에 어두워 실수를 한 것입니다. 경계를……, 경계를 잘못 알아 벌어진 일입니다."

"정녕 그리 생각합니까."

무심한 질문이 어찌나 냉혹한지. 완은 아랫입술을 세게 물고 눈을 감았다. 천지 분간 못 하는 아이도 아니고 도대체 왜 이런 실수를 했는지 짐작도 되지 않았다.

산에는 함부로 넘어선 안 될 경계라는 것이 있었다. 산 아래 사람들은 그 경계를 넘어 올라오는 즉시 목숨을 잃었고, 산에 사는 수족들 또한 그 경계를 넘어 내려가는 즉시 목숨을 잃었다. 산의 것은 산의 것. 산의 지엄한 율법은 예외가 없음이라.

"이 계집은―"

산군이 완의 턱을 감싸 쥐고 말했다.

"죽을 겁니다."

"산군님, 부디…….."

꿇은 무릎을 펴 그와 눈을 맞추자 가라앉은 공기 속에 선 산군이 단번에 미간을 찌푸렸다. 그것에 기가 죽은 완이 얼어붙은 듯 입을 다물고 고개를 숙이자 그가 좀 전의 모습처럼 부드럽게 뺨을 어루만졌다.

"애원하지 마세요. 나의 자비와는 하등 상관없는 문제입니다."

완이 떨리는 몸을 모른 척, 시선을 돌렸다. 혜심의 감은 눈꺼풀이 이토록 원망스러울 수가 없었다. 제 자신이 얼마나 위험한 처지에 놓여 있는 줄도 모르고 태평하게 의식을 잃은 꼴이라니.

"저 계집이 깨어나면 고신(拷訊, 어떤 사람이 숨기고 있는 사실을 강제로 알아내기 위해 육체적 고통을 주며 신문함)을 할 겁니다."

"마, 말도 안 됩니다. 고신이라니요."

"그대를 고신할 순 없지 않습니까."

잠깐의 침묵이 흐른 후 다시 입을 연 그는 누그러진 목소리로 말했다.

"배후를 밝힐 겁니다."

아무 소리도 나지 않는 입을 뻐끔거린 완이 재빨리 고개를 저었다.

"배후 같은 게 있을 리가 없습니다."

그저 저 때문에, 제가 산딸기를 좋아해서―

"그것은 그대가 판단할 일이 아닙니다."

마주한 눈에 가득한 단호함. 얌전히 입을 다문 낯을 무심히 보던 그가 쓰러진 혜심에게로 시선을 돌렸다.

"감찰관들에게 저 계집이 쓰던 방을 감찰하라 명했으니 며칠 내로 답이 나올 겁니다."

"산군님……."

"그대는 떨 필요 없습니다."

겁먹어 파들거리는 턱을 안쓰럽다는 듯 손에 쥔 산군이 부드러이 말했다.

"무엇이든 받아 줄 것이라 다짐했단 말을 잊었습니까."

손가락으로 희롱을 하듯 뺨을 간질이던 산군이 가뿐한 몸짓으로 일어나 쓰러진 혜심 앞으로 걸음을 옮겼다.

"한데 궁금하기는 합니다. 이 아이는 누구의 명으로 하산을 했을까."

답을 기다리지 않는 혼잣말.

"그대의 명이었을까―"

"……아닙니다."

급히 손사래를 치자 그가 고개를 기울이며 장난스러운 얼굴을 한다.

"그게 아니라면 혜원공의 명일 수도 있지요."

"그럴 리가 없……."

제 말을 듣기는 하는 것인지 무심한 얼굴로 갖가지 가능성을 읊는 산군에 완의 몸이 속절없이 떨렸다.

"……무고함이 밝혀질 겁니다."

"그리 생각합니까."

"그땐……, 살려 주실 겁니까."

꽤 필사적인 물음에 산군은 재미있다는 듯 웃었다.

"고신해도 나오는 말이 없다면 말입니다. 그땐, 그때는 살리실 겁니까."

"그래도 죽을 겁니다."

"어째서……."

"무엇이든 그럴듯한 답이 나올 때까지 고신하다 보면—"

"……."

"죽지 않겠습니까."

그게 뭐 별일이라도 되냐는 듯 웃는 옥안.

"고신을 받다 죽는다 해도 내게는, 아무 상관이 없단 뜻입니다."

산군이 달의 물기 어린 눈동자를 무심하게 쳐다보았다. 속내를 숨기는 법 같은 건 타고난 듯 잘하던 여인이었는데 솟아난 공포가 두 눈에 보란 듯 드러나 있었다.

완이 애써 고개를 돌렸다. 그저 죽는다는 말보다 고신을 받다 죽을 것이라는 말이 끔찍했다. 그럴 바엔 죽는 게 나음이다.

"잔인하다 생각합니까."

"……."

"잔인하다 해도 어쩌겠습니까. 이리하지 않으면 사사로이 산을 넘는 것들이 많아지는 것을."

쯧, 혀를 찬 산군이 그대로 무릎을 굽혀 풀어진 포대의 입구를 끌어 올렸다.

죽은 시체에게 그러하듯 혜심의 얼굴을 가려 덮은 그가 완의 뺨에 가벼이 입을 맞췄다.

"오늘 밤 그대의 심기가 편치 않을 듯하니……, 나는 월궁으로 가겠습니다."

□ ◆ □

"친국(親鞫, 임금의 직접 중죄를 지은 자에게 일일이 따져 묻는 일)이 시작된 지 얼마나 되었지?"

완이 유과를 들고 들어온 궁인에게 몇 번째인지 모를 물음을 던졌다.

"그…… 두 시진 정도 되었습니다."

대답하는 것도, 상전의 지쳐 보이는 얼굴을 마주하는 것도 힘겨운 듯 궁인은 개미만 한 목소리와 함께 고개를 숙였다.

포대에 싸여 의식 잃은 혜심을 본 게 벌써 사흘 전이었다. 오늘 아침 깨어났다는 소식을 들었을 때까지만 해도 다행이란 생각을 했는데 곧바로 추국을 시작한다는 말에 숨이 턱 하고 막혔다. 멀리서라도 그 모습을 볼까 싶었지만 지아비의 심기를 거스르지 않으려면 가만히 있는 것이 상책이었다.

"추국 중에는…… 음식을 먹을 수 없겠지?"

우스운 질문이란 걸 완도 알고 있었다. 먹는 것은커녕 물 한 모금 마실 수 있을지도 미지수였다. 그 모진 상황에서 혹독한 고신을 이겨 낼 수 있을까. 아니, 이겨 내서 무엇 할까. 어차피 죽을 것을.

"배곯는 것을 유난히도 싫어하던 아이라 걱정이구나. 차라리 깨어나지 않았으면 좋았을걸."

혜심이 맞닥뜨릴 고통을 생각하다 절로 미간을 구긴 완이 가만히 입술을 깨물었다.

□ ◆ □

죄를 묻는 일이 그저 고통을 주는 일로 변질된 지 이틀. 낮에는 참혹한 비명

소리가, 밤에는 흐느끼는 신음 소리가 온 산궁을 채웠다. 천성이 냉혹하고 잔인하다는 이리족 사람들마저 고개를 돌릴 정도의 고신이었다.

"죄인 혜심에 관한 교지이옵니다."

죄인을 처벌함에 있어 달의 승인은 필요치 않았지만 산군은 나름의 배려로 비현각에 교지와 죄인의 물품이 담긴 작은 함을 보냈다.

"……."

교지를 읽는 완의 얼굴에 놀라움이나 눈물은 보이지 않았다. 사형이란 말이 주는 무게가 현실로 와닿지 않아 그런 것인지, 이미 오전에 죄인이 죄를 자백했다는 소식을 들은 뒤라 그런 것인지 알 수는 없었다.

완이 다 읽은 교지를 조심히 내려놓고 일어났다.

"옥사로 가자."

"흡……, 흐윽……."

그 뜻이 무엇인지 알아차린 율이 울음을 터트렸다. 유난히 길었던 이번 성장통에서 깨어나자마자 혜심의 소식을 들은 아이는 몇 번이나 혼절을 반복했다. 깨어날 때마다 혜심의 생사를 묻던 아이는 퉁퉁 부은 눈을 한 채로 완과 끔찍한 시간을 함께 견뎠다. 자백했다는 소식이 전해졌을 땐 의연한 모습을 보이기도 했었다.

"화전을 준비하거라."

"흑, 달님, 흡……."

"마지막이니……, 좋아하는 것을 주어야지."

그러나 더는 견딜 생각이 없는 것인지 율이 큰 소리로 흐느끼며 울었다. 우는 아이와 어두운 표정을 한 청민, 그리고 빛을 잃은 달까지. 한 지붕 아래 함께하던 식솔의 죽음은 지나치게 처참하고 지나치게 갑자기 찾아왔다.

□ ◆ □

"우욱!"

옥사로 들어서는 순간 고약하게 진동하는 피비린내에 완이 헛구역질을 했다. 하옥된 죄인이 많은 것인가 싶었지만 재빨리 훑은 옥사 안은 텅 빈 듯 휑할 뿐이니 이 모든 참혹함의 주인은 혜심의 몫일 터.

눈살을 찌푸린 완의 눈에 쓰러진 인영 하나가 보였다. 빼곡한 창살 앞으로 다가간 달이 웅크린 몸을 안쓰럽게 쳐다보았다. 성한 곳 하나 없이 이곳저곳 피딱지가 앉은 몰골. 닿지 않을 걸 알면서도 애처롭게 팔을 뻗은 완이 허공에서라도 만신창이가 된 몸을 어루만지듯 손을 떨었다.

"아기씨……?"

잘 떠지지도 않는 눈을 몇 번이나 깜빡인 혜심이 물었다.

"……배웅하러 오신 겁니까?"

웃으며 묻던 혜심이 엉망이 된 손으로 창살에 걸린 제 주인의 손을 잡았다. 피가 묻을까 염려하며 살살 어루만지는 모양새가 애달파 완은 부러 냉정히 뿌리쳤다.

"교지를……, 보았다."

"……."

"믿고 싶지 않았는데……, 증좌가 너무……."

말을 잇지 못한 완이 울음을 터트렸다. 지아비가 보낸 교지와 작은 함 안에는 모든 것이 있었다.

혜심이 밀정이라고 했다. 정해진 기한 없이 틈이 보일 때마다 하산하였다고 했고 산궁의 내부 사정을 빼돌리고 웃전의 사정을 팔아넘겼다고 했다. 당연히 믿지 않았다. 이리족 사람들도 혀를 내두를 만큼 혹독한 고신이었으니 그것을 이기지 못한 혜심이 거짓 자백을 했을 거라 짐작했다. 한데 작은 함이 문제였다.

"눈썹먹을 그리 좋아하더니……."

완이 초탈한 사람처럼 웃었다. 눈썹 그리는 것이 좋다며 눈썹먹에 욕심을 부리던 혜심을 떠올리면 스스로가 한심하여 견딜 수가 없었다. 화장을 좋아하는 편도 아닌 아이가 대놓고 수상한 티를 내는데 어찌 몰랐을까.

함 안에는 질 나쁜 종이들도 한껏 쌓여 있었다. 그 위로 산궁 내부를 묘사한 듯 보이는 그림은 제법 실력이 좋았다. 종이의 질감이 워낙 거칠어 그림을 그리거나 글을 쓰기에는 좋지 않았을 텐데도 눈썹먹으로 그려 낸 선의 정교함이 훌륭하기 그지없었다.

"기름종이는 요리할 때나 쓸 것이지."

부러 주는 핀잔에 혜심이 씁쓸한 미소를 지었다.

기실, 거친 표면의 기름종이나 숯가루가 묻어나는 눈썹먹이나 전부 아니라 우긴다면 우길 수도 있는 것들이었다. 어떻게든 혜심을 살리고자 애쓰던 완이었으니 못 우길 것도 없었다. 허나 절대 부정할 수 없는, 수긍할 수밖에 없는 증좌가 있었다.

"소인이 미련하여 꼬리가 길었지요."

혜심과 한 번이라도 스쳐 본 사람이라면 그 독특한 냄새를 잊을 수 없었다. 온 산궁 안에서 유일하게 혜심만이 쓰는 연고. 모든 종이 위로 그 연고의 냄새가 났다. 산에서 나고 자란 이리족이라면 절대로 바를 일 없는 약이었고, 선천적인 풀독이 심했던 혜심은 산궁에서 사는 한 매일같이 발라야 했던 약이었다.

"글이고 그림이고 모두 훌륭한 솜씨더구나."

"쓸모가 있어야……, 오래 사는 법이라 배웠거든요. 살기 위해 배웠습니다."

"하……."

허탈함에 등골이 서늘해진다.

"무엇을 전했느냐."

"많은 것을 전했지요. 산궁 안에서의 아기씨 입지나……, 산군님과 아기씨의 사이, 피임환의 복용 여부 같은 것들. 모든 것이 전할 것들이었습니다."

마지막 순간까지 믿었던 아이라고 하기엔 너무도 덤덤하고 또 너무도 미안해 보이지 않았다. 누구보다 잘 알고 있다 생각했는데 제가 아는 것은 모두 틀린 것이었고 누구보다 제 편이라 생각했는데 누구보다 저를 등지고 있는 이였다.

"네가 어찌……. 네가 어찌 날 배신할 수 있느냐. 네가 어떻게!"

"소리치지 마세요……. 곧 울립니다."

혜심이 창살에 몸을 기대앉고 말했다.

"왜 그랬느냐."

"대단한 대의 같은 건 아니었습니다. 그저 제 식솔들을 자유롭게 해 주고 싶

있어요. 제 어미와 아비도……, 저와 같은 제후궁의 노비니까요."

"해서 나를 배신했느냐."

"그리 어려운 일도 아니었습니다. 자잘한 하루하루들을 보고하기만 하면 된다 하였으니까요."

"고작 그런 이유라면 나한테 말했어도……!"

"아기씨께요?"

혜심이 재미있다는 듯 깔깔 웃음을 터트렸다.

"제게 자유가 필요할 거라 생각해 보신 적 있으십니까?"

"……."

"종년은 날 때부터 종년일 뿐이라 자유를 원할지 상상도 못 하셨을 거 아닙니까."

원망 어린 타박에 완이 꿀 먹은 벙어리처럼 입을 달싹였다. 그저 기름진 음식 먹기를 좋아하고 비단옷 입는 것이 한평생 소원이라 말하던 아이 입에서 자유라는 말이 나올 줄은 생각도 못 했었다. 나이도 얼마 차이 나지 않고 거의 함께 자란 것이나 다름이 없으니 자매 같은 아이라 생각했는데 그 아이가 원한 것은 제 곁에서의 행복이 아닌 저로부터의 벗어남이라는 게 믿어지지 않는다.

"괜찮습니다."

혜심이 다 안다는 듯 씁쓸히 웃었다.

"아기씨께서 보고 자란 것이 그뿐인 걸……, 누굴 탓합니까."

"아무리 그래도……."

완이 주룩주룩 흐른 눈물을 거칠게 닦으며 고개를 들었다.

"내가 아무리 무지해도 너는 내게 원했어야 했다."

"……."

"내 아버지가 아닌 내게! 내게 말을 했어야지!"

한평생 저를 믿지도, 의지하지도 않았던 아버지가 또다시 저를 배신한 것은 아프지 않았다. 저도 아버지를 믿지 않는데 아버지라고 저를 믿을까.

그러나 혜심은 그러면 안 됐다. 저를 조금이나마 자매같이, 혹은 친우같이 생각했다면. 곁에 오래 함께한 인연으로서 조금이나마 생각했다면 기회를 주었어야 했다. 제가 저를 이해할 수 있도록. 제가 저의 원을 들어줄 수 있도록.

"제가 아기씨를 배신한 게 그리 서러우십니까."

혜심이 억울한 듯 우는 완을 안타깝게 쳐다보았다.

"대체 무얼 그리 믿으신 겁니까. 달님께서도 대공 전하와 세자 저하를 배신하려 하시면서 제가 아기씨를 배신하는 건 이상하십니까."

아무것도 없는 옥사 바닥을 짚고 흐느끼던 완이 죽기라도 한 것처럼 모든 움직임을 멈췄다.

"그걸 말이라고 하느냐."

분노로 점철되어 하염없이 떨리는 목소리.

"내가, 내가 어찌 그러는지 누구보다 잘 아는 네가……!"

아우들의 죽음을 관조한 죄로 매일같이 후회 속에 살던 저를 끌어안고 달래주던 네가 어찌.

"산군님은요."

"……."

"대공 전하와 세자 저하는 아우님들을 죽인 죄가 있으나 산군님께선 아기씨께 지은 죄가 없지 않으십니까."

"……그만하거라."

"휘선 땅의 모든 이가 수군거렸습니다. 산군님께서 아기씨에게 혼을 뺏겼다고요."

"그만하라 하지 않느냐!"

완이 옥사에서 한 걸음 물러나 소리쳤다. 그것도 모자라 들려오는 소리를 막으려 귀를 틀어막는다. 그 꼴이 우스운 듯 조소한 혜심이 터진 입술을 벌렸다.

"그런 산군님도 배신한 아기씨께서……, 저를 탓하시다니요."

"나, 나는……."

아무리 막아도 들려오는 목소리에 연신 도리질을 치던 완을 혜심이 빤히 쳐다보았다.

"다르다 생각하십니까."

"……."

"사랑하던 아우들의 복수를 하기 위함이니 산군님의 희생 정도는 아무렇지 않다 여기시는 겁니까."

"아, 아니다. 나는……."

"저 역시 아기씨를 아끼고 사랑했습니다. 더 사랑하는 가족이 있었을 뿐이지요. 더 사랑하는 가족을 위해 아기씨를 희생한 것입니다. 그게 잘못입니까."

결국 비명을 내지른 완이 주저앉았다. 마지막 가는 길, 배라도 불려 주겠다 가져온 화전이 놓친 바구니 밖으로 빠져나왔다. 바닥으로 쏟아진 고운 화전들을 보던 혜심이 울며 웃었다.

"불쌍한 우리 아기씨."

마지막 가는 길, 여전히 제가 좋아하는 게 무엇인지 모르는 아기씨를 혜심은 사랑스럽게 바라보았다.

11. 불타는 산

휘선의 제후궁은 그 어떤 때보다 예리하게 촉각을 곤두세우고 있었다. 대부분의 중양절마다 황제가 있는 진선 땅으로 강림하던 산군님께서 언질도 없이 휘선 땅으로 강림한 탓에 황제조차 휘선 제후궁으로 행차했기 때문이었다. 미리 준비할 새도 없이 들이닥친 두 지존의 등장에 궁인들은 허리를 펼 시간이 없었고 궁의 주인인 혜원공과 세자는 부족함 없는 대접을 위해 끊임없이 식량과 물품을 사들였다.

"어젯밤 황제 폐하와 산군님을 알현하셨다고요?"

덩달아 바빠진 혜심이 완의 환복을 도우며 물었다.

"응, 아버님 성화에 못 이겨서 잠깐."

전날 죽은 아우들의 환영에 시달리느라 기운이 없던 완은 땀에 젖은 비단을 힘겹게 벗었다.

"어찌 생기셨어요?"

"응?"

"산군님 말이어요."

까만 머리카락 위에 머리꽂이들을 올리며 어울리는 것을 찾던 혜심이 물었다.

"직접 알현하셨으니 아실 것 아니어요. 소문엔 야차(夜叉, 모질고 사악한 귀신의 하나) 같다 하였는데 참입니까?"

"그런 말을 믿어?"

완이 미간을 찡그렸다.

"허면 아닙니까?"

"당연히 아니지."

"스치기만 해도 온몸에 두창이 나고 혼이 나간다 하던데 그것도 아닙니까?"

당연히 아니다, 대답하려던 완이 잠시 생각에 잠겼다. 온몸에 두창이 나는 것은 허무맹랑한 이야기였지만 혼이 나간다는 말은 어느 정도 맞는 것 같아서.

"아이, 참. 어서 말씀해 주셔요."

아이 같은 재촉에 정신이 든 완이 미소를 지었다.

"그게 사실이면 내가 이렇게 멀쩡할 리 없잖아."

"허면 어찌 생기셨습니까? 산군님과 함께 온 이리족 사내들은 모두 보기 드문 미남자던데 산군님도 그러신 것입니까? 호남이셔요?"

신이 난 혜심이 질문 공세를 퍼부었다. 내내 엎드려 모시느라 아무것도 보지 못했다더니 이리족 사내들의 얼굴은 잘도 본 모양이었다.

"호남이란 말로는……."

못 이기는 척 입을 연 완이 마주했던 옥안을 떠올렸다.

"한참 부족하지."

"참입니까?"

놀란 얼굴로 되묻는 혜심에게 완은 응, 대답하며 고개를 끄덕였다.

"본 중 가장 아름다운 분이셨어."

순간이었으나 잊지 못할 미색임은 분명했다. 그 고혹적인 얼굴 아래, 몸을 숙이던 황제와 저의 아비, 그리고 오라비를 생각하면 잊으래야 잊을 수 없는 광경이었다. 선망하나 두려워하던 시선. 세상 부러울 것 없이 사는 이 땅의 사내들을 추한 열등감에 빠트린 유일한 존재였다.

"이참에 이년, 시집이나 갈까요?"

"아까는 야차라더니 이제 와 시집을 가겠다고?"

놀리듯 묻는 완에 약이 오른 혜심이 못 할 게 뭐냐며 허세를 부렸다.

"아기씨께서 그리 아름답다 말하시니 그러지요."

"그럼 뭐 해. 산군님과 혼인하면 그 험한 산속에서 살아야 하는데. 혜심이 넌 갓 태어난 강아지도 무서워하면서 그 커다란 이리들이랑 어찌 살려고?"

"그거야 뭐. 산군님께서 지켜 주시겠지요."

벌써 백년가약이라도 맺은 것인지 혜심이 수줍게 뺨을 붉혔다. 그것이 귀여워 눈살이 휘어지게 웃은 완이 장난스레 속삭였다.

"괜한 기대 말 거라. 역대 모든 산군님들은 이리족 여인과만 혼례를 올렸다고 하니."

혜심이 울상을 짓다 입술을 불퉁하게 내밀었다.

"허면 아기씨가 산군님께 시집가세요."

"너는 내가 이리족인 줄 아는 게냐?"

"겉모습만 보면 그 고운 이리족과 별반 다를 것 없지요. 그리고 이리족이면 어떻고 아니면 또 어떻습니까. 제아무리 산군님이라도 아기씨의 미색을 보면 싫다 내치실 수 없을 것입니다."

자식 자랑하는 어미처럼 뿌듯한 표정을 지어 보이는 혜심에 완은 주변을 살피며 입술 위에 검지를 올렸다.

"못 하는 소리가 없구나."

"농입니다."

혜심이 애틋한 표정을 지으며 말했다.

"우리 귀한 아기씨가 산군님의 반려라니요. 전하께서 아기씨를 보낸다 하여도 이년이 뜯어말릴 것입니다."

단순히 주인의 출가가 아쉬워하는 말은 아니었다.

"산군님의 반려는 아이를 낳으면 죽는 명이지 않습니까. 소인은 싫어요. 우리 귀한 아기씨, 좋은 낭군님 만나 백년해로하셔야지요."

"……."

완이 혜심과의 지나간 추억을 떠올리며 창밖을 쳐다보았다. 비현각에 칩거하다시피 틀어박힌 게 벌써 이레를 넘기고 있었다.

하루에도 몇 번씩 월궁의 궁인들이 찾아와 완의 먹는 것과 잠자리 등을 살뜰히 살폈다. 비현각에도 솜씨 좋은 궁인들이 즐비했지만 굳이 월궁 궁인들이 나서는 데에는 이유가 있었다.

혜심은 완이 사가에서 데려온 시녀였다. 그런 아이가 밀정이라는 대죄로 죽었는데 궁 안의 여론이 달에게 좋을 리 만무했다. 하여 월궁 궁인들이 친히 움직이며 산군께서 신경 쓰고 있음을 드러내고 있는 것이었다. 그리하면 가벼운 입을 가진 자라도 함부로 아쉬운 소리를 할 수 없을 테니.

"청민."

"예, 달님."

"그대는 괜찮습니까."

완이 늘 있어야 할 빈자리 두 개를 보며 말했다. 하나는 혜심의 것이고 또 다른 하나는 율의 것이었다. 율은 고신으로 엉망이 된 혜심을 본 이후로 시름시름 앓더니 죽고 난 후엔 말을 잃었다. 누님이라 부르며 졸졸 따라다니던 시간이 있으니 그 충격과 헛헛함이 쉽게 가시지 않을 터.

"……."

청민은 대답 대신 고개를 숙였다.

"그 아이가 그대만 보면 얼굴을 붉혔었는데……. 알고 있었습니까."

완이 웃으며 말하다 스치듯 들리는 환청에 얼굴을 굳혔다.

"그것도 거짓인가."

알고 있던 모든 것이 사실은 진짜가 아니었음을 알게 된 후로 사소한 것 하나하나 의심하고 불신하는 집착이 생겼다. 이미 죽고 사라진 존재의 진의를 파헤쳐서 이로울 게 무엇일까 싶다가도 뒤돌아서면 거짓인지 아닌지 의심부터 하게 되었다. 처음엔 속은 것이 분해 그렇다 생각했는데 오늘 아침에는 문득, 하나의 진실이라도 찾으려 발악하는 것에 불과하단 걸 깨달았다.

"생각을 깊이 하지 마시옵소서."

"할 수 있으면 진작 그리했지요. 나도 그랬으면 좋겠습니다."

혜심의 마지막을 떠올렸다. 배신했다 하더라도 그간의 정이 있으니 다정히 배웅하리라 마음먹고 간 옥사였음에도 잘 가란 한마디를 못 하고 나왔다. 도열하고 기다리던 궁인들의 시선이 따갑다는 걸 알면서도 덜덜 떨리는 몸과 간헐적으로 터지는 비명을 어쩌지 못했다.

부축하기 위해 달려든 청민과 율도 물린 채 홀로 침전에 들던 걸음이 어찌나 무거웠던지.

'산군님도 배신한 아기씨께서······, 저를 탓하시다니요.'

혜심의 무심한 물음이 비수가 되어 가슴에 꽂혔다.

'다르다 생각하십니까.'

아무렇지 않게 묻는 그 말에 왜 대답을 할 수 없었을까. 분명 다른 것인데. 아이가 저를 배신한 것과 제가 산군님을 외면한 것은 아주 다른 것이 분명한데, 왜.

□ ◆ □

"가 보시지 않아도 되는 겁니까."

은호는 치솟는 의문을 참지 못하고 물었다. 옥사에서 월궁으로 돌아오는 길에도 물었던 질문이었다. 달님께서 비명을 지르며 뛰쳐나오는 걸 목도하시고도 유유히 떠나시더니 이레가 다 되도록 비현각을 찾지 않는 제 주군을 미천한 머리론 도무지 이해할 수 없다.

"내가 간다고 반기겠느냐."

산군이 창밖에 뜬 달을 보며 말했다.

"달님께서 괴로워하시질 않습니까."

"그러니 못 가는 것이다."

가볍게 웃음을 띤 산군이 혼잣말처럼 읊조렸다. 처음 혜심에 대한 보고를 받았을 때까지만 해도 치솟는 불신과 분노에 온몸을 떨었다. 고작해야 무혼의 계집이고 고작해야 궁인에 불과한 혜심의 불충은 아무것도 아니었으나 또다시 제 반려의 배신일까 무서워 치가 떨리고 가슴 한구석이 싸늘해 견딜 수가 없었다.

그러다 그 모든 것이 혜심이란 계집의 독단적 행보란 것을 알았을 때 어찌나 안심했던지. 사지를 찢어 죽여도 모자랄 죄인임에도 불구하고 사약에 그칠 정도로 기분이 가뻣했다. 그래 놓고 그 죄인의 마지막을 배웅하고 싶다는 제 반려는 조금 걱정이었다. 차마 불허하기엔 그간의 정이 있음을 알아 허락해 놓고 뒤를 밟았었다.

그것이 문제였을까.

'달님께서도 대공 전하와 세자 저하를 배신하려 하시면서 제가 아기씨를 배신하는 건 이상하십니까.'

너무 많은 것을 들었다.

'사랑하던 아우들의 복수를 하기 위함이니 산군님의 희생 정도는 아무렇지 않다 여기시는 겁니까.'

오직 가문의 영광만을 위해 사는 줄 알았던 제 달이 실은 그 반대의 길을 걷고 있음을, 그리하여 스스로를 갉아먹고 또 스스로를 태워 가고 있음을.

"어찌하면 좋을까."

산군은 오래전 기억을 떠올렸다. 복사나무 아래, 죽은 아우들 이야기를 하며 눈물짓던 저의 달. 우는 얼굴에 마음이 무너져 달래기 급급했던 그날 이후 제 달은 두 번 다시 아우들에 대한 이야기를 꺼내지 않았다. 아픔을 나누고 싶단 오만에 일부러 이야기를 꺼내 보아도 드러나게 피하는 얼굴이라 하는 수 없이 내버려 두었었다. 떠올리는 것조차 아픔인가 싶어서.

칼을 갈고 있는 줄 알았다면 쥐는 방법부터 알려 주었을 텐데.

"혜원공 그자는 어찌할까요."

은호가 물었다. 밀정 사건은 한 명의 죽음으로 끝나지 않는 법이었다. 이야기를 전하는 자가 있다면 그 이야기를 듣는 자가 있기 마련이니. 이 사건에서 이야기를 듣는 자는 달님의 아비인 혜원공이었다. 감히 무혼의 몸이 산의 이야기를 들으려 했으니 곱게 죽는 것은 포기해야 한다.

"그냥 두어라."

"예?"

엄벌을 내릴 것이라 생각한 은호가 숙이고 있던 고개를 냉큼 들어 올렸다.

"벌하지 않겠단 소리가 아니니 그리 아쉬운 표정 짓지 말거라."

무심한 얼굴의 산군이 짙푸른 융복을 휘날리며 말했다.

"그자는 스스로 나락을 걸을 것이다."

"……그자가 자결이라도 하면 어쩌려고 그러십니까."

은호가 수심 어린 표정을 했다. 벌하지 않는단 소리는 아니라고 하시니 그나마 다행이었지만 시간을 벌어 주는 사이, 자결이라도 할까 마음이 탔다.

이 모든 비극이 안타깝지 않은 것은 아니었다. 밀정인 줄도 모르고 의지했을 달님의 상처와 언제 들킬지 몰라 매일이 두려웠을 어린 여인의 불안이 전부 측은하고 또 가여웠다. 허나 그것은 사람이라 느끼는 감정의 일부일 뿐, 제 피의 반은 짐승의 것이었다.

"그자를 과대평가하는구나."

산군이 사납게 다듬어진 눈매를 반짝이며 은호를 쳐다보았다.

"자결은, 수치를 아는 이들이 선택하는 방법이다."

"허면……."

"알아서 죽을 자리를 찾아올 것이다. 본디 불나방 같은 존재 아니더냐."

"……."

무심하던 얼굴에 살기를 띤 산군이 뒷짐을 진다. 살려 줄 생각도, 용서할 생각도 없었다. 그동안 관대하게 굴었던 건 모두 제 달이 원했기 때문이었다. 하여 끝 모르는 욕심과 뻔뻔한 낯짝까지는 역겨워도 참아 보려 했던 것인데 이제는 그 이유가 사라졌다. 제 달이 스스로의 가문을 사랑하지 않음을 알게 되었으니 제가 관대하게 굴 필요도 사라진 것이다.

"그자가 불구덩이 한가운데에 설 때까지는 기다리거라. 그때 손을 보아도 늦지 않을 테니."

무리를 이탈한 자 죽을 것이고, 무리에 순종한 자 살 것이니 산의 율법은 지엄하고 그 형벌은 끔찍하다.

□ ◆ □

"으, 으아악!"

민정우가 버드나무 관의 뚜껑을 열고는 그대로 주저앉았다. 어울리지 않게 벌벌 떠는 세자를 의아하게 여긴 궁인들이 멋모르고 다가섰다가 덩달아 비명을 지르며 뒷걸음질을 쳤다.

"시, 시체가 아닙니까!"

코를 찌르는 냄새에 얼른 고개를 돌린 내관이 외친다.

버드나무 관 안에는 이미 부패하기 시작한 혜심의 시신이 있었다. 설핏 보기에도 망가진 정도가 심한 것을 보아 짐승에게 뜯겼거나 고신을 당한 것이 분명했다. 산궁의 표식이 떡하니 찍힌 관이기에 금맥에서 캐낸 광석이나 질 좋은 호랑이 가죽 따위가 들어 있을 거라 짐작했던 세자는 온몸을 바들바들 떨며 공포에 질렸다. 저희들이 심어 놓은 첩자가 죽어서 돌아온 것도 까무러칠 일인데 절대 들키지 말았어야 할 대상에게 들킨 것이니 앞으로 일어날 일에 대한 대비책을 세워야 했다.

"아바마마를 뵈어야겠다."

이를 씹듯 턱에 힘을 준 민정우가 고개를 들어 산을 노려보았다. 제후궁과 산의 거리가 가깝지도 않거늘. 그 먼 거리에서도 산의 드높은 자태는 선연하다.

"이제 어떡하실 겁니까."

민정우가 아비인 혜원공에게 언성을 높였다.

"다 들킨 것입니다. 죽어 내려온 것을 보면 뻔하지 않습니까. 그 미천한 계집이 일을 망친 것이라고요!"

"목소리를 낮추거라."

"지금……!"

두려움에 평정심을 잃은 민정우가 목에 핏대를 세웠다.

"지금 그따위 것에 신경 쓸 때입니까!"

당장 산으로 올라가 석고대죄를 올리든 누이인 완에게 그럴듯한 변명을 만들라 연통을 보내든 해야 했다.

"어쩐지 일이 너무 잘 풀린다 했습니다."

방 안을 부산스럽게 돌아다니며 말한 민정우가 깊은 한숨을 내쉬었다. 얼마 전까지만 해도 정말이지 모든 게 뜻대로 흐르고 있었다. 진선의 제후가 갑작스레 죽었을 땐 정말이지 하늘이 저희들 편이구나, 싶었다. 실로 아버지인 혜원공은 그 죽음으로 권력의 크기를 배로 늘렸다. 과정이야 시끄럽긴 했지만 산군의 힘을 업은 저희들에게 막힘이란 없었다. 주변 약소국과의 전쟁도 무리 없이 진행 중이었고 진선 땅 귀족들의 지지를 얻는 일 또한 그리 어렵지 않았다. 애초에 이름뿐인 황제보다 두려운 건 눈에 보이는 위세의 산군이었으니 설득하고 자시고 할 필요도 없었다.

"황궁까지 코앞이었는데……."

황제는 고립되어 가고 있었고 영선의 제후는 쥐 죽은 듯 지내며 겉으로는 중립의 노선을 타고 있었으니 기실, 권력의 중심은 휘선과 제 아비였다. 허나 황궁을 치기 위해 가장 중요한 것은 병력이었다. 아직까지는 황군의 수가 제후궁 군사들의 수보다 우위라 섣불리 움직였다간 길목에서부터 잡힐 수 있었다. 해서 주변 약소국과 전쟁을 일으켰던 것이다. 지원군으로 황군을 요청하면 정작 황궁을 지키는 군력은 줄 것이니.

"그러니 혜심 그년을 쓰는 게 아니라 하지 않았습니까!"

"완을 믿을 수 없다 한 것은 네 녀석이었음을 잊었느냐."

아비의 질책에 화기만 높아진 세자가 스스로 가슴을 쳤다. 혜심 그 아이에게 밀정의 역할을 부여한 건 얼마 되지 않은 일이었다. 누이인 완의 태도가 눈에 띄게 달라진 것이 저의 불안을 유발했다. 서신에서도 고집스레 구는 구석이 많아진다 싶긴 했지만 탄일 연회에서 보인 모습이 방점이었다. 웬만한 일에는 거부하는 법 없이 순종하던 누이가 시선 한번 낮추지 않는 모습으로 바뀐 것을 보자니 영 찜찜해 견딜 수가 없었다. 하여 떠나기 직전, 혜심을 불러 은근한 제안을 했다. 진선 귀족들을 회유하는 것보다도 쉬운 일이었다. 대대로 종노릇을 하던 아이라 그 아비와 어미의 노비 문서를 태워 주겠다고 하니 매가리 없던 눈이 반짝였다. 요구한 것도 간단했다. 그저 완의 눈에 띄지 말고 아는 모든 것을 전해 달라는 것이 전부였다.

"후……."

한데 이렇게 빨리 들통이 날 줄이야.

"일단 완과 연락할 방도를 찾아야 합니다."

민정우가 뻣뻣하게 굳은 목 근육을 풀며 말했다.

"서신을 전달하던 율이란 녀석도 요 며칠 하산한 적이 없지 않습니까."

"연락이 닿으면 어쩔 것이냐."

혜원공이 낮게 물었다. 어떻게든 완을 닦달해 살아날 방도를 찾으려던 민정우는 아비의 물음을 이해하지 못하고 눈살을 찌푸렸다.

"무슨 말이 하고 싶으신 겁니까."

"혜심이 그년이 서신에서도 말하지 않았느냐. 산군께선 이미 두 해 전부터 알고 있었다고 말이다."

"……."

"이상하지 않으냐. 산의 율법대로라면 나와 서신을 주고받는 사실을 알았을 즉시 완을 내치거나 우릴 죽였어야 하는데 말이다."

"해서 혜심이 말하지 않았습니까. 그 이후로 산군과 완의 사이가 완전히 틀어졌다고."

"정녕 그렇게 믿느냐."

뱀 같은 혜원공의 눈이 번뜩이고 세자의 미간은 사납게 구겨졌다.

"만약 그런 것이라면 네 누이는 왜 피임환을 먹지 않는 것일까……. 사이가 틀어졌다고는 하나 합궁 일은 거르지 않는다고 했으니 수태할 가능성이 농후한데 말이다."

"……."

"너도 알지 않느냐. 산군의 아이를 잉태하면 죽은 목숨이나 다름없다는 걸."

쯧, 혀를 찬 혜원공이 고개를 저었다.

"너의 누이는 가문의 영광보다 지아비의 품이 더 좋아진 게다."

가문의 위세를 드높여 아비를 황제로 만들겠다 자신만만해하더니 역시나 이리 물러지는구나 싶었다. 한심하기는 하나 하찮은 계집의 몸이었으니 기대가 컸던 제 잘못이다.

"허면 대체 어쩝니까."

민정우가 혼란스러운 듯 이마를 짚었다. 만약 아버지의 말이 맞는다면 완은 저희들을 돕지 않을 것이 분명하다.

"완이 그년이 우리들을 비호하지 않으면……. 그땐 정말 방법이 없습니다. 산군의 이리들이 휘선 땅을 전부 물어뜯을 것이라고요! 그걸 기다리고만 있을 순 없지 않습니까."

혜원공이 민정우의 성난 얼굴을 귀찮다는 듯 쳐다보았다. 하나뿐인 아들이 어리석으니 절로 한숨이 나왔다. 이제 와 새 아들을 얻을 수도 없는 노릇인데 저리 하나만 볼 줄 알아서야…….

지금까지 알게 된 정보를 바탕으로 하면 제 딸이 나고 자란 가문을 배신하려 하는 건 분명해 보였다. 지아비를 진정으로 연모하게 된 것인지, 아니면 여주인 노릇에 재미가 들려 가문을 발아래 두고 싶은 것인지는 알 바 아니나 대업을 망치려 하니 짜증이 인다. 품 안의 자식이었다면 뺨을 후려치고 훈육을 했을 텐데 그러지 못하는 게 아쉬울 뿐이다.

기실, 여기서 중요한 건 제 여식의 마음이 아니라 산군의 마음이었다. 지금이야 완의 부정을 알고도 반려의 체면을 생각해 참아 주고 있는 듯 보이지만 완이 아이를 낳은 뒤 죽고 나면 저희들을 용서하지 않을 것이다. 그러니 그 전에 승부를 보아야 한다.

"우리가 동원할 수 있는 최대 병력이 얼마인지 말해 보거라."

"그건 왜……."

대략적인 수를 헤아리던 세자가 낯빛을 하얗게 바꾸었다.

"산군과 전쟁이라도 할 작정이십니까?"

"못 할 게 무엇이냐."

혜원공은 이런 날이 올 것이라 예상하고 있었다. 처음 계획이야 여식에게 마음을 뺏긴 산군을 이용해 황제가 되는 것이었다. 어차피 산군은 가진 권세에 비해 욕심이 많지 않아 산 아래 정치에는 관심이 없었으니 저의 든든한 뒷배가 되어 주는 것만으로도 충분했다.

한데 사람의 속내란 열 길 물속보다 복잡한 것이라 불현듯 불안감이 싹텄다. 언젠가 이 모든 호의가 멈출 수도 있다는 불안. 언젠가 이 모든 호의에 보답을 해야 할 것이라는 불안. 그리 생각을 뻗치다 보니 산군이 가진 절대적 권력이 두려워졌다. 자리를 바라면 자리를 주고, 재물을 바라면 재물을 주는 그 절대적이고 무조건적인 권력이 훗날 저를 노리면 피할 새도 없을 것이 분명했다.

그러니 산군과의 싸움은 필연적인 것이었다. 딸의 마음이라도 굳건했다면 그것을 방패 삼아 산군을 주물렀겠지만 그러지 못하는 상황이 와 버렸으니 선수를 쳐야 한다.

"정녕 미치신 겝니까?"

민정우는 제 아비가 제정신인가 싶었다. 당장에 엎드려 빌어도 모자랄 판에 전쟁을 하자는 것이 정상적인 사고에서 나올 말은 아니었다.

"휘선과 진선의 병력을 모두 긁어모은다 해도 산군의 이리들 앞에선 무용지물입니다. 우리야 전쟁을 하는 것이지만 그들은 말 그대로 사냥을 하는 것이란 말입니다."

"사냥도 결국 싸움이니라. 제아무리 이리들이라 할지라도 수적 열세에선 이기기 어려울 것이다."

"아버님!"

"황군과 영선의 병력이 합류한다면 상황은 달라질 것이다."

"황제와 영선의 제후가 우릴 도울 것이라 생각하시는 겁니까."

민정우가 어처구니가 없다는 듯 헛웃음을 쳤다. 누가 보아도 승산이 적은 싸움이었다. 그런 싸움에서 지기 쉬운 쪽에 손을 얹는 바보는 많지 않았다.

"작금의 황제가 끈 떨어진 연과 다를 것이 없음은 동네 개도 아는 사실이지 않느냐."

혜원공이 의심 가득한 아들의 눈을 똑바로 응시했다.

"그런 황제가 독자적인 행동이 가능할 것 같으냐. 분명 그 어리석은 머리로 산군과 우리 사이를 저울질할 것이다. 나름 다루기 쉬운 쪽을 택하려 애를 쓰겠지. 제아무리 열과 성을 다해도 속을 알 수 없는 산군보다 겉으로나마 충성을 맹세하는 우리 쪽이 낫지 않겠느냐."

"아무리 그래도……."

말을 흐리는 아들의 손을 잡아 쥔 혜원공이 인자한 스승처럼 손등을 두드렸다.

"전쟁에서 이길 시, 황권을 보장하겠다 약조하면 못 이기는 척 따를 수밖에 없을 것이다. 황제만 우리 편을 들어 준다면 영선의 제후도 참전하지 않을 명분이 사라질 테니 구태여 힘을 뺄 필요도 없지."

"허면……."

"나와 산군의 싸움이 아니다. 온 선국과 산의 싸움이지."

□ ◆ □

황제가 산군과의 전쟁을 선포했다. 기청제로 민심이 기울어 백성들의 지지를 얻지는 못했지만 지방 귀족들과 제후들의 지지는 생각한 것 이상으로 쉽게 모여들었다. 있는 것들이 더한다고 백성들의 세금은 줄일 생각도 하지 않는 그들이 산궁에 바치는 조세에는 꽤나 불만들이 많았다.

각 마을의 신당부터 부서지기 시작했다. 산신을 기리기 위한 것들은 무차별적으로 철거가 되었고 백성들은 대문에 붉은 휘장을 걸 수가 없게 되었다. 붉은색이 반드시 이리들을 상징하는 것만은 아니었음에도 그리 유난을 떨며 금지령을 내리니 마을의 오래 산 노파들은 얼마나 오금이 저리면 저러는 것이냐며 혀를 찼다.

산은 여느 때와 같이 고요했다. 황제의 선포를 듣지 못했을 리 없는데도 이리들은커녕 평소 잘만 내려오던 승냥이 떼도 보이지 않았다. 바야흐로 폭풍 전야였다.

그 고요함을 산군의 자비라 여겼다면 좋으련만.

"석상을 부수어라."

황제는 기 싸움이라 생각한 것인지 황궁의 정문을 지키던 이리의 석상을 철퇴로 부수고 그 조각 중 몇 개를 골라 실로 꿰었다. 한때는 황궁의 수문장이자 수호자가 되어 문을 지키던 석상이 한낱 반란군의 목걸이가 되는 순간이었다.

"말세구나."

땅에 흩어진 나머지 조각들을 울며 줍던 백성들이 말했다. 선국이 이리들로부터 등을 돌렸으니 이리들은 더 이상 선국을 지키지 않을 것이라.

□ ◆ □

"산군님께 이것을 대신 전해 줄 수 있습니까."

완이 푸른색 비단에 싸인 무언가를 청민에게 건넸다.

"이게 무엇입니까."

"아무것도 묻지 말고 그냥 전해 주세요."

"……"

청민이 썩 탐탁지 않은 표정으로 뜸을 들였다. 황제의 전쟁 선포로 인해 산궁 안이 시끄러웠다. 산군님의 명이 내려지질 않아 칼을 들 순 없었으나 무관들의 눈에는 이미 전쟁을 시작한 듯 형형한 살기가 서려 있었다. 비현각의 입지는 당연하게도 작아졌다. 기청제 이후 달님을 향한 대신들과 궁인들의 태도가 온건해지는 듯했지만 이런 일이 생겨 버리니 물거품 꺼지듯 모든 공이 사라졌다.

"산군님께서 만나 주질 않으시니 이리 부탁하는 겁니다."

완이 떨리는 옥성으로 속삭였다.

"나도 이런 부탁을 하기가 쉽지 않아요."

민망한 듯 덧붙이는 얼굴에 쓸쓸함이 묻어난다.

달은 고립되고 있었다. 아끼던 심복은 밀정의 죄를 지어 죽음을 맞이했고 그에 충격을 받은 시동은 입을 다물고 방 밖으로 나오질 않았다. 비현각 밖으로 바람을 쐬는 것조차 쉽지 않았다. 걸음 한번 내딛기라도 하면 순식간에 따라붙는 궁인들의 시선을 모를 리 없었다.

"알겠습니다."

청민이 비단을 받으며 머리를 조아렸다.

"내일 날이 밝는 대로 전하겠습니다."

"내일이면 늦어요."

완이 고개를 저었다.

"반드시 오늘 밤이어야 합니다."

"……."

달리 거절할 방법이 없는 청민이 그리하겠다 대답했다. 비단 안에 담긴 것이 무엇인지는 알 수 없으나 한없이 고독해진 웃전의 청을 거절하고 싶지 않았다. 예전이나 지금이나 달의 간절한 얼굴 앞에서 약해지는 건 어쩔 수 없는 모양이었다.

ㅁ ◆ ㅁ

"율아."

청민을 월궁으로 보낸 완이 율이 있는 행랑으로 들었다. 아니, 들지는 못했다. 혼현자가 되기 위한 통증 때문에 새벽까지 앓았다는 아이를 방해하고 싶진 않았다. 주변 궁인들을 물리고 닫힌 문 앞에 앉은 완이 얇은 장지문을 아이 삼아 어루만진다.

"미안하구나."

하고 싶은 말이 많았다. 그러나 할 수 있는 말은 많지 않았다. 정녕 혜심이 밀정인 것이냐 묻던 아이에게 그렇다고 대답할 수밖에 없던 그날을 떠올렸다. 교지에 적힌 글자를 읽을 줄 모르는 아이에게 제 입으로 혜심의 죄를 말할 수밖에 없던 것은 잔인한 일이었지만 달리 생각하면 다행이었다. 교지 위에 낱낱이 적힌 죄를 율의 어린 마음이 읽어 냈다면 아마 견디기 어려웠을 것이다.

"다 나 때문이다."

스스로 가슴을 친 완이 말했다. 혜심을 따랐던 만큼 아파하고 있을 게 뻔했다.

"그러니 나를 미워하거라."

바라는 것은 오직 자유밖에 없던 그 순진한 아이를 그토록 험하게 만든 것은 저이니.

"율아."

"……."

"그 아이를 불쌍히 여겨 주어라."

부디 혜심을 미워하지 않기를 바랐다. 저 역시 그리하기 위해 노력하고 있었다. 저의 뼈저리는 고통과 사무치는 외로움을 누구보다 잘 알고 있던 혜심이 그리 미련한 선택을 한 것이 밉고 한심했지만 그렇다고 더 나은 선택지가 있었는지는 정말이지 모를 일이었다. 그 아이가 저를 선택했다고 한들 똑똑한 결정이었을까. 애초에, 선택지를 주기는 했었던가.

"사랑하는 이를……, 증오하며 살지 말거라."

미워할수록 아픈 것은 아이가 될 것이다. 오랜 시간 바다와 같은 증오를 숨기며 살아온 제가 할 말은 아니었으나 꼭 하고 싶은 말이었다. 파도같이 밀려드는 증오를 저는 어쩌지 못하고 살고 있으니 밤톨같이 어여쁜 아이는 부디 저와 달리 살기를. 저는 이 증오의 끝을 봐야겠으니 고운 아이는 부디 사랑만 하며 살기를.

"……."

끝내 돌아오지 않는 말에 미소 지은 완이 자리에서 일어났다. 단단하게 매어진 매듭을 다시 한번 확인하는 손길이 제법 야무지다. 붉은색 철릭이 지아비의 아름다운 자태를 닮았다.

"신분을 밝혀라!"

창의 끝을 앞으로 겨눈 문지기가 외쳤다. 가뜩이나 전쟁을 앞둔 터라 경비가 삼엄한데 낯선 이가 다짜고짜 문부터 열라 하니 목소리가 곱게 나가지 않는다.

낯선 이가 내리고 있던 검은 너울을 머리 위로 올렸다.

"문을 열거라."

사내들만 입는 철릭을 입은 낯선 이의 정체는,

"산의 달이니라."

혜원공의 여식, 완이었다.

예상치 못한 상황에 말을 더듬던 졸개들이 일순간 무릎을 꿇고 예를 올렸다.

"다, 달님을 뵈옵니다."

"아버님을 뵈러 온 것이니 따를 필요 없다."

눈에 총기를 담은 여인은 앞으로 나아감에 망설임이 없었다. 허락을 구하는 것도 아니고 기다리겠다 시간을 주는 것도 아니니 문지기 정도의 졸개들이 막을 수 있는 걸음도 아니다.

짙은 밤, 산을 벗어나는 건 결코 쉬운 일이 아니었다. 허나 혜심이 걸었던 길이라 생각하고 걸었다. 매일같이 종알거리는 율의 이야기를 허투루 듣지 않은 게 도움이 되기도 했다. 산궁과 산길에 난 지름길 몇 가지가 몇 번 다녀 보았던 길처럼 익숙하게 펼쳐졌다. 이빨을 드러내고 위협하는 밤의 짐승들이 두렵지 않은 것은 아니었으나 전쟁을 앞둔 터라 수가 적음을 알고 있었다. 말귀 못 알아듣는 짐승일수록 도래하는 위험을 감지하는 능력이 천부적이었으니 대부분 숨을 죽이고 있을 터.

관건은 청민을 떨어트리는 일이었다. 혜심과 율이 곁을 지킬 땐 적당히라는 게 있었는데 요즘엔 진드기나 다름없는 수준으로 붙어 있으니 산군님을 핑계로 멀찍이 보내는 수밖에 없었다. 저 때문에 또 벌을 받을 걸 생각하면 미안하긴 했지만 전쟁을 앞두고 총애하는 무관을 크게 벌주시진 않을 테니 너무 걱정하지는 않기로 했다.

늦은 밤에도 불이 새어 나오는 방의 문을 열어젖혔다.

"……왔구나."

혜원공이 벌컥 열린 문 사이로 보이는 여식을 쳐다보았다.

"반갑지 않으십니까."

완이 눈살을 찌푸리며 말했다.

"기별을 하고 온 것도 아닌데 어쩜 이리 무심하신지."

"산군께서 보낸 것이냐."

"그럴 리가요."

웃어 보인 달이 산군님께선 바쁘시다, 상냥히 답했다.

"아버님께서도 바쁘신 줄로 압니다. 흩어져 있던 황군들을 불러 모으고 군수軍需를 조달하기 위해 끊임없이 배를 띄우시니……, 끼니를 챙길 시간은 있으신가 걱정이 됩니다."

비웃는 것이 분명한 어투에 혜원공이 자리에서 일어났다. 산군이 보낸 게 아니라면 무엇 때문에 온 것인지 알 수가 없다. 그간 보인 행보나 혜심의 밀고를 생각하면 이번 전쟁을 긍정적으로 생각할 리 없는 딸이다.

"어찌 온 것이냐."

"오면 안 되는 것입니까."

"너와 말장난할 시간 없느니라."

"……"

아비의 엄한 표정을 본 완이 습관적으로 몸을 굳혔다. 옳은 판단 하나 제대로 못 하는 늙은이로 변한 아비라 해도 그 옛날 두렵던 마음은 쉬이 사라지지 않는 것인지. 짜증스레 얼굴을 구긴 완이 의자를 빼 앉았다.

"죽기 싫어서요."

"그게 무슨 소리냐."

"아버님이 산군님께 반란을 일으키는데 제가 어찌 무사할 수 있겠습니까."

"……"

딸의 일갈에 고개를 돌린 혜원공이 마른기침을 했다.

"예나 지금이나 자식들 안위에는 관심을 두지 않는 것이 참으로……, 대쪽 같으십니다."

"……고려하지 않은 건 아니니라."

제가 전쟁의 선봉장이 된 이상, 딸의 생사는 바람 앞에 등불이 되는 것이니 고려하지 않을 순 없었다. 하나 길게 고려할 대상도 아니었다. 제 여식에게 닿는 산군의 애정이 남아 있다면 살 것이나 제게 힘을 실어 줄 순 없을 것이고, 그 정도의 아낌도 받지 못하는 존재라면 죽음을 면치 못할 것이니 이러나저러나 쓸모가 없었다.

"네가 할 일이 있을 게다."

한데 이리 멀쩡한 몸으로 제후궁까지 왔으니 작은 쓰임이라도 있을 터.

완이 허탈한 듯 웃음을 터트렸다. 아버지의 머릿속이 오만 가지의 계산으로 가득 찼다는 게 훤히 보였다.

"왜 스스로 죽음을 재촉하십니까. 이러지 않으셔도 제가 황제로 만들어 드린다 약조하지 않았습니까."

"네년이 게으름을 피우니 기다릴 수가 있어야지."

"해서 혜심을 쓰셨습니까."

아려 오는 가슴의 통증을 이기지 못하고 눈동자에 물기를 머금은 완이 철릭 자락을 움켜쥐었다. 제후궁의 궁문을 넘어 아버님의 집무실까지 오는 내내 혜심과 함께했던 추억이 되살아났다. 고작 다섯 해를 지낸 산궁보다 나고 자란 이곳에서 만든 기억이 몇 배로 많은 것은 어쩔 수 없는 것이었고 딱 그만큼 주저앉고 싶어 죽을 뻔하였다.

"장례는 잘 치러 주었습니까."

산군께서 혜심의 시신을 이곳으로 보냄을 알고 있었다.

"……불필요한 말이 많구나."

"대답하세요. 그 아이의 장례는 치러 주었습니까."

"……."

"왜 대답을 하지 않으십니까. 설마 그 정도 연민도 느끼지 못하시는 겁니까. 그 아이의 부모는요. 그 아이의 부모는 자신들의 딸이 무엇 때문에 죽었는지 알고 있습니까."

몰아붙이듯 묻는 여식에 언짢은 기색을 드러낸 혜원공이 들고 있던 병서(兵書. 병법에 관하여 쓴 책)를 내려놓았다. 의미 없는 말다툼을 반복하기엔 할 일이 태산이었다.

"쓸데없는 것들은 묻는구나. 그래 봤자 천것이거늘."

"……함부로 말하지 마십시오."

즈이 어미를 닮아 천것들에게 쏟는 애정이 남다른 딸이다. 어릴 때야 천지 분간 못 할 때이니 그렇다 치더라도 명색이 제후의 딸이고 산군의 반려라는 것이 저리 작은 일에 몰두하는 꼴이라니 어리석기 그지없다.

"기회를 줄 때 방에 들어가 쪽잠이라도 자거라. 내일부턴 너의 쓸모를 고민하느라 바쁠 것이니."

"아버님!"

완이 아비의 뻔뻔함을 견디지 못하고 목소리를 높이는 순간 고개가 돌아갔다. 붉게 물든 뺨을 감싼 완이 거칠게 몸을 일으키자 혜원공은 다시 한번 딸의 뺨을 내려쳤다.

"네가 산군의 반려 자리를 내려놓고 돌아온 이상—"

"……."

"너는 더 이상 달이 아니고 나의 딸이니라."

□ ◆ □

"달님—"

세숫물을 들고 선 궁인이 상전의 기침을 물었다. 아침잠이 많지 않은 편이던 상전은 산군님과의 합궁이 있던 날이 아닌 이상 한두 번 물으면 바로 답을 해 주는 편이었다.

"달님—"

그러나 오늘은 목소리를 조금 높여 불러도 아무런 반응이 없다. 그림자 진 구석에서 몸을 가리고 있던 청민이 미간을 구겼다.

"달님, 청민입니다."

어젯밤, 달님의 부탁을 받아 산군님께 푸른색 비단을 바쳤었다. 말없이 받으시고는 그저 물러가라 말하던 산군님이 떠오른다. 그 침울한 옥안과 쓸쓸한 옥성이 발목을 붙드는 기분에 물러가란 명을 받았으면서도 쉽사리 움직이지 못했다. 겨우 발걸음을 떼어 냈을 즈음 들었던 주군의 한숨 소리가 왜 지금 떠오르는 것인지 알 수 없다.

"소신, 들어가겠습니다."

불안감이 엄습한다.

"아니 됩니다……!"

궁인들이 청민의 앞을 가로막았다. 제아무리 산군님의 심복이고 달님의 공식적인 호위라 해도 허락 없이 문을 열고 들 수는 없었다.

"감히 기침하지 않으신 달님을 눈에 담는 죄를 지으려 하시는 겁니까."

"……."

청민이 느리게 눈을 감았다. 침의 차림의 달을 보는 것만으로도 눈알이 뽑힐 죄라는 걸 모르지 않았다. 그러니 볼 수 없다면 느껴야 한다. 감각을 세우기에 현신하는 것보다 좋은 방법은 없었지만 전각 안에서 현신을 하는 건 그리 좋은 생각이 아니다. 그러므로 모든 의식을 날카롭게 세워야 한다. 그 어느 때보다 기민하게.

그리고 다시 눈을 떴을 때, 청민은 상궁과 다른 궁인들을 모두 밀어내고 문을 열었다.

□ ◆ □

"달님께서 사라지셨습니다."

조례 중이던 정전 안으로 뛰어 들어간 청민이 다급히 말했다. 열을 이루어 앉은 대신들 이마에 주름보다 더한 의문이 패었다. 산군님의 곁을 지키던 은호는 당장이라도 달릴 듯 발을 뻗었고 다과상을 내오던 궁인들 중 하나는 상을 엎어 정전의 바닥을 더럽혔다.

"……."

고요한 것은 오직 산군 하나였다. 전쟁 준비를 핑계로 찾지 않던 반려가 안개처럼 증발해 사라졌다는 말에도 어쩐지 무심한 얼굴이었다. 소식을 전하는 즉시 분노에 찬 그가 칼을 들고 애꿎은 목숨 하나 정도는 베어 낼 것이라 예상했던 것과 지나치게 다른 것이었다.

"명을, 내려 주시옵소서."

그럼에도 모든 이가 알았다. 그 무심하고 평화로워 보이는 옥안에 깃든 분노가 하늘 아래 모든 산을 뒤덮고도 남을 크기라는 것을.

산군이 탁상 위 올려 둔 꽃잎으로 시선을 쏟았다. 어젯밤 청민이 달을 대신해 전한 것이었다. 보고 싶어도 애써 보지 않고 있던 달이 준 것이라 비단을 묶은 매듭을 푸는 데에도 공을 들였다. 소중히 싸여 있던 복숭아꽃을 보는 순간 왜 숨이 막혔을까.

"부디 엄명을 내려 주시옵소서."

정전 밖 복도를 지키던 무관들이 읍소하듯 외쳤다.

산군은 그 모든 것이 들리지 않는 사람처럼 꽃잎에 시선을 고정했다. 제 손이 닿으면 바스라질까 두려워 제대로 쥐지도 못했다. 뜨거운 햇빛의 열을 이기지 못하고 죽어 버린 것 같은 꽃잎의 자태가 꼭 제 반려를 보는 것 같아 망설였다.

제 달은 왜 떠난 것일까. 가문의 영광이 아닌 파멸을 위해 살면서 왜 떠나야만 했을까. 혹시, 제 가문과 함께 파멸하고 싶은 걸까. 해서 저에게 이토록 잔인한 작별을 전한 걸까.

"어림도 없는 소리."

읊조린 산군이 자리에서 일어나 제 검을 찾았다.

"사냥을 시작하라."

이리들의 왕이 모두의 족쇄를 끊어 내는 순간이었다.

12. 늑대의 규칙

"산에 불을 질렀다고."

혜원공이 대장군의 갑옷을 입은 민정우에게 물었다. 두려움에 반쯤 미친 것
인지 아님 그저 이기고 싶은 욕망 탓인지 황제는 서툴게 굴고 있었다. 대뜸 대
장군의 직위를 제 아들에게 하사하며 친히 군권을 쥐어 주질 않나, 쓸데없이
산에 불을 지르질 않나.

"아버님 말씀대로 말려는 보았는데……. 영 미친 것 같습니다."

세자가 관자놀이 옆에 손가락을 대고 원을 그렸다. 혜원공이 재미있다는 듯
웃는다. 젊으나 겁 많은 황제의 속은 얕은 물속처럼 훤히 읽혔다.

"호기롭게 전쟁을 선포하긴 했어도 무서웠을 테지."

황제는 산궁의 실체를 보고 난 뒤부터 더욱이 산군을 두려워했다. 선국의 모
든 군력이 모여 수적으로 우위를 보인다 해도 성난 이리들의 이빨과 발톱을 생
각하면 공포에 질린 마음을 달랠 길이 없었을 터. 무작정 불부터 지른 것이 영
이해가 되지 않는 건 아니었다.

"귀엽게 봐 주거라. 산에 불을 지르면 이리들의 발이 묶일 것이라 믿는 그
하찮은 생각이 가엾지 않으냐."

"멍청해도 정도껏 멍청해야지요. 산에 불이 나면 이리들이고 멧돼지고 온갖

짐승들이 쏟아져 내려올 겁니다. 그 미친 것들이 얌전히 타 죽길 기다리겠습니까?"

씩씩 더운 숨을 몰아쉬며 오만하기 짝이 없는 말을 내뱉는 아들의 목덜미를 혜원공은 익숙한 듯 부드럽게 쓸었다. 타고나길 난폭하여 천것들의 목숨 뺏기를 즐겨 하던 아들이다. 문예에는 티끌만 한 관심도 없기에 잘하는 것이라도 해 보라는 마음에 이런저런 전쟁을 시켜 가며 키웠다. 작게는 소수 민족들을 무너뜨리라 했고, 크게는 약소국들을 굴복시키라 가르쳤다. 그 과정에서 피 맛이라도 본 것인지 제 아우들을 모조리 잡아먹긴 했으나 아쉽지는 않았다.

그 모든 희생이 이날을 위한 발판이었다면. 이날을 위한 필연이었다면. 제 아들은 난세의 영웅이고 저는 그 난세의 주인이 될 운명이다.

"그래 봤자 서산西山 시작점에 겨우 지른 겁니다. 원체 바위밖에 없는 산이라 그런지 불이 잘 붙지도 않았답니다."

민정우가 아쉽다는 듯 입맛을 다셨다.

"아쉬워할 것 없다. 제대로 불을 지른다 한들 즉시 비가 올 테니."

"즉시 비가 온다니요?"

"제아무리 천신과 산신의 사이가 대천지수(戴天之讐, 큰 원한을 가진 원수를 비유적으로 뜻하는 말)라 할지라도 신은 신을 돕기 마련임을 모르느냐."

"허면 어쩝니까."

험악한 인상을 더욱 구긴 민정우가 물었다. 하찮은 무녀들의 말에 귀를 기울이는 건 아니었지만 전쟁을 선포하기 전, 황궁의 무녀들이 지껄인 말이 자꾸만 신경이 쓰였다.

'산의 기운을 도려내지 않으면 필패할 것이니 승리의 나각을 불고 싶다면 필히 산부터 죽여라.'

그 말 하나 때문에 산신을 모시던 신당도 허물고 산군의 강대함을 기리던 휘장도 걷어치우라 명을 내린 것이었다.

"인간만이 할 수 있는 일을 해야지."

"그게 무엇입니까."

아들의 물음에 혜원공이 비릿하게 웃었다.

"……서산에 신수(神樹, 신령이 깃들어 있다는 나무)가 있다는 말을 들어 본 적 있
겠지."

"설마……, 산에 오르려 하시는 겁니까."

"그래, 내 친히 신수를 베러 갈 것이다."

혜원공은 생각만 해도 승기를 잡은 것 같은 기분에 마음이 들떴다.

각 마을의 장정들을 뽑아 하루빨리 산을 오르고 싶었다. 도끼를 들고 살아
있는 나무의 밑동을 벨 것이다. 탐나는 것을 얻기 위해 물불 가리지 않는 건 인
간의 본능이니 고작해야 불씨 따위로 만족할 수 있을 리 없다.

빽빽이 들어찬 나무들을 모조리 베어서라도 신령이 깃든 나무를 찾아낼 것
이다. 불이야 끄면 그만이나 한번 죽은 생명은 다시 살아나지 못하니 제아무리
신성한 나무라 할지라도 도끼의 날카로움을 대적할 수는 없을 것이다.

□ ◆ □

선국의 국경은 잘 쌓은 성벽보다 단단하고 수만의 대군보다 위협적이라 감
히 어떤 나라도 함부로 침입할 생각을 하지 못했다. 위로는 가파른 산맥이 형
형한 기세로 버티고 있고 아래로는 거친 바다가 집채보다 높은 파도로 적들을
사살하니 가히 난공불락이라.

선국의 내정이 흐르지 않는 강물처럼 썩었다 해도 곰팡이 하나 쉬이 피지 못
하는 것 또한 같은 이유에서였다. 어리석은 황제가 무능하게 굴어도 하늘 높이
솟은 산군의 위엄이 그를 감싸고 있으니 귀족들은 함부로 반기를 들지 않았고
주변국 또한 눈치를 볼 수밖에 없었다. 산군의 입장에선 허수아비 같은 황제가
그리 어여쁜 것은 아닌지라 편을 들어 주고 싶은 마음도 딱히 없었지만 시끄러
운 것은 질색이었다. 멍청한 것이 싫어 가르치기 시작하면 내정 간섭이 필수적
이었으니 그것도 싫었다. 그러니 그 어리석은 황제가 얌전히 엎드려 문제를 일
으키지만 않는다면 허울뿐인 황실의 어좌 정도는 적당히 지켜 주고 유지해 줄

의향이 있었단 소리다.

산군이 기름 묻힌 화살촉에 불꽃을 붙였다. 푸른색의 도깨비불이 타다닥 소리를 내며 타오른다. 활시위를 당기자 물소의 뼈로 만든 활의 몸통이 팽팽한 긴장을 드러냈다. 목표를 겨냥한 눈동자는 깜빡이는 법이 없다.

"흐익!"

선국의 최동단인 영선 땅의 초입. 금빛 갑의를 입은 황군이 갑작스레 날아든 불화살을 보고 숨죽인 비명을 바닥으로 토해 냈다. 불씨를 옮길 짚이나 나무 따위가 있는 것도 아닌데 맨바닥으로 떨어진 도깨비불이 삽시간에 몸집을 키웠다.

"부, 불이야!"

봉화 위로 횃불을 집어 던진 황군 하나가 목청껏 소리쳤다. 전쟁을 선포해도 이상하리만치 조용하던 산이 드디어 그 분노를 표출하는 모양이었다.

"전군 방어 진형으로 전환하라! 전군, 방어 진형으로……!"

외치던 병사 하나가 말을 마치지 못하고 쓰러졌다. 푸른 눈을 번뜩이는 이리의 이빨에 머리통이 잘려 나갔으니 그 흔한 비명 소리조차 내뱉지 못하는 건 당연하다.

가장 먼저 땅을 밟은 청민이 물고 있던 병사의 머리를 뱉었다. 흙바닥 위로 데굴데굴 구르는 사내의 얼굴은 방금 전까지만 해도 동료들과 이야기를 나누던 살아 있는 이였다. 살아 있던 이가 순식간에 죽어 버려도 이상하지 않은, 전쟁의 시작이었다.

"저, 저기……!"

끔찍한 광경에 충격으로 멈칫한 사이, 산의 그림자가 가리고 있던 모습이 드러난다. 몇 마리인지 가늠도 되지 않는 이리 떼와 그 위에서 활시위를 당기고 있는 사내들. 더하여 칼을 찬 여인들이 자줏빛 철릭을 입은 채 말을 타고 있었다.

그중 붉은 융복을 휘날리는 아름다운, 아니 매서운, 또한 살벌한 남자.

"한 놈도 살려 두지 마라."

나지막한 목소리가 얼얼할 정도로 뚜렷하다.

"이리들의 달을 빼앗은 자들이다."

굶주린 맹수의 등을 탄 야차. 산의 주인. 산군이었다.

"아직 멀었느냐!"

눈 밑에 그림자를 드리운 황제가 손톱을 물어뜯었다. 산군의 군사들이 산을 내려왔단 소식이 들리기 무섭게 영선 땅 봉화 위로 하얀 깃발이 세워졌다. 명백한 패전이자 항복의 의미였다.

"이게 다 산의 힘을 빼지 못해서다……. 신수를 베지 못해서야."

혜원공이 서산西山 정상에 위치한 신수를 베겠다고 장정들을 이끌고 나간 것이 이틀 전이었다. 신수라 해도 나무에 불과할진데 어찌 이리 오래 걸리는 것인지.

"달을 데려오라."

황제가 서성거리던 것을 멈추고 말했다. 산에 있다간 죽임을 당할 것 같아 하산했던 달은 그 오라비의 손에 이끌려 황궁에서 머물고 있었다.

달이 황궁 안에 있다는 건 제법 유리한 패를 쥐고 있는 것과 다름이 없었다. 아비가 일으킨 전쟁을 말릴 생각은 않고 그저 두렵다며 달아난 여인을 귀하게 여길 리는 없겠지만 나름 산군이 귀애하던 여인이니 쓸모가 있을 것이다. 산군의 마음속 자리하고 있는 감정이 애정이라면 달을 살리려 함부로 공격하지 못할 것이고, 분노라면 저보단 달의 몸을 산산조각 내고 싶을 테니 저로선 아쉬울 것 없는 꽃놀이패다.

"망할 이리 새끼들……."

황제가 인상을 구기며 중얼거렸다. 밤부터 마신 술기운이 뒤늦게 오르는 것인지 검붉게 바뀐 낯빛이 추하다.

"왜 이리 힘을 못 쓰는 것이야!"

지휘관들의 힐책에 마을에서 힘 좀 쓰기로 유명하던 사내들이 몸을 움츠렸다. 대부분이 가축을 죽여 파는 백정이거나 수레를 끄는 장사들이었다.

"오늘도 신수를 찾지 못하면 약속한 금화는 없을 줄 알아라!"

평상 위에 앉아 사내들의 도끼질을 내려 보던 혜원공이 말했다. 이러다 자신들까지 몫을 받지 못할까 마음이 급해진 지휘관들은 쥐고 있던 채찍을 보다 날카롭게 휘둘렀다. 채찍이 바람을 가르며 내는 소리와 그것이 살갗을 찢으며 나는 소리, 그에 따른 사내들의 비명과 신음 소리가 땅거미 지는 서쪽 산을 채운다.

"베는 즉시 붉은 피가 흐르는 것이 있을 게다. 그것이 신수이니 도끼질을 멈추지 말라."

사내들은 이틀간 수십 그루의 고목을 베었다. 그중 신수라 불리는 나무는 아직 없었다. 기실, 산에 올라 본 적도 없는 무혼의 몸들이 신수를 알아보는 건 사실상 불가능에 가까운 일이었다. 아는 것이라곤 황궁 지하 깊은 곳에 묻혀 있던 고서에 적힌 한 줄이 전부.

사람처럼 피를 흘리는 나무를 본다면 돌아왔던 길로 즉시 달아나라. 그것이 바로 신수神樹이니 산의 힘은 그곳에 있음이라.

하여 사내들은 지독히도 뿌리 내린 고목들을 베어 가며 피 흘리는 나무를 찾고 있었다.

□ ◆ □

이리들은 사냥감을 분별 있게 고를 줄 알았다. 영선 땅의 생기를 짓밟으면서도 굳게 닫은 민가를 구태여 무너뜨리지 않는 것이 그 증거였다. 현신한 몸으로 피를 보고자 하는 욕망을 누르기 쉬운 것은 아니었으나 굳이 죄 없는 생명을 물어뜯지 않아도 널린 게 먹이였다. 금빛 투구를 쓴 먹이 하나, 칼 대신 칼집을 쥐고 휘두르는 먹이 하나—

동쪽 산과 맞닿아 있는 영선은 제후궁의 벽이 무너지기 무섭게 백기를 들고 스스로 궁문을 열었다.

"사, 산군님……. 부디 자비를……."

영선의 제후는 딱딱한 돌바닥에 머리를 찧어 가며 죄를 고했다. 시간이 많았다면 그 한심한 꼴을 느릿하게 즐겨 주었을 텐데—

"달의 위치를 말하라."

놀아 줄 시간이 없는 산군은 칼끝으로 제후의 턱을 들어 올리고는 물었다. 얼떨결에 마주친 눈동자가 그 뒤로 펼쳐진 도깨비불보다 뜨겁게 일렁이니 겁먹은 제후의 눈에선 눈물이 흐른다.

"소, 소신은 그런 것까진 잘……, 윽!"

우득, 뼈가 잘리는 소리와 함께 제후의 목에서 피 분수가 터졌다. 얼굴로 튄 핏방울을 무심하게 닦아 낸 산군이 거의 기절할 듯 보이는 늙은 신료에게 묻는다.

"달의 위치를 말하라."

"송구하오나……."

고개를 저으며 말하던 늙은 신료도 목에 칼이 꽂혔다. 질문은 하나고 답할 이들은 많으니 쓸데없이 회유할 시간은 필요치 않다. 산군이 그 뒤에 앉은 또 다른 신하에게 칼을 뻗었다.

"달의 위치를 말하라."

벌써 둘의 생명을 앗아간 칼에서 붉은 피가 탐스럽게 흐른다.

"지, 진선 황궁에……. 화, 확실하진 않습니다!"

인상을 구긴 산군이 칼끝을 거두고 걸음을 당겼다.

"그 확실치 않은 정보를 어디서 들은 것이냐."

"산맥이 가로막고 있어 자주 연통을 주고받기는 어려워……."

"사족은 덧붙이지 말거라."

당장에라도 목을 벨 것 같은 기세에 남자가 쿵, 바닥에 머리를 찧으며 빌었다.

"오, 오늘 아침, 비둘기로부터 전해진 말입니다."

"비둘기?"

"날개에 황실 낙인이 찍힌 것이었으니 트, 틀림없사옵니다."

살고 싶은 욕망이 그 어느 때보다 간절해진 남자는 일어나 제후의 시신을 뒤졌다. 살아 있을 땐 그림자조차 스칠 수 없는 지체 높은 귀족이었으나 죽어 숨쉬지 않는 몸뚱이에 귀천을 나누는 건 무의미하다.

"이, 이것이옵니다!"

남자가 제후의 가슴팍을 풀어 헤치고 찾아낸 작은 종이를 산군께 바쳤다. 숱한 목숨을 끊어 낸 자의 손이라기엔 지나치게 고운 손이 종이를 받는다.

"산군의 달이 그 오라비와 함께 황궁 바닥을 밟았다―"

산군이 종이 위 가냘픈 글씨를 소리 내 읽었다.

"진선으로 간다."

산군이 쓰임을 다한 종이를 버리며 말했다. 남자는 뒤돌아 걷는 산군의 등을 보며 이른 아침 등청하기를 잘했다 생각했다. 그러지 않았으면 산군께 목숨 대신 바칠 정보를 멀리서나마 들을 기회는 없었을 것이다. 충성을 바치기로 다짐한 황실에 반하는 일이긴 했으나 이 멍청한 전쟁을 일으킨 게 황제였으니 따르지 않는 것을 탓하는 것도 우습다.

ㅁ ◆ ㅁ

"……."

황제가 마지못해 나와 앉은 달을 대놓고 훑어보았다. 전쟁 통이라고는 하나 황제의 주안상은 제법 찬이 많고 화려했다. 나름 빈 잔도 앞에 두었건만 손가락 하나 내보이지 않는 달의 자태는 얄미울 정도로 고고하고 어색할 정도로 태평하다.

"이리 뻣뻣한 편은 아니었던 것으로 아는데."

황제가 나지막이 중얼거렸다. 산군이 휘선으로 강림하던 날, 그도 복사꽃 같은 여인을 보았었다. 신하가 제 여식을 소개시키며 잔뜩 꾸민 태를 보일 땐 그 속셈은 딱 한 가지뿐이었다.

그에겐 정실인 황후도 있었고 후궁도 여럿이라 여색을 즐기기에 부족함이 없는 삶이었지만 꽃이 즐비하다고 더 이상의 꽃이 필요하지 않은 건 아니었다. 더군다나 그 꽃이 꺾고 싶은 욕망을 자극한다면 마다할 이유가 없는 것 아닌가.

한데—

"지아비께서 산의 주인이신데 그 반려가 물렁하면 되겠습니까."

그 꽃은 달이 되었다.

"……."

황제가 독한 술을 잔 위로 넘치게 부은 뒤 한 번에 들이켰다.

"그 잘난 지아비를 두고 달아난 주제에 오만이 지나치구나."

제 옆자리를 꿰차고 싶어 안달이었던 주제에.

달은 그런 황제의 비웃음을 감흥 없이 받아들였다. 산군에 대한 자격지심으로 부러 제 속을 긁으려는 속셈이란 걸 모르지 않았다. 사내들은 그걸 자존심 또는 승부욕 정도로 포장하길 좋아했지만 제 눈엔 그저 하찮은 자격지심이었다. 어릴 때부터 지겹도록 보아 온 것이라 새롭지도 않았다. 저를 이 황궁에 데리고 온 오라비도 그러했고 매번 더 큰 명예와 부를 탐하던 제 아비도 그러했다.

"술이라도 따라 보거라."

황제가 빈 술잔을 흔들어 보이며 이죽거렸다.

달이 폭 넓은 소매 사이 숨겨 둔 손을 꺼내 술병을 쥐었다. 황궁에 있는 여인의 옷이라곤 죄 이런 것뿐이라 여간 성가신 게 아니다. 아닌 척하면서 입꼬리가 오르는 황제의 얼굴을 무심하게 바라본 달이 제 앞에 놓인 빈 잔에 술을 따랐다. 빈 잔을 쥐고 팔이 떨어져라 들고 있던 황제가 가만히 얼굴을 굳혔다. 황제와의 대작에서 허락하지 않은 자작自酌은 항명이나 마찬가지였다.

"……."

달이 황제의 눈을 피하지 않고 술잔을 비웠다. 두렵거나 부끄러운 기색도 아니고 그렇다고 유혹을 하는 모양새도 아닌 모습에 황제는 수치심으로 얼굴을 붉혔다. 여인 중 가장 존귀하다는 황후도 그의 눈을 똑바로 쳐다보는 법이 없었거늘.

"짐이 두렵지도 않으냐!"

치솟는 분노를 어쩌지 못하고 술잔을 내던진 황제가 언성을 높였다.

"두려워할 이유가 있습니까."

"뭐라?"

황제가 당황 서린 목소리로 되물었다. 이래저래 치이고 사는 처지이기는 했으나 대놓고 괄시를 받은 적은 처음이라―

"아니지……."

"……."

"처음이 아니야."

새빨개진 얼굴로 몸을 떨던 황제가 갑작스레 차분한 목소리를 냈다.

"그 미친 산군 놈도 나를 이리 멸시하며 이래라저래라……."

탁상 위를 내려치는 주먹에 향내를 풍기던 과편이 바닥으로 떨어졌다.

"그래도 짐이 이 나라 황제이거늘……!"

번뜩이는 사내의 눈이 저열하다. 달은 웃지도 찡그리지도 않은 얼굴로 일어났다. 더 있을 이유를 찾지 못하고 있었다.

"어딜 가는 것이냐!"

무작정 소리부터 치고 보는 황제에 한숨이 나왔다. 방 안에 있는 것이 갑갑하여 전시 상황이라도 들으려 나온 것인데 이리 한심한 이야기만 듣고 있으려니 여간 지루한 것이 아니었다.

"이 전쟁에서 짐이 이기면 너는 살아남지 못할 것이다!"

나가려던 걸음을 멈추고 돌아보니 삿대질을 하는 황제가 꽤 절박한 얼굴을 하고 말했다.

"그리 생각하십니까."

"당연한 것 아니냐. 전쟁에서 패한 자는 곧 죄인이니라. 그러니 죄인의 여인인 너는 죽는 것 말고 택할 게 없지."

고작 저따위 말로 겁을 먹을 것이라 생각하는 것인지…….

"폐하께선 절 죽일 수 없습니다."

"짐이 한다면 하는 것이다. 네 따위 것이 감히……! 할 수 있다, 없다를 판가름할 수 있는 것이 아니란 말이다!"

그렇습니까, 차분히 되물은 완이 눈살을 찌푸렸다.

"지금 폐하의 어보(御寶, 임금의 도장)를 갖고 있는 사람이 누구인지 잊으셨습니까."

"……."

"폐하께서 이기시면 제 아비와 오라비가 폐하의 땅과 재산을 조각내어 차지할 것입니다."

"웃기는 소리. 반역이라도 일으킨단 소리냐."

황제가 드러나게 당황한 낯빛을 내비쳤다. 황실의 어보는 만일의 사태를 대비해 혜원공이 지키고 있었다. 황실의 명예와 존속을 위한 보호가 명목상의 이유기는 했지만 실상 황제도 달갑지 않은 일이었다. 제가 죽더라도 그 어보를 지킨 혜원공은 황궁의 주인이 되려고 할 것이 뻔했다. 그러나 제 앞에 놓인 선택지는 많지 않았고 저는 궁지에 몰린 생쥐나 다름이 없었으니 싫더라도 군소리 없이 행해 주어야 했다.

기실, 산군의 개가 되나 제후들의 허수아비가 되나 그에겐 별다른 차이가 없었다. 무엇을 선택하든 자존심을 내려놓고 머리를 조아려야 할 테니 더 나은 것이 무엇이랴. 그저 일말의 가능성을 생각한다면 제후들 편에 서는 것이 조금이나마 살 확률이 높다 판단했을 뿐이다.

이를테면 제후들이 저를 죽이고자 할 땐 많은 명분이 필요할 것이다. 저의 실책이 쌓여야 할 것이고 민심의 성난 소리가 모여야 할 것이며 저의 아들들이 모조리 죽어야 할 것이다. 그러나 산군이 저를 죽이고자 한다면 필요한 게 없었다. 그가 마음먹은 순간, 저는 피할 길 없이 죽으리라.

"노여워 마십시오."

그 무시무시한 산군의 반려로 무려 다섯 해를 지낸 달이 말했다.

"그것이 폐하의 최선임을 압니다."

살기 위해 발악하는 저의 초라함을 업신여기며.

"네, 네 이년……!"

"한데 폐하께서 이기실지 모르겠습니다. 제가 아는 이리들은 황군들이 든 창 따위에 뚫릴 살가죽을 갖고 있지 않으니 말입니다."

244

황제가 이해할 수 없다는 듯 눈살을 찌푸렸다. 그것이 사실이라 할지라도 도망쳐 온 주제를 생각하면 그리 즐거운 이야기도 아닐 텐데 이리들의 강인함을 설명하는 달의 얼굴은 어쩐지 신이 나 보였다.

"네년은 산군이 이기길 바라는 듯 보이는구나."

"……."

"산군이 이기면 널 용서할 것 같으냐?"

같잖은 허세는 부리지 말라는 뜻에서 물은 것이었다. 빳빳한 목과 오만하게 반짝이는 눈빛을 생각하면 겁먹지 않을 걸 알고는 있었지만,

"……제가 용서를 바라는 것 같습니까?"

"……."

저리 화사하게 웃을 것이라고는 생각하지 못했다. 애초에 제 답이 필요한 질문은 아니었던 것인지 그저 상냥하게 입을 다문 달은 그대로 문을 열고 방을 떠났다.

황제는 그 뒷모습을 꽤나 두려운 듯 바라보며 식은땀을 흘렸다. 꽃 같은 여인의 미소가 이리도 불안하기는 처음이다.

□ ◆ □

민정우가 완이 머무는 처소로 들이닥쳤다. 대장군이라고는 하나 아직까진 아무 일 없는 진선 땅에서 황궁이나 지키고 있는 노릇이니 심심한 것인가 싶었는데 눈에 핏발을 세운 걸 보니 꽤 재미있는 일이라도 있었던 모양이다.

"무슨……, 으악!"

다짜고짜 머리채를 잡힌 완이 비명을 질렀다. 꽉 잡고 놓아 주지 않는 아귀힘에 두피가 찢어질 듯 아프다.

민정우가 놓아 달라 소리를 지르는 누이를 경멸 어린 눈으로 노려보았다.

"다 네년 때문이다."

아랫것들이 보고 있음을 알면서도 화를 죽이지 못한 그는 아프다 말하는 누이를 방 밖으로 질질 끌어냈다. 언제 죽을지 모르는 와중에도 곱게 꽂아 놓은

비녀들이 둔탁한 소리를 내며 복도 바닥으로 떨어졌다.

"보거라."

기어코 처소의 앞뜰까지 누이를 끌고 나온 그가 손안에서 산발이 된 머리채를 내팽개치며 말했다. 아픔과 모욕감에 눈을 붉게 물들인 완이 차오르는 눈물도 속으로 삼키며 오라비를 쳐다보았다.

"또 어떤 성벽이 무너졌기에 이리 화를 내십니까!"

영선 땅의 함락 이후 서쪽 산과 맞닿은 휘선의 반이 무너졌단 소식이 들렸다. 아버님께서 서산에 있는 신수를 베러 가신 터라 오라비의 심기가 영 좋지 않았다. 동쪽의 영선과 서쪽의 휘선. 패색이 짙어지고 있었다. 전쟁에 참여한 이리족의 규모가 어느 정도인지는 알 수 없으나 들이닥쳤다 하면 패전하기 일쑤이니 그들의 전략을 이해하는 게 무슨 의미인가 싶을 지경이었다.

민정우가 완의 뺨을 내려쳤다. 온 힘을 실은 것인지 삽시간에 부어오르는 뺨이 흉하다. 그럼에도 성에 차지 않는 것인지 다시금 머리채를 휘어잡은 그는 누이를 바닥에 끌며 썩은 냄새가 진동하는 수레 앞으로 데려갔다.

"너의 그 이리 새끼들이 한 짓을 보아라. 보란 말이다!"

오라비가 당기는 대로 고개가 들린 완은 수레에 실려 온 시체를 보았다. 거의 넝마나 마찬가지인 모습이라 누구인진 알 수 없으나 상대가 잔혹한 이였던 것은 분명해 보였다. 편한 죽음을 선사하기 싫었던 것인지 급소가 아닌 곳만 골라 깊은 상처가 나 있었다. 얼굴에는 눈알이 뽑혀 푹 꺼져 있었고 오른팔과 왼 다리는 깔끔하게 잘려 보이지 않았다. 제아무리 전쟁 중이라 하더라도 이렇게까지 수고를 하여 잔인함을 드러내는 건 흔하지 않은 일이었다. 각자의 영역을 수호하는 데 저력을 다하는 수족이라면 모를까. 남아 있는 몸에 살갗도 이리저리 뜯긴 것을 보면 사람보다는 짐승의 짓이라 하는 게 더 맞았다.

"알아보겠느냐."

세자가 소리쳤다. 시신의 목에는 이리 석상을 부수고 난 잔해들로 만든 목걸이가 걸려 있었다. 황제가 승리를 기원하며 나눈 징표이니 못해도 높은 지위의 사람일 터. 오라비와 가까운 사람인가 싶었다. 하여 이토록 화를 내는 것인가.

"아버님이니라."

아.

"아버님이란 말이다!"

소리친 그가 어울리지 않게 울먹이며 무릎을 꿇었다. 체면을 중시하느라 이래저래 잔소리가 많았던 아비이기는 했으나 그 누구보다 저의 편이었고 그 누구보다 저를 이해하는 존재였다. 모두가 손가락질을 하며 지탄하던 저의 잔혹도, 공부라면 질색을 하던 저의 무지도 아버지는 엄하게 질책하지 않았다. 가만히 있던 아우들을 하루아침에 죽은 목숨으로 만들고 그 피를 손과 얼굴에 묻혔을 때도 마찬가지였다. 잠시 흔들리는 눈을 하기는 했으나 제 뺨을 닦아 주고 제 손에 물수건을 쥐여 주었다. 저를 낳아 준 어머니조차 귀신 보듯 하는 저를 아버지만큼은 언제나 피하지 않고 응수했단 말이다.

한데 그런 아버지가 구걸하는 거지의 시체보다도 못한 꼴로 돌아왔다. 서쪽 산에 있는 신수를 베겠다 할 때부터 말렸어야 했다. 산군의 군사는 황제가 있는 황궁부터 칠 것이니 서산은 비었을 것이라 그리 자신만만해해 놓고 이런 꼴로 돌아오면 어쩌란 말인지.

머저리 같은 황제를 지키는 게 아니었다. 양옆에서 밀려드는 이리족의 기세에 정신이 팔려 병서에만 매달려 있었던 것이 한심하다.

"정녕……, 아버님이 맞습니까."

완이 흉측한 시신의 뺨을 아무렇지 않게 어루만졌다.

"아버님……."

피로 물들긴 했으나 하얗게 센 것이 훤히 보이는 머리카락을 쓸었다. 인생의 모든 순간, 오르지 못할 담장이자 함락시키지 못할 성벽으로 존재하던 제 아비가 언제부터 이리 시들었는지 모르겠다. 마지막으로 마주했을 때조차 제 뺨을 후려치며 등등한 기세를 자랑하셨는데. 대체 언제부터.

"이렇게 빨리……."

"……."

"이토록 빨리 가시다니요."

이럴 줄 알았으면 더 빨리 물어볼 걸 그랬다. 왜 그랬냐고. 왜 저와 저의 아우들을 지켜 주지 않았냐고. 왜 제 오라비를 막지 않았냐고. 저야 계집이니 그랬다지만 아우들은 모두 사내였는데.

오라비가 아우들을 모조리 도륙한 다음 날, 중양절 연회에서 돌아온 아버님을 찾아갔었다. 형제 사이에 사소한 다툼이 생길 때면 매번 오라비의 편을 들던 아버지였으나 이번엔 다를 것이라 믿었다. 그저 장자란 이유로 헤아려 주기엔 정도가 지나친 일이었으니.

'아무 말도 하지 말거라.'

허나 아버지는 고작 그따위 말이나 했을 뿐이다. 세차게 뛰는 가슴을 부여잡고 달려온 여식이 바닥에 주저앉아 엉엉 우는 걸 보면서도 체통을 지키라 호통을 쳤다. 아직 식지 않은 아우들의 시체가 비현각 위에서 억울함을 호소하고 있는데 어떻게 그럴 수가 있는지.

"아직 가시면 안 됩니다······."

분한 마음에 눈물이 난다.

"아······. 흡······, 흐흑······."

이렇게 쉽게 가서는 안 되는데. 오래도록 묵혀 온 저의 분노와 슬픔을 보여 주지 못했는데. 아무것도 보여 주지 못했는데.

"아아!"

답답함에 가슴을 치며 울었다. 엉망이 된 아버지의 얼굴을 끌어안고 하늘을 올려 보았다. 그곳에 어머니가 계실까. 어머니는 지금 이 광경을 보고 계실까. 제 배로 낳은 자식이 또 다른 자식들을 죽였음을 알았을 때, 어머니의 황망한 얼굴은 아직도 선명하다. 오직 제 명에 순종하기만을 바라는 아버지를 지아비로 둔 죄로 한평생 말 한마디 쉬이 꺼내지 못하던 어머니는 그날, 아버지 면전에 대고 저주를 퍼부었다.

'네 이놈! 너의 지략이 넓다 한들 바다보다 넓지 않고, 너의 기세가 높다 한들 태산보다 높지 않을진대······.'

허탈한 듯 조용히 절규한 어머니는 아버지를 있는 힘껏 비웃었다.

'영생을 사는 신들도 네놈보다 욕심이 많진 않을 것이다. 부디 네놈보다 넓은 바다에 빠져 죽길 기도하마. 부디……! 네놈보다 높은 태산에 눌려 죽길 기도하마!'

고생 한번 하지 않은 손의 손톱이 다 부서지도록 처절하게 저주하던 어머니는 비통하게 흐느끼며 밤을 새웠다. 그리고 그다음 날, 거짓말처럼 세상을 떠났다. 살아서 지키지 못한 새끼들을 지키러 가겠다는 유서를 남긴 채.

아, 어머니.

"……이리들이 한 짓이 맞습니까."

어머니의 바람이 이루어진 것 같아요.

완이 입술을 물고 선 오라비를 향해 물었다. 후, 숨을 뱉은 오라비가 들끓는 감정을 다스리지 못하고 가슴을 퍽퍽 쳤다. 한심하단 듯 쳐다보다 수레 옆에 선 두 사내에게 시선을 옮겼다.

"거기 둘."

핏물이 밴 옷과 넋이 빠진 듯 보이는 눈동자, 이리저리 상처 난 얼굴까지 척 보기에도 수레를 끌고 온 이들이었다.

"본 것들을 말하세요. 정녕 이리들이 한 짓이 맞습니까."

"그것을 꼭 들어야만 아는 것이냐!"

민정우가 짜증스레 소리쳤다. 와중에도 앞뒤를 따지려는 누이가 지악스럽게 느껴졌다. 아버님의 시신을 이리 만든 이가 누구인지는 불 보듯 뻔한 일이었다. 못 믿겠다는 것인지 자꾸만 이리들이 한 짓이 맞느냐 묻는 꼴이 영 마음에 들지 않는다. 무엇이 되었든 누이의 사람들이 아버님을 죽인 것은 변하지 않는 사실이거늘.

"이리들의 동선을 알아야 할 것 아닙니까!"

완이 지지 않고 목소리를 높였다. 무어라 또 타박을 하려던 민정우가 씩씩 더운 숨을 뱉으며 허리 위에 손을 올렸다. 인정하고 싶지는 않지만 그 무엇보다 이리들의 동선이 필요한 건 사실이었다. 영선과 휘선의 크고 작은 성이 함락되는 동안 백기를 들었다는 것 외에는 이렇다 할 정보가 없어 작전을 세우기 어려운 탓이었다.

"이리들이 서산에서부터 내려온 것이 맞습니까."

목소리를 다시 차분하게 바꾼 완이 머릿속에 펼쳐진 산길의 지도를 가늠했다.

"규모가 어느 정도였는지, 이리들 사이에 사람은 없었는지, 있었다면 어떤 사람들이 있었는지 기억나는 대로 모든 것을 말해 주세요."

"……너, 너무 순식간에 일어난 일이라 자, 잘은 기억이 나지 않습니다."

덩치 큰 남자가 말을 더듬으며 당시를 회상했다.

"한데……, 대공 전하를 이리 만든 건 이리가 아니었습니다."

"이리가 아니기는!"

세자가 짜증을 부리며 남자의 정강이를 찼다.

"네놈들이 도망치느라 본 것이 없는 걸 테지!"

차인 정강이를 붙들고 남자가 신음하자 내내 입을 다물고 있던 또 다른 남자가 앞으로 나왔다.

"이, 이 친구 말이 맞습니다."

"허튼소리!"

"참말입니다! 이리가 아니라……."

땅에 시선을 박은 남자가 잔뜩 겁이 난 모양으로 웅얼웅얼 작은 목소리를 냈다.

"호랑이였습니다."

"뭐라? 호랑이?"

"전부 지쳐 있을 때였습니다. 꽤 많은 고목을 베었음에도……, 피 흘리는 나무 같은 건 없었습니다. 그러다 그곳에 있는 나무 중에 가장 작은 나무를 베었는데……, 거기서 피가 흘렀습니다."

"피를 흘렸단 말이냐? 신수를 찾았단 말이야?"

놀란 얼굴로 다그치는 민정우에 남자가 고개를 끄덕였다.

"예, 분명 피였습니다. 그 순간 호랑이들이 나타났어요. 몇 마리였는지도 모르겠습니다. 그냥 눈 깜짝할 새에 모조리 물어뜯겨서······.”

끔찍한 기억이 되살아난 듯 거칠게 도리질을 친다.

“그곳에 있던 사람들 중 절반은 백정이고 또 절반은 장사라 이름난 이들이었습니다. 사냥꾼도 몇 있었고요. 도끼도 들고 있었고 우리 쪽 수가 적었던 것도 아닌데 속수무책으로 당할 수밖에 없었습니다. 그것들은······, 사냥을 하러 온 것이 아니었으니까요.”

“그게 대체 무슨 말이냐.”

“본디 호랑이는 떼로 다니지 않습니다. 사냥꾼이라면 다들 아는 사실입니다. 그런 호랑이들이 떼거지로 나타나 보이는 족족 숨통을 끊어 놓으니 당해낼 재간이 없지요. 무엇보다······.”

남자가 수레 손잡이를 꾸욱─ 힘주어 잡았다.

“저희 둘을 일부러 살려 두었습니다.”

“일부러 살려 두다니. 난리 통에 줄행랑을 쳐 목숨을 건져 놓고 그따위 변명을 하겠다는 것이냐!”

“아닙니다!”

억울한 듯 목소리를 높인 남자가 다시 고개를 푹 숙였다.

“분명 저와 눈이 마주쳤습니다. 바위 뒤에 몸을 숨기고 숨소리도 내지 않으려 애쓴 것은 맞으나······, 작은 소리와 냄새도 알아차리는 산짐승에게 들키지 않을 리가 없지 않습니까!”

“······.”

“그것들은 일부러 대공 전하의 시신을 끌고 와 제 앞에 두었습니다. 마치······, 마치······.”

“가져가 보이라는 뜻이었군요.”

완이 마무리 짓지 못하는 남자의 말을 대신 받았다. 더 들을 필요도 없었다. 직접 겪은 일은 아니지만 그저 듣기만 해도 호랑이들의 안광이 눈에 보이고 땅을 울렸을 울음소리가 선명하게 들렸다.

“또 어딜 가는 것이냐.”

헝클어진 머리카락을 대충 쓸어 정리한 완이 일어나 다시 처소로 향하자 민정우가 물었다.

"더 들을 것도 없으니 더 있을 이유도 없습니다."

"네년이 정녕……."

"아버님의 장례를 준비하겠습니다. 오라버니는, 산군님을 맞이할 준비를 하세요. 전쟁 통에 슬픔은 사치라는 걸 아시지 않습니까."

고개만 돌려 답한 완이 오열하느라 젖었던 뺨을 무심하게 닦았다. 영선에 이어 휘선도 무너졌단 소식에 지아비의 군사가 나뉘어 움직이는 줄 알았다. 한데 호랑이들이 나섰을 줄이야. 황량하고 고독한 북쪽에서 내려오는 법 없던 호랑이들이 구태여 서쪽 땅까지 내려와 산군님께 힘을 실어 주고 있는 상황이라니.

준비를 해야 한다. 사냥감을 쫓는 지아비의 형형한 눈이 코앞까지 왔음이라.

▫ ◆ ▫

황제의 깃발을 든 민정우가 군사들을 이끌고 넓은 벌판으로 향했다. 영선의 성벽과 휘선의 성벽이 모두 무너졌으니 황궁이라고 무너지지 않으리란 법이 없었다. 그러니 황궁보다 더 깊숙이, 더 멀리 가야 했다. 하여 황궁 안 모든 말들을 끌고 바다를 등진 벌판으로 나아갔다. 적들은 나무가 빽빽한 숲에서 자랐으니 모든 것이 트인 이곳에선 조금이나마 승산이 있을지도 모른다. 아니, 있어야만 한다.

"도, 도깨비불입니다!"

이윽고 정찰을 나갔던 병사들이 고했다. 민정우가 가늘게 떨리는 눈꺼풀을 내렸다. 태어나 단 한 번도 무언가를 두려워해 본 적이 없다. 갖고 싶은 것을 갖지 못한 적도 없고 비굴하게 고개를 숙인 적도 없다. 그러나 오늘은 조금 다르다. 아직 적들의 모습이 보이지도 않는데 등골이 서늘하고 고삐를 쥔 손에선 땀이 배어 나온다.

"두려우십니까."

오라에 묶인 채 말을 탄 누이가 말했다.

"닥치거라."

"두려우니 저를 이곳까지 끌고 온 것 아닙니까."

"독사 같은 계집."

이미 몇 번이나 얻어맞은 덕에 붉어진 뺨을 또 한 번 내려쳤다. 진작 알아차렸어야 했다. 산군에게 죽임을 당할까 두려워 내려왔다면서 떠는 기색 하나 보이지 않던 그때부터 눈치를 챘어야 했다. 산군의 군사들이 온갖 성벽을 부수고 있단 말에도, 성벽을 넘어 진선 땅까지 침범했단 소식을 전해도 태평하기만 하던 낯짝을 의심스럽게 보고만 있을 게 아니었다.

"······웃는 것이냐."

완이 웃음을 터트리자 세자가 징그럽다는 듯 눈살을 찌푸렸다. 이제는 속일 정성도 남아 있지 않은지 소리까지 내어 웃는 게 소름이 돋았다.

아버지의 말이 맞았다. 독사 같은 저의 누이는 피를 나눈 가족보다 몸을 섞은 지아비의 품이 더 좋은 모양이었다. 아버지의 장례를 치르겠단 말은 위선에 불과했고 달은, 늑대를 기다리고 있었다.

"죽더라도 네년과 함께 죽을 것이니 웃지 말거라. 네년이 지아비 품으로 돌아갈 일은 없을 것이다."

"마음대로 하십시오."

실성한 듯 웃는 누이에 민정우가 이를 악물었다. 멀리 먼지가 이는 게 보였다. 아직 해가 다 지지도 않았건만 잘 보이지 않는 전경에 눈매를 다듬게 된다. 그러다 들리는 호각 소리. 새카맣게 변하는 하늘. 쏟아지는 화살.

"으억!"

갑작스레 쏟아지는 화살에 말들은 기이한 비명을 내지르고 병사들은 허둥지둥 자리를 이탈하기 시작했다.

"하, 하하······."

방패로 머리를 가리느라 바쁘던 민정우가 앞을 보고 헛웃음을 지었다. 화살로 만든 비가 내리는 꼴이었다. 그 사이를 뚫고 달려 나오는 것들의 정체는 하나로 정의하기도 어려웠다. 회백색의 이리들이 수백이요, 사이에 낀 호랑이와 말의 수도 수백이니 상대해야 할 짐승만 수천이다. 와중에 화살을 날리는 이들의 몸은 달리는 말과 이리 위에서도 균형을 잡고 있으니 전쟁의 신이 현신을

253

한다면 꼭 저런 모습일 거란 생각이 들었다.

그리고 그런 무리를 이끌고 있는 자.

"네년의 지아비로구나."

"……."

"네년을 기어코 구하려고……."

"……나를 구하러 오신 것이 아닙니다."

완이 오라비와 그 앞에 달려오는 산군의 군사들을 바라보며 웃었다.

"너희를 벌하러 오신 것이지."

아직 충분히 가깝지 않음에도 느껴지는 지아비의 존재가 이토록 마음을 충만하게 할 수 없다.

뒤늦게나마 저의 속내를 알아챈 오라비는 저를 부적처럼 데리고 다녔다. 도망이라도 갈 것이라 여긴 것인지 오라로 묶어 두는 모양새가 한심해 웃음이 나왔다. 제 웃음이 오라비의 손을 부른단 걸 모르지 않음에도 내내 웃음을 멈출 줄 몰랐다.

"……널 구하러 온 게 아닌지 보자."

민정우가 완을 자신의 말 위로 옮겨 태웠다. 전투 진형이고 뭐고 도망치기 바쁜 병사들은 이미 그의 말을 따르고 있지 않았다. 분통이 터지긴 했으나 오합지졸들을 데리고 산군에 맞서느니 오라에 묶인 누이를 이용하는 게 백번 나은 선택일 것이다.

한 팔로 완의 허리를 단단하게 감싸 안고 다른 한 손으로 칼을 쥐었다. 잘 벼린 칼날을 가는 목 앞에 드리우자 거침없이 내려오던 산군의 무리가 그림처럼 멈춘다. 맹렬하던 전장의 살기가 시간을 멈추어 놓은 것처럼 얼어붙은 꼴이다.

"하, 이러고도 아니더냐."

이럴 줄 알았다는 듯 완의 귓가에 비열한 목소리를 쏟은 민정우는 제법 의기양양한 표정을 지었다. 제 누이가 산군에게 마음이 있는 것이라면 산군 또한 그러할 확률이 높았다. 다섯 해 전에 보았던 산군의 눈과 목소리를 기억하고 있다. 저와 제 아비는 마주할 때마다 하찮다는 듯 능멸하기를 주저하지 않으면서 완을 대할 때는 세상에서 가장 우둔한 소년의 낯을 하고 있었다.

산군이 이리 위에서 내려와 땅을 밟았다. 마치 공격하지 않겠다는 뜻을 보이려는 것처럼 칼을 바닥에 던진 그는 완에게 시선을 고정한 채 천천히 걸음을 옮겼다. 온갖 무기를 든 적군이 가득한 곳에서 무장을 풀어낸 그는 무엇도 두려운 게 없는 것처럼 보였다. 외려 겁을 먹은 건 세자라 그는 칼 쥔 손에 힘을 바짝 주었다. 세심한 조절 따위 할 수 있는 겨를이 아닌지라 가느다란 목에선 처연한 핏방울이 흘렀다.

산군의 눈이 가늘게 좁혀졌다. 제법 가까운 거리를 만들 즈음에야 걸음을 멈춘 그는 오랜만에 보는 반려를 서늘한 눈으로 살폈다.

"늑대의 규칙을 알겠지."

지아비의 물음이 달의 귀에 닿았다. 아스라이 부서지는 목소리가 아쉬워 잠시 눈을 감았던 완은 그 잠시가 또 아까워 금세 눈을 떴다. 눈물이 차오르려는 걸 억지로 참아 내며 눈앞에 선 낭군의 아름다운 자태를 일일이 새기듯 쳐다보았다.

아, 정말이지 웃음을 참을 수가 없다. 그저 자멸하는 오라비가 우스워 웃음이 나는 줄 알았는데 그저 오랜만에, 매일같이 그리던 지아비를 만날 생각에 웃음이 나왔던 모양이다.

"알고 있습니다."

완이 속삭이듯 마주한 지아비에게 말했다.

"이 몸 역시 늑대인데 어찌 늑대의 규칙을 모르겠습니까."

작게 말한다 해도 크게 들을 지아비란 걸 알았다. 지아비의 곁을 지키고 선 이들의 귀에도 제 말소리가 들릴 것이다. 이리족들의 귀는 무혼의 몸이 가진 귀보다 더 많은 것을 듣기 마련이니. 그러니,

"부디—"

부디,

"조금도 개의치 마시고—"

조금도 미련 갖지 마시고,

"모두 벌하소서."

저 또한 벌하소서.

다시금 전장의 소리가 들린다.

제가 지아비의 품을 떠나 산 아래로 내려온 것은 단순한 이유 때문이었다. 그가 저를 생각하지 않고, 그저 자유로이 싸울 수 있기를 바랐다. 그러기 위해선 그가 산을 떠나야만 했다. 산에서 그가 지킬 게 너무 많았다. 수많은 짐승과 수족들은 물론이고 나무와 흙, 흐르는 개울과 꽃잎 하나까지 모두 그가 지켜야 하는 것들이었다.

또한 그가 저를 버려야 했다. 저를 믿다 말하면서도 저의 고됨과 상처를 견디지 못하는 그라는 걸 알았다. 제 아비와 오라비가 반역을 일으키고 온갖 도발을 해도 그는 저에게 어떤 책임도 묻지 않았다. 전쟁 준비를 핑계로 저를 만나 주지 않았던 것도 대신들의 시선으로부터 저를 떼어 내기 위함임을 모르지 않았다. 미련하고 미련한 사람.

저는 그런 그의 절절한 비호를 떨쳐 내야만 했다. 처음 그에게 모든 것을 들켰을 때와 마찬가지로 저는 욕심을 내려놓지 못하는 사람이었다. 저의 아우들과 저의 어머니, 이제는 저의 지기까지 죽음으로 몰고 간 아버지와 오라비를 용서할 자신이 없었다.

하여 그를 떠났다. 제가 그를 버렸다 생각할 수 있게 무엇도 남기지 않고 떠났다. 모든 것이 제가 할 수 있는 최선이었다. 미안하단 말이라도, 고맙단 한마디라도 할 수 있었다면 더할 나위 없었겠지만 그런 낭만을 즐기기엔 제 처지가 너무 나락이란 걸 알고 있었다.

또 웃음이 난다. 완으로 태어나 달로 죽을 저는 이 모든 순간을 위해 존재했다. 눈을 감고 빌었다. 그가 저를 증오하기를. 아주 깊이 증오하기를. 하여 저에 대한 모든 미련을 버리기를. 또한 자유롭게 싸우기를. 종국엔, 그가 사랑하는 산이 조금도 다치지 않기를 빌었다. 이 소원만 이루어진다면 제 손으로 아비의 목숨을 끊지 못한 걸 후회하지 않을 것이니 부디, 이 기도만은 들어주기를 빌었다.

이리들의 성난 울음소리가 들리는 걸 보면 하늘이 제 기도를 듣는 모양이었다.

"으아악!"

눈을 감고 마지막 기도를 올리는 순간, 오라비의 비명 소리가 들리고 저를 결박하고 있던 팔에 힘이 풀렸다.

"흐……."

엎어진 오라비의 등을 밟고 선 이리가 저와 눈을 맞췄다. 청민도 아니고, 은호도 아니다.

"율아."

아이의 현신을 본 적은 없으나 알아볼 수 있었다. 그 숱한 고통을 견디더니 기어코 성체의 현신을 갖게 되었다는 감상도 잠시. 율이 물고 있던 칼을 던졌다. 정확하게 호선을 그리며 발밑으로 떨어지는 칼을 홀린 듯 쳐다보았다. 딱 손 한 뼘에 들어올 것 같은 길이의 단도. 혜심의 칼이었다.

"이걸 네가 왜……."

전쟁 통이라는 것도 잊고 묻던 저에게 율은 정신 차리라는 듯 으르렁 소리를 냈다.

호각 소리가 사방을 메웠다. 무차별적으로 날아들던 화살 대신 창이 바닥으로 꽂히기 시작했다. 율은 여직 말 위에 있는 저를 지키겠다고 팔을 물어 끌어 내렸다. 그 찰나를 놓치지 않고 몸을 일으킨 오라비가 주인 없는 말에 올랐다. 놓칠 수 없다는 생각에 뒤쫓으려는 순간, 머리를 들이밀며 가로막은 율이 이빨을 세워 오라를 끊었다. 자유로이 팔을 쓰는 저를 보고 나서야 올라타라는 듯 자세를 낮춘다.

"이 망할 년……!"

떨어진 칼을 단단하게 쥔 완이 율의 위에서 능숙하게 중심을 잡았다. 민정우가 말의 고삐를 여유 없이 당기며 달렸지만 그래 봤자 이리의 속도를 이길 수는 없는 법이다.

율이 오라비를 태운 말의 뒷다리를 물었다. 나뒹구는 말의 비명과 함께 모래 위로 떨어진 오라비는 어떻게든 살길을 도모하려 칼을 뽑아 들었다. 그러나 말의 살점을 바닥에 뱉은 율은 이번에야말로 완벽하게 세자를 눌러 잡았다.

"네년이 감히! 감히 나를!"

발버둥 치는 오라비를 무심하게 내려 보던 완이 율의 등에서 내렸다.

"네년을 그때 죽였어야 했다!"

세자가 악다구니를 쓰며 다가오는 완에게 침을 뱉었다.

"죽기 전, 마지막 후회가 그것입니까."

"네년이 살려 달라 비는 걸 불쌍히 여기지만 않았어도! 너 따위가 감히 나를 내려 볼 수 있겠느냐. 감히!"

"……."

완이 무릎을 굽히고 오라비의 목을 쥐었다. 오직 오늘만을 위해 살았던 것이 무색하게 어떠한 기쁨도 느껴지지 않는 게 이상했다. 죽음을 목전에 두고도 반성하거나 후회하지 않는 오라비의 뻔뻔함 때문인지 이 모든 복수의 끝에 아무것도 없음을 알아차린 저의 본능 때문인지 알 수는 없었다.

"한평생 오라버니께 죽임을 당할까 두려웠던 거 아닙니까."

지지 않으려 눈을 번뜩이는 오라비와 똑바로 마주한 채 말했다.

"아버님의 숨을 거두지 못한 것은 아쉬우나, 오라비의 숨은 거둘 수 있어 다행입니다."

"이 망할……!"

더 듣지 않고 오라비의 심장이 있을 가슴 위로 칼을 꽂았다.

"윽……!"

무엇이 그리도 분한 것인지 눈을 감지도 못하고 피눈물을 흘리며 숨을 거둔다. 살아 있던 목숨이 단숨에 저물어 가는 걸 감흥 없이 바라보던 완은 오라비의 서슬 퍼런 눈 위로 손을 덮었다.

"흡……, 흐윽……."

오라버니.

"흐윽……."

저는 오라버니가 가장 높은 곳에서 추락하는 걸 보고 싶었습니다. 가장 높은 곳에서 기뻐할 때 그 등을 떠밀어 공포에 찬 얼굴을 보고 싶었어요. 죽은 내 아우들도 오라버니 칼을 마주했을 때 그러했을 테니 말입니다. 한데 제가 잘못 생각했습니다.

"기분이, 어떠십니까."

그냥 처음부터 이랬어야 했어요. 이렇게 느닷없이. 이토록 아프게. 이처럼 끔찍하게.

"내 비로소—"

우는 얼굴을 대충 훔친 달이 일어나 혈육의 피가 흥건한 칼을 버렸다.

"아우들의 복수를 하는구나."

□ ◆ □

산군이 살려 달라 비명을 지르는 병사의 가슴에 칼을 꽂았다. 황궁에서 보낸 파발꾼이 이리의 휘장을 펄럭이며 다가오는 걸 보았지만 그래도 상관은 없었다. 전쟁이라 생각하고 시작한 것이 아니니 이기는 것엔 관심도 없었다. 사냥은, 사냥감이 죽어야 끝이 난다.

"소, 소신, 황궁의 사신으로서 왔사옵니다……."

말에서 내린 파발꾼이 이리의 휘장을 갑옷처럼 몸에 두른 채 무릎을 꿇었다.

"선국의 새 주인이신 산군님을 모시라 하였사옵니다……. 황궁의 궁문을 열어 두었으니……, 더 이상의 노기를 거두시고 용상에 오르시지요."

고작해야 천 쪼가리에 불과한 휘장이 이리들의 이빨로부터 숨을 수 있는 보루라 생각한 것인지, 꼭 쥐고 떠는 꼴이 우습다.

"그 명을 누가 내렸느냐."

산군이 물었다.

"오는 길에 황제는 이미 죽여 없앴는데 대체 누구의 명을 받은 것이냐 묻는 것이다."

"그, 그것이……."

죽여 없앤 자리에 한기가 서리기도 전, 새 주인들이 생긴 모양이었다. 혼이 없는 자들은 제 것이 아닌 것에도 끝없는 욕심을 품는다더니. 산군이 쯧, 혀를 찼다. 역하다.

"용상에는 관심 없으니 순리에 따라 더러워진 땅을 정리하라 일러라."

들고 있던 창을 바닥에 내리꽂은 그가 말했다. 날카로운 촉이 벌판을 채우고 있던 시체 위로 푸욱, 소리를 내며 꽂힌다.

더 이상 죽일 사냥감이 없으니 제 것을 챙겨 돌아갈 때다.

□ ◆ □

완이 오라비의 시신을 곁에 두고 무릎을 끌어안았다. 기쁘지도 않고 그리 개운하지도 않은 기분에 마음이 헛헛했다.

"……."

그저 슬프고, 또한 무력하다.

"율아."

핏물이 스민 털을 부드럽게 쓸어 준 완이 희미하게 웃었다.

"돌아가거라."

"……."

"너의 동료들이 있는 곳으로, 너의 주군께서 계신 곳으로……, 가거라."

마지막으로 볼 수 있어 기뻤다는 말이라도 해야 하나 싶었지만 완은 그저 입을 다무는 것으로 모든 것을 대신했다. 끝끝내 저를 지키겠다 다가온 이 착한 아이에게 저는 좋은 달도, 좋은 누이도 되지 못했다. 이리들의 어미로서 굳건한 모습을 보이지도 못했고 누이로서 아이의 상처를 어루만져 주지도 못했다. 혜심에게 다친 상처가 다 아물지도 않았을 텐데 또다시 생채기를 냈다는 죄책감이 온몸을 짓눌렀다.

마주한 푸른 동공이 제 속을 읽기라도 하는 듯 촉촉해졌다. 그러다 갑작스레 몸을 돌리고는 인사하듯 자세를 낮춘다. 바람에 실려 건네지는 피 묻은 다정함.

"달."

제가 버린,

"아……."

그리운 목소리.

끌어안은 무릎을 더욱 가까이 당기고는 얼굴을 묻었다. 듣지 말아야 할 것을 들은 것처럼 몸을 굳히고 또 귀를 막았다.

제 몸을 불살라 복수를 계획할 때까지만 해도 저의 마지막은 오늘이었다. 비록 죄인이라 할지라도 천륜이고 혈육인 아버지와 오라비를 부수겠다 다짐한 계획이었으니 훗날을 생각하지 않았다. 복수의 끝은 언제나 저의 죽음일 것이라 생각했다.

그래서 이렇게 그를, 제가 버리고 도망친 그를 다시 볼 수 있을 거라 감히 생각한 적 없다.

"이리 오세요."

텅 비어 아무것도 없는 줄 알았던 가슴에 또다시 꽃이 핀다.

"안 돼……."

"데리러 왔습니다."

얼어붙은 줄 알았던 가슴에 불덩이가 인다.

"어서."

불덩이가 뿜어내는 열기에 죽을 것 같은 기분.

"흡, 흑……."

차마 고개는 들지 못하고 가슴께를 움켜쥐었다. 제 심장과 살가죽을 모조리 태우고 나서야 꺼질 것 같은 불덩이의 발화점이 어디서 온 것인지 도통 알 수가 없다.

"다 끝났습니다."

"아, 아흑……."

아버지의 시신을 보아도, 오라비의 목숨을 끊어도 복수가 끝났단 생각이 들지 않았다. 어쩌면 죽어서도 끝나지 않을 고통일 거라 생각했다. 한데 다 끝났단 그 한마디에 모든 사슬이 끊어지는 기분이 든다.

"늑대의 규칙을 안다 하지 않았느냐."

다정하게 어르는 목소리를 애써 부정하며 숙이고 있던 고개를 엄중한 목소리에 들어 올려 그와 눈을 맞췄다. 이미 눈물로 가득해진 동공에 그가 비치지는 않았지만 흐릿한 잔상만으로도 그의 품 안에 있음을 느꼈다.

"살아도 무리 안에서 살고, 죽어도 무리 안에서 죽는 게 늑대이니 그대도, 어서 돌아오세요."

그가 양팔을 벌리고 다가왔다. 허락 없이 산궁을 떠난 저에게 품은 원망이란 건 그에게 없는 것인지 그는 주저앉은 저를 안타까운 얼굴로 쳐다보았다. 저를 버리기를 바라며 온갖 미운 짓을 다 하고 다녔는데 그는 끝까지 저 모양이다.

천천히 걷는 그를 기다리기 어려워 다리에 힘을 주어 섰다. 마주하기 위함이 있는데 겁먹은 것처럼 보인 것인지 그가 걸음을 멈췄다. 그런 것이 아니라고, 겁먹은 게 아니라고 말하고 싶은데 울음이 찬 목은 제 뜻을 따르지 않으니,

"아……."

품으로 뛰어드는 수밖에.

"산군님……."

제 허리를 단단히 끌어안은 지아비의 목에 매달려 속삭였다.

"무서웠어요……."

송구하단 말 대신, 면목이 없단 말 대신.

13. 의심과 믿음

산군은 달을 안은 채 산으로 향했다. 호수제를 끝내고 궁으로 돌아가던 때와 그리 다르지 않은 모습이었다. 하염없이 우는 달과 그 달을 품은 자신, 그 뒤를 따르는 군사들까지 반복되는 일상처럼 흡사했다.

허나 많은 것이 달라졌다는 걸 산군은 느끼고 있었다.

건방진 인간들이 전쟁을 선포했을 때도 움직이지 않던 제가 달이 사라지고 나서야 사냥을 명하자 은호는 뒤늦게 물었다.

'무엇을 알고 계신 겁니까.'

본디 은호는 질문이 많은 충신이었다. 청민이야 저에 대한 충성에 의문 한 자락 남겨 두지 않는 대나무와 같았지만 억새 같은 은호는 끊임없이 질문을 던지고 의문을 품고 또 몇 수 이상의 계산을 세워 두길 좋아했다. 이리저리 휘며 바람을 타는 모양이 언제나 마음에 드는 건 아니었지만 뿌리내린 땅을 떠나지 않는 절개와 지조를 알아 딱히 거슬리지는 않았다. 하여 은근한 책망을 섞어 묻는 은호에게 부러 미소를 지었다.

'아는 것 없다.'

라고 대답하며.

대체 무엇을 알기에 참는 것이고, 대체 무엇을 알기에 말하지 않는 것인지 물었던 은호는 그 불친절한 답을 이해하지 못한 표정이었지만 언제나 그렇듯 사사로운 호기심을 거두고 머리를 조아렸다.

저의 충직한 무관을 놀리고 싶은 마음에 그리 답한 것은 아니었다. 정말이지 저는 아는 것이 없었다.

혜심이 죽기 하루 전, 옥사를 방문하겠다는 청을 허락하고 완의 뒤를 밟았을 때. 몹시 쓸쓸한 절규를 들었다. 여린 듯 약한 듯 세상 가장 가는 몸을 하고 있어도 힘든 티를 내거나 도와 달라 손을 뻗지 않는 저의 달이 내지르는 비명이 었다.

저의 반려가 그 건방지고 교활한 시종을 아꼈던 것을 알기에 슬퍼할 것도 알고 있었다. 사람인 이상 믿음에 대한 배신은 아프기 마련이니 고통스러워할 것도 알고 있었다. 그런데 막상 그 죽을 것 같은 울음을 듣고 있자니 덜컥 겁부터 났다.

'가 보시지 않아도 되는 겁니까.'

해서 은호의 그런 물음에도 비겁하게 움직이지 않았다. 사지가 찢기는 형벌이라도 받는 사람처럼 울고 있는 반려를 보았다간 제 자신을 영영 용서하지 못할 것 같았다.

하루도 빠짐없이 완을 원망했었다. 저를 사랑한 적 없다 말하는 붉은 입술을 보고 난 뒤로 매일. 오직 가문의 영광만을 위한다 말하던 날 이후로 매일. 저만큼 아파하기를 바라는 저주도 품었다. 저 혼자 아픈 게 억울하고 저 혼자 속은 게 원통해서 제 달도 그만큼 아프기를 원했었다. 해서 볼 때마다 미운 소리를 골라 하며 모욕을 주었다가 또 겁을 주었다가 못난 짓거리만 골라서 했었다.

그럼에도 제 달은 쉬이 약해지지 않았다. 드러나게 퍼붓는 박대에도 그 강한 자존심이 무너지질 않으니 제 자존심만 나날이 꺾여 그 앞에 서는 것조차 두려웠다. 저는 여전히, 제 달 앞에선 떨렸으니까.

악순환이었다. 저는 달이 무너지는 게 보고 싶었고 달은 저에게 무너지는 꼴을 보이지 않았으니 저는 계속해서 악독해지고 달은 계속해서 무심한 태도를 고수할 수밖에 없었다. 그 정도로 저의 아집은 추하고 비겁하며 또한 치사했다. 그러나 그 독한 아집도 타인의 앞에선 드러내지 않았다. 남들 앞에선 의식적으로라도 박대의 강도를 낮출 수밖에 없었다. 제아무리 미운 반려라 해도 남들까지 제 반려를 하찮게 대하도록 내버려 두고 싶지 않았다. 안 그래도 출신이 저와 달라 산궁 안 입지가 불안하던 반려인데 그런 제 달을 수많은 적에게 먹잇감으로 던질 생각은 추호도 없었다.

그래도 가끔, 슬픈 표정을 짓는 달을 볼 때가 있었다. 제가 대놓고 거칠게 대할 땐 단둘이 있을 때뿐이라 합궁을 할 때나 가끔씩 보는 표정이었다. 처음 그 얼굴을 목도한 날에는 어찌나 마음을 졸였는지 하던 짓도 멈추고 도망치듯 방을 빠져나갔다. 저만큼이나 아프고 슬프길 기도했는데 고운 눈썹 한 올이 티끌만큼 일그러지자 일순간 마음이 누그러졌다. 제 자신이 한심해서 견딜 수가 없었다.

그다음부턴 일부러 눈을 보지 않았다. 완의 눈빛이나 목소리, 손길과 체온까지 전부 원하지 않는 것처럼 굴었다. 그래야만 간신히 괴롭히고자 하는 마음을 유지할 수 있었다.

합궁을 하는 날이면 달은 무언가를 요구했다. 달이 스스로 찾아와 합궁을 요구할 때는 보통 정치적인 것들이었고 정해진 합궁 일에 몸을 섞을 때면 귀한 장신구나 비단 따위를 달라 말했다. 그게 아니면 저와 몸을 섞을 이유가 없다는 듯 그냥 넘어가는 법이 없었다. 단 하루라도, 다만 반나절이라도 아무 이유 없이 저를 원할 수는 없는 걸까 괴로워하면서도 저에게 원하는 것이 계속해서 있다는 게 다행스럽기도 했다.

그래서 언제나 늘 달이 원하는 것보다 더한 것을 주며 조롱했다. 목걸이 하나를 원하면 금과 진주를 비현각 바닥에 버리듯 쏟았고 전쟁 허가를 원하면 군사를 내어 주면서까지 제가 가진 힘을 과시하는 식이었다. 제가 가진 힘이 달이 생각하는 것보다 많아야 제 달이 계속해서 저를 안으려 할 테니.

그러다 호랑이 사냥을 하던 날, 저의 미련한 속내를 깨달았다. 저는 달에게 복수를 하고 싶었던 게 아니었다. 제가 아픈 만큼 달이 아프길 바라는 것도 아니었다. 달이 아프고 아파서 그 아픔에 지치고 또 지쳐서 결국 모든 걸 포기하길 바라는 게 제 진짜 속마음이었다. 욕심을 포기할 수 없다 말하던 반려였으니 그 욕심을 포기하도록 만들고 싶었던 것이다. 가문의 영광이라는 그 역겨운 욕심만 내려놓고 나면 아무것도 없는 텅 빈 마음이라도 저에게 기댈 수 있을 것이라 믿었다. 비록 연정이 될 수는 없더라도 그저 삶을 함께 살아가는 동료로서 기대기라도 하면 좋다 생각하며.

한데 제 달은 기어코 제 뜻과는 달리 움직이는 사람이라 끊임없이 욕심을 부렸다. 아비를 진선의 제후로 만들어 달라 빌었고 그 아비를 황제의 자리까지 올릴 것이라 포부도 밝혔다. 그 모든 것을 위해 저를 택했다고 하니 저로서는 그 욕심을 반겨야 하는 게 맞는데 그 욕심을 말하는 제 달의 표정은 저의 냉정을 볼 때와 마찬가지로 슬퍼서 저는 대체 어떤 생각을 해야 하는 것인지 도통 감이 오지 않았다.

그렇게 그냥 제 희망을 짓밟고, 제 순정을 짓밟고, 제 기다림을 짓밟으며 살아도 되었을 텐데. 욕심 많은 제 달은 악처로만 살기는 싫은 것인지 구태여 기청제를 올리겠다 나섰다. 금족령을 내리는 무리수를 두어서까지 막고 싶던 제 마음은 신경도 쓰지 않는 것처럼 신하들 앞에 선포까지 해 버린 반려가 미워서 견딜 수가 없었다. 또 한 번 버려진 기분이었다. 제 달의 계획엔 제가 없는 것 같아서. 조금도, 아주 조금도 없는 것 같아서.

끔찍했던 나흘이 지나고, 달의 모든 것을 포용하겠다 마음먹은 시간을 받아들이고 나자 다만 며칠은 행복했던 것 같다. 서로 은애하는 부부는 아니더라도 서로 위하는 부부 정도는 될 수 있을 것 같았다.

그런데 청민이 혜심에 관한 보고를 올렸다. 율을 제외하면 비현각의 그 누구와도 친분을 쌓지 않고, 자주 몸이 아프단 핑계를 대며 자신의 방에서 나오지 않는 날이 잦다고 했다. 외부인을 대하는 이리족 궁인들의 태도가 어떤지 모르는 것은 아닌지라 곁에 사람을 두지 않는 것 정도는 이해할 수 있었다. 자주 자리를 비우는 것 역시 웃전과의 친밀함을 이용해 게으름 따위를 피운다 생각할 수 있었다. 그러나 매번 붉게 달아오른 팔이 어쩐지 수상하다고 했다. 화상을 입은 듯 타오른 피부는 풀독이 있어 생긴 것이라 들었지만 약을 발라도 나아지는 기미가 보이질 않으니 그 행적을 살피고자 한다는 말을 덧붙이며.

'달의 눈을 피해 모든 것을 조사하라.'

무심한 낯으로 명을 내리면서 속으로 빌었다. 부디 제 반려가 연루되지 않았기를. 이번만큼은 제발, 저를 속인 게 아니기를.
그 기도를 알기에 좌절한 달을 달래러 갈 수가 없었다. 스스로 빌었던 기도가 얼마나 이기적이고 잔인했는지 알기에 죽을 듯 고통스러워하는 완을 끌어안고 달랠 염치가 없었다.

'사랑하던 아우들의 복수를 하기 위함이니 산군님의 희생 정도는 아무렇지 않다 여기시는 겁니까.'

혜심의 유언과도 같던 마지막 말들은 무엇 하나 알아들을 수 있는 게 없었다. 그토록 가문의 영광을 위하는 것 같던 제 달이 사실은 그 누구보다 가문의 파멸을 원하는 것이었다면 왜 제게 말하지 않았던 걸까.

'내가 아무리 무지해도 너는 내게 원했어야 했다.'

달이 혜심에게 품었던 원망과 다르지 않은 의문이었다. 해서 알려 주려고 했다. 나는 무지하지 않다고. 혹 내가 무지한 것이라면 모든 것을 배우겠다고. 그러니 모든 것을 말하고 나와 함께하자고. 그러니 이제는 제발, 저와 함께하자고.

'달님께서 사라지셨습니다.'

그러나 달은 저보다 빨랐고 또 언제나처럼 모든 것을 홀로 짊어졌다. 그 누구의 강요도 없이 스스로 내려갔음을 알았다. 산궁에서 가장 깊은 곳에 위치한 비현각까지 들어와 저의 반려를 납치할 만큼의 실력자는 이 세상에 존재하지 않았다. 그럼에도 저는 모든 군사들에게 말했다. 저들이 우리들의 달을 빼앗아 갔다고.

홀로 모든 것을 짊어지려 했다면, 저에게 또다시 의심과 증오를 심어 주고 싶었다면 달은 제게 복숭아꽃을 보내지 말았어야 했다. 복사나무 숲 아래서 처음 입 맞추던 그날, 저는 다짐했었다. 산의 모든 율법을 거스르더라도 이 여인을 저의 반려로 맞겠다고. 푸른 비단 속 곱게 말려 있던 복숭아꽃도 제게 그런 다짐을 품게 했다. 이 여인의 모든 불행을 함께하는 한이 있더라도 결코 놓지 않겠다고. 아무것도 모르는 천치가 되어도 괜찮다고. 아무것도 모른다 해도 괜찮으니 그저 곁에 있겠다고.

"곧 산궁입니다."

하염없이 우는 달의 눈물을 닦아 내며 말했다. 물기 어린 뺨과 붉게 물든 눈가가 애틋하다.

□ ◆ □

비현각의 궁인들이 산군께 안긴 달을 보자마자 일제히 무릎을 꿇었다.

"달님을 뵈옵니다."

단순히 주인을 본 아랫것들의 의무적인 예가 아니었다. 짧고도 허무한 전쟁이 펼쳐지는 동안 산궁 안에는 많은 이야기가 날아들었다. 현신이 가능한 수족들이 발 빠르게 옮기는 이야기에 대신들이나 궁인들은 산 아래에서 자행되는 무수한 피와 눈물의 서사를 들었다. 영선을 함락시킨 동시에 영선의 제후가 죽었음을 알았고, 서쪽 산의 신수를 베려 하던 달의 부군이 호랑이들에게 물어뜯겨 죽었음을 알았다. 황궁의 궁문을 뚫고 들어가 황제를 참수했단 소식이 들렸을 즘에 누군가 말했다.

'우리들의 달은 어디 있는가.'

이리에게 반려가 영원하고 유일하듯 이리족에게 달 또한 영원하고 유일한 존재였다. 무혼의 몸이라는 출생이 탐탁지 않고 반동 세력의 여식이라는 점이 께름칙한 것은 여전했으나 완이 그들의 달이란 사실도 여전했다. 저희들을 위해 끝 모르는 빗줄기를 온몸으로 받아 내던 달이다. 저희들의 손으로 끌어내리는 날이 올지언정 감히 산 아래 존재들에게 빼앗길 순 없다.

하여 달께서 자신의 오라비를 죽이고 산군님과 함께 돌아오고 있음을 알리는 전갈이 도착했을 땐 모두들 들썩이던 가슴을 쓸어내렸다.

"목욕물을 준비하라."

산군은 궁인들의 예를 받을 힘도 없어 보이는 반려를 품 안으로 끌어안은 채 비현각 안으로 들었다. 몇몇 궁인들이 욕탕 안에 더운 물을 붓고 향유를 푸는 동안 또 다른 궁인들은 기름진 음식들과 평소 좋아하던 유과를 준비해 비어 있을 웃전의 속을 채우기 위해 애를 썼다.

소란스러운 궁 안의 열기가 궁인들을 부지런히 움직이게 만들었지만 그 누구도 싫은 소리 하나 덧붙이지 않았다. 달을 되찾았다는 안도감이 산군에게만 있었던 게 아니다.

몸을 씻고 부드러운 침의를 몸에 걸친 완이 내어진 음식들을 모두 물리고 쓰러지듯 침상 위에 누웠다.

"빈속은 몸에 좋지 않습니다."

산군이 상을 치우려는 궁인들을 그냥 내보내며 말했다.

"밥이 싫으면 유과는 어떻습니까. 그대가 온다고 생과방 궁인들이 솜씨 발휘를 한 것 같은데."

완은 그런 그를 이상하다는 듯 쳐다보았다. 어설픈 모양새로 어린애를 달래듯 유과를 쥔 모습이 꼭 예전과 같았다. 다정한 손길과 다정한 목소리, 또 다정한 눈빛. 나긋하게 전해 오는 걱정까지 전부 다정해서 그간의 일이 모두 없었던 것 같은 착각이 일었다.

"왜 아무것도 묻지 않으십니까."

부드러운 비단 이불 위 엎드려 누운 몸을 일으키지 않고 물었다. 얼굴의 반을 이불에 묻어 놓은 꼴이 불경하기 그지없었으나 지아비는 따로 지적하지 않고 웃었다.

"궁금하지 않아서요."

유과를 내려놓은 그가 찻잔을 기울였다. 연꽃 향이 나는 걸 보면 쓰지 않은 찻물이란 걸 아는데 마치 독한 술을 마시는 듯 보이는 옥안에 미간이 구겨졌다. 궁금하지 않다는 말이 무얼 의미하는지 모르겠다.

찻잔을 내려놓은 그가 포기하지 않고 또 한 번 유과를 내민다.

"……."

그저 쳐다보기만 하니 그가 눈살을 찌푸린다.

"유과가 싫으면 떡을 준비하라 할까요."

"배가 고프지 않습니다."

"……나를 위해 드세요. 그 정도는 할 수 있지 않습니까."

기가 죽은 아이처럼 목소리를 줄이며 말하는 탓에 하는 수 없이 입술을 벌리고 가만히 기다렸다. 방자하게 굴 의도는 아니었다. 정말이지 손가락 하나 움직이고 싶지 않았다. 찌푸려진 눈살이 반듯해지는 동시에 유과의 달콤한 향내가 입술 가까이 다가온다. 크기를 가늠해 조금 더 벌린 입술 사이로 쏙 들어오는 과자. 꿀에 졸여진 과자의 겉면이 혀끝에 닿는 순간 사르르 녹는다.

"……."

조금만 날씨가 바뀌거나 근심거리가 생기면 곧바로 입맛을 잃어버리던 제 탓에 혜심과 율은 매일같이 유과를 만들기 바빴다. 제아무리 입맛을 잃어도 유과 몇 개 정도는 입안에 굴리길 마다하지 않았으니 둘은 그것을 신통해하며 좋아했다. 손재주가 좋아 이런저런 간식과 음식 만들기를 잘했던 혜심은 율에게도 유과 만드는 법을 가르쳤고 나중엔 그 둘의 유과가 누구의 것인지 구분할 수 없을 정도로 비슷한 맛을 풍겼다.

산군이 멍한 표정을 짓고 있는 달을 안타까운 눈으로 쳐다보았다. 그토록 미워했던 아버지를 진선의 제후로 만들어 달라 할 때도 유과만큼은 씹어 내더니, 이제는 그 정도의 열의도 남아 있지 않은 모양이었다.

"어서요."

완이 저보다 더 아픈 얼굴을 하고 있는 지아비를 물끄러미 응시했다. 또 정신을 놓았던 모양인지 검게 가라앉은 눈동자가 애원하듯 제 입술만을 바라보고 있었다. 그제야 입안에 있는 단것이 느껴진다.

혜심이 죽은 뒤로 상념이 많아진 탓에 넋을 놓고 있을 때가 많아졌다. 한번 펼쳐진 상념은 도로 접히기까지 시간이 걸렸다. 눈은 텅 비어 아무것도 담지 못하고 몸은 힘을 잃고 움직일 수 없으니 입안의 과자를 잊어버리는 것 또한 어쩔 수 없는 일이다.

"아……."

그에게 들리도록 소리를 내고 턱을 움직였다. 까칠한 입안이 유과를 감싼 사탕가루를 버거워하는 게 느껴졌지만 간절히 바라보는 지아비를 위해 작은 조각을 여러 번 씹어 삼켜 냈다. 텅 빈 입안을 눈으로 확인하려는 그를 우스워하며 밀어 내자 그가 몸을 숙이고 이마에 입을 맞춘다. 흘러내린 머리카락을 귀 뒤로 넘겨 주며 잘하였다, 칭찬을 하는 것도 잊지 않는다.

"산군님은……, 이상해요."

다정하고 따뜻한 그를 견딜 수가 없다.

"제가 제 오라비를 죽이는 걸 보지 못하셨습니까?"

해서 물었다. 제가 그렇게 끔찍한 여인인 걸 모르는 거냐고.

"제 오라비가 제 아우들을 죽였습니다. 그 괴물 같던 오라비를 죽인 게 접니다. 아버님께서 호랑이들에게 죽지 않았다면 아버님 또한 제 손에 죽었을 겁니다. 제가……, 제가 그걸 바랐으니까요."

"완아."

"가장 높은 곳에서 추락하는 걸 보고 싶었습니다."

"……."

"제 아버님과 제 오라비가 밉고 또 미워서……, 가장 높은 곳에 올려놓고 싶었어요. 거기서 추락시키는 게 제 유일한 목표였습니다."

"……."

"해서 산군님을 이용했고……."

추하디추한 사실을 나열하다 그 추악함 속에 곱디고운 지아비를 쑤셔 넣은 자신이 끔찍해 숨통이 막혔다. 마른기침을 하고 반쯤 식은 찻물을 들이켜도 부드러워지지 않는 목구멍이 야속했지만 지아비에게 경고를 하고 싶단 의지 하나로 목소리를 다듬었다.

저를 낳은 아비는 자식의 죽음 앞에 태연한 괴물이었고, 저의 오라비는 제 형제를 죽이는 잔혹한 괴물이었으며 저는 분노와 증오를 다스리지 못하고 괴물이 되어 버린 똑같은 이였다.

"완아."

그는 무작정 저를 끌어안았다. 왜 저의 지아비는 이토록 다정한 걸까. 왜 저의 지아비는 저를 그 옛날 꽃 같던 여인 대하듯 하는 것일까. 저 같은 괴물은 멀리하는 게 맞는 건데. 그냥 죽게 내버려 두라고 말하고 싶은데—

"하아……."

그 온기가 괴로울 정도로 포근하고 따뜻하다. 복받친 설움에 울음소리가 커지자 그는 한 팔로 상체를 지탱한 채 조심히 뺨을 감쌌다. 절로 눈을 감으니 눈꺼풀 위로 뜨거운 온도의 입술이 닿는다.

"흡, 다정하지 마세요……."

너른 어깨를 억지로 밀어 내며 말했다. 밀어 내는 와중에도 그의 옷자락을 거듭 고쳐 잡은 건 미련인지, 집착인지.

"완아."

그가 부르는 이름에 발버둥을 치며 고개를 저었다. 그의 결점이 되어선 안 된다. 미혹되어서는 안 된다. 아름다운 지아비 곁에서 죽겠다 마음먹는 것도 사치이니 그 곁을 차지하고 싶단 탐욕을 부려서는 안 된다. 이대로 죽어야 한다. 모든 것을 이루었으니 이대로 죽어 죄 많은 몸을 버려야 한다.

"죽을 겁니다……, 흡, 죽을 것이에요……!"

"완아!"

272

어깨를 붙든 지아비가 단호하게 소리쳤다. 잡힌 어깨가 떨리며 손아귀의 힘이 억세다 느낄 즈음, 곧바로 힘이 빠져나갔다. 머릿속을 쥐고 흔들던 상념이 흐릿해지고 흔들리던 초점은 느릿하게 돌아온다. 어슴푸레하던 옥안이 선명하게 들어찬다.

"완아."

지아비가 다시금 다정하게 불렀다. 조금 전, 옥성을 높인 것이 미안한 것처럼 눈꼬리를 늘어트리고 이마 위에 입술을 붙인다.

"실패했다 생각하지 말고……."

"……."

콧잔등에 앉았다가,

"이용했다 생각하지 말고……."

"……."

다시 아랫입술을 머금는 지아비의 입술.

"끝났다고 생각하거라."

마주하는 눈.

"이용한 것이 아니라 내게 기대었다고……, 그렇게 생각하거라."

마주 닿는 입술 사이 뜨겁게 젖은 혀가 뒤섞였다. 온기 묻은 이불에 파묻히듯 누워도 퍼지지 않던 따스함이 숨결을 타고 전해 온다.

"나의 달."

정말이지 저는 실패한 게 아니라 끝을 낸 것일까.

"가여운, 나의 달."

지아비를 이용한 게 아니라 그저 기댄 것이 맞을까.

"스스로를 용서하거라."

잠깐 떨어진 틈 사이로 그가 답을 주었다.

완이 급하게 지아비의 목을 두르고 입을 맞췄다. 매번 제 속내를 들킬까 이리 도망치고 저리 도망쳤던 나날이다. 그의 곁이 조금이라도 덜 따스했다면 적당히 머무를 법도 했지만 그는 아주 작은 한기도 허락하지 않는 사람처럼 매 순간이 봄볕과 같았다. 해서 가끔은 겨울 같던 제 속을 데우고 또 녹였다. 제아무리 아우들의 죽음을 떠올리고 아버지와 오라비에 대한 분노를 되새겨도 가끔씩은 모든 것을 모른 척 포기해 버리고 싶을 지경이었다. 그래서 더 필사적으로 도망쳤던 것일지도 모른다.

"안아 주세요."

안길 때마다 벗어나고 싶지 않았던 품.

"꼭, 안아 주세요."

그의 눈을 보고 말했다.

온몸으로 느끼고 싶었다. 제 끔찍한 과거도 구태여 묻지 않는 지아비의 자상함과 제 흉한 속내도 괜찮다 말해 주는 지아비의 온건함을. 한참이나 섞은 혀끝으로 그의 입술을 간질이는 방자함도 내보이면서 그렇게.

산군은 가엾게도 지쳐 버린 반려의 물기 어린 눈가를 다정스레 닦아 냈다. 손가락에 묻어나는 옥루가 마음이 아프면서도 또 다 무너져서 제게 안기려는 모습이 못 견디게 사랑스럽다. 하얗게 드러난 목덜미에 얼굴을 묻고 깊게 숨을 들이쉬자 가는 몸이 떨린다. 처음 제 품에 안겨 달뜬 숨을 뱉던 날이 떠오른다.

스스로 매듭을 풀고 드러낸 살결은 복숭아같이 붉게 물들어 있었다. 그 어여쁜 몸이 추울까 상체를 가까이 겹쳤다. 목덜미를 깨문 것도 아니고 혀를 내어 탐한 것도 아닌데 과육이 터지듯 풍기는 살 내음에 열 오른 눈동자가 탁하게 가라앉는다.

"흐아……."

완은 별다른 전희 없이도 몸이 달아올랐다. 그에 대한 마음을 부정하던 것이 버릇이라 벽을 세우지 않은 몸과 마음의 자세가 낯설었다. 이 모든 행위 끝에 무엇을 달라 요구하지 않아도 된다는 것이, 이 모든 타오름 뒤에 차가운 척 가증을 떨지 않아도 된다는 것이 온몸을 빠르게 녹여 냈다.

완이 가만히 모으고 있던 손을 조심스레 움직여 지아비의 표의를 벗겨 냈다. 침상 위에서 적극적으로 군 전적이 자주 있었던 것은 아니나 그렇다고 아예 없진 않았다. 그의 심기가 아주 좋지 않았던 어느 날, 내숭 부리지 말라는 일갈에 상처받은 마음을 숨기고자 달려든 적이 있었다. 언짢음이 역력한 그의 얼굴을 똑바로 쳐다보며 근육 잡힌 몸 위로 올라타 관계를 즐기는 척 위악을 떨었다.

놀란 듯 잠시간 몸을 굳혔던 지아비는 이내 험악한 표정을 지으며 그 어느 때보다 거친 몸짓으로 괴롭혔던 밤.

그러나 그때와 지금은 다르다. 긴장하여 뻣뻣해진 손길이 설의의 매듭 하나를 제대로 풀고 있지 않음에도 지아비는 상냥한 미소와 함께 인내심을 발휘했다.

"빨리……, 빨리하고 싶어요……."

드러나는 살결에 절로 숨을 삼킨 완이 눈치 보듯 산군의 옥안을 살폈다. 꽤 용기 내어 쏟아 낸 말임에도 입꼬리를 끌어 올릴 뿐 대꾸하지 않는 그가 퍽 여유로워 보였다. 저만큼이나 그도 조급해지길 바라는 마음에 드러난 가슴 위로 입을 맞췄다. 그가 저에게 하듯 물고 빨지는 않았지만 혀를 내어 장난스레 간질이는 것 정도는 흉내 낼 수 있었다.

"후……."

산군이 가슴팍에 달라붙은 반려를 내려 보며 낮은 한숨을 뱉었다. 두려움에 굳은 기색도 아니고, 억지로 하는 듯 무심한 얼굴도 아닌 제 달의 모습에 이성을 붙들고 있기 어려웠다. 그러나 몸과 마음이 다 지쳐 버린 완이 무리하지 않길 바랐다. 부러 상처를 주기 위해 몸을 섞을 땐 전희 없이 시작한 적도 많았지만 지금은 마음에 품었던 날을 모두 둥글게 다듬은 뒤였으니 거칠거나 급하게 움직이고 싶지 않았다. 물론 평소와 달리 보채는 달을 보며 자제하는 게 쉬운 일은 아니었다.

"얼른……."

"완아, 조금만―"

"……응?"

교태를 부리듯 콧소리가 섞인 어투가 버릇없는 아이 같다. 다른 이였다면 불경의 죄를 물어 당장에 죽였을 것을 도리어 예뻐 죽겠단 생각부터 드는 걸 보면 홀린 것이 분명하다. 기분 좋아 나오는 헛웃음이 쏟아지자 뽀로통하게 눈살을 찌푸린 완이 다리로 제 허리를 감는다.

"저만 급한 것입니까?"

"그게 아니라……."

"제가 이리 애원하는데……. 싫으셔요?"

느릿하게 눈을 깜빡인 완이 이내 또 부끄럽다는 듯 고개를 돌렸다.

"이제 와 고개를 돌리면 무슨 소용입니까."

산군이 돌아간 고개를 제게 고정했다. 적나라하게 요구를 할 것이면 끝까지 요부의 얼굴을 할 것이지, 붉게 물든 뺨과 눈물로 부어오른 눈두덩이 가학심을 불러일으킨다.

거의 포개고 있던 상체를 일으킨 산군이 달의 왼쪽 발목을 쥐고 어깨에 걸쳤다. 일순간 바뀐 분위기를 눈치챈 듯 작게 몸을 떤 완이 기다린 사람처럼 눈을 감는다.

"나를 봐야지."

손가락 끝으로 감은 눈꺼풀을 장난스레 두드린 그가 속삭였다. 슬금슬금 드러나는 눈동자를 보고 나서야 만족한 그가 단단해진 제 것을 조심히 밀어 넣었다.

"으읏!"

보챌 땐 언제고 삽입하자마자 버거운 듯 입술을 깨무는 달에 산군이 미간을 구겼다. 천천히 움직이면 흐응, 앓는 소리를 내며 비트는 몸이 어여쁘고 조금 빠르게 움직인다 싶으면 눈을 질끈 감고 흔들리는 몸이 하얗고 빨갛다.

산군의 시선이 내내 깨물려 있는 입술로 옮겨 갔다. 하얗게 질린 입술이 이내 핏기가 비쳐 빨개진다. 입안에 담을 때마다 단내를 풍기던 그 입술이 상하는 게 싫어 열 오른 뺨을 눌러 입술을 벌렸다. 먹이를 기다리는 아기 새처럼 뻐끔거리는 입술 사이로 산군이 자신의 손가락을 집어넣었다. 고운 입술을 망칠 바에야 차라리 제 손을 물라는 뜻이었다. 여린 입안의 살이 달라붙는 듯하더니 금방 도리질을 하며 밀어 낸다.

"싫어?"

낮게 가라앉은 음성으로 물으니 또 도리도리.

"깨물 것 같아서……, 으응…….."

"깨무는 게 뭐 어때서."

"……싫어요."

참 고집스럽다 싶으면서도 손끝에 쪽— 쪽— 입을 맞추는 꼴은 어여쁘니 웃음만 나온다.

"내 달은……, 투정도 많지."

"훗, 웃, 하지 말까요……?"

"아니."

짧게 답한 산군이 허벅지를 붙들고 밀착한 몸을 더 가까이 당겼다. 공들인 애무는 마음이 급해 싫다 하고, 입술 상할까 넣어 준 손가락은 깨물기 싫다 뱉어 버리니 더 안달이 난다. 싫다는 건 아니다. 이전에도 제 달은 엄살이 심해 새로운 체위를 하거나 속도를 높일 때면 덜컥 어깨부터 잡아 오곤 했었다. 허리 짓의 강도가 조금만 세져도 눈꼬리에 눈물을 달았고 미간을 조금만 찌푸려도 싫은 것이냐 물었다.

그러나 저에게 밀정 노릇을 들킨 이후로는 다른 사람이 된 것처럼 말을 줄였다. 가혹할 정도로 밀어붙이면 눈물을 흘리며 흐느끼긴 했지만 이게 좋다, 이게 싫다 따위의 대화는 일절 하지 않는 방향으로 변해 갔다. 다정했던 시간을 추억할 수도 없게, 사랑했던 기억을 떠올릴 수도 없게. 이용하기 위해 접근한 것을 들켰으니 구태여 연기를 하는 수고도 하지 않겠다는 태도였다. 그때마다 저는 절망의 구덩이로 속절없이 추락했다.

그러니,

"좋다."

싫을 리가.

"으응……, 훗, 웃!"

"그까짓 투정, 얼마든지 부려도 좋으니, 마음껏, 부리거라."

"하아, 하, 아아……!"

까다로운 여우처럼 굴어도 그저 겁 많은 토끼라는 걸 모르지 않는다.

"아아, 산군님……!"

"쓰읍."

"훗, 흐웃, 서방님……."

비록 저를 선택한 이유가 복수의 디딤돌로서 훌륭했던 탓이라고 해도 이제는 상관이 없다고 느껴졌다. 오히려 다행이란 생각도 든다. 달이 필요했던 사람이 제가 아니었으면 어땠을까. 해서 제가 아닌 다른 사내가 제 달의 곁을 차지했다면 어땠을까.

"랑……."

이 어여쁜 여인이 나의 달이 아니었다면—

불현듯 차오르는 화에 산군은 허리 짓에 힘을 실었다. 높아지는 신음을 즐길 새도 없이 벌어진 입술을 물고 씹고 혀를 밀어 넣어 헤집었다.

완이 눈물을 흘리며 감고 있던 목을 더 가까이 당겼다. 진득하게 얽히는 혀 때문에 무슨 말을 할 수는 없었지만 사실 아무런 말도 필요하지 않았다. 허리 짓이 아무리 거세져도 몸을 끌어안은 팔과 맞닿는 체온이 다정했다. 입술에선 젖은 애정이 끓어넘쳤고 맞물린 아래에선 새빨간 욕망이 계속해서 몸집을 키우고 있었다. 그가 쏟아 내는 게 애정이든 욕망이든 조금도 놓치고 싶지 않다.

"하아……."

"랑, 아아, 훗, 흐읏, 으응……!"

단전에서부터 시작된 쾌락이 살갗을 타고 온몸을 지배하자 완은 몸을 동그랗게 말았다. 지아비가 뒤통수를 받쳐 끌어안으니 머리는 이불 위에서 떨어진 지 오래고 지아비의 허리를 감은 다리는 땀에 젖어 미끌거리는 와중에도 풀어지지 않는다.

봄볕이 내려쬐는 이곳에서 오래도록 머물고 싶다.

ㅁ ◆ ㅁ

달은 퍽 다른 사람이 된 것처럼 굴었다.

"오늘도 나가시려고요?"

어제도 근처 계곡에서 반나절을 놀다 들어와 놓고 오늘도 나가겠다는 완에 율은 대놓고 정색을 했다. 괜한 얘깃거리가 나올까 걱정해 비현각 밖으로는 잘 나가지 않던 예전 모습에 비하면 지나치게 활동적인 모습이었다.

전쟁을 겪기 전후로 마음 아픈 일이 많았던 달이니 잔뜩 움츠러들까 걱정이었는데 그런 것에 비하면 좋은 일이긴 했다.

"오늘은 수면초睡眠草가 있는 곳으로 가 보자."

완이 해맑은 얼굴로 고개를 끄덕이며 답했다.

"그곳에선 사시사철 채홍(彩虹, 무지개)을 볼 수 있다 하지 않았느냐."

"그것은 맞지만……, 수면초는 아주 깊은 곳에 있어서 가기 힘듭니다. 그런 곳에는 위험한 짐승들도 많고요."

"율이 네가 있는데 무엇이 걱정이냐."

완이 다정하게 미소를 지었다.

"달님께선 제가 천하무적인 줄 아시는 겁니까."

율은 울상을 지으며 산군님께 또 무슨 핑계를 대어야 하나 고민했다. 안 된다고 사정을 해 봤자 시간 낭비라는 걸 알고 있었다. 제 웃전의 고집은 황소보다 세고 산군께선 걱정만 산처럼 하실 뿐, 달님의 청을 거절할 줄 모른다.

"와……."

율의 등을 타고 한참을 달린 달이 눈앞에 펼쳐진 광경에 탄성을 뱉었다. 말을 타고 뒤를 호위하던 청민과 은호에게도 어서 오라, 손을 흔든 완은 어린아이처럼 연신 호들갑을 떨었다.

"달님, 조심히……!"

무작정 율의 등에서 뛰어내리는 달에게 청민이 급히 손을 내밀었지만 이미 늦은 뒤였다.

은호가 그 꼴이 우습다는 듯 하하, 웃음을 터트렸다. 그의 지기인 청민은 유독 달의 앞에서만 약해졌다. 여인 앞에 서기만 하면 요상해지는 청민을 처음 보는 건 아니었지만 안절부절 어쩔 줄 모르는 꼴을 보고 있자니 재밌어 죽을 것 같다. 그래서 그런가. 달님은 청민에게 경어를 쓰면서도 딱히 어려워하는 기색은 없었다. 그가 하급 무관들을 가르칠 때 어찌 변하는 지 달님께서도 아셔야 하는데. 저승에서 올라온 염라처럼 눈에 살기를 띤 그 모습을 보면 달님께서 뭐라 하실까 궁금하다.

"율아, 이것 좀 보거라!"

달이 율에게 어서 오라 손짓하며 안개 속을 걸었다. 깊게 들어온 숲속은 한낮임에도 불구하고 키 큰 나무들에 둘러싸여 햇빛이 가득 닿지 못했다. 땅을 밟을 때마다 젖은 풀들이 무너지고 소나기 냄새 비슷한 물비린내가 풍겼다.

"꼭 꿈속을 걷는 것 같구나."

우거진 수풀을 헤치고 걷던 완이 머리 위로 쏟아지는 채홍을 황홀한 듯 바라보았다. 나뭇잎 사이사이 부서져 들어오는 햇살이 안개와 만나니 일곱 가지의 빛깔을 만들어 낸다.

이리의 모습을 하고 있던 율이 이내 사람의 모습을 하고 달의 곁에 붙었다. 아이의 종알거리는 소리와 달의 웃음소리가 뒤섞인다.

"가까이 가지 않아도 되는 겐가?"

은호가 멀찍이 서서 더 이상 붙지 않는 청민에게 물었다.

"수면초에 독성이 있기는 하나 율이 저 녀석이 잘 알고 있으니 괜찮을 걸세."

"수면초를 묻는 게 아닌 걸 알지 않는가."

말 안에 뼈를 박은 은호를 청민이 못마땅한 얼굴로 쳐다보았다.

"하고 싶은 말이 뭔가."

"딱히 그런 게 있는 건 아닐세. 그냥 좀 신기해서 그러지."

"무엇이 그리 신기한가."

묻는 청민에 은호가 미소를 머금고 다시 물었다.

"자네는 달님을 어찌 믿는가."

저야 달님께 속은 일이 없으니 대놓고 의심할 명분이 없다고 쳐도 청민은 아니지 않은가. 달님께서 청민을 애먹인 게 한두 번도 아닌데.

"믿지 말란 소리로 들리는군."

날 선 목소리를 내면서도 시선은 내내 달의 뒷모습에 꽂은 청민이 말했다.

"믿기 어려운 건 사실이지 않은가. 우리와 동족도 아닌 데다 달님의 가문은 우리와 전쟁을 일으킨 반동 세력이니 말일세."

"그럼에도 우리의 달이 되셨고 여전히 우리의 달이시지."

딱히 생각하고 답하는 것 같지 않은 청민에 은호가 미간을 찌푸렸다.

"나는 자네가 조금은……."

부러 의심하는 마음을 가지라 말할 생각은 아니었지만 생각한 것보다 맹목적인 답이 나오자 걱정이 되었다. 목숨 건 충심과 절개는 칭찬할 만한 기상이라 배웠어도 무조건적인 순응은 경계해야 한다 귀에 못이 박히도록 들은 은호였다.

"은호야."

청민이 달과 율을 보던 시선을 떼어 냈다. 아주 어릴 적에나 들었던 부드러운 목소리의 부름. 괜히 겸연쩍어진 은호가 징그럽다며 질색을 했다.

"산군님께서 너와 나를 측근 호위로 임명하실 때 했던 말을 기억하겠지."

"그거야 당연히……."

"은호는 나의 칼이요, 청민은 나의 방패로다."

"……."

아주 오래전, 산군께 호위 검을 받으며 들었던 말이다. 그 말의 속뜻을 헤아린 적은 없었다. 그저 '너는 나의 오른팔이요, 너는 나의 왼팔이다.' 와 같은 말이라고 생각했으니까.

혼란스러운 표정의 지기를 귀엽다는 듯 바라본 청민이 다시 달과 율을 쳐다보았다.

"자네는 산군님의 칼이니 앞에 있는 것이 무엇이든 의심하는 게 당연한 걸세. 그것이 베어야 할 적인지, 지켜야 할 아군인지 따져야 할 테니."

"……."

"근데 난 방패이지 않은가. 산군님께서 지키라 명하신 것은 그게 무엇이든 가리지 않고 지키는 게 내 의무란 말일세."

"허……."

은호가 허탈한 듯 웃음을 터트렸다. 저의 주군께서 저를 칼이라 칭하고 저의 지기를 방패라 칭한 것은 다 이러한 이유 때문인가.

"그러니—"

청민이 은호의 등을 살가운 모양새로 툭 쳤다.

"자네가 무엇이든 의심하고 보는 게 나쁜 건 아니란 말일세. 칼로서 당연한 게지. 자네 심보가 고약해서 그런 게 아니니 자책하지 말란 소리야."

"……내가 언제 자책을 했다고."

은호가 헛기침을 하며 딴청을 피웠다. 저와 나이도 몇 살 차이 나지 않으면서 언제나 저보다 어른 같은 그가 신기했다. 그런 그를 부러워하는 건 익숙한 일이었다. 산군님의 굳건한 총애를 받는 것도, 모든 무관들의 존경을 받는 것도 어렵지 않게 이끌어 내는 그가 매번 대단하다고 느껴졌다. 그렇다고 추잡스러운 시기나 투기를 부린 건 아니었고 그냥 부러운 정도였다. 청민의 성품과 성정이 그만큼이나 성숙하고 굳건하다는 걸 누구보다 잘 알고 있기에 인정하는 것도 어렵지 않았다. 제가 칼이고 그가 방패라도 산군님의 이빨인 것은 달라지지 않을 사실이니 그것에만 충실하면 그뿐이다.

"퍽 평범하게 생겼구나."

완이 무릎을 굽혀 앉고 수면초라 불리는 풀을 어루만졌다. 독성이 있다고는 하나 함부로 먹지만 않으면 조금 간지럽고 만다고 하니 만져 보고 싶은 호기심을 누를 필요는 없었다.

"수면초라 말하지 않으면 그냥 잡초인 줄 알겠어."

"예, 그래서 더 조심해야 합니다."

율이 새로 맞춘 단도로 수면초를 꺾어 바구니에 담았다. 혜심이 손처럼 쓰던 칼을 내내 간직하고 싶은 마음도 들기는 했지만 그 칼의 용도는 딱 거기까지였음을 알고 있었다.

"위험하다면서 어찌 가져가려 하는 것이냐."

"독성만 제거하면 그 어떤 진정제보다 좋은 것이 수면초라 했습니다. 산궁 안에 기거하는 의원님들은 항시 바쁘시니 채집할 시간도 없으실 거예요. 가져다드리면 좋아하실 겁니다."

"착한 것."

달이 웃으며 율의 머리를 쓰다듬었다. 성장통이 모두 끝난 아이는 청민이나 은호와 같이 단단한 체격을 지닌 사내가 되었지만 그 안에 품은 마음은 여전히 아해와 같이 순진하고 선하니 아우를 잃은 기분은 들지 않았다.

"누님도 함께 오면 좋았을 텐데……."

율의 중얼거림에 완이 멈칫, 몸을 굳혔다. 장지문을 사이에 두고 미워하지 말라 말한 것이 마지막이었다. 전쟁터에서 기적적으로 재회한 뒤, 단 한 번도 혜심에 대한 이야기를 꺼낸 적이 없었다. 눈치 없는 궁인들이 화전을 내어 오는 날에도, 어디 구석에 숨어 있던 혜심의 물건이 갑작스레 나타나는 날에도 둘은 잠시 입을 다물 뿐이었다. 반역자이자 첩자이고 또한 배신자란 이름으로 죽은 혜심이라 그 이름 한번 꺼내기가 쉽지 않았다.

"누님한테도 얘기했었거든요. 매일매일 채홍을 볼 수 있는 곳이 있다고……."

"그랬구나."

차오르는 울음을 애서 삼킨 완이 고개를 끄덕였다.

"제 성장통이 끝나면 이곳에 함께 오기로 했었는데 제가 너무 늦었습니다. 이럴 줄 알았으면 미루지 않았을 텐데……."

"……."

"그때는 자신이 없었습니다. 이곳까지 오는 길이 좀 힘들어서……. 저 혼자야 괜찮지만 누님은 겁도 많고 체력도 약하니까……."

금방이라도 울 것 같은 표정의 아이가 나뭇잎에 가린 하늘을 쳐다보았다.

"누님이랑 손가락을 걸고 약속했었어요. 늠름한 이리가 되어서 누님을 태우고 오겠다고요. 이리가 되면……, 누님을 지킬 수 있을 것 같았거든요."

씁쓸하게 웃은 아이가 흙 묻은 손을 탈탈 털고 일어났다. 팔을 뻗어 손가락을 움직이는 몸짓에 잡히지 않는 채홍이 넘실거린다.

"채홍을 꼭 보고 싶다 했는데……."

"율아."

"누님은 채홍으로 다시 태어날 거예요."

어느새 눈물을 뚝뚝 떨어트린 아이가 말했다.

"눈에는 선명한데 이토록 잡히질 않으니……. 얼마나 자유롭습니까."

율은 지금쯤 그 누구보다 자유롭게 찬란할 혜심을 떠올리며 웃었다. 제 손에 안착하지 않는 것은 애석하지만 살결을 물들인 일곱 개의 빛깔은 부정할 것 없이 아름다우니 나쁘지 않다 생각했다.

"달님."

"응, 율아."

"누님은 산을 좋아했어요."

아이가 여전히 하늘을 보며 웃었다.

"달님도 사랑했고요."

누님을 마지막으로 보겠다 옥사에 들었던 달님께서 비명을 지르며 나온 후, 율은 홀로 혜심을 만났다. 시끄럽게 몰아치던 대화를 하나도 빠짐없이 모두 들었지만 아무것도 듣지 못한 척 부러 속없는 척 굴었다. 그런 면에선 제가 어린 게 좋았다. 모두를 두고 떠나야 하는 이를 구태여 마음 아프게 할 필요가 없으니.

미운 마음은 하나도 들지 않았다. 누구나 거부할 수 없는 운명이라는 게 있는 법이었다. 제가 혼현자가 되어 끔찍한 고통을 겪어야 했던 것도, 그리하여 이리의 현신을 갖게 된 것도 누님의 가혹했던 운명과 다를 바 없는 것이었다. 수족으로 태어나 혼현자로 사는 건 영광이라 배웠지만 그것을 선택하거나 반대로 거부할 수 있는 방법은 없었다.

누님도 그런 이유가 있었을 것이라 생각했다. 산궁에서 산 세월이 다섯 해가 넘어가도록 짐승을 무서워하던 누님이었다. 다람쥐와 같은 작은 짐승만 보아도 까무러치기 직전이었는데 어찌 밀정 노릇을 했을까. 멋모르는 궁인들이야 독한 여인이라 매도했지만 저는 연민이 앞섰다. 매 순간 얼마나 무서웠을까. 얼마나 두려웠을까.

그런 누님의 마지막을 무겁게 하고 싶진 않았지만 그래도 꼭 하고 싶은 말이 있었다.

'좋아해요.'

깨달은 지 얼마 되지 않은 연심이었다.

'좋아했어요.'

매사에 집념이 넘치는 누님을 보는 게 즐거웠다. 혼현자들은 남들보다 빠르게 성장한다더니 하루가 다르게 자라는 몸처럼 제 마음도 그렇게 자라났다. 말해도 믿지 않을 것이라 생각하며 미뤄 둔 고백이었는데,

'알아.'

누님은 웃으며 말했다. 놀라 아무 말도 못 하는 저를 보며 누님은 또 한 번 웃음을 터트렸다.

'보지 않아도 알 수 있는 것들이 있지.'
'누님······.'
'좋아해 줘서 고마워.'

누님은 울지 않고 인사했다. 달님께서 무너지지 않도록 곁을 지켜 달라 부탁도 했다. 그때 준 것이 꽃을 꺾을 때 쓰던 누님의 칼이었다.
"보지 않아도 믿을 수 있는 것들이 있어요."
그때 확신했다.
"흡, 흑······."
누님은 산을 좋아했고 달님을 사랑했다는 걸.
"그러니—"
율이 주저앉은 달 옆에 바짝 붙어 앉았다.
"의심하지 마세요."
보이는 건 그저 보이는 것뿐이다.

14. 죽음 그 이상

산군이 매끈한 이마를 짚었다. 산의 주인이라 명해진 이후 가장 바쁜 하루
하루를 보내고 있는 기분이 들었다. 한순간에 주인을 잃은 산 아래의 백성들은
물론이고 내부 균열을 틈타 국경을 노리는 타국의 군사들을 쫓아내는 일까지
심혈을 기울이지 않으면 안 되는 일투성이였다.

산의 일이 아니면 간섭하지 않는다는 율법을 핑계로 무심하게 굴 수도 있긴
했지만 그러기엔 많은 것들이 망가지고 또 많은 것들이 새로 태어나고 있었다.
깊숙이 관여하지 않되 적당히 경계를 세워 두지 않으면 무혼의 인간들은 또다
시 제 자리가 아닌 곳을 탐하고 또 망가질 것이 자명했다. 산을 욕심내지 않는
한 내버려 두기로 했던 그 무심이 결국 전쟁을 일으켰으니 지엄한 율법이라도
융통성을 발휘해야만 했다.

"비현각에선 아무 소식 없느냐."

머리가 울릴 정도로 시끄러운 조례를 마친 산군은 의대를 갈아입으며 물었다.

"예, 오늘은 출궁하지 않으시는 모양입니다."

궁인이 깊게 허리를 숙이며 답했다.

"아프단 말은 없느냐."

"예, 조반을 드시고 난 후 백옥지에서 잠시 시간을 보냈다고 하시니 존체에

불편함은 없으신 듯하옵니다."

산군이 무심히 고개를 끄덕였다.

"사흘을 내리 나가 놀았으니……. 지칠 때도 되었지."

피식 웃음을 흘리는 옥안이 밝다.

찬란한 옥안의 주인인 그의 달은 가문의 파멸 이후에도 바라는 것이 많았다. 하루에도 몇 번씩 청을 올리다가도 제가 곤란한 듯 말을 늘이면 서운한 표정을 온 얼굴에 올려 마음을 불편하게 만들었다. 붉은 입술을 내밀고 시선을 내리면 제가 무엇이든 들어준다는 걸 알고 그러는 것이었다.

사흘 전에는 율과 산을 달리고 싶다 하여 내보내 주었고, 이틀 전에는 수면초가 있는 봉우리로 놀러 가겠다는 걸 허용해 주었건만 어제는 절벽에서 떨어지는 폭포가 보고 싶다 투정을 부렸다. 호위고 시위고 거추장스러운 것은 싫다 하니 병사들을 여럿 붙일 수도 없었다. 그렇다고 아직 여물지 못한 율과 단둘이 내보내는 건 죽어도 허락할 수 없는 일이니 청민과 은호의 수고가 필요했다. 얼마 전 월궁의 호위대장 자리로 복직한 청민은 저의 방패이고 그 옆을 지키는 은호는 저의 칼이라 불렸지만 최근엔 달의 사병 노릇을 수행하는 데에 대부분의 시간을 할애했다. 지나친 폐월이라 해도 할 말이 없었다.

'안 되는 것입니까?'

안 된다 하면 대번에 시무룩해지는 낯빛을 떠올렸다. 급히 처리해야 할 일들이 쌓여 있지만 않았어도 그 발발거리는 움직임 모두를 함께해 주었을 텐데. 아쉬움이 커도 어쩔 수가 없다.

"비현각으로 가자."

"예?"

표의 매듭 위로 허리 장식을 두르던 궁인이 당황한 속을 숨기지 못하고 곁에 있던 내관의 눈치를 살폈다.

"산군님, 한 시진이면 동쪽 산에서 대신들이 도착합니다."

내관이 여유 부릴 시간 없음을 에둘러 아뢰었다.

"잠시 얼굴만 보고 올 것이니 말을 준비하라."

"궁 안에서 말이라니요. 아니 될 말씀이시옵니다. 소인이 가마를 대령하겠사옵니다."

"방금 시간이 없다 면박을 줘 놓고 가마라니. 월궁에서 비현각까지의 거리가 얼마인지 모르고 하는 소리인가."

산군이 돋아난 짜증을 숨기지 않고 드러냈다. 간만에 저의 달이 얌전히 처소에 머물고 있다하는데 얼굴이라도 보아야 할 것 아닌가.

"뭘 보고 서 있는 것이냐."

"산군님······."

"내 친히 현신하여 비현각까지 달리는 꼴을 보고 싶은 게로구나."

사색을 한 내관이 그제야 말을 대령하겠다 답했다. 작금의 산군을 포함해 벌써 세 명의 이리를 주인으로 모신 그였지만 매번 같은 모습을 보는 것 같아 한숨이 나왔다. 자신의 반려라면 사족을 못 쓰고 귀애하기를 아끼지 않는 게 이리의 본능이자 습성이라지만 바쁜 일정 속에서도 작은 틈새가 생기면 어김없이 비현각의 문턱을 넘는 제 주인은 언제나 대단하게 느껴졌다.

ㅁ ◆ ㅁ

산군이 쉬이, 나지막한 소리를 내며 입술 위에 손가락을 세웠다. 비록 해가 중천에 떠 있는 시각이었지만 오침 중이라는 달을 방해하고 싶지 않았다. 덕분에 문 앞을 지키고 있던 율은 평소보다 훨씬 조심스러운 몸짓으로 문을 열 수밖에 없었다. 혹여나 실수로 큰 소리를 내 달님께서 깨어나면 산군께 호된 야단을 맞을 것이 뻔했다.

"필요한 것이 있으면 부를 것이니 그 전까진 그 누구도 소리를 내어선 안 될 것이다."

열린 문 안으로 소리 없는 걸음을 내딛은 산군이 뒤돌아 말했다. 율을 포함하여 복도를 지키고 있던 궁인들과 산군을 지키기 위해 따른 호위관들이 무언의 절을 올리며 명을 받들겠단 뜻을 내비쳤다. 딱히 긴장하거나 비장해질 상황은 절대적으로 아니었지만 지존이자 그들의 주인인 산군께서 엄중하게 명하시니 그들 또한 엄중하게 따라야 했다.

그가 조용한 걸음으로 붉은 장막이 드리운 침상 곁으로 향했다. 어찌나 조심스러운 걸음인지 그의 표의를 장식한 금박의 바스락거림이 아니었다면 침전 안에서 들리는 소리는 달의 숨소리밖에 없었을 것이다.

장막을 걷어 내고 침상에 걸터앉은 그가 달의 자태를 물끄러미 바라보았다.

"깨우기 싫은데……."

뱉어 낸 말과 달리 풀어 헤쳐진 머리카락을 쓰다듬는 손은 연신 바쁘다. 낮 시간에는 정신없이 노느라 바쁘고 밤에는 쓰러지듯 자느라 바쁜 저의 반려는 공무가 많은 저보다 얼굴 보기가 어려운 이였다. 이렇게 들여다볼 기회가 많지 않으니 때아닌 기회를 보았을 때 양껏 욕심을 채워야 한다.

머리카락 끝을 매만지다 곱게 감긴 눈꺼풀에 입을 맞추고 버선 같은 곡선의 콧등을 간질였다. 장난치는 손길을 따라 찡그리는 미간을 꾸욱 눌러 펴고 홍조 오른 뺨을 두드리는 게 이리도 즐거울 수가 없다.

"으응……."

앓는 소리가 나오기 무섭게 손을 뗐다. 사냥을 할 때도 이렇게까지 움직임을 죽여 본 적이 없었는데 목덜미에 소름이 오를 정도로 긴장이 이는 걸 보면 제가 무서워하는 건 하늘 아래 달이 유일하다.

"……."

그런 제 모습이 우습다 해도 상관없었다. 고른 숨소리를 내며 깨지 않는 달을 보면 흐뭇하여 광대가 치솟으니 다른 것들은 필요하지 않다.

"흐……."

그때 저의 달이 다시 뒤척였다. 문밖에서 서성이는 내관의 그림자가 조급함을 드러내는 듯 보여 일어나려 한 참이었는데 꿈자리가 사나운 것 같은 반려를 보고 있자니 발이 떨어지질 않는다.

"흑, 흡……."

생생한 악몽을 꾸는 듯 입술 틈으로 괴로운 신음이 흘렀다. 고운 눈꼬리에선 눈물이 떨어졌다. 당장 깨워야 한다는 생각보다 그 서러운 눈물을 닦아 주는 것이 먼저였던 그는 젖은 뺨을 부드러이 매만졌다.

완이 어미를 찾는 새끼처럼 따뜻한 손을 따라 고개를 움직였다. 커다란 손바닥에 안착한 얼굴이 고우나 수척하다. 그래. 괜찮을 리가 없다. 아무렇지 않을 리가 없다.

산군이 조이듯 아파 오는 관자놀이를 짚었다. 한량같이 놀러 다니는 완이 걱정되면서도 적극적으로 말리지 못한 건 이런 이유 때문이었다. 미우나 고우나 가깝던 이들을 한꺼번에 잃은 달이 끝 모르고 우울해질까 두려웠다. 전쟁이란 건 작든 크든 상흔을 남기기 마련이었다. 운이 좋아 주변 이들을 잃지 않았더라도, 가진 것을 빼앗기지 않았더라도 그 끔찍한 참상을 겪고 나면 삶의 의욕을 잃거나 극심한 공포에 시달리는 것이 당연하니까.

"으악……!"

비명을 내지른 완이 발작하듯 눈을 떴다. 가쁘게 숨을 내쉬면서 앞에 있는 저를 의심스레 쳐다본다. 저 또한 악몽 속 환영이라 생각하는 것인지 손까지 뻗는다. 붉어진 눈시울과 푹 젖은 뺨이 안쓰러워 죽을 것 같다.

"괜찮습니다."

"서방님……?"

"무서운 꿈이라도 꾼 것입니까."

허공을 떠도는 손을 꽉 쥐고 물었다. 매일같이 산궁을 나가 몸을 축낸 건 제 달이 생각한 도피 방법이었을까. 처소에 틀어박혀 세상과 단절한 채 사는 것 대신 위험 속에 스스로를 노출시키며 정신을 빼놓는 게 유일한, 간절한 도피였을까.

"왜……, 여기 계세요?"

완이 잡히지 않은 손으로 눈자위를 꾹꾹 눌렀다.

"이러고 있을 것 같아서요."

몸을 일으키려는 달의 어깨를 밀고 이마 위에 입을 맞췄다.

"괜찮은데……."

"압니다."

작은 몸을 끌어안았다. 스스로가 일으킨 전쟁 속에서 피폐하게 살아남은 저

290

의 달.

'더 많이 웃고 또 많이 밝아지셨습니다.'

바쁜 와중에 완이 괜찮은지 궁금해 율을 부른 적이 있었다. 달의 나날이 어
떠하냐 물었을 때 어린 이는 그리 대답했었다. 더 많이 웃고 또 많이 밝아졌
다고.

'속은 폐허가 됐을지 모르지만 말입니다.'

그리고 덧붙였다.

"사실 내가 힘들어 왔습니다."
"무슨 일 있으셨어요?"
걱정스러운 목소리를 낸 달이 제 얼굴을 보려 가슴을 밀어 냈지만 안고 있는
팔에 힘을 주었다. 금세 포기한 달이 어깨 위에 머리를 기댄다. 자고 일어난 지
얼마 되지 않아 따끈해진 몸이 사랑스럽다.
"일이 너무 많아서요."
"허면 일을 줄이세요."
명쾌한 답에 삐져나오는 웃음을 숨길 수가 없다.
"줄일까요."
"예, 다 줄이시고 저랑 놀아요."
아이처럼 파고드는 몸을 꽉 끌어안았다.
"무얼 하고 놀까요."
음— 뜸 들이는 소리와 함께 고민하던 달이 갖가지 목록을 읊었다. 밤하늘의
성좌를 보러 가자 하기도 하고 백옥지에서 연꽃 구경을 하자고 하기도 하고.
심지어는 봉선화로 손톱을 물들이고 싶단 말도 한다.
"어려울 것 없지요."

잠을 줄여야겠단 생각과 함께 답했다. 그리 대단하지도 않은 청을 느릿느릿 늘어놓는 달에게 안 된다 할 순 없다. 폐허가 된 속을 어여쁜 겉과 같이 만들려면 갈 길이 멀다.

□　◆　□

"자두가 먹고 싶다."

백옥지 누각에 걸터앉아 다리를 흔들던 달이 말했다.

"자두를 내오라고 할까요?"

언제나 그렇듯 향로에 부채질을 하던 율이 물었다.

"그래, 근데 그 향은 그만 피워도 될 것 같다."

"너무 강합니까?"

콧잔등 위로 주름을 잡으며 말하는 달에 율이 의아한 표정을 지었다.

"평소보다 많이 넣진 않았는데……."

"날이 더워 그런가……. 연꽃 향을 가리는 것 같구나."

예, 대답한 율이 놋대야에 담긴 물을 향로 위로 부었다. 빈 놋대야 위로 향로를 올리고 부채까지 야무지게 꽂은 아이가 누각의 계단을 사뿐사뿐 밟는다.

"자두랑 같이 올게요, 달님!"

"급한 것이 아니니 앞을 잘 보고 걷거라."

"아무렴요. 걱정 마셔요."

대답은 그리해 놓고 높게 쌓은 향로에 휘청인다. 놀라 일어난 달을 돌아보며 괜찮다는 듯 웃는 아이에 달이 고개를 저었다.

"저래 놓고 다 큰 척이지."

여전히 어린 아해인 것을.

□　◆　□

동이 트기 전 눈을 뜬 완이 부드러운 이불 위로 고개를 묻은 채 몸을 둥글게 말았다. 어슴푸레한 새벽녘이라 할지라도 제가 몸을 말면 어김없이 안아 주는 지아비에게 버릇이 잘못 들었다.

"당……?"

부르기도 전에 허리 위로 팔이 둘러져야 하는데 오늘은 아무것도 느껴지지 않는다.

"아……."

그제야 어젯밤 마주 보고 했던 이야기가 떠오른다.

'내일은 평소보다 일찍 기침해야 하는 일이 있으니 따라 일어나지 마세요.'
'무슨 일 있으신 겁니까?'
'봐야 할 장계가 쌓여 그럽니다. 걱정하지 마세요.'

일이 많아 힘들다고 엄살을 부리던 그에게 일을 줄이라 투정을 부리는 게 아니었다. 말도 안 되는 말이라는 걸 알아 그저 어리광을 피운 것인데 그는 그 말을 곧이곧대로 들은 것인지 건강하지 않은 방식으로 일을 하기 시작했다.

그런 와중에 조반을 제외한 중반과 석반은 무조건 저와 함께했다. 처음엔 그가 월궁에서 비현각까지 오고 갔지만 무리하는 게 눈에 보이기 시작하여 제가 가겠다 말을 올렸다. 약해진 몸으로는 무리라며 난색을 하던 그도 제가 움직이는 게 함께하는 시간을 늘리는 방법이라는 설명에 토를 달 순 없었다. 하여 그는 자신이 타는 가마를 하사하며 걷지 말라 명했다. 율은 그것이 꼭 대단한 사은(賜恩, 임금이 신하에게 내리는 크고 거룩한 은혜)이라도 되는 것처럼 종알거렸다. 산궁 안에서 가마나 연을 탈 수 있는 건 산군님뿐이라는 소리를 하면서.

침수(寢睡) 시간도 문제였다. 침수에 드시긴 하는 것인지. 밤이 늦도록 상소를 살피고 교지를 작성하기 바쁘시니 매번 저보다 늦게 잠들기 일쑤고 저보다 일찍 기침하는 걸 습관으로 만드셨다. 짐작으로는 두 시진도 채 못 주무시는 것 같아 걱정이 산더미다. 새벽녘에 품으로 파고드는 버릇도 어쩌면 함께 잠들지 못하는 아쉬움에서 비롯된 것일지도 모른다.

"달님, 기침하셨으면 세숫물 올리겠습니다."

문밖에서 궁인이 아뢴다.

"그리하라."

아직 잘 뜨이지 않는 눈을 감고 대답했다. 궁인들의 조용한 발걸음 소리가 들린다. 한 명은 창을 가린 발을 올리고 다른 한 명은 대야를 내려놓는다.

궁인이 고운 질감의 천을 알맞게 포개어 모양을 잡았다. 달의 옥안을 씻어 내는 천은 뜨거운 물에 여러 번 삶아 햇볕에 빳빳하게 말린 것이었다. 향기로운 세숫물에 천을 적시려는 순간,

"세숫물에 무엇을 넣었느냐."

달이 물었다. 혹 무슨 실수라도 한 것일까 지레 겁을 먹은 궁인들이 서로의 눈치를 살폈다. 혼례를 올린 직후보다 산군님의 총애가 늘어난 요즘, 밉보여 좋을 것이 없다.

"괜히 겁먹을 필요 없다. 평소보다 향이 역하게 느껴져 물어본 것이니."

"아……."

그제야 근심을 덜어 낸 궁인이 고개를 조아렸다.

"백단나무와 박하를 썼사온데……, 평소와 다른 것은 없사옵니다."

"평소와 같은 양을 쓴 것이냐?"

"예, 달님."

아무렴 당연하단 표정으로 끄덕이는 궁인에 완은 그래— 힘 빠지는 답을 했다. 평소에도 쓰던 향이라 하기엔 머리가 지끈거려 절로 눈살이 찌푸려졌다.

"어젯밤 뜯어 놓은 장미 꽃잎들이 있는데 그것으로 바꿔 올까요?"

"아니다. 아무것도 넣지 말고 차가운 물만 가득 담아서 가져오거라. 평소 쓰던 것이 역한데 다른 것은 역하지 않겠느냐."

예, 대답한 궁인들이 머리를 조아리고 물러났다. 오후 늦도록 머리가 아프면 어의를 불러야겠다 생각한 완이 가는눈을 하고 하품을 했다.

□　◆　□

궤상 위에 팔꿈치를 얹어 턱을 괸 완이 집중한 지아비의 옆모습을 빤히 보

294

았다. 밤을 넘어 도래한 새벽의 푸른빛이 비현각의 문턱을 넘고 있는 와중에도 장계를 보는 눈빛엔 흐트러짐이 없다. 그 고요하고 차분한 옥안이 무심이 아니라는 걸 알면서도 색채 없는 표정을 보면 괜한 서글픔이 습관처럼 찾아들었다. 심술이 실린 손끝으로 돌돌 말린 장계의 끝자락을 콕콕 찔렀다. 읽지 말라 말하기엔 그가 살펴야 할 일이라는 걸 알고 있었고 가만히 기다리기엔 남아 있는 밤이 길고 지루했다.

"졸리면 자라 하지 않습니까."

모른 척 집중하던 그가 졌다는 듯 웃음을 터트렸다.

"잠이 오지 않는 걸 어쩝니까."

"그렇다고 그 약해진 몸으로 나와 함께 일출을 보려 합니까."

"못 할 것도 없지요."

산군은 제법 완강한 태도에 고개를 저었다. 곤히 잠든 얼굴을 확인하고 침상을 빠져나온 노력이 모두 헛되게 된 것은 아쉽기 그지없었지만 말똥말똥 뜨고 있는 눈이 예쁜 건 부정할 수 없었다.

완이 깨어 있을 땐 사냥을 하기도, 공무를 보기도 쉽지 않았다. 사냥은 본래 좋아하지 않았던 데다가 근래에는 사냥할 시간이 없기도 했고 최근 집중하고 있는 일들이 전부 산 아래와 관련된 일이었다. 관심을 갖고 묻는 게 아닌 이상 산 아래에서 벌어지는 일을 구태여 말해 주고 싶진 않았던 터라 부러 앞에서 일을 하지 않았던 것이다.

게다가 완은 제가 일하고 있는 모습을 '그냥' 좋아하지 않았다. 그저 집중하느라 표정이 없는 것뿐인데도 매번 그 고운 얼굴을 들이밀며 인상을 펴라 잔소리를 하니 여간 신경이 쓰이는 게 아니었다.

"황궁에서 보내온 소식입니까?"

산군이 내려놓은 장계를 만지작거린 완이 물었다. 금사로 용을 수놓은 흑색 비단 위에 질 좋은 선지를 다려 놓은 장계는 쌓여 있는 다른 것들에 비해 확연히 귀한 태를 드러내고 있었다.

"새 황제가 즉위한 모양입니다."

완이 묘하게 인상을 찡그리며 중얼거렸다. 제후의 딸로 태어난 덕에 황실의 문장 정도는 수도 없이 보고 자랐었다. 하여 은근하게 바뀐 용의 자태를 어렵지 않게 알아볼 수 있었고 그것이 황위의 주인이 바뀌었음을 뜻하는 것도 잘 알고 있었다.

"한 달 뒤 즉위라고 하는데 글쎄요. 방계 중에 방계를 잘도 골라낸 듯합니다."

별일 아니라는 듯 대답한 그가 서둘러 장계를 말았다. 전쟁 이후 수많은 이야기가 산궁 안을 바람처럼 드나들었지만 완은 아무것도 들리지 않는 사람처럼 해맑게 지냈다. 말하고 싶지 않은 것인지 듣고 싶지 않은 것인지 혹은 둘 다인지 알 수는 없었으나 산궁 안 그 누구도 달의 귀에 부러 속삭이거나 그 입을 억지로 벌리려는 자는 없었다.

저 역시 지아비로서 제 반려가 품은 상처와 못다 한 이야기들을 언젠가는 어루만지고 또 듣고 싶은 마음이 있었지만 서두를 생각은 조금도 없었다. 설사 영원히 말하고 싶지 않다고 해도 괜찮았다. 그러니 스스로 말하기 전까진 산 아래의 이야기를 전달하지 않을 작정이었다.

"새 황제의 즉위식에 참석하십니까?"

"설마요."

산군이 가볍게 웃으며 말했다.

"휘선 땅의 주권은 누구에게 간다 합니까?"

완이 날씨를 묻는 것처럼 가볍게 물었다. 산군의 눈매가 가는 선을 만들어냈다. 휘선이란 명칭과 주권이란 낱말이 완의 입에서 나왔다는 게 묘했다. 누군가 가볍게 운을 띄워도 모른 척 넘어가던 달이 오늘은 왜인지 관심을 드러내니 그 심중 변화가 무엇인지 궁금해진다.

"제가 관여하는 게 싫으시면 말하지 않으셔도 됩니다."

슬쩍 찌푸린 채 있던 산군이 얼른 고개를 저었다.

"싫은 것이 아닙니다. 괜한 말을 꺼냈다가……, 그대 마음이 아플까 걱정되어 그래요."

"아플 것이 무에 있습니까. 다 끝난 일인 것을요."

손장난을 치던 손가락을 풀어낸 완이 지아비의 손등을 가볍게 두드렸다. 사려 깊은 그가 무엇을 걱정하고 있는지 모르는 것은 아니었지만 비극으로 불탄 저의 고향이 어찌 재건되고 있는지 듣고 싶었다.

너무 심려하지 말라는 듯 부러 환하게 웃는 완을 산군은 불안하게 쳐다보았다. 애초에 대단한 비밀도 아닌 터라 말해 주는 것이 어려운 것도 아닌데 얄쌍하게 올라간 입꼬리를 보고 있자면 괜한 아슬아슬함에 망설임이 솟았다.

"산군님께서 말씀하시기 어려우면 제가 하는 것은 어떻습니까."

"첨언하고 싶은 게 있는 겁니까."

"조금이요."

가볍게 고개를 끄덕인 완이 지아비의 팔을 붙들어 안았다. 익숙하게 편안한 자세를 만들어 어깨를 내어 주는 그에 배시시 웃음이 나온다.

"비현각에 대한 이야기입니다."

"그대의 처소 말입니까."

"아니요. 제후궁에 있는 비현각을 말하는 겁니다. 산궁에 있는 비현각은 전각의 이름이지만 제후궁에 있는 비현각은 작은 누각에 불과한 것이지요."

온전히 몸을 기울이고 있던 완이 지그시 눈을 감으며 오래된 이야기를 꺼낼 준비를 마쳤다. 눈을 감으면 원치 않아도 펼쳐지던 비극의 시작을 어떻게 말해 주어야 할지 정해 놓은 것은 없었다. 계획 없이 토해 내는 고해가 과연 무슨 소용인가 싶었지만 그냥 모두가 잠든 새벽, 말하고 싶단 생각이 들었다.

"좋아하던 곳입니까."

"예, 이곳의 비현각만큼은 아니지만 나름의 운치가 있었지요. 한데⋯⋯, 이제는 좋아하지 않습니다."

"어째서요."

산군이 물었다. 불현듯 이야기를 시작한 속내가 궁금하여 마주 보고 묻고 싶은 마음이 간절한데 팔을 붙든 손에 힘이 실리는 걸 보면 그것을 원하는 것 같지 않았다.

"그곳에서 제 두 아우가 죽었거든요. 저의⋯⋯, 오라비 손에 말입니다."

"⋯⋯."

"중양절 밤이었습니다."

"완아."

그가 떨고 있는 손 위로 자신의 손을 겹쳐 쥐었다.

"막내아우는 자기 방 안에서 죽었습니다. 너무 어려 늦은 밤 시간에 깨어 있을 정도도 되지 못했거든요."

"……."

"오라비가 아우의 방으로 가기 전, 제 방에 먼저 왔습니다. 칼을 든 오라비가 무서워 무작정 살려 달라 빌었지요. 자존심도 없었고, 고고한 절개도 없었습니다. 그저 살고 싶단 생각뿐이었어요. 해서 막지 못했습니다. 오라비가 아우의 방으로 향하는 걸 뻔히 알면서 그 걸음을 막지 못했어요……."

산군은 붙들린 팔을 풀어내고 흐느끼는 반려를 덥석 끌어안았다. 앞선 상황이 무엇이었는지 후에는 또 무슨 일이 있어났는지 궁금하지 않았다. 흐릿해졌을 과거의 기억에만 의지한 채 이야기를 늘어놓는 몸이 속절없이 떨고 있다는 사실만이 더욱 중요했다.

등을 토닥이고 귓가에 괜찮다는 말을 쏟아 낼수록 울음소리는 높아졌다.

"제가……, 흡, 제가 그런 오라비를 죽였어요……."

죄를 고하는 목소리엔 죄책감이 가득했다. 지독히도 잔인했던 운명 앞에 살고자 도망쳤던 제 반려가 무슨 잘못이 있을까. 제가 그 운명 앞에 있었다면 저는 더 나은 선택을 할 수 있었을까. 저는 그리 도망치지 않고 또 그리 죽지 않을 수 있었을까. 의미 없는 물음이었다. 그 누구도 완이 한 선택을 손가락질할 수는 없었다.

산군이 안겨 있는 얼굴을 끌어내어 창백해진 안색을 꼼꼼하게 살폈다. 눅진하게 젖은 눈을 느릿느릿 굴리다 습관처럼 시선을 내린다. 죄의식에서 비롯된 버릇이란 걸 안다. 숙여진 고개를 부드럽게 끌어 올렸다. 젖은 뺨을 엄지로 닦아 내고 이마 위에 입을 맞췄다. 또다시 숙이려는 고개를 붙들어 눈을 맞췄다.

"잘했습니다."

"……."

"잘했어요."

진심이라는 걸 알아 달라는 뜻에서 여러 번 속삭인 산군은 다시금 저의 달을 꼭 끌어안았다. 홀로 견디기엔 무서웠을 시간을 잘 견뎌 주어 고맙고, 모든 것을 포기했어도 비난할 수 없던 운명을 버텨 주어 고마웠다.

"지금 그대가 바라는 건 무엇입니까. 첨언하고 싶은 게 있다 하지 않았습니까."

"……."

"무엇이든 말하세요. 원하는 대로 해 주겠습니다."

완이 지아비의 시선을 오롯이 느끼며 품 안으로 파고들었다.

"비현각을……, 없애 주세요."

"불태우면 되는 겁니까. 그저 부수라 명할까요."

"마음대로 하시면 됩니다. 저는 그냥……, 그곳이 영영 사라지기만을 바랍니다."

"알겠습니다."

단단하게 들리는 대답을 동아줄처럼 부여잡은 완이 흐르는 눈물을 무시하며 지아비의 비단을 적셨다. 이미 죽어 버린 동생들을 지아비의 품에서 추억하는 게 부질없게 느껴지기도 했지만 그래도, 지금이라도 그 끔찍한 곳을 파괴할 수 있다는 게 다행이고 또 다행이었다.

휘선의 제후궁은 언제나 조금은 갑갑하고 또 조금은 차갑다고 여겨졌지만 그래도 나고 자란 저의 집이었다. 어머니가 공을 들여 키우던 꽃들이 즐비한 길을 따라 걸으면 소담한 비현각이 어여쁜 자태를 뽐내고 있었다. 혜심과 틈만 나면 그곳에 앉아 외출할 궁리를 짜고는 했는데 동생들이 살해된 이후로는 필사적으로 외면하며 살았다.

아름다우나 끔찍한 비밀을 품고 있던 그곳이 이제는 사라질 것이다. 모든 비밀과 함께.

"더 덧붙일 것은 없습니까."

"……혜심의 부모를 찾아 주시면 좋겠습니다."

"이유를 물어도 되는 겁니까."

산군이 염려하는 마음을 담아 조심스레 물었다.

"그 아이에게 진 빚을……, 갚고 싶어 그럽니다. 저에게 모든 것을 준 아이입니다. 마음을 주었고 또 목숨을 걸고 따랐습니다. 제 오라비와 아버님께도 마찬가지였지요. 한데 그 대가를 제대로 받지 못한 것이……, 마음에 걸립니다."

"주고 싶은 게 있는 겁니까."

완이 씁쓸하게 웃으며 고개를 끄덕였다. 전쟁의 칼날 끝에 희생되지 않았다는 보장도 없었지만 그저 찾고 싶었다. 혜심에게 주었어야 했고, 혜심이 제 부모에게라도 주고자 했던 것을 뒤늦게나마 주고 싶었다.

"둘 다 제후궁의 궁인이었으니 죽지 않았다면 찾는 게 어렵지는 않을 겁니다. 찾으면 부디……, 자유를 주십시오."

그리하겠다, 대답한 산군이 완의 어깨를 감쌌다. 이렇게라도 원하는 것들을 말하며 마음의 빚을 덜어 놓을 수 있다면 몇 번이고 해 줄 수 있었다.

"나머지는 산군님께서 마음대로 하시면 됩니다. 저는 산 아래에 있는 모든 것과 연을 끊을 것이니……, 더 이상 그곳의 이야기를 듣지 않는 것만이 제가 원하는 처분입니다."

완이 개운한 듯 환하게 웃었다. 통쾌한 복수도 아니고, 절대적 선의 승리도 아니었지만 할 수 있는 일을 다 했다는 데에서 오는 후련함이 마음에 안정을 주었다. 아버지는 호환에 짓눌려 끔찍한 죽음을 맞이했고, 오라비는 미천하다 여긴 누이에게 죽임을 당했으니 살아생전 느끼지 못한 수치를 느꼈을 것이다.

정말이지 할 수 있는 것은 다 한 것이 되었다. 이 모든 비극을 막을 수 있는 힘과 지략이 있었다면 더할 나위 없었겠지만 지나간 일을 붙잡아 되돌릴 수 있는 힘은 누구에게도 없다는 걸 그 누구보다 잘 알고 있었다.

□　◆　□

"또 자두를 드십니까?"

벌써 며칠째 자두만 찾는 완을 율이 지겹다는 듯 쳐다보았다. 끼니를 거르지 말라 아무리 아뢰어도 더위를 먹었단 핑계와 함께 상을 물리는 달은 막무가내였다.

달께서 먹는 양이 줄면 산군님의 불호령은 비현각 궁인들의 몫이라 아무리 말을 해도 들을 생각조차 않으신다.

"자꾸 자두만 드시면 산군님께 이릅니다."

"마음대로 하거라. 산군님께선 나를 혼내지 않으시니."

이러니 제 상전이 겁도 없이 태평하지. 율이 눈살을 찌푸리며 비겁하다 중얼거렸다.

"그리 야박하게 굴지 말거라. 오늘 석반은 꼭 그릇을 비울 테니."

"참입니까?"

"그렇대도. 한데 너는 자두가 싫은 것이냐? 먹는 모습을 한 번도 보지 못한 것 같구나."

율이 무심히 고개를 끄덕였다.

"저는 단것이 좋지 신 것은 좋아하지 않습니다."

"단것만 좋아하면 이가 삭을 것인데……."

입안에 있는 자두를 오물오물 씹던 완이 걱정스러운 표정을 지었다. 꿀꺽 삼킨 지 얼마 되지 않아 껍질도 벗기지 않은 자두의 과육을 또 한 번 베어 문다. 율이 웃음을 터트렸다.

"이리의 이빨을 걱정하는 사람은 아마 달님이 유일할 겁니다."

"제아무리 이리의 이빨이라도 무쇠로 만든 것도 아니지 않으냐."

"무쇠는 아니더라도 달님의 이보단 튼튼하지요. 걱정 않으셔도 됩니다."

"……."

완이 순간 스치는 한기에 몸을 떨었다. 더운 여름 공기가 가득한 나날인데도 한 번씩 오한이 밀려들었다. 찡그리는 얼굴에 금세 지적으로 다가온 율이 괜찮은지 묻는다. 애써 웃으며 고개를 끄덕이자 또 못마땅한 표정을 짓는다. 밤톨처럼 작을 때 제가 눈살을 찌푸리기만 해도 겁을 먹더니 이제는 몸이 커졌다고 물러나는 법이 없다.

"산군님께는 언제 알릴 작정이십니까."

"……."

며칠 전, 두통이 지속되는 게 이상해 어의를 불렀었다. 불볕더위에 지나가는 두통일 거라 생각해 산군님께는 비밀로 하라 몇 번이고 당부를 거듭했었다.

'다, 달님……!'

맥을 짚던 어의는 입을 뻐끔거리며 뒷말을 잇지 못했다. 궁인들이 엿듣지 못하도록 문 앞을 지키던 율이 큰 병이라도 난 것이냐며 물을 정도였다.

'경하드리옵니다. 회임입니다.'
'틀림없는 것입니까?'

아무런 반응도 하지 않고 그저 손톱만 씹는 저를 대신해 율이 어의의 옷자락을 움켜쥐었다.

'예, 소신의 진맥으로는 틀림없사옵니다.'

산군님께 알리겠다는 어의의 걸음을 붙들었다. 그 누구에게도 말하지 말라 당부하고 또 당부했다. 산군님께도, 같은 어의들에게도 절대 발설해서는 안 된다 거듭 강조했다. 이해할 수 없지만 내려진 명을 거부할 수도 없는 어의는 그저 알겠다, 대답하는 것 말고는 할 수 있는 게 없었다. 께름칙한 표정의 그가 나가자 율이 특별한 연유라도 있는 것이냐며 물었다. 기뻐하실 게 분명한데 숨기는 이유가 무엇이냐 채근하며.

'기뻐하지 않으실 것 같아서.'

완은 그리 대답했다. 전쟁이 끝나고 돌아온 뒤부터 합궁 후 내려지는 탕약을 먹지 않았다. 제가 원하여 품은 아이란 소리다. 한데 그는—

'슬퍼하실 것 같아서.'

원하지 않을 걸 안다.

□ ◆ □

비밀은 허무하게 드러났다. 달과 율, 그리고 어의까지 모두가 입을 다물고 함구하기를 철통같이 했지만 매일 함께 잠드는 부부 사이에 오래갈 비밀이란 애초에 존재하지 않았다.

그리 생각하면 나름 오래 버틴 것이긴 했다. 밤이면 밤마다 진득한 눈빛을 보내며 붙어 오는 낭군을 밀어내며 피곤하다 핑계를 대는 것도 하루 이틀이었다. 어느 날에는 눈초리를 예리하게 다듬고 꽤 집요하게 입을 맞춰 오는 탓에 곤욕을 치르기도 했었다. 하여 걱정할 걸 알면서도 몸이 좋지 않다 변명을 했다. 그러자 날카롭던 눈을 곧장 순하게 바꾸고 어디가 아픈 것이냐 묻는 지아비의 다정은 죄책감을 심기에 충분하고도 넘쳤다.

미리 입을 맞춘 어의는 몸에 피로가 쌓였다며 기력을 회복할 때까지 넉넉히 휴식을 취해야 한다고 진단을 내렸다. 이후로 그는 극진히 몸을 챙기며 열락을 보려는 모양새를 취하지 않았지만 그럼에도 괜한 자극을 할까 염려되어 그의 손길을 여러 번 피했었다. 순간순간 서운하고 섭섭한 표정을 짓는 그에게 미안한 마음이 들긴 했지만 아무리 생각을 거듭해도 말할 용기가 생기지 않았다.

그러나 아이를 품은 지 두 달이 넘어가면서 식사를 함께하는 것이 어려워졌다. 몸이 좋지 않단 핑계로 피할 수 있는 것도 아니었다.

"우욱!"

잘 차려진 음식들을 내려 보며 울렁거림을 참아 보려 했지만 막을 새도 없이 쏟아지는 헛구역질을 감출 수는 없었다.

"당장 어의를 부르거라."

하얗게 질린 얼굴로 부축하는 지아비에게 평소 진맥하던 어의를 불러 달라 말했지만 웬일인지 그는 단호한 표정을 지었다.

"산궁 안엔 다른 어의도 많습니다."

"그래도 지금까지 그 어의가……."

"그자를 믿을 수 없어요."

몸이 쇠약해진 지가 언젠데 차도가 없으니 실력이 의심스럽다는 게 이유였다. 반박할 말이 없었다.

당도한 어의가 진맥을 보겠다고 손목 안쪽을 짚었을 때, 직감했다.

"회임이옵니다."

그가 저를 또 한 번 미워할 것이라고.

"회임이라니."

허망한 표정의 지아비가 얼굴을 쓸었다. 저의 손을 감싸듯 쥔 그가 당황스러운 속을 갈무리하지 못하고 몸을 떨었다.

"농일 테지."

하하, 입으로만 웃는 소리를 낸 그가 낮게 읊조렸다. 식은 옥안이 싸늘하다.

"그럴 리가 없다. 그럴 리가……."

고개를 저으며 연신 허둥지둥한 지아비의 모습을 너무 기뻐 놀란 것이라 짐작한 어의는 다시 한번 머리를 조아리고 아뢰었다.

"달님께서 산군님의 후사를 품으셨사옵니다. 확실하오니 믿으시옵소서."

그 말에 분노한 산군은 모두 나가라 일렀다. 저만 남은 방 안을 어찌할 바 모르는 태로 걷던 그가 불현듯 멈추어 섰다.

"알고 있었습니까."

총명하기 그지없는 지아비가 근래 이상했던 저의 행동들을 조합하지 못할 리는 없었다.

"산군님……."

"언제, 대체 언제 말하려 했습니까."

"……."

말 없는 저를 서글픈 눈으로 내려 보던 그는 이내 얼굴을 싸늘하게 굳히고 옷깃이 거칠게 잡아당겼다.

"피임탕을 제조한 어의를 죽일 겁니다."

"산군님!"

"말리지 마세요. 지금까지 입을 다문 수고를 생각해서 극형만은 면하게 할 테니."

"아……!"

완은 당장 문을 열고 나서려는 산군을 붙들고 무릎을 꿇었다. 놀란 그가 무슨 짓이냐며 어깨를 감싼 동시에 달은 고개를 저으며 호소했다.

"피임탕엔 아무 문제 없습니다."

"그게 무슨……."

"제가……, 제가 마시지 않은 겁니다."

"……."

의문을 품었다가 혼란을 드러내고 금세 슬픔을 만들었다가 다시 분노를 띤 그의 눈동자는 종국엔 까맣게 가라앉아 있었다.

"나를 놀리지 마세요."

그는 간청하는 모양새로 말했다. 회임한 사실을 말하지 않은 것만으로도 충분히 원망스러운데 그 회임이 계획된 것이라면 원망으로 멈출 자신이 없었다.

"또……."

"산군님……."

"그대 계획엔 또 내가 없는 겁니까."

"아닙니다. 아니에요, 산군님……."

미친 듯이 고개를 저으며 부정하는데도 괴롭다는 듯 눈살을 찌푸린 그는 등을 돌려 방을 나갔다. 울며 바라본 뒷모습이 보았던 지아비의 그 어떤 모습보다도 외로운 듯 보여 달은 아직 부르지 않은 배를 어루만졌다.

□ ◆ □

이튿날 밤, 술에 잔뜩 취한 산군은 비현각으로 들어 반려를 찾았다. 영영 저를 보지 않으면 어쩔까 겁을 내던 달은 버선발로 달려가 그를 맞이했다. 술기운이 퍼져 그런 것인지, 남몰래 울음이라도 터트린 것인지 지아비의 눈가는 홍화를 바른 듯 붉게 번져 있었다.

"너의 죽음이 무섭다."

한참을 말없이 노려보기만 하던 그는 주저앉듯 자리에 앉아 말했다.

"네가 날 사랑하지 않는 게 가장 무섭다고 생각했는데……."

"산군님……."

"네가 죽을 것이란 사실이 더 무섭다."

산군이 달의 무릎을 끌어와 그 위에 얼굴을 묻고 중얼거렸다. 차마 손을 대기는 어려운지 허공에서 망설이는 달의 손을 잡아끈 산군이 그 위에 제 얼굴을 올렸다. 그제야 어루만져 주는 손길이 밉고 또 애틋하여 울음이 터진다.

어릴 적 그는 자신에게 내려진 저주가 원망스러웠다. 지금껏 수많은 산군이 있었고 또 그만큼 수많은 달이 있었는데 왜 하필 자신에게 그런 신탁이 내려진 것인지 이해할 수 없었다. 그 수많은 여인들이 아이를 잉태하고 죽어 나가는 동안 밤하늘을 밝히는 달은 그저 가만히 있었으면서. 아무것도 하지 않았으면서. 왜 하필 제가 태어났을 때 그 끔찍한 저주를 내렸을까. 왜 저는 자식을 갖지 못할 것이라 저주를 내렸을까.

그것이 늘 원이고 한이었다. 앞에서는 두려워하면서도 뒤에선 저주받은 산군이라 수군거리는 목소리가 어디서든 들리는 듯했다. 해서 모자람 없는 산군이 되고자 이를 악물었다. 지독한 집념으로 원하던 모습을 만들어 내는 데 성공하긴 했지만 그렇게 되기까지 고통과 인내의 시간은 차고 넘치게 필요했다.

그러나 저의 반려를 만난 뒤부터 그 끔찍한 저주가 다르게 들렸다. 있지도 않은 자식을 위해 사랑하는 반려를 죽일 생각 따위 제게는 없었다. 하여 그 저주가 독하고 모질게 제 운명에 붙어 있기를 빌었다. 붉은 달이 뜨던 밤 태어난 여인을 취한 적도, 만난 적도, 찾을 생각도 한 적이 없으니 얼기설기 묶여 풀리지 않기를 바랐다.

한데 회임이라니. 그것도 제 달이 선택한 회임이라니.

"완아."

미워도 미워지지 않는 여인의 손을 동아줄처럼 부여잡고 흐느꼈다. 근래 들어 저를 피하는 모습에 마음이 내려앉은 적이 수십 번이었다. 그럼에도 스스로 다짐한 것들이 있어서 원망 한번 내보이지 못하고 마음을 졸였다.

기청제 때는 제 여인을 살려만 달라 빌었다. 완이 저에게 지은 죄가 무엇이든, 완이 저에게 속인 것이 무엇이든 모두 품겠다 다짐하며 그렇게 빌었다. 완의 혈육들과 전쟁을 치러야 했을 때도 저는 완만큼은 살려 달라 빌었다. 완이 저를 평생토록 사랑하지 않더라도 괜찮으니 그저 살아서 제 곁에 있을 수 있도록 해 달라고 빌었다.

그 간절한 기도가 흐릿해진 것도 아닌데 가끔씩 불손한 생각이 들었다. 이따금 불안함도 치솟았다.

완이 저를 선택한 이유엔 연정이란 한가한 것이 없다는 걸 모르지 않았다. 제가 가진 조건들이 복수에 적합해 선택한 것임을 다 알고 있었다. 그럼에도 저의 노력이 완의 마음을 움직일 수 있을 것이라 생각하며 희망을 품었다. 그래야만 했다. 그러지 않으면 완이 스스로 죽을 것 같단 생각이 들었기 때문이었다. 전쟁이 끝난 직후 죽겠다고 울부짖던 얼굴이 여전히 눈에 선했다. 제아무리 괜찮은 척, 아닌 척, 평온한 모습을 가장하고 있어도 언제 다시 그런 마음이 들지는 모르는 것이었다. 그러니 완이 죽지 않게 하기 위해서라도, 완이 저를 사랑하길 바랐다.

어쩌면 저는, 욕심 부리지 않겠다던 무수한 다짐들을 애초에 지키지 못할 이였을지도 모른다.

"벌을 받는 것인가."

아무것도 바라지 않겠단 다짐을 지키지 않아서. 그래서.

ㅁ ◆ ㅁ

월궁 안 깊은 별실. 산군은 완의 회임 사실을 알고 있는 어의 둘을 불렀다. 늦은 밤, 납치되듯 끌려온 둘은 앞에 앉은 산군의 모습에 고개를 들지 못했다. 밤하늘의 어둠처럼 깊었던 눈동자는 탁하게 가라앉아 있었고 백옥 같던 피부는 시체처럼 푸석하니 피가 비치는 입술만이 그가 살아 있음을 알리고 있었다.

"문을 잠가라."

소름 끼치게 낮은 목소리가 작은 별실 안을 채운다. 밖에서 잠기는 걸쇠 소리가 지나치게 크게 들린다.

"달의 회임을 누설한 적이 있느냐."

"……."

위압감에 짓눌린 어의들이 바닥과 하나 되어 입을 열지 못했다. 장죽을 물고 있던 산군의 눈썹이 거칠게 일그러졌다.

"두 번 묻게 하지 말라."

그제야 정신을 차린 어의들이 절대 발설한 적 없다 대답했다. 미심쩍은 표정으로 고개를 끄덕인 산군이 장죽의 끝으로 쌓여 있는 의서의 겉면을 툭툭 두드렸다.

"중절할 방도를 찾아라."

"예, 예……?"

"하……."

짜증스레 탄식한 산군이 장죽을 내던졌다. 금으로 세공한 담배통이 바닥을 구르며 큰 소리를 냈다.

"두 번 묻지 말라 하지 않았느냐."

평상에서 일어난 그가 무심한 듯 고요한 얼굴로 어의의 턱을 잡아 쥐었다. 감히 마주할 수 없는 옥안에 고개를 숙이려 해도 턱을 붙잡은 힘이 우악스러우니 눈꺼풀을 내리는 수밖에 없다.

"주, 죽을죄를 지었사옵니다."

"허면 하루빨리 중절할 방도를 찾아라."

"하오나 산군님……."

"달의 몸이 상하지 않는 방도여야 할 것이다."

"……."

두 어의의 머릿속이 복잡해졌다. 대를 이어 내려온 산군의 핏줄은 그 기운이 드세고 날카로워 산모의 양분과 생명을 갉아먹기 마련이었다. 비록 태아라 할지라도 인위적인 유산이 힘겨울뿐더러 그런 사례가 있었다는 이야기를 들은 적도 없었다. 그런데 작금의 산군께서 원하는 건 중절과 모체의 건강이니 불가능한 두 가지를 모자람 없이 해내란 소리였다.

"너희들이 살길은 오직 그뿐이니 살고 싶다면 찾아야 할 것이다."

모험이나 다름없는 명을 수행할 자신은 없었으나,

"필요한 것은 무엇이든 말하라. 지체 없이 지원할 것이다."

산군의 저울에 올려진 것이 자신들의 목숨과 달님의 평안이라 생각하니 더는 망설일 수가 없다.

"예……, 분부 받잡겠사옵니다."

쥐고 있던 턱을 거칠게 놓은 산군이 창밖으로 난 달을 쳐다보았다.

아이를 낳은 산군의 반려가 불과 며칠을 버티지 못하고 죽으면 사람들은 경사라도 난 듯 연회를 베풀었다. 달에서 태어난 달이 달로 돌아가는 것이니 슬퍼하지 말라, 무녀들은 말했다.

"말도 안 되는 소리."

늑대가 있는 한, 달은 죽지 않는다.

□ ◆ □

산군이 상기된 얼굴로 비현각을 찾았다. 장침에 기대앉아 말린 자두를 먹고 있던 달이 허겁지겁 의복을 정제했다. 달이 차고 기우는 동안 머리카락 한 올 비치지 않던 지아비였다. 보고 싶어도 술 취해 울음을 터트리며 벌을 받는 것이라 중얼거리던 모습이 떠올라 차마 찾아뵐 생각을 하지 못하고 있었다.

"산군님을 뵈옵니다."

혜심을 대신하여 새로 배치된 궁인들이 달의 인사를 도왔다.

"그 몸으로 예를 올리다니요."

산군이 달의 어깨를 부여잡으며 궁인들에게 물러날 것을 명했다. 궁인들이 종종걸음으로 뒷걸음질 치는 동안 산군은 달을 조심스레 앉히고 푸석해진 뺨을 느릿하게 쓸었다. 고작해야 한 달인데 핏기 가신 얼굴은 고생의 정도를 훤히 드러내고 있었다.

"조금만 신경을 안 쓰면 단번에 약해지니 눈을 뗄 수가 없습니다."

"……송구합니다."

긴장했던 마음을 내려놓은 완이 대답했다. 눈썹을 사선으로 늘어뜨린 채 다정한 목소리를 내는 그는 대체 마음의 밑바닥이 얼마나 깊은 것인지 알 수 없다. 저에 대한 걱정 때문이든 저의 무모함에 화가 난 마음 때문이든 제가 예뻐 보일 리 만무한데 지탄하는 기색도 보이지 않는다.

"송구하지 않아도 될 방도를 찾았습니다."

산군이 작게 미소 지으며 반려의 입술을 매만졌다.

"약을 먹으면 됩니다."

"예?"

"내일 아침 어의가 율에게 약재를 보낼 겁니다. 한 번이면 돼요. 한 번만 마시면……."

"무, 무슨 약이기에……."

완이 밀려드는 불안감에 어색하게나마 웃고 있던 얼굴을 굳혔다.

"설마……."

"아이를 지울 것입니다."

"……."

대답할 생각도 못 한 채 그저 느리게 고개를 저었다. 농이라 말하길 기대하며 지아비의 눈을 쳐다보았지만 굳건한 동공에 흔들림이란 없다.

"안 됩니다."

"달."

"싫어요."

"완아."

애절하게 다가오는 지아비를 거칠게 밀어 냈다.

"나를 사랑하지 않아도 된다."

산군은 괴로운 듯 눈을 감았다. 촉촉하게 젖은 반려의 눈에서 금방이라도 눈물이 흐를 것 같았다. 짙게 흩어지는 한숨. 울고 싶은 사람은 그 누구보다 저였다.

"아무것도 바라지 않을 것이다. 그러니 제발……."

감았던 눈을 힘겹게 뜬 그가 다시 다정한 목소리를 냈다.

"싫습니다."

"제발……!"

견딜 수 없다는 듯 높아진 목소리에 깃든 것은 분노가 아니다.

"정녕 죽고 싶은 것이냐!"

"……"

"이제 다 이루었으니 죽어도 좋다는 것이냐……"

끝내 마주 보고 있던 시선을 떼어 낸 그는 허망한 듯 허공을 쳐다보았다. 그저 살기만 하라는 간절한 소망을 담은 눈은 공허했다.

아우들의 복수를 위해 살다가 통쾌하게는 아니었지만 어렴풋이 원을 풀어낸 제 달은 가끔 언제 죽어도 이상하지 않은 사람처럼 초탈한 표정을 지을 때가 있었다. 완의 생각과 감정에 기민하게 반응하려고 하다가도 문득 모든 것을 모른 척하는 건 그 표정이 그 어떤 것보다 무섭기 때문이었다. 사랑하는 이의 얼굴에서 죽음과 비슷한 모양의 그림자가 비치는 걸 두렵지 않게 바라볼 이가 누구일까. 그 공포는 실로 어마어마한 것이었다.

"분명—"

"……"

"죽고 싶지 않다 하지 않았느냐."

초야를 치르던 날에 죽고 싶지 않다 속삭이던 목소리를 떠올리며 물었다. 저의 달이야 이미 오래전 일이라 잊었다고 할 수도 있지만 저는 함께했던 모든 시간에서 제 반려가 했던 말 한 마디, 한 마디를 기억하며 희망을 걸고 있었다.

죽을 것이라 말한 적은 있어도 죽고 싶다 말한 적은 없었다고 생각하며. 한심하게.

"살려 준다 하지 않느냐. 왜 거부하는 것이야."

"산군님……"

"갑자기 죽고 싶어진 이유가 무엇이냐."

완이 울며 도리질을 친다.

"그리도 내가 싫은 것이냐."

"……"

산군은 하얗게 질린 달의 얼굴을 보며 제 가슴을 움켜쥐었다. 달이 아프고 슬플 때마다 어김없이 욱신거리는 가슴께가 우스울 때가 있었다. 마음을 뺏겼다는 것이 이런 것인가 싶어서.

한데 오늘은 달이 아닌, 저의 슬픔과 고통 때문에 가슴이 아프다. 제 마음을 송두리째 쥐고 흔드는 제 달이 저를 사랑하지 않아서. 홀로 남겨질 저는 생각도 않고 그저 떠날 준비만 하는 달이 미워서. 가슴이 찢어진다.

"산군님……."

"……."

"산군님, 저 좀 보세요."

완이 고통으로 허리 숙인 지아비의 뺨을 감싸 올렸다. 푹 젖은 눈을 마주 보자 괴로운 것인지 이내 고개를 돌린다.

"당."

달이 바닥에 무릎을 꿇었다. 오직 저만 부를 수 있는 그의 이름을 부르며 기울어진 뺨을 부드럽게 어루만지고 다시금 눈을 맞췄다.

"저는 죽고 싶은 게 아닙니다……."

"그럼 대체 왜……."

"산군님과 저의 아이를 낳고 싶은 거예요."

"갑자기, 갑자기 왜……."

"……사랑해서요."

"……."

"서방님을 사랑해서요."

못 믿겠다는 듯 눈살을 찌푸린 산군은 고개를 저었다. 무엇을 속이든 받아 주겠다 다짐한 것은 맞지만 무엇을 말하든 믿겠다 결심한 적은 없었다.

완은 지아비의 의심을 읽어 내고 안타까운 미소를 지었다. 저 스스로도 부정하며 제약을 건 마음이니 그가 믿어 주는 일 또한 쉽지 않을 거라 예상했었다.

"제가 가장 죽고 싶었을 때가 언제인지 아십니까."

달이 대뜸 미소를 짓고 물었다.

"산군님께 처음 모든 것을 들켰던 날입니다."

"……."

"불같이 화를 내시다가도……. 처음부터 다시 시작할 수 있다 말씀하시는 산군님을 보며 저는 죽고 싶었어요."

"완아……."

"처음엔 제가 지친 탓이라 생각했습니다. 매일매일 누군가를 미워하고 증오하는 것이 생각보다 힘겨웠거든요. 한데 얼마 지나지 않아 깨달았습니다. 아름다운 낭군께……, 흉한 꼴을 보인 게 수치스러웠던 탓이라는 걸."

달이 산군의 옷깃을 잡아당겨 앉혔다. 가까워진 틈을 놓치지 않고 목에 팔을 두른 달은 그때의 기억이 여전히 수치스럽다는 듯 미간을 찌푸렸다.

"산군님께는 좋은 모습만 보이고 싶었어요. 사랑받고 자란 고명딸이자 구김살 하나 없는 천진한 여인으로……, 그렇게 보이고 싶었어요."

후, 숨을 내쉰 완이 산군의 어깨를 만지작거리며 시간을 끌었다. 마음먹고 내뱉는 고백이었지만 여전히 적나라한 속내를 내보이는 건 쉽지 않은 일이었다.

"산군님께서 저를 용서하시려 회유를 하면 하실수록 산군님 같은 아름다운 이를……, 저같이 추한 이가 탐냈다는 사실에 괴로웠어요."

"완아."

이마를 맞대 오며 그만 말해도 좋다는 뜻을 내비치는 산군께 달은 가만히 고개를 저었다. 오늘이었다. 오늘 이 순간이 아니면 다시는 기회가 없을지도 모른다. 그 누구의 앞에서도 약한 모습은 보이지 않던 지아비가 제 앞에서 울음을 보였으니 저 또한 모든 것을 내려놓고 털어놓아야 했다. 가벼워지고 싶다.

"처음 산군님을 보았을 때 저의 유일한 희망이라 생각했습니다."

"……."

"제 아버님은 물론이고 천자인 황제의 위엄보다 높은 곳에 계시는 분이니……, 보잘것없는 저의 복수를 이루어 줄 유일한 구원이라 생각했어요."

옛날이야기를 하듯 나긋한 목소리를 낸 달은 눈물이 흐르는 지아비의 뺨을 닦아 내며 미소를 잃지 않았다.

"한데 그런 산군님을 사랑해 버려서……, 처음부터 사랑해 버려서 모든 걸 그만두고 싶을 때가 있었습니다. 산군님의 곁이 너무 따뜻해서……, 아무것도 모르는 척 살고 싶을 때도 많았어요. 그래서 그랬습니다."

"……."

"그래서 사랑하지 않는 척……, 미련을 떨었어요."

아름다운 지아비가 추한 저를 사랑하지 않기를 바라면서 동시에 계속해서 사랑해 주길 바랐다. 언행이 거칠어진 와중에도 보이지 않는 곳에서 저를 보호하는 그의 울타리를 벗어나고 싶지 않았다. 그가 저를 찾지 않으면 장신구 따위를 달라 말하며 그의 온기를 찾기도 했었고, 그의 입에서 악처란 말이 나왔을 땐 그 어떤 말을 들었을 때보다 사무쳐 죽을 각오를 하고 기청제에 나섰다.

"사랑해요."

"아……."

"죽어도 좋아요."

"완아, 아……."

산군이 견디지 못하고 달의 입술을 찾았다. 금세 사라질 것 같은 아름다움 위로 입술을 붙이니 울음 섞인 웃음소리가 난다.

"사랑하는 지아비의 아이를 갖고 싶은 게 죄라고 하지 마세요."

16. 차오르지 않는 달

"갑자기 현판은 어찌 바꿉니까?"

완이 제 처소의 편액이 내려가는 걸 보며 물었다.

"그대와 어울리지 않아서요."

산군이 비현각秘眩閣이라 적힌 편액을 쳐다보았다.

"빛을 숨기는 전각이라니⋯⋯. 달의 빛을 어찌 숨긴단 말입니까."

"하여 바뀐 이름이 폐월당蔽月堂입니까?"

궁인들 보기 민망해진 완이 소매로 얼굴의 절반을 가렸다. 서로 사랑하고 있음을 인정하고 그것을 말로 꺼내어 서로의 귓가에 들려준 뒤로 완은 지아비의 어깨에 기댄 채 많은 이야기를 했다. 서로의 밑바닥을 내어 보이며 서로 그리 강하지도, 그리 아름답지도 않다는 사실을 깨닫고 나니 말하지 못할 게 없었다.

불우했던 어린 시절과 사랑했던 아우들의 죽음, 그리고 어머니의 자결까지. 너무 많은 생각과 너무 많은 행동과 또 너무 많은 고통으로 얼룩진 시간이라서 그런지 아주 먼 옛날의 이야기를 하는 것 같았다.

감싸 안은 등을 토닥이며 들어주던 지아비는 아우들이 죽었던 전각의 이름도 비현각이었다는 말에 잠시 답답한 숨을 뱉어 냈다. 왜 진작 말하지 않았느냐 책망하는 대신 늦게 알아 미안하단 말을 했다. 말하지 않은 것은 저인데 왜 그가 미안해하는 것인지 알 수는 없었지만 그래도 그냥 고개를 끄덕였다. 그래야 그가 덜 미안할 것 같았다.

그런데 이렇게 현판을 떼어 낼 줄은 몰랐다.

"부끄러워 마세요."

산군이 동동거리는 반려를 끌어안고 소년같이 웃었다.

"아무리 그래도 폐월당이 뭡니까……."

한동안 시끄러워질 게 뻔했다. 예전에도 대신들에게 과히 폐월하신다 잔소리를 들어 놓고는 이리 대놓고 처소의 이름을 바꾸시면 어쩌자는 것인지.

"뭐가 어때서요. 늑대가 달을 숭배하는 것은 당연한 일입니다."

"아이, 정말……."

달이 부끄러움을 견디지 못하고 지아비의 품에 얼굴을 묻자 율과 청민도 그때만큼은 못 봐 주겠다는 듯 고개를 돌렸다.

□ ◆ □

서로의 마음을 확인했다고 해서 복중 아이에 대한 생각이 일치되는 건 아니었다. 산군은 여전히 아이와 달의 목숨을 바꿀 생각이 없었고 달은 아이를 포기할 생각이 없었다. 하여 달은 그와 저를 위한 강수를 두기로 마음먹었다.

"정녕 이래도 되는 것입니까?"

율이 한숨을 내쉬며 문밖의 그림자들을 살폈다.

"내내 숨기고만 있을 순 없지 않으냐."

"내내 숨기려고 애쓰신 분이 하실 말씀은 아니지 않습니까?"

"어허."

달이 엄한 목소리를 내며 고운 눈썹을 찡그린다.

"산군님 걱정은 하지 말거라. 내가 다 알아서 할 테니."

"예, 그러시겠지요."

율이 대충 고개를 끄덕였다. 제 상전의 말을 믿지 못해서가 아니었다. 실로 달님을 향한 산군님의 애정은 날이 갈수록 단단해져 보는 이로 하여금 남사스러운 기분을 느끼게 할 정도였다. 저야 달님께서 회임을 하셨단 사실도 알고 그에 대한 두 분의 입장도 알고 있으니 얼추 이해할 수 있었지만 다른 궁인들은 매번 어리둥절하고 또 매번 당황해 하며 산군님의 그칠 줄 모르는 총애를 의아해했다.

"곧 산군님께서 석반을 드시러 오실 테니 지체하지 말거라."

예, 대답한 율이 쥐고 있던 붓을 내려놓았다. 훌쩍 자란 키는 달을 넘어선 지 오래라도 가는 몸 선은 말랐던 시동 시절과 다르지 않아 일어나는 순간에 작은 바람이 인다. 아이가 그리던 그림이 팔랑인다. 미색의 화선지 위로 피어난 진달래꽃. 그가 입은 보라색 쾌자와 몹시 잘 어울린다.

"아, 율아."

"예?"

눈을 동그랗게 뜨고 뒤돈 율에게 달이 이리 오라 손짓했다. 다가오는 아이를 힐끗 보고는 탁상 아래 손을 넣어 숨기느라 애먹은 함을 꺼냈다.

"이게 무엇입니까?"

"직접 열어 보거라."

재촉하듯 턱짓을 한 달은 본인이 더 긴장되는지 양손으로 얼굴을 가렸다. 달의 장난기가 궁 안의 여느 시동들보다 더하다는 걸 아는 율은 또 무슨 장난을 치는 것이냐 잔소리를 했다. 예의와 율법에 목숨을 거는 대신들이 보면 상전 앞에서 못 하는 말이 없다 경을 칠 모습이었지만 달에게 율이 친아우나 다름없다는 걸 산궁 안 모든 궁인이 알고 있었다.

"어……?"

함을 연 율이 놀란 표정으로 입을 다문다.

"이건 또 언제 구하셨습니까."

부러 무심히 말한 율이 무관을 상징하는 초록색 공작 깃털을 조심스레 쥐었다. 무심한 얼굴 아래 숨겨진 부끄러움과 기쁨을 달은 어렵지 않게 알아차렸다.

"곧 무관 시험이 있다고 들었다. 준비하고 있음을 왜 알리지 않은 것이야.

진작 알았으면 구태여 시간을 빼앗지 않았을 텐데.”

“뭐 대단한 걸 한다고 유난을 떱니까. 아직 실력도 많이 부족하고……, 이번 시험은 그냥 경험 삼아 보는 것입니다.”

“괜한 겸손 떨지 말거라. 네 무예 실력이 나날이 일취월장하여 청출어람이라 해도 아깝지 않다는 걸 청민에게 들었느니라.”

청민은 더 이상 달의 호위가 아니었지만 비현각의 호위 시절만큼이나 달과 함께 있는 시간이 많았다. 달이 산궁을 나가 놀고 싶다 말하면 산군님께선 청민과 은호를 내어 주기 마련이었으니 그때부터 회임한 사실을 알게 된 지금까지 청민은 내내 달의 옆을 자주 지켰다.

달이 시동 시절 아이에게 그리했듯 율의 머리카락을 애정 어린 손길로 쓰다듬었다. 겉으로는 청년이나 다름없으니 남녀의 유별함을 지키라, 상궁들의 잔소리가 하루에도 수십 번씩 있었지만 제 눈엔 여전히 아이고 또 아우였다.

“네가 자라는 걸 보는 게 좋다.”

제 아우의 성장을 보지 못한 건 분명 한이었지만 이렇게라도 율의 성장을 볼 수 있다는 건 즐거운 일이었다.

“네가 떠날 날이 머지않은 건 좀 슬프지만 말이야.”

“예?”

“시험을 통과하면 산궁을 지키는 무관이 되는 것 아니냐. 갑옷을 입고 산의 경계를 지킬 수도 있고 남색 철릭을 입고 산군님의 궁을 지킬 수도 있고……, 아! 흑색 융복을 입고 야산의 경비대가 될 수도 있겠구나.”

어떤 모습을 하든 근사할 것이 분명하니 입가엔 뿌듯한 미소가 지어졌다. 예전엔 작기만 한 아이가 혼현자가 되어 이리 모습을 하는 게 영 못마땅했지만 용맹한 모습을 보아 그런가. 아무것도 걱정이 되지 않았다.

“율이 너는 무엇이 가장 하고 싶으냐……, 율아?”

신나서 얘기하던 달이 금세 얼굴을 굳혔다. 끅, 끅, 참는 소리가 나더니 팔을 들어 눈을 가리는 게 분명 우는 모양이었다.

“왜 우는 것이야. 어디 아픈 것이냐?”

놀라 묻는 말에 얼른 도리질을 친 율이 번뜩 고개를 들었다.

"달님은……. 달님은 제가 떠나는 게 좋으십니까?"

"뭐?"

"저는……, 끕, 저는 폐월당의 호위가 되려 했는데……."

생각지도 못한 말에 완이 입을 다물었다.

"달님도, 달님이 품은 아기씨도……, 저는, 제가 지키려 했는데……."

아이의 깊은 마음을 헤아리지 못한 게 미안하면서도 어쩐지 기특하고도 사랑스러워 웃음이 터진다. 화사하게 만발하는 웃음소리에 심통이 난 아이가 억울한 표정을 지었다.

"달님은 제 말이 웃기십니까?"

"좋아서 그런다. 듣기 좋아서."

달이 율의 양 볼을 예뻐 죽겠다는 듯 움켜쥐었다. 말랑말랑한 촉감을 조금이라도 더 느끼기 위해 힘을 주면 진흙처럼 뭉쳐져 망가지는 게 어찌나 귀여운지.

"산군님께서도 너처럼 생각하면 마음이 좀 좋아지실 텐데."

"예?"

"산군님께선 내가 아이를 낳다 죽을 거라 생각하시거든."

"말도 안 됩니다!"

율이 냉큼 대답했다. 산에서 태어나 이리족으로 자란 율이 출산 이후 죽는 달의 이야기를 모르는 것은 아니었다. 그러나 그 이야기가 제가 모시는 달에게도 해당될 거라 생각하지는 않았다.

"달님은 절대 죽지 않을 거예요."

곁에서 지켜본 완은 이리족도 아니고 다른 수족도 아닌 그저 무혼의 몸이었지만 그 누구보다 강한 이였다. 오랜 세월 품은 증오를 들키지 않을 만큼 침착했고 증오의 끝에서 망설이지 않을 만큼 강단이 있었다. 또한 믿었던 이의 배신에도 무너지지 않을 만큼 굳건했고 그런 이를 용서하고 포용할 만큼 넓은 마음을 품은 이였다. 그렇게나 강한 달이 그렇게나 어이없는 이유로 죽을 리 없다.

"고맙구나."

달이 해사하게 웃었다.

"허면 더 열심히 해야겠구나."

"무엇을요?"

"소문 말이다."

달이 고안한 강수는 간단했다. 지아비인 산군께서 아이를 포기할 수 없도록 만드는 일. 온 산궁의 궁인들과 대신들이 저의 회임 사실을 알게 하는 것이었다.

"궁인들 중 입이 가벼운 몇몇만 골라 말하면 되느니라. 하루가 채 가기도 전에 온 산궁이 알게 될 것이다."

대단한 비밀 작전이라도 되는 양 소곤거리는 달을 보며 율은 젖은 눈가를 쓱쓱 닦았다. 아주 강한 분이시지만 아주 고약한 분이라고 생각하며.

□ ◆ □

완의 예상대로 산궁 안은 만 하루가 되기도 전에 달의 회임 소식으로 들끓기 시작했다. 최근 들어 폐월당의 호위 인력이 눈에 띄게 늘어난 일이나 하루가 멀다 하고 출궁하던 달님의 외출이 확연하게 줄어든 일 모두 소문을 사실이라 믿게 하는 요소였다.

하여 달을 진맥했던 어의 둘은 대신들과 궁인들, 하다못해 시동들에게까지 시달리며 하루를 보내야 했다. 회임을 알리지 말라던 지엄한 명이 있어 감히 입을 놀리진 못했지만 아니라 부정도 하지 않으니 그것은 또다시 소문이 되어 발 없는 말이 되었다.

"율!"

그 소문이 월궁 지밀까지 흘러 들어가자 산군은 폐월당의 율부터 찾았다.

"아이는 갑자기 왜 찾으십니까?"

아무렇지 않은 표정을 짓고 묻는 완에게 차마 화를 내지 못한 산군은 호흡을 한 번 내린 후 다시 율의 행방을 물었다. 완의 회임은 자신과 완, 어의 둘과 율만이 아는 사실이었다. 어의들은 저의 금언령을 무시할 만큼 담력이 크지 않고 완은 말하는 순간 소문이 아닌 사실이 되는 꼴이니 지금같이 소문만 무성한 상황이 조성되지는 않았을 것이다. 범인은 율, 그 아이 하나뿐이다.

"무예 수련 때문에 자리를 비웠습니다. 아이가 무관 시험에 응시한 것은 아시지요?"

"하……."

이젠 시동이라 부르기도 민망한 체격의 율을 아이라 부르는 달을 보고 있자니 산군은 한숨이 터져 나왔다.

"그대가 율이 그 아이를 이리도 싸고도니 자꾸……."

"예……? 아이가 무엇을 잘못했습니까?"

"……아닙니다."

산군이 의자를 끌어와 앉으며 고개를 저었다. 아무리 화가 났다고 해도 아끼는 시동을 그 주인 앞에서 욕보이는 건 치졸한 짓이었다.

"말씀해 보셔요. 아이가 저지른 잘못이 있으면 저도 알아야지요."

지아비의 끓는 속을 훤히 보고 있으면서도 아무것도 모르는 척 연기를 한 완은 사근사근한 목소리를 냈다. 모란을 수놓은 방석을 바닥에 깔고 그 위에 앉아 산군의 무릎에 얼굴을 베는 교태는 덤이었다. 자연스레 손을 내려 달의 뺨을 감싼 산군이 지끈거리는 머리를 짚었다.

"그대의 회임 소식이 퍼졌습니다. 꼭 율이 그 아이가 말했다는 보장은 없지만……."

"드디어 말입니까?"

"……드디어라니. 그게 무슨 말입니까."

의아한 얼굴로 묻는 산군을 부러 외면한 달이 부르지 않은 배를 쓰다듬는다.

"적어도 대신들은 제 회임을 기뻐할 것 아닙니까. 바라던 바입니다."

서운한 듯 아닌 듯 미세한 미소를 지은 달은 제 지아비가 어디서 미안한 마음을 느끼는지 누구보다 잘 알고 있었다.

"보통의 민가에서도 안사람이 수태를 하면 잔치를 벌인다는데……. 저는 지아비께 매일매일 중절을 강요받지 않습니까."

"아니, 어찌……. 내가 어떤 마음으로 그러는지 다 알면서……."

당황한 지아비의 낯빛을 놓치지 않은 달이 괜찮다, 자애로운 얼굴을 했다.

"압니다. 저를 염려하셔서 그런 것이지요. 그래도 조금은……, 슬픕니다."

"완아……."

산군이 어쩔 줄 모르는 목소리로 반려를 부른다.

"저를 조금만 믿어 주셔요."

지아비의 손을 당겨 와 입을 맞춘 달이 속삭였다.

"천신의 분노 서린 빗줄기 아래서도 살아남은 저이지 않습니까."

"……."

"아이가……, 배 속에서 아무리 강해져도 버티겠습니다."

"하……."

"부디 기뻐해 주세요. 산군님께서 기뻐하셔야 저도 기쁩니다."

결국 의자에서 바닥으로 내려온 산군이 달의 등을 끌어당겼다. 언제 안아도 작고 가녀리기만 한 몸인데 말처럼 버틸 수 있을지 의문이다.

"서방님과 저의 아이지 않습니까."

"……."

"저를 해칠 리 없어요."

"그래요……."

산군은 느리게 고개를 끄덕였다.

"늑대는 달을 해치지 않지."

다짐하듯, 또는 경고하듯 읊조린 산군이 드러난 목에 얼굴을 묻으며 눈을 감았다. 애초에 이길 수 없는 싸움이었다.

□ ◆ □

산군이 공식적으로 완의 회임을 공표했다. 전쟁으로 어수선했던 산궁에 활기가 차오르는 순간이었다. 측실을 들이라 간할 정도로 후사에 걱정이 많았던 대신들은 졸였던 가슴을 쓸어내리며 경하를 올렸고 궁인들은 온 마음을 다해 달에 대한 애정을 내비쳤다.

선국을 둘러싼 산봉우리에 푸른 불꽃이 피어올랐다. 군주로서의 덕이 없다는 불명예로 머리가 잘린 황제 대신 그 자리를 물려받은 새 황제도 대대적인 축하연을 베풀었다. 짧지만 끔찍했던 전쟁을 치르는 와중에도 민간의 피해는 최소화하기 위해 애썼던 산군의 어심을 아는 백성들도 스스로 만세를 외치며 기쁨을 숨기지 않았다.

"그리 좋습니까."

산군이 내내 웃음꽃을 피우는 달을 향해 물었다. 한 손으론 대신들이 보내온 선물을 펼치느라 정신없고 다른 한 손으론 율이 손질하여 내놓은 자두를 먹느라 정신이 없다.

"온 산이 기뻐하지 않습니까. 좋지 않을 리 없지요."

완이 당연한 걸 묻는다는 듯 답했다. 황궁에 보낼 교지를 작성하던 산군은 고개를 저을 뿐이었다.

"북산北山의 호족들도 얼음새꽃을 보내왔습니다."

율이 산군의 탁상 위 자두 한 접시를 올리며 말했다. 사내의 몸이긴 했으나 아주 어린 나이부터 시동으로 일한 가락이 있어 썰린 자두의 단면이 곱다. 그 살뜰한 모양새를 싫어하기도 어렵건만 산군은 어느새 훌쩍 자란 아이를 못마땅하단 얼굴로 쳐다보았다. 율이 난감함을 숨기지 못하고 고개를 숙였다. 달님의 회임 사실을 발설한 죄에 대한 앙금이 여직 풀리지 않았음을 모르지 않았다. 기실, 앙금이고 뭐고 벌부터 받아야 마땅한 일이긴 했다.

"얼음새꽃?"

산군의 날 선 눈을 아는지 모르는지 달은 처음 들어 보는 꽃 이름에 궁금증을 내비쳤다.

"깊은 숲에서만 피는 노란색 꽃이에요. 달님께선 이번에 처음 보실 겁니다."

"그래?"

"예, 아주 추울 때 피는 꽃입니다. 눈 내린 땅 위를 뚫고 피는 꽃이거든요."

"그래서 이름도 얼음새꽃이구나."

흥미롭단 얼굴로 고개를 주억거리던 완이 금세 멍한 표정을 지었다. 수태한 후로 생각의 흐름이 제멋대로 뒤엉키게 된 달은 이 생각을 하다가 다른 생각을 하고 다른 생각을 하다가 또 저런 생각을 하는 게 일상이었다.

"휘선 궁에 있던 복사나무가 생각납니다."

어지러이 얽히는 생각들 속에 지아비와 함께 걸었던 복사나무 숲이 선명해지자 완은 곱게 웃었다. 산궁에서 지낸 후로 그곳은 '숲'이라 불리기에 너무도 작다는 것을 깨달았지만 그때까지만 해도 그곳이 저의 유일한 숲이었다. 이른 봄의 차갑고 맑은 공기와 가녀리지만 굳건하게 생명력을 쥐고 있는 복사나무, 그리고 해사하게 피어오르는 꽃. 그 향긋한 기억이 제겐 많은 걸 버티게 하는 힘이었다. 언젠가 저 역시 차가운 공기 속에서 따스한 봄을 끌어내리라 다짐할 수 있도록.

"복숭아꽃도 추운 날 봉오리에 잎을 피우잖아요."

그대 말이 맞다. 대답한 산군이 손가락 끝에 힘을 빼고 반려의 뺨을 꼬집었다. 저희들의 추억을 곱씹으며 상기된 얼굴을 하고 있는 완의 모습이 꼭 꿈같아서 그렇게라도 확인을 하고 싶었는지 모른다. 꼬집히면서도 얌전히 있는 얼굴이 사랑스럽다.

"복숭아꽃은 붉고 얼음새꽃은 노란빛을 띠니 이곳 화단에 심어 놓으면 폐월당의 정취가 더욱 아름다워지겠습니다."

산군의 말에 꽤 심각한 표정으로 고민하던 달이 고개를 저었다.

"백옥지엔 연꽃이, 뒤뜰 정원엔 자귀꽃이 이미 만발했는걸요."

"그 둘은 모두 여름에 피는 꽃이지 않습니까. 겨울에도 향을 더하면 좋지요. 그대가 있는 곳이니."

그가 흘러내린 긴 머리를 부드러이 쓸어 주며 웃었다. 공식적인 회임 공표 이후 그는 완의 모든 격식을 생략하도록 지시했다. 겹겹이 싸인 예복이나 일일이 무릎을 꿇어야 하는 인사, 불필요한 치장도 마찬가지였다. 덕분에 그는 제 달의 까맣고 긴 머리카락을 벌건 대낮에도 자연스레 어루만질 수 있었다. 구름처럼 말아 올려 갖가지 장신구를 꽂아 놓은 모습도 아름다웠지만 그저 편안하게 저를 보는 모습이 가장 아름답다.

"저……."

깨가 쏟아지는 부부 사이를 견디지 못한 율이 나가서 얼음새꽃 화분을 가져오겠다 말했다. 산군이 기다렸단 듯 그리하라 명한다. 감출 생각이 없는 것인지 감출 수 없는 것인지 알 수는 없으나 제 주군의 옥안은 맑은 물처럼 속이 훤하게 비쳤다. 웃음이 나오려는 걸 겨우 참아 낸 율이 밖에서 시간을 때우다 들어와야겠다고 다짐했다.

"아."

뒷걸음질로 물러나던 율이 문득 생각났단 표정을 지었다.

"얼음새꽃에 다른 이름이 있다는 걸 아십니까?"

"다른 이름?"

완이 물었다. 지아비는 아는가 싶어 눈을 맞추었지만 그도 아는 바가 없는지 고개만 기울인다.

"복수초입니다. 복되다 할 때의 복福 자와 수명을 뜻하는 수壽 자를 쓰지요. 장수를 기원하는 꽃입니다."

"……그렇구나. 예쁜 이름이다."

조용히 대답한 완이 말하지 않아도 믿을 수 있는 아이의 마음을 헤아렸다. 까막눈이란 이유로 저의 시동이 되었던 아이가 저를 지키는 무관이 되겠다고 훈련을 하더니 어느새 글도 배우는 모양이었다. 방을 나가기 전, 구태여 멈추면서까지 알려 주고 싶었던 얼음새꽃의 다른 이름은 이곳에 있는 세 사람의 소원과 같은 것이었다.

"웃어요."

산군이 곧 울 것 같은 얼굴의 완을 보며 말했다.

"예쁜 이름을 가진 좋은 꽃을 받지 않았습니까."

말 잘 듣는 아이처럼 끄덕거리는 완이 눈물을 참느라 입꼬리에 힘을 주었다. 쭉 내려간 입술 선 위로 지아비의 입술이 오른다. 화들짝 놀란 걸음으로 뛰쳐나가는 율의 단정치 못한 소리가 바닥을 울렸지만 그것은 지극히 사소한 일일 뿐이다.

□ ◆ □

"어의를 바꿔 달라니. 그게 무슨 소립니까."

산군이 다정하던 얼굴을 굳히고 물었다. 매일매일 같은 어의에게 진맥을 받으며 아무 문제가 없던 완이 대뜸 청을 들어 달라며 말하니 제가 모르는 문제라도 생긴 것인가 싶었다. 방황하듯 허공을 맴도는 작은 손을 맞잡은 채 답을 해 주기를 기다리려는데 제 반려는 입을 꾹 다물고만 있다.

"말하기 힘든 것입니까. 율을 부를까요."

"그런 것이 아니라……."

완이 곤란한 표정을 지었다.

당장에라도 율을 불러 진맥하며 있었던 일들을 빠짐없이 고하라 으름장이라도 놓고 싶은 걸 산군은 필사적으로 참고 있었다. 요 며칠 율에게 차갑게 굴었단 이유로 들은 잔소리만 해도 수십이었다.

"완아."

산군이 호흡을 고르고 최대한 부드러운 소리를 낸다.

"내게 말을 해 주어야 네 뜻을 따를 것 아니냐."

"……."

"걱정이 되어 그런다."

"하……."

하늘 아래 가장 높은 곳을 차지한 그가 간절하고도 애절하게 비는 꼴이니 꾹 닫고 있던 달의 입술도 버틸 재간이 없다.

"어의가 무엇을 잘못한 건 아닙니다."

"한데 왜 바꾸고 싶은 것이야."

"불안해서요……."

"무엇이."

살살 풀어지던 눈매가 다시금 매서워진다.

"어의는 매번 양호하다 하는데 배는 부르지도 않고……."

완이 시무룩한 표정으로 배를 쓰다듬었다. 회임한 저를 보필하는 건 어의가 다가 아니었다. 출산은 물론이고 임신 기간 중에 조심해야 할 것들을 일러 주고 먹는 것과 씻는 것, 하다못해 입는 것까지 도와줄 산파들이 폐월당 한구석에 자리를 잡고 있었다. 그들 말에 따르면 회임하고 다섯 달이 될 즈음 안정기에 접어들어 태동을 느낄 수 있다고 했다. 한데 저의 배는 이전의 모습과 다를 바가 없을뿐더러 태동은 느껴 본 적도 없었다. 다른 것은 입에 대지도 못하고 자두만 먹고 있는 것도 그랬다. 입덧도 이렇게 길어질 게 아니라 했는데 어찌 저는 여태 입덧을 하고 살도 계속 내리는 것인지.

"아이를 품은 달은······, 아이의 힘을 견디지 못해 명을 깎는다 들었습니다."

"달."

단번에 엄한 표정을 짓는 지아비에게 완은 얼른 고개를 저어 보였다.

"죽는단 소리가 아닙니다. 그만큼 각오를 했단 소리예요. 한데 저는 아이를 느끼지도 못하고 있질 않습니까. 아이가 저 때문에 약한 것이면 어쩌나······, 걱정입니다."

결국 무혼의 몸이란 출신이 또다시 발목을 잡는 기분이었다. 무혼의 몸은 절대 달이 될 수 없다 했으나 달이 되었고, 산의 어미 노릇을 하기엔 약할 것이라 했으나 기청제를 성공시켰다. 그뿐인가. 무혼의 몸을 한 인간들과 산의 수족들이 전쟁을 치를 때도 제 자신이 산의 달임을 잊지 않았었다. 그중 가장 많은 의구심을 일으켰던 회임도 해낼 수 있을 거라 생각했다. 예전처럼 죽고 싶지도 않았고 지아비와 저의 아이가 터트리는 웃음소리에 파묻히고 싶단 열망도 강렬했으니 이겨 낼 수 있다고 생각했다. 한데 이런 식이면 곤란하다. 차라리 고통을 주지. 차라리 죽음과 가까운 고통을 주지.

"그런 소리 마세요."

울먹이는 저를 지체 없이 끌어안은 지아비가 떨리는 등을 부드럽게 쓸었다.

"아이가 그댈 닮았다면 몸이 작을 수도 있고 움직이지 않고 조용할 수도 있지요."

"어찌 그런······."

"그대가 작고 고요하지 않습니까. 어여쁘게도."

울먹이던 것이 무색하게 낯 뜨거운 열꽃이 핀다. 가을의 서늘함을 기다리는 여름 한가운데서도 제 지아비는 사시사철 봄의 기운을 지니고 있으니 제 마음은 얼어붙을 새가 없다.

□　◆　□

칭얼거리는 반려를 끌어안고 능숙하게 달래던 산군은 폐월당을 나서자마자 어의들을 불러 자세한 상황을 보고받았다. 이미 매일같이 듣는 보고였으나 혹 제가 모르는 것이 있을까 확인한 것이었다. 허나 그들의 진맥엔 문제가 없었고 산모의 상태가 양호하단 말도 거짓은 아니었다. 먹는 것이 빈약해 영양 상태가 불균형한 낌새는 있으나 심각한 정도는 아니고 태아의 맥도 이상 징후 없이 잡히고 있다 했다. 그렇다고 마냥 안심할 수 없던 산군은 보고 싶지 않은 이들을 부르기로 결심했다. 어린 날의 저에게 저주를 일러 주며 끊임없이 수양을 권하던 무녀들이었다.

"달을 위한 제를 올려야겠다."

산군이 꿇어앉은 무녀들을 내려 보며 말했다. 누런빛의 삼베로 지은 두루마기를 입은 그들은 꾸미기를 좋아해 화려한 옷을 즐겨 입는 이리족과는 조금 다른 모습을 하고 있었다.

그중 검은색 비단을 허리와 어깨에 두른 대무녀 주령이 손을 모으고 머리를 조아린다.

"이미 복중 아기씨를 위한 제를 올리고 있사옵니다."

"내가 방금 아이를 위한 제라고 말했던가."

느릿느릿 늘어지는 어투에 칼날 같은 서늘함이 흐른다.

"분명 달을 위한 제라고 했던 것 같은데."

"……."

"우리 대무녀께서 가는귀라도 먹은 것인가."

"송구하옵니다……."

쯧, 혀를 찬 산군이 뒷짐을 지고 대무녀의 코앞으로 걸음을 옮겼다. 그가 입고 있는 적색 표의가 가지런히 모은 주령의 손톱 위를 스친다.

"제를 올리는 방향이 하늘이든 바다이든 개의치 않고 윤허할 것이다. 또한 제에 필요한 제물이 무엇이라 해도 제공할 것이다."

"……."

"그러니 달의 무사 출산을 빌거라."

무엇이든 원하는 건 내어 줄 테니 달을 위한 제를 올리라 명하는 것이었다. 신의 뜻을 받들어 하늘과 땅의 기운을 연결하는 무녀들의 역할만 생각하면 무리한 명도 아니었다. 허나─

"왜 대답이 없는가."

"……."

"정녕 귀가 먹은 것인가, 아님 입이 막힌 것인가."

무녀들은 답이 없다.

산군은 제가 왜 무녀들을 싫어했는지 또 한 번 그 이유를 실감했다. 겉으로는 신의 뜻을 따르며 고통받는 생명들을 구원하는 것이 본인들의 역할이라 말하면서 조금이라도 어렵거나 성가신 것은 하지 않으려 하는 게 그들이었다. 그것이 신의 뜻이라면서. 비겁하게.

"이래도 말하지 않을 것이냐."

무심한 얼굴의 산군이 긴 칼의 끝을 대무녀의 턱끝에 대었다. 뒷줄에 나열하고 앉은 무녀들이 흠칫 어깨를 떨며 숨을 죽인다.

"아뢰옵기 송구하오나……."

눈을 깊게 감았다 뜬 주령이 입을 열었다.

"산군의 달이 된 여인들은 출산 이후 죽는 것이 운명이옵니다."

"하여 제를 올리라는 것 아니냐."

"운명은 거스를 수 없는 것이옵니다."

"허면 너희들은 대체 왜 있는 것이냐."

산군이 잔뜩 이죽거리며 비웃었다.

"누가 정했는지도 모르는 그 운명을 그저 순응하는 것 말고는 방법이 없는 것이라면 너희들이 있는 이유가 무엇이냔 말이다."

그저 무능할 뿐이면서 그것을 당연하단 듯 말하는 태도에 환멸이 난다.

대무녀는 어린 시절부터 적대감을 드러내던 주군의 일갈을 가만히 들었다.

붉은 달이 뜨던 날 태어난 저희들의 주인은 신성한 존재이자 저주받은 불길한 존재였다. 하여 그 친부였던 선대 산군께서도 이리의 본능과도 같은 부성애를 억누르며 살갑게 대하지 않았다. 작은 실수에도 벼락같이 화를 내며 저주를 탓했고, 하루의 모든 것을 엄격한 제한과 규칙 속에서 살도록 강요하며 저주의 기운을 털어 내라 닦달했다.

가여운 어린 주인은 한낱 무녀에 불과한 저희들에게도 모진 소리를 많이 들었다. 태어난 날과 같이 붉은 달이 뜨는 밤이라도 오면 산궁 가장 깊은 곳에 숨으라 윽박을 지르며 억압하고 겁을 주었다. 밤하늘의 어둠을 눈동자에 품고 핏빛 달의 매혹을 입술에 담은 어린 주인이 지극히도 아름답고 귀해 하루빨리 죽을까 겁이 난 탓이었다. 본디 아름다운 것들은 신들의 시기든 총애든 받기 마련이라 죽음의 신 또한 일찍 만나는 일이 많았으니 그것만은 막고 싶은 마음이었다. 허나 갖은 노력에도 그에게 내려진 저주를 거두어 주진 못했다. 그러니 그의 진노는 저희들의 몫이 맞음이라.

"둘 중 하나를 택하시옵소서."

주령이 죽기를 각오하고 고했다. 뒤에 앉은 어린 무녀들의 술렁거림이 들린다.

"달님을 살리고 싶으시면 복중 아기씨를 희생하시라 말씀드리는 것이옵니다."

"겨우 그따위 것을 방책이라 내놓는 것이냐."

"……."

"아이를 죽일 수 있었다면 진작 죽었을 거란 생각은 하지 않는 것이냐."

산군이 살기가 등등한 눈으로 주령을 노려보았다.

"둘 중 하나의 죽음을 말하는 게 아니옵니다. 소인, 희생이라 하지 않사옵니까. 달님의 정해진 운명을 거스르고 목숨 줄을 늘리게 된다면 아기씨의 운명이 바뀔 것이옵니다. 그래도 괜찮은 것이옵니까."

타고난 운명대로라면 달의 아이는 산의 주인이 되어 천하를 호령하게 되겠지만 무엇이 바뀌고 또 무엇이 뒤틀려 어떻게 변화할지는 아무도 짐작할 방법이 없었다.

"무능하고 무용하여 군주의 자리를 빼앗길 수도 있고, 나약하고 허약하여 부모의 생보다 짧게 살 수도 있사옵니다. 이보다 더할 수도 있고 덜할 수도 있사오나 추측할 수 있는 건 감히 없사옵니다. 그러니 저희들의 주인이신 산군님께서 결단을 내려 주시옵소서."

생명력 넘치는 산의 맥과 저들의 주인인 산군의 사직을 지키기 위해 존재하는 무녀가 후사의 운명이 바꿀 수 있단 소리를 한다는 게 어불성설이긴 했다. 허나 주령은 작금의 산군께 마음의 빚이 있었다.

"내 아이의 운명은—"

산군은 길게 고민하지 않았다.

"내 아이가 결정할 것이다."

타고난 운명이라는 허울 좋은 소리에 많은 것을 내버려 두기엔 삶은 복잡하고 모순적이었다. 애초에 이리들의 왕으로 태어난 제가 무혼의 완을 만난 것부터가 타고난 운명을 거스른 것이었으니 둘 사이에서 난 제 아이의 운명도 정해진 길을 걷지는 않을 것이다. 이왕 그럴 것이라면 아비로서 믿어 주는 것이 우선이다. 저와 제 달의 아이라면 운명 앞에서도 도망치지 않을 테니.

"너희들이 할 일은 오직 나의 반려와 내 아이의 무사뿐이니 제를 준비함에 있어서 모자람이 없도록 하라."

예상하고 있던 주군의 대답에 주령은 깊게 머리를 조아렸다.

"……분부 받잡겠사옵니다."

□ ◆ □

"제를 올린다면서요."

밀려드는 일을 조금이라도 빨리 끝내기 위해 열을 올리던 산군 앞에 달이 떴다. 깜짝 놀라 체통도 잊고 부산스럽게 일어난 산군은 성큼성큼 걸어 달 앞에 섰다. 회임을 한 이후로 발 한번 내딛는 것도 불안해 매번 제가 폐월당으로 갔었는데 어쩐 일인지 오늘은 제 달이 월궁이다.

"어찌 온 겁니까."

"산군님께서 주신 가마를 타고 왔지요."

"밤길에 미끄러지기라도 하면 어쩌려고요."

"이리들이 끄는 가마입니다. 그럴 리가 있습니까."

터무니없이 강한 믿음에 눈살을 찌푸린 산군은 그럼에도 애틋한 달을 품 안으로 당겨 안았다. 아직 날이 춥지 않은 것은 맞으나 산의 밤은 계절을 타지 않고 차가운 법이었다. 새하얀 침의 위로 얇은 두루마기만 걸친 제 달은 무방비하게 보일 정도로 신경 쓰지 않은 듯했지만 말이다.

"몸이 찹니다."

목에 입을 맞춘 산군이 체온을 나눠 주겠단 핑계로 반려의 등과 허리를 느릿하게 어루만졌다. 달의 몸이 원체 약한 데다 아이까지 배고 있는 터라 밤의 즐거움은 완전히 미뤄 두고 있었다. 보고만 있어도 단내가 나는 반려를 곁에 두고 욕망을 참는 것이 쉬운 일은 아니었으나 완이 다칠 수 있다 생각하면 아주 어려운 것도 아니었다.

"아……."

허나 오늘은 조금 힘든 것 같다.

반려의 어깨 위로 더운 숨을 뱉어 낸 산군은 잠시간 아무것도 하지 않고 가만히 숨을 내쉬었다. 그것이 무엇을 뜻하는지 모를 리 없는 달은 적당히 물러날 때라는 걸 알면서도 그를 밀어내지 않았다. 인내는 지아비 혼자만 하는 것이 아니었다.

폐월당의 문을 열고 월궁으로 가겠다 말한 순간부터 이렇게 될 것을 알고 있었는지도 모른다. 매일 목 아래로 팔을 내어 주며 함께 잠들면서도 강박적일 정도로 몸을 피하는 지아비로 인해 몸이 달떴다. 그래도 처음엔 입을 맞추거나 껴안는 것까지는 괜찮았던 것 같은데 갈수록 제한의 폭을 넓히는 걸 보면 그 또한 한계에 부딪히는 모양이었다.

완이 지아비의 표의 아래로 팔을 넣었다. 얇은 비단 위로 느껴지는 단단한 근육과 뜨거운 체온이 익숙하고 그리운 붉은 밤들을 떠올리게 한다.

"나를 시험합니까."

어깨에 기대고 있던 산군이 불쑥 엄하게 물었다. 이글이글 타오르는 검은 눈이 온몸을 발가벗기는 기분이다. 그대로 까치발을 들어 지아비의 입술을 머금었다. 아침이면 이마 위로 가볍게 입 맞추는 것이 전부였던 최근 며칠을 생각하면 갈증이 인다.

"그만하세요."

어깨를 밀어 낸 산군이 어설프게 유혹하는 완을 나무랐다. 몽롱하게 풀린 얼굴을 하고 적극적으로 다가오는 모양새가 싫지 않아 죽을 것 같다.

그러나.

"싫어요."

맹랑한 제 달은 다시 제 목을 두르고 눈을 감는다.

"하……."

발그레 물든 뺨을 조금만 베어 물면 어떨까. 조금만 입 맞춰 볼까. 눌러놓은 욕심이 고개를 든다.

달이 지아비의 목을 끌어 입을 맞췄다. 방금 전 닿았던 온기가 그대로 전해지자 다시금 몸이 달아오른다. 굳게 닫힌 입술 위로 혀를 내어 핥고 다물린 경계를 간질였다.

"으응……."

그래도 열어 주지 않는 매정함에 작게 투정하니 푸스스, 부서지는 웃음소리가 들린다. 저만 간절한가 싶어 가는 눈을 뜨는 순간, 그가 뺨을 감싸 당겼다. 한 손으로 허리를 당기고 다른 한 손으론 제 뒤통수를 누르니 혀가 뒤섞이는 소리와 함께 달아오른 몸이 틈새 하나 없이 맞붙는다.

달이 산군의 표의를 조심스레 벗겨 바닥으로 떨구자 산군은 끌어안은 몸을 놓지 않고 걸음을 옮겼다. 뒤로 걷는 달이 다치지 않도록 장애물을 살피던 그는 침상 앞에서 다시금 눈을 감았다. 걸리적거리는 두루마기를 벗기고 부드러운 침의 자락을 움켜쥐었다. 손에 익은 말랑한 감촉.

"하아……."

벌써부터 견디기 어려운 듯 고개를 젖히는 제 반려를 어쩌면 좋을까.

산군이 달의 허리를 단단히 붙들고 조심히 밀어 눕혔다. 빨갛게 물든 귓불을 장난스레 깨물고 귓바퀴를 혀로 적시니 여린 몸이 눈에 띄게 전율한다.

"힘겨우면……, 말해야 합니다."

상체를 세우고 손끝에 힘을 푼 그가 목에서부터 가슴까지 느릿하게 쓸었다.

"흐……, 싫어요."

오늘따라 말은 왜 이렇게 안 듣는지. 낮게 탄식한 그가 침의 사이로 손을 넣어 허벅지를 세게 잡아 쥐었다. 으읏, 움찔하며 눈을 감는 달. 동그랗게 솟은 엉덩이를 한 손 가득 담았다. 배배 꼬이는 다리가 야하다.

"나를 나쁜 지아비로 만들 셈입니까."

조금은 겁을 먹으라는 뜻에서 허벅지 안쪽의 여린 살을 깨물어 빨았다. 붉은 자국이 피어오르자 가라앉히려던 음심에 불이 붙는다.

"완아."

급하게 상체를 기울인 그가 아플 정도로 세워진 옥경을 쥐었다.

"계속, 날 보고 있거라."

별로 정성 들이지 못한 손길에도 온전히 녹아 젖은 눈을 깜빡이는 완을 내려 보았다. 긴 속눈썹에 드리운 물기에 입 맞추고 반쯤 벌어진 입술 사이를 희롱하며.

"하, 완아…….."

탁, 탁, 끊어지는 소리와 함께 정욕에 눈먼 그는 소중한 반려를 해치지 않기 위해 거친 호흡을 뱉었다. 흐트러진 의대 사이로 성난 근육들이 움찔거리고 팔에 솟은 힘줄은 푸른 정맥이 도드라지게 날을 세운다.

"랑……."

조심스레 이름을 속삭인 달이 지아비의 인내를 사랑스럽게, 또한 아쉽게 바라보았다. 끓는 열기가 손에 잡힐 듯 선명한데도 참아 내는 것이 고마우면서도 왜 이리 원망스러운지.

"사랑해요……."

"나 봐."

"사랑……, 훗."

소유욕을 견디지 못한 그가 달의 입술을 가르고 혀를 밀어 넣었다. 조르듯 자극할 땐 언제고 놀라 도망 다니는 혀를 쫓아 집요하게 옭아맸다.

"하⋯⋯."

부족한 숨에 겁을 먹은 달이 정신없이 도리질을 치는 사이 입술 대신 목덜미를 문 산군은 이를 세워 하얀 살결을 깨물었다. 여린 살을 잘근잘근 물다가 혀를 내어 간질이고 긴장이 풀린 듯싶을 때 물어 버리는 일련의 과정이 달에겐 견딜 수 없는 전희였다.

"아, 산군, 님⋯⋯!"

반려를 향한 이리의 소유욕은 애욕과 경계를 나누지 못하고 끝내 번지기를 선택했다. 아끼고 싶고 보호하고 싶지만 갖고 싶고 흐트러트리고 싶다. 제 달은 저를 사랑한다 하는데 저는 달을 사랑하는 게 맞는지 모르겠다. 사랑이라기엔 보다 숭고하고 애정이라기엔 심히 저열한데.

"눈 감지 마."

몸을 섞지 않고도 절정을 맞이할 수 있을까 싶었지만.

"내 눈 봐."

"⋯⋯사랑해요."

힘겹게 끄덕이며 헐떡이는 연인을 보고 있자면.

"하⋯⋯."

절정은 도래했다.

저와 비슷한, 숭고하고도 저열한 연인의 눈동자. 그 어떤 자극도 그보다 외설적인 것은 없다.

16. 산의 주인

산군을 상징하는 색은 단연코 붉은 적색이었다. 이리들의 울음소리 한 번이면 악귀가 죽는다 하여 민간에서는 벽사(귀신을 물리침)의 의미로도 사용했지만 정작 이리족에게 붉은색이란 적과의 싸움에서 승리하는 영광과 적이 흘리는 피를 뜻했다.

기실 그 의미는 중요하지 않긴 했다. 굳이 이리족의 휘장을 그려 넣지 않더라도 붉은 천을 휘날리는 순간 그것은 산군과 이리를 뜻하기 때문이었다.

하여 온 산궁이 짙은 푸른색으로 뒤덮이는 것은 흔한 일이 아니다.

"이렇게까지 해야 하는 건지 모르겠다."

조반을 먹은 후 율과 가벼운 산책을 나온 완이 말했다. 붉은 비단이 깔려 있던 회랑 바닥은 흑청색 비단이 대신하고 있었고 각 전각의 정문을 밝히는 등도 붉은 갓을 벗겨 내고 푸른색 갓을 씌우고 있었다.

"달님의 무사 출산을 기원하는 의미이니 어색하더라도 참아야지요."

율이 의젓하게 웃어 보였다. 태어나 기억하는 모든 시간을 산궁에서 보낸 아이는 완보다 더한 불편함을 느끼고 있었지만 겉으로 내색하지 않았다. 아마 모든 궁인들이 같은 생각일 것이다.

"그래도 산군님께서 계신 월궁과 달님의 처소인 폐월당은 붉은 등을 유지한다고 하니 다행이에요."

"그러게……."

달이 마지못해 고개를 주억거렸다. 안 그래도 산궁 안에 있는 모든 관심과 호기심이 저의 회임에 쏠려 있음을 알고 있었다. 산군의 혈통을 잇고 건강한 후사를 낳는 것이 달이 가진 가장 큰 의무임을 모르는 것은 아니었으나 이만큼의 융통성을 발휘할 줄은 몰랐다.

산의 신을 모시는 이들이라 그런 것인지 이리족은 천신에 대한 반감이 심한 편이었다. 그러니 기청제를 올릴 때도 산군께서 주도하지 않은 것이었다. 산군이란 자리가 가진 의미는 이리족의 왕이란 뜻 말고도 그들과 그들의 산을 지키는 신이었으니 천신을 달래는 제에서 무릎을 꿇을 수 없었던 것이다.

한데 온 산궁의 이리 휘장을 걷어 내고 청룡을 수놓은 푸른 깃발이 그 자리를 대신하니 이 얼마나 흔치 않은 광경인가.

"저기 무녀님들이 지나갑니다."

율이 회랑 계단 아래로 손가락을 뻗었다. 일렬로 선 무녀들이 검은색 허리 비단을 두른 대무녀 주령의 뒤를 따른다.

"좀 섬뜩하지 않습니까?"

"뭐가?"

오한이 든 사람처럼 팔을 쓸어내리는 아이를 이상스레 쳐다본 완이 모르겠단 표정을 지었다.

"무녀님들 말입니다. 같은 산궁 안에 있어도 신당에만 계시니 자주 못 봬 낯선 탓도 있고……, 계절 상관없이 입고 계신 삼베옷이 장례식을 떠오르게 하기도 해서요……."

"그런가……."

말을 늘인 완이 이내 고개를 저었다. 주령의 인상이 부드럽지 않은 건 사실이었지만 무섭다기보단 경외가 느껴졌다. 산군님께 느끼는 위엄과는 조금 다른 느낌의 위엄이었다.

기청제를 올리기 전, 간단한 의식을 돕고 절차를 설명하기 위해 비현각을 찾았던 주령은 달에게 꽤나 인상적인 기억을 남겼다. 그때의 비현각은 걱정과 위로, 기대와 좌절이 뒤섞여 있었다. 산군님과 청민, 혜심과 율을 포함해 모든 궁인들이 모여 저마다의 호들갑을 떨고 있었으니 정작 당사자인 달은 쉴 수가 없었다. 그때 나타난 것이 주령이었다. 넘실거리는 소란을 헤치고 나타나 모두를 물리고 서서 진득한 목소리를 낸 그녀는 고요하고 평화로운 이였다. 커다란 배에 갇혀 뱃멀미로 죽을 것 같던 순간에 기적적으로 파도가 멈춘 것이나 다름없었으니 그 순간에 그녀는 달에게 구세주나 마찬가지였다.

'긴장되십니까.'

제례복의 매듭을 손수 매어 주던 주령이 물었다. 산의 어미로서 괜찮다 말했어야 했는데 그저 고개를 끄덕이는 것 말고는 아무것도 하지 못했다. 그치지 않는 빗속에서 죽을지도 모른다는 생각이 엄습하던 때라 의연한 척 자존심을 지킬 수 없었다.

'제 힘이 미약하여 달님께 폐를 끼치니 소신의 죄가 큽니다.'

마음 굳게 먹으라는 정도의 이야기를 할 줄 알았던 대무녀는 무릎을 꿇고 신발 안에 부적을 넣어 주었다. 발목을 잡아 친히 신을 신겨 준 그녀는 그 상태 그대로 절을 올렸다.

'언제까지 이 비가 계속될지는 모르오나 달님의 뒤에 저희가 있겠습니다.'

그때의 주령의 모습은 여전히 생생하게 떠올릴 수 있다. 단정하게 쪽 찐 머리와 비장한 듯 가라앉은 목소리. 신을 모시는 이의 기백이 서린 태도와 어느 것에도 동요하지 않는 그 목소리는 어떤 것보다 힘이 되어 기청제를 올리는 내내 버팀목이 되어 주었다. 쓰러지고 싶을 때마다 제 뒤를 지키고 있을 주령과 무녀들을 생각하면 미약하게나마 힘이 솟았다.
"제는 어떤 방식으로 얼마나 한다고 하던?"

완이 희미한 미소를 지으며 물었다.

"설마 출산까지 내내 제를 올리는 건 아니겠지?"

"음, 맞을걸요."

"뭐?"

기겁하며 놀라는 반응에 덩달아 놀란 율이 어휴, 숨을 내쉬었다.

"기청제처럼 하지는 않을 테니 걱정하지 마셔요. 신당에서 매일 자시(子時, 23시-01시)부터 묘시(卯時, 05시-07시)까지만 제를 지낸다고 했으니까요."

그나마 다행이긴 했지만 앞으로 출산까지 네 달이 넘는 시간이 남아 있었다. 저의 무사를 위해 고생길을 걷게 될 무녀들을 생각하면 마음이 편치 않다.

"달님을 지키는 건 무녀님들의 일입니다."

그 속을 알아챈 율이 괜찮다는 듯 미소를 지었다.

"또 저희 이리들의 일이기도 하고요."

ㅁ ◆ ㅁ

"배가 아까보다 좀 더 나온 것 같지 않니?"

완이 전신을 비추는 경대 앞을 서성이며 물었다. 아이를 품고 여섯 달이 넘도록 배가 부르지 않아 걱정이던 달이 모두의 정성과 보호 속에서 소원하던 부른 배를 만졌다.

"한 시진 전에도 물어보셨잖아요. 아기씨께서 아무리 빨리 자라도 한 시진 만에 크진 않으실 겁니다."

율이 글씨 연습을 하던 손목을 주무르며 말했다. 무관 시험을 앞두고 무예 훈련에 열과 성을 다하고 있었지만 사실 무엇보다 신경 쓰이는 것은 글이었다. 글을 쓰는 건 문제가 없었다. 읽지는 못해도 보이는 글자를 그대로 따라 써 버릇한 것이 이럴 때는 도움이 되었다. 감히 비교해서는 안 되는 것이긴 하지만 청민 나리의 말에 따르면 제 글씨은 은호 나리의 것보다 정갈하다 했다. 허나 글은 베끼는 것이 아닌 쓰는 것이었으니 읽는 것에 열중해야 한다.

"오늘은 무슨 글자를 공부하느냐?"

뿌듯한 얼굴로 연신 배를 쓰다듬던 완이 율의 맞은편에 앉았다. 율이 선지에 적은 글자들을 내보였다.

"기다린다는 뜻을 가진 글자들을 익히고 있어요."

"날이 갈수록 획에 힘이 실리는구나. 명필로 명성을 떨쳐도 이상하지 않겠어."

칭찬에 얼굴을 붉힌 율이 뒷머리를 긁적였다.

"명필은요. 알고 쓰는 것은 많지도 않은데요, 뭐."

"무지를 부끄러워 말거라. 글을 알고 써야 한다 생각하는 것만으로도 이미 많이 깨우친 것이니."

율은 예, 큰 소리로 대답하며 입가에 미소를 띠었다. 그저 시동이기만 할 땐 모두의 사랑을 받는다 싶었는데 혼현자가 되고 또 관료가 되겠다고 하니 많은 사람들이 의심의 눈초리를 했다. 운 좋게 산군님 눈에 들어 시동으로 살던 고아가 관료가 되어도 되는 것인지에 대한 의문을 품은 시선이었다. 하루는 그 모든 것들이 버거워 시험을 포기할까 싶다고 나리게 말한 적이 있었다. 시험을 준비하는 자가 사사로이 무관들의 우두머리를 만나는 것도 조심스럽긴 했지만 그날은 유독 속상하여 어쩔 수 없었다.

'포기하고 싶으면 해도 된다.'

엄한 질책을 할 것이라 예상했는데 나리는 생각보다 온화한 답을 건넸다.

'사내로 태어났다고 해서 반드시 관료가 되어야 하는 건 아니다. 또한 혼현자가 되었다고 해서 반드시 무예를 배워야 하는 것도 아니지.'

만약 그렇게 끝났다면 아마 저는 그날로 포기 각서를 제출했을지도 모른다.

'다만 나는 아쉽구나.'

'나리께서요?'

'너를 가르칠 날을 학수고대하고 있었거든.'

'……'

나리는 모르실 거다. 그날의 풍경과 냄새와 소리가 얼마나 크게 제 마음에 박혔는지. 제게도 꼭 형님이 생긴 기분이었다.

"율아?"

상념에 사로잡힌 저를 부르는 달님을 보았다. 절로 웃음이 나왔다. 고아인 저는 부모가 누군지도 모르지만 형님도 있고 누이도 있다.

"곧 석반 드실 시간이지요? 오늘은 무엇이 드시고 싶으십니까?"

"음……."

말 없는 율을 걱정스러운 시선으로 쳐다보던 달이 끼니 고민에 금세 집중한다.

"생선은 어떠십니까?"

"그건 별로 먹고 싶지 않구나."

"아직은 비릴 것 같으세요?"

배가 나오기 시작한 이후로 자두밖에 삼키지 못하던 입덧도 자연스레 멈추었지만 생선은 아직 무리인가 싶었다.

"아니, 그건 아니고 그냥 다른 게 먹고 싶어."

"무엇이요?"

"……날고기."

저도 모르게 뱉은 말인지 스스로 놀라 버린 완은 손으로 입을 막았다.

"날고기요?"

율 또한 놀란 표정으로 되물었다. 완은 날고기를 먹지 않았다. 고기를 싫어하는 것은 아니었지만 여느 무혼의 인간들처럼 완전히 익힌 것들만 삼킬 수 있는 비위를 갖고 있었다. 많은 것들을 이리족 풍습에 맞춰 바꾸던 달님이셨으나 그것만은 끝끝내 적응하지 못하셨단 말이다. 한데 스스로 날고기를 찾으시니 이는 필히 아기씨의 탓이다.

"아기씨가 산군님을 닮으셨나 봅니다."

그 말에 옥안이 꽃처럼 화사해진다.

"······그랬으면 좋겠다."

"달님도 닮으셔야죠."

"아니야. 나 말고 산군님만 닮았으면 좋겠어."

"에이······."

율이 그런 게 어디 있냐며 꿍얼거렸다. 낳고 고생하는 건 달님이신데 닮는 건 산군님만 닮다니 그것만큼 억울한 게 없다. 그러나 완은 진심이었다.

"그래야 우리 아이가 봄처럼 따사롭지."

"이젠 하다 하다 산군님께서 봄 같단 말씀이세요?"

저의 주인이신 산군님께서 얼마나 훌륭한 분인지 율은 모르지 않았다. 진정으로 존경하고 또한 마음으로 따르는 주군이니 당연했다. 그러나 산군님께서 봄을 닮았단 말은 조금 이상하고 많이 견디기가 어렵다. 직선으로 뻗은 눈썹을 치켜올리며 호통을 칠 때면 한겨울의 서리보다 차갑다고 느껴지거늘 봄이라니. 콩깍지가 씌어도 단단히 씐 모양이다.

"나 왔습니다."

마침 내실의 문이 열리고 산군님께서 드셨다. 예전엔 그래도 좀 기다리셨던 것 같은데 이젠 아뢰는 말을 매일같이 생략하신다. 그 시간조차 아까우신지.

"오늘 늦으실 거라 하시더니 일찍 오셨습니다."

웃으며 반긴 달님의 이마에 입을 맞춘 산군님은 손짓으로 나가라 명했다. 새를 쫓듯 훠이훠이 휘젓는 손에 헛헛해진 율이 꾸벅 절을 올리고 물러났다. 아마 날고기를 먹고 싶다 한 걸 들으시면 달님을 안고 빙빙 도실 테니 그 전에 사라지는 게 모두에게 좋은 일이다. 내내 겨울이시다 폐월당에서만 봄이 되어 피어오르시는 저의 주군은 부부간의 다정함을 부끄러워하지 않으니.

□ ◆ □

"완아, 지금이라도 어의를 부르자."

산군이 푸석해진 완의 뺨을 안타까이 어루만졌다. 배가 부르기 전엔 하루의 대부분을 침상 위에서 보낼 정도로 잠이 늘어 깨어 있는 얼굴 보기가 하늘의 별 따기더니 이제는 늦은 밤에도 잠을 이루지 못한다.

"허리가 아파 그런 것이니 괘념치 마세요."

달이 고개를 저으며 지아비의 소매를 붙들었다. 어의들이 온다고 해도 앉으나 서나 아픈 허리를 고쳐 주진 못할 터다. 그럴 바엔—

"그저 안아 주시면 됩니다."

지아비의 온기에 파묻혀 잠들기를 기다리는 게 더 나을 것이다.

달이 반쯤 일어선 지아비의 팔을 잡아끌어 어깨를 밀어 눕혔다. 그까짓 몸짓에 실린 힘이라곤 소박하기 짝이 없었지만 산군은 순순히 밀려 주었다. 말 잘 듣는 아이처럼 굴다 보면,

"누구 서방님이 이리 다정하신지."

간지러운 말소리와 함께 짧은 입맞춤이 상으로 내려온다.

달이 지아비의 팔을 펼쳐 베개로 삼았다. 종일 무겁게 느껴지는 머리를 살포시 기대고 그에게서 등을 돌려 누웠다. 다른 팔이 어깨를 감고 넘어와 둥근 배를 감싼다. 뒤통수에서 느껴지는 숨소리에 집중하며 커다란 손을 쥐고 장난을 치다 보면 오지 않을 것 같던 잠도 찾아오기 마련이었다.

"서방님."

"예, 부인."

뒷머리에 입을 맞춘 그가 답했다. 그는 제가 산군님이라고 부르는 것보다 이름을 불러 주는 것을 더 좋아했지만 저는 서방님이라 부르는 게 좋았다. 지체 높은 신분일랑 벗어 두고 민간의 새색시가 된 것처럼 얼굴을 붉히면 그 또한 부끄러운 듯 시선을 피하는 게 마음을 간지럽게 했다. 무엇보다 그가 부인, 하고 답해 주는 게 못 견디게 좋았다.

"서방님—"

해서 가끔은 몇 번이고 반복해서 부르기도 했다. 눈치 좋은 그는 저의 유치한 속내를 속속들이 아는 듯 보였지만 매번 모른 척 장단을 맞춰 주었다.

"예, 부인—"

몇 번을 부르든 몇 번이나 대답해 주면서.

그 다정한 목소리를 자장가 삼아 무거워진 눈꺼풀을 깜빡이는 순간이었다.

"아!"

충만하게 차오르는 행복감 사이를 벌리고 침투한,

"느, 느끼셨어요?"

아이의 움직임.

달이 채근하듯 뒤를 돌아보았다. 산군은 왜인지 당황스러운 표정을 짓고 있었다. 저와 손을 포개고 손장난을 하던 중이었으니 느끼지 못했을 리가 없는데 어째서—

"또! 또 움직였습니다. 이번엔 느끼셨지요? 예?"

신난 완이 누운 채로 발을 동동 굴렀다. 한 이불 아래 몸을 겹치고 있던 지아비의 다리에 즐거운 발재간이 닿는다.

작고 고요하여 배 속에 잘 있는지도 가끔은 의심스럽던 아이였다. 배가 불러야 할 때가 됐다는데도 부르지 않더니, 태동이 느껴질 때가 됐다는데도 한 번을 움직여 주지 않더니. 기어이 짙은 감격을 끌고 존재감을 드러낸다.

"산군님……?"

계속해서 말이 없는 지아비를 보려는데 그가 재빨리 어깨에 이마를 붙였다.

"산군님, 왜……."

갑자기 무슨 일인가 싶던 달이 어깨가 젖어 드는 것을 느끼며 상황을 파악했다.

"설마 우십니까?"

"……아니다."

와중에 창피한 것인지 울지 않는다 부정하는 게 우습다.

"아이 앞에서 아버지가 거짓을 말하면 됩니까?"

"……놀리지 말거라."

후, 숨을 뱉은 그가 팔에 힘을 주어 빈틈없던 사이를 더욱 가까이 좁힌다. 귀에 닿는 입술이 부드러운 듯 가장하고 있으나 그 온도는 불처럼 뜨겁다.

"큰일이다……."

속삭이는 불꽃에 델까 몸을 떤 완이 머리를 젖혀 너른 어깨에 기댔다.

"무엇이 말입니까?"

"고생하는 너를 보면 아이가 밉다가도……."

귓바퀴에 쪽, 입을 맞춘 그가 배를 매만졌다.

"가끔은 밑도 끝도 없이 좋아져 버리니 말이다."

"아이가요?"

"……그래."

그 답이 뭐 그리 대단한 것이라고 산군은 꽤 망설이며 답했다. 제 자식이 생긴다면, 하고 상상해 본 기억이 아주 없던 것은 아니나 그 아이를 어찌 대해야 하는지 무겁게 고민해 본 적은 없던 그다. 그저 강인하게 성장할 수 있도록 강인한 아버지가 되어야지, 어렴풋한 다짐을 해 보았을 뿐이다. 완을 사랑한 뒤에는 그까짓 다짐도 버려 버렸다. 모체의 양분을 갉아먹으며 태어날 운명이라면 태어나지 않기를 바랐으니까.

해서 회임했단 소식을 들었을 때도 기쁨보다 좌절이 앞섰던 것이다. 한데 짐승의 본능이란 게 무섭긴 한 것인지. 사랑하는 반려가 품은 제 자식이 기이할 정도로 각별하게 느껴지는 순간이 많았다. 불현듯 아이의 외양이 궁금해질 때도 많았다. 아직 나오지도 않은 아이의 얼굴을 그려 보며 생전 처음 느껴 보는 설렘에 허덕일 때도 있었고, 달과 저 중에 누구를 더 닮았을까 떠올려 보기도 했었다. 완과 저를 반씩 닮으면 좋을 것 같다는 생각이 들다가 그저 달의 모습만 닮았으면 좋겠다 싶다가 또 제 아이라는 게 드러나도록 저만 닮았으면 좋겠다 싶기도 했다. 그러다 보면 아이를 중절하라 빌었던 기억이 무색하게 애정이 싹텄다.

"다행입니다. 아이를 내내 미워하시면 어쩌나……, 걱정했습니다."

무거운 몸을 끙끙거리며 움직인 완이 지아비와 눈을 마주했다. 붉게 번진 눈가를 쓸어 내니 어렴풋한 물기가 묻어난다.

"임신을 하면 쓸데없는 걱정이 많아진다더니. 딱 그 꼴입니다."

"쓸데없는 걱정이라니요. 산군님께선 어린 시동들에게도 엄하시지 않으니까. 어미로서 대비책을 세워 둘 수밖에 없었습니다."

산군이 재미있다는 듯 웃음을 터트렸다. 시동들의 나이가 아무리 어려도 엄연히 궁인의 신분이고 저의 신하였다. 저를 모시는 데 있어 모자람이 있으면 아니 되니 무르게 대하지 않은 것뿐인데 그것을 보고 아이에게까지 엄할 것이라 판단했다니 야박하단 생각이 든다.

"부인의 대비책은 무엇이었습니까."

"음……, 들으시고 무엄하다 야단치시면 아니 됩니다?"

눈치를 보며 미리 술수를 쓰는 거 보면 또 엉뚱한 생각을 한 모양이다. 그게 무엇이든 사랑스러운 생각일 게 분명하다.

"내가 그대를 타박한 적이 있습니까. 걱정하지 말고 말해 보세요."

"약조하신 겁니다?"

"그렇다니까요."

그제야 낯빛을 밝힌 달이 귀에 대고 소곤소곤 속삭이기 시작했다.

"아이와 산군님의 흉을 잔뜩 보기로 했습니다."

"제 흉을요."

어이가 없단 표정으로 되묻는 지아비에 완은 크게 고개를 끄덕였다.

"어렸을 때 아버님께 혼이 나면 어머님께 달려가곤 했는데 그럴 때마다 어머님은 아버님 편을 드셨거든요. 안 그래도 혼이 나 서러운데 어머니마저 제 편을 들어 주지 않으시니……."

"속상했습니까."

말 대신 고개를 끄덕여 대답한 완이 혼나던 그때 그 시절로 돌아간 것처럼 시무룩한 표정을 지었다. 어여쁜 옥안에 비구름이 드리운다.

"그럴 일 없을 겁니다."

산군은 어서 그 기억에서 빠져나오라는 듯 둥근 이마를 아프지 않게 두드렸다.

"어찌 장담하십니까."

"부인이 곁에 있으면 나는 엄해지지 않아요. 그건 그대도 잘 아는 사실이지 않습니까."

"음……."

완이 잘 모르겠단 얼굴로 눈을 가늘게 떴다. 엄해지지 않았다고 하기엔 너무 많은…….

"다 잊으세요."

산군이 재빠르게 말했다. 생각하고 있을 장면이 무엇일지 알지만 부디 잊어주었으면 했다. 저와 달 사이에 있었던 거친 시간은 더 이상 존재하지 않을 테니.

"제가 곁에 없으면 어쩝니까?"

"없다니 그게 무슨 말입니까."

"아니, 그 말이 아니라 저는 폐월당에 있는데 아이는 월궁에 있고……, 그러니까……."

뒤늦게 실수를 알아차린 완이 허둥지둥 변명을 늘어놓았다.

"그대는 늘 내 곁에 있어야지."

가라앉은 목소리가 무겁다.

"대답하거라. 어서."

"예……. 반드시 그리할 겁니다."

분명 그런 뜻이 아니었는데 마주한 옥안은 두려운 듯 어둡게 바뀌어 있었다. 실수한 스스로가 미워진다. 아이의 탄생이 저의 죽음으로 이어지지 않게 하기 위해 그가 들이는 노력이 얼마나 큰지 알면서 조심스레 말하지 못한 게 속상하다.

"늘 서방님 곁에 있을 거예요."

그러나 자책보다 다짐이 그에겐 위로가 된다는 걸 알았다. 그래, 확인하듯 곱씹은 지아비가 품 안으로 파고들었다. 배 속에 품고 있는 아이보다 더한 어리광이었다.

□ ◆ □

나날이 부른 배가 보름달처럼 커졌을 즈음, 율의 무관 시험이 다가왔다. 훌쩍 커진 키와 덩치만 보면 청년이나 다름없었지만 공식적으로는 여전히 폐월당의 시동이라 달은 지척에서 율을 챙길 수 있었다. 평소 도맡아 하던 일은 대폭으로 줄여 훈련 시간을 확보해 주기도 했고 몸에 좋다는 음식은 갖가지로 준비해 삼시 세끼 보신할 수 있도록 돕기도 했다.

"율아, 이것도 더 먹거라."

오늘은 시험을 치르는 당일이라 특별히 전복과 오골계를 준비하라 일렀다.

"먹고 있습니다, 달님."

"먹고 있기는. 아까부터 계속 깨작거리고 있질 않으냐. 혹 긴장하여 들어가지 않는 것이냐? 어의를 불러 진정할 수 있는 약이라도 지어 올리라 할까?"

극성스러운 어미 역할을 하는 완에게 율은 괜찮다며 몇 번이나 손사래를 쳤다. 만삭의 달님께서 이토록 신경 쓰실 줄 알았다면 시험 일시를 숨겨 몰래 보는 편이 나았을 것이다. 물론 나중에 알게 된 달님께서 몹시 섭섭한 얼굴을 하셨겠지만.

"너무 많이 먹으면 몸이 무거워 실수할까 봐 적게 먹는 겁니다. 걱정하지 않으셔도 돼요."

"아, 그 생각은 못 했구나."

가볍게 탄식한 완이 상궁을 불러 수정과를 내어 오라 일렀다.

"수정과는 성질이 뜨거우니 몸에 있는 나쁜 기운을 물리게 도울 것이다. 밥은 조금 부족하게 먹더라도 수정과는 끝까지 다 마시고 나가야 한다. 알겠느냐?"

"예, 달님."

율이 고개를 끄덕이며 웃음을 터트릴 수밖에 없었다. 엄한 표정으로 이르는 얼굴이 저보다 긴장한 듯 보였다.

□ ◆ □

산궁 앞 사냥터에 출중한 청년들이 모였다. 훤칠한 키와 다부진 어깨를 가진 사내들이 반, 날렵한 체구와 섬세한 팔 근육을 가진 여인들이 반이다. 이들 중 소수만이 산군님의 친위군(親衛軍, 임금이나 국가 원수 등의 신변을 안전하게 지키기 위한 목적으로 편성된 군대)이 될 것이고 그들 중 또 소수만이 산궁 안에 기거할 자격을 얻을 것이다.

율은 바짝바짝 마르는 입술 위로 혀를 내어 적셨다. 긴장하지 않기 위해 호흡을 아무리 가다듬어도 심장이 제멋대로 날뛰었다. 한 번에 등용되진 못하더라도 오래 준비한 만큼 실수하지는 않기를 바라는데 쉽지 않을 것 같다.

멀리 호위대의 수장인 청민과 그 곁을 지키는 은호가 보였다. 그들의 융복엔 무관의 상징이자 명예의 징표인 공작 깃털이 장식되어 있었다. 언젠가 그들과 어깨를 나란히 할 날이 올까. 저도 그들을 따라 훌륭한 무관이 되고 싶은데.

"⋯⋯."

울렁거리는 속을 어쩌지 못한 율이 쥐고 있던 칼집을 지렛대 삼아 몸을 지탱했다. 이러다 시험에 응시도 못 하는 건 아닌가 싶어 스스로가 한심해지던 순간—

"⋯⋯누님."

흐드러진 진달래가 보인다.

"아⋯⋯."

지독했던 여름이 어느새 지나고 쓸쓸했던 가을은 또 어느 날에 지나간 것일까. 겨울의 추위를 견디던 순간이 엊그제 같은데 혜심을 닮은 진달래가 봄을 몰고 왔다. 붉어지는 눈시울을 닦아 낼 생각은 못 하고 그저 고개를 쳐든다. 맑은 하늘에 느닷없이 펼쳐진 채홍.

"뭐야 진짜⋯⋯."

결국 묶어 둔 눈물을 쏟았다. 엉엉 서러워 우는 건 아니었고 미친놈처럼 하하 웃으며 울었다. 제 주변에 서 있던 응시생들이 무슨 일인가 싶어 웅성대는 것이 들렸지만 개의치 않고 계속 울었다. 한바탕 울고 나니 울렁이던 속이 언제 그랬냐는 듯 잠잠해진다. 팔소매로 대충 얼굴을 닦아 내고 웃었다. 지켜보고 있단 걸 이렇게 티를 내니 못할 수가 없다.

□ ◆ □

사시(巳時, 09시-11시)부터 시작한 시험은 밤이 늦도록 계속되었다. 환한 대낮에도 온갖 위험이 도사리는 산이었으니 완전한 어둠이 내리자 선득한 공포가 밀려들었다. 정해진 적군과 싸우든 정해진 바 없이 닥쳐오는 재해와 싸우든 산군님의 친위군은 언제나 승기를 잡아야 했다. 그러니 시험에 응시한 이들은 통제되지 않는 상황과 시간 속에서 스스로의 능력을 발휘해야 한다.

"대장님!"

저 멀리서 경비대 차림을 한 무리가 달려왔다. 시험 중인 걸 모를 리 없는 그들이 웬 소란을 피우는 것인가 싶을 즈음.

"달님께서 진통을 시작하셨습니다!"

경비대가 쩌렁쩌렁한 목소리로 소식을 전했다. 단상 위에 서 있던 청민과 은호가 지체 없이 현신하여 땅을 박차고 산궁이 있는 방향으로 달렸다.

"모두 해산하라!"

남아 있던 시험관이 호각과 함께 외쳤다. 갑작스러운 소식으로 시험이 중단되는 사태에 놀랄 법도 한데 응시생들은 즉각 무릎을 꿇고 하늘에 뜬 달을 올려 보았다. 이리들의 날 선 울음소리가 밤의 산을 채우기 시작했다.

그들 사이 섞여 있던 율은 뒤늦게 정신을 차렸다. 아침까지만 해도 별다른 징후 없이 반찬을 올려 주던 달이었다. 저를 찾으실지도 모른단 생각이 들자 온몸이 백색 털로 뒤덮인다. 달리는 속도가 빨라지는 만큼 발에 치이는 흙먼지의 양도 늘어난다.

□ ◆ □

폐월당의 침전 앞까지 도착하고 나서도 율은 현신한 몸을 풀지 못했다. 사람의 모습으로 돌아가려면 풀어놓은 본능을 거두고 정신을 집중해야 하는데 아무리 노력해도 이성은 잡히지를 않으니 으르렁거리는 소리만 내며 연신 서성거리기만 반복할 뿐이었다.

초조한 모습으로 돌처럼 섰던 산군께서 추태를 보이지 말라 꾸짖으시고 나서야 겨우 정신을 차릴 수 있었다.

"산군님을 뵈옵니다……."

급하게 현신을 거두느라 흐트러진 의복을 뒤늦게 정돈한 율이 산군님의 뒤로 선 청민과 은호를 쳐다보았다. 방금 전까지는 시험관과 응시생 사이였으나 지금부터는 달님 아래 똑같은 이리였다.

"아악一!"

찢어질 듯 괴로운 신음이 침전으로부터 들려왔다. 입술을 짓이기던 산군께서 사색이 된 채 몸을 굳힌다.

"율아."

"예, 산군님."

"침전으로 들어가거라."

불빛이 새어 나오는 내실의 문틈에서 눈을 떼지 못한 산군이 말했다. 출산의 고통을 나누진 못하더라도 곁을 지키고 싶은 마음이 굴뚝같았다. 문제는 그놈의 율법이었다. 달의 진통이 있는 동안 나이 스물을 넘긴 사내는 안으로 들 수 없었다. 하여 나이 든 어의들도 모두 침전 밖으로 쫓겨나 복도에서 상황을 살피고 있었다.

"너는 아직 스물을 넘기지 않았으니 들어가도 문제없을 것이다."

"하오나, 저는······."

"의녀들과 산파들이 아이만을 위해 움직이고 있을 것이다. 그러니一"

산군이 잠시 눈을 감고 손아귀에 힘을 주었다.

"들어가 달을 위해 존재하라."

"산군님······."

달을 위해 존재하란 명이 과분한 것인지 입을 뻐끔거리기만 하는 율을 쳐다보았다. 나이만 어리지 겉으로는 다 자란 아이가 신묘하다. 처음 산궁으로 데려왔을 때까지만 하더라도 그저 똥강아지에 불과했는데 온 산궁의 사랑을 독차지하더니 제 달의 보살핌도 홀로 차지한 아이다.

"나의 달이 아우를 찾고 있을 것인데 계속 그리 서 있을 것이냐."

그 이유를 온 산궁이 알았다. 빛처럼 찬란하던 아우들을 비현각에서 잃었던 제 달이 또 다른 비현각에서 만난 똑같이 찬란한 아이. 율은 제 달에게 가솔 그 이상의 의미를 지녔다.

"아······."

입을 앙다문 율이 흙바닥에 머리를 조아렸다. 시험도 제대로 마치지 못해 관료의 자격은 없었지만 반드시 달님의 곁을 지키리라 스스로 되뇌었다. 폐월당의 호위는 아니더라도 달님의 아우로서 반드시.

"소신, 산군님의 명을 받잡겠사옵니다."

예전과 달리 낮아진 목소리가 자연스레 충성을 다짐한다.

산군이 달려 나가는 율의 뒷모습을 좇았다.

"소인小人이 아니라 소신小臣이라."

제 달이 삼도천 한가운데에 서 있는 오늘 같은 날이 아니라면 뿌듯하게 웃었을지도 모를 말이었다.

밤을 비추던 달이 땅 아래로 숨어들고 작열하는 태양이 하늘에 걸리는 동안 진통은 끝날 듯 끝나지 않았다. 산에서 사는 짐승들은 피를 보지 않기 위해 스스로 사냥을 멈추었고 이리족의 신료들은 너 나 할 것 없이 흑색 예복을 입고 다음 산군의 탄생을 기다렸지만 정오가 되도록 달의 신음은 멈추지 않았다.

"이러다 내가 먼저 미치겠구나."

밤을 새워 푹 꺼진 눈자위를 어루만진 산군이 말했다. 듣기만 해도 고통의 정도가 느껴지는 탓에 마음이 너덜거렸다. 대신 할 수 있는 고통이라면 몇 번이고 대신 했을 텐데.

"하……."

굳게 닫힌 문을 노려보던 산군이 얼굴을 쓸었다. 안으로 들어 얼굴이라도 확인할 수 있다면 좋으련만. 손이라도 잡아 줄 수 있으면 좋으련만.

사실 율법만이 이유였다면 진즉에 무시하고 남았을 일이다. 달을 위해 율법을 어긴 게 한두 번도 아니었으니 이번이라고 다를 것도 없었다. 허나 며칠 전 찾아온 대무녀 주령이 신신당부를 하며 경고를 했었다. 아주 작은 부정이라도 달에게는 치명적일 수 있으니 그 어떤 금기도 깨트리지 말라고. 하여 감히 발을 내딛을 수가 없다. 제 자신이 이토록 무력하게 느껴지긴 처음이다.

"윽―!"

좋지 않은 소리가 들린 것도 그때였다. 멈추지 않던 신음이 한순간에 멈춘

것도 이상한데 아이의 울음소리조차 나질 않으니 산군의 옥안이 시체처럼 파래
진다.

"대체 무슨 일이……."

"사, 산군님!"

내실의 문이 열리기 무섭게 거의 미쳐 버린 낮의 율이 무릎으로 기어 나왔다.
도로 닫혀 버리는 문을 야속해할 새도 없이 아이가 바짓가랑이를 쥐고 운다.

"산군님. 다, 달님께서 혼절하셨습니다……."

"혼절이라니. 말을 분명히 하거라."

"흡, 피를 너무 많이 흘리셔서……, 흑……. 산군님, 시간이……. 시간이 별
로 없습니다. 제발……, 흡, 제발 달님을 살려 주세요."

허망한 낮으로 가만히 듣기만 하던 산군이 이내 살기등등한 눈을 번뜩이며
하늘을 노려보았다. 신이라면 응당 생명이 깃든 것들을 사랑하기 마련일 텐데
천신이라 불리는 용은 아무래도 그 성질머리가 추악한 모양이었다.

"용의 휘장을 걷어라."

"산군님!"

어떠한 금기도 깨트리지 말라, 간하던 대무녀를 곁에서 보았던 은호는 지레
겁을 먹었다. 기다리는 것보단 나아가는 것을, 방어하는 것보단 공격하는 것을
선호하는 그라도 어젯밤부터 내리 죽을 것 같은 고통 속에서 무시무시한 정신
력으로 버티고 있는 달님을 생각하면 한 걸음 내딛는 것조차 두려웠다.

"용을 위한 제는 끝났느니라."

망설임 없이 선포한 산군은 청민에게 현신할 것을 윤허하며 모든 전각에 명
을 전달하라 말했다. 등불 위에 씌워 둔 푸른 갓은 불사르고 그 자리에 붉은 휘
장을 걸어라. 그것이 산군의 새로운 명이었다.

여전히 정신을 뺀 율에겐 당장 내실로 돌아가 달의 곁을 지키라 불호령을 내
렸다. 다시 깨어날 제 달이 외로움을 느껴선 아니 되었다. 연약한 저의 달이 죽
음보다 더한 고통 속에서 차라리 포기하고 싶다 생각할 즈음, 손을 뻗어 끌어
낼 사람이 필요했다. 제가 내실로 들어갈 수만 있다면 그 역할은 제 것이겠지
만 저는 그럴 수 없다. 그러니 율이 그 역할을 해야 한다.

넓은 보폭으로 폐월당의 문턱을 넘은 산군의 뒤를 은호가 따랐다.

"따라오지 말거라."

말에 올라탄 산군이 은호의 걸음을 제지했다.

"대체 어딜 가시려고 이러십니까."

은호가 불안한 얼굴로 말의 고삐를 움켜쥐었다. 제아무리 산궁 안이라지만 지체 높은 산군께서 홀로 움직이는 건 이치에 맞지 않는 것이었다.

"신당으로 갈 것이다."

"설마 대무녀님을 만나려고 하시는 것입니까?"

"비켜라. 너와 대거리할 시간 없다."

말도 안 된단 표정으로 아예 말 앞에 선 은호는 거칠게 고개를 저었다.

"무녀님의 말씀을 잊으신 겁니까? 아주 작은 금기도 부정이 되어 달님을 해칠 수 있다 하셨습니까. 한창 달님의 출산을 위한 제를 올리느라 정신이 없을 텐데 어찌 그것을 방해하려 하십니까."

"감히 내 앞길을 막는 것이냐."

산군이 서슬 퍼런 옥성을 드러내며 물었다. 바락바락 옳은 소리를 뱉으며 주군께 목청을 높이던 은호가 이내 낯을 하얗게 바꾸었다. 달님의 고통을 헤아리느라 대든 것이라 할지라도 주군의 심중을 무시한 것이니 이는 선을 넘은 것이었다. 깨달은 즉시 무릎을 꿇은 은호가 이마를 땅에 대었다.

"선은호."

산군이 제 칼이라 불리는 사내의 완전한 이름을 소리 내어 발음했다. 관료가 되거나 궁인이 되어 산궁에 들면 조상으로부터 물려받은 성姓을 버리는 게 전통이고 율법이었다. 오직 산의 주인이자 아버지인 산군께 모든 것을 헌신하겠단 맹세이자 맹약인 셈이었다. 하여 그 버린 이름을 불러 낸 데에는 이유가 있을 것이다.

"……하명하시옵소서, 산군님."

"지금부터 너는 나의 칼이 아니다."

"산군님……."

은호가 머리를 조아린 채 눈을 질끈 감았다. 선대 호위대장으로부터 공작 깃털을 받을 때까지만 해도 산군님의 칼로 사는 삶이 이리도 빨리 끝날 줄은 몰랐다. 이보다 더 오래, 이것보다는 더 오래도록 산군님의 지척을 지킬 줄 알았는데 아껴 주시는 주군의 마음을 믿고 너무 많은 경계를 넘었다. 명령에 의문을 품는 것도 모자라 복종하지 않고 감히 맞섰으니 더 이상 자격이 없다.

"산군의 칼이 아닌 달의 자식으로서 이곳을 지켜라."

산군은 번쩍 고개를 든 은호와 눈을 맞추며 명했다.

"이곳을 지키다 달에게 무슨 일이 생기면 그때 나를 찾아라."

은호는 그의 목소리가 꼭 사냥하기 전, 이리의 포효와 비슷하다고 느꼈다.

"그때가 되기까지 그 누구도 나의 행방을 알아서는 안 될 것이다. 오직 너만 알고 있다가, 오직 너만 나를 찾아오거라."

은호는 그제야 저의 할 일이 무엇인지 명확하게 파악했다. 진통이 길어지면 월궁 앞뜰에서 기다리고 있던 대신들이 궁금증을 참지 못하고 폐월당 앞을 서성일 것이다. 그러다 산군님께서 자리에 없다는 걸 안 누군가는 바쁜 어의들을 붙들고 내실의 상황을 물을 게 뻔하다. 그 모든 소란을 막고 끝내 산군님께서 하실 어떤 일을 방해하지 못하게 행적을 감추어야 한다. 그러기 위해선 그들과 같은 관료여선 안 된다. 오직 달의 자식으로서, 달만을 위해 움직이듯 굴어야 한다는 소리다.

"소신……."

은호가 습관처럼 내뱉은 말을 주워 담듯 잠시 뜸을 들였다.

"소인, 목숨을 걸고 명을 이행할 것이오니 산군님께선 뜻하시는 바를 행하시옵소서."

입꼬리를 끌어 올린 산군이 말의 고삐를 당겨 신당으로 향했다. 스스로를 소인이라 칭하던 아이는 소신이라 하더니 총애하는 신하는 소인이라 스스로를 명하는 꼴이라니. 참으로 조화로운 변화다.

□ ◆ □

거칠게 말을 몰아 신당에 도착한 산군은 쥐고 있던 고삐를 풀어 손에 감았다. 붉은 휘장이 걸려 있던 신당의 문은 용을 수놓은 푸른 휘장이 휘날리고 있었다. 짜증스레 미간을 구긴 산군이 허리에 차고 있던 칼을 뽑았다. 소리도 없이 두 동강이 난 용이 융단처럼 바닥에 깔린다. 지르밟고 지나는 걸음이 험하다.

지키는 이 하나 없이 고요한 신당 안을 성큼성큼 걷던 산군은 수없이 많은 문을 걷어 냈다. 제사를 지낼 때면 끈덕지게 피어오르는 향내가 지독하다. 기어코 마지막 문 앞에 섰음을 느꼈다.

"산군님께서 이곳엔 어찌……."

덜컥 문을 열고 들어선 산군에 어린 무녀들은 기겁을 하고 몸을 일으켰다. 그래 놓곤 사단社壇 위에 모셔 놓은 커다란 용의 석상을 보고 어쩔 줄을 몰라 한다. 하나는 천신이고 또 다른 하나는 산신이니 신을 모시는 무녀들은 감히 어느 안전 앞에 무릎을 꿇어야 하는지 가늠이 되질 않는다.

"대무녀님……."

이제 겨우 열 살을 넘긴 것 같은 어린 무녀가 신들의 기 싸움을 견디지 못하고 울먹였다. 그제야 미동 없이 사단을 향해 손을 모으고 있던 주령이 천천히 일어났다. 나이를 가늠하기 어려운 주령의 얼굴엔 근심이 가득하다.

"오셨습니까."

"용이 그대 말을 듣지 않는 듯하여."

읊조린 산군이 주령이 있는 제단의 중심으로 나아갔다.

"내 친히 용에게 말을 걸기 위해 왔다."

먼지 하나 보이지 않을 정도로 말끔하게 정돈된 제단의 바닥이 흙 묻은 신발로 더럽혀진다.

"사, 살려 주시……."

무녀 하나가 신들의 충돌을 견디지 못하고 고꾸라졌다. 히익, 놀라는 소리와 함께 몇몇 무녀가 비명을 지르며 도망쳤다. 기어코 남아 버티고 있는 것은 대무녀인 주령과 신력이 출중하다 평가받는 소수의 무녀들뿐이었다.

작게 숨을 고른 주령이 산군 앞에 무릎을 꿇고 예를 다하여 절을 올렸다. 뒤에 선 무녀들도 일제히 그녀를 따라 머리를 조아렸다.

"산의 주인이자 산을 보호하는 우리들의 신이시여. 무운(武運, 무인으로서의 운)을 비옵니다."

제아무리 하늘에 기도를 올리고 있었다고 한들 한번 모신 주인을 바꿀 수 있을까. 그들은 언제나 산신의 편이었다.

"제가 이곳에 남아 산군님께 힘을 보태겠습니다."

"그럴 것 없다."

"그래도 제가……."

주령은 자신의 무능을 탓하며 안타까이 말소리를 죽였다.

"신들의 싸움이니라. 곁에 남았다가 괜한 화를 입을 수도 있다는 걸 모르는 것이냐."

신의 선택인지 저주인지 모를 부름을 받아 아주 어린 나이부터 무녀란 이름으로 살았던 그녀. 실력이 출중하여 일찍이 산궁의 신당 무녀가 되었건만 정작 필요할 땐 쓰임을 다하지 못하니 그 속상함이 이루 말할 데가 없다.

"화를 입더라도……."

"되었다."

산군이 차갑게 말했다.

"너는 따로 할 일이 있다."

"하명하시옵소서."

"지금 바로 너의 아이들을 이끌고 나가 폐월당으로 가거라."

"하오나 저희들은……."

주령이 당황스러운 얼굴로 주군의 옥안을 살폈다. 무녀들은 신을 모시는 귀한 몸이었으나 죽은 자들이나 볼 수 있는 것들을 보았으니 반은 죽은 몸이었다. 생명을 잉태한 산모와는 상극이니 좋은 기운을 보태기는 무리였다. 그것을 산군께서 모를 리가 없는데—

"무녀로서 가란 소리가 아니다. 보이지도 않는 곳에서 기도하는 것은 아무런 보탬이 되지 않으니 폐월당에 도착하는 즉시 내실로 들어 달의 손을 잡고 말을 걸어라."

"……."

"그렇게 달에게 힘을 보태라. 작금의 달은 일말의 힘도 아까운 상황이니라."

산군은 제 달이 의지할 버팀목이 필요했다. 양친도, 형제도, 친구도 잃은 완이 고통의 순간에 의지할 곳이 있어야 했다. 그렇게 제 자리를 채우려 노력했다. 달의 아우나 다름없는 율을 집어넣고 어머니의 손길 대신 잡을 수 있는 손을 넣어 주는 것으로 그렇게.

"······그리하겠사옵니다."

산군의 뜻을 이해한 주령이 깊게 머리를 조아리며 절을 올렸다. 빠른 걸음으로 물러난 주령은 주군의 말대로 자신의 아이들을 데리고 신당을 떠났다.

"비로소 너와 나만 남았구나."

무심히 얼굴을 굳힌 산군이 사단 위 석상을 발로 밀어 떨어트렸다. 매끈하게 다듬어진 푸른색 옥석이 작은 부서짐 하나 없이 매끈하다. 본디 예민한 돌이라 작은 충격에도 부서지는 걸 알고 있는데 멀쩡한 것을 보니 우습다.

"신성이 깃든 신물神物이라 이건가."

피식, 바람 빠지는 소리를 내며 웃었다. 금으로 상감한 용의 눈을 노려보며 손에 감고 있던 고삐를 훌훌 풀어냈다. 동그랗게 매듭지어진 부분을 손잡이처럼 잡고 길게 늘어트리니 채찍이 따로 없다.

"내 분명 말했던 것 같은데—"

읊조리는 말과 함께 가죽으로 만든 고삐가 석상을 내려친다.

"내게서 달을 데려가려 한다면—"

휘익, 탁. 가죽이 찰진 소리를 낸다.

"산의 분노가 어떤 것인지 똑똑히 알게 할 것이라고."

하, 숨을 내쉰 산군이 용의 머리를 부술 듯 밟았다. 청명하게 푸르던 자태에 흙 자국이 묻고 티 하나 없이 매끈하던 표면은 쉴 새 없는 매타작에 거칠어지기 시작한다. 지금 이 순간에도 가는 몸을 뒤틀며 신음하고 있을 달을 생각하면 분노가 끓어오른다.

쿵. 발에 무게를 실어 내려치는 순간 용의 귀가 떨어져 나갔다. 빗소리 하나 없는 까만 하늘에 벼락이 내리친다. 창문을 가리던 무명천이 귀신 들린 듯 휘날린다.

그래, 신성이 깃든 신물이니 맞닿는 저의 분노도 생생하게 느낄 테지.

"달이 죽으면 나 또한 하늘로 갈 것이다."

축국(蹴鞠, 장정들이 공을 땅에 떨어트리지 않고 차던 놀이)을 하듯 용의 머리를 찬 산군이 이죽거렸다.

"가서 네 살점을 뜯어낼 것이야."

쾅, 요란한 벼락이 또 한 번 하늘을 울렸다. 잠잠하던 숲의 이리들도 울음소리를 내기 시작했다. 산궁 안에 있는 이리들도, 숲속 깊은 곳에서 숨죽이고 있던 이리들도 모두 으르렁거리며 이빨을 드러냈다. 이리들이 저들의 왕에게 보내는 응답이자 부름이었다.

"이 산에 있는 모든 이리들이 너에게 갈 것이다."

이리들은 홀로 사냥하는 법이 없다. 산군의 새까만 눈이 일순간 푸르게 빛나고 고운 얼굴 위 백색의 털이 자라난다. 오랜만에 하는 현신에 뻐근한 목 근육을 풀던 산군은 돋아나는 송곳니를 드러내며 더운 숨을 뱉었다.

아가리를 벌린 이리가 용의 머리를 입안에 넣자 마지막 발악처럼 하늘이 번뜩인다. 따라붙는 벼락 소리에 맞춰 그렇게. 쿵. 이리들의 왕은 천신의 머리를 입안에서 부수었다.

"산군님!"

때마침 달려온 은호가 현신한 주군 앞에 절을 올렸다.

"아기씨가 나오기 시작했답니다!"

□ ◆ □

현신한 은호의 등을 타고 폐월당으로 든 산군은 앞뜰을 메운 인파에 미간을 찌푸렸다. 요란스럽게 등장한 산군을 발견한 대신들과 궁인들이 일제히 무릎을 꿇고 예를 올렸다.

"폐월당 출입을 허락한 적 없는 이들도 보이는구나."

부러 엄한 소리를 낸 산군이 여직 닫혀 있는 내실의 문을 쳐다보았다. 날카롭게 지르는 비명도, 애달프게 흐느끼는 신음도 들리지 않았다. 율의 얼굴도,

무녀들의 모습도 보이지 않는다.

밀려드는 긴장에 눈살을 찌푸린 순간, 내실의 문이 열렸다. 대신들과 궁인들이 짠 것처럼 숨을 죽였다. 그 숨 막히는 정적을 아이의 우렁찬 울음소리가 깬다.

"하……."

다리에 힘이 풀린 산군이 휘청이자 은호가 재빨리 부축했다. 대신들이 만세를 부르며 서로를 얼싸안고 궁인들 또한 손뼉을 치며 너 나 할 것 없이 상기된 얼굴을 했다.

늙은 산파가 강보에 싼 아이를 품 안에 넣고 계단을 내려오기 시작했다. 기다릴 수 없던 산군이 계단 위를 달리듯 올랐다.

"달은, 나의 달은 괜찮은 것이냐."

내실의 문을 불안하게 쳐다본 산군이 물었다.

"기력을 과히 쓰시는 바람에 잠시 의식을 잃으셨으나……."

"뭐라. 달이 의식을 잃었단 말이냐! 내가 들어가야겠다. 아니, 내가 들어가도 되는 것이냐?"

마음이 다급해진 그가 몸의 반을 내실 안에 넣고 물었다.

"잠시만 성심을 가라앉히시옵소서. 아기씨를 드러내셔야 하지 않습니까."

내실 바로 앞을 지키고 있던 청민이 못 말린다는 듯 고개를 돌렸다. 산파가 산군에게 아이를 내어 주었다.

"산군님의 따님이시옵니다."

"아……, 딸이란 말이냐."

그제야 어설프게 아이를 안은 산군이 못 박힌 듯 서서 눈을 깜빡였다. 눈도 뜨지 못한 작은 생명이 제 품에 있었다.

"정녕 이 아이가 나의……."

차오르는 눈물을 거칠게 닦아 낸 산군이 감격에 겨워 안은 팔에 힘을 주었다. 금세 불편함을 느낀 아이가 서러운 울음을 터트린다.

"하, 하하……."

그 모습조차 어여쁜지 당황도 하지 않은 산군은 자연스레 몸을 흔들어 분신

과도 같은 아이를 달랬다.

"산군님께서……, 딸이라니."

허나 대신들의 표정은 그 어느 때보다 어두워져 쓸데없이 먹구름을 드리운 하늘과 닮은 모양을 했다.

"산군님의 혈통에 여인의 몸이 나오다니요……."

속삭이는 소리가 작지 않다. 그들의 말대로 이제껏 산군의 혈통엔 여인의 몸이 존재한 적 없었다. 그렇다고 둘째 아이를 가진 달이 존재한 적도 없었다. 산군의 달은 언제나 장자를 낳고 달로 돌아가기 마련이었으니.

"이게 대체 무슨 일이랍니까. 계집이라니요."

"허면 대통은 어찌합니까."

저들끼리 떠드느라 산군의 눈이 사납게 바뀌는 걸 보지 못한 대신들은 뒤늦게 나온 대무녀를 보고 옳다구나 호들갑을 떨었다.

"어찌해야 하는 겁니까?"

"또 다른 저주라도 내려진 것 아닙니까?"

"어찌 아무 말도 하지 않습니까? 대무녀로서 대책을 세워야지요!"

방금 막 태어난 아이를 앞에 두고 덕담을 해도 모자를 판에 대신들은 여과 없이 그 존재를 부정하고 불안의 싹을 틔웠다.

너무 화가 나면 말도 나오지 않는다더니. 산군은 감히 제 앞에서 제 딸을 실패작 취급 하는 대신들을 하나하나 눈에 담았다. 이무기인지 용인지 알 수 없는 천신 따위와 기 싸움을 벌일 때도 속이 끓어 제 몸이 불이 되는 건 아닌가 싶었는데— 정말이지 곧 불꽃이 되어 모두를 재로 만들 것 같은 기분이다.

"화내실 필요 없사옵니다."

주령이 고개를 저으며 산군께 안겨 있던 생명을 받아 안았다. 작고 하얀 생명이 눈도 뜨지 못하고 칭얼거린다.

"무지한 이들이 신의 뜻을 어찌 알겠습니까."

주령은 어두운 하늘을 쳐다보았다. 어둡기엔 이른 시간이었으나 신력이 충돌하는 바람에 드리워진 먹구름이 하늘을 까맣게 가리고 있었다.

"저주는 모두 풀렸습니다."

주령이 미소 짓던 얼굴을 굳히고 대신들을 향해 말했다. 미천한 신분이긴 하나 신의 목소리를 전하는 대무녀를 업신여길 수 없는 대신들은 못마땅한 표정을 지었다.

"그래도…… 계집이지 않습니까."

"산군님께서 태어나실 적 내려졌던 저주를 상기하십시오."

주령이 안고 있던 아이의 등을 조심히 받쳐 하늘 위로 높이 들었다. 어두운 하늘에 뜬 달이 피처럼 붉다.

저주를 씻을 방법은
오직 붉은 달이 뜨던 밤 태어난 여인의 온기뿐이니.

가죽만 남아 혈족을 멸하고 싶지 않다면
기회를 놓치지 말라.

"산군님의 대를 이어 산의 주인이 되실 분이자, 일족에 내려진 저주를 거두어 주실 분입니다."

주령이 외쳤다. 식은땀으로 젖은 달님의 손을 부여잡고 부디 버텨 달라 빈 것의 결과가 이것이라면, 그 결과가 정녕 이것이라면 온전하게 보상받은 기분이다.

17. 달이 뜨지 않는 밤

대무녀가 들어 올린 아이가 핏빛 달 아래 울음을 터트리자 온 대신들과 궁인들은 복종을 맹세했다. 산군의 피를 이어받은 아이라고는 하나 사내아이가 아니었고 또 반은 무혼의 피를 받은 몸이라 트집을 잡기로 마음먹으면 못 할 것도 없었지만 보기 좋게 떠 버린 붉은 달이 그 어떤 것보다 강력한 명분이 되어 아이의 운명을 신격화했다.

주령이 산군의 표의를 받아 아이의 강보를 감쌌다. 찡그린 미간을 펼 줄 모른 채 섰던 산군이 주령에게서 받은 단도로 손가락을 그어 피를 냈다. 붉은 선혈이 뽀얀 뺨 위로 묻는다. 산군의 유일한 혈통으로서 산의 주인이 될 어린 이리의 탄생이 그렇게 공식화되는 순간이었다.

"달의 아이를 뵈옵니다."

대무녀의 공표는 산궁 밖 이리족에게도 금세 퍼져 나갔다. 바닥에 이마를 붙인 대신들은 이 위대한 역사의 시작이 흉조凶兆의 끝을 상징하는 것이기를 희망했고 궁인들은 길조吉兆가 시작되는 것이라며 지레 기뻐했다. 끔찍했던 장마와 상처 입은 신수, 인간들과의 전쟁까지 쉽지 않은 나날이었다. 작금의 산군께서 부족함 없는 주군임을 알아도 흉사들이 생길 때면 그 탄생에 내려진 저주를 떠올리지 않기 어려웠던 나날이기도 했다. 하여 작금의 달께도 유달리 박하게 굴었다. 산군께서 붉은 달이 뜨던 밤 태어난 여인을 반려로 맞이하는 게 옳은 일이었다고 생각할 수밖에 없었으니 말이다.

한데 달께서 낳은 산군님의 후사가 절묘하게도 붉은 달이 뜨던 밤 태어난 여인이니 이 얼마나 기쁘지 아니한가.

"경하드리옵니다!"

대신들의 축하를 받는 산군의 표정은 동물의 시체를 보듯 차갑고 무심했다.

"……태산을 수호한다는 대신들이 저리 가벼워서 어찌하나."

방금 전까지만 해도 또 다른 저주가 아니냐 열을 올리던 대신들의 축하가 달갑지 않은 건 당연했다.

구태여 말을 보태지 않은 그는 등 돌려 걸음을 재촉했다. 손바닥 뒤집듯 마음을 돌리는 대신들의 작태는 한심하기 짝이 없었으나 제 달의 상태를 확인하는 것이 더 시급했다. 끊임없이 넘고 싶었으나 모진 진통을 견디고 있는 완에게 해가 갈까 넘지 못했던 문턱을 비로소 넘을 수 있는 순간이었다. 그에게는 그것이 지조 없는 대신들의 목을 꺾어 놓는 것보다 더 급했다.

"완아!"

들어서는 순간 비릿한 피 내음이 진동했다. 방 안의 모든 것이 붉게 보이는 건 길게 내려진 홍사 때문인가 혹은 달이 쏟은 피 때문인가.

"잠시……, 의식을 잃은 것뿐이라 하지 않았느냐."

비단 장막을 걷어 내고 죽은 듯 눈 감은 달을 본 산군이 언성을 높였다.

"고정하시옵소서."

기청제 때도 엄한 질책을 받아 본 적 있던 어의들은 재빨리 도열하여 머리를 조아렸다. 아기씨가 세상 밖으로 나오자마자 대무녀 주령이 내실의 문을 열고 복도에서 기다리던 어의들을 불러들인 덕에 진맥은 이미 끝난 뒤였다.

"피를 많이 흘리시어 삽맥(澁脈, 체내에 진액이 부족할 때 원활하지 못하고 거칠게 느껴지는 맥)이 잡히기는 하오나……, 기가 상한 것으로 보이지는 않사옵니다. 잠시 기력을 잃어 의식을 찾지 못하는 것이니 염려 놓으시옵소서."

기청제 때와 마찬가지로 크게 위험하지 않다는 설명이었지만 산군은 구긴 미간을 펴지 않았다.

"언제쯤 깨어날 것 같으냐."

"감히 장담할 수는 없사오나 나흘을 넘기지는 않으실 것이옵니다."

산군이 거칠어진 입술을 물었다. 나흘을 꼬박 앓았던 기청제 때를 생각하면 아찔한 마음이 절로 들었다. 완을 잃을지도 모른다는 생각은 그때로 족하다.

"혈을 보하는 탕약을 지어 올리겠사오니 삼킬 수 있도록 도우시면 회복이 더욱 빠를 것이옵니다."

그리하라 명한 산군이 의녀들 중 적색 노리개를 단 이들을 따로 차출했다.

"너희들은 당분간 폐월당에 기거하며 달의 회복에 힘써라."

"분부 받잡겠사옵니다."

의녀들이 서둘러 답했다. 맥을 잡기 위해 손목을 짚을 때마다 허락을 구해야 하는 어의들보다야 의녀들이 훨씬 나은 선택이었다.

또한 몇몇의 의녀들이 달고 있는 적색 노리개는 아무나 두를 수 있는 장신구가 아니었다. 의녀들 중에서도 그 실력과 재능을 인정받은 이들에게만 허락된 능력의 상징이자 권위의 징표였다. 권위의 징표라 함은 그들이 어의의 명이나 허락이 없어도 약을 제조하거나 환자의 맥을 짚을 수 있음을 의미했다.

달의 출산이 한창 진행되고 있을 때도 사내들이었던 어의들은 모두 문밖 복도로 쫓겨났지만 의녀들은 곁을 지키며 할 수 있는 최선을 다했다. 산파들과 무녀들, 율과 어린 궁녀들이 바글거리던 방 안에서 울지 않고 냉정을 유지했던 이들은 아마 그들이 유일했을 것이다.

"오늘 밤 달의 곁은 내가 지킬 것이니 최소한의 사람만 복도에 남고 모두 물러가라."

긴장이 풀린 것인지 명을 전달하는 옥안에 한숨이 서렸다. 달이 누운 침상 끄트머리에 걸터앉아 물수건을 쥔 그는 죽은 듯 잠든 반려의 얼굴을 조심스레 닦아 냈다.

"이 모자란 아이도 방으로 데려가 눕혀라."

산군이 달의 지척에서 잠든 율을 가리켰다. 다 마르지 않은 눈물 자국을 보면 미뤄 두고 있던 잠을 겨우 자고 있는 것 같았다. 저 밤톨 같은 아이가 달의 손을 붙들고 통곡을 했을 걸 생각하면 머리가 아팠다. 힘이 되어라 들여보낸 것인데 함께 우느라 바빴을 것을 생각하면 헛웃음이 나온다.

□ ◆ □

"완아."

모두 물러나고 텅 빈 내실에서 그가 달의 이름을 속삭였다. '예, 서방님.' 고운 목소리로 대답해 주면 좋으련만.

"……"

산군이 고개를 저었다. 너무 많은 욕심을 부리고 있단 생각이 들었다. 그저 살아 있음에 감사했다. 아이의 탄생을 위해 피워 놓은 푸른 불꽃을 검게 그을려 그 죽음을 알리지 않아도 됨에 감사했다. 그래. 그거면 되었다.

"네가 깨어나길 언제고 기다리고 있으마."

잠든 얼굴을 애달프게 어루만진 그가 둥근 이마 위로 입을 맞췄다. 복숭아꽃의 혈색을 닮아 연분홍빛 뺨을 가진 여인은 미동이 없어 얄밉고 숨소리를 내주어 고맙다.

□ ◆ □

나흘을 넘기지 않을 거라던 어의들의 말과 달리 완은 나흘을 넘기고 또 열흘을 넘기고 거기서 다시 그믐이 넘도록 의식을 찾지 못했다. 기한이 늘어나면 늘어날수록 산군의 마음은 불안해지기 마련이었으나 어의들을 탓하기엔 달의 손목에서 뛰고 있는 맥이 너무도 굳건했다. 혹시나 하는 마음에 산궁 안 모든 어의들과 의녀들은 물론이고 산 아래 황궁에서 내의원을 불러올리기도 했지만 산군이 의지할 법한 이야기는 나오지 않았다.

"맥도 정상이고 기와 혈도 온전하시니 이는 건강하다 보는 것이 맞사옵니다."

모두 고개를 갸우뚱 기울이며 난감한 표정을 지을 뿐이었다.

"맥도 정상이고 기와 혈도 온전하니 내 달은 건강하다?"

한 손으론 반려의 손을 잡고 다른 한 손으론 펼쳐 놓은 의서를 뒤적거리던 산군이 노래하듯 가볍게 물었다.

"그 말의 속뜻이 무엇이냐."

일순간 낮아진 옥성에 의원들이 난처한 듯 몸을 떨었다. 하루에도 몇 번씩 달의 존체를 진맥하며 온갖 탕약을 지어 올린 게 벌써 그믐인데 달님께선 깨어날 기미가 보이질 않으니 난감하기 그지없었다.

"대답할 이가 한 명도 없는 것이냐."

산군이 무심하던 옥안을 찌푸리며 의서를 바닥에 내던졌다. 와중에도 탁한 소음이 자고 있는 반려를 불편하게 할까 걱정인지 쥐고 있는 손등을 매만지는 손길엔 다정함이 깃들어 있었다.

"달이 죽지 않았다고 해서 네놈들을 순장할 수 없다 생각하는 것이냐."

"산군님, 그 어찌⋯⋯."

"내가 언제까지 기다려야 하는 것이냐."

쥐고 있던 손을 조금 세게 잡았다 놓은 산군이 자리에서 일어났다. 의원들에게 하는 말이기도 하면서 또 제 달에게 하는 말이기도 했다. 기다리는 것이 괴로웠다.

"산군님, 율입니다."

그때 율이 문밖에서 알현을 청했다. 갓난아이의 칭얼거리는 소리가 들리는 걸 보면 또 아이를 안고 온 모양이었다.

"들지 말라."

산군이 문 너머 선 율에게 말했다. 아이를 보고 싶지 않았다. 이내 우는 소리가 들리는 문밖은 어쩔 줄 모르는 궁인들과 달래기에 여념이 없는 유모들의 소리까지 겹쳐져 그 소란이 커졌다. 지친 듯 이마를 짚은 그가 의원들을 노려보았다.

"내일이면 더 나은 답을 가져와야 할 것이다. 어설픈 답이라도 들고 오려면 한시라도 빨리 의서를 뒤져야 할 테니 무능한 낯은 그만 보이고 썩 물러나라."

망부석처럼 움직일 줄 모르던 의원들이 그제야 일어나 허리를 조아렸다. 고개를 끄덕여 줄 마음도 들지 않은 산군이 무심히 달에게로 시선을 돌렸다. 이토록 화가 치솟는 와중에도 미소를 띠게 만드는 고운 얼굴. 보고 있어도 그리운 얼굴에 상체를 기울이자 제 그림자가 달의 얼굴을 가린다. 그 잠시도 거슬려 눈살을 찌푸린 산군은 그대로 눈을 감고 입을 맞췄다. 아픈 몸은 아니라더니 정말이지 따사로운 기운만 물씬 풍겨 온다.

"왜 일어나지 않는 것이야……."

기도, 혈도 온전하니 건강하다는데 왜. 죽지 말라 명한 것을 이런 식으로 이행할 줄 알았다면 죽지 말고 웃어 달라 말할 것을. 애꿎은 후회만 남는다.

"산군님."

들지 말란 명을 허투루 들은 것인지 허락도 없이 들어온 율이 무릎을 꿇었다.

"네가 죽고 싶은 모양이구나."

"소인, 죽어 마땅하나 홀로 계신 아기씨를 더는……."

"무엄하다."

서슬 퍼런 얼굴의 산군이 물러가라 명하며 더는 말하지 말란 뜻을 명확히 했다. 그러나,

"……소인은 무르셔도 됩니다."

오늘만큼은 단판을 내겠단 생각으로 든 율의 고집도 만만치 않았다.

"소인이 벌을 받겠사옵니다. 허나 아기씨는 보셔야지요……."

율은 품에 안은 아이를 안타깝게 바라보며 말했다. 분명 세상에 처음 날 때까지만 해도 산군님은 아이를 사랑했다. 힘주어 안으면 부서지기라도 하는 것처럼 안을 때마다 식은땀을 흘리긴 했지만 그 눈빛엔 달님을 볼 때와 같은 색채의 다정함과 애정이 서려 있었다. 문제는 달님의 잠이 길어지기 시작하면서였다.

"왜 보지 않으십니까."

"한마디만 더 하면 목을 벨 것이다."

"차라리 제 목을 베시고 아기씨를 안으시옵소서."

"네놈이 감히……!"

"산군님의 후사입니다!"

"그만!"

"달님의 아이란 말입니다!"

율이 울며 소리쳤다. 달께서 아기씨를 출산하시고 또 그대로 깨어나시지 않는 작금의 상황만 아니었다면 저의 가장 끔찍한 기억은 황군과의 전쟁으로 남았을 것이다. 대승이라 부를 만큼 아군의 희생이 많지 않은 전쟁이었지만 무수한 사람들이 죽어 가고 또 무수한 사람들이 미쳐 가던 것을 두 눈으로 목격했다. 살면서 그보다 더한 참상이 있을 거라곤 감히 상상도 하지 못했는데 이제는 그보다 더한 순간이 있음을 안다.

'어머니······.'

꼬박 반나절을 넘어가는 진통 속에서 달님은 어머니를 찾았다. 일찍이 돌아가셨단 말만 들었을 뿐, 그분에 대해 딱히 아는 것이 없던 저는 그저 떨리는 손을 붙들고 함께 울었다. 그러다 더한 시간이 지나가자 달님은 혼절하고 깨어나길 반복하며 삶과 죽음 사이를 아슬아슬 유영했다.

'달님, 제발······. 제발 힘을 내셔요.'

달님이 죽을까 두려웠던 저는 죽지 않기 위해 서서히 미쳐 가고 있었다. 소중한 이를 잃는 경험은 혜심으로도 충분했다.

'울지 말거라, 율아······.'

달님은 그 순간에도 저를 위로했다.

'아가······, 어미 품을 벗어나기 싫은 모양이다······.'

입술은 다 터져 핏물이 흐르고 꽉 쥔 손등은 하얗게 질려 핏기 하나 없음에도 아이를 말하는 달님의 눈은 세상에서 가장 다정하고 따사로웠다.

산파들과 의녀들은 모두 달님의 허리 아래에 있었다. 산군님의 말대로 오직 아이만을 위해 움직이는 모습이었다. 하여 더 서럽게 울었다. 달님의 고통을 슬퍼하는 이가 보이지 않는 게 서러운 동시에 누구보다 달님의 고통을 잘 달래 주었을 누군가의 부재가 뚜렷하게 느껴져 죽을 것 같았다.

'율아……'

'흐흑……, 예, 달님. 말씀하셔요……'

'내가 만약……'

그땐 거의 비명을 지르며 고개를 저었다. 달님께서 무슨 말을 하실지 둔한 머리로도 예상이 되었다.

'약한 말씀 마셔요. 흑, 제가 옆에 있지 않습니까. 흡……, 산군님께서도 밖에서 기다리십니다. 절대……, 절대 포기하시면 안 됩니다.'

'……그래.'

그게 거의 마지막 대화였던 것 같다. 그 이후로는 짧은 대화조차 할 수 없는 고통과 비명, 혼절이 어지럽게 뒤섞였다. 그러다 의식을 되찾지 못하는 시간이 길어지자 의녀들이 퍽 곤란한 표정을 지었다. 그러더니 복도에 있는 어의들과 바쁘게 의견을 나누었다. 그들이 무슨 말을 하는 것인지 정확히 알아들을 수는 없었지만 두 가지는 확실했다. 피를 너무 많이 흘렸다는 것과 이대로 가다간 아이를 낳기도 전에 달님께서 유명을 달리할 수도 있다는 것. 그대로 뛰쳐나가 기다리던 산군님께 빌었다. 달님을 살려 달라고.

그 뒤는 드문드문 기억날 뿐이다. 산군님께 뒷덜미를 잡힌 채 자리를 지켜라, 호통을 들었고 다시 내실로 들었을 땐 달님께서 사경을 헤매고 계셨다. 옅게 몸을 떨기도 했고 혼절한 채 눈을 뒤집기도 했다. 그러다 대무녀님이 드셨던 것 같다. 신당에서 제를 올리고 계셔야 할 무녀님이 왜 이곳에 계신 것인지

물을 새는 없었다. 천지신명을 찾거나 향을 피운다거나 하지 않고 달님의 손을 가만히 쥐는 모습을 보며 산군께서 보내셨음을 인지할 뿐이었다.

그 전쟁보다 더한 참혹에서 태어난 것이 아기씨였다.

"달님께서 목숨을 걸고 낳은 아이입니다."

"……."

"산군님을 사랑하시어 낳은……, 두 분의 아이란 말입니다."

"하……."

산군이 괴로운 듯 얼굴을 쓸어 내며 보고 있어도 그리운 제 반려의 얼굴을 쳐다보았다. 언젠가 제 반려도 율과 비슷한 이야기를 했었다.

'산군님과 저의 아이지 않습니까. 저를 해칠 리 없어요.'

아, 그때의 기억조차 그립고 또 그립다. 그때 아이를 포기하자 설득했더라면 오늘 같은 일이 일어나지 않았을 텐데.

'아이를 내내 미워하시면 어쩌나……, 걱정했습니다.'

그러자 또 다른 기억이 떠오른다.

'제가 곁에 없으면 어쩝니까?'

이런 날이 올 줄 알았던 것인지 그런 물음도 했었다. 그런 뜻이 아니라 변명하던 모습이 눈에 선하다. 그 어여쁜 모습은 선한데 그 앞에서 저는 무슨 대답을 했었는지 도통 모르겠다.

"……."

율이 아이를 안은 채 일어나 산군과 달이 있는 침상 바로 앞까지 다가섰다.

"보십시오."

다시 무릎 꿇은 율이 강보에 싸인 아이를 산군의 품으로 들이밀었다.

"어서요, 산군님."

쉽사리 시선을 맞추지 않는 산군께 재촉하려 높인 목소리에 아이가 울음을 터트렸다. 놀란 산군이 오랫동안 외면하던 아이를 쳐다보았다. 금세 고통스러운 표정을 한다. 사랑할 수밖에 없는 자식이 사랑할 수밖에 없던 반려를 죽이며 태어났으니 어찌할까.

원망과 안타까움이 섞인 시선 끝에 우는 아이를 계속해서 매달고 있던 산군은 결국 손을 뻗어 품 안에 아이를 안았다. 그가 울음 섞인 한숨을 토했다. 아직은 그저 핏덩이라 저를 닮은 것인지 혹은 제 반려를 닮은 것인지 짐작도 되지 않는 얼굴이었지만 자신을 보면 방싯 웃는 아이를 밀어낼 수 없었다. 아비의 품이라는 걸 아는 것처럼 울던 것도 잊고 웃어 버리는 아이를 미워하기엔 잠든 제 달의 표정이 지독히도 행복해 보였다.

□ ◆ □

그날 이후 그는 이 끔찍한 상황을 최대한 인정하기로 마음먹었다. 깨어나지 않는 달도, 태어난 저의 자식도 전부 받아들이고 적응하기 위해 애썼다. 미뤄 두었던 아이의 이름도 지었고 아이의 나이가 다섯이 지나면 지내게 될 전각도 정했다. 아이의 일과를 기록하는 버릇도 들였다. 어미의 품이 그리운 것인지 유모의 손길을 거부한 채 잠들지 못하는 아이를 종일 안고 있던 밤, 붓을 들기 시작했다. 그렇게라도 아이의 하루를 남겨 놓아야 뒤늦게 깨어난 달이 지나간 시간들을 아쉬워하지 않을 것 같다는 생각이 들었다.

잠은 언제나 월궁 지밀이 아닌 폐월당의 침전에서 들었다. 일어나지 않는 반려를 곁에 두고 잠드는 건 마음을 저미는 일이었지만 그만둘 수도 없었다. 그래도 그 고운 손을 붙들고 원망하거나 눈물짓는 일은 그만두었으니 장족의 발전이었다.

잠시 멈추었던 월궁에서의 조회도 다시금 열리기 시작했고 산 아래 황궁과 각각의 제후궁에서 보내오는 장계도 게으름 피우지 않고 읽어 냈다.

그렇게 봄을 지나 여름을 만끽하고 가을의 쓸쓸함을 맞이하던 산군은 조금씩 미소를 지을 수도 있게 되었다. 달을 비추는 태양처럼 웃던 예전과 비할 바는 아니었지만 눈에 띄게 환해진 모습에 전전긍긍 마음을 졸이던 궁인들도 따라 웃기 시작했다.

"부인, 나 왔습니다."

산군이 여느 때와 같이 아이를 안고 폐월당에 들었다. 달의 입술을 벌려 탕약을 흘려 넣고 설탕물을 저어 또 넘겨 주고 나면 그 입술 위로 제 입술을 겹쳤다. 하루의 일과가 가혹한 날에도 거르지 않는 일정이었다. 약 먹이는 일을 끝내고 잠든 달의 곁을 차지하고 앉아 시답지 않은 이야기를 늘어놓는 일에도 제법 재미를 붙이고 있었다. 중얼중얼 미친 사람처럼 읊조리며 언젠가 아무렇지 않게 깨어나지 않을까, 생각하는 것이 그의 유일한 희망이었다.

"그대를 닮았으면 좋겠다 생각했는데 아쉽게도 나를 많이 닮았습니다."

"……."

"그래도 웃는 얼굴만큼은 그댈 닮았으니 다행이지요."

"……."

"아, 아이 이름은 '리梨'라 지으려고 하는데 그대 생각은 어떻습니까. 아이가 태어나던 봄날에 유독 배꽃이 흐드러졌던 것이 떠올라 생각한 이름입니다. 참으로 어울리는 이름이지 않습니까."

여전히 답이 없는 이의 뺨을 어루만진 산군이 웃었다. 아이의 이름만큼은 함께 짓고 싶었다. 하루빨리 아이의 휘를 정하라는 대신들의 재촉이 있었지만 끝내 버티고 싶었다. 그것마저 저 혼자 해 버리면 제 달이 영영 돌아오지 않을 것 같단 무서운 생각이 자꾸만 몸집을 키웠다.

그러다 문득 달이 슬퍼할지도 모르겠단 생각이 들었다. 힘겹게 깨어났을 때 아이에게 이름 한 자 없는 것을 알면 시무룩한 표정을 지을 것 같단 생각이 왜 들었는지 그 기억은 어렴풋하다.

"부디 일어나서 대답해 주세요."

그래서 지었다. 짓겠다 마음을 먹으니 짓는 것은 금방이었다. 복사꽃을 닮은 어미와 배꽃을 닮은 딸이라니. 미소 지은 산군이 아이를 안아 들었다. 저는 꽃에 파묻힐 운명인 모양이다.

"민율!"

청민이 단상 위에서 율을 호명했다. 정식으로 입궁하는 순간부터는 성씨를 버리는 게 맞았지만 신입 무관으로서 처음 임명을 받을 때 성씨를 붙여 호명하는 것이 보통이었다. 어린 나이에 궁인이 된 데다 부모가 없는 율에게 성씨란 것이 있을 리 만무했지만 율은 제가 모시는 웃전의 성을 적어 제출했다.

'너는 내 아우를 많이 닮았구나.'

틈만 나면 같은 소리를 반복하던 달님이시니 허락 없이 성을 썼다 혼을 내지는 않으실 거다.

"금일부로 산군님의 친위군이 되었음을 명한다."

특히나 오늘같이 기쁜 날엔 더욱이.

율은 청민으로부터 공작 깃털을 하사받았다. 작년 시험에선 낙방의 쓰라림을 견딜 수밖에 없었으니 오늘의 성취는 감격스럽기 그지없는 것이었다. 기실, 작년에도 무술을 선보이거나 대련하여 승패를 가르는 시험에선 훌륭한 성적을 거두며 선두에 이름을 올렸었다. 혼혈자로서 월등할 수밖에 없는 체력과 힘 덕분이었다. 그러나 늦게 배운 글자가 발목을 잡았다.

글을 읽는 것도, 글을 쓰는 것도 아직은 서툴다는 걸 알고 있었기에 저 스스로는 낙방을 예상하고 있었지만 제 주변의 사람들은 아니었던 것인지 무척이나 안타까워하고 속상해하는 모습을 보였다. 은호 나리와 첨화 나리는 그나마 좀 점잖은 방식으로 섭섭함을 표현했지만 산군님과 청민 나리는 유난스럽고 유별나게 아쉬워했다.

물론 아쉬움을 표현하는 방식에 있어서는 그 두 분이 무척이나 달랐다. 산군님은 폐월당의 시동이었던 저를 하루아침에 월궁 시동으로 바꾸어 놓으셨다. 본래 있던 시동이 먹을 부드럽게 갈지 못한다며 매번 먹 가는 일만 시키시는 게 심술처럼 보일 때도 있었지만 대신들의 조례 참석 명부나 내관들의 휴가 일지 같은 글이란 글은 모조리 제 앞에 두시는 걸 보았을 땐 그 진의가 뚜렷하게 보여 웃음이 나왔다.

반대로 청민 나리는 평소 보던 책과 붓을 내어 주기도 하고 투박하나 다정한 말들로 의지가 꺾이지 않게 격려를 아끼지 않았다.

모두의 응원이 결국 효험이 있었던 것인지 결국 이렇게 아름다운 날이 왔다. 비록 잠들어 계시지만 깨어 있으셨다면 그 누구보다 강한 지지와 깊은 염려를 표했을 달님도 마찬가지였다.

창공을 향해 고개를 치켜든 율이 편안하게 웃어 보였다. 하늘에 있을 자유로운 누군가도 열렬히 기뻐하고 있을 것이다.

"어허."

뒷짐을 지고 서 있던 은호가 엄한 얼굴을 하며 나무랐다.

"아직 의례가 끝나지 않았거늘."

풀어진 자세를 순식간에 가다듬은 율이 굳은 표정을 짓자 웃음을 터트린 은호가 율의 머리를 가볍게 쓸었다.

"농이다."

그의 손에는 짙은 남색의 철릭이 들려 있었다.

"받거라. 산군님을 지키는 무관의 의복이니라."

그제야 긴장을 푼 율이 고개를 끄덕였다.

18. 달의 귀환

산군이 합죽선(얇게 깎은 겉대를 맞붙여서 살을 만들고 그 위에 종이나 천을 발라서 손에 쥘 수 있도록 만든 부채)을 펼쳐 바람을 일으켰다. 하늘은 청명한 봄 향기를 뿜어내고 폐월당 앞뜰엔 복사꽃이 만발하고 있었지만 여름이 온 것처럼 부채를 들고 다니는 데에는 다 이유가 있었다. 이제 겨우 돌을 지난 리가 부채로 부쳐 주는 바람을 좋아해 가지고 다니게 된 것이었다. 어린것이 고집은 또 얼마나 센지 부채 바람이 없으면 울음부터 터트리니 꼭 산군이 아니더라도 리를 보필하기 위해 있는 유모나 궁인들은 부채를 소지하는 게 불문율이었다.

"이제 정말 해를 넘겼습니다."

산군이 나지막이 속삭였다. 그가 일으키는 바람에 달의 머리카락이 흩날린다. 조심히 넘겨 귓가에 꽂아 주면 잠든 얼굴이 말갛게 반짝인다.

"그대가 잠들었던 봄이 다시 왔는데 그대는……, 언제 다시 오는 겁니까."

"……."

그러지 말아야지 하면서도 또 재촉을 한 것 같은 마음에 미간이 찌푸려진다. 낮게 한숨을 뱉었다. 제 달의 강인함은 이제 모두가 아는 사실이었다. 이리의 핏줄을 품고 버틴 것도 모자라 아이를 낳고 해를 넘기면서까지 목숨을 부지하고 있으니 선대의 달들도 해내지 못한 업적이자 기록이었다. 비록 잠에서 깨어나지 못하고 있는 실정이긴 했지만 결코 죽음 앞에 패하지는 않으니 그 기상과 기백이 굳센 것은 자명한 일이었다. 그러니,

"조급하게 생각하면 안 되는 것인데……."

중얼거린 그가 반려의 손을 펼쳐 깍지를 꼈다. 따뜻하게 오른 체온이 살랑이는 교태보다 사랑스럽게 느껴지는 걸 보면 저도 참 바보 같은 사내임이 분명했다. 그저 차갑게 식어 가지 않는 것만으로도 이 무수한 침묵을 감내할 가치가 있다고 느낀다.

"잘 자요, 내 사랑."

깍지 낀 손을 풀고 그 위에 얼굴을 묻으니 그리운 살 내음이 풍겼다. 이 한 순간으로 또 며칠을 살 수 있을 테다. 그렇게 달을 버티고 또 해를 버티다 보면 오겠지. 저에게로.

붉게 생기가 도는 입술을 머금고 길게 눈을 감았다. 평소라면 움직일 리 없는 도톰한 살덩이가 달싹인다.

"……!"

화들짝 놀라 몸을 일으킨 산군이 의심스러운 눈으로 달을 살폈다. 평온하게 감긴 눈꺼풀이 조금 전 기척이 환상이라 말하는 듯 고요하다. 그럼에도 희망을 내려놓지 못한 그는 맨바닥에 무릎을 꿇고 완의 손을 양손으로 감싸 쥐었다.

"완아……?"

혹여나 대답할까 부른 소리에도 여전히 차분하기만 한 옥안.

"하……."

꾹 눌러놓은 평정심이 흐트러지자 좌절의 크기가 산처럼 불어난다. 좁쌀보다 못한 크기의 희망을 쥐고 애써 괜찮은 척 버티는 게 쉽지 않다.

"하아……."

일어나지 않는 달을 붙들고 울지 않은 지도 꽤 된 것 같은데. 이토록 작은 파동 하나에 열심히 쌓아 둔 제방은 어이없을 정도로 쉽게 무너진다.

산궁의 성벽 너머에선 제가 시체를 끌어안고 산다는 소문이 돈다고 했다. 본디 군주란 칭송과 경멸을 동시에 받는 자리인지라 신격화된 이야기 속에서 태어나 악의적인 소문을 두르고 살 수밖에 없었다. 하여 어리석은 백성들이 떠드

는 갚잖은 소리에 상처를 입거나 신경을 쓰지는 않았다.

그런데 왜. 대체 왜. 이 죽을 만큼 헛헛한 순간에 그 소문이 떠오르는 걸까. 그 소문이 사실이면 어찌할까. 제 달이 잠든 것이 아니고 죽은 것이면 어찌할까. 이미 예전에 죽었는데 제가 놓지 않아 쉬지 못하는 것이면 어찌할까.

그때. 정말이지 죽은 것이면 어찌하나 절망하던 그때.

"……완아?"

쥐고 있던 작은 손이 대답하듯 미세하게 움직였다.

"아아……."

죽지 않았다고. 절대 죽지 않았다고 말하듯 움직이는 그 작고 분명한 움직임에 산군은 이것이 꿈은 아닐까 의심했다. 더 기다릴 것도 없이 가는 몸을 끌어안은 산군은 제게로 돌아오고 있음이 분명한 달의 귓가에 매일같이 속삭이던 말을 되풀이했다.

"무리하지 말거라."

천천히 오거라. 버거우면 쉬거라.

"기다릴 것이니……."

그렇게 말하는 내내 속마음은 지독히도 반대로 향해 매일을 모순덩어리 같은 스스로를 혐오했다. 무리해서라도 오기를 바라는 제 자신이 조급하고 한심하게 느껴지다가도, 하루빨리 오거라 말하고픈 마음은 간절해서 입안이 뜨거웠다. 버거워도 쉬지 않기를. 매일매일 조금이라도 더 걸어서 저에게 오기를. 저의 기다림이 죽을 듯 괴로우니 그것을 안다면 부디, 달려오길.

"왜……."

오래 말하지 않아 거칠어진 목소리가 들린다.

"왜 울고 계셔요……."

"아……."

끌어안은 몸을 떨어트려 얼굴을 살피자 말간 눈동자 위로 제가 비친다. 느리게 눈을 깜빡일 때마다 속눈썹 사이에 비치는 햇살. 모든 것이 비현실적으로만 느껴지니 기뻐도 마음껏 기뻐할 수가 없다.

"서방님……."

속삭인 반려가 낑낑거리며 손가락을 움직인다. 마음처럼 몸이 움직이지 않는 것인지 몇 번이고 미간을 찡그린다. 그 필사적인 노력 끝에 닿은 지점은 저의 손.

"제가……, 너무 늦었습니까?"

"아니, 아니다. 늦지 않았다."

산군이 얼른 고개를 저었다. 눈치를 보며 묻는 완의 얼굴과 제 손에 닿는 체온이 그제야 꿈이 아니라는 걸 실감하게 했다. 손등 위로 아슬아슬 얹어진 손을 단단하게 고쳐 쥐고는 매일매일 보던 얼굴을 하나하나 다시 살폈다. 달같이 하얀 살결과 복사꽃을 닮은 뺨, 매화 잎을 떼어 놓은 입술까지 그립고 그립던 저의 달이 맞다.

"사랑한다……."

늦지 않았다고, 저는 괜찮다고 대답하려 했는데.

"사랑한다, 완아."

내뱉지 못한 마음이 이제는 견딜 수 없다는 듯 터져 나왔다.

"얼마나 기다렸는지 아느냐."

하지 않으려 애쓰던 투정도 부리고,

"내 얼마나……, 괴로웠는지 아느냔 말이다."

아이가 할 법한 원망 어린 목소리도 내 보았다. 달의 눈꼬리가 추욱 내려간다.

"저도……, 보고 싶었어요."

송구하단 말 대신 보고 싶었단 말로 저를 위로한다.

"사랑해요, 서방님."

그제야 봄이 와도 서늘하다 느꼈던 몸에 훈기가 돈다. 제 달이 제 품으로 돌아오고 나서야 그 어떤 위로에도 녹지 않던 의심이 녹아 사라진다.

□　◆　□

"이제 그만 이리 주세요."

산군이 장침에 기대앉아 아이를 안은 달에게 엄한 표정을 지어 보였다. 깨어난 이후 기이할 정도로 빠른 회복세를 보이고 있는 중이었지만 그럼에도 한 해 내내 누운 채로 지낸 여파가 작지 않았다. 움직이지 않아 물렁해진 근육은 걷는 것은 물론이고 가만히 서 있는 것조차 힘겹게 했고 묽은 죽 한 숟가락 삼키는 것조차 어려워했다.

"조금만 더 이렇게 있겠습니다."

완이 아이를 안은 팔에 힘을 주며 고집을 부렸다. 그동안 얼마나 잠들었던 것인지는 알 수 없으나 아이를 처음 보았을 때부터 아주 오랫동안 그리워한 기분을 느꼈다. 새까만 눈과 동그란 뺨, 통통한 입술까지 애틋하지 않은 구석이 없으니 보고 또 보아도 그리울 수밖에 없다.

혼절하던 당시의 기억이 흐릿한 탓에 아이를 낳았다는 사실도 처음엔 믿기 어려웠다. 벼락같던 진통의 시작과 끔찍했던 이후의 시간들은 선명해도 그 끝에 아이를 낳은 기억은 아무리 애를 써도 떠오르지 않았다. 잠들었던 시간이 일 년이나 된다는 소리에 가뜩이나 많은 것을 잃었다 생각했는데 아이를 낳은 기억까지 없으니 무언가 잘못되고 있단 생각을 하기도 했었다.

그러나 아이는 저만 보면 방긋방긋 웃었고 그 아이를 안은 저의 지아비는 그 어떤 때보다 다정하고 애틋한 눈빛으로 저를 쳐다보았다. 그뿐인가. 어릴 때에도 듣지 못한 칭찬을 이런저런 사람들에게 많이도 들었다.

하루에도 몇 번씩 진맥을 보러 오는 의녀들이 가끔 눈물을 훔치며 저들끼리 속닥이기에 무슨 일이냐 물은 적이 있었다. 그들은 제가 너무 장해서라고 대답했다. 무정하던 아버지와 매사 신중하던 어머님을 둔 덕에 어릴 적에도 듣지 못했던 말이었다. 듣기 거북했단 말은 아니다. 오히려 너무 좋았지. 너무 좋아서 붉어진 낯빛을 바로 하는 데 시간이 꽤 걸렸을 정도였다.

대무녀 주령이 찾아와 대견하시다 말해 주었을 때도 마찬가지였다. 보잘것없는 선물이라며 베갯잇 아래에 부적을 넣어 준 그녀는 무병장수를 기원한다며 제 발등에 입을 맞췄다.

깨어나실 줄 알았다며 들이닥친 율은 일 년 사이에 몰라볼 정도로 성장한 듯 보였지만 이내 엉엉 눈물을 쏟으며 칭얼거리는 꼴을 보자니 밤톨 같던 아이 때와 달라진 것이 없었다. 무뚝뚝하던 청민과 은호는 더 가관이었다. 늠름한 자태를 하고는 눈시울을 붉히는 게 어찌나 이질적인지. 자꾸만 웃음이 나와 혼날 지경이었다.

결국 그 수많은 애정과 애틋함이 어딘가 잘못되었다 생각하던 저의 어둠을 걷어 냈다. 제가 기억을 잃은 건 무언가 잘못된 것이 아니라 과거를 곱씹지 말란 뜻으로 받아들인 것도 다 그 때문이었다. 지나간 과거에 얽매여 스스로를 괴롭힐 땐 그렇게도 어렵던 성장이 온갖 따스함 속에선 가능했다.

"팔이 떨리고 있지 않습니까."

조금 팔이 저린다 싶었는데 귀신같이 알아차린 지아비가 아이를 억지로 빼앗았다. 아쉬운 듯 허공에 팔을 뻗어 한껏 서운한 표정을 짓자 지아비는 스읍― 단호한 소리를 내며 고개를 저었다. 예전엔 이 정도 투정이면 적당히 져 주었던 것 같은데 어쩐지 냉철해진 것 같아 섭섭하다.

"그렇게 노려본다고 달라지는 건 없습니다."

"……."

가늘게 다듬은 눈매를 돌려놓지 않는 반려에 산군이 푸스스 웃음을 터뜨렸다.

"계속 노려볼 겁니까?"

"……."

"이리 보여 줄 테니 너무 서운해 마세요."

가까이 자리를 잡고 앉은 그가 말했다.

"……제가 이젠 곱지 않습니까?"

"예?"

산군이 그게 무슨 소리냐는 듯 황당한 표정을 지었다. 아이를 안고 있는 게 힘들어 보여 빼앗아 안은 것이 전부인데 제 달은 도통 무슨 생각을 하는지 저가 이젠 곱지 않은 것이냐 묻는다.

"예전보다…… 엄해지셨잖아요."

그저 하는 투정은 아닌 모양이었다. 밖에서 대기하던 유모를 불러 아이를 데리고 나가라 명한 산군은 유모의 뒷모습을 좇느라 정신없는 달의 고개를 저에게 돌려놓았다.

"제대로 말해 주세요. 내가 그대에게 엄하게 굴고 있습니까?"

"예, 몹시요. 몹시 엄하십니다."

정말 억울했던 모양인지 따박따박 대답하는 모양을 보던 산군이 웃음이 나오려는 얼굴을 서둘러 정리했다. 제 반려가 참을 수 없이 사랑스러워도 참아야 했다. 실수로라도 웃음을 터트렸다간 진지하게 들어 주지 않는다며 투정을 부릴 테니 시늉이라도 해야 한다.

"내가 언제 엄했는지 말해 줄 수 있습니까."

"그걸 어찌 일일이 말합니까."

풀 죽은 얼굴로 침의의 매듭을 이리저리 꼬는 손을 꼭 쥔 산군이 다시금 눈을 맞췄다.

"말해 주어야 내가 고치지 않습니까. 두 번 실수하지 않게 도와주세요."

"치……."

완이 퉁명스러운 얼굴로 볼멘소리를 냈다. 강한 척, 의젓한 척 애쓴 세월이 고단했던 탓인지 죽다 살아난 요즘 달의 심중은 솔직하다 못해 투명했다. 아무리 그래도 이제는 한 아이의 어미인데 이렇게 철이 없어도 되는 것인가 완 스스로도 걱정이 될 때가 있긴 했다. 그러나 그런 걱정도 잠시, 무엇이든 다 들어주겠단 표정으로 앉은 지아비를 보면 이 정도는 말해도 되는 것 아닌가 하는 방자한 생각이 든다.

"예전엔……."

"예, 듣고 있습니다."

"제가 입맛이 없다 하면 유과를 주시지 않았습니까. 한데 요즘엔 입맛이 없다 하면 무서운 표정을 지어 보이시곤 다 먹을 때까지 일어날 생각 말라 혼을 내시잖아요……."

산군이 참지 못하고 칭얼거리는 반려를 끌어안았다. 기어이 살아서 다시 웃어 주는 것만으로도 감사한데 무엇이든 감수하고 삼켜 내던 나쁜 습관까지 전부 버려 주니 더할 나위가 없다.

"갑자기 이리 안으시면……."

"이대로 듣겠습니다. 계속 얘기하세요."

밀려든 품을 밀어 내던 달이 순순히 힘을 빼고 가만히 안겼다. 그런 모습조차 어여쁘기 그지없다 느낀 그는 새까만 머리카락 위에 연신 입맞춤을 쏟아 냈다. 늘 있던 일처럼 태연히 있던 완이 지아비 어깨에 볼을 누르고 기댔다. 흑색 두루마기에 배인 지아비의 향취가 포근하다.

"……리와 함께하는 시간도 너무 짧습니다."

"그건 내가 엄해서 그런 것이 아니지 않습니까."

"그래도……."

"그대가 온전히 회복할 때까진 안 됩니다."

"……이거 보십시오."

달이 번뜩 고개를 들고 까만 비단 자락을 어설프게 잡아 쥐었다.

"대체 언제부터 이리 철옹성이셨다고……. 제 청이라면 어려운 것이라도 다 들어주셔 놓고선……."

말해 놓고 스스로 부끄러운 것인지 말소리가 점점 줄어든다. 심통을 부릴 요량이면 작정하고 부리든지 이렇게 부끄러운 티를 내면 놀리고 싶은 마음을 어찌한다. 산군이 푹 숙인 달의 고개를 들어 올렸다.

"어쩔 수 없는 일입니다."

"……."

또다시 기울어지는 고개를 다시금 들어 올려 눈을 맞췄다. 이리저리 도망 다니는 시선 좇기만 여러 번. 결국 포기한 달이 가만히 저를 응시해 온다.

"내가 너를 잃을 뻔하였다."

"……."

맞춘 시선이 흔들린다.

"네가 잠든 사이 내가 얼마나 많은 후회를 했는지 아느냐."

"……."

무어라 말을 하려는 듯 벌어진 입술 위에 손가락을 대고 고개를 저었다.

"리를 낳지 말았어야 했다고 생각했다."

"산군님……."

"너를 안지 말았어야 했다고도 생각했다. 내가 안지 않았으면 아이도 생기지 않았을 것이고 너 또한 그리 잠들지 않았을 테니 말이다. 시간이 더 흐른 뒤에는 무슨 후회를 했는지 아느냐."

"……."

"너를 만나지 말았어야 했다고 생각했다. 내가 널 만나지 않았어야……."

"그만……."

이번엔 완이 지아비의 입술 위로 손을 올렸다. 물기 어린 눈을 하고 도리질을 하다 지아비의 슬픔을 끌어안고 싶어 목을 감아 안았다.

"저 여기 있습니다."

"……."

"저 여기, 서방님 곁에 있어요."

몇 번이고 같은 말을 반복한 달이 조심스레 몸을 물렸다. 지아비만 저를 그리워한 것이 아니다. 저 또한 그 긴 시간, 기억나지 않는 시간 속에서 지아비를 그리워했다.

작은 손가락이 지아비의 수려한 눈썹을 조심조심 매만지다 눈썹 뼈를 타고 높게 솟은 콧등을 쓸었다. 간지러운 것인지 찌푸리는 미간에 가만히 입을 맞추고는 눈꼬리 위로 혀를 내어 맺혀 있는 눈물을 닦아 냈다.

"완아."

이마를 맞붙여 오는 지아비의 음성에 미소 지은 달이 그대로 입을 맞췄다. 아랫입술을 물었다가 놓아 주며 혀끝으로 장난을 친 달이 벌어진 입술 사이로 혀를 밀어 넣는다.

산군이 가는 허리를 바짝 끌어당겼다. 이리저리 움직이는 혀는 제법 거침이 없었으나 알량했고 제 목을 감은 팔은 힘이 없어 제대로 끌어안질 못했다. 그럼에도 자신이 여기 있음을 알려 주려고 애쓰는 몸짓을 보면 제가 저를 잃을 뻔했단 말이 충격이긴 한 모양이었다. 그것이 기특해 달아오른 몸을 허벅지 위에 앉히고 빳빳하게 힘이 들어간 몸을 부드럽게 어루만졌다.

"아아……."

잠시 떨어진 입술 사이로 쏟아지는 더운 숨이 지나치게 아찔한 것을 본인은 알까.

"무리하면 안 됩니다."

산군이 잔뜩 눈살을 찌푸린 채 다시 다가오는 달의 몸을 밀어 냈다. 마음 같아선 품 안에 든 달을 몇 번이고 녹이고 녹여서 남김없이 삼키고 싶었지만 약해진 몸을 생각하면 어쩔 수 없었다.

"거짓말."

샐쭉한 표정으로 고개를 저은 달이 혀를 내어 귓불을 희롱한다. 무엇을 원하는지 노골적으로 드러내는 달에 몸이 굳은 산군은 일순간 헛웃음을 터트렸다.

완은 짐짓 비장한 표정으로 지아비의 어깨를 밀어 눕혔다. 순순히 따르는 지아비의 얼굴엔 장난스러운 미소가 걸려 있었지만 곧 사라질 걸 알았다. 곱게 매인 두루마기의 매듭을 풀어내고 속의를 펼쳐 드러난 가슴 위에 입을 맞췄다. 이를 세워 깨물다 조금 세게 문 것 같아 고개를 드니 지아비는 알 수 없는 표정만 짓고 있었다. 몸을 섞을 때마다 지아비가 새겨 놓은 붉은 자국들을 생각하면 이 정도는 해도 되지 않을까 생각했다.

산군이 제 위에 올라 가슴에 얼굴을 묻은 달의 머리카락을 다정하게 쓸었다. 처음 사랑에 빠졌던 그때도 예측하기 어려운 여인이라 생각했는데 어쩐지 몇 배는 더 어려워진 것 같은 제 반려의 모습이 싫지 않다.

"얼굴을 보여 줘야지."

양손으로 얼굴을 감싸 올리자 타액으로 젖은 입술이 번들거린다. 분명 그 고운 얼굴을 보겠다고 들어 올린 것인데 어쩐지 그저 물고 씹고 빨고 싶다. 뒷목을 바짝 당겨 촉촉해진 입술을 물고 여린 입천장을 훑었다. 혀를 옭아맬수록 달아올라 빈틈없이 맞붙은 몸 사이엔 새빨간 열기가 피어오른다.

"완아."

그런 달을 사랑스럽다는 듯 쳐다본 산군이 붉게 물든 뺨 위에 입을 맞췄다. 쪽, 쪽. 낯간지러운 소리가 나도록 이리저리 애정을 퍼부은 그는 그럼에도 가라앉지 않는 열기를 원망하며 따뜻한 몸을 꼭 끌어안았다. 엄하게 군다며 억울한 소리를 하기에 상처 입은 속을 조금 보였을 뿐인데 미안한 마음을 이토록 감미롭게 표현하는 반려의 자태가 탐스럽다.

"어서 건강해지거라."

"저 정말 괜찮……."

지아비가 여기서 모든 걸 멈추려는 속셈임을 알아차린 달이 재빨리 고개를 저었지만 산군은 스읍, 전과 같은 소리를 내며 단호한 얼굴을 했다.

"이건 그대가 고집을 부려서 되는 일이 아닙니다."

"……."

"회복에 힘쓰세요. 그대가 나와의 운우지락雲雨之樂을 원하든, 우리 딸과의 시간을 원하든 방도는 그것 하나뿐입니다."

"……."

"대답하지 않을 겁니까."

"예……."

마지못해 하는 대답이 말 안 듣는 어린아이와 다를 것이 없어 웃음이 터진 산군은 엄한 척 굳힌 얼굴을 풀어냈다. 잠들었던 긴 시간 내내 어찌하면 더 사랑스러울지 궁리한 것이 분명하다.

□　◆　□

"저리 두어도 괜찮은 것이냐?"

백옥지에 고운 비단을 깔고 앉아 경치를 감상하던 달이 리의 유모에게 물었다. 연못 주위를 기어 다니는 리와 현신하여 놀아 주는 율의 모습이 즐거워 보이긴 했지만 온전히 마음을 놓기엔 위험한 것이 많아 보였다. 고작 첫돌이 지난 것에 불과한 아이가 풀독 무서운 줄 모르고 노는 것도 불안한데 이리가 된 율과 몸을 부비고 있으니 여간 걱정스러운 게 아니었다.

"걱정 마시옵소서. 호위관 나리께서 워낙 철저하시어 지금껏 실수하신 적은 없사옵니다."

"호위관 나리?"

"예?"

"아, 아니다."

의아한 표정을 짓던 완이 뒤늦게 고개를 끄덕였다. 놓쳤던 시간의 공백을 메우기 위해 노력하고 있긴 했지만 여전히 어떤 것들은 너무 낯설고 어색하게 느껴졌다. 이를테면 율의 덩치가 은호와 견주어도 부족함이 없다는 것이나 율이 무관 시험에 합격해 호위관이 되었다는 것이다.

이제 궁 안의 그 누구도 율을 시동 취급 하지 않았다. 아이의 키가 저의 허리쯤이었을 때부터 아이를 보아 온 상궁들도 이제는 허리를 조아리고 먼저 인사를 하였다. 저는 무관 시험을 치르기 위해 나서는 율을 배웅했던 기억만 있는데 현실에서 보는 것은 든든한 호위관 나리이니 격세지감이 느껴진다.

"우리 리도 율처럼 빨리 자랄까……?"

혼잣말처럼 호기심 섞인 물음을 던졌다. 리는 저보다 아버지인 산군님을 더 많이 닮은 듯했다. 갓난아이 주제에 무서운 것도 없는 것인지 엉금엉금 기어 연못 근처로 돌진하는 게 제법 맹렬하다. 안절부절 낑낑거리던 율이 리의 뒷덜미를 물어 평평한 땅에 놓아 주어도 포기를 모르는 끈기도 있다.

"율아."

완이 부르자 눈같이 하얀 늑대가 귀를 쫑긋 세웠다.

"리에게 암죽 먹일 시간이다."

누각에서 내려온 유모들이 리를 안아 올리자 율이 뜀박질과 함께 수풀 속으로 사라졌다. 즐겁게 놀던 시간을 방해받았다 생각하는 것인지 아이는 버둥거리며 칭얼거리는 소리를 냈다.

"쉬이—"

완이 유모에게서 딸을 받아 조용한 소음을 만들어 냈다. 지아비나 율이 하듯 능숙한 실력은 아니었지만 어설프게나마 어르는 모양이 어제보다 나았다.

"맛있게 냠냠 먹고 나면 또 놀게 해 줄 것이니 아쉬워 말거라. 응?"

유모가 내온 노란 암죽을 조금 떠내어 호, 입김을 분 달이 심통 난 뺨에 다정히 입 맞추었다. 고집스레 다물린 입술이 금세 풀어지는 걸 보니 절로 웃음이 난다. 지독한 아집으로 스스로를 괴롭게 했던 세월을 생각하면 아이의 단순함이 어여쁠 수밖에 없다.

"달님!"

수풀 속으로 달려갔던 율이 현신을 거두고 모습을 드러냈다. 나비처럼 팔랑이는 양팔엔 나뭇가지가 들려 있다. 한 손에는 배나무, 다른 한 손에는 복숭아 나무. 힘껏 달리는 속도에 꽃잎들이 휘날린다.

율을 좋아하는 리는 율의 목소리만으로도 고개를 돌리고 꺄르르 웃음을 터 트렸다. 이러니 산군님께서 밤톨 같은 호위관을 질투하는 거다.

"리가 너를 무척이나 좋아하는구나."

완이 맞은편에 앉은 율을 보며 말했다. 많은 것이 변했어도 제 앞에서 격식 을 차리지 않는 율의 태도는 변하지 않고 그대로였다.

"아기씨께서 성정이 부드러워 낯을 가리지 않으시니 소신의 복이지요."

친근하게 붙어 앉은 것과 달리 어른스레 답을 한 율은 배꽃 한 송이를 아이 손에 쥐여 주었다. 제 이름이 배꽃이란 뜻을 알기라도 하는 것처럼 아이는 하 얀 꽃잎을 조심스레 어루만졌다.

"낯을 가리지 않기는. 너만큼이나 자주 보는 청민에게 매번 우는 모습만 보 여 주는 걸 모르는 것이냐."

완이 율의 머리카락 사이 엉켜 있던 풀잎들을 털어 내며 웃었다.

"그건 호위대장님께서 웃지 않으셔서 그런 겁니다. 화가 나신 것도 아니면 서 매번 눈썹을 이렇게 치켜뜨고 계시지 않습니까."

율이 눈썹의 끝을 밀어 올리며 장난기 가득한 표정을 지었다. 겁 없던 시동 시절에도 지체 높은 청민에게 좌천을 당한 것이냐 묻더니 그의 휘하에 있는 지 금도 막역하게 지내는 모양이었다.

"리야, 아—"

한참을 웃고 난 완이 암죽을 쳐다보며 눈을 반짝이는 따님에게 숟가락을 물 렸다. 유모의 몸을 등받이 삼아 편안하게 안긴 아이는 밤을 갈아 만든 암죽이 맛있는지 꿀떡꿀떡 잘도 받아먹는다.

"아이, 잘 먹는다."

그 모습이 한없이 예쁘고 고마우면서도 완은 어쩔 수 없는 죄책감을 마음 한 편에 모셔 두었다. 젖이 나오지 않아 암죽이나 미음으로 끼니를 대신하게 하는 게 미안할 따름이었다. 오래도록 잠들었던 시간이 문제인 것인지 제 가슴에선 아이에게 줄 양식이 단 한 방울도 나오지 않았다.

깨어난 뒤 빠르게 몸을 회복하고 싶었던 이유에는 아이에게 수유를 하고 싶단 생각도 있었다. 아이의 성장 속도가 빠른 탓에 암죽이나 타락죽 정도도 충분하다 했지만 한 해가 가도록 안아 주지 못하였단 미안함은 젖을 물려 주고 싶단 방향으로 번졌다. 등에 장침을 받치고 걸터앉을 정도가 되었을 땐 설레는 마음이 들 정도였다.

"어쩜 이리 잘 먹을까."

완이 씁쓸한 표정으로 아이 입가에 묻은 죽을 손끝으로 닦아 냈다. 배부르면 하품하는 버릇이 있는 아이가 어김없이 입을 동그랗게 벌린다.

"졸린 것이야?"

"우웅……."

옹알옹알 대답한 아이에 웃음을 터트린 달이 그릇을 물렸다. 암죽의 달콤한 내음과 봄꽃들의 향긋함이 뒤섞인다. 유모가 익숙하게 아이를 안고 박에 맞춰 몸을 흔들었다. 평소라면 길어 봤자 1각을 버티던 아이가 2각이 지나도 잠들지 못하자 투정을 부리기 시작했다. 율이 꽃가지를 흔들며 온갖 재롱을 부려도 소용이 없다.

"이리 줘 보거라."

보다 못한 달이 유모에게 팔을 뻗자 놀란 유모가 고개를 저었다. 달의 존체가 아직 연약하고 아기씨의 존체 역시 가녀리기 짝이 없으니 둘을 한데 모아 두는 것이 마땅찮을 리 없다.

"아니 됩니다. 아직 달님의 옥체가……."

"힘들면 바로 얘기할 테니 걱정 말거라."

"괜찮사옵니다. 저희가……."

"어서."

완이 짐짓 엄숙한 표정을 지었다. 저와 아이를 보필하는 궁인들은 지나칠 정도로 충심이 높은 편이었다. 제 명을 따르기보단 저를 지키고 챙기는 것에 집중하는 그들의 모습을 충심이라 표현하는 것이 가끔은 이상하게 느껴졌지만 충심이 아니고는 달리 표현할 말이 있는 것도 아니었다.

그런 그들의 충심은 섬세하고도 절대적이라 저조차도 허용되지 않는 것들이 많았다. 지금같이 아이를 안는다거나 오래 서 있는 것 따위가 그 예였다. 하여 일부러 엄한 표정을 짓거나 화난 척을 해야 할 때가 많았다. 그러지 않으면 도무지 물러나 주질 않으니 어쩔 수 없는 일이었다.

"자장자장—"

아이를 받아 안은 달이 음률 섞인 목소리를 냈다. 아직 팔과 손목에 깃든 힘이 충분치 않아 흔들며 놀아 줄 순 없어도 노래는 불러 줄 수 있으니 다행이었다.

"……."

느리게 깜빡이는 눈으로 어미와 교감을 나누던 아이는 규칙적인 숨소리를 냈다.

"어머니의 품이 편안했던 모양입니다."

겨우 잠든 아이를 깨울까 속삭인 율이 미소를 지었다.

완이 딸의 이마 위에 입을 맞췄다. 저의 품을 편안해한단 그 말이 함께하지 못한 일 년의 시간을 무색하게 만드는 것 같아 마음이 넉넉해진다. 주지 못한 것은 주지 못한 대로, 줄 수 있는 것은 줄 수 있는 대로 모두 내어 주고 싶단 열망이 차오른다.

□　◆　□

"그래서 기어이 여기까지 데려온 것입니까."

산군이 월궁 지밀까지 아이를 안고 온 달을 보며 물었다. 완이 민망한 듯 어색하게 고개를 끄덕였다. 제 품에서 잠든 아이를 떼어 놓지 못해 백옥지에서 폐월당 침전으로, 폐월당 침전에서 월궁 지밀까지 온 것을 말하기가 쉽지 않다. 평소라면 석반을 먹고 난 후 아이를 유모에게 맡겨야 옳았다. 한데 깨어난 아이가 어미 품을 보채며 떨어지지 않으려 하니 차마 모질게 굴 수가 없었다.

"오늘 하루만 아이와 함께 자겠습니다."

달이 검지를 치켜들고 말했다.

"하루가 이틀이 되는 것입니다."

"아이가 자꾸 눈에 밟혀서 그럽니다. 아직 어리지 않습니까."

"아이가 원하는 바를 다 들어줄 순 없는 겁니다."

언짢은 기색을 비칠 것이라 예상은 했지만 생각보다 단호한 반응에 완은 눈썹을 추욱 내리고 서글픈 표정을 지었다.

"어찌 그리 모지십니까."

부러 말끝을 늘인 완이 또다시 잠든 아이를 지아비 앞에 들이밀었다.

"울다 지쳐 잠든 여식의 얼굴이 보이지도 않으십니까?"

산군이 그런 아이를 안아 들었다. 월궁으로 오는 길 내내 안고 있진 않았겠지만 저를 기다리는 동안 안고 있었을 반려의 팔을 생각하면 걱정부터 솟았다.

"팔은 아프지 않습니까."

"예, 아프지 않습니다."

"석반은 남기지 않고 비웠습니까."

"예, 후식으로 말린 자두까지 먹었습니다."

애교 섞인 목소리로 대답하는 고운 이의 눈을 피한 산군은 잠든 아이를 보며 미소를 지었다. 평소 당부하던 것들을 물어 하나라도 부족함이 있을 시 그것을 핑계 삼으려 했는데 다 소용없는 짓이다. 제 속을 손바닥 보듯 읽는 반려가 해사하게 웃으며 대답하니 차마 거짓으로라도 엄한 목소리를 낼 수가 없다.

"오늘만입니다."

결국 오늘도 패배했다. 달을 이기고자 하는 마음은 애초에도 없었지만 요즘엔 조금 필요성을 느끼고 있었다. 그럴 필요 없음에도 자꾸만 아이에게 죄책감을 갖는 달 때문이었다. 아이가 원하는 것이라면 무엇이든 해 주려고 하는 어미의 마음이야 헤아리지 못할 건 아니지만 그 기저에 함께하지 못한 시간을 죄스러워하는 마음이 서려 있단 걸 모르지 않았다.

"제가 무척이나 황송해하는 걸 알고 계시지요?"

해맑게 물은 완이 조심성 없는 몸짓으로 뛰어들어 뺨 위에 입을 맞췄다. 정말이지 이길 재간이 없으니 큰일이다.

새벽녘에 깨어난 완이 습관처럼 곁을 확인했다.

"서방님⋯⋯?"

당연하게 느껴져야 할 품이 없자 당황한 달이 급하게 몸을 일으켰다. 잠결에 조금이라도 뒤척이면 품 안에 끌어안고 달래 주는 손길이 다정해 가끔은 일부러 손장난을 치기도 했었는데 넓은 침상이 반이나 비어 있다. 봄바람이 좋다 하여 닫지 않은 창밖에선 은은한 달빛이 들어오고 있었다. 아무 일도 없다는 걸 알면서도 급격하게 몰려오는 불안에 몸을 떠는 중 속삭이는 소리가 들린다.

완이 소리가 흐르는 문의 고리를 풀었다. 침전 앞 뜨락으로 연결된 문이다.

"낮에 얼마나 잤기에 이리 말똥말똥한 것이냐."

나긋하고 고요한 목소리의 주인은 얇은 침의 위에 흑색 표의를 걸치고 잠에서 깬 아이를 안고 있었다. 지아비가 아이의 등을 토닥이며 분홍색 꽃가지를 꺾었다. 가녀린 꽃잎을 흔들자 아이의 시선이 홀린 듯 따른다.

"봄의 정취니라."

"아바, 아바……!"

아비가 내어 준 꽃잎의 향을 느끼듯 눈을 감은 아이가 개구지게 웃는다.

"네 어머니를 닮은 꽃이다."

"어마……?"

용케 알아들은 아이의 뺨을 아프지 않게 깨문 산군이 그래, 하고 대답했다.

"네 어미가 봄을 닮아 너 또한 봄으로 태어난 게지."

"우웅."

아이가 눈을 깜빡이며 산군의 목을 끌어안았다. 다정한 토닥임이 연신 계속되는데도 말똥한 눈을 한 아이는 아비의 어깨 너머에 서 있는 어미를 발견하고 방긋 웃어 보였다.

"어마!"

완성되지 않은 발음으로 어미를 부르는 게 한두 번도 아니건만 팔까지 뻗으며 몸을 흔드는 아이에 산군이 뒤를 돌아보았다. 달빛 아래 선 제 달. 고우나 말은 듣지 않아서 침의 위에 아무것도 두르지 않은 차림이다. 밀려드는 염려에 눈살을 찌푸리기 무섭게 달이 뛰기 시작한다. 달빛이 흩날리듯, 하얀 침의 자락을 휘날린 달이 제게로 물밀듯 달려온다.

아이를 사이에 두고 저를 끌어안은 완이 훌쩍이는 소리를 냈다.

"악몽을 꾼 것입니까."

제가 자리를 비운 틈에 좋지 않은 꿈이라도 꾼 것일까 물은 말에 달이 냉큼 고개를 든다.

"아니요."

말간 얼굴에 물기 어린 눈을 하고는 세상에서 가장 고운 미소를 짓는다.

"한데 왜 옥루를 흘립니까."

손등으로 흐르는 눈물을 닦아 내자 달이 제 손을 잡아 쥐고 그 안에 얼굴을 묻었다.

"행복해서요."

"……."

"너무 행복해서 웁니다."

달이 허탈하게 웃는 지아비 품에 파고들었다. 제가 잠들었던 긴 시간 동안 지아비는 아이와 이런 시간들을 보냈을 거라 생각하니 마음이 아프다. 또 동시에 기쁘다. 지나가는 계절 속에서 저를 그리워하며 아이에게 그 그리움을 나눠 줬을 지아비가 아프고, 여백 위로 기억을 새기며 결국엔 함께한 시간으로 만들어 낸 지아비가 기쁘다.

"사랑해요, 서방님."

무턱대고 뱉어 낸 고백에 머리 위로 부드러운 웃음이 쏟아졌다.

"사랑한다, 완아."

등허리를 어루만지는 커다란 손이 사무치게 좋다. 이 모든 것을 위해 그 모든 시간을 견뎌야 했던 것이라면 몇 번이고 다시 견딜 테다. 이 모든 순간을 위해 그 모든 고난을 겪어야 했던 것이라면 몇 번이고 다시 겪을 테다.

"으응……."

아이가 답답한 듯 낑낑거리는 소리를 냈다. 서둘러 몸을 떨어트린 완이 아이의 이마 위로 입을 맞췄다. 쏟았던 시선을 올리자 기다렸단 듯 가득 차는 지아비의 옥안. 기울어지는 사랑. 입술 위로 상냥한 숨결이 닿는다.

선국의 산에는 산의 주인이자 산의 신이라 불리는 이리가 있다.

그 이리가 사랑하는 건 밤하늘의 달과 산골짜기의 봄이라 그 셋은 떨어지지 않으니.

달의 이름은 '완'이요,

봄의 이름은 '리'라.

一完

外傳

양아록養兒錄

"참으로 오랜만인 것 같습니다."

완이 지아비의 환복을 도우며 말했다. 지아비의 하루는 생각보다 빠듯한 것이었다. 밤사이 무슨 일이 있었던지 간에 새벽같이 조반이 차려졌고 대신들과의 조회는 늘 같은 시간에 열렸다. 조회가 끝나면 간단히 중반을 먹었고 짧기만 한 수라 시간이 끝나면 흩어져 있던 각기의 관료들이 정전에 들어 업무 상황을 보고했다. 지리적으로 먼 거리에 있는 북산의 관료들과 산 아래에 파견된 관료들은 상주문을 올리는 것이 보통이라 그것들을 읽는 것만으로도 적지 않은 시간이 필요했다.

무관들과의 군사 훈련도 매일 있는 일과 중 하나였다. 호위대나 여랑단을 포함한 산궁의 모든 친위대는 청민이나 첨화와 같이 각각의 수장을 두고 있었지만 그 수장들의 주인은 유일무이 산군이었다. 그러니 그들의 훈련 과정을 감독하고 부족한 점을 찾아내 보완하는 것 역시 그의 일이었다. 가벼운 유희 정도로 취급되는 사냥 역시 그것의 연장선이었다. 산의 주인은 혈통으로 이어지는 것이 아닌 오직 강한 자가 차지하는 자리였으니 강인함과 총명함을 매 순간 증명해야 했다.

때문에 혼례를 올린 직후의 완은 아침잠을 줄이기 위해 꽤 많은 노력을 했었다. 폐월당이 비현각의 이름을 갖고 있었을 때부터 이른 아침에 기침하는 웃전을 보아 온 궁인들은 달이 본래 잠이 없다고 생각할 테지만 실상은 그렇지 않았다. 특히나 밤새 지아비에게 시달린 날에는 온몸에 납을 매단 것처럼 침상을 벗어나기가 결코 쉽지 않았다.

그런 완에게 이른 기상을 강요하는 사람은 아무도 없었다. 거친 정사를 함께했던 지아비도 구태여 함께 기침할 필요 없다고 말했었고 지엄한 산의 율법도 달이 꼭 산군의 아침을 도울 필요 없다 명시하고 있었다. 야행성인 이리들의 습성을 따르는 법도 때문이었다.

그러나 달은 예전이나 지금이나 지아비의 치장을 돕는 일을 유달리 좋아했다.

"오늘은 이것이 좋겠습니다."

완이 여러 이환 중 붉은색 산호와 금으로 만든 것을 고르며 말했다. 궁인들이 건네는 흑색 표의에 팔을 넣고 있던 산군이 고개를 끄덕였다. 그 흑색 표의와 입고 있는 남색의 내의 역시 전날 완이 미리 골라 둔 것이었다.

"힘들지는 않습니까."

힘들기는커녕 잔뜩 신이 나 보이는 얼굴을 보며 그가 말했다.

"전혀요."

산뜻하게 대꾸한 완이 지아비 귀에 붉은 산호를 걸어 주었다. 산군의 얼굴선을 겁도 없이 매만진 달이 이리저리 각도를 바꿔 가며 그 태가 옷의 맵시와 어울리는지를 세심히 살폈다. 그런 자신을 뚫어져라 좇고 있는 지아비의 시선은 보이지도 않는 것인지 잔뜩 집중한 눈이 반짝였다.

산군은 아침이면 번쩍번쩍 눈을 뜨고 저의 옷과 장신구를 고르는 완이 신기했다. 기실, 오래도록 잠들었던 몸을 회복하라 엄히 이르면서 미룰 때까지 미룬 게 오늘이었다. 저의 옷을 고르며 얻는 재미가 무엇인지는 도통 이해할 수 없는 것이었으나 아주 예전부터 좋아하던 일이라는 걸 알아 적극적으로 말리기는 어려웠다.

"오늘도 석반은 함께하지 못하는 것이지요?"

은으로 세공한 상투관 사이로 꽃을 조각한 비녀를 꽂아 넣은 완이 물었다.

짐짓 시무룩한 표정을 지으며 물어 놓고 상투관과 비녀가 흡족한지 웃는 얼굴이 환하다.

"애써 보겠지만 서쪽 산의 대신들이 오는 날이라……, 힘들 것 같습니다."

고개를 절레절레 흔들며 어울리지 않는 어리광을 피운 산군은 손짓으로 궁인들을 물렸다. 아직 두르지 않은 허리띠와 허리 장식을 들고 있던 궁인들은 그런 웃전의 명이 익숙한 듯 모든 것을 내려놓고 물러났다.

완이 지아비의 품에 폭삭 안겨 들었다. 그가 내는 기분 좋은 웃음소리를 들으며 가슴팍에 볼을 비빈 완이 귓가에 소곤소곤 속삭였다.

"그 까탈스러운 영감님들 말이지요?"

"예, 그들입니다."

"지루하고 피곤하셔도 힘내셔야 합니다. 아셨지요?"

"예, 알겠습니다."

"산군님께서 애쓰시는 동안 저는 우리 리와 함께 산궁 밖을 나가 놀고 있겠습니다."

이때다 싶어 말하는 완을 품 안에서 떼어 낸 산군이 둥근 이마를 아프지 않게 두드렸다.

"안 됩니다."

"아아, 산군님."

"두 번 말하게 하지 마세요. 안 된다 했습니다."

산군이 절대 안 된다는 듯 매서운 표정을 지었다. 거의 회복한 듯 보이기는 하나 무혼의 몸인 완에게 산은 여전히 위험한 곳이었고 핏덩이에 불과한 리는 말할 것도 없었다. 겁 없는 저의 반려는 청민과 은호, 율만 있으면 만사형통이라 생각하는 모양이었지만 제아무리 그들을 곁에 붙인다 해도 시시각각 변화하는 산의 위험을 전부 막을 수는 없는 노릇이었다.

"갑갑한 걸 어찌합니까……. 산군님도 늦으신다면서요."

오래 잠들어 있던 탓인지 처소에 가만히 있는 걸 못 견뎌 하는 완은 통통한 입술을 쭉 내밀고 투정을 부렸다.

"산궁 안에서도 바깥바람은 충분히 느낄 수 있습니다. 이참에 새로운 전각을 찾아 걷는 것은 어떻습니까. 산궁 안에 있는 전각을 모두 돌아본 것도 아니지 않습니까."

"그래도……."

"괜한 힘 빼지 마세요. 아무리 고집을 부려도 궁 밖으로 나가는 건 허락할 수 없으니."

웬만하면 반려의 고집을 꺾지 않는 산군이었지만 이번에는 물러날 수 없었다. 그러나 힘없이 고개를 끄덕이는 모습을 보고 있자니 어쩔 수 없는 미안함이 밀려든다.

"속상한 표정 짓지 마세요."

그가 이마 위로 입을 맞추며 말했다.

"그대가 이러면 내가 슬퍼지는 걸 알지 않습니까."

"예……."

"내가 준비한 선물이 하나 있는데……, 그것으로 어찌 안 되겠습니까."

"선물이요?"

고개를 끄덕인 산군이 복도에서 대기하고 있을 청민을 호출했다. 이름을 부른 즉시 열린 문틈 사이로 모습을 드러낸 청민은 무엇 때문에 불렸는지 안다는 듯 문지방 바로 앞에서 무릎을 꿇고 머리를 조아렸다.

완의 시선이 그가 내려놓은 분홍빛 비단으로 향했다.

"나가 보거라."

오직 그 비단에 싸인 무언가를 들이는 게 목적이었는지 산군은 방금 들어온 청민을 다시금 내쫓았다. 그가 곱게 매인 비단을 풀고 안에 있던 책 더미를 꺼냈다.

"이게 다 무엇입니까?"

호기심을 참지 못해 걸음을 당긴 완이 지아비 등에 찰싹 달라붙어 물었다.

"내가 주는 선물입니다."

완이 책 더미를 내미는 지아비를 의아한 듯 쳐다보았다. 족히 다섯 권은 넘어 보이는 책의 양도 놀라운 일이었지만 그것을 내미는 지아비의 표정이 어쩐지 처음 보는 것처럼 생소했다. 언제 어느 때고 곧게 날이 서 있던 눈은 죄를 지은 사람처럼 땅바닥을 향하고 있었고 백옥처럼 하얗던 두 뺨은 장미꽃처럼 붉게 물들인 채였다.

"설화가 적힌 책입니까?"

심심하고 갑갑하다 노래를 불렀으니 그럴 것이라 생각했다.

"……양아록(養兒錄, 육아 기록, 육아 일기)입니다."

"양아록이요? 육아 일기를 쓰셨단 말입니까? 산군님께서 쓰신 것이에요?"

"당연히 내가 썼지요."

"정녕 산군님께서, 아니 서방님께서 쓰셨다고요?"

완이 개구지게 나오는 웃음을 숨기려 손바닥으로 입술을 가렸다. 잠을 자는 시간과 밥 먹는 시간을 제외하고는 온갖 공무에 시달리는 그가 민간의 사내들도 잘 쓰지 않는다는 양아록을 썼다는 게 신기하여 자꾸만 웃음이 나왔다. 그래서 저리 얼굴을 붉히고 계신 건가 싶기도 하고.

크흠, 헛기침을 한 산군이 뒷짐을 지고 허공을 바라보았다.

"내가 아니면 달리 누가 쓰겠습니까. 내가 아이의 아비인데……."

"제가 잠들어 있는 동안 쓰신 겁니까? 저 읽으라고?"

"뭐……."

산군이 말끝을 흐렸다. 좋아할 줄은 알았지만 이토록 반길 줄은 몰랐던 터라 폴짝폴짝 뛰고 있는 완과 눈을 맞추기가 영 민망했다.

"자꾸 뛰지 마세요. 어의가 약해진 발목을 조심하라 하지 않았습니까."

"좋아서 그러지요. 언제부터 쓰신 겁니까? 리가 태어난 직후부터 쓰셨습니까?"

"아니요. 그렇게 일찍부터 쓰진 않았습니다."

고개를 저은 그가 흥 오른 몸을 도저히 가누질 못하는 반려의 허리를 끌어안았다. 안겨 있는 와중에도 이리저리 뒤척이는 몸이 귀여워 엄한 척 위악을 떨지는 못했다. 그저 끌어안은 채 조심조심 걸었다. 걸터앉을 의자에 다다르고 나서야 두르고 있던 팔을 풀고 앉으라 말했다. 순순히 따르는 몸짓 위에 장난기 어린 기운이 퐁퐁 솟아나고 있는 게 여실히 느껴진다.

"대단한 것은 아닙니다. 매일매일 빼곡하게 쓰지도 못했고요."

"대단하지 않은 게 무엇입니까. 쓰셨다는 것 자체가 대단한 일인데요."

"그냥……, 그대가 많이 그리울 때마다 덜 괴롭기 위해 쓴 것입니다. 그대도 궁금해할 것이라 생각했습니다. 잠들어 있던 시간이 길어 놓친 순간이 많지 않습니까."

"서방님……."

가만히 앉아 듣던 완이 일순간 감정이 요동치는 걸 견디지 못하고 산군을 끌어안았다.

"갑자기 이렇게 감동을 주시면……, 흑, 저는 어찌하라고, 흡……."

일어나지 않는 저를 원망하기만 했어도 됐을 그 긴 시간 동안 아이의 하루를 기록하며 불안함과 외로움을 견뎠을 지아비를 생각하면 덤덤한 지금의 옥안도 왜인지 절박하게 보였다.

"흡, 감읍……, 감읍하옵니다……."

드러내고 속상하다 말하지는 못했지만 아이의 탄생과 그 직후를 함께하지 못한 건 내내 한처럼 가슴 한구석을 짓누르고 있었다. 그럼에도 티를 내지 못한 건 저야 아이의 시간을 놓친 것에 불과하지만 저를 제외한 모든 사람들은 잠들어 있던 저를 목이 빠져라 기다렸으니 감히 투정을 부리기는 어려운 탓이었다.

한데 저의 지아비는 이기적이고 철없는 저의 마음조차 헤아리고 있었던 모양이다.

"이리 울음을 보이라고 준비한 것이 아닙니다."

"알아요. 한데……, 흡, 그래도 너무……, 흑, 기뻐서 눈물이 납니다……."

"읽으려면 뚝 그쳐야지요. 눈이 부으면 글자도 보이지 않습니다."

훌쩍이는 반려의 뒷머리를 다정하게 어루만진 그가 말했다.

□ ◆ □

「병오년 임오월 갑자일. 이제 겨우 두 달이 지났을 뿐인데 아이가 옹알이를 시작했습니다. 아무래도 머리가 좋은 듯합니다.」

「병오년 계미월 신축일. 아이의 잠투정이 심해 유모들이 힘들어합니다. 그대와 나 사이에 눕혀 놓으면 아무 일도 없었단 듯 잘 자는 게 신기합니다. 나를 볼 때면 아버지라 부르기도 하는 것 같습니다. 청만은 그저 옹알이라고 하긴 했지만 딱히 신뢰가 가는 의견은 아니니 내 말을 믿어도 좋습니다.」

"아니, 이게……."

부끄러워하는 지아비를 월궁으로 보낸 직후 양아록을 읽기 시작한 완이 웃음을 터트렸다. 보통은 그가 나가는 즉시 피곤함이 몰려와 이른 오수를 취했는데 그가 쓴 일기가 궁금해 견딜 수가 없었다. 그의 평소 성정을 감안해 진지하고 따스한 기록들이 적혀 있을 거라 생각했는데 시작부터 너무 사랑스럽다.

「병오년 갑신월 기묘일. 날이 더워지니 아이도 힘든 모양입니다. 내의 위에 옷을 걸치는 걸 끔찍이도 싫어하는 탓에 유모들이 매번 곤욕을 치르고 있습니다. 싫어하면 그냥 두라 명했는데 갓난아이는 여름에도 가볍게 입히면 안 되는 것이라며 율에게 잔소리만 들었습니다. 그대가 있었으면 내 편을 들어 주었을 텐데 아쉽습니다.」

"저도 아쉬워요……."

아쉽다고 적힌 글자 위를 손바닥으로 덮어 매만졌다. 투정 부리는 아이를 달래기 위해 애썼을 지아비의 뒷모습과 작은 일에도 씁쓸함을 느꼈을 지아비의 마음이 생생하게 와닿았다.

「병오년 을유월 정유일. 아이의 짜증과 고집이 보통이 아닙니다. 지금이야 품 안의 자식이지만 다 크고 나면 어쩌나 목소리를 높일지 벌써부터 걱정입니다. 그러나 그런 모습도 예쁘겠지요. 나는 나의 아버지를 무서워하며 자랐습니다. 산의 주인이 될 몸이라 하여 사소한 두려움도 드러내지 못했지만 아버지는 아셨을 거라 생각합니다. 우리는 나를 무서워하지 않았으면 좋겠어요. 이 작은 아이가 훗날 나를 두려워한다 생각하면 마음이 아픕니다.」
「병오년 을유월 신미일. 요즘 아이가 자주 웃습니다. 특히 그대를 볼 때면 어찌나 환하게 웃는지 그 통통한 볼에 입을 맞추지 않고는 견디기가 어렵습니다.」

읽고 있던 책을 가슴팍에 묻은 완이 도르륵 흐른 눈물을 닦았다. 잠든 저를 앞에 두고 아무것도 모르는 아이와 시간을 보냈을 지아비를 생각하니 마음이 미어졌다.

「병오년 병술월 경신일. 오늘은 화공을 불러 아이의 모습을 그림으로 남겼습니다. 하루가 다르게 크는 아이를 보고 있자면 뿌듯한 마음이 들기도 하지만 왜인지 아쉬운 마음도 듭니다. 이러다 그대가 깨어날 즈음엔 어엿한 규수의 자태를 뽐내고 있는 건 아닐지 걱정입니다. 언젠가 우리 아이도 사랑하는 사내를 만나 가정을 이루겠지요. 음⋯⋯. 그만 생각해야겠습니다. 기분이 몹시 불쾌해졌어요.」

"아, 정말⋯⋯."
방금 전까지만 해도 서글픈 마음에 눈물지었는데 이젠 또 웃느라 정신이 없었다. 이제 막 세상에 나온 딸을 보고 시집보낼 생각부터 하는 지아비가 우스워 죽을 것 같았다. 정갈하고 힘 있는 붓글씨는 산군의 위엄을 드러내기에 부족함이 없는데 쓰인 내용은 하나같이 다 아기자기하고 말랑하니 그 간극이 너무도 어여뻤다.
그리울 때마다 썼다더니 비어 있는 날짜가 많았다. 참고 참다가 겨우 한 번 붓을 들었을 모습을 생각하면 마음이 미어진다. 그럼에도 아이의 성장이 눈앞에 펼쳐지듯 훤한 걸 보면 지아비의 투박하나 진심 어린 표현이 제법 유용하게 작용한 것 같았다.
또 하나 깨달은 건 제가 잘못 생각해도 한참을 잘못 생각했다는 것이었다. 잠든 시간 동안 놓친 것이 많아 조급했던 마음이 저에게만 있는 줄 알았다. 그러나 매 순간 저와 함께하지 못한 것을 아쉬워하는 지아비의 문장을 보며 그 또한 저로 인해 많은 것을 놓쳤음을 깨달았다.
"저는 언제 철이 들까요."
뒤늦게나마 채우고 싶단 이유로 그의 염려를 무시한 채 아이와 함께하려고 애쓴 시간들이 부끄러워졌다. 그 또한 놓쳤고 그 또한 채우고 싶었을 텐데 그는 저에게 무엇을 요구하거나 바라지 않았다. 건강에 관련한 건 유난스러울 정도로 챙기고 있었지만 제가 싫다 하면 적당히 물러나 주는 아량을 베풀기도 했다.

"저같이 못난 사람에게 왜 서방님처럼 좋은 사람이 왔을까요……."

탁상 위에 얼굴을 기댄 완이 중얼거렸다. 예전부터 궁금했지만 언제나 답이 나오지 않던 물음이었다. 그러나 전처럼 죄스러운 마음이 들지는 않았다.

그라는 질문에 저라는 답은 여전히 오답 같았지만 저라는 질문에 그라는 답은 정답임을 알고 있었다.

운우지정雲雨之情

"그러니까……, 여기서부터 여기까지가 경계라는 말씀이시지요?"

지도에 그려진 능선을 어설픈 손짓으로 더듬던 완이 물었다. 나름 진중한 표정으로 짚은 곳인데 영 엉뚱한 곳이라 산군은 스리슬쩍 손가락의 위치를 바꿔 주었다.

"그건 산과 땅의 지경地境입니다."

또 틀렸다는 사실에 완은 금방 풀 죽은 얼굴을 했다. 벌써 몇 번째인지 모를 설명을 반복한 터라 자신이 없어졌다.

"그대가 궁금해하는 산속 경계는 여기서부터 시작합니다."

산군은 부러 더 다정한 목소리를 냈다.

"그러나 그 끝은 시간에 따라 달라지지요. 밤낮에 따라 바뀌기도 하고 날씨나 계절에 따라 바뀌는 것은 물론이고 아주 가끔은, 아무런 이유 없이 달라지기도 합니다."

"하……. 이런 식이면 지도는 왜 그리는 겁니까? 어차피 매일 바뀔 텐데 그려 놓아 봤자 의미가 없지 않습니까."

불만스레 토로하는 모습도 어여쁘다는 듯 바라본 산군이 다정하게 웃어 보였다.

"산은 살아 있는 땅입니다. 매일 새로운 길이 탄생하고 또 매일 새로운 생명이 숨 쉬는 게 이상한 일은 아니지요."

"아무리 그래도 이건 너무하지 않습니까. 북산北山이니 서산西山이니 할 때는 그저 북쪽이고 서쪽인 줄 알았단 말입니다."

하루라도 빨리 산길을 익히고 싶었던 완은 다 틀렸다며 머리를 흔들었다. 아직 어린 딸을 데리고 궁 밖 놀음을 할 수야 없는 노릇이긴 했지만 언젠가 함께 사냥을 하거나 예쁜 꽃밭이나 신비로운 동굴 같은 곳들로 데려다주고 싶은 마음이었다.

기실, 아이에게 부족한 어미가 될까 두려운 마음이 컸다. 산에서 태어난 것도 모자라 이리의 핏줄을 움켜쥔 제 아이는 분명 산의 주인으로 자랄 것이었다. 그런 아이 앞에서 저 또한 늠름하고 강인한 이리로 보이고 싶은데 산길 하나 제대로 타지 못하면 그보다 더한 모자람이 어디 있을까.

"이젠 저도 이리족이나 다름없다 생각했는데…… 아직도 한참 멀었나 봅니다."

나름의 자부심이 늘고 있던 완이 시무룩한 표정을 지었다. 활쏘기 실력이 나날이 늘고 사냥을 할 때면 어김없이 찾아오던 두려움도 많이 극복하고 있던 요즘이라 정말이지 가끔은 스스로가 이리족이 된 기분이었다. 지아비의 진정한 반려가 된 기분이었고 이리족들의 진정한 달이 된 기분이었다. 물론 모순적인 기분이라는 건 알고 있었다. 제 자신이 이리족이든 아니든 이미 지아비의 반려였고 이미 이리족들의 하나뿐인 달이었다. 그러나 태생적인 결핍은 극복하기 어려움과 동시에 매 순간 극복하고 싶은 과제였다. 해서 제 안의 난폭함과 사나움 등을 발견할 때마다 마음이 들떴던 것이다.

그러나 산길을 익히는 데에는 수족이 아니라는 게 생각 이상으로 큰 걸림돌이 되었다. 동물적 감각이라는 게 뭔지. 굳이 익히지 않아도 척척 길을 찾아내는 율에 비해 저는 틈만 나면 길을 잃기 마련이었다.

"산군님의 산맥이 어째서 난공불락이라 불리는지 알겠습니다."

눈이 빠져라 보던 지도를 아무렇게나 내던진 완이 지아비 어깨에 머리를 기댔다.

"하루가 멀다 하고 변하는 산속 지형을 그 누가 탐하겠습니까."

"처음에만 조금 어려운 겁니다."

"그런 말씀 마세요."

완이 눈을 가늘게 뜨고 말했다. 저를 놀리는 게 아니라면 아무리 보아도 이해할 수 없는 길을 어렵지 않다 말할 수 없었다.

산군이 기대어 있는 몸을 한 팔로 감싸 안은 채 웃었다. 조금만 고개를 숙이면 심통 난 볼과 투덜거리는 입술이 동그랗게 튀어나온 걸 볼 수 있을 것이다. 그 모습이 흐드러진 복사꽃보다 탐스러울 게 분명하지만 결코 눈길을 내리지 않으리라 다짐했다. 산속 생활을 진정으로 즐기기 시작한 저의 반려가 산의 길을 배우고 싶어 하는 것 같으니 상냥한 스승의 자세를 갖추어야 한다. 마주하면 베어 물고 싶은 마음을 누를 방도가 없을 테니 보지 않는 게 최선이다.

"자, 여길 보세요."

산군이 붉은 칠을 한 지휘봉을 들고 지도에 그려진 산맥을 짚었다.

"산에서 산으로 이동하는 것만이 어려울 뿐입니다. 산에서 땅으로 내려가는 하행은 어렵지 않아요. 낮에는 태양이 기울어지는 모양을 따라 걸으면 되고, 밤에는 하늘에 뜬 칠성七星을 보며 방향을 잡으면 되니 말입니다. 그리고 보니 그대도 해 본 적 있지 않습니까."

"제가요?"

"벌써 잊은 겁니까."

"아……."

하도 되짚지 않던 기억이라 뒤늦게 깨달은 완이 고개를 주억거렸다. 청민을 따돌리고 아무것도 갖추지 않은 몸으로 걷던 밤의 산. 제아무리 전쟁을 앞둔 상황이었다고는 하나 한밤중에 어찌 하산할 생각을 했던 것인지.

"그땐 무슨 정신이었는지 모르겠습니다."

목숨 정도는 어렵지 않게 버릴 각오를 했던 것 같은데 이제 와 생각하면 참 뒤가 없었다. 가진 게 목숨뿐이라 그거 하나 걸면 될 것이라 생각했는데 생각보다 가진 게 많았던 저는 죽지 않고 살아 버젓이 삶을 누리고 있는 중이었다. 목숨과도 같은 지아비와 목숨보다 중한 아이, 또 저를 목숨처럼 여기는 이리들.

"그리 오래된 것 같지도 않은데…… 아주 오래전 이야기 같습니다."

완이 엷게 미소 지었다. 여전히 과거의 일들은 떠올릴 때마다 무겁고 되짚을 때마다 슬픈 것투성이였지만 괴롭거나 고통스럽지는 않았다.

"산에서 산으로 이동하는 건 어찌합니까? 상행을 해야 하는 겁니까?"

서둘러 말을 돌리는 반려를 산군은 지그시 쳐다보았다. 부드럽고 온화한 시선에 서린 것이 염려이고 안타까움이라는 걸 모르지 않는 달은 괜찮다는 듯 짧게 입을 맞췄다. 모든 것이 지난 지금, 아주 행복하고 또한 아주 충만하다는 것을 알려 주는 의미였다.

떨어지려는 뒤통수를 큰 손으로 받친 그가 다시금 입술을 포갰다. 포개진 입술을 그대로 두고 느긋하게 비틀어지는 고개에 입술은 버릇처럼 틈을 벌려 냈다. 벌어진 틈이 퍽 기특하다는 듯 받쳐 놓은 뒷머리를 부드럽게 쓰다듬은 그는 거리낄 것 없이 혀를 밀어 넣어 젖은 입안을 원하는 대로 탐하기 시작했다.

지도를 보며 산길을 알려 달라 조른 것이 시작이었는데 급작스럽게 시작된 열띤 행위가 놀란 몸을 이리저리 버둥거리게 만들었다. 그래 봤자 산군에게는 거슬리지도 않을 만큼 작은 몸짓이라 그저 허리를 감은 팔과 뒷목을 감싼 손에 힘을 실을 명분만 더해 줄 뿐이었다.

"그, 그만……."

이러다 곱게 차려입은 비단옷마저 풀어질 것 같단 생각이 든 완이 뜨겁게 열이 오른 지아비의 입술을 깨물어 짙어지는 몸짓을 멈추었다. 깊게 감고 있던 눈이 비 맞은 강아지와 다를 것 없는 시선으로 변한 채 집요히 따라붙는다.

"싫어서 그런 것이 아니니…… 그리 보지 마십시오."

너른 품 안으로 파고든 완이 속삭였다. 등 뒤로 단단한 팔이 감긴다 싶을 즘 무릎 아래로 팔이 들어와 번쩍 들어 올린다. 자신의 무릎 위에 반려를 앉힌 산군이 그럼 무엇 때문이냐며 귓가를 간질였다. 익숙한 체온과 익숙한 체취가 좋아 절로 눈꺼풀을 내려앉힌 완이 작게 앓는 소리를 냈다.

"아직 대낮입니다……."

"그런 걸 따지고 싶으면 밤에만 곱든지."

귀에 입술을 딱 붙인 채 엿가락처럼 늘어지는 목소리를 내는 그에 완이 낯빛을 빨갛게 물들였다. 자신에 대한 애정과 욕구를 숨기지 않고 표현하는 그가 벅차도록 좋고 딱 그만큼 부끄러워 이곳이 정전이라는 것도 잊고 싶었다.

"그래도 여기선…… 안 돼요."

완이 산군의 흑색 표의를 움켜쥐며 말했다. 이미 어긴 율법만 해도 수백이 넘었고 이미 잃은 체통만 해도 다 읊기 어려울 정도긴 했지만 아무리 그래도 월궁 정전에서 운우雲雨의 정을 나눌 수는 없었다.

"어, 어서 지도를 펼치세요……."

"여전히 지도를 보고 싶은 겁니까."

"예, 아직 배우고 싶은 산길이 태산입니다."

어려워 죽겠다며 지도를 내팽개친 건 누구였는지 완은 뻔뻔한 얼굴로 종용했다.

"정녕 그것이 배우고 싶은 겁니까."

산군이 달의 허벅지를 느릿하게 어루만지며 물었다.

"예……, 그것이 배우고 싶습니다."

어렵사리 지아비의 손을 떼어 내고 단호하게 고개를 끄덕인 완이 아쉬워하는 그를 꼭 끌어안고 속삭였다.

"밤이 되면…… 다른 것을 배우겠습니다."

속내가 훤히 보이며 야살을 떠는 달에 산군은 입술 끝을 가파르게 끌어 올렸다.

"무엇을 배우려고."

"무엇이든요. 무엇을 가르치시든…… 성심껏 배우겠습니다."

"허……."

"그러니 섭섭해하지 마셔요."

산군이 완의 애타는 목소리를 가만히 들으며 응시했다. 두려워하는 기색 없이 그저 능숙하게 저를 달래는 모습이 흡족하기도, 어쩐지 못마땅하기도 했다. 이 여우 같은 반려를 어찌 괴롭혀야 눈물이 쏙 빠질까.

전에 없던 장난기가 꿈틀거리고 화가 나지 않는 한 생기지 않던 가학심이 불현듯 솟아나는 데에는 다 제 여인의 사랑스러움이 있었다.

"그대가 수족이었다면 분명 여우의 혼을 가지고 있었을 겁니다."

"제가요?"

"틈만 나면 마음을 홀려 혼을 쏙 빼놓으니 여우가 아니면 무엇이란 말입니까."

탁해진 눈을 완전히 갈무리하지 못한 그가 하는 수 없다는 듯 안고 있던 팔에 힘을 풀었다.

□ ◆ □

"아, 기, 깊어요……."

눈꼬리에 눈물을 매단 완이 밭은 숨을 뱉었다. 이미 욕심껏 안아 놓고 여전히 움직임을 멈추지 않는 지아비에 더는 버틸 힘이 남아 있지 않았다. 뒷일은 생각도 하지 않고 도발해 버린 낮 시간의 일을 후회하기엔 밤이 너무 길었다.

자신을 몸 위에 앉혀 두고 골반을 쥐고 있는 그를 원망하듯 내려 보았다. 처음엔 스스로 움직여 보라며 다정한 체하던 그가 본색을 드러내기까지 시간은 얼마 걸리지 않았다. 올라탄 자세가 어색해 쭈뼛거리는 몸을 느릿느릿 매만지며 놀리기를 반복하더니 곧장 허리에 힘을 주어 아래에서 위로 쳐올리기 시작했다. 누운 상태로 이래저래 자세를 바꾼 적은 많았다. 하지만 그를 눕혀 놓고 움직여 본 적은 많지 않았다. 그걸 뻔히 알면서 산군은 배려라는 걸 모르는 사내처럼 굴었다.

기실, 몸보다는 그가 올려다보고 있는 시선에 익숙해져야 했다. 끈적하게 늘어지는 눈빛 하며 검게 그을린 듯한 눈동자가 얼굴을 꿰뚫을 것처럼 박혀 오니 별다른 애무 없이도 열감이 올랐다.

이미 앞선 정사로 남아 있는 힘도 없거니와 온몸에 벼락이 꽂힌 듯 번쩍이는 쾌락이 점점 두려워지기 시작한 완은 몸을 들썩이며 교접을 풀고 싶어 했다.

"어허."

"아, 안 돼……."

"안 되긴."

낌새를 알아차린 그가 허리를 쥐고 끌어 내리는 탓에 버티던 몸이 속절없이 내려앉았다.

"아직 배워야 할 것이 산더미인데."

짓궂게 웃은 그가 허리 힘만으로 쳐올리기 시작했다.

"읍, 흑, 으읏……."

"가르쳐 달라 하지 않았습니까."

"하, 아아……."

근육이 도드라진 배 위를 손으로 짚은 채 버티던 완이 결국 너른 품 안으로 쓰러지듯 무너졌다. 향긋한 향유 냄새를 풍기며 안겨 든 몸을 사랑스럽다는 듯 끌어안은 산군이 둥근 이마 위에 입술을 붙였다. 쉼 없이 쳐올리던 허리를 조금 느린 몸짓으로 바꾼 그가 히끅거리며 우는 반려의 숨소리가 안정을 찾을 때까지 꽤 오래 인내심을 갖고 기다렸다. 제 손에 맞춘 듯 들어오는 엉덩이를 부드럽게 주무르기도 하고 잘록하게 들어간 허리선을 간지럽히기도 하며 파르르 떨리는 눈꺼풀 위에 마구잡이로 입을 맞추었다. 닿는 손길에 따라 예민하게 반응하는 살결이 어여뻐 죽겠다.

적당히 고른 숨소리가 나기 시작하자 다정하게 어루만지던 손길의 색채가 색정적으로 바뀌었다.

"왜, 왜 다시……!"

"응?"

말도 안 된다며 놀란 반려를 뻔뻔한 눈으로 바라보며 되물은 산군은 순식간에 몸을 뒤집었다. 침상에 등이 닿자마자 이어질 상황이 그려진 완은 연신 도리질을 쳤다.

"여기서 더 하면 진짜 죽어요……."

"안 죽습니다."

"진짜 너무 힘든데……."

"더 할 수 있대도."

"아니, 서방님은 할 수 있겠지만 저는…… 웃!"

칭얼거리는 틈을 타고 예고 없이 들어찬 것에 가는 목이 젖혀졌다. 와중에도 지아비의 팔을 붙잡고 달달 떨리는 몸을 어떻게든 지탱하려 애를 쓴다.

"으응, 홋, 너무해……."

"응, 압니다."

천역덕스럽게 대꾸한 그가 다정한 미소와는 영 다른 몸짓으로 올려붙이기 시작했다.

"아, 흐읏, 읏!"

적나라하게 느껴지는 지아비의 것이 온몸을 헤집는 기분이 든다. 허벅지를 끌어당기며 밀려나는 몸을 죽죽 당기는 힘이 원망스러우면서도 뇌리에 박히는 쾌락은 황홀하여 절로 눈이 감겼다. 어차피 뜨고 있어 봤자 흐려진 시야에 담기는 것은 없을 것이다.

침상 위에 깔린 비단을 동아줄처럼 쥐고 버티던 때에 지아비가 몸을 겹쳐 오는 게 느껴졌다. 살끼리 부딪히는 소리가 끊이지 않는 하체는 거칠기 그지없었지만 맞붙은 상체에서 풍겨 오는 온도는 언제나처럼 다정하고 따뜻하다.

뚜렷하지 않은 시선을 감수하고 눈을 뜨자 가까이 다가온 지아비가 바로 보였다. 붉게 물든 낯빛과 일렁이는 눈빛 모두 맹렬하게 날뛰는 애욕의 크기를 보여 주고 있었다.

"제가……, 하아, 그리 좋으세요?"

난데없이 묻는 물음에 산군이 멍한 얼굴을 했다. 그러다 이내 웃음을 터트리며 맹랑하게 구는 반려의 귓바퀴를 아프지 않게 깨물었다. 낮에도 도발 아닌 도발을 하며 제 속을 태우더니 이렇게 한 번씩 자극적인 소리를 할 때가 있었다. 의도가 없다고 하기에는 제가 돌아 버릴 부분을 잘도 골라내는 듯 보였고 의도가 있다고 하기에는 매번 뒤이어 일어나는 일에 겁을 먹는 꼴이었다. 지금도 눈알을 도록도록 굴리며 눈치를 보는 게 딱 겁먹은 토끼의 얼굴이다.

"그대는 참……."

들어차 있던 옥경을 살짝 빼낸 그가.

"알다가도 모르겠습니다."

중얼거리며 겁먹은 토끼의 코끝을 장난스레 깨물었다. 부드럽게 이어지는 일련의 행동에 긴장하고 있던 몸이 슬쩍 풀어지자 그는 기다렸다는 듯 다시 아래를 쳐올렸다. 아아, 벌어지는 입술을 물어뜯을 것처럼 깨물며 쏟아지는 신음을 죄 집어삼켰다. 품 안에 갇힌 몸을 짓누르듯 끌어안고 빠르게 움직이자 달싹이던 몸이 저항의 의지를 잃고 흔들린다.

"아아……!"

지아비가 끌고 온 희락. 이미 몇 번이나 절정을 맞이했는데 또, 또다시 절정이었다. 머리끝에서부터 발끝까지 바들바들 떨지 않는 곳이 없었다. 뜨겁게 오른 숨을 뱉어 내기도 버거워하며 색색거리던 완이 눈물로 젖은 속눈썹을 간신히 들었다.

"서방님……."

눈꺼풀마저 무거운 듯 어설프게 깜빡이는 모양을 보며 부인— 하고 대답한 산군은 온 얼굴 위에 입술을 내리며 애정을 쏟아 냈다.

"안아 주세요."

"춥습니까."

"아뇨, 그냥 안기고 싶어서……."

혹여나 한기가 든 것일까 심려하던 미간이 은근슬쩍 나오는 교태에 즐거운 낯으로 바뀌었다. 발 아래로 밀어 두었던 이불을 끌어 올리는 것도 그만두고 절정의 파동이 남은 몸을 다정하게 끌어안았다.

"토끼인지, 여우인지……."

"몰라서 물으십니까."

"응?"

"소첩은 토끼도 아니고, 여우도 아닙니다."

결박하듯 안긴 품이 안락하다는 듯 가슴팍에 얼굴을 부빈 완이 말했다.

"산군님의 달이지요."

"그래, 내 달이지."

울컥 올라오는 행복감에 이번엔 산군이 완의 가슴 위로 얼굴을 묻었다. 사랑스러운 향내가 난다. 제 달의 냄새. 산뜻하고 온화한 봄의 정취다.

호수제 虎狩祭

일곱 번째 탄일을 맞이한 리는 수행 궁인들에게 둘러싸여 의복을 정제했다. 작금의 산군님도 두려운 건 매한가지였으나 훗날의 산군이 될 리를 보필하는 궁인들은 고작 일곱 살밖에 되지 않은 소녀를 무척이나 두려워했다.

"수를 놓은 비단은 싫다 하지 않았느냐."

허리를 곧추세운 채 시중을 받던 리가 말했다. 은사로 이리를 수놓은 쪽빛 철릭이 말 한마디에 거두어진다.

배꽃이 흐드러진 날 태어났다 하여 '리' 라는 휘를 받은 아이는 미인인 양친의 색을 이어받아 꽃 같은 용모를 지니고 있었지만 성질머리만큼은 전적으로 친탁을 한 탓에 황소 같은 고집과 벼락같은 엄격함, 부족한 인내심을 갖고 있었다.

기실 아이는 얼굴에 스민, 그것도 웃을 때만 잠깐 보이는 완의 인상을 제외하고는 거의 모든 것을 랑(狼, 이리, 늑대)에게서 받았다.

핏줄로부터 대대손손 이어진 것들은 주로 강인함과 냉혹함 따위였지만 남들보다 무엇이든 빠르게 배우는 습득력과 재능 역시 마찬가지였다. 말을 하는 것도, 몸을 쓰는 것도, 주변 상황을 파악하는 눈치도 그 나이 또래라고는 도무지 믿을 수 없을 정도의 지혜와 섬세함이었다.

그중 승부욕과 집요함에 있어서는 스승들조차 혀를 내두를 정도였다. 수족 특유의 빠른 성장 속도 덕분에 첨화로부터 이른 무예 수련을 받기 시작한 아이는 나무로 만든 칼을 팔처럼 휘둘렀고 팔 길이에 맞춰 만들어 준 활로는 백발백중을 자랑하며 더 먼 위치에 둔 과녁을 찾아 나섰다.

아이가 가진 영민함은 분명 타고난 재능이 아니라 말하기 어려운 것이었지만 검이 손에 익을 때까지 밤을 지새우던 집요함과 과녁에 화살이 꽂힐 때까지 시위 당기기를 멈추지 않던 승부욕을 생각하면 단순히 타고났다 평가하기는 어려웠다.

붉은 달이 뜨던 날 태어난 아이라고는 하나 계집이라는 태생이 산군의 자리와 어울리지 않을까 걱정하던 대신들도 인정할 수밖에 없는 포식자의 면모였다.

"달님께서 드셨사옵니다."

"어머니!"

그런 리가 아이다운 모습을 드러낼 때는 오직 부모와 함께 있을 때가 유일했다. 달려 나와 안기는 딸을 익숙하게 끌어안은 완이 바닥에 널브러진 쪽빛 철릭을 보며 대강의 상황을 유추했다.

"또 까탈을 부린 것이냐."

"까탈이라니요. 소녀, 억울하옵니다."

장난스레 미간을 찌푸리고 있던 완이 어디 한번 변명해 보라는 듯 눈썹을 끌어 올렸다.

"오늘처럼 중요한 날에 수가 놓인 옷을 가져왔지 뭡니까. 어머니는 소녀가 화려한 수를 싫어하는 것을 아시지요?"

"알고 있지."

쉬이 긍정하는 태도에 금방 반색을 하는 아이를 보며 완은 삐져나오려는 웃음을 간신히 삼켰다.

"그러나 오늘이 호수제라는 것도 알지."

"……."

"우리 따님께서 산군님의 유일한 후사이자 산의 주인이 될 존재라는 걸 증명하기 위해 처음 참석하는 날이란 것도 알고."

"……."

리가 통통한 입술을 고집스레 다물고 땅바닥의 나뭇결을 노려보았다.

"리야."

부드럽게 미소 지은 완이 아이의 꽉 매인 머리 매듭을 조금 느슨하게 고쳐 주었다.

"이리를 수놓은 휘장은 너와 너의 아버지를 상징하는 것이다."

"……예."

"산군님의 위엄을 떨치기 위한 자리에서 고작 불편하다는 이유로 그것을 거부할 것이냐."

완은 리가 단순히 화려한 의복을 꺼려 하여 고집을 부리는 게 아니라는 걸 알고 있었다. 취향으로만 따지면 리는 오히려 화려하고 사치스러운 것들을 좋아했다. 치장하기 좋아하는 이리족의 전형적인 일원이라는 소리였다. 그러나 무예를 수련하거나 혹은 선보여야 할 때는 까끌까끌한 촉감과 사부작거리는 소리가 싫다는 이유로 수를 극단적으로 기피했다.

"하오나……."

리가 작아지는 목소리로 중얼거렸다. 작은 손으로 완의 옷자락을 쥐는 게 영락없는 아이의 모습이었으나 검을 휘두르기 좋게 소매 부분을 손목에 맞추어 묶어 놓은 것은 틀림없는 무인의 자세였다.

"리야."

"……예, 어머니."

완이 아이를 품 안에 끌어안고 등을 토닥였다. 더 이상 고집부릴 수 없다 판단한 것인지 한풀 꺾인 목소리가 안쓰러웠다. 그러나 이럴 때 아이를 어찌 다루어야 하는지 잘 알고 있었다.

"너의 칼날이 그깟 수를 좀 놓았다고 무뎌질 칼날이더냐."

"……."

귓가에 대고 부러 소리를 죽인 완은 딸과 다정히 눈을 맞췄다.

"너의 화살이 그깟 옷 때문에 엇나가지도 않을 테지."

출중하고도 수려한 실력을 갖추고 있으면서도 지독한 승부욕에 더해 강박이 심한 딸이 가끔은 정말 걱정이었다.

고작 일곱 살밖에 되지 않은 나이에 호수제에 참석하는 것도 마음이 좋지 않았다. 지아비인 산군께서는 첫 호수제 출정이 다섯 살이었다고는 했지만 어미로서 불안한 것은 어쩔 수 없는 일이었다. 안 그래도 스스로를 과하게 몰아붙이는 아이가 대소신료들과 아버지 앞에서 실력을 보이고자 무리를 할 가능성이 농후했다. 그렇다고 힘을 빼라 말하기엔 긴장이 필요한 상황이 맞았고 열과 성을 다해 임하라고 말하기엔 곧이곧대로 부담을 느낄 딸이라는 걸 모르지 않았다.

"설사 쥐고 있던 검을 놓치고 쏘았던 활이 사냥감을 빗나간다 하더라도 옷을 핑계 삼는 건 무인으로서, 또한 산군님의 여식으로서 창피한 일 아니냐."

"……어머니 말씀이 맞습니다."

그러니 딱 이 정도가 적당했다.

"만물의 성장은 겨울이 아니라 봄에 이루어지는 것이다. 그러니 스스로에게 관대해지거라. 스스로를 믿는 자만이 성장할 수 있는 것이니. 알겠느냐."

"예, 어머니."

어려운 말도 곧잘 이해하는 아이가 야무지게 고개를 끄덕였다. 기특하다는 듯 웃어 보인 달이 궁인들에게 손을 뻗어 무용지물이 될 뻔했던 쪽빛 철릭을 받았다. 은사로 이리의 머리를 수놓은 등판이 화려하기 그지없다.

"아버지의 등을 보고 달리거라. 너의 아버지 등에도 같은 모양이 새겨져 있을 것이다."

친히 아이의 환복을 도운 완이 또 한 번 강조했다.

"어머니는 어디서 달리실 겁니까? 율의 등을 타시지요?"

아직 이리의 등을 타기엔 무리가 있어 말을 타기로 한 리는 부러움이 가득한 표정으로 물었다.

"이 어미는 아버지의 곁에서 달릴 것이다."

여전히 피를 보는 것을 좋아하지 않았고 짐승의 사체를 보면 눈살을 찌푸리기 일쑤인 완이었지만 활 솜씨는 나날이 늘어 지아비가 사냥하는 동안 곁을 엄호할 정도는 되었다. 또한 율의 등을 타는 건 말을 타는 것보다 익숙하여 양손을 놓고도 자유롭게 중심을 잡을 수 있었다. 하여 늑대들의 유일한 달답게 매년 호수제의 주요한 인사로 활약했다.

"허면 한 시진 후에 궁문 앞에서 보자꾸나. 늠름하고 의젓한 모습으로 나타나야 함을 잊지 말거라."

"염려 마세요, 어머니."

아이가 씨익 웃으며 배웅의 예를 올렸다. 언제나 의젓한 모습을 보여야 한다고 입이 닳도록 말하고는 있었지만 정말이지 애어른 같은 모습의 딸을 보고 있으면 조금 안쓰럽고 섭섭한 기분이 들었다. 안 그래도 지아비를 빼닮은 탓에 저와 닮은 구석이 잘 보이지 않는 아이인데 속내를 숨기고 괜찮은 척 의연을 떠는 것만큼은 저를 닮은 것 같았다. 이왕 닮을 것이라면 보다 좋은 것을 닮으면 좋았을 것을.

"그래도 혹시 도움이 필요하거든……."

완이 딸의 머리 위에 손을 얹고 속삭였다.

"어미를 부르거라. 호랑이가 나타난다 하여도 빈틈없이 지켜 줄 것이다."

"……."

무슨 소리냐는 듯 눈을 깜빡이던 아이가 이내 미소를 지었다.

"예, 명심하고 있겠습니다. 무서우면 어머니부터 찾을 것이니 매 순간 귀를 열고 계셔야 합니다. 아셨지요?"

"그래."

완은 저의 눈매와 닮은 아이의 눈꼬리를 애틋하게 어루만졌다. 웃을 때만큼은 저를 닮았다더니 늑대의 핏줄을 타고나기는 했으나 달의 몸에서 태어난 아이였다.

달이 폐월당의 궁인들을 이끌고 리의 처소인 강수궁強秀宮을 나섰다. 뜨락에서 기다리고 있던 율이 머리를 조아렸다.

"그리 좋은 것이냐."

"예?"

"아주 얼굴 위에 신이 난다고 써 놓은 것 같구나."

"아……."

율이 관자놀이를 긁적이며 웃었다. 산군님의 자랑스러운 친위대이자 폐월당의 수석 호위관인 율은 명실공히 훌륭한 무관으로서 적지 않은 시간을 보내고 있었지만 타고난 천진함과 순수함은 잃지 않고 있었다. 호수제를 싫어하는 무관이 어디 있겠냐마는 유달리 들떠 보이는 얼굴이 꼭 눈 오는 날의 개를 보는 듯했다. 비록 저의 수견으로 참전하는 탓에 마음껏 사냥을 즐기기는 어려울 것인데도 그저 좋은 모양이었다.

"강수궁 아기씨는 첫 호수제 준비를 잘하고 계십니까?"

율이 강수궁의 커다란 궁문을 보며 말했다. 갓난아이 때부터 아이의 유모이자 친구이고 보호자 역할을 자처하던 율은 리를 강수궁 아기씨라고 불렀다. 산군의 혈통이 시작된 이후로 달이 딸을 낳은 적이 없어 정확한 명칭이 있지는 않았지만 대부분 강수궁 아기씨라는 호칭을 애용했다. 곱고 여린 듯 들리는 아이의 휘를 입에 올릴 수 있는 이는 산군과 달뿐이었다.

"딱 너와 같은 표정을 짓고 있더구나."

완이 부러 한숨을 푹 내쉬며 말했다. 율이 그럴 줄 알았다며 웃음을 터트렸다.

"너무 심려 마시옵소서. 산군님과 달님의 딸이시니 분명 잘하실 겁니다."

"잘해도 걱정이고 못해도 걱정이니라."

"강수궁의 주인이십니다. 못해도 토끼 세 마리는 잡으실 테니 달님 걱정부터 하시옵소서. 일곱 살 된 따님보다 뒤처지시면 그거야말로 큰일이지 않습니까."

"나를 놀리는구나."

밉지 않게 율을 흘겨본 완이 조금은 가벼워진 얼굴을 했다. 제아무리 걱정을 한다고 해도 산군님의 딸로 태어난 이상 피할 수 없는 일이고 겪어야만 하는 일이었다. 또한 율의 말이 맞았다. 강수궁이라는 처소의 이름처럼 제 딸은 강인하고 수려하게 첫 사냥을 마칠 것이 분명하다.

율의 보필을 받으며 걷는 달의 등 위로 햇빛이 닿았다. 붉은 철릭 위에 살아 숨 쉬듯 새겨진 금빛 이리가 찬란하게 반짝였다.

□ ◆ □

완이 화를 참지 못하고 리의 어깨를 강하게 움켜쥐었다.

호수제가 시작되는 호각 소리가 들린 이후로 완은 온 신경을 등 뒤에 집중했다. 평소엔 지척에서 달리는 지아비를 신경 썼지만 이번만큼은 딸의 안위가 우선이었다. 대신들 앞에선 부러 엄한 아비의 모습을 보이곤 하던 지아비 역시 중간중간 뒤를 돌아보며 아이를 살폈다.

초반까지는 아무 문제가 없었다. 강수궁의 호위들은 물론이고 이번 호수제를 위해 따로 차출한 무관들이 리를 빈틈없이 보호하며 총력을 기울이고 있었다. 한데 크고 작은 사냥감이 모습을 드러내기 시작하면서 아이의 승부욕이 급격하게 타올랐다. 토끼와 사슴 같은 작은 짐승들이 추풍낙엽처럼 쓰러지고 기어코 멧돼지가 등장했을 때쯤엔 이미 리가 말의 고삐를 힘껏 당기고 있었다.

송곳니를 드러내며 달려드는 멧돼지는 호수제가 아니더라도 산을 돌아다니다 보면 종종 만나는 사냥감 중 하나였다. 맹수라고 하기엔 부족한 감이 많았지만 멧돼지는 성질이 더럽고 공격력도 제법 있는 상대였다. 차라리 맹수 중의 맹수를 만났다면 아이가 지레 겁을 먹기라도 했을 텐데 너무 쉽지도, 너무 어렵지도 않은 상대를 만나니 호승심이 든 모양이었다.

그러나 그건 성인이 된 사냥꾼들에게나 어울리는 말이었다. 안 그래도 이리들의 울음소리를 들은 탓에 잔뜩 예민해진 멧돼지는 사납게 돌진하는 중이었고 뭉툭한 몸집에 비하면 그 속도도 빠른 편이었다.

리가 대열을 벗어나 앞으로 튀어 나가는 동시에 달려오던 멧돼지 옆으로 또 다른 멧돼지들이 달려들었다. 동시에 주변에 있던 모든 무관들이 리를 보호하기 위해 활시위를 당겼고 산군님과 몇몇은 칼을 빼 들고 리의 앞을 가로막았다.

정면으로 돌진하던 멧돼지는 쏟아지는 화살에 밀려 달리던 걸 멈추고 피를 쏟았고 옆에서 나타나 리가 탄 말을 노리던 멧돼지는 산군님의 칼날에 머리가 잘렸다. 나머지 두 마리의 멧돼지들도 청민과 은호의 칼날 앞에 목숨을 잃었다.

모든 것이 순식간에 일어난 일이었다. 싸움이나 사냥을 통해 얻는 상처는 일상의 흔적 정도로 취급하는 이리족이었지만 아직 여물지 못한 저들의 어린 주인을 조금이라도 다치지 않게 하겠다는 결의와 기세가 형형했다.

네 마리의 죽은 멧돼지들을 긴 창에 엮어 고정하는 동안 완은 어안이 벙벙한 표정의 딸을 차갑게 내려 보았다.

"리를 대열의 가장 뒤로 보내거라."

뒤늦게 정신을 차린 리가 그럴 수 없다며 항변했지만,

"들고 있는 검과 등 뒤에 매단 화살통도 모두 반납해야 할 것이다. 무리의 규칙을 어기는 자는 이리들의 사냥에 낄 수 없다는 것을 뼈저리게 깨달을 기회라 여기거라."

달은 완고하게 말했다. 리가 산군이 있는 쪽을 쳐다보며 부디 도와주기를 바랐지만 그 또한 엄한 표정을 짓고 있었다. 그제야 아이는 검을 내려놓고 송구하다는 말과 함께 말에 올랐다.

화가 난 것은 분명하지만 침착하게 보였던 완은 산궁에 도착하고 나서야 긴장이 풀렸다. 저의 아이가 첫 호수제에서 다치지 않고 살아남았다는 안심이 드는 동시에 규율을 어긴 아이에게 분노가 끓기 시작했다.

"어미가 앞서 달리지 말라고 몇 번을 말했느냐!"

"어, 어머니……."

어깨를 움켜쥔 채 언성을 높이자 안 그래도 긴장하고 있던 아이는 새파랗게 질려 말을 더듬었다.

"무관들이 제때 움직였으니 망정이지 조금이라도 늦었으면 너는 그 자리에서 즉사했을 것이다. 스승들이 입을 모아 칭찬하니 멧돼지 정도는 사냥할 수 있을 거라 믿은 것이냐. 너의 그 알량한 호승심이 너의 안전을……!"

"부인."

산군이 흥분한 달의 손을 부드럽게 감싸 쥐었다. 얼마나 화가 난 것인지 좀처럼 흥분하는 법이 없는 달이 거친 숨을 연신 내뱉고 있었다.

"반성하고 있질 않습니까."

아이가 보지 못하도록 완을 돌려세운 그가 말했다.

"반성으로 될 일이 아닙니다."

"허면 어찌할까요. 회초리라도 들고 싶은 겁니까."

"산군님께선 이 일을 그냥 넘기려고 하시는 겁니까. 정녕 화가 나지 않으시는 겁니까."

"납니다. 허나 우리의 아이가……, 겁을 먹고 있지 않습니까."

그가 엄한 눈짓으로 울먹거리는 딸을 가리켰다. 철통같은 보호 속에서 멧돼지에게 공격을 받지는 않았지만 딸아이의 얼굴엔 새끼손가락 크기 정도의 상처가 자리하고 있었다. 갑작스레 쏟아지는 화살 비에 놀라 중심을 잃고 말에서 떨어진 탓이었다. 애초에 뒤에 있으라는 말을 들었다면 생기지도 않았을 상처고 하지도 않았을 걱정이지만 잘하고 싶었던 아이의 마음은 백 번이고 천 번이고 이해했다.

산군이 완의 어깨를 가벼이 쥐었다가 놓고는 딸의 앞으로 다가가 섰다.

"아비를 보거라."

기가 죽어 바닥만 보고 있던 리가 조심스레 얼굴을 들자 뺨 언저리에 난 빨간 흉이 보인다.

"아프진 않으냐."

한쪽 무릎을 꿇고 상처 위에 바람을 불어 준 산군은 사냥터에서 보였던 엄한 표정을 모두 거둔 채 물었다.

"……"

아이가 입술을 꾹 다물고 다시 고개를 숙였다. 아무리 부녀 관계라 하더라도 공적으로는 군신 관계이니 그의 질문에 묵언으로 답하는 건 불경한 일이었다. 그러나 대답하지 않는 딸의 머리를 부드러이 쓰다듬은 산군은 재촉하지 않고 가만히 기다리기를 택했다.

"……"

한참을 기다린 뒤에야 바닥에 눈물이 떨어졌다. 안쓰럽다는 듯 눈살을 찌푸린 그가 뻣뻣하게 굳은 딸의 몸을 빈틈없이 끌어안았다. 딸이 느끼는 중압감과 조급함은 그 역시도 지겹도록 느끼며 감당해야 했던 것들이었다. 태어나자마자 산의 주인이 될 운명이라 떠받들어지는 게 결코 좋지만은 않았다. 그게 무엇이든 두려워해서는 안 되었고 그게 무엇이든 이기지 못해서는 안 되었다. 언제나 상대보다 우위에 있어야 했고 언제나 승기를 잡아야 했으며 매 순간 의연해야 했다. 저를 숨 막히게 했던 그것들이 또다시 저의 딸을 조급하게 만들고 또 부담스럽게 만들고 있는 형국이었다.

"리야."

그가 딸의 등을 다정하게 토닥이며 말했다.

"이곳은 월궁의 지밀이다."

"……."

"마음껏 울어도 된다는 뜻이다."

"……산의 주인은 울지 않습니다."

물기 어린 목소리를 더듬더듬 내뱉는 딸에 헛헛한 웃음이 터졌다.

"산의 주인은 이 아비니라. 너는 아직 그 자리에 오르지 않았으니 울어도 된다."

"……."

"아주, 용감했느니라."

"흡……, 흐응……."

그제야 애어른 같던 가면을 벗어 낸 아이가 편안히 울음을 터트리기 시작했다. 잘했다는 듯 머리를 만져 주는 손길에 눌러놓았던 서러움이 터진 아이는 아비의 목을 끌어안고 한참을 더 울었다.

뒤에서 그 광경을 지켜보던 완도 눈가에 맺힌 눈물을 닦아 냈다. 걱정하는 마음만큼 솟구친 분노를 정제하지 못하고 표출한 게 부끄러울 지경이었다. 분명 아이를 가졌을 때까지만 해도 지아비보다는 제가 더 관대한 부모가 될 줄 알았었다. 실제로 지아비는 제법 엄격한 편이었고 저는 허용 범위가 넓은 편에 속했지만 정작 중요한 순간에선 완전히 다른 양상을 보였다.

오늘과 같이 아이의 안위와 관련된 것들이 엮이면 특히 그랬다. 가끔 과하게 화를 낸 것 같은 날에는 후회와 반성이 가득한 밤을 보내기 마련이었지만 잘 고쳐지지는 않았다. 인정하고 싶지는 않지만 가끔은 제 아버님이 떠오를 때도 있었다. 사소한 잘못이라도 하는 날이면 냉정한 낯을 하고 무참히 벌을 내리던 아버지와 제가 그리 다른 것 같지가 않았다.

"그대도 우는 겁니까."

마냥 가볍지 않은 딸을 번쩍 들어 안은 지아비가 놀리듯 말했다. 아비 품에 찰떡처럼 붙어 있던 딸도 그 말에 놀란 듯 고개를 들었다.

"놀리지 마십시오."

"놀리는 것 아닙니다."

능글맞은 표정으로 부정한 지아비가 이내 아이에게 소곤소곤 귓속말을 했다.

"우리 따님께서 그대에게 할 말이 있다고 하니 그것부터 먼저 들으세요."

산군이 안고 있던 아이를 바닥에 내려 주었다. 쭈뼛거리며 눈치를 보던 아이가 완의 옷자락을 가볍게 쥐었다.

"어머니와 아버지가 계셔서……, 하나도 무섭지 않았어요. 멧돼지가 아니라 호랑이었어도 저는 튀어 나갔을 겁니다."

"너는 정말……."

"어머니께서 우시는 걸 보고 나서야……, 흑, 잘못했다는 걸 깨달았습니다. 걱정하시게 하여……, 흡, 송구합니다……."

완이 억지로 짓고 있던 무서운 표정도 전부 놓고 양팔을 벌렸다. 품 안으로 뛰어드는 아이의 몸이 보이는 것보다 더 작고 여린 것 같아 마음이 아팠다.

"너무 많은 화를 내어……, 어미가 미안하구나."

의젓한 아이는 그조차도 아니라며 어머니의 잘못은 조금도 없다 야무진 소리를 했다. 산군이 견딜 수 없다는 듯 웃음을 터트리며 끌어안고 있는 모녀를 품 안에 넣었다. 방금 전까지만 해도 그의 반려는 살벌한 기운을 뿜어내고 있었고 아이는 눈치를 보느라 쭈뼛거리기 바빴는데 한순간에 녹아 한 몸처럼 굴고 있으니 사랑스럽기 그지없었다.

강한 척하기 바쁜 그의 여인들은 유독 제 앞에서만큼은 울음 끝이 길다.

장례식葬禮式

　본디 녹음은 짙푸른 색을 만들기 좋아하고 하늘의 아들이라 불리는 황제는 금을 닮은 누런색을 두르길 즐겼지만 이리들의 주인이자 금수들의 왕은 붉은색을 연모했다. 하여 선국의 푸른 산에는 붉은 궁이 있었다. 계절이 바뀔 때마다 단장을 새로 하는 경우도 있었지만 그 붉디붉은 빛을 바꾸는 일은 없었다.

　그러나 무혼의 달이 산궁의 안주인이 되고 어린 주인이 태어난 뒤부터 일 년에 딱 하루, 하얀 휘장이 드리울 때가 있었다. 휘장이라기엔 어떤 가문이나 인물의 표식도 새겨져 있지 않은 하얀 비단은 유달리 처연하게 보일 때가 많았다.

　산궁의 궁인들은 그날을, 달의 자매가 죽은 날이라 불렀다.

　청민은 하얗게 색을 바꾸는 폐월당의 외관을 바라보며 또 그날이 왔음을 깨달았다. 날짜를 기억하려고 한 적도 없고 실제로 기억하고 있지도 않았지만 날이 무더워지면 자연히 마음이 갑갑해지기 마련이었다. 뒤늦은 후회인지 아니면 어쭙잖은 미안함인지 마음의 기저는 스스로도 알 수 없었다. 그저 무거워진 마음 한구석을 애써 모른 척하며 지나간 시간을 헤아릴 뿐이었다.

　"올해도 어김없이 흰 천을 두르시는군."

　말없이 곁을 따르던 은호가 넌지시 말을 붙였다. 청민의 안색이 눈에 띄게 어두운 이유가 무엇인지 모르는 것은 아니었지만 그렇다고 알은척을 하기엔 주제넘는 짓 같아 알맹이 없는 말만 할 뿐이었다.

"율이 그 아이는 또 칩거인 겐가."

대답 없는 청민에 은호가 또 한 번 물었다. 내내 말이 없던 청민은 이번에도 대답하지 않았다. 폐월당이나 호위대 사람이 아니더라도 율이 그 아이가 이맘때에는 짧게는 며칠, 길게는 열흘이 넘도록 모습을 드러내지 않는다는 걸 모르는 이가 없었다.

"그 녀석이나 달님이나 참 끈질긴 구석이 있어."

"……."

"그날 이후로 벌써 일곱 해가 지났는데 매번 이리 떠들썩한 위령제를 치르시니 말이야."

높은 봉우리 위에서 내려다본 산궁의 전경은 가히 기묘했다. 새까만 기와지붕과 새빨간 나무 기둥, 금으로 장식한 각 전각의 현판과 푸른색 도깨비불이 어우러진 산궁에서 오직 폐월당만이 눈이 내린 듯 새하얀 자태를 드러내고 있었다. 밀정이라는 이름으로 죽은 죄인이라 산궁 전체가 추모할 수 없다는 게 그 기묘한 전경의 요인이었다. 그러나 그 점이 그 작은 목숨을 기리는 슬픔과 그리움을 더욱 적나라하게 표상하는 효과를 낳았다.

"……위령제가 아닐세."

뒤늦게 입을 연 청민이 고개를 저었다.

"제때 못 한 장례식이지."

□ ◆ □

하늘의 저주나 다름없던 장마가 온 땅을 적시던 그 여름.

"차라리 아무 명이라도 내리세요."

금족령으로 발이 묶인 뒤 아무 말도 하지 않는 완에 혜심은 가슴을 쳤다. 지아비로부터 받은 금족령의 타격이 꽤나 심각해 보였다. 산군님과의 사이가 틀어진 이후 환하게 웃은 적이 없던 상전이긴 하지만 이토록 먹구름 가

427

득한 낯빛을 한 채 매일을 보내지는 않았었다. 가끔씩 거르던 식사는 습관이 되었고 그나마 삼키던 과자도 겨우 찾는 지경이 되었다. 매일이 살얼음판을 걷는 기분이었다.

"아무래도 안 되겠다."

내실에서 나온 혜심이 복도에서 기다리던 율에게 말했다.

"오늘도 식사 대신 과자를 드신다고 하셔요?"

"과자도 물리시나 봐. 그냥 과일 몇 개만 올리라고 하시네."

"안 그래도 살이 많이 내리셨는데……."

율이 울상을 한 채 통통한 입술을 쭉 내밀었다.

"어쩔 수 없지. 주고(酒庫, 술 창고)로 가자."

혜심이 꽤 큰 결심을 한 것처럼 말했다.

비현각이라 불리는 완의 처소에는 많은 전각이 있었다. 달의 침전은 물론이고 일하는 궁인들의 생활관과 일터들에는 늘 사람들이 붐볐지만 유독 주고만큼은 관리하는 이가 많지 않았다. 술을 잘 즐기지 않는 이리족 사람들의 성향 때문이었다.

그에 반해 전형적인 선국 사람인 완과 혜심은 음주를 꽤나 즐기는 편이었다. 온갖 곡식이 풍요롭게 자라나는 땅과 탐스러운 과일이 곳곳에서 열리는 선국의 특성상 술을 즐기는 건 당연한 일이었다. 하여 주고에 가득한 술은 혜심의 솜씨가 빚어낸 비밀 병기나 마찬가지였다.

"드디어 술독을 여는 겁니까?"

단박에 신이 난 얼굴을 한 율이 눈을 초롱초롱하게 빛내며 물었다.

"어허, 어찌 그런 표정을 짓는 것이냐?"

의아하단 얼굴로 묻던 혜심이 이내 깨달은 표정을 지었다. 일 년 전 술을 만들 때 돕던 아이가 술맛을 궁금해하기에 수정과보다 달고 식혜보다 고소하다 설명했던 것이 떠올랐다. 아직 술을 배우기 전인 아이에게 일 년만 기다리면 친히 가르쳐 주겠다 약속까지 했었다.

"처음 술독을 여는 날, 첫 잔은 저한테 주기로 했잖아요! 설마 까맣게 잊고 있었던 것은 아니지요?"

"뭐……."

곤란한 듯 말을 늘이던 혜심이 얼른 아니라고 변명을 했다.

"그저 너무 신난 티를 내지 말라는 게지. 네 녀석을 먹이겠다고 만든 것은 아니니까."

"암요. 우리 달님의 입맛을 돋우는 게 중요하지요."

짐짓 엄한 표정을 짓고 말하는 혜심에게 아이는 뒤늦게 심각한 표정을 지어 보였다. 방금 전까지만 해도 기대에 부풀어 웃음기를 가득 올리고 있던 얼굴이 금세 달라지는 걸 보고 있자니 웃음이 나왔다. 둘의 대화를 가만히 듣고 있던 나인들도 낮게 웃음을 터트렸다. 아닌 척을 하고 있긴 했지만 비실비실 새어 나오는 웃음을 숨기느라 진을 빼고 있는 아이가 꽤 곰살스러운 것은 사실이었다.

"얼른 앞장서세요, 누님."

벌떡 일어난 아이가 발을 동동 구르자 혜심은 썩 내키지 않는 얼굴로 고개를 끄덕였다. 밤톨 같은 아이에게 술 한잔 맛보게 하는 것이 어려운 일은 아니었지만 취할 것을 생각하면 앞날이 고단했다. 이리족 중에서도 술을 즐기는 사람이 간혹 있다는 걸 알았지만 극소수에 불과할 뿐이었다. 제가 아는 사람만 해도 사실 산군님뿐이었으니까.

어쩔 수 없이 쏟아지는 한숨을 뱉은 혜심이 청민에게 눈길을 돌렸다.

"같이 가실래요?"

아무런 표정 없이 내실의 문을 등지고 있던 청민이 고민하는 척도 하지 않고 고개를 저었다.

"괜찮습니다."

"아이가 국선생(麴先生, 술을 의인화하여 높여 부르는 말)에 취하여 정신을 못 차릴까 염려되어 그럽니다. 보기엔 밤톨 같아도 제법 무게가 나간단 말입니다."

혜심이 잔뜩 흥이 오른 듯 보이는 율을 눈짓으로 가리켰다. 혜심의 염려가 일리 없는 말도 아닌지라 청민은 잠시 뜸을 들였다.

"……적당한 시간이 지나도 오지 않으면 사람을 보내겠습니다."

"에휴……."

꽤 거부할 수 없는 말을 했다 생각하던 혜심이 깊은 한숨을 내쉬었다.

"나리."

"예."

"평소 눈치 없다는 소리 많이 들으시지요?"

□ ◆ □

망부석 같은 청민을 설득하는 데 실패한 혜심은 율과 함께 주고에 도착했다. 즐기는 사람이 많지 않다 보니 커다란 규모에 비해 놓여 있는 술독은 많지 않았다. 모두 혜심의 손을 거쳐 탄생했거나 탄생을 기다리고 있는 것들이었다. 담가 놓고 거진 일 년이란 시간을 기다려야 하는 술은 만들기도, 기다리기도, 또한 제대로 된 맛을 내기도 어려운 일이었지만 잘 만들어진 술의 맛을 볼 때면 언제나 깊은 희열과 보람을 느꼈다.

뿌듯한 마음과 함께 비장한 표정을 지은 혜심이 팔을 걷어붙였다. 가장 구석에 놓아둔 술독을 찾아 뚜껑을 여니 강한 향이 안면을 향해 물씬 끼쳤다.

"율아, 이 향부터 맡아 보아라."

만족스러운 표정으로 말하는 혜심에 율이 기다렸다는 듯 바짝 다가섰다. 설레기라도 하는 모양인지 조금 주춤거리던 아이가 술독에 들어가기라도 할 것처럼 머리를 박았다.

"와⋯⋯."

"어때?"

"최고예요!"

감동받은 얼굴의 율이 혜심의 소매를 움켜쥐고 제자리에서 콩콩 뛰기 시작했다.

"어쩜 빛깔도 이리 곱습니까? 오미자나무의 열매로 만든 것이 맞지요? 누님은 대체 못하는 게 무엇입니까?"

"그저 좋기만 해? 독하지는 않고?"

호기롭게 좋다 말하는 아이가 영 의심스러운 혜심이 물었다.

"이 달큰한 것이 어찌 독하단 말입니까. 지금 마셔도 되는 겁니까? 예?"

꽤 진지해 보이는 얼굴이 아주 거짓은 아닌 듯하여 고개를 끄덕였다. 미심쩍은 기분이야 전부 내려놓을 순 없었지만 아이에게 첫 잔을 주겠다 말한 것은 약속이었으니 지켜야 했다.

작은 술잔에 입술을 문 아이가 고개를 꺾었다. 새빨간 빛깔을 띤 술이 꿀딱꿀딱 넘어가는 걸 가만히 지켜보았다. 더 이상 아이는 제가 생각하는 것만큼 어리지도 않은데 괜히 마음을 졸이게 되었다. 그 순간 미세하게 찌푸려지는 미간에 대뜸 손부터 펼쳐 아이의 턱에 들이밀었다. 향긋한 내음과 달리 쓰게 느껴질 맛에 놀란 아이가 구역질을 할 것이라 생각한 것이다.

"……뭐 하십니까?"

술잔을 완전히 비우고 씨익 웃어 보인 아이가 물었다.

"괜찮은 것이야?"

"그럼요. 괜찮지 않을 게 무엇입니까."

"혹 속이 쓰리다거나 머리가 아프지는 않으냐? 그런 것이면……."

"한 잔 더 마셔도 됩니까?"

"뭐?"

"맛이 정말 좋아서요."

아무렇지 않은 얼굴로 덧붙인 율이 아무것도 남지 않은 잔을 흔들었다. 비현각에 기거하는 대부분의 궁인들은 술을 한 모금만 넘겨도 바로 인상을 찌푸렸던 터라 혜심은 제법 놀란 얼굴을 했다. 몇 안 된다 일컬어지는 술 좋아하는 이리족이 바로 제 앞에 있는 아이라 생각하니 황당함과 기쁨이 뒤섞였다.

기실, 제후궁에서는 심심치 않게 즐기던 술이었다. 워낙에 술을 즐기는 문화의 나라라 술이 흔했고 주당도 많았던 터라 술이 먹고 싶으면 술친구를 여럿 두고 마음껏 마실 수 있었다. 그러나 산궁에 온 이후로는 홀로 홀짝이는 것밖에는 별다른 도리가 없었다. 달님께서 반주를 즐긴다 하여도 신분의 차이가 있다 보니 함께 즐길 수는 없었다.

"술을 마시지 못하는 건 창피한 일이 아니다. 그러니……, 애써 괜찮은 척할 필요 없어."

"제가 거짓말하는 것 같습니까?"

"괜히 탈이 날까 걱정이 되어 그러지."

율은 진정 걱정스러운 얼굴로 저를 바라보는 혜심을 지그시 쳐다보았다. 다정한 목소리는 죽어도 내지 못하면서 걱정은 많아서 매번 이리저리 망설이는 것이 영락없는 겁쟁이였다.

"달님께 드릴 술이 모자란 것이 아니라면 한 잔 더 주셔요."

"……."

"저는 괜찮습니다."

율이 해맑은 얼굴로 재촉했다.

□　◆　□

두 시진이 지나도 모습을 보이지 않는 혜심과 율에 청민은 결국 주고를 향해 걸음을 옮겼다. 혜심에게 말했듯 사람을 보낼까 하였지만 마침 저와 교대할 호위들이 도착하여 적당한 틈이 생겼다. 물론 침전 앞 복도를 지키는 일 외에도 살펴야 할 업무가 많았지만 지켜보고 있는 이의 흐트러진 모습은 꽤 궁금한 것이었다.

달님의 최측근인 혜심을 의심으로 마음에 품은 지는 제법 오래되었다. 혜원공 탄일연 이후로 내내 지켜보고 있으면서도 마땅한 물증을 찾지 못하고 있으니 이제는 의심을 내려놓을 법도 한데.

그는 스스로의 직감을 꽤나 믿는 편이었다.

"엇, 나리!"

주고의 문을 열자 율이 냉큼 목소리를 높였다. 차가운 주고 바닥에 작은 주안상을 펼쳐 놓고 앉아 있는 꼴이 꼭 어른 흉내를 내는 것 같았다. 얼굴은 또 어찌나 불그죽죽한지. 헤실헤실 웃고 있는 꼴이 멀쩡한 듯 보이지는 않았다.

"사람을 보내신다더니……, 어찌 오셨습니까?"

마찬가지로 술기운에 뺨을 붉힌 혜심이 물었다.

"딱히 보낼 사람이 없지 뭡니까."

"……."

"술맛이 궁금하기도 하고."

"그럼 잘 오셨습니다!"

혜심이 얼굴에 화색을 띤 채 일어나 찬장을 열어 새 잔을 꺼냈다. 즐기기 위한 것이 아닌 그저 맛보기를 위한 잔이라 아무런 무늬도 그려져 있지 않은 백자였지만 호롱불 하나에 의지해 술잔을 기울이는 지금의 시간이 못 견디게 낭만적으로 느껴졌다.

"어서 앉지 않고 무엇 하십니까."

움직이지 않고 뻣뻣하게 구는 청민에게 말한 혜심이 들고 있던 잔을 못마땅하게 쳐다보았다. 오래 두어 먼지 앉은 잔이 매사 정확하고 깔끔한 그와 어울리지 않는 느낌이었다. 술잔 위로 후, 바람을 불어 커다란 먼지를 털어 내고 맑은 물을 쏟아 대충 헹구기를 반복했다. 자수 하나 놓지 못해 밋밋하기만 한 무명천을 꺼내 물기를 닦는 것도 잊지 않았다. 상 위에 잔을 올리고 그가 앉을 자리에 무명천을 깔아 놓으니 그제야 조금 마음이 놓였다.

"나리도 술을 꽤 하십니까?"

혜심이 붉은 술을 가득 담아 건네며 물었다.

"율이 이 아이는 어쩌나 잘 마시는지. 이리족답지가 않습니다. 오늘이 처음이라는 게 믿기지가 않는다니까요?"

"그렇습니까."

짧게 대꾸한 청민이 술잔을 단번에 비웠다. 술에 잘 취하지는 않으나 딱히 즐기지도 않던 그는 술맛에 대한 기대가 없었지만 혜심이 만든 술이 나쁘지 않다는 걸 부정할 수는 없었다. 달달한 내음과 산미가 가득한 것이 지금껏 마신 것 중 가장 좋았다.

"맛있지요?"

언뜻 미소를 짓고 있는 청민을 보며 율이 자랑스러운 듯 물었다. 누가 보면 이 술을 만든 이가 아이인 줄 알았을 것이다.

청민이 고개를 끄덕이니 혜심이 꺄르르 웃음을 터트렸다. 칭찬 하나 없는 대답이었지만 워낙 평소에도 좋다, 싫다 말이 없던 그인지라 이 정도로도 감탄사를 얻은 것 같은 기분이 들었다.

"이 비가 대체 언제 멈출까요……."

율이 주고 밖으로 들리는 빗소리에 시무룩한 얼굴로 중얼거렸다. 그러자 혜심이 미간을 구겼다.

"우울한 소리는 그만해. 안 그래도 달님께선 금족령 때문에 꼼짝 못 하시고, 이 빌어먹을 빗소리는 그칠 기미가 없고, 월궁에선 온갖 산에서 몰려온 대신들이 기청제를 올려 달라 난리를 부리고 있으니 머리 위에 먹구름이 낀 것 같다고."

질색을 하며 말하는 혜심에 율도 마찬가지라는 듯 고개를 끄덕였다. 똑같이 마음이 무거워진 청민이 술잔을 내려놓았다.

"더 드릴까요?"

"달님께서 드실 술이지 않습니까. 축내고 싶지 않습니다."

"거참, 걱정도 많으셔라."

"……."

"입맛에 맞지 않아 드시지 않는다면 어쩔 수 없지만 더 드시고 싶은데 자제하는 것이라면 그러지 않으셔도 됩니다. 이 안에 있는 모든 술독이 다 달님 것이니까요."

혜심이 청민의 잔을 가득 채우며 말했다. 율마저도 맞는 말이라며 재촉을 거듭하니 청민도 어쩔 수 없었다. 잔뜩 취기가 오른 들의 대화에 끼기는 어려웠지만 묵묵히 자리를 지키며 채워지는 잔을 지치지 않고 비워 냈다.

혜심이 그런 청민을 지그시 응시했다.

"어쩜 그리 말이 없으십니까?"

평소 총기가 서려 있던 눈을 반쯤 풀어놓고 묻는다.

"술이라도 마시면 좀 말을 하시려나 했는데……. 어째 더한 것 같습니다."

"……미안합니다."

"에이, 미안할 일은 아니지요."

고개를 팔랑팔랑 저은 혜심이 양손으로 턱을 괴었다.

"한데 궁금하긴 합니다."

"무엇이요."

"나리의 부모님께서도 나리처럼 말이 없으셨습니까?"

"……."

"또 입을 다무시네."

정신을 잃을 만큼 취한 것은 아니었지만 적당히 기분이 좋아진 혜심은 담력이 세져 평소라면 하지 못했을 말들을 꺼냈다. 그 모습이 제법 흥미로웠는지 율은 혜심과 청민을 나란히 쳐다보며 웃음을 터트렸다. 청민을 향해 대놓고 한숨을 쉰 혜심이 율과 잔을 부딪쳤다.

"정녕 아무런 말도 안 하시려는 겁니까?"

"……나에게 성이 없다는 걸 알고 있지 않습니까."

청민이 느릿한 목소리로 말했다.

"산군님의 신하가 된 이들은 오직 산군님의 존엄을 위해 사는 사람들입니다."

"……."

"충성을 바치는 맹세를 한 순간부터 가족과 가문을 잊고 살지요."

"성을 버린다고……, 가족이 잊힙니까?"

혜심이 물었다.

"산군님이 나리의 주군이시긴 해도 아버지는 아니지 않습니까."

"주군이자 아버지시지요."

청민 대신 율이 답했다.

"저는 산군님이 낳아 주신 거나 마찬가지입니다."

혜심과 달리 뺨 한 쪽도 붉어지지 않은 아이가 오늘지지 않은 미소와 함께 덧붙였다. 혜심과 청민 모두 잠시 말을 잃었다. 갓난아이일 때 산궁 앞에 버려져 있었다던 율의 이야기를 모르는 이가 없었다.

"괜히 그런 표정 짓지 마십시오. 아무렇지도 않습니다."

가라앉은 분위기를 눈치챈 아이가 쾌활하게 말했다.

"미안, 내가 괜한 이야기를 꺼내서……."

"아닙니다. 이런 것에 부족함을 느끼며 살지 않았습니다. 애초에 갖고 태어나지 않은 걸 그리워할 재주는 없으니 걱정 마십시오."

율은 진실로 그리 생각했다. 부모가 없다고 하여 천대받지 않았고 부모가 없다 하여 정을 모르고 살지 않았으니 부족하다 생각한 적 없었다. 외려 자신의 결핍이 몇 배로 채워지고 있음을 느낄 때가 더 많았다.

"그래도 궁금하기는 합니다."

아이가 자신의 낯빛을 살피고 있는 청민을 향해 말했다.

"나리의 부모님 말입니다."

"하……."

청민이 깊게 한숨을 뱉었다. 어서 이야기를 해 보라는 듯 눈을 초롱초롱 빛내고 있는 아이와 그 옆에 마찬가지로 호기심을 드러내고 있는 혜심에 결국 백기를 들 수밖에 없었다.

"다정하신 분들이었습니다."

"오……."

"아버지는 무관이 되고 싶다는 저를 위해 손수 목검을 만들어 주셨고, 어머니께선 글을 가르쳐 주셨습니다. 누이는……."

"누이가 있으셨어요?"

혜심과 율이 거의 동시에 질문을 던졌다.

"예, 저랑 닮은 아이였습니다."

"와……. 심지어 닮았어요?"

"생긴 것만 닮았지 성격은 이래저래 다 달랐습니다. 작은 일에도 잘 웃고 별일 아닌 것에도 말이 많은 아이였지요."

청민이 무심한 듯 보이는 얼굴 위에 작은 미소를 걸었다.

"소저와 비슷한 나이일 겁니다."

혜심이 작게 고개를 끄덕였다. 수려한 외모의 그와 닮았다는 그 누이가 여간 궁금한 게 아니었다. 대충 쉽사리 떠올릴 순 있었다. 날카로운 눈매를 가진 여인이 방긋방긋 웃는 것을 그려 내는 건 어려웠지만 가녀린 선으로 이루어진 청민의 얼굴에서 미인을 만들어 내는 건 금방이었다.

"보고 싶지 않으십니까?"

"……괜찮습니다."

"괜찮은 거 말고요."

피할 구석을 마련해 주지 않는 혜심에 청민은 반 정도 남은 술을 쪽 들이켰다.

"보고 싶다기보다는……, 궁금합니다."

"……."

"아픈 데는 없는지, 말은 잘 타는지, 부모님 속은 썩이지 않는지, 뭐 그런 것들……. 자주 궁금합니다."

가만히 듣던 혜심이 또 한 번 술잔을 기울였다.

"그게 보고 싶은 겁니다."

"……."

"저도 그렇거든요."

□ ◆ □

청민이 폐월당 안쪽에 마련된 사당을 찾았다. 사당이라고 하기엔 그저 혜심이 머물던 방에 불과했지만 알록달록한 꽃들이 붙은 화전과 율이 놓아둔 것이 뻔한 진달래꽃이 바스러진 여인의 생을 추모하고 있었다. 봄에 꺾어 놓고 귀하게 보관하고 있었을 진달래는 바삭하게 말라 발랄하던 자태를 잃었지만 찬란했던 이전의 생기를 떠올리도록 하기에는 충분해 보였다.

"……지금은 가족과 함께 있습니까."

향을 피운 청민이 나지막이 물었다.

운명運命

"어찌 이토록 고우실꼬."

산궁의 유모들이 갓 태어난 아이의 뺨을 어루만지며 속삭였다. 갓난아이에 불과하긴 했지만 긴 속눈썹에 맺힌 매혹과 눈동자에 비친 미색이 가려지진 않았다. 비록 태어나자마자 어미를 잃고 저주나 마찬가지인 신탁을 받은 몸이긴 했지만 유모들은 친자식을 키우듯 열과 성을 다하였다.

그러나 그 아이가 나날이 자라 소년이 되었을 때,

"지나치게 아름다우시니 두렵구나."

시선 한번 맞추기를 어려워했다.

어머니와 다름없는 존재였던 유모들이 우스운 이유로 차츰 멀어져 가고 주변이 휑하다 느껴질 즘 표정 없는 무녀들이 소년의 곁을 차지했다. 작은 실수도 크나큰 재앙이 될 수 있다며 겁에 질린 소리를 즐겨 하던 무녀들은 소년의 모든 것을 통제했다.

"붉은색이 이리가家를 상징하는 옷이기는 하나 어린 주인께선 핏빛 달의 저주를 받으셨으니 입지 않는 것이 좋을 듯하옵니다."

의복의 색을 마음껏 고르지 못하게 하는 것은 물론이고,

"살생은 필요할 때만 하셔야 합니다."

수족의 본능이나 마찬가지인 사냥조차 마음대로 하지 못하게 제한했다.

"붉은 달이 뜬 밤이옵니다. 말을 삼가고 죽은 듯 계시옵소서. 존재를 드러내어 좋을 것이 없사옵니다."

"붉은 달이 뜬 밤이옵니다. 옥안 위에 흑색 가리개를 쓰시옵소서. 아름다움을 들키시어 좋을 것이 없사옵니다."

"붉은 달이 뜬 밤이옵니다. 산궁 가장 깊은 곳인 밀궁으로 가시옵소서. 아침 해가 뜰 때까지 치성을 올리며 숨소리를 가리시옵소서."

혈기 왕성한 소년이 감당하기엔 너무 많은 관심과 너무 많은 법도, 또 너무 많은 제약이었지만 일찍이 철든 소년은 무심한 낯빛으로 묵묵히 받아들였다. 그렇다고 간절하거나 절실한 모습을 보이지는 않았다. 타고난 운명이란 것에 별다른 관심이 없었을뿐더러 주변 사람들의 소란이 그저 호들갑으로만 보였기 때문이었다.

"속이 상하신 것 아옵니다. 굳건히 견디시옵소서."

무녀들 중에서도 대무녀 주령은 엄하기가 이를 데 없었지만, 가끔은 어울리지 않게 따스한 목소리를 내며 위로를 건네기도 했다.

"손목을 내어 주시겠습니까."

주령이 무릎을 꿇고 어린 주인의 손목에 비환(팔에 끼는 장신구, 팔찌)을 채웠다. 티 하나 없는 귀한 옥구슬을 비단실에 꿸 때마다 절절하게 기도하며 만든 것이었다. 미약한 힘이라도 모조리 끌어모아 보탤 것이니 부디 저의 어린 주인을 보호해 달라고.

어린 주인은 예의 그 무심한 시선으로 비환을 내려 보았다. 튀어서는 안 된다며 작은 장신구조차 착용하는 걸 허락받지 못했던 터라 손목을 채운 푸른색 옥구슬이 꽤 마음에 들었다.

"들고 계시옵니까."

말 없는 어린 주인에게 주령이 다시 물었다.

"대답을 강요하지 말거라."

소년이 싸늘한 표정으로 답했다.

"내가 대답하고 싶을 때 대답할 것이다."

"송구하옵니다……."

눈빛으로도 목숨을 앗아갈 것처럼 굴던 소년은 송구하단 소리를 듣고 나서야 무심히 시선을 떼어 냈다.

그의 입장에선 모든 것들이 그냥, 웃겼다. 사람들은 저만 보면 두려움에 몸을 떨었다. 제가 갓난아이였을 때부터 어미 노릇을 했던 유모도 조금만 눈을 가늘게 뜨면 송구하다며 있지도 않은 죄를 고했고, 신들의 목소리를 듣는다며 극성을 떠는 무녀들도 저만 보면 히익, 경기를 일으키며 고꾸라졌다.

어릴 때야 제가 산군의 아들이란 이유 때문이라고 생각했지만 지나치게 총명한 머리는 일찍이 많은 것들을 깨닫게 해 주었다.

아버지께선 저의 휘를 랑狼이라 짓고 이리 중의 이리가 되라 하셨지만 감히 그 휘를 입에 올릴 수 없던 궁인들은 저를 적야(赤夜, 붉을 적, 밤 야. 붉은 밤)라 불렀다. 애초에 공식적인 칭호보다는 '어린 주인'이라 불렸던 터라 무엇이라 부르든 크게 신경 쓰지 않았지만 가끔 심기가 불편할 땐 그게 그렇게 거슬릴 수가 없었다.

"간밤에 적야께서 야간 사냥을 나가셨다면서요?"

"같이 간 무관들의 말에 의하면 아주 신출귀몰하셨다고 합니다. 날래기는 전광석화가 따로 없고 검이나 활을 다루는 솜씨는 난폭하여 똑바로 쳐다보기도 힘들었다 합니다."

"어휴, 그러니 그 어린 나이에 호랑이를 잡아 오신 게지."

궁인들은 저의 일거수일투족을 이야기하는 걸 즐겼다. 유달리 잠이 오지 않아 평소보다 늦게 침소에 드는 날이면 도통 잠을 자지 않는다며 소곤거렸고 입맛이 없어 수라를 물리면 대체 무엇을 먹고 사는 것인지 알 수 없다며 말을 옮겼다. 아랫것들의 말이야 한 귀로 듣고 한 귀로 흘리면 그만이었지만 정말이지 터무니없는 말들이 너무 많았다.

"혹 호수제 때 있었던 일을 기억하십니까?"

"아, 적야께서 새끼 호랑이한테 허벅지를 물리신 거 말이지?"

"예, 항간에는 일부러 그런 것이라는 말이 있습니다."

"일부러?"

"산군님의 위엄을 해치지 않으려 부러 몸을 낮춘다고 말이지요."

그들의 눈에 비친 저는 그렇게나 신묘한 존재였다. 타고난 재능이 넘쳐 우러러볼 존재이기도 하면서 동시에 무언가를 숨기고 있는 위험한 존재. 그게 바로 붉은 밤에 태어난 적야이자 랑이고 어린 주인이자 훗날의 산군이었다.

조금만 들여다보면 논리 없는 억측이고 증좌 없는 뜬소리라는 걸 알 수 있었지만 구태여 해명하거나 바로잡으려고 하지는 않았다. 어차피 제가 다스려야 할 이들이었고 제 발 아래에 무릎 꿇어야 할 이들이었다. 그런 그들이 제게 갖는 신비함과 두려움이 제 힘의 원천이 될 것이란 걸 모르지 않았다.

물론 그것이 좋은 점만 갖고 있는 것은 아니었다. 그 무성한 소문들을 계속해서 유지하기 위해선 수많은 노력들이 필요했다. 겉으로는 무심하고 의연한 척 바다의 표면을 흉내 내다가 능력을 보여야 하는 순간엔 벼락과도 같은 인상을 남기기 위해 애썼다. 벼락처럼 짧고 강렬하게.

표정을 드러내지 않는 건 제가 한 노력 중 가장 어려운 것이었고 또 가장 첫 번째로 익힌 것이었다. 표정을 숨기면 속을 숨길 수 있었고 속을 숨기면 두려움과 쾌락도 가릴 수 있게 되었다. 죽음만이 두려움이고 삶이 쾌락 그 자체인 짐승과 달리 인간들은 두려움과 쾌락의 종류가 헤아릴 수 없을 만큼 다양하고 많았다. 그리고 그것들은 자연히 치명적인 약점이 되었고 군림하는 자로 살아야 하는 저에게는 꽤 쓸모가 있는 것들이었다. 상대가 누구이든 늘 저에게 들킬 수밖에 없었으니까.

반대로 저는 그것들을 가릴 수 있었고 그 말은 무적이란 소리와 마찬가지였다. 알 수 없는 것에 대한 공포는 생각보다 치명적인 것이었다.

"산군님을 뵈옵니다."

아버님이 돌아가시고 즉위식을 올린 제가 가장 먼저 한 일은,

"적색 두루마기와 적색 융복, 적색 표의와 적색 침의를 만들어 올려라."

붉은색 옷을 짓는 것이었다.

"산군님, 붉은색 옷은……!"

"그 입 다물라."

사색이 된 무녀들을 똑바로 바라보며 붉은색 옷을 입었다. 감히 바라볼

441

수 없다는 듯 고개를 조아리는 그들을 대놓고 비웃지 않은 것만으로도 저
는 자비를 베푼 것이나 다름없었다. 그날 이후로 그들은 발언권을 잃고 사
당에 틀어박혀 그 좋아하는 기도만 내리 올렸다. 그것 말고는 제가 그들에
게 허락하고 싶은 것이 없었다.

　복식의 자유를 쟁취하는 것 외에도 많은 것들이 바뀌었다. 밤이면 밤마
다 사냥을 나갔고 붉은 달이 뜨면 보란 듯이 풍악을 울리며 산을 시끄럽게
했다. 하지 말라고 하던 것들을 모조리 한다 한들 저는 무탈하고 강건하며
흔들리지 않는다는 것을 온 산맥에 아로새겼다. 처음엔 천지가 개벽이라도
할 것처럼 입에 거품을 무는 대신들도 꽤 있었지만 몇몇을 골라 머리를 잘
라 내고 나니 그것 또한 금방 잠잠해졌다.

　폭정을 부리는 폭군이라 해도 할 말이 없었다. 그러나 저주받은 산군이
란 말로 저의 힘을 꺾으려는 세력이 존재하는 한 저는 과할 정도로 난폭하
고 지나칠 정도로 강인해야 했다. 그래야 어리석은 생각을 품은 이들이 헛
된 희망을 속히 꺾을 테니.

　그런 나날이 죽을 만큼 괴롭거나 힘들지는 않았다. 그러나 가끔은 외로
웠다. 피로 얼룩진 치세가 안정을 찾으면 찾을수록 사무치는 공허함은 마
음속 빈자리를 모조리 차지하고 눌러앉았다. 마음으로 아끼는 신하조차 두
려움 가득한 시선을 보낼 때면 무엇을 위해 고독을 자처하고 있는 것인지
회의감이 들기도 했다.

　저의 반은 짐승이었으나 또 다른 반은 인간이었다. 부드러운 군주이고
싶을 때도 있었고 자비로운 주인이고 싶을 때도 있었다. 피를 보는 게 지겨
울 때가 있었고 두려움보다는 존경과 사랑을 받고 싶을 때가 있었다. 그러
나 운명이라는 굴레에 굴복하고 싶지 않은 마음이 더 간절했고, 늙은 대신
들에게 휘둘리고 싶지 않은 마음이 더 절실했다.

　하는 수 없이 저는 무심하고 의연하며 난폭하고 잔인해졌다.

　"산군님의 휘는 무엇이옵니까?"

　그즈음, 완을 만났다. 제후의 딸답게 얌전하고 정숙한 모습일 때가 많았
지만 순간순간 당돌하고 엉뚱했다. 황제조차 감히 부르지 못하는 저의 휘

를 물을 때는 정녕 미친 것인가 싶었지만 생전 처음 듣는 질문이기도 하여 저도 모르게 답을 했었다. 듣고 고개나 끄덕이겠지, 했는데.

"랑."

완은 듣는 즉시 입술을 움직여 소리를 냈다.

"예쁜 이름입니다."

두어 번 발음하고 나서는 무엇이 그리 재밌는지 고운 눈매를 부드럽게 휘며 웃었다.

"소리가 부드럽지 않습니까. 꼭 어느 곡조의 노랫말 같아요."

입에 올리는 것만으로도 불경인데 음률을 붙여 노래까지 흥얼거리는 통에 웃음을 짓지 않고는 버릴 재간이 없었다.

"가락을 좋아하십니까?"

그게 좋아하는 것으로 보였는지 묻는 얼굴에 퍽 순진함이 가득했다.

"혹 다룰 줄 아는 악기가 있으셔요?"

안 그래도 질문이 많은 여인이라 생각했는데 묻는 족족 처음 듣는 질문이 많았다. 휘가 무엇이냐 묻는 것도, 노래를 좋아하냐 묻는 것도, 다룰 줄 아는 악기가 있느냐 묻는 것도 생전 처음 듣는 말들이었다.

삐져나오려는 웃음을 겨우 참은 채 고개를 젓자 완은 아쉬움을 투명하게 내비쳤다.

"그리 말하는 너는 다룰 줄 아는 악기가 있는 것이냐."

"선보일 만큼은 아니지만 어릴 적부터 배운 악기는 하나 있습니다."

"무엇이냐."

"금이요."

두 뺨을 복숭아처럼 물들인 채 대답하는 걸 보자 말보다 손이 먼저 나갔다. 곱게 포개져 있던 손 한쪽을 잡아 쥐자 놀란 몸이 화들짝 들썩이는 게 느껴졌지만 딱히 개의치는 않았다. 태어나 고된 일은 한 번도 해 본 적 없는 것 같은 고운 손을 들여다보며 피식 웃었다.

"정말이지 선보일 만큼은 아닌가 보구나."

"예……?"

"악기를 오래 다룬 사람들의 손끝엔 굳은살이 박혀 있기 마련인데 너는 이리 부드럽지 않으냐."

그 말이 꽤나 부끄러웠는지 완은 복숭아 같던 뺨을 자두처럼 빨갛게 바꾸었다. 시시각각 변하는 뺨의 색도 색이었지만 눈빛이나 목소리, 몸짓 하나까지도 가리는 것 없이 자연스레 흐르는 게 신기했다. 언제나 속뜻을 숨기고 겉이 두꺼운 이들만 상대한 탓인지 그 유약한 겉면이 마음에 들었다. 저를 꾸며 낼 필요가 없었다. 구태여 그러지 않아도,

"부족한 솜씨기는 하나……."

완은 저를 두려워하고,

"들어 보시겠습니까?"

저를 좋아했다.

"어찌 그런 표정을 지으십니까? 싫으셔요?"

"……들을 시간이 없어 아쉬워 그런다."

하루면 끝날 일정을 길게 늘린 것도,

"시간이 왜……, 며칠 더 머물다 가시는 것 아니었습니까?"

전부 그 유약한 겉면 때문이었다.

"제 연주만 듣고 가세요."

"……."

"며칠 연습하면 그리 하찮지 않을 것입니다. 예?"

"그럴까."

속이 훤히 비치는 여울이라 생각하고 발목을 담근 순간, 깊이를 알 수 없는 늪에 빠졌음을 깨달았다.

"예, 다만 며칠이면 됩니다."

"기다리는 며칠이 지루하면 어찌 보상하려고."

"음, 제가 좋아하는 복사나무 숲을 보여 드리겠습니다. 올해엔 유독 흐드러지게 피어 얼마나 예쁜지 모릅니다."

"……."

"싫으시면 바다를 보러 가는 건 어떻습니까? 산에서 사시니 바다를 볼

일이 많지 않으실 것 아닙니까."

과하지 않게 채근하며 확답을 바라는 여인을 오래 보기 어려웠다. 끝내 시선을 피하고 나서야 꽉 막힌 것 같던 마음에 해방감이 들었다. 건방지거나 한심한 것으로부터 눈길을 돌릴 때와는 사뭇 다른 어긋남이었다.

오래 보기는 어렵고 가까이 보기엔 더욱 불편한. 그러나 굴복시키고 싶지도, 죽이고 싶지도 않은 이상한 기분.

영 답이 나오지 않는 질문을 저 멀리 던져 놓고 발그레한 얼굴을 하고 있는 여인과 눈을 맞췄다.

"알겠습니다."

"……예?"

"그대 뜻대로 하겠다는 말입니다."

다시금 차오르는 답답함을 억누르며 하대를 거두었다. 높임말을 쓰는 저를 의아하게 쳐다보는 걸 알았지만 모른 척 미소만 지었다.

□ ◆ □

"부인."

평소보다 이르게 기침한 산군이 품 안에 안긴 반려를 사랑스럽게 쳐다보았다. 간밤에 꾼 꿈에서 과거의 애틋했던 기억을 다시 본 그는 제 팔을 베개 삼아 잠들어 있는 여인이 기적 같다고 생각했다.

어쩌다 이 여인은 제 것이 되었고 저는 또 어쩌다 이 여인의 몫이 되었나.

가끔은 모든 것이 운명 같다는 생각이 들었다. 태어나자마자 저주받았다 일컬어진 탓에 정해진 운명이라는 말만 들으면 구역질이 나왔지만 요즘엔 정말 그게 아니라면 대체 무엇이 저와 제 달을 묶었는지 궁금했다.

속내를 쉬이 드러내는 사람이라 믿었던 달이 실은 저를 속이고 저를 이용하려 했다는 걸 알았을 때 느꼈던 배신감은 이제 애써 떠올리려 해도 잘 기억나지 않았다. 물론 아쉬운 마음이 아주 없는 것은 아니었다. 제가 조금 더 살폈다면 이리 멀리 돌아오지 않아도 되었을지 모른다. 온 마음으로 사랑했던 존재가 저를 속였다는 생각 하나에 몰두하느라 그 유약한 겉면을 살피지 않았다. 그때도 분명 저의 달은 저를 두려워하고 또한 사랑하고 있음을 온 얼굴에 드러내고 있었을 텐데.

"부인."

해서 괜히 애틋하게 불렀다. 잠든 얼굴이 깨우기 아까울 정도로 곱긴 했지만 간절하게 마주하고 싶었다.

"……."

"부인, 일어나 보세요."

전에 없던 재촉으로 팔을 흔들자 편안하던 미간에 주름이 잡히고 투정 섞인 신음이 흐른다. 뒤척이는 몸짓에 드러난 목과 어깨에 제가 남긴 자국이 흐드러져 있었다.

"서방님……?"

눈도 뜨지 못한 채 품으로 파고든 완이 잠꼬대 같은 소리를 냈다. 잠으로 데워진 체온이 더없이 사랑스러워 결국 이마고 코끝이고 마구 입을 맞추었다.

"으응……."

갑작스러운 폭격에 도리질을 친 완이 실눈을 뜨고 한숨을 쉬었다.

"심심하세요?"

"누가요. 내가?"

"그게 아니면 어찌 이 아침부터 저를 괴롭히십니까……."

여전히 들어 본 적 없는 말을 자주 하는 달이었다.

"괴롭히다니요."

"그게 아니라면 저를 자게 두셔요. 서방님께 밤새 시달리느라 몸이 말이 아니란 말입니다……."

제가 자신에게 화를 내지 못한다는 사실을 알고 난 이후부터 완은 꽤 엄격한 부인이 되었다. 이것은 이래서 아니 된다, 저것은 저래서 아니 된다 같은 제한의 말을 할 때가 많아졌단 소리다. 사실 대부분은 몸을 만지고 체온을 나누는 일에 관한 것들이었다. 그것을 제한할 때 제가 가장 괴로워진다는 걸 너무도 총명하게 깨달은 탓이다. 그러나 제게도 방법이 있었다.

"그리 말하면 서운합니다."

부러 눈썹을 늘어트리고 풀 죽은 목소리를 내었다.

"나만 좋았던 겁니까. 그대도 분명 좋다고……."

"아, 그만!"

다시 잠들기 위해 눈을 감고 있던 완이 눈을 번쩍 뜨고 제 입을 막았다. 졸려 죽겠다는 듯 느릿하던 몸과 목소리가 순식간에 명랑해진 것이 사랑스러웠다. 웃음이 터진 제가 얄미운 것인지 무섭지도 않은 눈으로 흘겨본다.

"그리 보아도 곱단 생각밖에 들지 않으니 겁을 주려거든 다른 것으로 하세요."

"어휴……. 제가 그리 좋으십니까?"

"예, 그리 좋습니다."

한 치의 망설임도 없이 나온 대답에 완이 웃음을 터트렸다.

"자꾸 이러시면 당분간 합궁을 금하는 수가 있습니다."

"지아비를 말려 죽이고 싶거든 그리하세요."

아직 웃음기가 남은 반려의 목에 얼굴을 묻은 그가 웅얼웅얼 말했다. 만들어 놓은 붉은 자국 위로 가볍게 입을 맞출 때마다 높아지는 웃음소리에 마음이 간질거렸다.

제가 세상에 태어나 경어를 쓴 상대는 선대 산군이었던 아버지가 유일했다. 존경했지만 두려웠고 사랑했지만 어려웠던 존재. 아버지는 산의 주인이자 또한 저의 주인이었다.

"부인."

그리고.

"예, 서방님."

제 주인은 바뀌었다.

"사랑해요."

맹랑하나 굴복시키고 싶지 않았고, 거슬리나 죽이고 싶지 않았던 존재이자,

"저도요. 저도 사랑해요."

오래 보는 게 어렵고 가까이 보는 것은 더욱 불편했던 여인.

나의 반려이자 나의 달이고 나의 사랑이자 나의 주인, 완.

나의 채찍은 개요, 당근은 돼지라.
채찍도 당근도 아닌 토끼까지 함께하니
내 어찌 든든하지 아니할까.